Jessica Rivas

EL REY OSCURO

PODER Y OSCURIDAD
LIBRO 2

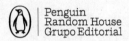

Penguin
Random House
Grupo Editorial

Primera edición: enero de 2024

© 2024, Jessica Rivas
© 2024, Penguin Random House Grupo Editorial, S. A. U.
Travessera de Gràcia, 47-49. 08021 Barcelona

Penguin Random House Grupo Editorial apoya la protección del *copyright*.
El *copyright* estimula la creatividad, defiende la diversidad en el ámbito de las ideas y el conocimiento,
promueve la libre expresión y favorece una cultura viva. Gracias por comprar una edición autorizada
de este libro y por respetar las leyes del *copyright* al no reproducir, escanear ni distribuir ninguna
parte de esta obra por ningún medio sin permiso. Al hacerlo está respaldando a los autores
y permitiendo que PRHGE continúe publicando libros para todos los lectores.
Diríjase a CEDRO (Centro Español de Derechos Reprográficos, http://www.cedro.org)
si necesita fotocopiar o escanear algún fragmento de esta obra.

Printed in Colombia– Impreso en Colombia

ISBN: 978-84-19501-66-0
Depósito legal: B-17.862-2023

ADVERTENCIA:
Este libro contiene escenas sexuales explícitas y de violencia gráfica,
lenguaje obsceno y situaciones conflictivas que podrían dañar
la sensibilidad del lector si no se lee con precaución.
Está dirigido a un público maduro mayor de 18 años.

«Todos ven lo que pareces ser, pocos saben
lo que realmente eres».
Niccolò Machiavelli

Prólogo

LUCA

Según ciertas creencias, la mariposa negra está asociada con la muerte, las ruinas y la desdicha. Nunca tuvo tanto sentido desde que Alayna se fue.

Estaba convencido de que ella me amaba, pero al final me tomó como un tonto. Alguien desechable que podía olvidar. Nunca tuvo en cuenta mis sentimientos, siempre asumió que sería lo mejor cuando se trataba de nosotros.

Me dejó destrozado. Un cascarón vacío, lleno de grietas.

Dudaba que algún día lograra recomponerme.

La mujer ocupaba mis pensamientos a pesar de que habían pasado meses. La angustia y el dolor no tenían cura. Hice lo imposible para olvidarla, pero seguía en lo más profundo de mi alma. Vivía bajo mi piel como una entidad imborrable. Estaba condenado a recordarla.

Cada día pensaba en su risa, su voz, sus labios, sus besos, nuestros cortos momentos juntos en Inglaterra. Pensaba en cómo solíamos bromear y buscar peleas por las cosas más simples. Disfrutábamos de la presencia del otro y de arriesgarlo todo. Nuestra relación no era sencilla, pero era increíble. Lamentablemente se acabó y no quedó nada bueno de mí. Solo decepciones y un corazón roto irreparable.

Mi casa estaba inundada con sus recuerdos, así que me encargué de quemar cualquier objeto que hubiera tocado. Albergaba esperanzas ingenuas sobre el amor y ella destruyó cada una de ellas. Jugaba como una reina mientras yo era un peón más en su tablero de ajedrez.

Ella podía seguir siendo la reina de muchos, pero ya no para mí.

Después de su partida y mi dura recuperación, me costó salir adelante. Las pesadillas me persiguieron y me despertaba gritando su nombre. Algunas noches me detenía en el balcón de mi casa esperando que ella regresara.

Nunca sucedió. La ilusión de volver a verla pronto se convirtió en odio y rencor. La odiaba profundamente. No fue capaz de decirme en la cara que ya no me amaba. Ni siquiera me dejó una carta. Ni siquiera respondió los cientos de mensajes que le había mandado a su buzón de voz. No se despidió.

Se alejó sin dejar ningún rastro. Estaba volando lejos de mí y yo tenía que dejarla ir. Había llegado el momento de seguir adelante. Un nuevo comienzo sin mi mariposa.

—Señor Vitale... —murmuró el sacerdote—. ¿Acepta como su esposa a Isadora Rossi, para amarla, respetarla y protegerla hasta que la muerte los separe?

Observé fijamente a la mujer frente a mí. Sus ojos marrones brillaban con lágrimas mientras me sonreía. Las perlas adornaban sus orejas y su cuello. Su cabello rubio estaba recogido en un moño formal. Llevaba un largo vestido blanco y el velo cubría su rostro.

«Isadora...».

Decidí establecerme con ella por medio de un acuerdo. Era buena para mí y estaba seguro de que algún día podría amarla. Era la luz que necesitaba mi trágico mundo. ¿Lo mejor? No tenía miedo de demostrar sus sentimientos. Creía en mí y me apoyaba constantemente. Era la mujer perfecta. Con ese pensamiento, tomé una respiración profunda y apreté sus manos entre las mías. No quería seguir hundido en esa horrible opresión. Alayna no merecía mi sufrimiento. Ya no.

—¿Señor Vitale? —insistió el sacerdote.

Le di mi mejor sonrisa a Isadora y traté de convencerme de que esta era la mejor decisión. Iba a ser muy feliz a su lado. Alayna pronto sería un simple recuerdo doloroso y lograría superarla. Nada era eterno en esta vida.

—Acepto —respondí con determinación.

Los flashes de cámaras abundaban en la iglesia al igual que los gritos de mis invitados. El evento había sido planeado durante semanas y finalmente estaba sucediendo. Había firmado el papel que me unía a mi esposa. Era un hombre casado.

—Que el señor confirme este consentimiento que han manifestado ante la Iglesia y cumpla con vosotros su bendición. Lo que Dios acaba de unir que no lo separe el hombre. Yo los declaro marido y mujer. Puede besar a la novia, señor Vitale.

1

LUCA

Mi cuerpo estaba recuperando a un ritmo muy lento la energía que había perdido. Recibir esa bala en el pecho me mantuvo más de un mes internado, pero no quedó ninguna secuela grave excepto un corazón roto. Un hombre resentido con la vida. Un hombre que esperó sesenta días a que ella regresara y se quedó con la ilusión.

Mi tío Eric se hizo cargo de la ciudad en mi ausencia con la ayuda del gobernador. Me llegaron pruebas de que las chicas regresaron con sus familias. Fue lo más reconfortante que había sucedido entre tanta tragedia. La policía cerró el caso después de encontrar muertos a los responsables. La vida seguía su curso.

Pero yo no podía olvidarla. Todo se sentía vacío sin Alayna.

Había enfrentado a Ignazio y a mi padre por mí. ¿Sirvió de algo? No. Me abandonó. Hubiera preferido que se quedara en Inglaterra. Estaba muerto de cualquier forma. Tenía que acostumbrarme a su ausencia, pero me negaba a aceptarlo. Quería hacer el último intento. «Este será el último…».

—Bienvenido a casa, Luca. —Madre me recibió con un abrazo afectuoso y apoyó la cabeza en mi pecho—. Estamos muy felices de verte.

Kiara sonrió mientras Laika sacudía su cola. Era bueno tenerlas a ellas a pesar de las pérdidas. Muchos hombres habían muerto a causa de esta guerra absurda, otros decidieron huir antes que servirme. No importaba. Pronto serían cazados como ratas.

—Gracias, Madre. —Me aparté y toqué su mejilla. No había hematomas, ni cortes en su rostro. Tampoco esa tristeza que siempre traía cuando mi padre estaba cerca. Era una mujer libre—. Te ves deslumbrante.

Una sonrisa genuina tiró de sus labios.

—Vencimos al monstruo. —Sus ojos se llenaron de lágrimas, pero eran de felicidad—. Él no volverá a herirnos, Alayna acabó con cada pedazo de su ser.

La puñalada que recibí ante la mención de su nombre fue mucho más violenta esta vez. Se clavó en mi herida, haciéndome sangrar de nuevo. No superaría pronto a esa mujer, no creía que lo lograra algún día.

—Madre… —Kiara le dirigió una mirada de advertencia—. Teníamos un acuerdo, ¿recuerdas?

La sonrisa de mi madre se esfumó.

—Lo siento, no puedo olvidar su lucha. Llegó a nuestras vidas como un ángel vengador. Nos salvó de tu padre y le estaré eternamente agradecida.

Sonaba como una mujer diferente. No soportaba a Alayna cuando vino aquí por primera vez, pero me hacía feliz que su perspectiva hubiera cambiado. La mariposa no solo había traído desgracias. También libertad y la oportunidad de un nuevo comienzo.

—¿Dónde está el *consigliere*? —pregunté—. Quiero que me dé más detalles de los eventos que sucedieron en mi ausencia.

Kiara apretó mi hombro y nadie volvió a mencionar a Alayna. Todos en esa casa sabían cuánto me dolía. Durante mi descanso en el hospital tuvieron que sedarme para que no cometiera locuras como ir a buscarla. Los primeros días fueron los más difíciles. Se presentaba a torturarme en mis sueños. Arrancarla de mi corazón era imposible. Se metió ahí y nunca iba a irse. Alayna Novak era mi mayor obsesión.

—Eric se encuentra en tu oficina —informó Madre—. Está esperándote.

—Gracias.

Pasé una mano por mi cabello mientras subía las escaleras y me dirigía a mi oficina. Pensaba qué hacer, cómo arreglar el desastre en la ciudad. Aún debía pelear muchas batallas y matar a aquellos que no me respetaban.

El príncipe estaba muerto. Había nacido un rey oscuro.

Estaba a salvo de las responsabilidades en el hospital, pero había llegado la hora de trabajar y pensar en las próximas decisiones que debía tomar. Qué lazos romper y cuáles conservar. Sacudiendo la cabeza para liberarme de los pensamientos tortuosos, atravesé la puerta y entré a mi oficina. El *consigliere* estaba revisando y firmando varios documentos. Se veía tenso. Agradecía su ayuda. Sin él estaría hundido.

—Luca —murmuró sin mirarme—. Es bueno tenerte de regreso en casa.

Cerré la puerta y me mantuve de pie. Lo único que me interesaba era escuchar la información que llevaba esperando durante días. Él prometió encontrarla, prometió traerla a mí.

—¿Sabes algo de ella? —pregunté, mi voz ronca por la ansiedad.

Apartó su atención de los papeles.

—Te dije que serías el primero en saberlo.

La rabia me invadió, surgiendo a través de mis venas. Su breve respuesta me confirmó lo obvio. Sin rastros de Alayna. Alcancé la botella de whisky sobre el escritorio y llené el vaso. Ignoré la mirada reprobatoria de mi tío y fui hasta el balcón. La silla crujió cuando se puso de pie y se paró a mi lado. Estaba harto de que me juzgaran en esa casa. ¿Por qué no podían entender mi desesperación?

—¿Nada? —Miré la noche relucir en el cielo.

—Olvidas a quién intentamos encontrar —dijo—. Deberías olvidarla, Luca.

Apreté el vaso de whisky antes de darle un trago. ¿Olvidarla? ¿Hablaba en serio?

—Nunca la olvidaré —contesté con determinación—. No puedo y tampoco quiero.

—Ella no quiere ser encontrada y hará todo lo posible para descartar las pistas. Estamos tratando con una profesional.

El músculo de mi mandíbula tembló.

—No me creo ni por un segundo que se fue sin despedirse de mí. Alayna me ama.

—Es una asesina.

Un fuego incontenible se estaba gestando en mi estómago y pronto haría arder todo a su paso. No me gustaba que hablara de ella como si fuera un robot sin sentimientos. Alayna demostró ser más humana que cualquier bastardo desalmado que había conocido.

—No renunciaré a ella fácilmente y lo sabes.

Sacudió la cabeza resignado por mi decisión.

—Vamos a seguir buscándola a pesar de sus deseos —cedió—. Pero ella empezó de nuevo sin ti. Es hora de que hagas lo mismo.

Me aclaré la garganta para disimular mi furia. Cada vez que inhalaba, sentía como si unas cuchillas de afeitar me estuvieran rebanando cada parte del cuerpo.

—¿Cómo sabes eso? Es muy pronto para sacar conclusiones.

—No cuando una persona sabe lo que quiere. Ella saldó su última deuda contigo y lo demostró con el regalo que dejó en tu sótano.

—¿Qué regalo?

Sonrió maliciosamente.

—Ven conmigo.

Las suelas de mis zapatos hicieron clic en el suelo de mármol de la habitación. Todo estaba tranquilo y silencioso. Estar en ese sucio y podrido sótano me traía recuerdos. Mi mente reprodujo el momento en el que torturé a Carlo y Gregg. Me volví indiferente respecto a la muerte. Solo quería justicia y lo conseguí.

—Tiene mis respetos —comentó Eric y señaló la enorme caja ensangrentada—. Ella lo hizo pedazos.

Me cubrí la nariz mientras daba un paso hacia la caja. Fabrizio estaba parado cerca de ella, esperando mi orden.

—Ábrela —manifesté.

Fabrizio levantó la tapa y entonces lo vi.

Ahí, dentro de la caja y llena de moscas, estaba la cabeza de mi padre. Sus ojos bien abiertos y la lengua afuera. El olor a putrefacción casi me hizo vomitar, pero me contuve. Necesitaba ver, no me perdería ningún detalle. Los gusanos eran una agradable decoración.

—¿Lleva aquí más de un mes? —cuestioné.

—Sí —respondió Fabrizio—. Le prometí que tú lo verías personalmente.

Mi pulso se aceleró.

—¿Ella te pidió que lo vea?

Asintió.

—Dijo que será su último favor.

La sonrisa en mis labios salió de inmediato, sin querer retenerla más tiempo. Sonaba tan Alayna. Ella era perfecta.

—¿Qué sucedió con el cuerpo?

Fabrizio apuntó el barril con ácido.

¿Sentía pena? ¿Remordimientos? Absolutamente no. Era el hombre que arruinó mi vida, pero también era el hombre que me crio. A pesar de cada horrible incidente, siempre había deseado tener su aprobación, incluso si sabía que nunca la conseguiría.

Fui una decepción en su vida, él también en la mía.

Pensé en mi juventud, en cada humillación y muestra de menosprecio. Maté por su culpa, perdí mucho de mi humanidad. Mi abuelo arruinó su vida y él hizo lo mismo conmigo. Años y generaciones en la mafia pudrían el corazón de un hombre. Yo era la prueba de ello. Ni siquiera le daría una sepultura digna. No merecía esa muestra de respeto.

—Deshazte de eso y buscad a los traidores —exigí—. Quiero muertos a todos aquellos que no cumplen mis órdenes.

Eric asintió con determinación y sonrió. ¿Querían de regreso al Luca que mató sin piedad a Carlo Rizzo? Les daría el gusto. Sabía los sacrificios que debía hacer. Sabía que debía usar la violencia y derramar más sangre para sobrevivir. Nada había terminado. Era el inicio de mi reinado.

—En cuanto a Alayna… —dictaminé—. Continuad con la búsqueda. Quiero a mi mujer a mi lado.

—Por supuesto.

Pero ella nunca regresó.

Pasaron tres años, intenté rehacer mi vida, me casé con otra mujer, y aun así no podía quitarla de mi corazón. Alayna Novak se convirtió en una maldición.

Me había ganado cada logro, respeto y gloria. A mis veintiséis años, me encargué de tener rendida a Palermo bajo mis reglas. Mi difunto abuelo estaría orgulloso. Aprendí a mover muy bien las piezas de ajedrez en el tablero. Todos eran mis peones, incluso el gobernador y su hija, ahora mi esposa.

Los matrimonios concertados solían ser frecuentes en mi cultura. Mis padres se habían casado con los mismos términos. No se trataba de amor. Todo era cuestión de poder. Desde que era un niño sabía que me casaría con una mujer por conveniencia.

«Isadora Rossi…».

Ella no quería comprometerse con un viejo abusivo y yo buscaba una esposa para asegurar mi posición. Una fachada para conservar mi imagen de hombre respetable, alguien que encajara en mi nueva realidad. Una realidad donde ni la esperanza ni el amor existían. Solo violencia, muerte y sangre. Poder y mucho dinero también.

A menudo oía comentarios de que éramos perfectos juntos. Si tan solo supieran que detrás de este matrimonio había partes muy oscuras que nadie veía cuando nos miraban. Todo era una farsa. No amaba a Isadora, pero en algunas ocasiones deseaba hacerlo. Era un buen esposo, cumplía con mis deberes y la cuidaba como habíamos acordado. A veces cuando no le bastaba recurría a otros hombres. No me importaba y tampoco me dolía. Ella sabía desde el principio que nunca correspondería a sus sentimientos. Mi corazón ya tenía dueña.

Lentamente caminé hasta la cuna y lo miré con una sonrisa. Él era lo más real que tenía con mi esposa.

Thiago.

Nuestro pequeño hijo de un año.

Mi hijo me motivaba a despertar todos los días y a seguir luchando. A veces pensaba muy seriamente en su futuro y me deprimía. No me gustaba la idea de que Thiago tuviera el mismo destino que yo, pero aprendí la lección. Un Vitale jamás escaparía de la Cosa Nostra. La cuestión aquí era aprender a manejarlo.

—¿En qué piensas? —Mi esposa entró a la habitación con una sonrisa.

Rizos rubios desbordaban hasta su espalda y acariciaban su cintura. Si pudiera definir a alguien como un ángel, esa definitivamente sería Isadora Rossi de Vitale. Era una mujer encantadora, amable, dulce y comprensiva. Teníamos nuestras diferencias, pero siempre tratábamos de solucionarlo con diálogo. Con ella y Thiago no me sentía tan solo.

—Despertará si haces mucho ruido —dije y toqué la mejilla de mi hijo.

Todos afirmaban que era una réplica mía. El mismo cabello castaño e intensos ojos grises. A pesar de tener solo un año y tres meses, era un hombrecito exigente. Ya había abandonado su biberón y le gustaba lucir trajes caros para bebés.

Fernando había dicho que era un niño malcriado, pero yo no permitía que nadie interfiriera en su educación. Los únicos con ese derecho éramos su madre y yo. Thiago sería criado bajo reglas justas. Estaría con él cuando tuviera sus caídas y le enseñaría a levantarse por su cuenta. Sin violencia. No cometería los mismos errores que mi padre.

—¿Hizo muchas travesuras hoy? —preguntó Isadora.

Me reí.

—No te imaginas.

Charlar con mi hijo se había convertido en un ritual nocturno. Hablaba con él sobre cualquier cosa hasta que se quedara dormido. Thiago me escuchaba y se reía cuando le hacía cosquillas. No me imaginaba una vida sin él.

—Nuestro aniversario se acerca. —Los brazos de Isadora rodearon mi cintura y besó mi espalda—. Estoy tan emocionada.

No quité mis ojos de Thiago.

—Lo sé.

—Tenemos que celebrarlo, una fiesta por todo lo alto. —Sus manos lentamente bajaron hacia la cremallera de mi pantalón y me tensé—. Invitaré a mis amigos, cada persona que forma parte de la élite de Palermo. Hablarán de nosotros durante meses.

—Isadora…

—Cubriremos las tapas de las mejores revistas —continuó—. Recuerda que somos la pareja perfecta —añadió con ironía y aparté sus manos.

Los reproches estos últimos días habían sido constantes y sabía la razón. No teníamos sexo desde hacía cuatro meses, pero no podía reclamarme. Formaba parte de nuestro acuerdo. No podía obligarme. Ante las cámaras fingíamos que nos amábamos y que nuestro matrimonio era perfecto. ¿Qué pasaba en la intimidad? Éramos vacíos, no había pasión, mucho menos amor.

—Puedes organizar la fiesta que quieras —indiqué—. El dinero lo tienes a tu disposición.

—Pero no a ti —susurró con dolor—. Te extraño, Luca. ¿Hasta cuándo seguiremos así?

Aparté mis ojos de Thiago y la observé atentamente. No me gustaba que sufriera por mí, no me gustaba que mendigara por amor.

—Creí que esto estaba claro entre nosotros. ¿Acaso no tienes suficiente con tus amantes?

Sus ojos marrones brillaron con las lágrimas retenidas y sus labios temblaron. «Por favor, no llores».

—Si acudo a ellos todo el tiempo, la gente empezará a sospechar. ¿Qué pasará si los paparazzi me toman desprevenida en un lugar inapropiado? Mi reputación será destruida.

—No habrá problemas si eres cuidadosa.

—Para ti es muy fácil decirlo porque eres hombre y nadie cuestiona lo que haces. Yo… tengo necesidades y no hay nada de malo en que busque satisfacerlas con mi marido.

Thiago soltó un gemido angustiado y rápidamente fui hasta él para calmarlo. Se relajó ante mi toque y se acurrucó en su cuna. Sonreí ante la imagen.

—No me presiones —advertí—. Y no te atrevas a hacer esto frente a mi hijo.

—Nuestro hijo —corrigió.

Chequeé por última vez a Thiago antes de agarrar del brazo a Isadora y sacarla de la habitación. Desde que era un niño, presencié las peleas que tenían mis padres y eso dejó secuelas. Ya no pude verlos de la misma forma, me asustaba cuando estaban juntos y sufría por mi madre. No quería lo mismo para mi hijo.

—¿Será necesario que te repita nuestro acuerdo? —siseé enojado—. Esto no es amor, Isadora.

—¿Y tampoco sexo? —Me acarició el pecho y besó mi cuello—. Soy la madre de tu hijo, merezco consideración. Te necesito tanto, sueño con tu toque cada día. No me prives de tu cuerpo.

Sus besos se volvieron más ansiosos a medida que me quitaba la chaqueta y trazaba mis abdominales. Como de costumbre, nada en mí respondió. Estaba bloqueado sexualmente. El sexo no era lo mismo de antes. No desde ella.

—Hoy —dije, odiando hacia dónde se dirigía mi traidora mente.

Isadora me miró con ilusión y entusiasmo.

—¿Hoy?

—Hoy me tendrás en tu cama —prometí—. Seré tuyo.

Me desarmó ver la gratitud en sus lindos ojos. No debía ser de esa forma, ella no merecía las sobras de un hombre destrozado. Ella no merecía solo pedazos.

—Te a… —Presioné un dedo sobre sus labios y ella agachó la cabeza con decepción.

No tenía permitido pronunciar las palabras porque me haría sentir más culpable.

—Déjame revisar algunos papeles y después me tendrás para ti.

—Voy a esperarte.

—Bien.

La aparté torpemente y la vi retirarse a su habitación. Ni siquiera compartíamos la cama. ¿Por qué era tan difícil corresponderle? Me daba todo, era una mujer excepcional. ¿Cómo diablos podría liberarme de ese amarre impuesto por una maldita mariposa?

—Escuché eso desde la biblioteca —dijo Kiara con un libro en la mano—. ¿Le sigues negando sexo a tu esposa, Luca?

Kiara se había convertido en una mujer hermosa. Varios pretendientes se presentaron a tocar nuestra puerta cuando cumplió la mayoría de edad, pero ella hizo su elección y Luciano ganó su corazón. Le prometí que jamás la controlaría. Ella era libre de hacer lo que quisiera y si deseaba estar con Luciano no iba a prohibirle nada. Era una adulta.

—No es asunto tuyo, ocúpate de tus estudios.

Rodó los ojos.

—La gente de servicio también sabe que el matrimonio de ambos es una fachada. Si no fuera por el niño, tú hace tiempo habrías pedido el divorcio.

Froté mi rostro. Ojalá fuera así de fácil.

—Sabes que el divorcio no es posible por ahora. Fernando es capaz de prometerla al viejo cascarrabias abusivo.

—Lo sé.

—¿Entonces por qué mencionas el tema?

Me dirigí a mi oficina y Kiara me siguió los pasos.

—Ninguno es feliz y odio que estéis atrapados en un callejón sin salida. Ella es muy buena, merece más que tus sobras.

Mi rostro se encendió por la ira. No me agradaba que se metieran en mi vida privada.

—¿Crees que no lo sé?

—Ya no eres el mismo de antes, no desde que Alayna se fue.

«Ese nombre».

La cólera me sacudió como un maremoto, las venas en mis sienes se tensaron. ¿Por qué la mencionaba? Nadie lo había hecho en muchísimo tiempo. Ella no me quería a su lado y quedó demostrado. Sin ninguna pista de su paradero, Alayna Novak estaba muerta para mí.

—No vuelvas a hablar de ella. ¿Entiendes?

Pero Kiara no mostró ni un gramo de culpa ante la dureza en mi voz.

—Estoy cansada de verte muerto por dentro. Sé que tienes a Thiago y te hace muy feliz, pero a veces me pregunto si las cosas hubieran sido diferentes…

—Pasaron tres años, Kiara. Ya la superé.

Su expresión me dijo que no me creía. Yo tampoco lo hacía. Era una mentira que intentaba desesperadamente hacer realidad.

—Estás perdido. Te estás convirtiendo en nuestro padre. Isadora y Thiago no merecen esta versión de ti, tampoco que los retengas contigo.

Me acerqué a ella y la hice retroceder. Podía aceptar cualquier cosa, menos que me comparara con Leonardo. Eso nunca.

—No vuelvas a decir algo así. Mi hijo debe estar a mi lado.

Apretó los labios.

—¿Isadora no? Deberías buscar la manera de liberarla.

—No sabes cómo funciona nuestra relación y las consecuencias que traería si la dejara ir.

—A veces me pregunto cómo sería tu vida si supieras la verdad.

Fruncí el ceño.

—Estás diciendo locuras.

—No —sentenció—. Estoy cansada de guardarme esta horrible carga, nunca debí callarme nada.

Me quedaba sin aliento con cada palabra que salía de sus labios. ¿Por qué me decía estas cosas justo ahora? Cristo, pasaron tres años desde su partida.

—¿De qué carga estás hablando?

La culpa era evidente en sus ojos grises.

—¿Qué harías si supieras que todas las cosas que te dijeron sobre Alayna son mentiras?

2

ALAYNA

El cielo de la mañana era gris, el viento helado me congelaba las mejillas y copos de nieve azotaban mi largo cabello oscuro. Era la segunda vez en años que venía a visitarla. Me arrodillé ante su lápida, dejando el ramo de rosas blancas. Seguían frescas y hermosas.

«Alyona Smirnova».

No tenía muchos recuerdos de ella, pero los pocos que conservaba eran felices. La imaginaba contenta en un lugar mejor donde no sentía dolor ni soportaba los maltratos de mi padre. A veces me preguntaba seriamente qué pensaría de mí. Madre siempre había deseado que me casara, construyera una familia y tuviera hijos propios. Si supiera que estaba rota por dentro y no merecía ser amada.

Lo que había sucedido en Italia hacía tres años cambió mi perspectiva sobre la vida. Todas esas chicas que Luca se propuso salvar, yo las liberé. Sacrifiqué mucho para lograrlo y perdí al único hombre que había amado. ¿Qué pasaría si no hubiera intervenido? Me encogí ante el pensamiento y suspiré. Estaban a salvo, era lo único que importaba. Nunca lamentaría mi decisión. Sabía perfectamente en qué me metía y el precio a pagar. Fueron meses de duro trabajo, estrés, sufrimiento y lágrimas. No quería arrastrar a Luca conmigo, él merecía una recuperación tranquila. Estaba mejor sin mí. Quedó demostrado al poco tiempo cuando reinició su vida.

Me superó muy rápido.

—Ya no recuerdo cómo era tu rostro, pero pienso mucho en ti. Caleb me dijo que soy tu viva imagen y me siento orgullosa. —Miré el cielo con una sonrisa—. Espero que no estés decepcionada de mí.

Busqué en mi bolso la caja de cigarros. Saqué uno. Era difícil encenderlo con el viento implacable, pero finalmente lo logré y le di una larga calada.

—Hasta pronto, mamá —mascullé—. Volveremos a vernos algún día.

Observé su lápida por última vez antes de girarme y dirigirme a la salida. Tuve una extraña sensación, como si alguien me estuviera espiando. Miré a mi alrededor, pero no encontré nada fuera de lugar. Probablemente solo era paranoia. Tres años y nadie había logrado encontrarme. Caleb era el único que tenía mi dirección en caso de que sucediera alguna emergencia.

Me había convertido en un fantasma. Encontré paz cuando terminé mi trabajo y decidí tomarme un descanso. Mi vida ahora era tranquila sin crímenes de por medio. Tenía todo lo que necesitaba y no quería nada más. Esa voz maliciosa en mi cabeza susurró que era una mentirosa. Los primeros días de la separación fueron llenos de ansiedad, tortura y dolor. Comprobaba mi teléfono cada minuto, deseando escuchar los miles de audios que Luca me había enviado. No escuché ninguno. Todavía conservaba la carpeta donde estaban archivados.

Luca era el amor más puro que había experimentado, pero también el daño más irreparable que me habían causado.

Fue mi destrucción.

Yo era un alma rota y solitaria, pero siempre encontraba la forma de superar cualquier decepción. Esto no terminaría conmigo. Era mi nuevo comienzo y decidí tomarlo. Fue mi decisión. De nadie más. Ahora tenía que vivir con las consecuencias.

No importaba lo que deseara mi corazón desesperadamente.

Nunca importó.

Los portones se abrieron cuando detuve la motocicleta frente a mi casa y me quité el casco. El pelo me cayó por la espalda y tomé una respiración profunda. El aroma del bosque, los pinos, la nieve y los musgos me envolvieron. No me agradaban las personas, en mi nuevo hogar nadie perturbaba el silencio. Vivía en los suburbios de San Petersburgo. Una casa de dos pisos perdida entre los árboles. Tenía instalado un sistema de seguridad y trampas que matarían a cualquiera que no estuviera invitado. Allí sentía libertad. Sin mafia, sin crímenes, sin idiotas que quisieran controlar mi vida. Solo era yo.

Inserté el código en la puerta y entré mientras me quitaba el abrigo y los tacones altos. No era algo común para mí quedarme tanto tiempo en un país, pero Rusia era mi hogar y me sentía increíble con el perfil bajo. Me serví una copa de vino tinto y colapsé en el sofá. Mis ojos atentos en el reloj que marcaba las 12:00. Mi rutina se basaba en lo mismo todos los días. Simplemente sobrevivía. Sin adrenalina ni peligros, pero era lo que quería, ¿no?

La duda era la peor parte. Me hacía cuestionar todo lo que había hecho y si realmente valía la pena el sacrificio. ¿Debí ignorar a Eric y aferrarme a Luca como mi salvavidas? Permití que un desconocido dictara mi destino. Él no sabía mis luchas, mis sueños, mi dolor… Nada.

—Imbécil —susurré, bebiendo otro sorbo.

Mi celular emitió un pitido y me paralicé como era costumbre. Había cambiado mi número, pero secretamente deseaba que él lo consiguiera de algún modo. Quería que atravesara mi puerta y me pidiera regresar a su lado. «Estúpida».

Yo había renunciado a él y era un hombre casado. Ya no era mío. Quizá nuestro amor era una brillante estrella fugaz, destinada a perderse en la oscuridad. Solo quedó polvo en su lugar. Restos de escombros que fueron llevados por el viento. El celular volvió a sonar y maldije cuando vi el nombre de Eloise en la pantalla. Le advertí que nuestras llamadas debían ser mínimas. No era buena para ella y no quería exponerla otra vez. Su seguridad no estaba a salvo conmigo. Si seguía insistiendo, me vería en la obligación de cambiar mi número por milésima vez.

—Hola, duende. —Mi voz sonó sin ningún entusiasmo y escuché su resoplido.

—¿Esas son formas de saludarme? ¿A tu única amiga?

—Llamaste hace una semana cuando te advertí que no debes ser frecuente. La prudencia es importante. ¿Acaso olvidas quién soy?

—No, no lo hago —dijo—. Pero no puedes culparme por llamarte. Me dejaste muy preocupada después de nuestra conversación. Necesito saber cómo estás.

«Reina del drama…». Mi error fue llamarla ebria y decirle cosas que no debía. Eloise no lo olvidaría. Aquí estaba tratándome como si ella fuera mi madre.

—Estoy perfectamente bien.

—Me dijiste que querías regresar a Italia y lloraste en el teléfono.

—Estaba ebria. —Me froté los ojos con el puño—. No volverá a suceder.

La imaginé resoplando, dándome esa típica expresión de sabelotodo. La echaba de menos. Llegué a pensar que no volvería a disfrutar su amistad después de que fue secuestrada y a punto de ser vendida, pero Eloise me aseguró que no era mi culpa. A veces la llamaba y ella me escuchaba sin juzgar. Solo daba consejos cuando era necesario. Era extremadamente honesta, algo que me gustaba y me molestaba al mismo tiempo.

—Puedes confiar en mí, Alayna.

—Lo sé, Eloise —murmuré—. Pero no me gusta abrumarte con mis problemas. Cada vez que me llamas solo hablamos de mí y es agotador. ¿Por qué no me cuentas cómo vas con Sabrina? ¿Eres feliz en Australia?

Oí un pesado suspiro. Sabía que le colgaría si insistía con el mismo tema.

—Me gusta y estoy feliz —aceptó—. Vamos muy en serio. Yo… pienso que me propondrá matrimonio pronto.

Una sonrisa levantó mis labios.

—No me sorprende que pronto ponga un anillo en tu dedo, eres grandiosa. Sabrina es afortunada por tenerte.

—Yo también soy afortunada. La vida en Australia va genial y el negocio prospera cada día más. Deberías visitarnos algún día. Te daremos croissant y vino.

Ignoré el último comentario porque de nuevo no era buena idea.

—No dudes en llamarme si te rompe el corazón.

—Eso no será necesario —se apresuró a decir y volví a reírme—. Sabrina es incapaz de hacerme daño.

—Más le vale.

—¿Alayna?

—¿Sí, duende?

—Todos merecemos ser felices. Tú más que nadie. Sé que muchos te han decepcionado y eso apesta. Lo siento, amiga, pero no significa que debas cerrarte al amor y te hundas en la miseria. —Hizo una pausa—. Eres hermosa por dentro y por fuera. Nadie me hará creer lo contrario.

—Eloise…

—Mereces ser feliz, Alayna —insistió—. Te juro que lo mereces. No importa lo que hayas hecho en el pasado o lo jodida que haya sido tu vida. Mereces ser amada y feliz. Solo escucha a tu corazón y vuelve a Italia. Sé que no todo está perdido para ambos. Puedo jurar que él te sigue esperando.

—Lo dudo mucho. Está felizmente casado.

—Alayna…

—Adiós, duende. —Colgué.

Estiré las piernas en el sofá y revisé la bandeja de entrada donde su mensaje de texto estaba fijado:

«Vuelve a mí, mariposa».

Las lágrimas pincharon los bordes de mis ojos y lancé el aparato en la alfombra. Tres años y la herida seguía fresca. ¿Cómo pudo salir adelante tan rápido? ¿Cómo logró superarme? Necesitaba el secreto porque esto me estaba matando por dentro. Me acurruqué en el sofá, abrazando mis piernas, preguntándome si alguna vez dejaría de odiarme a mí misma. Si algún día todas mis piezas estarían completas nuevamente.

«Tarde, Alayna».

No había forma de regresar al pasado, el daño ya estaba hecho. Esa misma noche me negué a lamentarme de mí misma. Me limpié las lágrimas, me puse un vestido negro y un abrigo y salí a tomar un trago.

Había ocasiones en las que odiaba sentirme tan sola. No me gustaba pensar demasiado porque me hacía cuestionar todas mis decisiones y era insoportable. Tenía suficiente con Eloise y sus sermones.

Le di una calada a mi cigarro, disfrutando la suave melodía del piano. Varios hombres buscaban mi atención, pero ignoré a cada uno. Cada vez que intentaba tener sexo con alguno, mi mente buscaba a Luca inconscientemente y se me escapaba su nombre durante el acto. Maldito príncipe. Me había arruinado.

—El próximo trago de la dama pueden agregarlo a mi cuenta.

Levanté una ceja cuando observé al dueño de esa rica y decadente voz con acento. Un hombre atractivo, vestido con un traje gris a medida se sentó a mi lado en el taburete del club nocturno. ¿De dónde había salido? Su cabello era castaño rojizo, sus ojos verdes de un tono muy pálido. Su cara cincelada me recordaba a una escultura. Sus pómulos eran afilados y sus labios carnosos. Por la anchura de su cuerpo y la forma en que el traje se aferraba a su amplio pecho, podía decir que estaba ejercitado.

—No necesito que nadie pague mi trago —respondí, expulsando el humo por mi boca—. Menos un tipo que no conozco. Puedes irte. No estás invitado.

La curva de su boca formó una deslumbrante sonrisa con dientes blancos.

—¿Estás segura de que no te conozco? Saldrías corriendo si supieras quién soy.

Lo miré con detenimiento esta vez. ¿Y este quién se creía?

—Ilumíname. ¿Eres el rey de Inglaterra?

Sus ojos recorrieron mi cuerpo, enviando un escalofrío agradable por mi columna vertebral. Podía hacer una excepción por este idiota. Me dolía la cabeza por haber pensado demasiado y necesitaba relajarme. Una buena dosis de sexo me ayudaría a olvidar.

—Eres Alayna Novak —dijo y reconocí su grueso acento. Irlandés—. Te encargaste de que cada hombre en el mundo de la mafia sepa tu nombre cuando acabaste con el líder más peligroso de Rusia.

El dueño de una organización que reclutaba asesinos. Tú eras su soldado y lo mataste.

Una pequeña risita abandonó mis labios y dejé los restos del cigarro en el cenicero. Deseaba que fuera un desconocido al azar. Qué lástima.

—¿Con quién tengo el gusto de hablar?

El barténder regresó y sirvió dos vasos de whisky. Obviamente no sería tan estúpida para beber algo que me ofrecía un desconocido. Eso iría en contra de todo lo que había aprendido. No correría el riesgo de ser drogada o envenenada. Merecía una muerte épica.

—Me llamo Declan Graham. —Agarró mi mano y besó el dorso—. El gusto es mío, Alayna.

Aparté mi mano y bebí lo que quedaba del coñac que ordené. Saboreé cada gota sin apartar mis ojos de los suyos. El calor que se estaba gestando en su intensa mirada hizo que mi pecho subiera y bajara rápidamente. Había pasado un tiempo desde que un hombre me provocara un efecto igual. Mi último revolcón había sido hace meses.

—Declan —repetí su nombre en un tono aburrido—. ¿Cómo sabes tanto de mí? ¿Me estás vigilando? ¿Me espiaste por meses? Esa sería una buena explicación dado que estuve apartada de tipos como tú durante un tiempo.

El siguiente movimiento me tomó por sorpresa. Se acercó, sus labios rozaron mi oreja. Su aroma masculino me rodeó cuando habló. Su colonia era deliciosa.

—Me dijeron que eres muy arrogante para tu bien y acabo de comprobarlo.

A pesar de que habían encontrado mi ubicación, una risita burbujeó en mi pecho, un sonido pequeño y ligero. Relajado. Buscaba algo de mí y no se lo daría. ¿Mis servicios como asesina? No me importaba cuánto dinero ofreciera. Ya había terminado.

—Te daré una oportunidad de irte por tu cuenta —dije—. Regresa por donde viniste y olvida que me has visto.

Sus ojos se oscurecieron.

—Nunca podrás tener la vida tranquila que buscas, no después de tus errores. —Su voz era un susurro áspero y ronco—. Eras una especie de justiciera que mataba a todos los bastardos que abusaban de mujeres. Rompiste cadenas y terminaste con muchos negocios. ¿A cambio de qué? Más enemigos de lo que alguna vez imaginarás. Tu cabeza tiene una recompensa generosa.

Me mantuve indiferente.

—¿Eso es lo que quieres? ¿Dinero por mi cabeza?

—No, exactamente.

—Malas noticias para ti —dije, cansada de la conversación—. No tengo nada que ofrecerte y no me interesa lo que esperas de mí.

Chasqueó la lengua, otra sonrisa curvó la comisura de sus labios.

—Lo que hiciste trajo consecuencias, Alayna. Desmantelaste toda una red de prostitución y pusiste a hombres peligrosos tras las rejas. Algunos recibieron su condena, otros murieron en la cárcel, pero hay quienes esperan ansiosos tu cabeza —sonrió—. Dejaste tus huellas a pesar de que trataste de actuar en el anonimato. La gran mariposa negra es inolvidable y muchos codician matarla.

Se me aceleró el pulso, la rabia me crispó la nariz y entrecerré los ojos. Conocía a la perfección gran parte de mi historia. Cuando había rescatado a las chicas que Luca protegía también me aseguré de que otras recuperaran sus vidas y que mi nombre fuera una advertencia para los depredadores.

—Ese es un gran monólogo. ¿Lo practicaste mucho? —Miré la hora en mi reloj—. Felicidades, lograste entretenerme, pero debo irme.

Me moví con intenciones de marcharme, pero sus dedos se enroscaron alrededor de mi brazo.

—Aún no he terminado.

Le di un manotazo.

—Quita tus manos de mí o será la última cosa que hagas en tu vida. Tengo un límite de paciencia y lo has agotado. Apártate de mi camino.

Los clientes del bar susurraron cuando las voces se elevaron, pero al diablo. No me importaría armar un escándalo. Le cortaría la garganta y saldría por esa puerta como si nada hubiera pasado. No caería en la trampa de este idiota. Si trabajaba en la mafia, lo más probable era que buscaba algún beneficio o quizá venganza. Destruí negocios y se perdieron millones de euros. Había hombres furiosos acechándome.

—¿Ves a los hombres de ahí? —Señaló a los cinco orangutanes a poca distancia—. No permitirán que salgas viva de aquí. Yo tampoco. Sabemos que estás entrenada, pero dudo que puedas con todos nosotros. No actúes como si fueras estúpida.

—Tú no sabes de lo que soy capaz.

—No y tampoco quiero averiguarlo —sonrió—. No tengo intenciones de matarte y discúlpame si te molesto. Hay alguien que está interesado en hablar contigo personalmente. No le hagas perder el tiempo.

—¿No puede hacer él mismo su trabajo? ¿Tú eres su perro guardián?

Apretó los dientes, irritado por el comentario.

—Ven conmigo.

Tenía una navaja sujeta al muslo y un entrenamiento que me sacaría de cualquier situación. No me hacía sentir insegura seguir a un hombre desconocido en un salón. La monotonía había empezado a aburrirme y esta era una señal. Era el momento de enfrentar la realidad. No podía huir para siempre.

—Bien —cedí—. Solo déjame advertirte que no seré agradable si esto se trata de una trampa.

Declan sonrió.

—Jamás jugaría con la mariposa negra.

Me guio hasta una escalera del segundo piso y después ingresamos a una oficina lujosa. Todo estaba hecho de mármol, decorado con cuero y terciopelo. Qué mal gusto. Un hombre con la misma contextura física que Declan me recibió con una sonrisa. No cabían dudas de que enfrentaba a la mafia irlandesa y querían cobrarme una deuda. Dos de sus guardias se pararon a su lado como vigilantes silenciosos detrás de él, con las espaldas erguidas y armas apuntándome. La puerta se cerró y cubrieron las ventanas. Huir se volvió una tarea complicada, pero no imposible.

—Es un honor conocer finalmente a la mariposa negra. —El bastardo irlandés me saludó con arrogancia—. Soy muy afortunado, ¿no lo crees, Alayna? Me llamo Derek Graham.

Mantuve los labios sellados. Derek hizo sonar los dedos y los hombres se retiraron a excepción de Declan.

—Ya no te sentirás intimidada por ellos —dijo—. ¿No quieres sentarte?

¿Intimidada? Esa palabra no existía en mi vocabulario.

—Estoy bien así —contesté, pero Declan puso una mano en mi hombro y me obligó a hacerlo de todos modos. Idiota.

—Fueron meses de larga búsqueda —expuso Derek aún sonriendo—. Encontrar tu paradero me trajo muchos dolores de cabeza.

Di golpecitos al suelo con mis tacones, demasiado impaciente de terminar esta conversación.

—Veo que esto es un asunto personal —asumí.

Derek soltó una carcajada.

—Cuando rescataste a las víctimas de trata, desmantelaste un negocio que me dejaba muchísimo dinero.

Un escalofrío recorrió mi espina dorsal y bajé la mano hasta mi muslo, lista para utilizar el cuchillo.

—Bienvenido al club —sonreí—. No eres el único resentido.

—Quiero que repongas el dinero que he perdido por tu culpa.

Miré a Declan un segundo.

—No te debo nada —espeté—. Termina con esta estupidez y olvídate de mí. En caso contrario vas a perder más que un par de euros. Diles a tus hombres que se retiren y déjame en paz.

Una amplia sonrisa destelló en su rostro.

—Tranquila, estoy tratando de ser amable aquí. No me obligues a usar la violencia —se rio—. Sé que acabaste con la familia Vasiliev en Rusia hace tres años. Lo mismo sucedió con un cartel mexicano, destruiste a Leonardo Vitale y fuiste la zorra de su hijo. Oh, trabajaste con Fredrek Belov para destruir al mismísimo Aleksi Kozlov. Eres amiga de Ignazio Moretti. —Se removió en la silla—. Durante años rescataste a víctimas de trata y te uniste al FBI también. Tu hermano es Caleb Novak, uno de los asesinos más impecables que he conocido. Posees un historial fascinante, Alayna. Ningún objetivo tuyo sobrevivió.

Ni siquiera me inmuté.

—Se te escaparon otros detalles importantes, pero está bien. No estuvo nada mal.

—Escuché que ya no trabajas para nadie. ¿Es cierto?

—No sigo órdenes de nadie —mascullé y volví la vista a Derek—. Menos, de hombres como tú.

Derek alcanzó el licor de su mesa y se sirvió un trago.

—Hoy no tendrás muchas opciones. —Bebió—. Olvidaré que arruinaste mi negocio y tú me harás un inmenso favor a cambio. Espero que sepas apreciar esta oferta, no se presentan todos los días. Cualquiera en mi lugar te mataría, mariposa.

Y, como si mi furia invocara alguna fuerza durmiente en mi interior, comencé a sentir el calor de mi descontento. Este idiota estaba empezando a irritarme. ¿Creía que sería su sirvienta?

—Vuelve a llamarme de esa forma y eres hombre muerto. —Mi mano encontró el cuchillo y lo apreté.

—¿Toqué tu fibra sensible, Alayna?

No contesté.

Mi mente traidora me trasladó a nuestra última noche juntos en Inglaterra. Recordé su sonrisa, recordé el sabor de sus labios, y también su cuerpo moviéndose contra el mío. Maldita sea, no lograría olvidarlo.

—Tu objetivo se encuentra en Nueva York —prosiguió Derek, y regresé a la realidad—. Se trata de Alberto Boticelli. Quiero que lo mates.

Genial, otro italiano. ¿Nunca escaparía de ellos? Qué aburrido.

—Creo que no fui muy clara. —Me puse de pie y golpeé el escritorio con las palmas de las manos—. No trabajaré para ti, prefiero que me mates ahora mismo.

Chasqueó los dedos, y en dos segundos uno de sus hombres regresó a la habitación y me propinó una fuerte cachetada. El golpe rompió mi labio y la pura rabia se apoderó de mí. Saqué el cuchillo de mi muslo y antes de que pudiera reaccionar lo hundí en su cuello. El soldado jadeó, sus ojos bien abiertos mientras trataba de contener la herida, y cayó de rodillas.

Derek soltó otra ruidosa carcajada y Declan se tensó mientras miraba al hombre desangrándose cerca de mis pies.

—¿Estás seguro de que queréis obligarme? —inquirí. Recuperé el cuchillo y lo limpié en la chaqueta de la víctima, que seguía agonizando sin recibir ayuda.

—Déjame hablar con ella —solicitó Declan—. Ella accederá.

Derek observó a su perro fiel, sorprendido de que hubiera abierto la boca.

—Eres mucho más diplomático que yo. —Levantó los brazos—. Adelante, hermanito.

No dije nada mientras Derek abandonaba la oficina y me dejaba a solas con Declan.

—Toma. —Declan rebuscó en su bolsillo y me ofreció un fino pañuelo de seda.

Lo acepté sin apartar mis ojos de los suyos.

—No eres tan desagradable como tu hermano —dije, limpiándome la sangre de los labios.

—Derek es impulsivo.

Me senté y crucé mis largas piernas. No me pasó desapercibida la forma en que me miraba. ¿Deseo? Claro que sí.

—¿De verdad piensas que tú vas a convencerme? No eres especial, no eres diferente a la basura de tu hermano. No-trabajo-para-nadie. ¿Prefieres que lo repita en otro idioma? Hablo diez.

Declan tomó asiento y dejó sus pies con botas sobre el escritorio. Ignoró mi tono sarcástico, ignoró mi altanería.

—Tienes razón, pero no pierdo nada con intentarlo. Alberto es el tipo de hombre que tú odias. Viola a mujeres, las compra y las vende. ¿No eres la vengadora que acaba con ellos?

Tenía un punto, pero no iba a ceder.

—Dejé atrás ese estilo de vida. Ya no mato por dinero, me he retirado.

—Te dije que no puedes escapar. Vamos, este objetivo será pan comido. Matamos juntos a ese imbécil y mi hermano te dejará en paz. También puedes salvar a las pobres mujeres por quienes luchas desesperadamente.

Me incliné hacia el escritorio, dándole una agradable vista de mis pechos atrapados en el vestido de encaje. Obviamente no perdió la oportunidad de apreciarlos.

—¿Matamos juntos?

—Formaré parte de la misión, no quiero perderme esta gran oportunidad. —Me guiñó un ojo—. Será una aventura muy emocionante, ¿no lo crees?

Mi sonrisa salió antes de que pudiera detenerla.

—¿Qué pasa si me opongo?

—Sé que tienes una debilidad en Australia y Derek no dudará en atacarla. ¿Cómo se llama? —fingió pensar—. Eloise Pradelli, ¿no? Tu hermano Caleb es intocable, pero ella es una criatura indefensa. Hace tres años la salvaste de la prostitución y esta vez no podrás si te niegas.

El espacio entre nosotros se redujo. El nombre de mi amiga retumbó en mis oídos y de repente no pude ver con claridad. Todo lo que percibía era el movimiento brusco de mi pecho mientras respiraba. «No». Me mantuve alejada de ella porque sabía que esto pasaría en algún momento.

—Te daremos una semana para pensarlo —dijo Declan con indiferencia—. No estás obligada a aceptar, pero asumirás las consecuencias. Tu amiga Eloise será vendida y prostituida. Es tu decisión, Alayna.

3

LUCA

El rostro de Kiara estaba pálido y sus ojos se llenaron de lágrimas. No sabía cómo tomar su reacción. Algo la atormentaba y por alguna razón no quería decírmelo.

—¿Qué sabes sobre Alayna? —La miré fijamente y eso pareció intimidarla—. Pasaron tres años y dudo que haya sucedido algo que no sepa. ¿Verdad, Kiara?

Su garganta se tensó, tragó saliva.

—Tienes razón, pasaron tres años. No tiene sentido escarbar en el pasado.

Mi mano se aferró a su brazo cuando intentó darme la espalda. En silencio estaba gritándome miles de secretos, pero tenía la sensación de que no diría nada. ¿Qué la detenía? Pensé que la confianza entre nosotros era irrompible. Nos habíamos unido mucho más desde la muerte de nuestro padre.

—¿No tiene sentido qué? —inquirí enojado—. ¿De qué diablos hablas? Ya abriste la boca, será mejor que termines cualquier cosa que tenías en mente. Tú misma me dijiste que ella se fue del hospital sin despedirse de mí.

El miedo se profundizó en su expresión mientras retrocedía lentamente.

—Es lo que sucedió, te lo juro.

Mis ojos se detuvieron en la mirada de pánico en su rostro. El sentimiento de traición recorrió mi cuerpo, la rabia hirvió en mis venas. Si ella omitió alguna verdad relevante de ese día, nunca se lo perdonaría.

—¿Estás segura de que es solo eso?

Me dio un débil asentimiento.

—Sí —contestó con rigidez—. Debo ir a estudiar. Que tengas una buena noche, Luca.

Se zafó de mi agarre y la vi desaparecer en su habitación. Mi corazón se contrajo mientras cerraba los ojos. Todo lo relacionado con esa mujer me volvía loco y paranoico. No pensaría sobre el asunto, no le daría importancia, Kiara no me ocultaba nada.

«Y ella…».

Se fue, no tenía interés de regresar, ya no formaba parte de mi vida.

Alayna Novak estaba muerta.

Lo estuvo desde el día que me abandonó en el hospital y destrozó mi corazón.

Pasé las siguientes horas encerrado en mi oficina. Sabía que pronto debía ir a buscar a Isadora. Necesitaba hacer que nuestro matrimonio funcionara de algún modo. Avanzar y no estancarme en este laberinto sin salida. Cuando dije sí en el altar, prometí que la haría feliz, pero sentía que estábamos en nuestro peor momento. Isadora lloraba constantemente y yo me encontraba perdido. No podíamos seguir así, ambos nos hacíamos daño. No quería que Thiago creciera con padres que apenas toleraban tocarse.

¿Cuánto más soportaría este infierno? A veces solo deseaba tomar el primer avión y buscar por mi cuenta el jardín donde se encontraba la mariposa. ¿Valía la pena seguir aferrado a ella cuando no dudó en abandonarme? La respuesta me asustaba. Saqué el móvil de mi bolsillo y contemplé la foto del último evento al que habíamos asistido juntos. Ella con su hermoso vestido blanco mientras nos mirábamos con adoración. Tenía la misma expresión que reflejaba mi rostro. Eso era amor. ¿Cómo pudo renunciar a mí tan fácilmente?

—Me estoy volviendo loco sin ti, mariposa.

La puerta de mi oficina chirrió al abrirse y vi a Isadora ingresar vestida con nada más que una bata. Su cabello rubio estaba suelto, sus ojos marrones llenos de tristeza. ¿Cuánto tiempo estuvo esperándome? ¿Cuatro? ¿Cinco horas? Ya casi era de madrugada. Mierda.

—No viniste como prometiste —musitó.

Me froté los ojos, agotado. Necesitaba ir a la cama, pero no con ella.

—Lo siento —me disculpé—. No me fijé en la hora. Firmé varios papeles y leí algunos apuntes de mi próximo examen. No soy consciente del tiempo desde que empecé a estudiar.

Había decidido cumplir mi sueño de estudiar Medicina. Llevaba dos años de carrera y mi mayor anhelo era obtener el ansiado título. Algunos creerían que era estúpido debido a mi ocupación, pero confiaba en que algún día dejaría esa vida y me dedicaría a lo que realmente quería.

Los exámenes no eran fáciles y consumían la mayor parte de mi tiempo. Agradecía que mis primos y mi tío Eric me ayudaran con los negocios. Nunca podría solo con tantas responsabilidades. Pensaba pausar mis estudios hasta el invierno. Quería dedicarme a Thiago y a resolver algunos asuntos que necesitaban mi intervención. Todo era demasiado complicado.

—Siempre tienes una excusa, ¿no? —reprochó—. Si no son tus estudios, es tu trabajo o tu madre. Estoy cansada, Luca.

Guardé el teléfono en mi bolsillo y me froté el rostro. Carajo, no debí hacerle una promesa que no podría cumplir.

—Yo también estoy cansado, Isadora. —Mi voz sonó ronca—. Discúlpame, no han sido buenos días. Solo dame espacio.

—¿Quieres que te dé espacio? —Se cruzó de brazos, indignada y dolida—. Me dijiste que esta noche serías mío y al igual que todas tus promesas quedaron en la nada. Si te resulta tan insoportable tocarme, nunca debiste darme falsas esperanzas. ¿Por qué me mientes? ¿Es muy difícil decir que no?

—Yo…

—No vamos a funcionar —murmuró, alejándose—. Quedó demostrado más de una vez. Fue tonto de mi parte presionarte a hacer algo que no quieres. Lo siento, no volverá a suceder. La próxima vez buscaré a mis amantes para ahorrarme otra humillación.

Si la dejaba ir ahora, mañana sería peor. ¿Y yo? El mismo desastre que reprimía sus emociones por una mujer que nunca volvería.

—Sí, sí, quiero —solté—. No te vayas.

Se detuvo en la puerta para mirarme.

—¿Qué dijiste?

¿Qué daño podría hacernos un último intento?

—Quiero estar contigo.

Me miró con lágrimas en los ojos y estuve seguro de que había arruinado las cosas. ¿Por qué la ilusionaba? Me prometí a mí mismo que no volvería a hacerlo.

—Chis... No llores. —Me levanté del escritorio y me acerqué a ella—. No derrames ni una sola lágrima por mí. No lo merezco.

Sacudió la cabeza entre sollozos.

—¿Por qué me haces esto? Sé que Thiago es lo único que nos une, pero no quise perder mis esperanzas. Creí que eventualmente nuestro matrimonio funcionaría. Soy una tonta.

Limpié con mi pulgar la lágrima que caía por su mejilla.

—No eres ninguna tonta. Eres una mujer maravillosa que merece ser amada incondicionalmente. No recibir sobras de un imbécil que está jodido.

—¿Qué tiene ella que yo no?

Un tenso silencio se produjo entre nosotros, el latido de mi corazón pareció detenerse. Ella sabía cuánto significaba la mariposa en mi vida. Le había contado todo, las experiencias que compartimos, el amor que sentía por esa mujer. Nunca me juzgó, mucho menos habló mal de Alayna. Isadora era una gran persona.

—Nunca te compares con ella —masculé—. No vuelvas a hacerlo.

—Lo siento.

—Voy a encontrar una manera de librarte para siempre de tu padre —expresé—. Después te enviaré a un lugar donde podrás hacer lo que quieras si deseas irte. Serás una mujer libre, Isadora. Retoma tus estudios, diviértete, conoce a otros hombres que realmente te merezcan.

Soltó un aliento entrecortado.

—¿Qué sucederá con Thiago si eso llega a ocurrir?

—Vamos a encontrar una manera de criarlo juntos —respondí—. Siempre he dicho que él no tendrá la misma infancia que yo.

Isadora pasó los brazos alrededor de mi cintura. Apoyó la cabeza en mi pecho, el olor de su perfume me rodeó. Era injusto darle esperanzas, pero esta noche quería olvidar. Ya mañana volvería a torturarme porque no tenía a quien quería realmente.

—Eres un gran hombre, Luca.

—Quiero ser un buen hombre por nuestro hijo.

—Ya lo eres.

—Y esta noche me gustaría estar contigo.

Se puso tensa y rígida, pero con mi toque pareció relajarse.

—Luca… —Miró atentamente mi expresión—. No lo hagas porque te sientes obligado…

—Te dije que sería tuyo.

La ilusión resplandeció en sus cálidos ojos marrones.

—¿Estás seguro?

Puse una mano en su nuca y presioné mis labios contra los suyos. Esa era la respuesta que obtendría de mí. Isadora me devolvió el beso desesperadamente y la levanté en mis brazos, llevándola hasta la habitación. Sus gemidos eran dulces, ansiosos, mientras los míos eran profundos. Aterrizamos en la cama y ella fue directamente hacia mi camisa, rasgando los botones. Yo me encargué de quitarle la bata mientras observaba cada detalle de su cuerpo. Su piel era hermosa y suave a pesar de las estrías. Demasiado pequeña y vulnerable. Sabía que se sentía insegura después del parto, pero a mí no me importaban sus imperfecciones.

—Te deseo tanto —gimió.

No respondí mientras buscaba un condón en la cómoda y me lo ponía. Otro bebé no estaba en mis planes. Solo quería una cosa de ella ahora mismo e iba a tomarlo. Habían pasado cuatro meses desde que habíamos estado juntos, pero se sintió como un largo siglo. No podía obligarme a hacer nada con nadie más, no cuando todo lo que soñaba eran dos grandes ojos azules y una sonrisa seductora.

—Luca… —Se quebró Isadora—. Te quiero.

—Sssh…

Me posicioné entre sus piernas abiertas y aparté la mirada. Cada parte de mí temblaba. Tomé mi pene duro e introduje la punta dentro de ella. Estaba lista y mojada. Luego empujé sin ningún cuidado. Mi fuerte gemido fue inesperado, incluso para mí.

—Soy yo, somos nosotros. —Acunó mi rostro con las manos y me besó dulcemente. Con la intimidad del beso, me relajé y traté de concentrar mi mente en ella. Me moví despacio, buscando algo que había perdido. Isadora jadeó más alto contra mis labios cuando me moví—. Nadie se sentirá como tú. Te amo.

Mi estómago se revolvió y mi corazón rugió contra mi esternón. La intensidad con la que me contemplaba era tan fuerte que me perturbaba. Odiaba no corresponder a sus sentimientos. Si pudiera amar a otra mujer, esa definitivamente sería Isadora Rossi.

—No digas nada, por favor —le pedí con los dientes apretados.

—¿No te gusta escuchar que eres el único hombre de mi vida?

No respondí.

La observé con los ojos entrecerrados, viéndola retorcerse y morderse el labio inferior. Sus pechos rebotaban, sus pezones marrones estaban erectos, suplicando atención. Los acaricié y fui compensado por más gemidos de necesidad. Se aferró a las sábanas cuando volteé su cuerpo y la obligué a ponerse de espaldas a mí. Ahogó sus gemidos con una almohada. Sus gritos eran más desesperados, su espalda se arqueó mientras empujaba desde atrás. Era la posición que solía usar con ella. Prefería no ver su rostro durante el acto porque conocía mi mente y era capaz de traicionarme y hacerme pronunciar «otro» nombre.

—Luca…

Con varios embistes profundos, logré encontrar el punto que quería alcanzar. Mi orgasmo llegó duro y rápido, no había forma de detenerlo. Isadora me siguió segundos después mientras yo culminaba en el condón y salía de su interior.

Me acosté en la cama, mirando el techo con la respiración agitada. El sudor cubría mi frente, mi pecho y cada centímetro de mi piel. ¿Eso era todo? Había follado con mi esposa, pero tarde o temprano regresaba esa familiar sensación de vacío. Nada lograba satisfacerme.

—¿Alguna vez funcionaremos y seremos felices? —preguntó Isadora sin aliento, acurrucándose a mi lado.

—No lo sé, Isadora —susurré y me cubrí el rostro con el antebrazo—. No lo sé.

Desperté temprano para pasar la mañana con Thiago. Pronto debía hacerle una visita al gobernador y hablar sobre los próximos planes de la ciudad. Algunos prostíbulos abrieron sus puertas en contra de mi voluntad. Muchas mujeres regresaron porque creían que no había mejores opciones o era todo lo que conocían. La diferencia era que ahora escogían a sus clientes y nadie usaba la violencia contra ellas. Entendí que no podía controlarlo todo. No fue mi elección. Hoy tenía un hijo y era mi mayor preocupación. Su seguridad y educación eran lo más importante en mi vida. Lo demás quedaba en segundo plano.

Me dirigí al jardín de la mansión con Thiago en mis brazos mientras Laika y sus dos cachorros, Milo y Coco, nos seguían. Había tenido cuatro crías con el nuevo perro de Gian. Yo me hice cargo de dos y mi primo conservó al resto. Eran animales grandiosos, traviesos y muy juguetones. Alegraban mis días.

El jardín lucía asombroso con las flores que Kiara se había encargado de plantar. Ella tenía cierta fascinación por la jardinería y luego de la muerte de Leonardo llenó nuestra casa de rosas, girasoles y margaritas. Thiago amaba pasar las mañanas aquí.

—¿Alguien te ha dado golosinas esta mañana? —pregunté a Thiago con sospecha y él negó con la cabeza rápidamente—. No me mientas, campeón.

Thiago alcanzó mi corbata y jugó con ella. Sus ojos grises observaron con curiosidad la tela mientras balbuceaba algo sobre chocolates y adiviné al instante quién le había dado golosinas. Tenía que ser obra de mi madre. Esa mujer lo consentía más de la cuenta.

—Algo habrás hecho para sobornar a tu abuela —suspiré con cansancio y él se rio.

Cada día me sorprendía lo mucho que se parecía a mí. Era mi copia. A pesar de que no fue planeado lo amaba y jamás lo consideraría un error.

—Papi…

Mis labios se estiraron en una sonrisa y lo acuné en mi pecho. Su perfume de bebé se convirtió en mi aroma favorito. No podía esperar para enseñarle más cosas: jugar al balón, estudiar, defenderse y ser un buen hombre. Él sería todo lo que yo nunca pude.

—Sí, soy papi —dije—. Eres mi mundo entero, Thiago.

Nos acercamos a una planta de rosas justo cuando una mariposa hizo lo mismo. Inhalando profundo, traté de componerme. ¿Por qué seguía en todas partes? La veía en mi habitación, en mi cama e incluso en mis sueños. Recordé sus ojos azules, sus labios carnosos curvados en una sonrisa perversa. El movimiento de su cuerpo cada vez que caminaba con una confianza que nadie poseía. La recordé a ella, su risa, sus bromas crueles, sus comentarios sarcásticos cuando estaba muy enojada y la forma en que me suplicaba por más.

«Alayna…».

Los lloriqueos de Thiago me hicieron regresar a la realidad y lo dejé sobre el césped. Mi pequeño hijo corrió, Laika y sus cachorros atentos a él. La mariposa agitó sus alas hacia mí y la tristeza se hizo presente.

—Vuela, mariposa —susurré—. No regreses a mi corazón nunca más.

ALAYNA

La nieve se había derretido un poco y el sol resplandecía en el cielo. Me puse la capucha y corrí más rápido mientras «Born To Die», de Lana Del Rey, sonaba en los auriculares. Cinco grados de frío, pero si me quedaba un segundo más encerrada en las paredes de mi casa me volvería loca.

Aún no le había dado una respuesta concreta a Declan. El tiempo se agotaba y la vida de Eloise estaba en peligro. No podía dejarla a su suerte. Llamé a Caleb y le pedí información sobre los hermanos Graham. Prometió tenerla hoy mismo. Quería saber todos los detalles sobre ellos, estudiar a mis enemigos. El trato era claro: yo mataba a Boticelli y dejaban en paz a mi amiga, aunque sabía que no era tan simple como lo hacían ver. Me convertirían en una esclava y no me dejarían ir. Tenía que recurrir al plan B.

Me ganaría la confianza de ambos, me convertiría en la mercenaria que necesitaban y después los mataría. Era la única forma de garantizar la seguridad y el bienestar de Eloise. ¿Cómo haría para borrar la diana de su espalda? Pronto aparecerían otros enemigos y la usarían nuevamente en mi contra. Maldita sea. Su vida nunca volvería a la normalidad.

Mi teléfono me alertó de una llamada y ralenticé los pasos mientras contestaba.

—Hola, Caleb.

—Dime que es una maldita broma, Alayna. ¿Qué hiciste para involucrarte con la mafia irlandesa?

Su tono molesto me obligó a detener los pasos y me senté en un pequeño banquillo del parque mientras me quitaba la capucha.

—Cálmate, ¿de acuerdo? No es mi culpa esta vez, lo prometo —suspiré—. No quería involucrarte de nuevo, pero me están extorsionando y necesito tu ayuda. ¿Qué averiguaste de ellos?

—En efecto, Derek Graham es el bastardo hijo de puta más temido de Irlanda. Su fuente de dinero son las drogas, pero también la trata de personas. Perdió clientes cuando salvaste a las chicas porque varias de ellas lograron identificar a sus secuestradores y gracias a sus testimonios rescataron a otras víctimas que él mantenía cautivas.

—¿Qué me dices de Declan?

—No hay mucho de él —explicó—. Me dijeron que solo se involucra en los negocios cuando es necesario. El líder es Derek.

—¿Cuál es la relación que tienen con Alberto Boticelli?

Hubo una breve pausa.

—Hay una larga historia detrás, un asunto personal. El padre de ambos, Cian Graham, era amigo de Boticelli, pero en 1996 se desató una guerra y adivina quién fue la causante.

Sonreí.

—Una mujer.

—Exacto. La familia Graham está en guerra con la familia Boticelli desde entonces y se puso peor cuando Cian decidió quitarse la vida. Derek ha intentado matar a Alberto para vengar a su padre y no pudo conseguirlo.

—Nada nuevo, por supuesto. —Rodé los ojos—. Rechacé la oferta de trabajo y usaron un recurso muy bajo. Me extorsionaron con Eloise. Si no accedo, van a matarla o venderla al mejor postor. Te juro que no tengo otras opciones, Caleb.

—¿Piensas que van a dejarte ir fácilmente? Cuando mates a Alberto querrán más de ti. Escuché esta historia antes.

Me concentré en una pareja enamorada que se besaba con pasión bajo la nieve.

—Puedo sola. Mataré a Boticelli y luego iré por los hermanos Graham.

—No eres invencible.

—Auch, tu poca fe en mí me conmueve. ¿Alguna vez he fallado?

—Siempre hay una primera vez para todo —suspiró—. Recuerda que me tienes a mí, ¿de acuerdo? No estás sola, Alayna.

A pesar del tiempo jamás perdería su toque de hermano sobreprotector. Él velaría por mí sin importar que tuviera ochenta años. Estuvo más pendiente desde mi ruptura con Luca y llamaba todos los meses para saber cómo estaba. Hablábamos de tonterías que terminaban en risas y anécdotas nostálgicas. Caleb era el mejor hombre que había conocido.

—Lo sé —musité—. Dile a Melanie que la quiero mucho y mándale saludos a Bella de mi parte. Espero visitaros pronto.

—Estarán encantadas de recibirte.

—Hasta pronto, Caleb.

Finalicé la llamada y miré de nuevo a la pareja. Él le susurraba algo y ella reía con las mejillas sonrojadas. Lucían adorables y perfectos. Me pregunté si yo tenía la misma expresión cuando Luca me hablaba o hacía sus comentarios fuera de lugar.

El amor lucía bonito, engañoso, una mentira para disfrazar la verdadera realidad. Pero era una trampa mortal y destruía cada parte de ti cuando se terminaba. ¿Lo peor? Nunca volverías a ser la misma persona. No existía vida después del amor. Eso lo había comprobado.

Regresé a mi casa trotando y me encontré con una desagradable sorpresa. Vi a Declan parado cerca del portón con las manos cruzadas detrás de su espalda. Saqué la navaja de mi bolsillo y avancé hacia él. Puse el arma nivelada en su cara, lista para rebanar su piel si era necesario. No apreciaba que invadieran mi espacio personal. Tres años escondida y este bastardo creía que podía venir aquí sin invitación.

—Tienes cinco segundos para retirarte de mi propiedad —advertí—. Largo de aquí.

Mantuvo las manos en el aire, actuando inocente e indefenso.

—¿Esa es la manera de hablarle a tu nuevo amigo?

—Tú y yo no somos amigos. Has cruzado una línea peligrosa y no estás perdonado. Eras tú, ¿verdad? Me espiaste en el cementerio.

Sonrió.

—Te veías hermosa fumando.

Arrastré la navaja por su barbilla y una gota de sangre corrió por su piel. Declan contuvo el aire y no se defendió. Me examinó de pies a cabeza antes de lamer sus labios. Incluso con todas esas increíbles cualidades de su cuerpo, no podía quitar mi atención de sus ojos. Sus cejas eran el rasgo prominente y lo que la gente probablemente notaba. Gruesas y arqueadas, oscurecían su expresión.

—Te condenaste a ti mismo, Graham. Tu error fue creer que podías desafiarme y salir ileso sin afrontar ninguna consecuencia —hablé cerca de su boca—. Despertaste al demonio y es hora de correr.

Sus labios se estiraron hasta formar una amplia sonrisa. Me recordaba a un depredador, siempre atento para devorar a su presa. Aunque yo no era una presa. Era la cazadora.

—No quiero correr —dijo con naturalidad—. Quiero ir a una cita con la mujer más hermosa de Rusia.

Sus trucos de seducción no funcionarían conmigo.

—Sal de mi propiedad. Ahora.

—No hasta que me digas que sí —insistió—. Tú y yo necesitamos hablar de negocios que nos benefician a ambos.

No había ningún testigo cerca. Podría matarlo y hacer desaparecer el cuerpo, pero luego tendría que lidiar con su hermano, que iría detrás de Eloise. Era mejor acercarme al enemigo y fingir que este trabajo no me molestaba tanto.

Aparté la navaja.

—Dame veinte minutos y estaré lista.

Declan se rio.

—¿Al menos me invitarás a pasar? Hace frío.

—Puedes esperar en tu auto —dije, dando marcha atrás—. Ponte cómodo.

Sentí sus ojos en mi trasero mientras le daba la espalda y entraba en mi casa. ¿Me deseaba? Era obvio y lo usaría a mi favor.

4

ALAYNA

Estudié mi reflejo mientras pintaba mis labios. El vestido azul marino con mangas largas abrazaba mis curvas a la perfección y me quedaba como un guante. La abertura del lado izquierdo mostraba el muslo lo suficiente para distraer a cualquiera. El maquillaje era pesado y oscuro al igual que mi cabello. Me puse unos tacones con tiras para completar mi atuendo. Declan no me quitaría los ojos de encima y ese era el plan. Quería meterme en su piel hasta que no tuviera más opción que complacerme en todo. Se convertiría en mi títere, un peón obediente. Caería en mis redes y nadie lo salvaría.

Me puse un abrigo de piel sintético y me encontré con él en la salida. Estaba recostado contra su lujoso Bentley, fumando un cigarro para entrar en calor. Sus ojos adquirieron un brillo lujurioso cuando me vio llegar. Apreciaba cada parte de mí. Yo sabía que era hermosa. Siempre fui consciente de mi aspecto.

—Te ves impresionante —dijo casi sin aliento y contuve la sonrisa—. Tus fotos no te hacen justicia.

—Los acosadores no son atractivos —respondí a cambio y soltó una carcajada.

Caminé hasta su auto y me abrió la puerta, disimulando ser el caballero que no era.

—No me voy a disculpar, es parte de mi trabajo.

—Extorsionarme, claro. Excelente trabajo.

—No soy tu enemigo, Alayna.

—Tampoco eres mi amigo.

Se frotó la mandíbula y señaló el asiento del pasajero.

—Déjame llevarte a cenar y luego podrás juzgarme el resto de la noche.

—Ya lo hice cuando te vi por primera vez —sonreí mientras tomaba asiento—. Solo invítame a la mejor botella de vino y terminemos con esto. Muéstrame que eres digno de mi tiempo.

Su risa sonó divertida y profunda.

—¿Te han dicho que eres excesivamente egocéntrica?

Me encogí de hombros.

—Egocéntrica no es la palabra que usaría —masculle—. Se llama confianza y yo la porto muy bien. Varios hombres y mujeres me han dicho que es mi cualidad más atractiva. ¿No crees lo mismo, Declan?

—Estoy seguro de que tienes otras cualidades que te hacen aún más atractiva.

—Tengo muchas —acepté—. Soy una mujer excepcional.

Se mordió el labio y cerró la puerta.

—Apuesto a que sí.

Mientras me abrochaba el cinturón de seguridad, él se posicionó en el asiento del conductor. Puso el auto en marcha, encendió el estéreo y pronto una canción de Pink Floyd llenó el espacio.

—¿Dónde planeas llevarme? —pregunté.

—A uno de los mejores restaurantes de San Petersburgo.

—Solo conozco uno y hay que llamar con antelación para conseguir una reserva.

—Lo tengo bajo control.

—Oh, ya lo veremos —dije—. Pensé que planeabas matarme y lanzar mi cuerpo al río más cercano. Siempre se puede cambiar de opinión, ¿no?

Alzó las cejas y me miró brevemente.

—Matarte no está en mis planes por ahora, no mientras tenga este deseo de arrancarte ese vestido.

Ahogué la risa que quería salir.

—¿Y quién dijo que voy a permitir eso?

—Sucederá —aseguró—. Tú y yo lo sabemos, Alayna.

No contesté y observé las calles pasar mientras él conducía. Pensé en la vieja Alayna, esa que no desperdiciaba la oportunidad de divertirse con la primera persona que le atraía para un revolcón casual. Sin embargo, últimamente todo se sentía insignificante. Nadie podía marcarme como lo había hecho Luca.

Declan estacionó el auto frente a Most, el restaurante al que solía concurrir. Examinó mi expresión y sonrió con altanería cuando asentí y admití que tenía buen gusto. Idiota fanfarrón. Le dio las llaves al guardacoches y yo salí sin esperar que me abriera la puerta.

—¿Vamos? —Me ofreció su brazo y acepté.

Caminamos juntos hasta el interior cuando la anfitriona se acercó. Sus ojos amables miraron a Declan y después a mí.

—¿Tienen reserva? —preguntó con cautela, esperando la respuesta.

Declan se aclaró la garganta y respondió con un fluido ruso que me sorprendió.

—Por supuesto. A nombre de Declan Graham.

La joven leyó su nombre en la lista y después nos sonrió.

—Adelante, por favor. Su mesa está en el segundo piso.

Se necesitaba al menos una semana de antelación para reservar una mesa en este restaurante, pero no me sorprendía que Declan lo consiguiera. Le sobraba dinero y tenía un talento para convencer a las personas. Un atributo que noté en él cuando lo conocí noches atrás. Era un excelente manipulador.

—Gracias. —Le guiñó un ojo a la anfitriona y ella se sonrojó.

El irlandés puso una mano en mi espalda y me condujo al segundo piso por una escalera con paredes vidriadas que ofrecían una vista de la ciudad. Los copos de nieve caían lentamente. Al llegar a la mesa, me deslicé en mi silla mientras él se sentaba frente a mí.

—Estabas muy convencido de que aceptaría tu invitación —comenté—. Y luego dices que yo soy excesivamente egocéntrica.

Me miró por encima del menú, sus labios se arquearon en una sonrisa triunfal.

—Me gusta pelear por lo que quiero.

Crucé las piernas bajo la mesa.

—No lo dudo.

La camarera apareció con una botella de vino tinto en la mano. Le quitó el corcho con precisión antes de verterlo en las dos copas.

—¿Qué van a pedir? —inquirió.

—He oído bastante sobre el *pelmeni* de cordero con salsa blanca —contestó Declan—. Acompáñelo con ensalada.

La camarera anotó su pedido en la libreta y me observó.

—¿Algo especial para usted, señorita?

—Sopa de *cappelletti* con pollo —pedí—. Que el plato no esté lleno, por favor.

—Estarán listos en diez minutos. Volveré pronto —anunció, retirándose.

Moví la copa de vino entre mis dedos ante la atenta mirada de Declan. El ambiente era agradable y relajante. Extrañamente se sentía bien tener compañía.

—Dijiste que teníamos negocios de que hablar. —Bebí un pequeño sorbo de vino—. ¿Qué podrías ofrecerme además de tu descarada extorsión? Después del maltrato que he recibido de los Graham dudo que desee algo con cualquiera de vosotros.

La comisura de sus labios se torció.

—Me disculpo de nuevo por el desafortunado primer encuentro. Derek no debió ordenar que te golpearan. —Sonaba arrepentido—. Le advertí que empezamos con el pie izquierdo.

—No espero mucho de monstruos como tú y él.

—No golpeo a mujeres. —Hizo una mueca.

—No, solo las vendes y prostituyes.

—Hay muchas diferencias entre Derek y yo. Más de lo que crees —explicó—. No me entrometo en sus negocios, pero esta fue una excepción.

—¿Porque Alberto Boticelli está involucrado?

—Ya veo que investigaste por tu cuenta.

Lamí mi labio superior.

—Soy una mujer precavida.

Una mirada intrigante cruzó sus rasgos.

—No esperaría menos de ti —dijo—. Nada escapa de tus manos, ¿eh?

—Nunca he dejado vivos a mis objetivos, nadie ha sido la excepción.

Se rio. Era una risa ronca y genuina que marcó un hoyuelo en su mejilla.

—Entonces me convertí en uno de tus objetivos.

—¿Qué esperabas? ¿Un pase libre a mi cama después de que me amenazaste con vender a mi mejor amiga? —El enojo circuló por mis venas—. Te metiste con alguien que me importa y nunca lo olvidaré.

La camarera regresó con nuestros platos. El delicioso aroma de la sopa subió a mi nariz, pero quería terminar con eso lo antes posible y largarme.

—Espero que disfruten la cena. —La joven hizo una reverencia.

Declan le sonrió y yo asentí.

—Gracias.

El irlandés fue por la ensalada mientras yo bebía otro trago de vino.

—Fuimos alertados sobre ti —masculló Declan después de tragar con cuidado—. El rumor de que derribaste varias redes de trata en Europa se extendió rápidamente y Derek estaba alarmado. Sabía que irías por él tarde o temprano.

—Una rata escurridiza como él pudo librarse muy bien. Mi objetivo era rescatar a dos chicas, pero una cosa terminó en otra y no me resistí a destruir varios negocios en el camino.

—También mataste a todos aquellos que considerabas una amenaza para el bienestar de tus protegidas. —Sonaba fascinado mientras hablaba—. Entregaste a los mafiosos más buscados y rescataste a cerca de cincuenta víctimas.

Levanté nuevamente mi copa de vino.

—Veo que estás enterado de mi historial y me da gusto saberlo. El siguiente serás tú si no te quitas de mi camino.

No se inmutó por la amenaza y continuó disfrutando su cena. Era impredecible y eso lo hacía más peligroso que Derek. Ocultaba su verdadera personalidad detrás de su amabilidad mientras su hermano era una bomba destructiva que no se contenía.

—Derek no va a dejarte ir. Cuando mates a Boticelli, seguirá obligándote a cumplir su voluntad. Te convertiste en un reto para él, quiere domarte.

—Lo sé, no será el primero ni el último que lo intente. ¿Qué quieres de mí exactamente?

—Tus servicios —contestó—. Cuando matemos a Boticelli, podemos seguir trabajando juntos. Derek no será ningún problema, yo me haré cargo de él. Estoy ofreciéndote protección y dinero, Alayna.

Miré a mi alrededor antes de hablar.

—El caso es que… —solté un suspiro de cansancio—. Yo soy mi propia protección y no necesito ninguna. En cuanto al dinero, tengo de sobra. Fui muy clara con tu hermano, no trabajo para nadie.

—Derek sabe que eres valiosa y no te dejará ir. Estuviste escondida tres años aquí y nadie ha sido capaz de encontrarte antes que él.

—Puedo usar mejores medios. Todo tiene solución en esta vida excepto la muerte.

—Viajaremos a Nueva York dentro de cinco días para acabar con Boticelli —expuso. El idiota asumió que aceptaría y no se equivocó—. Organizará una fiesta y veremos la forma de entrar. Mientras tanto, tienes tiempo de pensarlo, Alayna. Únete a mí o habrá consecuencias. Derek no es alguien fácil de matar.

Hundí la cuchara por primera vez en la sopa y la degusté. Seguía caliente. Nada mal.

—Como dije antes… —insistí—. No hago excepciones, Declan. Nadie escapa de la muerte cuando se acerca. Ni siquiera tu amado hermano podrá.

LUCA

Mi negocio cada día era más fructífero. Ni siquiera le había dado oportunidad a la competencia, aunque el primer año fue difícil. Mi recuperación era lenta y levantarme de la cama fue un reto que me costó superar. Había dejado de lado los negocios porque mi principal objetivo era encontrar a Alayna. Meses de búsqueda se convirtieron en frustraciones y finalmente me rendí cuando me reuní con Caleb en Inglaterra. Él me pidió que renunciara. Me aseguró que ella no quería que yo la encontrara. Era su hermano y la conocía mejor que nadie. Alayna había tomado su decisión.

Y yo también.

¿Por qué aferrarme a alguien que no estaba segura de sus sentimientos por mí? No quería un amor a medias. Quería un amor sin miedos ni dudas. La quería completa. Prefirió huir antes que enfrentarme y decirme que no me amaba. Fue una cobarde.

—Fernando se ha vuelto imprudente —comentó Luciano cuando tomé asiento en la cabecera de la mesa—. Hace cuatro días fue captado saliendo de un prostíbulo. Nos está perjudicando con sus estupideces.

El año pasado murió su esposa y no era el mismo. Algunas de sus transacciones acabaron mal y ganó varios enemigos en Palermo. Tuve que intervenir porque de lo contrario sería el siguiente en la tumba. Creí que necesitaba tiempo para procesar la pérdida, pero sus actitudes demostraban lo contrario. Derrochaba dinero en prostitutas y apuestas, las estadísticas de las próximas elecciones no estaban a su favor y desquitaba su ira con Isadora. Odiaba que la tratara mal. No lo quería cerca de mi familia, mucho menos de mi hijo.

—No quiero que nadie intervenga en esto. Dejemos que se hunda solo. —Puse los codos sobre la mesa—. Fernando se ha convertido en una molestia que pronto debemos eliminar.

Gian sonrió.

—Qué conveniente. Si el gobernador está muerto, serás libre de pedirle el divorcio a tu esposa.

No lo negué.

—Fernando aún tiene influencias en Palermo y si lo matamos tan pronto podríamos ganarnos algunos enemigos —alegó mi tío Eric—. Es mejor tomar precauciones primero y luego planear su muerte.

—¿Entonces qué sugieres? —cuestioné.

—Debemos evitar posibles enfrentamientos y buscar nuevos aliados que nos garanticen seguridad y estabilidad.

Apreciaba los consejos de Eric. Era un hombre calculador y gracias a sus estrategias habíamos triunfado en muchos negocios. Cumplía muy bien su papel de *consigliere* mientras Gian era un respetado subjefe y Luciano era un implacable capitán. Tenía el control de todos nuestros soldados. Mi padre dirigía las oscuras calles de esta ciudad con terror y derramamiento de sangre. Yo había aprendido a actuar en los momentos oportunos sin necesidad de perjudicar a los más débiles. Siempre prudente y paciente.

—¿Tienes un nombre en mente?

—Alberto Boticelli. Recibí varias llamadas de su parte, pero no concluyó en nada. Pidió hablar contigo personalmente —informó Eric—. Pensé que podrías invitarlo a tu aniversario de boda como cortesía.

Apreté la mandíbula.

—¿Sabes cuál es mi regla principal? No involucro a mi familia en los negocios —declaré—. La fiesta de aniversario es importante para Isadora y no voy a arruinarlo trayendo a mafiosos a mi casa. Descarta esa invitación.

Las cejas de Eric se elevaron.

—Es un aliado potencial y no deberías desperdiciar esta oportunidad.

La mayoría de sus consejos siempre venían con precios muy altos. No estaba seguro de querer asumir los riesgos. Alberto Boticelli era repugnante y la última persona a quien recurriría.

—Solo olvida mi aniversario —dije—. Los medios de comunicación estarán presentes y debo actuar como un esposo feliz. No necesito más estrés ese día.

Gian hizo un globo con su chicle y sonrió socarronamente. Luciano permaneció en silencio, observando.

—Liana quería presentarte a algunas amigas para ayudarte con tu problema de impotencia —masculló Gian con burla—. Ella está obsesionada con que tengas un orgasmo y olvides a la innombrable.

La rabia escoció mis entrañas.

—Dile a Liana que no necesito ningún favor —espeté—. Te sugiero que cuides tu lengua la próxima vez. Puedes perderla, Gian.

Se rio más fuerte y mi molestia aumentó.

—Olvidé que es un tema sensible.

—Cierra la boca.

Eric se aclaró la garganta y me tendió un periódico. Ese tema debía quedar en el olvido o perdería mi poca compostura. Me ponía de mal humor cuando alguien la mencionaba.

—Dejemos de lado tu obsesión con Alayna Novak —murmuró mi tío y me enfurecí otra vez. Odiaba que él hablara de ella. No lo toleraba—. Necesitas enfocarte en los negocios. Están incautando lotes de contrabando en el puerto de Palermo. Todavía no nos tocó a nosotros, pero podría pasar.

—¿De quién era esa mercancía? —inquirí, dándole un trago al vaso de agua.

—Pertenecía a Alberto Boticelli —respondió Luciano—. La policía ha estado muy pendiente de nuestros puertos y Fernando no ha hecho nada para evadirlos.

Solté un suspiro agotador.

—Hablaré con Fernando.

Eric asintió.

—Alberto Boticelli quiere reunirse contigo pronto y hablar más de su propuesta. Todas sus mercancías fueron interceptadas apenas llegaron al puerto y está furioso.

—Moretti le propuso un trato, pero quiere llevarse un porcentaje de las ganancias —dijo Gian entre risas—. Maldito bastardo.

Moretti siempre sacaba ventajas de cualquier situación y esto no sería la excepción. Como principal líder de Roma tenía los mejores puertos a su disposición y se aseguraba de cobrar impuestos a cualquier criminal que intentara usarlos para transportar sus mercancías. Bastardo inteligente.

—Lo que quiere Boticelli es aumentar la seguridad en los puertos de Palermo y que tú les permitas distribuir —masculló Luciano.

—¿Qué recibo a cambio? —cuestioné.

Eric carraspeó.

—No quiso decírmelo por teléfono. Prefiere hablarlo en privado. Organizará una fiesta en su casa, en Nueva York. Estás más que invitado.

No me convencía, pero no había otras opciones en la mesa. Con las negligencias e imprudencias de Fernando me veía en la obligación de buscar nuevos aliados.

—Confirma mi presencia. Quiero saber qué tan buena es su propuesta.

5

ALAYNA

Declan estacionó el auto frente a mi casa y esta vez dejé que me abriera la puerta. La tormenta de nieve apenas me permitía respirar. Necesitaba entrar pronto o me congelaría. La cena con él fue agradable y sirvió para distraer mi mente un par de horas. Hablamos de negocios y otros temas interesantes. No conocía con exactitud a este sujeto, pero estaba segura de que viajar a Nueva York sería entretenido. Me ensuciaría las manos nuevamente después de un largo tiempo y tenía que ser memorable. Haría que valiera la pena por Eloise.

—Cuando cumplamos esta primera misión, espero que pienses en mi propuesta —murmuró Declan, y se frotó sus manos.

¿Pensar en su propuesta? Había dicho que no y no cambiaría de opinión.

—Vas a decepcionarte si esperas que acepte —dije—. Matar a Boticelli es todo lo que haremos juntos.

Sonrió.

—Eres una mujer muy testaruda.

—No conoces ni un tercio de mí.

Avancé hacia el portón de mi casa con el irlandés siguiéndome los pasos. Si pretendía una invitación, se quedaría con las ganas y moriría congelado.

—Voy a enviarte los datos sobre nuestro viaje. También te mandaré un regalo mañana y ojalá no lo rechaces. Te gustará.

—Más vale que no sea una bomba o algo por el estilo.

Dejó salir una risotada cargada de burla y diversión.

—Te dije que no tenía intenciones de matarte.

Inserté el código de seguridad, que estaba en japonés, sin darle oportunidad de ver. Ya había tenido suficiente de su presencia esta noche. Para mi desgracia lidiaría con él los próximos días. Qué castigo.

—Veremos hasta cuándo sostienes esa opinión —espeté y los portones se abrieron.

Declan se rio y lo miré sobre mi hombro, deteniéndome en la entrada. Sus ojos verdes eran llamaradas de deseo y nuestras miradas se trabaron, perdidos en una especie de magnetismo que no podía explicar. Culpé a mi abstinencia sexual. No había follado en meses y él sin dudas era atractivo.

—Fue bueno hablar contigo. —Ubicó las manos en los bolsillos de su pantalón—. No puedo esperar a que lleguen los próximos días.

—Es una pena que no pueda decir lo mismo.

La esquina de su boca se inclinó en otra sonrisa.

—Me gustan las mujeres rudas.

Entré y los portones se cerraron.

—Buenas noches, Declan.

—Buenas noches, Alayna.

Ingresé a la sala y cerré de golpe la puerta. Solo me sentí tranquila cuando escuché el rugido del motor y suspiré. Me senté en el sofá más cercano mientras pensaba en los últimos sucesos. Declan era un lindo material para distraerme, pero una parte de mí rechazaba a cualquiera que intentara tocarme. Mi mente seguía perdida en «él». Era enfermizo incluso admitir que me había imaginado su cara muchas veces mientras acudía a otras personas por sexo. Luca jamás iba a borrarse de mi memoria. Seguía en mi cabeza, destrozándome pieza por pieza. Era una enfermedad incurable.

Desperté con una terrible resaca al día siguiente. Mi mano se aferraba a una botella de licor y me pesaban los ojos mientras trataba de abrirlos. Ni siquiera me había molestado en quitarme el vestido. El incómodo sofá me lastimaba la espalda y mi cabello era un desastre.

Era patética.

Solté la botella, me froté las sienes y bostecé. Tenía que limpiar ese basurero y seguir con la rutina hasta que llegara el gran día de matar a Boticelli. Luego iría a por los hermanos Graham. Las vacaciones se habían terminado oficialmente. Era hora de regresar.

Aguanté la respiración mientras caminaba al baño y me despojaba del vestido. El malestar se intensificó cuando el sabor a alcohol inundó mi boca. Quería vomitar, necesitaba que el agujero de mi pecho se desvaneciera.

Apoyé las manos contra el lavabo y miré mi reflejo en el espejo. Ni el mejor maquillaje lograría borrar el dolor que mostraba mi rostro. En momentos como este me detenía a pensar cuán sola me sentía. Antes no me importaba, abrazaba la soledad. Las personas cambiaban con el transcurso del tiempo, no siempre para bien. Me convertí en una idiota que no podía olvidar a un hombre.

—Estúpida —me dije a mí misma—. Estúpida, estúpida.

Abrí la ducha y, cuando el agua estuvo lo suficientemente caliente, me metí, con las lágrimas picando en mis ojos. Día tras día luchaba contra sus recuerdos, pero él siempre lograba regresar con fuerza y no quería irse. No importaba cuánta resistencia ponía. Luca era mi más grande anhelo y debilidad.

—Vete de mi cabeza y mi corazón —musité—. Vete, príncipe.

LUCA

Fabrizio era mi hombre más leal. Mató a todos aquellos que me cuestionaron o atentaron contra mi vida. Defendió a mi familia como si fuera la suya y se convirtió en un gran amigo. Contaba con su apoyo a pesar de cualquier situación. Confiaba plenamente en él. Los hermanos Brambilla estaban a nuestra disposición. Jonathan trabajaba en Sicilia con mi tío Eric y no dudaría en venir a Palermo si se lo ordenaba.

—¿Noticias de Conte? —le pregunté a Fabrizio.

Mantuvo las manos en el volante sin quitar su atención de la Interestatal. Debía hablar con mi suegro y después investigaría a Boticelli por mi cuenta. No permitía que cualquiera introdujera sus mercancías en mi territorio, no me importaba si se trataba de un hombre peligroso.

—Transfirió el dinero como es debido, pero Luciano notó que faltaba una buena suma.

Observé los grandes edificios deslizarse delante de mis ojos.

—¿Cuánto? —inquirí.

—Un millón de euros.

Mi sonrisa llegó de inmediato y sacudí la cabeza.

—Me está robando —asumí—. ¿Desde cuándo ha estado ocurriendo?

—Dos meses.

Dante Conte era un reconocido banquero que se encargaba de lavar nuestro dinero en Palermo. Su reputación no contenía ni una mancha, había sido calificado como un hombre incorruptible por la prensa. ¿Quién diría que era lo opuesto? Se trataba de alguien muy cercano a Fernando y no era sorpresa que fuera otra basura.

Cerré los puños y me enfoqué en Fabrizio. Sus ojos oscuros se encontraron con los míos por medio del espejo retrovisor. Su mirada denotaba frialdad y crueldad. Podía hacerme una idea de lo que pasaba por su cabeza. Quería lo mismo que yo.

—Viajaré a Nueva York por negocios los próximos días —informé—. Quiero que lo atrapes pronto y lo lleves a la mazmorra.

—A sus órdenes.

—Y, Fabrizio…

—¿Sí, señor?

Hubo un breve segundo de silencio que me puso nervioso. No había hablado de Alayna con nadie porque todos parecían compartir la misma opinión. No quería escuchar que no valía la pena seguir luchando o perder el tiempo. Solo quería honestidad y un poco de esperanza.

—¿Realmente crees que ella se fue sin despedirse? ¿Le resultó tan fácil abandonarme?

—El día que usted recibió una bala la vi destruida —dijo Fabrizio—. Ella no quería apartarse de usted, pero la obligamos para llevarlo al hospital.

—No me acompañó al hospital.

—No —confirmó Fabrizio—. Moretti la había convencido de irse con él.

—¿Por qué?

—Solo escuché que tenía algo que ella buscaba.

Había olvidado ese detalle. Eloise fue capturada con las chicas y probablemente Alayna corrió hacia ella.

—¿Regresó por mí? ¿Por qué carajos decidiría abandonarme?

Silencio.

—Fabrizio…

—No pude ver mucho y tampoco escuché —masculló Fabrizio—. Pero ella sí regresó al hospital. Yo la vi. Su ropa estaba cubierta de sangre. Habló unos minutos con su tío.

—¿Qué sucedió después?

—Su tío me ordenó que vigilara la entrada y luego volví a verla cuando me entregó la cabeza de su padre. Estaba devastada, cansada, triste.

La rabia amarga persistió dentro de mi mente mientras elaboraba cientos de teorías. Muy en el fondo sabía que ella no me abandonaría después de todo lo que habíamos vivido. Sucedió algo que la obligó.

—¿Por qué no me dijiste esto antes?

—Usted prohibió que mencionáramos su nombre.

Me froté la frente, decepcionado de mí mismo. La última conversación que tuve con Caleb me destrozó y me convenció de que retrocediera. ¿Y si seguía insistiendo? El problema era que ella no quería ser encontrada por mí.

—Señor…

—¿Qué? —pregunté con dolor—. Soy un imbécil, ¿no? Tres malditos años y la sigo amando como un loco. No puedo olvidarla, Fabrizio. Necesito encontrarla y averiguar por qué lo hizo. Quiero saber sus razones.

Asintió.

—Tal vez ella también necesita un cierre.

—No quiero un cierre —dije—. La quiero conmigo. En mis brazos. En mi cama. En mi vida.

Registré mi teléfono. Miré esa maldita foto que era todo lo que tenía de ella. A veces observaba los vídeos que conservaban las cámaras de seguridad de mi casa solo para verla como si fuera la primera vez. Estaba obsesionado y me sentía incompleto sin la pieza más importante.

Necesitaba a mi reina del tablero.

Escuché la música retumbar, vi a gente ansiosa que esperaba en la larga fila para entrar al club nocturno. Fabrizio escoltó mi espalda mientras nos dirigíamos a la puerta trasera. ¿Qué hacía el gobernador en un sitio como ese? ¿No pudo escoger un lugar más discreto? Claro que no. Venía aquí para obtener diversión de mujeres jóvenes cercanas a la edad de su hija. Si esto continuaba, su reputación se iría por los suelos y me arrastraría.

La gente de seguridad me saludó con una inclinación de cabeza y entré mientras sonaba una mala canción excesivamente ruidosa y me golpeaba el aroma a humo, alcohol y hasta marihuana. Había bailarinas danzando en el escenario frente a hombres que lanzaban dinero. Mi nariz se arrugó, mi cuello picó cuando caminé a la zona vip con Fabrizio.

—Señor Vitale —me saludó el escolta del gobernador.

Asentí y entré en la habitación vip. El ambiente allí era diferente, más relajado, pero la escena deplorable no cambiaba. El gobernador estaba sentado en uno de los sillones mientras una chica de mi edad reía y bailaba desnuda en su regazo. Fernando Rossi tenía el apoyo de muchas personas en la ciudad. Él mostraba una imagen de hombre honesto, religioso y padre de familia. ¿Qué pensarían cuando supieran quién era realmente?

Levantó el vaso de whisky en mi dirección a medida que me acercaba. La joven en su regazo recibió una nalgada de él y después se retiró con varios euros en sus manos. Me guiñó un ojo cuando pasó por mi lado. Sus dedos rozaron brevemente mi pecho.

—Luca —saludó Fernando e indicó que tomara asiento—. Te tardaste bastante, ¿mucho trabajo?

Fabrizio permaneció a mi lado mientras una camarera se acercaba a ofrecerme una bebida que rechacé.

—El descanso es un privilegio que no puedo tener —respondí honestamente.

—Si dejaras de lado esa idea absurda de estudiar Medicina, tal vez podrías divertirte como un verdadero hombre.

—Voy a tomarme un descanso de los estudios. —Hice lo posible por mantener la voz uniforme, por ocultar la rabia que me invadía por debajo de la piel.

Fernando agitó la mano hacia mí. El pesado reloj en su muñeca brilló con destellos de luz.

—¿Un descanso? Lo que deberías hacer es dejar esa porquería y concentrarte en aumentar nuestras conexiones. Dicen que Moretti pronto va a apropiarse de Palermo —soltó con enojo—. Ha logrado cosas que tú nunca podrías.

Sus palabras me golpearon como un puñetazo en los riñones, sacándome el aire de los pulmones. Fernando estaba jodido desde la muerte de su esposa. El año anterior Ludovica Rossi había muerto por cáncer de páncreas. Ella había recibido los mejores tratamientos, pero no resistió a las quimioterapias. Acompañé a Isadora durante el proceso de luto. Con la muerte de su madre quedó desprotegida y yo era todo lo que tenía.

—Tengo mi propia opinión sobre los logros de Moretti —comenté en tono seco.

—Claro que sí —resopló y cambió de tema—. ¿Cómo está mi nieto? ¿Sigue siendo un niño malcriado?

Rechiné los dientes, arrepintiéndome por no haber aceptado el trago. Tenía que contenerme o rompería su cara si soltaba otro comentario estúpido.

—Thiago es solo un niño. Recién empezó a caminar.

¿Qué demonios pretendía? Era un bebé con apenas un año de nacido. ¿Esperaba que sostuviera un arma y aprendiera a disparar?

—Quiero enseñarle los valores de un hombre —masculló—. Sabrá desde temprano lo que significa vivir en la mafia, no quiero que sea débil e inútil al igual que Isadora. Fue una maldición para mí que Ludovica no me hubiera dado varones.

Mi rostro era inexpresivo, pero por dentro quería saltar sobre él y romperle la cara. Isadora era una gran mujer y madre ejemplar. Debía sentirse orgulloso de ella.

—Vine aquí por otros asuntos, no deseo aburrirte con mi familia. —Llamé a la camarera y finalmente acepté un trago. «Cálmate, Luca».—. Supuse que me tenías noticias sobre Roma y Moretti.

Me palmeó la espalda como si fuéramos mejores amigos y prosiguió a desabrochar los tres primeros botones de su camisa blanca. Su aspecto era lamentable y vulgar. No quedaba nada del hombre respetable que había conocido una vez. Era repugnante.

—Hablé con Benedetto —informó—. Moretti tiene a la ciudad rendida y todos le temen. No hay nada que hacer por el momento.

Benedetto Priori era el actual alcalde de Roma, otro cerdo que tenía muchos secretos que podrían destruirlo, y Moretti conocía todos. Apostaba mi vida a que se trataba de eso.

—Moretti es un bastardo listo.

Los ojos de Fernando se dirigieron al trasero de una bailarina que caminaba a la barra con una bandeja llena de copas.

—Llevará su tiempo verlo caer.

—Honestamente, Moretti debería ser el menor de nuestros intereses —masculló, moviendo el vaso entre mis dedos—. ¿Estás al tanto de lo que sucede en Palermo? Nuestro puerto fue invadido por policías.

Se encogió de hombros.

—Olvidé pagarle a Hernan.

Se refería a Hernan Muschetti. Era el jefe de policías y un corrupto que recibía sobornos a cambio de mantenerse fuera de nuestro camino. Y no me refería a dinero exactamente, él prefería toneladas de drogas.

—No puedes olvidar algo como eso —dije—. Mucho está en juego, Fernando. Te han visto salir de prostíbulos y no te molestas en disimular. ¿Qué pensarán tus votantes si esto se difunde en la prensa?

Su sonrisa salió lentamente, levantando las comisuras de su boca. No me tomaba en serio. Creía que lo tenía todo bajo control y no medía sus acciones. Pensé que al menos me daría una solución.

¿Por qué demonios no le había pagado a Hernan? ¿En qué problemas estaba metido? Tenía que ser muy grave para que se tomara el atrevimiento de robarme.

—No hay nada de que preocuparse, muchacho —chasqueó la lengua y le ordenó a una bailarina que se sentara en su regazo—. Lo resolveré.

Aparté la mirada y me enfoqué en Fabrizio, que tenía la misma expresión de disgusto que yo. Esto era una confirmación de lo que debía hacer. Los días de Fernando Rossi en la tierra estaban contados.

Me deshice de mi chaqueta y mi corbata cuando entré a la habitación. La charla con Fernando fue estresante. No le mencioné nada sobre mi posible visita a Alberto en Nueva York. Lo que menos quería era arruinar esto antes de tiempo. Aquello que presencié en el club fue realmente patético y mantenía mi postura de no intervenir. El gobernador se hundiría solo y me ahorraría el trabajo. Si el destino se apiadaba de mí, moriría de coma etílico.

Me froté los hombros y me arremangué la camisa hasta los codos. Observé atentamente la mariposa negra tatuada en mi antebrazo derecho. El día que decidí grabarla en mi piel estaba demasiado ebrio, pero nunca lamenté mi decisión. Era una forma de tenerla presente y jamás olvidar las cosas que hizo por mí. Contradictorio cuando lo que más deseaba era alejarla de mi mente.

Me enderecé, como si me hubieran pillado haciendo algo malo, cuando Isadora entró a mi habitación. La luz en el techo capturó el material de su vestido de satén rojo. Su pequeña cintura y su pronunciada clavícula se mostraban perfectamente. Me dio una sonrisa que no correspondí.

—¿A dónde vas? —cuestioné y miré la hora en mi reloj—. Es tarde, Isadora.

Puso los ojos en blanco.

—Iré a tomar unas copas con Liana. —Enderezó la postura—. Le pedí a Fabrizio que me acompañara. No tienes ningún problema, ¿verdad?

—Por supuesto que no. Ve y diviértete. ¿Cómo está Thiago?

—Se durmió hace minutos después de destruir su castillo Lego.

Me reí.

—Tendré que comprarle una nueva colección pronto.

—Oh, él estará encantado. —Dio vueltas, sacudiendo los bordes de su vestido—. ¿Qué tal me veo?

Mi sonrisa salió lenta y sincera.

—Preciosa.

Su felicidad por mi respuesta era tan radiante que hizo saltar a mi corazón. Quisiera llevarla yo mismo a ese club y bailar con ella, pero ya sabía cómo terminaría. Tarde o temprano mis pensamientos regresarían a Alayna. Mi estado de ánimo dependía de la mariposa negra.

—Gracias —musitó y entrecerró los ojos—. ¿Has visto a mi padre?

—Hace una hora, sí.

—¿Qué ha dicho esta vez? ¿Te recordó que soy una tonta despreciable?

—No quieres saber.

Me senté en la cama y proseguí a quitarme los zapatos. Ella me miró, el dolor notable en sus ojos. Sabía que no era buena idea mencionarlo. Estaba mejor cuando no tenía noticias de su padre.

—Tu madre me dijo que irás a Nueva York.

¿Cómo podía saberlo mi madre? Supuse que mi tío Eric la había puesto al tanto. Madre era una mujer entrometida que nunca perdería esa costumbre de querer indagar en mi vida. Ella creía que Isadora era perfecta para mí. Alentó el matrimonio y le daba consejos innecesarios.

—Es por negocios, sabes que no me gusta estar alejado mucho tiempo de Thiago.

Isadora hizo una pausa, mirándome con ojos inquisitivos.

—¿Puedo ir?

¿Qué? Nunca me había gustado involucrarla en mis negocios y no empezaría ahora. Mi tío Eric afirmaba que la mansión de Boticelli era segura por la fiesta, pero no me fiaba. No arriesgaría su vida por un capricho.

—No —sentencié.

Parecía estar tan decepcionada que me costó mucho sostenerle la mirada.

—¿Por qué no? —discutió—. Paso encerrada en esta casa todos los días y me encargo de criar a nuestro hijo. ¿No crees que merezco un descanso? Me gustaría pasar tiempo contigo y relajarme un poco.

—No viajaré a Nueva York por vacaciones.

—Lo sé. Puedo visitar la ciudad mientras tú te encargas de los negocios. Por favor, Luca. —Ella juntó las manos y me imploró con un mohín—. Necesito esto. No me lo niegues.

Fue imposible mantenerme firme cuando me abrazó. Me puse en su lugar un segundo y pensé cuán desesperante era estar ahogada en las mismas rutinas de siempre. Yo estudiaba, tenía trabajo y me distraía con mis primos. ¿Pero Isadora? Nuestro hijo era su mundo.

—Está bien —cedí—. Puedes acompañarme.

6

ALAYNA

—¿Sabes qué te hace igual a mí, Alayna? Estás muerta por dentro. Tu incapacidad para amar te ha convertido en quien eres y es gracias a mí. ¿Dónde estarías si jamás te hubiera encontrado? En la maldita calle y muriéndote de hambre...

Veinte años desde que esas palabras fueron dichas y me habían condenado para siempre. Me marcaron por el resto de mi existencia.

Él era un monstruo que no sabía nada de mí y no tenía idea de lo que significaba amar a alguien. Probablemente se retorcía en su tumba sabiendo que le había entregado mi alma y mi corazón a un hombre. Esa basura quería verme sola y lo peor de todo era que yo le había dado el gusto. Permití que dictara mi destino y mi felicidad. Él ganó. Siempre ganaría. No importaba si estaba muerto. Su voz seguía en mi cabeza como un veneno sin antídoto.

Me puse de puntillas, estirando los brazos detrás de mí, moviéndome a través de la vacía habitación mientras sonaba la melancólica sinfonía de Pyotr Ilyich Tchaikovsky. Mantuve la espalda recta y alargué el cuello. Guie a mi cuerpo y levanté una pierna estirada hacia atrás en un *arabesque*. El ballet era una de mis más grandes pasiones. Si no fuera una asesina, quizá habría sido una exitosa bailarina en Rusia.

Aprendí a bailar a los diecisiete años cuando me asignaron a una misión. Debía infiltrarme en una obra de teatro. Para lograrlo necesitaba conocer las posiciones básicas del ballet y así matar al maestro, que resultó ser un pederasta. Meses de entrenamiento me ayudaron a lograr mi objetivo y también despertaron mi pasión.

Era imposible dedicarme a eso como quería, pero algún día abriría mi propia academia de ballet. Con cada pirueta y salto, pensaba en la niña que fui una vez, en la mujer en que me había convertido. Luché para conseguir mi libertad. Enfrenté retos que parecían imposibles de superar. ¿El más difícil? Enamorarme de un hombre que no podía tener.

Mi cuerpo estaba aquí en Rusia, pero mi corazón seguía en Italia.

Aterricé al suelo con las piernas extendidas y la respiración agitada. ¿Qué pasaría si volviera a verlo? ¿Me rechazaría? Claro que sí. Él estaba casado y yo no era nadie en su vida. Estaba en un callejón sin salida mientras Luca tenía una nueva familia.

Cambié la canción a una de The Neighbourhood. «A Little Death» sonaba cuando escuché mi móvil vibrar en la mesita. Me acerqué con un suspiro y gemí al ver el nombre de Eloise. Lo que menos deseaba ahora era hablar con ella. Si supiera que estaba metida en problemas nuevamente y su vida corría peligro, no me lo perdonaría.

—¿No fui clara la última vez? Basta de llamadas frecuentes, Eloise.

—Qué agradable eres —dijo con sarcasmo—. Me encanta saber que me extrañas tanto como yo a ti.

Puse los ojos en blanco y me senté en la alfombra con las piernas cruzadas.

—¿Qué quieres?

—Solo hablar. ¿No puedo?

—Es peligroso…

—Vivo en Australia desde hace tres años y no me ha pasado nada. Soy una persona muy feliz y es gracias a ti, Alayna.

Le había dado una suma de dinero considerable para que empezara nuevamente en otro país y dejara atrás Italia. Ella decidió abrir su propio restaurante ubicado en las playas de Sídney. Yo me pudría en esta ciudad mientras Eloise disfrutaba del mar con su novia.

—Eloise, yo…

—¿Sí?

Cerré la boca porque no quería arruinar su felicidad. Si todo salía como planeaba, su vida no se vería afectada. Prefería actuar en silencio sin necesidad de preocuparla. Y cuando terminara ni siquiera se habría enterado del lío en que me había metido.

—También te extraño —dije a cambio.

—Lo sé, reina de hielo. Sé que tu corazón negro me quiere. —Soltó una risita—. Mi cumpleaños es el próximo mes y debes venir. Sabrina planeará una fiesta en la playa que no puedes rechazar. Vamos a divertirnos mucho.

—Imposible.

—Alayna…

¿Cuándo iba a rendirse? Había perdido la cuenta de todas las invitaciones que me había hecho (y que yo había rechazado). Eloise era una mujer persistente y testaruda.

—Es arriesgado, duende. Confórmate con las llamadas y en algunas ocasiones los vídeos. Odio repetirte que mi vida es complicada.

—¿Volviste a los viejos hábitos? —No respondí—. Alayna…

—No te daré los detalles, dejemos el tema —mascullé—. Me alegra que tu vida esté marchando bien porque no hay nadie que lo merezca más que tú.

—Ese discurso también aplica a ti.

Sonreí.

—Eres de las pocas personas que ve algo bueno en mí.

—¿Acaso no te miras en un espejo? Luca también lo veía. Él sabía que eres una joya invaluable.

La cabeza me daba vueltas. Sentía que me ahogaba, sumergida en el agotamiento y el dolor. La simple mención de su nombre me provocaba ese efecto.

—Voy a colgar.

—No, no lo harás —me desafió—. Nunca entendí cómo pudiste renunciar a tu verdadera felicidad por la opinión de un viejo decrépito que no vale nada. ¿Y todo para qué? ¿Para seguir hundiéndote en el vacío inmenso que es tu vida?

Mis dedos se enroscaron en un puño y mis uñas se clavaron dolorosamente en la palma de mi mano. Ella sabía dónde y cómo golpearme.

—Renunciar a él fue lo mejor que pude hacer —dije—. ¿Has visto cómo es su vida ahora?

Pensé en algunas noticias que leí en internet. Estuve pendiente de Luca, siempre queriendo saber más de su vida. Era una masoquista. Veía sus fotos con ella, en eventos, los besos compartidos en entrevistas. El orgullo que demostraban sus ojos cada vez que hablaba del pequeño Thiago. Luca ya no me necesitaba.

—Tomaste esa decisión por él. No tenías derecho, Alayna.

¿Por qué seguía escuchando esto? Estaba cansada de que me recordara el pasado.

—Luca tiene una familia, es feliz. ¿Sabes por qué? Porque yo lo quise así.

—¿Cómo sabes que es feliz?

Una sonrisa triste surcó mi rostro.

—Porque su esposa pudo darle el cuento de hadas que yo jamás podré. No soy la princesa, Eloise. Soy la villana y estoy bien con eso.

—La vieja Alayna que conozco jamás se rendiría. Siempre ha luchado por lo que quiere.

—Él me superó, Eloise. Es hora de que yo haga lo mismo. No puedo seguir viviendo del pasado.

—Alayna…

—No quiero hablar de él —la interrumpí—. Te llamaré otro día. Adiós.

Colgué la llamada y me tumbé de espaldas, mirando el techo. Cuando empecé de nuevo aquí me dije a mí misma que viviría como si fuera el último día, pero me sentía como la niña que habían reclutado en la organización. Siempre sola. Siempre perdida.

El timbre sonó y fruncí el ceño. ¿Quién podría ser? Chequeé mi teléfono y me conecté a la aplicación de seguridad. Vi a un hombre parado en el portón con una enorme caja en la mano. No recordaba haber comprado algo. Genial. Era el regalo que había mencionado Declan.

Me puse un abrigo antes de ir a recibirlo. Le di al repartidor una generosa propina y agarré el paquete. Una vez dentro me encargué de abrirlo con impaciencia. Era un hermoso vestido de color dorado, guantes de seda blancos y una peluca rubia. ¿Acaso pretendía que me disfrazara de princesa? Rodando los ojos, leí la pequeña nota.

«Un vestido digno de una reina. Brillarás más que nunca en esa fiesta. Será precioso ver cómo lo manchas de sangre después».

Declan G.

El vestido no era mi estilo, pero no iba a negar que era bonito. Luciría como una mujer inocente, un alma pura que pedía a gritos ser corrompida. ¿Y Boticelli? Caería en mis garras. Su muerte ya estaba anunciada.

LUCA

Sabía que era un error aceptar su petición. Este viaje no sería de placer, sino más bien de negocios que podrían resultar catastróficos. Tendría que duplicar la seguridad con la presencia de Isadora. No quería estar preocupado por su vida en el evento.

Me froté los hombros y disfruté la canción en mis oídos mientras corría en la cinta. Gian me dio informes sobre Boticelli. Su historial en el mundo criminal estaba tan sucio como el de cualquier mafioso: tráfico de órganos y personas. No quería involucrarme con él. Me enfermaba.

Mi tío jamás debió considerar este negocio. Si me negaba, Alberto lo tomaría como un asunto personal. Lo sensato era viajar a Nueva York y hablar personalmente con él para dejar claros mis argumentos. No ignoraría el problema. Eric no estaría de acuerdo con el rechazo, pero yo seguía mis instintos desde que había tomado mi posición. Ya nadie iba a imponerme su voluntad.

—¿Luca?

Quité los auriculares de mis oídos, apagué la cinta y contemplé a Isadora. El sudor se escurría por mi torso desnudo. Ella no lucía como si tuviera resaca. Regresó antes de que amaneciera. La escuché discutir con Fabrizio, pero no le di importancia. Quizá mi ejecutor volvió a recordarle que debía ser más discreta durante sus salidas nocturnas.

—¿Qué tal la noche con Liana?

—La pasé increíble. La próxima vez deberías unirte a nosotras. —Me guiñó un ojo—. Necesitas distraerte un poco de tus obligaciones.

—Lo tendré en cuenta. —Miré la carpeta que sostenía—. ¿Qué es eso?

—Yo… —dijo y sus hombros cayeron con un suspiro. Podía verlo en sus gestos, la forma en que sus manos temblaban. Estaba nerviosa—. Pensé mucho antes de tomar esta decisión, pero ya no puedo ocultarte nada. Él jamás ha tenido consideración por mí.

—Ve al grano, Isadora.

Volvió a dudar, pero se desprendió de la carpeta y me la entregó.

—Hace una semana le hice una visita a mi padre, pero él no estaba y aproveché para entrar en su oficina —explicó—. Le robé información importante. Podrás encontrar sus balances de cuentas y sabrás en qué gastó hasta su último euro. También escuché que frecuenta a Lucrezia Rizzo. ¿Te suena?

El shock fue repentino. Lo último que sabía de Lucrezia fue que había decidido irse a vivir en Alemania. ¿Por qué estaría en contacto con Fernando? Eric me había asegurado que ella no tomaría represalias por lo sucedido con su hija y estaba empezando a dudarlo. Era la madre de Marilla después de todo. Querría venganza en algún momento.

—No quedamos en buenos términos.

—Sé que no y con más razón la quiero lejos de Thiago. Mi padre lo está exponiendo. ¿Por qué se reuniría con ella?

Los latidos de mi corazón golpeaban tan fuerte que me lastimaban el pecho. Fernando y Lucrezia estaban planeando algo en mi contra. Era la única explicación que encontraba.

—No tienes nada que temer.

—Conozco a mi padre. Él te dejó formar parte de su familia para mantener su posición en Palermo, pero cuando ya no seas útil buscará al mejor postor. ¿Quién será su garantía? Yo. —Las lágrimas brillaron en sus ojos al mirarme—. Te matará y hará lo que quiera con nuestro hijo.

No estaba seguro de cómo responder a eso, así que permanecí en silencio, hirviendo a fuego lento. Ya estaba intentando averiguar cuál sería la mejor forma de matar a Fernando Rossi. Que Dios me ayudara porque lo haría pedazos si le tocaba un solo cabello a Thiago.

—Él no lastimará a nuestro hijo. Tienes mi palabra.

Asintió y se limpió las lágrimas.

—Confío en ti —musitó—. Solo revisa los documentos y úsalo a tu favor. Es mejor tener un as bajo la manga si se vuelve en nuestra contra pronto.

No disimulé la sorpresa. La mayor parte del tiempo era una mujer amable, comprensiva y dulce. Nunca había visto este lado de ella.

—Gracias por creer en mí. Puedes confiar en mí siempre, Isadora.

Sonrió.

—Si hay algo que tú y yo tenemos en común es que daríamos la vida por Thiago. Esto no se trata de mí o de ti. Es solo por él.

Me dio un beso en la mejilla antes de retirarse y leí los informes que había robado. Estaban impresos los últimos gastos de Fernando. El supuesto dinero que iba a invertir en la ciudad lo gastó para comprarse un auto de alta gama, un departamento y viajes innecesarios. Arrugué la nariz con disgusto y apreté la carpeta. Sabía que no podía confiar en él. Era un hombre corrupto después de todo, sediento, ambicioso y sin una pizca de moral. Pronto se convertiría en un grave problema.

Diversas teorías cruzaron mi mente mientras me dirigía a la habitación de mi hijo después de darme una ducha. No podía estar tranquilo. Fernando me robaba y Lucrezia había aparecido. Me sentía perdido y la posibilidad de buscar nuevos aliados como había sugerido mi tío no sonaba tan descabellada. Si tenía que recurrir a escorias para mantener a salvo a mi familia, lo haría. Recurrir a Boticelli de pronto parecía una opción. No podía descartarlo.

Una sonrisa se formó en mis labios mientras observaba a Thiago en su cuna. Estaba entretenido con el chupete, sus grandes ojos grises resplandecían. Él permanecía en mis pensamientos a toda hora: cuando estaba en el trabajo, estudiando, entrenando o incluso cuando soñaba. Me gustaba la idea de que el niño fuera alguien que yo nunca pude ser. Salvaría su inocencia, crecería de la forma correcta. Con honor y paciencia. Quería lo mejor para Thiago y tenía que asegurarme de que siempre estuviera protegido. No me importaba seguir enfrentando a hombres despiadados. Y, aunque cada vez se volvía más difícil, luchaba hasta el último aliento y recordaba que mi hijo estaba esperándome en casa.

Él agitó sus pequeños brazos hacia mí.

—Hey, campeón. —Lo alcé y lo acuné en mi pecho—. Mañana iré de viaje con mami, pero te prometo que regresaremos pronto.

Succionó el chupete, sus manos se entretuvieron con los botones de mi camisa. No podía explicar la sensación que tenía cuando estaba en mis brazos. Antes de su llegada, no quería ser padre. No me sentía preparado. Pero sucedió y fue una de las mejores experiencias que me dio la vida.

—Prometo que te traeré nuevos juguetes —sonreí.

Él chilló como si escuchar eso fuese lo mejor que le había ocurrido en el día. Tenía una colección de juguetes que nunca terminaría de contar. Era un niño muy consentido y seguiría siendo así mientras yo viviera.

—La semana pasada le compraste nuevos juguetes de Lego —murmuró Madre, adentrándose en la habitación—. Ni siquiera sabe usarlos, pero sí romperlos.

Me reí y besé la mejilla de Thiago. Él me miró con la boca abierta.

—Si mi hijo quiere el mundo entero, yo voy a comprárselo —respondí sin quitar los ojos de mi bebé—. El dinero no es un problema.

Madre negó e intentó cargar a Thiago, pero él se aferró a mis brazos.

—Estoy orgullosa de ti, Luca. Hoy eres dueño del imperio que te pertenece y tienes un hermoso hijo. Cuidas a tu familia como nadie, mejor de lo que pudo haber hecho Leonardo. Hiciste que nuestro apellido recupere el respeto que habíamos perdido.

Mi corazón se oscureció cuando oí el nombre de ese monstruo. Jamás le confesaría a mi hijo que mi padre me odiaba e hizo de mi vida un infierno. Thiago no sabría de la existencia de Leonardo.

—¿Debería prohibir su nombre para que no vuelvas a mencionarlo? Esa basura no debe ser recordada en esta casa nunca más. No merecía nada excepto el final que tuvo.

La imagen del sótano vino a mi cabeza, ese regalo inolvidable que no podía sacar de mi mente. Ella lo cortó miembro por miembro.

—No podemos ignorar el pasado —dijo mi madre.

La rabia hizo latir mis sienes.

—Si haces el intento de superarlo, estaré muy agradecido. —Thiago eructó y me hizo reír—. No quiero que le hables de ese monstruo a mi hijo. Leonardo no vale la pena.

—¿Tampoco le hablarás sobre ella? ¿Alayna Novak?

Mi corazón cayó en picada. Tristeza. Dolor. Dos cosas que estaba acostumbrado a sentir cuando la nombraban. El sentimiento familiar me destrozaba.

—Eso no es de tu incumbencia. —Deposité a Thiago en su cuna porque estaba alterándome—. Te amo, pero estoy cansado de que interfieras en mi vida. Le hablaste a Isadora sobre mi viaje y ahora quiere ir conmigo.

Su rostro se enrojeció.

—Lo siento. No creí que te molestaría.

—¿También le hablaste de Alayna? —inquirí—. ¿En qué estabas pensando?

La pena ensombreció su expresión.

—Isadora preguntó, quería entender el amor que sientes hacia ella...

Thiago lanzó su juguete al suelo con un pequeño grito de emoción.

—La próxima vez evita el tema si vuelve a preguntarte. —Me pasé la mano por el pelo en un gesto enojado—. No tolero que intente comprender algo que está totalmente fuera de su alcance. No hará que mis sentimientos hacia Alayna cambien.

Madre asintió.

—Sé que no puedes olvidarla por mucho que hagas el esfuerzo.

El dolor punzó en mi corazón, haciéndome estremecer. Ya no quería seguir con esta conversación. Hablar de ella era doloroso, destructivo, insano.

—Mañana iremos de viaje a Nueva York y quiero que cuides a Thiago —evadí el tema—. Trataremos de volver apenas termine el evento.

Echaba de menos a Amadea. Desde que había decidido jubilarse e irse a vivir a Florencia con su madre enferma, los cuidados de Thiago eran mucho más complicados.

—Por supuesto que voy a cuidarlo con mi vida —sonrió—. Cuenta con mi apoyo.

Me acerqué a ella y besé su frente.

—Sé que te preocupas por mí, pero no pretendas solucionar mis problemas con Isadora. Ella y yo tenemos un matrimonio concertado. No hay amor aquí y jamás lo habrá.

—No volverá a ocurrir, cielo.

—Bien.

Me aparté y le eché un vistazo a Thiago. Sus ojos se entrecerraron lentamente, una señal de que estaba durmiéndose.

—Te amo —dije en voz baja—. Eres lo más preciado de mi vida.

ALAYNA

El gran día había llegado.

Esperé fuera de mi casa bebiendo el delicioso *cappuccino*. Justo cuando terminé de masticar el croissant un lujoso auto estacionó. La ventanilla de atrás bajó y Declan me saludó. Estaba vestido con un elegante traje, gafas de aviador y sonrisa de idiota. No le iba a durar mucho tiempo si planeaba retenerme después de esta misión.

—Te ves igual de emocionada que yo —bromeó desde el auto al ver mi expresión aburrida.

Ajusté la ushanka sobre mi cabeza.

—No digas estupideces.

Le entregué el vaso vacío al chófer, que me miró confundido cuando me abrió la puerta y entré a sentarme al lado del irlandés. Nos pusimos en marcha. Me comentó que tenía su propio jet privado y el viaje a Nueva York sería placentero. Algo que dudaba. Escuché con atención el plan que le arrebataría la vida a Boticelli y me resultó aburrido. Nada sangriento, Derek quería algo rápido y efectivo.

—Dime que por lo menos te gustó mi regalo.

—Lamento darte malas noticias.

Sus hombros se sacudieron por la risa.

—Elegí un atuendo adecuado que atraerá a Boticelli —murmuró—. A él le gustan las mujeres rubias y modestas.

Todo lo opuesto a mí.

—No me dijiste nada sobre el plan de huida.

—Improvisaremos, ambos somos profesionales.

¿Ambos? Solo yo.

Llegamos al aeropuerto en veinte minutos. El jet era pequeño y lujoso. El interior tenía todas las comodidades: asientos de cuero sin rasguños, una mesa ovalada que ofrecía aperitivos y bebidas. Los asistentes de vuelo se hicieron cargo de mis maletas mientras me ponía cómoda con Declan. La fiesta era al día siguiente, aunque el irlandés me explicó que prefería ir un día antes a Nueva York para asegurarse de que todo marchaba bien.

—Señor Graham —saludó la azafata y me miró con una sonrisa—. Señorita.

—Hola, Alexa —dijo Declan—. Ella es Alayna y quiero que estés a su entera disposición el tiempo que dure el viaje.

La chica asintió sin borrar su brillante sonrisa. Piel oscura, ojos marrones y perfectos rizos. Una belleza que nadie podría ignorar.

—Por supuesto, será un placer —contestó Alexa con una inclinación.

—Gracias —musité.

—No es nada. ¿Necesitan algo en especial?

Observé la exquisita comida y bebida sobre la mesa, pero había tenido suficiente con el croissant y el café del desayuno.

—Estoy bien —le hice saber.

Ella miró a Declan.

—¿Y usted, señor Graham?

—Nada por el momento, pero más tarde sí. —Le dio una mirada sugerente que la puso un poco temblorosa—. Retírate.

—Que tengan un buen viaje.

¿Se acostaba con ella? Por supuesto que sí. Alexa se marchó mientras Declan se colocaba la aceituna de su martini en la boca.

—Estamos listos para despegar, señor Graham. —Un asistente de vuelo se acercó.

Declan sonrió.

—Perfecto, Gustav. —Me echó un vistazo—. ¿Te gusta volar?

—Depende de las circunstancias —aclaré—. Ahora mismo no.

Las turbinas sonaron y luego el jet empezó a impulsarse para ascender.

—Haré que este viaje sea más que satisfactorio, Alayna —afirmó con una sonrisa que podría poner de rodillas a cualquiera—. Lo prometo.

Lo ignoré y saqué un libro de mi pequeño bolso para empezar a leer. Prefería entretenerme con *El arte de la guerra* de Sun Tzu antes que dirigirle la palabra. Mientras menos contacto tuviera con este individuo sería mejor. Aunque no tuve que preocuparme por eso porque apenas alcanzamos la velocidad crucero Declan se fue en busca de Alexa. Me invitaron a unirme, pero los rechacé. Por suerte, los gemidos eran mayormente opacados por el ruido de las turbinas.

Horas después, el jet empezó a descender en la pista de aterrizaje y Declan regresó a su asiento con el cabello alborotado. Me puse el abrigo y ajusté la gorra sobre mi cabeza. Las puertas del jet se abrieron y le eché un vistazo al irlandés antes de dirigirme a las escaleras.

—Seguiré con mi vida cuando esto termine —le advertí—. Más vale que olvides la propuesta de que voy a servirte a ti o tu hermano.

Sus ojos me recorrieron y una sonrisa se extendió por su rostro.

—No habrá problemas de mi parte. No puedo asegurarte lo mismo de Derek. Lo siento —se disculpó sin sonar sincero—. ¿Crees que tienes escapatoria?

—¿Crees que tú puedes dominarme?

Ubiqué el bolso sobre mi hombro antes de pasar por su lado. La azafata se acercó para recoger algunos utensilios que utilizamos. Declan se despidió de ella con un beso en la mejilla y bajamos. Los asistentes de vuelo se encargaron de las maletas y un auto todoterreno estaba estacionado en la pista. El clima en Nueva York era insoportable y me helaba la sangre.

—Aún no hemos terminado, Alayna. Deberías reconsiderarlo. —Declan caminó a mi lado—. Puedo pagarte la suma que desees.

—No tengo precio, Declan. Si tuviera uno, jamás podrías pagarlo. Ya deja de hacer el ridículo.

—No voy a rendirme.

Detuve mis pasos, mirándolo con las cejas arqueadas. ¿Por qué seguía insistiendo cuando le dije que no en varias ocasiones? Me repugnaban los hombres que no respetaban la decisión de una mujer. No era no.

—Entonces pierdes tu tiempo.

Me abrieron la puerta del auto y entré, aferrándome a mi abrigo. Declan se unió a mi lado y encendió un cigarro mientras el conductor nos sacaba del aeropuerto.

—Vamos a hospedarnos en una de las propiedades que mi familia tiene aquí —informó—. Falta un día y deberíamos relajarnos primero. ¿Qué opinas?

Miré por la ventana.

—Como prefieras, solo mantente fuera de mi camino.

Largó una carcajada.

—Tienes un sentido del humor muy atractivo.

—¿Siempre eres tan insistente?

—¿Siempre eres tan terca?

Controlé la rabia mientras rebuscaba en mi bolso mi teléfono y mis auriculares. Declan, sin embargo, continuó hablando.

—Las mujeres que Alberto suele meter en su cama controlan su lengua —comentó—. Tienes que ser dulce y paciente. No un volcán a punto de erupcionar.

—No te preocupes, soy una experta en el arte de la manipulación.

—Habrá muchas mujeres hermosas en la fiesta. Lo primordial es llamar su atención.

—Puedo hacerlo.

—¿Por qué te importa tanto la pelirroja? —preguntó de repente—. Ni siquiera compartís un lazo sanguíneo y no sois cercanas.

La irritación me hizo rechinar los dientes. Este hombre terminaba con mi poca cordura.

—Mi relación con ella no es de tu incumbencia. Haré mi parte del trabajo y después olvidarás que existimos. ¿He sido clara?

Expulsó el humo del cigarro y sonrió con suficiencia.

—La vida da muchas vueltas, Alayna.

—Lo sé más que nadie. Un día estás sentado aquí en tu lujoso auto y quizá mañana muerto en un contenedor de basura. —Me puse los auriculares y sonreí—. Nunca te burles de una mujer peligrosa.

Sorpresivamente, no obtuve ninguna respuesta y el resto del viaje transcurrió en silencio. Bendito infierno.

La mansión deslumbró mis ojos cuando el automóvil estacionó. Una hilera de pinos rodeaba el terreno; el viento sacudía sus hojas. Los hombres de Declan nos guiaron hacia el interior con nuestras maletas. Las escaleras eran de mármol, lámparas de araña colgaban en los techos y alfombras tapizadas cubrían el suelo. El frío quedó atrás y la calidez me envolvió. Quería comer algo y darme un baño caliente.

La empleada se acercó inmediatamente.

—Pasó un tiempo desde que lo vimos aquí, señor Graham. Bienvenido de nuevo, es un honor tenerlo en casa.

—Gracias, Christine —sonrió Declan y tocó su hombro—. Ella es Alayna.

—Hola —saludé.

—Señorita —asintió.

—Prepara la habitación de huéspedes porque nos quedaremos hasta mañana.

Christine me dio un breve vistazo y sonrió con amabilidad. Era una mujer de mediana edad y baja estatura. Me recordó a Amadea.

—Será un placer —dijo Christine—. ¿Desean algo más?

—Sírvele la cena a la señorita en su habitación, yo iré a dar una vuelta.

Entrecerré los ojos hacia él, pero no ofreció ninguna explicación. Christine se marchó cuando Declan dio otra orden. Mi curiosidad se enfocó en el cuadro que decoraba la pared del salón. Era una imagen en blanco y negro de una hermosa mujer. La melancolía en su mirada era desgarradora.

—¿Quién es ella?

Declan carraspeó y juntos contemplamos el cuadro.

—Ella era Nessa Graham —contestó—. Mi difunta madre.

No creí que me daría una respuesta.

—Era perfecta —musité.

—Mi padre la conoció aquí en Nueva York. Y es el motivo principal de Derek para querer ver muerto a Alberto Boticelli —continuó—. Complácelo mañana y haré que respete tu decisión de no trabajar con nosotros. Tienes mi palabra.

Me tomó desprevenida, pero compuse mis rasgos y escondí la mirada aturdida que tenía.

—¿De verdad me dejaréis ir? Tú mismo me advertiste que Derek está encaprichado conmigo.

La sonrisa de depredador transformó su rostro.

—Mañana ocúpate de Boticelli; Derek es mi problema. —Agarró mi codo y me arrastró hacia los pasillos—. Ven, voy a enseñarte tu habitación.

—Pensé que irías a dar una vuelta —dije, zafándome de su agarre.

—Cambié de opinión. Disfruto tu compañía, Alayna Novak.

7

LUCA

Nos hospedamos en un hotel de cinco estrellas. Me costó dejar a Thiago en Italia, pero haría que este viaje fuera lo más breve posible. Isadora quiso traerlo y me negué. Prefería que se quedara con su abuela y estuviera cómodo. Él no estaba acostumbrado a los aviones.

—Es una gran vista. —Isadora observó la ciudad frente a nosotros—. Gracias por permitirme venir.

Mastiqué el chicle y admiré el precioso paisaje artificial. ¿Cuándo fue la última vez que había abandonado Italia? No lo recordaba, intentaba que mis negocios siempre se concretaran en mi país, sobre todo desde que Thiago estaba en mi vida.

—Quiero que vengas conmigo a la fiesta. Hoy puedes comprar un vestido ideal o algún regalo que desees llevarle a Thiago.

Sus ojos se iluminaron y pasó los brazos alrededor de mi cuello.

—¿En serio?

—Sí.

—¡Oh, Dios! —Me dio un breve beso que me costó corresponder—. Gracias, gracias.

Me aparté.

—No necesitas que te diga qué debes hacer. Solo permanece a mi lado y no confíes en nadie.

Imitó un saludo militar que me hizo sonreír.

—Entendido.

Reventé el chicle en mi boca.

—Perfecto. —Saqué el móvil y le eché un vistazo a la hora—. Fabrizio va a acompañarte a la tienda mientras yo hago algunas llamadas. Tómate tu tiempo y ten cuidado.

Isadora estaba a punto de llorar de la emoción. Fernando la había privado de su libertad y yo quería devolvérsela. A mi lado no se sentiría como un objeto. Tenía su propia voz, podía tomar las decisiones que deseara y siempre las respetaría.

—Gracias.

Caminé hacia la mesa de bebidas para servirme un trago.

—Si te vas cuanto antes, te lo agradeceré —dije—. El tiempo pasa volando.

—¡Oh! —Corrió hacia su abrigo y se lo puso rápidamente—. Elegiré el mejor vestido para robarte el aliento.

Llené el vaso con whisky y le puse un poco de hielo.

—Ten un buen día, Isadora.

La puerta se cerró mientras me sentaba en el taburete y revisaba mis interminables correos. Los medios de comunicación ya estaban hablando sobre la fiesta que organizaba Boticelli. Al parecer era reconocido como un magnate caritativo. Cuidaba bien su imagen. Sería un honor arruinarlo si decidía meterse conmigo.

—Veremos con qué sorpresa me saldrás, Boticelli. —Bloqueé el teléfono antes de volver a acercarme al ventanal—. No sabes con quién estás tratando.

ALAYNA

A la mañana siguiente terminé el desayuno, contando las horas para el gran evento. Retomé mi libro, escuché música y a las cuatro de la tarde decidí arreglarme. Evalué mi aspecto en el espejo mientras terminaba de retocar el maquillaje. Mi imagen representaba perfectamente la visión de una mujer sensual y elegante. El largo cabello de la peluca rubia caía hasta mi cintura. El vestido dorado acentuaba mi figura y mi piel pálida. Mis labios pintados de rojo se veían gruesos y húmedos. En mi cuello desnudo solo faltaba una cosa. Fui a la cama y rebusqué en mi bolso hasta dar con el collar de mariposa que Luca me había regalado hacía tres años. Lo usaba en pocas ocasiones porque me traía recuerdos dolorosos. Recuerdos de un día maravilloso que nunca volvería a repetirse. Lo guardaba como si fuera un tesoro muy valioso. Era todo lo que tenía de él.

—¿Alayna? —Declan tocó la puerta—. ¿Estás lista? Serán treinta minutos de viaje y prefiero llegar temprano.

Guardé el collar de mariposa en mi bolso y me coloqué el abrigo de piel sintético antes de encontrarme con Declan. Sus ojos verdes no ocultaron el hambre voraz. Me miró de pies a cabeza, sus fosas nasales se ensancharon mientras exhalaba con fuerza. El deseo era tan difícil de disimular.

—Te ves impresionante.

—Gracias —dije y cerré la puerta de la habitación detrás de mí—. Ese tipo de fiestas son con invitaciones. ¿Tienes una? ¿Cómo entraremos si sois enemigos?

—Tengo una invitación —explicó—. Nunca generé discordias con Alberto. Me he mantenido al margen de sus disputas con Derek.

—Ya no eres neutral si apoyas a Derek.

—Alberto aún no lo sabe —masculló—. Me propuso hablar de negocios en su fiesta.

—Es un hombre poderoso. ¿Por qué no os ha matado?

—Él asegura que le hizo una promesa a mi madre.

—Entonces la amaba.

No me gustó la mirada en sus ojos. Era dura como una piedra, ya no había ni un gramo de calidez. Hablar de su madre le afectaba.

—La secuestró y la apartó de sus hijos —insistió—. Yo no lo llamaría amor.

—¿Cómo puedes asegurar que así sucedieron las cosas?

—Porque lo sé —respondió, alejándose—. Alberto destruyó a mi familia y ha llegado la hora de que pague.

Mantuve la boca cerrada sin ánimos de replicar. En el fondo sabía que había algo más detrás de esa trágica historia.

Cientos de autos y de camarógrafos cubrían la acera. Boticelli era un tipo muy popular. Declan deslizó la mano alrededor de mi cintura y la apoyó en mi cadera. Hice un esfuerzo para ignorarlo y mirar hacia delante. La sonrisa permaneció en mis labios, ofreciendo el espectáculo de mujer complacida a pesar de que no toleraba su contacto. Quería arrancarle los dedos y las uñas por atreverse a tocarme, pero me contuve.

—Dime otro defecto de Alberto —le pedí a Declan—. Motívame a terminar este trabajo.

—Tiene casi cincuenta años y adora a las mujeres jóvenes —respondió—. Sobre todo, aquellas que podrían ser sus hijas.

Un pedófilo como objetivo. Fantástico, le pondría mucho esmero a esta misión.

—Derek pidió un trabajo rápido y limpio. Qué lástima.

—Le harás un favor al mundo cuando lo mates.

—Pero no será satisfactorio darle una muerte rápida.

—Yo más que nadie quiero tomarme mi tiempo con él, pero es mejor hacerlo rápido.

Nos acercamos a la entrada que estaba custodiada por un guardia de seguridad. No había detector de metales ni nos hicieron un chequeo, lo cual fue un alivio. Tenía una navaja enfundada entre mis muslos, mi única arma mortal. Todos los asistentes contaban con invitaciones, considerados como gente de confianza. Nadie esperaba que una asesina matara al anfitrión.

—Graham —murmuró el guardia en italiano—. El jefe estará feliz de verte.

Declan mantuvo el rostro neutro y me acercó más a su cuerpo.

—Apuesto a que sí —dijo y me miró—. Ella es mi novia Beatrice.

El soldado me dio una mirada lujuriosa. Lo tomé como una provocación porque la mandíbula del irlandés se apretó y su expresión se ensombreció.

—Los Graham siempre tuvieron buenos gustos con las mujeres.

—Gracias por la bienvenida. —Traté de romper la tensión y arrastré a Declan—. Disfrutaremos mucho la fiesta.

Me aseguré de alejarlo rápidamente, no era momento de perder la calma. El salón estaba repleto de hombres y mujeres con finos atuendos. Algunos descansaban en sofás o sillones de terciopelo con una bebida en la mano y sonrisas en sus rostros. Una joven tocaba el piano en una esquina. Las notas eran melancólicas. Declan y yo fingimos muy bien el papel de enamorados. Sabía que Boticelli me querría de inmediato al verme en sus brazos. Una estrategia que no podía salir mal.

La camarera vino hacia nosotros y nos ofreció copas de champán. Yo acepté, pero el irlandés no. Seguía tenso.

—¿Vas a decirme qué celebran? —inquirí, disfrutando la sensación de las burbujas en mi boca.

—Un estúpido evento que servirá como obra de caridad —contestó—. Boticelli cuida su imagen porque pretende involucrarse próximamente en la política.

Pasé mi dedo por el borde de la copa.

—Típico.

Declan se aclaró la garganta cuando la puerta del salón volvió a abrirse y mi mundo entero se derrumbó. Mi corazón empezó a acelerarse en el momento en que vi a la hermosa pareja ingresar. El pánico adormeció mis sentidos y me quitó el aire. Me congelé.

«No. No. No».

El pulso en mi cuello latía tan fuerte que dolía. Mi visión se nubló, la copa de champán tembló en mis manos y solté una brusca exhalación. No podía asimilar lo que veía. De todos los escenarios posibles jamás imaginé ese. ¿Acaso el destino estaba bromeando conmigo? ¿Era una trampa cruel?

Luca irradiaba poder y se robaba la atención de cualquier persona en la habitación. Lucía pecaminosamente sexy en ese esmoquin. Siempre había sido elegante, pero verlo más maduro me volvió loca. Labios sensuales, mandíbula cincelada, pómulos definidos y cabello castaño. Incluso desde mi posición pude captar sus pálidos ojos grises. Era hermoso y perfecto.

Tenía las palmas sudorosas y sentí como si mi corazón estuviese a punto de estallar. No podía soportarlo, no podía. Se puso peor cuando la impresionante mujer rubia que lo acompañaba acarició sus brazos y le sonrió dulcemente. Lo poco que quedaba de mi corazón fue destrozado en segundos. La reconocí. Había visto sus fotos juntos en internet, noticias sobre la política italiana y redes sociales. Era ella. Isadora Rossi. Su flamante esposa y madre de su hijo.

—¿Alayna? —preguntó Declan con el ceño fruncido—. ¿Qué está pasando? ¿Te sientes bien?

—Yo...

Las lágrimas ardían en mis ojos y di un paso atrás. Ver al hombre que amaba con otra mujer estaba matándome. Me golpeó de lleno en el pecho y me robó el aliento.

—Necesito aire —jadeé—. Solo necesito aire.

LUCA

Todos en la sala eran miembros ricos de la sociedad, aristocráticos de Nueva York, dueños de negocios, empresarios y magnates reconocidos. Soporté las aburridas conversaciones porque eran excelentes conexiones para fines comerciales.

Isadora desempeñaba el papel de perfecta esposa dulce, hablando cuando le dirigían la palabra, sonriendo y adulándome mientras otros nos observaban. Ella estaba muy a gusto en este ambiente. Mantenía una entretenida conversación con damas sofisticadas mientras yo hablaba con Kiara por teléfono y le pedía que me enviara fotos de Thiago. Mi bebé estaba feliz en su cuna, custodiado por Laika y sus cachorros. No podía esperar para volver a verlo y abrazarlo. Esta sería la última vez que viajaría sin él.

Tomé un trago de vino italiano. Un merlot con fuertes notas amaderadas. Los italianos teníamos buen gusto, debía concederle eso a Boticelli. Quería irme lo antes posible, pero primero necesitaba tener una seria conversación con él.

—Tu esposa es una mujer hermosa y encantadora. Eres afortunado por tenerla.

Boticelli se acercó a mí, vestido con un traje azul marino y una corbata negra. Su aspecto de hombre caritativo no me convencía. Era un payaso más que intentaba ingresar en el mundo de la política.

—Gracias —respondí secamente.

Pasó una mano por su cabello canoso. Tenía la misma edad que mi difunto padre, eran parecidos en varios aspectos. Alimañas que pensaban cómo llenar sus bolsillos sin importar a cuántos lastimaran en el camino.

—No tuve tiempo de felicitarte por tu boda —dijo—. En mi defensa no fui invitado.

—Mis disculpas.

Él fijó sus ojos en Isadora.

—También me llegó la noticia de que tenéis un hijo juntos.

—Soy un padre orgulloso —mascullé.

Aflojó su corbata y fue directo al grano.

—El motivo de mi invitación es porque te quiero en mi equipo, Luca. Sabemos que todo es más complicado con Moretti dominando Italia. No estoy de acuerdo con los porcentajes que pide por usar sus puertos.

Hice girar el vino en mi copa.

—No me dedico a lo mismo que tú.

Él sonrió.

—Mis negocios no son de tu agrado. Entendido.

Lo dijo de una manera tan campante que me sentí insultado. Eran vidas, no accesorios que podíamos negociar.

—Soy mi propio jefe, yo domino mi ciudad. No permitiré que nadie lo ensucie. Me gané el respeto porque hice la diferencia.

La música cambió y vislumbré a Isadora bailando con un joven apuesto. Me alegraba saber que al menos ella estaba disfrutando de un rato agradable.

—Sé que me dedico a negocios que no te dejan dormir en las noches. Sabemos que eres la definición de un buen hombre en la mafia, pero déjame decirte que me necesitas como aliado, Luca. No serás intocable por siempre. Moretti querrá más y tu suegro te dará una patada en las pelotas cuando ya no le seas útil.

Apreté la copa en mi puño.

—No me agrada sentirme presionado ni acorralado.

—No te estoy pidiendo que trabajemos en el mismo sector —se burló—. Solo quiero tus puertos a mi disposición. —Él me palmeó el hombro como si fuéramos viejos amigos—. Te dejaré más tiempo para pensar. Soy un hombre paciente, me darás la razón tarde o temprano. Disfruta la fiesta. Mándale mis saludos a tu suegro.

Me dio una sonrisa presumida antes de mezclarse con el resto de sus invitados. No me gustaba saber que decía la verdad y probablemente me vería obligado a aceptar por conveniencia. Isadora regresó y acomodó mi corbata en su lugar.

—¿Cómo te fue?

—Mejor de lo que esperaba. —Me acerqué a ella, rodeándole la cintura para actuar como un buen esposo—. Quiero volver a casa lo antes posible.

—Entonces vamos.

—Unos minutos más... —Besé su frente cuando sentí una penetrante mirada sobre mí. Me fijé en la mujer de cabello rubio que me dio la espalda y miré las curvas de su cuerpo. ¿Quién era? ¿Por qué mi mente gritaba que la conocía? Negué con la cabeza y le sonreí a Isadora. Estaba alucinando.

«Olvídala de una vez, Luca. Olvídala».

ALAYNA

Mi respiración se agitó y me tomé un segundo para tratar de aclarar mis pensamientos fuera de control. No podía mostrarme débil en esa situación, no podía romperme en público. Pero él tenía la capacidad de sacudir mi mundo entero. Era la única persona capaz de hacerme perder la cabeza. Lo quería sin importar cuántas lágrimas había derramado desde nuestra ruptura. Lo quería tanto que dolía.

—Esto es una gran sorpresa —comentó Declan al notar dónde se encontraba mi atención—. Aunque debí suponer que te pondrías así. Eres humana después de todo.

La indignación trazó surcos de cólera dentro de mi mente. ¿Me trajo al evento sabiendo que Luca vendría?

—No sabes nada de mí.

Traté de alejarme, pero Declan agarró mi brazo y sonrió. Me obligó a mirarlo. Sus ojos verdes brillaron con diversión. No estaba lista para un impacto tan duro. Todos mis muros se habían desmoronado.

—Respira —ordenó—. Cualquiera puede notar que estás muy alterada. No hay nada atractivo en tus ojos. Veo tus lágrimas, Alayna.

—Vete a la mierda.

—Desataste una masacre cuando lo secuestraron y mataste a cientos de hombres con tal de recuperarlo. Eso dice mucho de ti, ¿eh? Vitale es un bastardo afortunado.

Rabia lívida recorrió mi cuerpo. Quería matarlo por exponerme a eso, desmembrarlo. Habían sido tres años de duro trabajo, de un gran esfuerzo para tratar de olvidarlo. Verlo de nuevo, y con otra mujer, mandó al diablo cualquier progreso.

—Ahórrate tus discursos baratos.

—Termina tu trabajo y después harás lo que quieras. —Acercó su boca a mi oreja—. Incluso matarme o follarme. No huyas, Alayna.

Aparté su rostro, enojada de que se tomara tantas atribuciones. Los hombres insistentes como él eran repugnantes. Me gustaba el coqueteo y la seducción, pero con Declan simplemente me generaba asco.

—Prefiero la primera opción.

Soltó una carcajada y pasó un dedo por mi brazo.

—¿Cuánto quieres apostar a que cambiarás de opinión pronto?

Exhalé y agarré otra copa de la bandeja que la camarera me ofreció. Tomé un largo trago, disfrutando el alivio que me generó el alcohol en la garganta. Quería beber hasta olvidar mi nombre. Y sobre todo «su» nombre.

—Vuelve a tocarme y te rompo las malditas manos. Esta es la última advertencia.

—Relájate —se rio—. No arruines la misión por culpa de tu corazón roto.

Me estremecí. Mi pulso latió de manera errática mientras observaba de nuevo hacia donde estaba Luca. Su esposa le comentó algo y él sonrió. No podía seguir mirando. Era demasiado. Estaba cayéndome a pedazos por la imagen.

—No está conmigo porque yo lo quise así. —Hablé con frialdad, apartando los ojos de la escena—. Lo aparté porque no lo necesito.

Declan resopló.

—Como digas.

No me creía, pero no tenía que demostrarle nada. Su opinión sobre mí no me interesaba. Era un simple idiota que pronto dejaría de ver. Eventualmente olvidaría su existencia cuando esta misión concluyera.

—¿Dónde está Boticelli? —inquirí más calmada.

—Justo ahí. —Señaló con la barbilla.

Vi a Boticelli hablando cómodamente con una mujer. Pensé que sería un viejo decrépito por las descripciones que me dio el irlandés, pero era lo contrario. Un hombre maduro, cabello entrecano e intensos ojos oscuros. Su traje azul marino le quedaba perfectamente bien. ¿Quién podría decir que se dedicaba al crimen organizado?

—No te dejes guiar por su apariencia —masculló Declan como si leyera mis pensamientos—. Él es mucho peor que nosotros.

Analicé cada movimiento de mi objetivo. Lo vi saludar a la mayoría de sus invitados, con una actitud amable y atenta. Era un evento de caridad después de todo. Él debía aparentar ser un hombre ejemplar.

—La gente lo rodea como un enjambre.

—Usa tus encantos y haz que él venga a ti.

Empujé la copa vacía contra su pecho y Declan lo sostuvo.

—Sé lo que hago.

Me alejé de él, yendo directo a la barra. Necesitaba estar centrada y recordarme que la vida de Eloise dependía de mí. Estaba ahí, terminaría el trabajo como sea.

—¿Qué va a tomar, señorita? —preguntó el barténder.

—Martini con hielo, por favor.

Rellenó el vaso como pedí y siguió con su trabajo. Luca volvió a mis pensamientos. ¿Qué haría si me reconocía? Nada, obviamente. Me ignoraría y seguiría con su vida. Él encontró a una mujer que se ajustaba a su medida. Pudo darle un hijo. Era dulce, encantadora, una dama de sociedad. Yo formaba parte de su pasado y ahí me quedaría. No lo miré de nuevo, no quería cometer una estupidez por culpa de mis emociones.

—Los eventos de caridad están llenos de hipócritas —expuso una voz suave y femenina—. Nunca fueron de mi agrado.

Bebí un trago y analicé a la mujer que se sentó a mi lado. Era una hermosa rubia con vestido rojo, ojos verdes y sonrisa brillante. Varios curiosos se fijaron en ella y susurraron. Parecía algún tipo de celebridad.

—Los hipócritas siempre están envueltos en un bonito paquete —dije, haciendo referencia a su vestido—. Podría reconocerlos en cualquier parte. Tengo un radar.

Su risa casi opacó la música. Noté la pequeña cicatriz en su ceja derecha, la única imperfección en su hermoso rostro. ¿Quién era esa mujer?

—Nunca fingí ser algo que no soy —extendió la mano—. Me llamo Irina.

—Beatrice —mentí y estreché su mano.

—Bonito abrigo —halagó mi ropa—. ¿Qué hace una mujer como tú con Declan Graham?

Mis sentidos se pusieron en alerta. Había algo en ella que no podía explicar. No era normal, no era una invitada más.

—Somos pareja.

Se quedó en silencio unos cortos segundos. La seriedad cubrió sus rasgos al igual que la frialdad.

—Si fuera tú, tendría mucho cuidado. Él y su hermano son como los parásitos. Viven a costas de otros y te quitan todo hasta que te conviertes en nada. —Se apartó—. Disfruta la fiesta, Beatrice.

Se llevó una copa de champán que le sirvió el barténder y se marchó. ¿Qué fue todo eso? Ella no estaba ahí para entablar una amistosa conversación, me había puesto a prueba. ¿Era alguien cercana a Boticelli? Lo busqué con la mirada y lo vi sentado en un rincón con una bebida en la mano, observando, estudiando a sus invitados mientras Declan era ignorado. ¿Por qué lo había invitado a su fiesta en primer lugar? Cuando sus ojos se encontraron con los míos, una pequeña sonrisa asomó de mis labios y finalmente obtuve su atención. Acomodé el falso cabello rubio, acentué la curva de mi cuerpo y me apoyé contra la barra. Realcé mi escote y le sonreí al barténder. El vaso se sintió frío en mi mano.

—¿Puedo invitarte un trago? —preguntó una voz grave en inglés.

Conservé la sonrisa tímida y observé a mi nuevo objetivo. Alberto Boticelli era mucho más atractivo de cerca. Un hombre maduro que llenaba muy bien ese traje de diseñador.

—Por supuesto, es muy amable de tu parte.

Su interés ya estaba en mis pechos.

—Escuché que eres novia de Graham. No imaginé que aceptaría mi invitación, menos que vendría acompañado por una mujer tan hermosa.

Examiné su cuerpo en un gesto provocativo y me mordí el labio.

—Él nunca mencionó que el anfitrión del evento era tan interesante y atractivo.

Sus ojos oscuros brillaron con genuina perversión y sonó los dedos para que la camarera nos sirviera dos tragos.

—No eres irlandesa —asumió.

Encogí uno de mis hombros.

—Me alegra no serlo, me he llevado muchas decepciones con los irlandeses.

Mi respuesta le encantó.

—Su bebida, señor —dijo la joven—. Señorita.

—Gracias —musité apenas tomando un sorbo de vodka.

Boticelli recogió el vaso y bebió un trago. Ni siquiera parpadeó cuando la bebida pasó por su garganta.

—Escuché lo mismo de una persona hace tiempo. Ella estaba cansada de esos payasos y acudió a mí.

—Una mujer inteligente. —Me toqué la cabeza, fingiendo un gesto de dolor.

—¿Te sientes bien?

Le ofrecí una sonrisa fugaz.

—Por supuesto. Es solo que… —bajé la voz y me mordí el labio—. Prefiero un lugar más privado para conversar.

Un destello curioso apareció en su mirada.

—He querido llevarte a mi habitación desde que puse mis ojos en ti, pero no quise ocasionar ningún problema con Declan.

Esbocé otra pequeña y pícara sonrisa.

—No tengo nada serio con Declan. —Toqué el borde del vaso—. Mantenemos una relación abierta y somos bastante flexibles con la diversión del otro.

Dio un paso atrás y me tendió la mano. No había duda en sus ojos. Solo excitación.

—Ven conmigo —dijo.

Era sospechoso que hubiera caído tan rápido, pero ya no podía retractarme. Era mi primera y última oportunidad. Caminé a su lado por el salón de baile, mi postura recta y el bolso sobre mi hombro. Las personas nos vieron alejarnos, pero a Boticelli no le importó, a mí menos. Mientras avanzábamos por los pasillos encontré la misma pintura que vi colgado en la casa de Declan. Era Nessa Graham. La mujer que desató guerras porque dos hombres la amaron.

—Hermosa, ¿no? —preguntó Alberto.

—Luce como la dueña del mundo.

—Lo era —dijo él—. Murió hace años, pero su recuerdo aún genera mucho daño. ¿Te ha contado Declan la historia?

—Una parte.

—No creas todo lo que sale de su boca —suspiró con nostalgia—. Amé a Nessa hasta el último minuto de su vida. Haría cualquier cosa para revivirla y tenerla de regreso en mis brazos.

—El amor es tan bonito y destructivo.

—No cambiaría por nada del mundo todo lo que viví con ella.

Sus palabras nuevamente me hicieron pensar en Luca. A pesar de todo el dolor que había padecido desde la ruptura jamás cambiaría nada. No me arrepentía de amarlo. Y si pudiera retroceder el tiempo lo haría.

—Vamos —masculló Boticelli cuando se instaló el silencio—. Estoy ansioso de conocerte más.

Atravesamos el patio, en el que había una fuente adornada con estatuas de diosas. Dos guardias custodiaban la fiesta. Saludaron a Boticelli y apenas me miraron. Después de un eterno recorrido, subimos las escaleras y nos detuvimos frente a una puerta en el segundo piso. Él sacó una llave de su bolsillo y la insertó en la cerradura. Estábamos alejados de la fiesta; nadie me escucharía matarlo.

—Primero las damas.

Mi postura demostraba calma al ingresar en la habitación, mi pulso estaba calmado. La puerta sonó cuando cerró y puso la cerradura. Sentí su aliento en la nuca.

—Aquí tengo los mejores vinos importados de Italia. ¿Alguna preferencia?

Rocé mi cuerpo contra el suyo, un toque sutil. Su entrepierna presionó mi trasero y me estremecí. Quedó claro quién estaba desesperado. No permitiría que esto llegara tan lejos. Derek pidió una muerte sin tortura, pero yo tenía otras intenciones.

—Tomaré lo mismo que tú —contesté—. Confío en tu buen gusto.

La habitación era lujosa, con un enorme ventanal de cristal. En caso de que no tuviera escapatoria podría romperlo y caería al segundo piso. Todo estaba bajo control. Boticelli se acercó a un estante de bebidas y escogió una botella de vino. Después llenó dos copas. Mientras tanto, volví a verificar la navaja enfundada entre mis muslos.

—Siéntate —ordenó.

Me puse cómoda en el sofá con las piernas cruzadas mientras se acercaba de nuevo y me tendía la copa. Se sentó a mi lado, la intriga nadando en sus ojos oscuros. Él estaba intentando leerme, tratando de adivinar mis verdaderas intenciones.

—¿Qué te hace especial? Declan no suele tener conquistas.

Sonreí y evité tomar el vino.

—Solo nos divertimos ocasionalmente. Cuando me invitó a tu fiesta no dudé en aceptar. Siempre quise conocer Nueva York.

—¿Te habló mucho sobre mí?

De acuerdo, eso fue inesperado. Creí que iríamos directo al grano, cuando me pidiera que me desnudara y yo le rebanara la garganta.

—Declan es un hombre misterioso. No me cuenta nada de su vida.

—¿Segura? Es un manipulador como su hermano Derek. —Se frotó la mandíbula con una mano—. Imagino que habló pestes sobre mí. Mencionó a su madre y crees que soy el villano.

—Yo no creo nada.

—Ah, ¿no? —cuestionó en tono burlón—. ¿Piensas que soy idiota? Sé que estás aquí por órdenes de Derek y no porque me desees.

Se inclinó, sus ojos atentos a los míos. Su mandíbula se hallaba tensa y sus fosas nasales se ensancharon. No era ningún tonto. Necesitaba matarlo ahora y huir. Me había descubierto.

Coloqué la copa de vino sobre la mesa de cristal sin alterarme.

—Pensé que nos divertiríamos. —Hice un mohín—. Es una pena.

Su cara se contorsionó por el odio y la indignación.

—Sabemos que tu definición de diversión es muy diferente a la mía, Alayna Novak —masculló y sonrió—. ¿Pensaste que no me daría cuenta? Le he seguido los pasos a los Graham durante años y estoy al tanto de cada cosa que hacen.

Su mano tomó mi cuello sin darme tiempo a reaccionar. Carajo, eso fue rápido. Se subió sobre mí en el sillón y empezó a ahogarme. El aire no llegaba a mis pulmones. Tenía que actuar pronto o moriría. No entraría en pánico. Le hice creer que me había dominado mientras buscaba algo sobre la mesa. Mis dedos tocaron un cenicero y lo golpeé contra la cabeza de Alberto. La sangre corrió por su sien y perdió el equilibrio.

Mi codo impactó en su nuez de Adán y se tambaleó hacia atrás, aturdido y con la boca abierta. Saqué la navaja de la funda y me acerqué lentamente hacia él. Boticelli retrocedió, sus ojos bien amplios mientras trataba de respirar y abrir la puerta. Qué pena. Él le había puesto seguro. Tampoco podía gritar.

—No es nada personal. De hecho, me resultaste un hombre interesante —dije—. Solo es un trabajo más.

Giré el brazo y la navaja cortó su garganta profundamente. Su cuerpo golpeó duro contra las finas baldosas y escuché un fuerte crujido. La idea era matarlo sin hacer desastres, pero la sangre manchaba la puerta y la alfombra. Ahora tenía que emplear el plan B. Conté hasta tres para tranquilizarme. Lo bueno era que mis guantes de seda impedirían que mis huellas estuvieran en todas partes. ¿Lo malo? Había cámaras de seguridad. Sabrían quién era tarde o temprano e irían por mí.

Agarré sus dos piernas y arrastré el cuerpo hasta el baño. Tenía unos pocos minutos antes de que los guardias se dieran cuenta de que algo andaba mal. Mi pulso se aceleró y me apoyé contra el tocador para calmar la ansiedad. Fui lenta y descuidada. Boticelli me descubrió y eso podía costarme caro. Culpé a Luca. Las cosas serían diferentes si no lo hubiera visto. Él era responsable de mis errores, y yo, una mujer débil. Estaba actuando por impulsos, sin pensar. Parecía que había olvidado años de entrenamiento. «Cálmate, Alayna».

Limpié mi navaja con agua y la sequé con la toalla. Me pellizqué las mejillas para traer un poco de sonrojo a mi piel y saqué el labial de mi bolso. Si los hombres de Boticelli pensaban que había tenido sexo con el jefe, no tendrían razones de perseguirme. Excelente.

Cuando estuve lista, regresé a la habitación y le quité el seguro a la puerta. Me asomé para verificar que no hubiera nadie en el pasillo. Silencio. La suerte estaba de mi lado. Solté otra respiración profunda y me enfrenté a cualquier cosa que me deparara el destino. Caminé con la barbilla en alto, controlando la agitación. Ahora tenía que deshacerme de la peluca antes de mezclarme en la fiesta. Los guardias buscarían a una rubia. No a una morena.

Llegué al patio y miré un segundo la fuente de diosas. Sería muy tonto lanzar mi peluca ahí, así que elegí los arbustos en su lugar. Cuando encontraran la evidencia del crimen sería muy tarde. Yo estaría lejos de aquí. Los guardias miraron mi escote pronunciado cuando pasé cerca de ellos y agaché la mirada al suelo con una sonrisita.

—Disculpen —susurré.

Escuché al orangután soltar un comentario obsceno sobre mi trasero y puse los ojos en blanco una vez que salí de sus vistas. Siempre lo mismo. Nadie me creía capaz de hacer algo tan atroz gracias a mi cara bonita. Ups. Mientras pasaba por el jardín y regresaba a la fiesta, tuve la desdicha de chocar con nada más y nada menos que Isadora Rossi. La esposa de Luca. Abrió la boca un par de veces y volvió a cerrarla.

—¡Lo siento! —Se disculpó y retrocedió—. ¡No me fijé por dónde caminaba!

Calmé la rabia y las ganas de empujarla. Ella no merecía mi ira.

—No te preocupes.

Pasé por su lado, pero el sonido de su voz me detuvo.

—No es la primera vez que nos vemos, ¿verdad?

La miré sobre mi hombro con una sonrisa burlona en mis labios. Hacía tres años la vi en esa fiesta que había organizado su padre. Me volvió loca de celos verla sonreírle a Luca. En ese entonces pensé lo perfecta que era para él. ¿Quién diría que mis inseguridades eran fundadas? Se casó con el hombre que amaba y le dio un hijo.

—Lo dudo —dije—. Disfruta la fiesta.

Me mezclé entre la multitud con los puños apretados. La indignación se arremolinó a mi alrededor como una llama furiosa. Me arrepentí de haber aceptado esa absurda misión. Fue una de las peores decisiones de mi vida. Pude encontrar otras soluciones o recurrir a Caleb. Busqué a Declan con mis ojos y lo vi distraído con una camarera. Imbécil. ¿Acaso no se daba cuenta de la situación? Pronto encontrarían el cuerpo de Boticelli y yo sería la primera sospechosa. Carajo.

Disimulé la rabia mientras me acercaba a la barra en busca de otro trago, pero mi corazón casi se salió de mi pecho cuando capté a Luca caminar hacia mi dirección. Maldita sea. Si corría se daría cuenta de que era yo y todo se iría al demonio. Rápidamente me puse de espaldas y cerré los ojos. Apenas podía respirar, apenas podía pensar a causa del pánico que me asaltaba. Lo sentí tan cerca, su presencia era una suave caricia.

—Disculpa… —murmuró, su acento italiano perfectamente marcado en el fluido inglés—. Estoy buscando a alguien.

«No hables, no hables, no hables…».

Mi piel se estremeció y mi respiración se volvió jadeante. ¿Se refería a mí?

—Es curioso porque recuerdo cada parte de su cuerpo. —Empezó a acercarse—. Y lucía exactamente como tú.

La adrenalina se apoderó de mí en un dolor extremo y mis rodillas flaquearon. Estaba de espaldas, pero él logró reconocerme. Sabía que era yo.

—¿Alayna?

El sollozo me delató y maldije.

—¡Luca! —La voz de Isadora nos interrumpió y aproveché la oportunidad para huir entre la multitud, empujando a cualquiera que se atravesara en mi camino. Encontré una esquina silenciosa y me escondí detrás de una escultura. Mi visión estaba borrosa por las lágrimas y me quebré. Presioné una mano sobre mi corazón, tratando como el infierno de no correr a sus brazos. ¡Lo odiaba tanto! ¿Cómo podía hacerme esto?

8

ALAYNA

Estaba petrificada, aturdida y destrozada emocionalmente. Pasaron dos minutos en total y conté cada latido de mi angustiado corazón. Luca seguía en la zona por donde desaparecí hablando con su esposa. Le rogué a mi cuerpo no moverse.

«No me busques... Ya déjame ir».

No tenía el valor suficiente para enfrentarlo y decirle en la cara que decidí abandonarlo porque tenía miedo. ¿Cómo pudo reconocerme? ¿Cómo pudo pronunciar mi nombre con tanta facilidad? Yo no lograba dormir en las noches imaginando el futuro que habríamos tenido si no lo hubiera abandonado. Estaba condenada a añorarlo el resto de mi existencia. Al verlo volví a comprobarlo.

Luca finalmente se retiró con su esposa y me deslicé fuera de mi escondite para buscar a Declan. Si me quedaba otro minuto en este lugar, me volvería loca y los guardias me matarían. Supuse que a estas alturas ya habían encontrado el cuerpo de Boticelli. Tomé otra respiración profunda y marché de regreso al salón donde la mayoría de los invitados bailaban y reían. Al menos nadie había alertado la muerte de Alberto. Dudaba que los soldados me dispararan en medio de la multitud si me descubrían.

—Hora de irnos, Romeo. —Tomé la mano de Declan y lo aparté de la camarera.

El irlandés me sonrió ampliamente y contempló mi rostro.

—¿Está hecho?

—¿Tú qué crees?

La pianista prosiguió a tocar una melodía relajante mientras yo analizaba mi entorno nerviosamente. Luca me había reconocido. Necesitaba salir de ese lugar cuanto antes. Era cuestión de tiempo para que armara las piezas. Buscaría respuestas. Si compartía la misma obsesión que yo, me perseguiría hasta el fin del mundo. ¿Era capaz? Mi corazón sabía que sí, aunque tratara de convencerme a mí misma de que no.

«Él está casado. Ya no me necesita».

—Excelente trabajo —dijo Declan con una sonrisa—. ¿Cómo fue? Quiero escuchar todos los detalles.

La rabia corrió a través de mis venas. Si decía otra estupidez no dudaría en matarlo frente a todo el mundo. Al diablo con los testigos.

—Sácame de aquí —siseé—. Pronto encontrarán el cuerpo y van a cazarme.

Declan rio mientras rodeaba mis hombros con uno de sus brazos y caminamos por el salón.

—La familia Boticelli está empeñada en mantener una imagen pulcra. Jamás admitirán en público que Alberto fue asesinado por una mujer, menos en una fiesta organizada por ellos. Les importa conservar las apariencias por el bien de los negocios.

—¿Cómo puedes asegurarlo?

—Porque están involucrados con grandes empresas petroleras —explicó—. Los inversionistas les darían las espaldas a Irina si supieran que su padre era un sucio mafioso y sus acciones caerán en picada. Ella como única heredera no puede exponerse.

«¿Qué...?». Un aliento conmocionado abandonó mis labios cuando mi mente hizo clic. ¿Irina? ¿Él acababa de mencionar a Irina? ¿La misma mujer que se presentó conmigo en el bar hacía menos de una hora? Yo sabía que no era una simple invitada. Vi a una rubia furiosa precipitarse hacia nosotros como si fuera un alma invocada por el diablo. Sus rasgos denotaban puro odio y rencor, una advertencia de que armaría una masacre. Nada de hombres armados respaldándola. Solo ella. Mierda, ya habían encontrado el cuerpo.

—Declan Graham —masculló fríamente—. Le advertí a mi padre que era una mala idea invitarte, pero él insistió en tenerte presente.

No creyó que lo matarías en su propio territorio, siempre te dio demasiado crédito y al final resultaste ser igual de decepcionante que tu hermano.

Sentí una onza de respeto hacia ella. Su padre acababa de morir, pero aún tenía fuerzas para enfrentar a Declan sin temblar.

—Tu padre siempre ha subestimado a los irlandeses —se mofó Declan—. Típico en un italiano arrogante.

Los labios de Irina temblaron mientras me miraba y vi el dolor en sus ojos. Ella estaba luchando para no romperse.

—Sabíamos que estabais tramando algo, te estuvimos vigilando los últimos días. —Sus hombros se tensaron con cada palabra—. Una mujer... Siempre usáis el mismo truco, ¿no? Tu madre lo intentó en el pasado, pero la diferencia es que ella disfrutó revolcarse con él.

Atrapé los hombros de Declan para mantenerlo en su eje. Irina dejó salir una carcajada. Su risa era siniestra y llena de malicia.

—Siempre tan astuto, Graham —continuó ella—. Debo felicitarte, pero tu victoria no durará por mucho tiempo. Nada hará que tus padres regresen y pronto le haréis compañía. Estáis muertos.

Observé el intercambio de palabras, atenta y sorprendida. Esto era un asunto personal, necesitaba escuchar la verdadera versión de la historia desde el comienzo para saber quién era el villano. Dudaba que Declan tuviera la razón.

—Disfruta tus días como única heredera —replicó Declan, sonriendo—. Dudo mucho que apoyen a una mujer en el poder. ¿Por cuánto tiempo podrás sobrevivir? Te daré algunas semanas.

«¿Qué?». La indignación atenazó mi estómago ante sus palabras y apreté los puños. Idiota de mierda. Irina ladeó una ceja sin mostrarse intimidada.

—Mi padre nunca quiso acabar con vosotros por respeto a la memoria de Nessa, pero se ha terminado. —Su tono fue contundente—. La guerra ha comenzado, Graham.

Declan no parpadeó.

—Será más que bienvenida.

Aparté a Declan y me paré frente a ella. Dudaba que me matara ahora, pero ella encontraría el momento adecuado. No olvidaría sus deudas. Irina volvería a buscarme tarde o temprano y yo la esperaría con gusto.

—¿Qué sucederá conmigo?

Sus ojos verdes ardieron en los míos.

—Juro que te cazaré hasta el final, Alayna Novak. Y, cuando te encuentre, suplicarás por piedad.

Sus tacones altos resonaron cuando se giró sobre sus talones y caminó con calma sin mirar atrás. Era una mujer peligrosa, pero no la temía. Si creía que yo sería amable con ella cuando regresara, estaba equivocada. Me iba a encantar romper su lindo cuello.

—Sácame de aquí —le ordené a Declan, mis ojos buscando inconscientemente a Luca entre la multitud.

—Relájate, no permitiré que nadie te atrape.

Rodeó mi cintura con un brazo y nos dirigimos a la salida. Estaba demasiado cansada como para protestar. Permití que me sacara fuera de la fiesta. Mi cuerpo apenas podía moverse por el agotamiento.

—Tienes que darme muchas explicaciones.

—Y lo haré —aseguró él—. Te contaré todo lo que quieras saber, Alayna.

LUCA

Seguí mirando la zona por donde había desaparecido la mujer de largo cabello oscuro. Estaba confundido y aturdido. ¿Era realmente ella? Intenté creer que era producto de mi imaginación, pero eran muchas casualidades.

Podría reconocer su altura, su postura, esas curvas eran inolvidables. ¡Maldición! Había explorado su cuerpo como un codicioso. Probé cada parte de ella. Conocía de memoria todo: sus lunares, sus cicatrices, ese tatuaje de mariposas en los hombros. ¿Por qué no me miró cuando pronuncié su nombre? ¿Por qué huyó? Alimentaba más mi ansiedad. Tenía que ser ella. La mariposa negra.

«Alayna…».

—Fue un rato agradable. Me divertí mucho bailando, pero estoy lista para irme —murmuró Isadora y bostezó—. ¿Necesitas hacer algo más?

Negué con la cabeza.

—Ya he terminado aquí. —Me aclaré la garganta y la miré—. ¿Hablaste con esa mujer? La de cabello oscuro.

Isadora frunció el ceño.

—Hablé con muchas mujeres de cabello oscuro.

—Tenía un vestido dorado —dije.

—No —respondió—. ¿Por qué? ¿La conoces?

Necesitaba calmar esta obsesión. Isadora hizo caso omiso de mi expresión aturdida. Si era Alayna, seguramente la habría reconocido. Ella vio la foto que guardaba en mi teléfono móvil y tuvimos una discusión al respecto. Me pidió que la borrara, pero obviamente ignoré su petición.

—Creí que sí. —Sacudí la cabeza—. Olvídalo.

—¿Está pasando algo y no me di cuenta? ¿Quién es esa mujer?

El aliento me fallaba y me aflojé la corbata para respirar mejor.

—Nadie —dije en voz baja—. Ella no es nadie.

Tenía intenciones de seguir insistiendo con el tema, pero no replicó cuando agarré su mano y caminamos. De regreso al salón, noté que estaban despidiendo a los invitados. Una mujer alterada evitaba a los camarógrafos mientras los hombres de seguridad pedían que se retiraran. ¿Qué sucedió?

—Quédate a mi lado —le ordené a Isadora.

Un guardia nos interceptó en el camino.

—La fiesta ha terminado, señor —informó—. Deberían retirarse.

Sostuve su mirada con frialdad.

—Soy Luca Vitale —alegué—. Invitado especial del señor Boticelli. ¿Qué sucedió? ¿Dónde está él? Quiero dirigirle algunas palabras antes de irme.

Conservó los labios sellados cuando la atractiva mujer de cabello rubio decidió darnos una respuesta. Sus ojos verdes eran intensos y furiosos. Su expresión no demostraba ninguna emoción más que desdén. Había visto sus fotos en internet. Era Irina Boticelli. Hija única y heredera de Alberto.

—Lamento que la fiesta haya terminado en estas circunstancias —se disculpó—. Mi padre está abatido y decidió tomarse un descanso.

No me creía esa ridícula explicación.

—Escuche, señorita… —La evalué con atención—. No sé por quién me toma, pero no soy ningún estúpido como el resto. Estoy al tanto de los negocios que tiene su padre. Él me invitó para cerrar un trato.

Irina miró brevemente a Isadora antes de enfocar sus imperturbables ojos en mí.

—Sufrimos un atentado y mi padre fue el blanco —declaró—. Pronto recibirá noticias del tema.

No dio más explicaciones, pero era muy obvio. Boticelli había sido asesinado. Y esta era una pieza más del rompecabezas que necesitaba para entender mejor. Alayna estaba involucrada. Ella lo mató.

—Lo lamento. —Fue todo lo que dije.

Su teléfono sonó en ese instante y me tendió una sonrisa de disculpa.

—Espero poder seguir con usted los negocios que tenía en mente mi padre —manifestó—. Les deseo a ambos una buena noche. Tengo trabajo que hacer.

La vi marcharse y solté un aliento ruidoso. Necesitaba dejar de pensar en Alayna antes de que acabara conmigo nuevamente.

—¿Vas a decirme qué sucede? —preguntó Isadora, preocupada—. Estás actuando extraño.

La atraje hacia mí, ofreciéndole una silenciosa disculpa.

—Nada. Es hora de irnos.

ALAYNA

Me quité el abrigo cuando llegamos a casa de Declan y me senté en el sofá mientras iba por dos vasos de whisky. Maldita noche fatídica. El plan salió bien. Boticelli estaba muerto, pero las amenazas de Irina me preocupaban. Esa mujer no iba a quedarse con los brazos cruzados.

—Debiste advertirme sobre ella —murmuré mientras Declan regresaba y me entregaba mi trago—. No me gustan las sorpresas.

Se sentó a mi lado mientras bebía un trago antes de quitarme los tacones altos y frotarme los pies. Había una quemazón en mi cuello que me molestaba. Boticelli había dejado sus marcas como un recordatorio.

—Irina no es rival para ti.

—A diferencia de ti, nunca subestimo a mis enemigos.

—Cuéntame cómo fue la muerte de Boticelli.

Me encogí de hombros.

—Descubrió quién era y quiso ahogarme. Me defendí y le rebané la garganta.

Una carcajada retumbó en su pecho.

—Te dije que no hicieras nada sucio.

—El trabajo está hecho y es todo lo que debería importar. Mañana seguiré con mi vida y espero que hagáis lo mismo.

—Tienes mi palabra de que así será.

—Porque ya no lidiaré con vosotros, ¿verdad? Irina vendrá por mí.

«O tal vez buscaría a Eloise…». Si a los irlandeses no les costó encontrar una de mis debilidades, ella no tendría el trabajo tan difícil. No podría salir de esto sola. La misión fue cumplida, pero había una deuda que pagar a cambio.

—Irina tratará de solucionar el desastre que dejará la muerte de su padre —dijo—. Ahora está desamparada y Nueva York va a desmoronarse. No eres su prioridad.

—Lo dudo.

—Derek entrará en acción a partir de ahora. Él quería a Nueva York indefenso y lo ha logrado.

—Entonces esto no es solo por venganza, debí suponerlo —reí—. Una vez más la sed de poder está involucrada.

—Todos queremos poder, Alayna.

Sí… Cuando Luca decidió quedarse a gobernar Palermo me demostró lo mismo. Había probado el poder y quiso más. No se conformó con menos.

—¿Y ella también quería poder? —Miré el cuadro de Nessa en la pared—. ¿O tal vez amó a Boticelli?

Se quedó callado un segundo, evaluando si debía responder o no mi pregunta.

—Ella fue obligada a vivir con ese monstruo —afirmó—. Boticelli destruyó a mi familia cuando nos arrebató a mi madre. Mi padre no volvió a ser la misma persona y se desataron guerras absurdas. La rivalidad entre italianos e irlandeses viene desde hace décadas, pero esto lo hizo peor.

—Tu madre quiso irse con él.

Su mandíbula se contrajo.

—La obligó —gruñó—. Mi madre lo hizo porque no tenía opciones. Secuestraron a Derek y ella se entregó. Alberto no dejó ir la oportunidad de humillar a mi padre y decidió violar a su esposa.

—¿Quién te contó la historia?

—Mi padre. No soportó que su esposa fuese sometida a ese trato tan vil. Hizo el intento de rescatarla, pero era tarde. Mamá estaba muerta. Boticelli la mató de varias puñaladas y mi padre se suicidó después.

—¿Cuántos años tenías tú?

—Diez años.

—Niño manipulable —dije—. Siempre es mejor escuchar las dos versiones de la historia.

Declan se levantó del sofá. Su mandíbula se movió con cada inhalación, la vena resaltó en su cuello. Supe que había tocado un nervio en él.

—Tú no sabes absolutamente nada de mi familia.

—No y tampoco me interesa —espeté—. No hay buenos ni malos en la mafia. Todos son basuras que recurren a lo más bajo por dinero.

Esa sonrisa de mierda regresó a su rostro.

—¿Piensas lo mismo del hombre que amas? ¿Luca Vitale es igual a nosotros?

La rabia se apoderó de mí, dándome descargas eléctricas.

—No hables de él.

—Entonces no asumas cosas que no son.

Me puse de pie y marqué una distancia entre ambos. Que se pudra. Había arriesgado mi vida, gané nuevos enemigos y mi corazón fue desgarrado una vez más. No soportaría más de él.

—He terminado contigo, Declan —advertí—. Sal de mi vista o serás el siguiente en mi lista esta noche.

Traté de dar un paso atrás, pero él me acercó a su cuerpo. Su aliento abanicaba sobre mi piel, solo haciéndome sentir necesitada. De repente me pregunté a qué sabían sus labios. Estábamos tan cerca que me resultó tentador.

—No hemos terminado, Alayna.

Su siguiente movimiento me tomó desprevenida porque su boca chocó contra la mía. Mis manos se hundieron en las hebras de su cabello, tirándolo más cerca de mí. Su lengua pidió entrar y le concedí el deseo. Sus brazos me rodearon la cintura y me levantó mientras me llevaba a través de la habitación. Apoyó mi trasero en la encimera y empezó a quitarme el vestido y el sostén. Cuando mis pechos quedaron libres no dudó en chuparlos.

—Dime que estás bien con esto, Alayna.

Mi mente quería dejarlo fuera, pero mi cuerpo hizo lo contrario. Respondió a sus caricias.

—Sí —jadeé—. Sí.

Mis gemidos delataron lo necesitada que me sentía. Solo quería relajarme y olvidar lo mal que estaba todo. ¿Qué más podría perder? Era una mujer soltera y quería sexo. Mucho sexo. Sus dedos dejaron un rastro de fuego por el resto de mi cuerpo cuando se puso de rodillas y deslizó la diminuta tanga por mis piernas. Lo usaría esta noche, pero mañana él ya no sería nadie.

—Eres tan jodidamente hermosa. —Declan guardó mi tanga en su bolsillo y trabajó en su propia ropa—. No me creerías si te dijera cuánto te deseo.

—No quiero saberlo. Cierra la boca y fóllame. ¿Puedes hacer eso?

Sonrió con arrogancia.

—Mierda, sí.

Volvió a agarrarme la cintura y se ubicó entre mis piernas abiertas. Sus labios chuparon mi cuello mientras acariciaba mi clítoris. Gemí su nombre, deslicé la mano dentro de su pantalón y aferré su grueso pene. Se sentía grande y duro. Bien. Sería suficiente.

—Espera, espera. —Me detuvo y miró mis ojos—. Probablemente será la última vez que te tendré a mi disposición y no me perderé la oportunidad de probarte.

Puse una mano en su hombro y lo obligué a arrodillarse.

—Hazlo ahora o me arrepentiré —ordené sin aliento—. Usa tu lengua y tus dedos.

Soltó un gruñido y tragó duramente.

—Joder…

Abrió mis piernas antes de enterrar la cara entre mis muslos y empezar a lamerme con ímpetu y entusiasmo. Me encontré jadeando, cerrando los ojos de tanto placer. Era bueno, no podía mentir. Su cabeza se movía mientras su lengua lamía mi clítoris e introdujo un dedo dentro de mí. Se sentía bien.

—Tan mojada y tan dulce —ronroneó Declan.

Moví mis caderas contra su cara, rogándole sin palabras que no parara. Me dio una pequeña mordida que me hizo sobresaltar. Una sonrisa prepotente curvó sus labios y metió su lengua más profundamente dentro de mí. Estaba afectándome por mucho que me negara.

—Mmm… Sabía que eras deliciosa —saboreó cada palabra—. Pero no quiero que te corras todavía.

Cuando pensé que me iba a dar mucho más, se detuvo y se bajó rápidamente los pantalones. Observé su erección y me mordí el labio.

—Ponte un condón o no entrarás —advertí—. Es eso o nada.

El único hombre que estuvo dentro de mí sin protección fue Luca. Él tenía mi confianza, todo de mí. No le entregaría eso a nadie más. Declan asintió y sacó el sobre plateado del bolsillo de su pantalón.

—Siempre estoy listo para cualquier situación —sonrió—. Qué suerte la mía, ¿no?

Por supuesto que estaba preparado. Él me había asegurado que tarde o temprano sucedería. Éramos un hombre y una mujer. Solos en una casa. Calientes. Declan se cubrió el miembro con el condón en un movimiento preciso antes de enganchar mi pierna derecha alrededor de su cadera. Esperó una negación de mi parte, pero mi silencio lo dijo todo y empujó dentro de mí bruscamente.

—Carajo, Alayna… —Me besó los labios—. ¿Cuánto tiempo pasó?

Luché para no gemir.

—No es de tu incumbencia. Muévete.

No emití ni un sonido, mantuve mi rostro estoico y él lo tomó como un desafío. Le clavé las uñas en los brazos, el escozor de su fuerte embestida provocó una reacción en mí porque estaba llena de él. Se movió sin delicadeza y dejé salir un pequeño grito. Declan sonrió.

—Lo que suceda entre nosotros no lo sabrá nadie más. —Su boca se cernió sobre la mía, respirando a través de sus dientes apretados y me penetró hasta el fondo—. No tienes que contenerte conmigo, Alayna. Es solo sexo.

Dejé que me arrancara de la realidad y me arrastrara a la oscuridad. Sus caderas me golpearon una y otra vez. Sus manos buscaron mis pechos y los apretó. Su pelvis rebotaba contra la mía y era demasiado bueno. Arañé su pecho mientras me rendía a cada toque y suplicaba por más. Ya mañana me arrepentiría, pero esta noche ansiaba olvidar.

«Solo por esta noche, príncipe».

9

LUCA

Esa misma noche decidimos partir a Italia. Que el negocio con Boticelli quedara arruinado me hacía sentir aliviado. No me veía obligado a tratar con otra basura. En cuanto a su hija, tampoco me interesaba. Esperaba que le fuera bien en la vida y no pretendiera retomar los planes que tenía su padre respecto a mis territorios.

Miré las nubes a través de la ventana ovalada del jet, Isadora dormía en la pequeña habitación mientras Fabrizio limpiaba su arma. Ya no quería perder más tiempo sin mi hijo. Cada segundo sin Thiago deprimía mi corazón. A veces solo quería tomarlo en mis brazos y alejarlo de todo lo que implicaba mi mundo. ¿Qué se sentiría empezar de nuevo en un lugar donde nadie nos conociera? ¿Cuándo aprendería a no soñar como un estúpido? Al parecer nunca dejaría esas patéticas costumbres.

Leí los títulos en internet que mostraban las noticias horas después del evento. Había muchas notas sobre lo sucedido, pero ninguna mencionaba el asesinato de Boticelli. No querían involucrarlo en ningún escándalo.

«Evento de caridad exitoso».

«Casi un millón de dólares en solo cuatro horas».

«Irina Boticelli prometió dar declaraciones mañana».

Hice clic en un link que me condujo a una galería llena de fotos. Observé a varias celebridades que asistieron al evento. No conocía a la mayoría. Empresarios, políticos, actrices, modelos.

Clic. Clic. Justo ahí, maldita sea. Hice zoom para ver más de cerca a la mujer rubia que tenía sus ojos sobre mí. Estaba acompañada de un hombre pelirrojo, pero era su cuerpo lo que no me permitió respirar. Esas curvas eran inigualables. Exploré con más detenimiento hasta que encontré una foto que enseñaba su rostro. La respiración empezó a fallarme y mi visión se nubló. Yo sabía que no fue producto de mi imaginación.

Alayna. La mujer era Alayna.

—Te encontré, mariposa —susurré, mordiendo mis nudillos.

Labios gruesos, ojos azules, el ceño fruncido que solía hacer cuando estaba molesta o incómoda. Su peluca rubia no me engañaba en absoluto. ¿Realmente creyó que pasaría desapercibida? No conmigo. La conocía mejor que nadie.

—¿Estás bien? —preguntó Isadora, parándose frente a mí—. Deberías tomar un descanso, Luca. No has dormido en horas.

Sus ojos me observaron con dudas y curiosidad. Mi agitación después de ver a Alayna era imposible de disimular. Isadora no era ninguna estúpida, ella había notado mi repentino cambio de humor.

—Estoy respondiendo algunos correos —mentí y guardé el teléfono en mi bolsillo—. Solo unos minutos más.

Liberó un suspiro cansado y se sentó a mi lado. Rogaba que no percibiera la forma en que mi pulso se había acelerado o lo mucho que deseaba apartarme de ella. Necesitaba mi espacio para digerir el impacto.

—Siempre dices lo mismo —musitó e hizo comillas con los dedos—: «Unos minutos más».

Froté las palmas sudorosas en mi pantalón de vestir. La ansiedad me carcomía y los nervios lastimaban mis sienes.

—No puedo lidiar con esto justo ahora, Isadora.

Asintió mientras las lágrimas empezaban a notarse en sus ojos marrones. Nunca tendría el control de mi corazón. ¿Por qué seguía insistiendo? Ya no sabía cómo hacerle entender que no éramos compatibles.

—Es por ella, ¿no? Alayna Novak siempre será el problema entre nosotros.

Fabrizio hizo de cuenta que no escuchaba, pero sus ojos cada tanto iban a Isadora.

—No —dije simplemente.

—¿No qué? —desafió—. Tenía la esperanza de que este viaje hiciera un cambio entre nosotros, pero parece que ha empeorado. Ni siquiera apreciaste mi vestido y en la fiesta me usaste como un accesorio más. ¿Hasta cuándo?

Sacudí la cabeza, mi mirada gritándole una disculpa.

—Tú sabías a qué te enfrentabas cuando dijiste que sí en el altar —le recordé—. Te di opciones de acudir a otros hombres. Puedes enamorarte de alguien más, pero te aferras a mí. No soy lo que buscas, nunca podré corresponderte como te gustaría.

—¿En serio estás pidiéndome que ame a alguien más? El problema es que tú no quieres olvidarla. Ni siquiera haces el esfuerzo por Thiago.

Estaba herida y se sentía menospreciada. De lo contrario, nunca involucraría a nuestro hijo. Thiago siempre había sido un tema aparte.

—Vete.

—Nunca vas a amarme, ¿no es así? Debería rendirme.

Enfoqué mi atención en las nubes grises.

—Si pudiera amar a otra mujer, te amaría a ti sin dudar, Isadora.

Escuché su débil sollozo antes de que finalmente regresara a la habitación. Solté una maldición en voz alta y puse mi puño sobre la ventana ovalada. Nunca avanzaría. Nunca podría si no la tenía a ella.

ALAYNA

Me incorporé en la cama lentamente para examinar dónde me encontraba. La habitación era lujosa y desconocida. No era la que me habían asignado cuando llegué a la mansión. ¿Cómo terminé aquí? El olor a sudor inundó mi nariz al igual que la colonia de hombre. La nicotina saturaba el aire. Mis músculos dolían y mi cabello era una maraña desastrosa.

Mi mente captó destellos de recuerdos donde Declan me tomaba en varias posiciones: contra la pared, sobre la mesa, en el sofá y en el baño. Mi desesperación por intentar olvidar a Luca me impulsó a cometer otra estupidez. ¿Declan Graham? Había muchas mujeres y hombres disponibles. ¿Por qué justamente el maldito irlandés? Me avergonzaba haber caído tan bajo. ¿La buena noticia? Recordé que había tenido varios orgasmos. Eso no podía ser tan malo.

—Susurraste su nombre en sueños —murmuró una voz grave cerca de la ventana—. Dos veces.

Declan me miró con una sonrisa somnolienta y engreída. Inmediatamente me sentí enferma del estómago. No debí mostrarme vulnerable ni desesperada. Él creía que después de anoche tendría poder sobre mí. «Idiota». Tuvo el honor de follarme y no volvería a repetirse.

—Quiero el dinero hoy mismo —respondí—. Quiero el doble.

Llevó el cigarro a sus labios y le dio una larga calada. Estaba casi desnudo, solo cubierto por una delgada toalla envuelta alrededor de sus caderas. Su cabello castaño rojizo goteaba. Hice una mueca cuando vi los condones tirados en el suelo.

«Muy bien, Alayna».

—No era parte del trato, pero está bien. Me parece justo porque ahora deberás lidiar con otros problemas —suspiró—. Lamento los inconvenientes.

—¿Lo lamentas? Ahórrate tus falsas disculpas, que no me creo nada de ti. Irina ahora es mi problema.

—En caso de que ella intente algo también es nuestro problema.

Levanté una ceja con suspicacia.

—¿Quién es Irina exactamente en la vida de ambos?

—¿En la mía? No significa nada. Y su historia con Derek no me concierne.

—¿No te concierne? Si no viene por mí, irá por Eloise. Quiero saber todo de ella.

Se acercó a mí, me agarró por la barbilla y me forzó a mirarlo.

—Tu amiga está a salvo —aseguró—. Tienes mi palabra.

Aparté su mano de golpe.

—Tu palabra no significa nada para mí.

Me puse de pie cubriéndome con las sábanas. Necesitaba tomar una ducha porque apestaba a él.

—No tienes muchas opciones, Alayna.

Una sonrisa fría asomó a mis labios.

—Siempre encuentro una opción —dije—. Olvídate de mi existencia. Lo que sucedió anoche fue un momento de debilidad. No volverá a repetirse.

Se frotó el labio.

—Qué lástima, porque yo disfruté cada segundo —sonrió—. Estoy seguro de que tú también. Gritaste mi nombre hasta casi perder el conocimiento.

Apreté la sábana alrededor de mi cuerpo.

—Mi cuerpo estaba agotado. No te sientas especial.

—Qué orgullosa.

—La arrogancia solo es atractiva en algunas personas. —Le guiñé un ojo—. Yo, por ejemplo.

Me dirigí hacia la puerta de la habitación, pero me alcanzó y sostuvo mi codo.

—No tienes que irte tan rápido, puedes tomarte un descanso.

Le di un fuerte puñetazo en el pecho y Declan hizo una mueca.

—Estoy en condiciones de romper tu pescuezo, no creas ni por un segundo que soy débil. Tú y yo ni siquiera somos amigos. No quiero tu hospitalidad, no quiero tu amabilidad. Solo quiero que me dejes en paz.

Un camión podía pasarme por encima y yo seguiría intacta. Nada me detendría. ¿Quedarme allí otro día? Ni loca.

—Confío en que volveremos a vernos más pronto de lo que crees.

—Me prometiste que Eloise no saldría lastimada. ¿Por qué otra razón me buscaríais? Cumplí mi parte del trato. El trabajo está hecho.

—Eso fue hasta que recibí información sobre Irina.

Fruncí el ceño.

—¿De qué estás hablando?

Hubo una momentánea pausa antes de que encontrara la respuesta adecuada. Alargó la mano hacia la cómoda y me enseñó la tapa del periódico. Vi una foto de Irina Boticelli con la prensa y leí el título.

«Alberto Boticelli sufre un paro cardiaco en pleno evento de caridad».

¿Ataque cardiaco? Qué chiste más estúpido.

—No podían decir que fue asesinado porque eso alarmaría a la prensa y a sus socios —explicó el irlandés—. Tu nombre no está relacionado con su muerte, pero Irina sabe la verdad. Cumplirá su palabra, te cazará.

La tensión sacudió mi cuerpo. Sabía que esto pasaría. Pero no me importaba que cazara mi cabeza, Eloise era mi preocupación más grande.

—No le temo.

Dejó caer las cenizas del cigarro y ubicó el periódico sobre el mueble.

—Irina buscará guerra y hará lo imposible para limpiar el apellido de su familia —dijo—. Tratará de ganarse un lugar en la mafia de Nueva York y tu cabeza en una bandeja le va a garantizar el respeto que busca.

—Tú mismo me dijiste que ella no está a mi nivel. ¿Qué te hizo cambiar de opinión?

—Me enteré de que empezó a investigarte. Alguien con sed de venganza es peligrosa, Alayna.

—Ella puede venir por mí cuando quiera.

Declan dejó salir el humo del cigarro.

—Tienes mi número agendado. Soy un hombre de palabra y voy a cumplir mi parte del trato. Derek no va a molestarte.

—Perfecto —dije—. Quiero el dinero en mi cuenta bancaria hoy mismo.

—Lo tendrás. —Su sonrisa se intensificó—. Fue un placer trabajar contigo, Alayna Novak.

Cuando el avión privado aterrizó en Rusia, acomodé la bufanda alrededor de mi cuerpo. El conservador vestido negro con mangas largas cubría mi agotado cuerpo. Estar de vuelta en mi hogar me hizo sentir paz. Aunque sabía que mi tranquilidad no duraría mucho tiempo. Aún debía encontrar una solución para proteger a Eloise. No podía dejarla sola cuando se había convertido en el principal blanco de los bastardos que me perseguían.

—Nessa Graham no fue obligada a estar con Boticelli —mascu- lló Caleb, mientras yo arrastraba mi maleta por la pista—. Las malas lenguas aseguran que le fue infiel a su marido y en consecuencia él se suicidó después de matarla.

Sonreí y apreté el móvil contra mi oreja.

—Les mintió a sus propios hijos porque no soportaba la idea de que su mujer lo abandonara por otro hombre.

—Apuesto a que Derek lo sabe. Quería que mataras a Botice- lli por venganza y de paso dejaste indefensa a su hija Irina. Ella está sola en Nueva York y muchos tratarán de robarle la herencia que le corresponde. Una mujer al mando de la mafia es un blanco fácil.

Mordí mi labio mientras subía al taxi y el conductor me ayuda- ba con la maleta. No conocía la historia de Irina y tampoco me sen- tía culpable de que lidiara con las consecuencias de mis acciones. No era una víctima. Ella estaba involucrada en la mafia y sabía a qué se enfrentaba.

—Vendrá por mí o irá por Eloise.

Escuché el suspiro de Caleb.

—Lo que puedes hacer ahora mismo es proteger a Eloise si te deja más tranquila.

—No quiero interferir en su vida.

—No tienes muchas opciones, Alayna. Si está desprotegida, van a matarla.

—Nadie asegura que Irina sepa su existencia.

—Sigues cometiendo los mismos errores.

Hice una mueca.

—Este viaje ha sido un desastre y mi vida es todavía más com- plicada. Cuando me alejé de la mafia después de rescatar a las chicas mi intención era retirarme.

—Lo sé y lamento que las cosas no salieran como esperabas. Re- cuerda que no estás sola, ¿de acuerdo? Me haré cargo de los herma- nos Graham.

«Ojalá fuera tan fácil…».

—¿Cómo están las cosas con Bella?

—Alayna…

—Dime la verdad, Caleb. Sé que tienes muchos problemas y lo que menos deseo es convertirme en otro. La última vez que hablamos me comentaste que había una posibilidad…

Ni siquiera me atrevía a terminar la frase. Caleb fue lo suficientemente valiente para tratar de reparar el daño que nos había dejado la organización. Durante casi diez años siguió tratamientos, consultó a los mejores médicos y nunca perdió las esperanzas. Ahora era muy probable que su deseo se hiciera realidad. No estaba tan roto como yo. Él tenía un arreglo.

—El médico está seguro de que puede funcionar.

—Espero que muy pronto puedas darme la noticia de que serás padre. Estoy feliz por ti, hermanito.

—No todo está perdido, Alayna. Aún puedes intentarlo.

Una triste sonrisa asomó a mis labios.

—No es lo que quiero justo ahora.

—Sé que él estaba en la fiesta. ¿Lo viste?

Mi pecho se apretó. ¿Cómo lo sabía?

—Me hizo pedazos verlo con ella.

—¿Por qué te torturas a ti misma? —inquirió—. ¿Por qué estás tan empeñada en sabotear tu vida? Sé que odias que me involucre en tus asuntos, pero ese día pude ver cuán enamorado está de ti.

—Tú no, por favor.

—Un hombre enamorado es capaz de ir al fin del mundo por la mujer que ama y Luca te buscó por meses. Solo un ciego pensaría que te olvidó fácilmente. Tú eres insuperable. Tú eres importante.

—Es tarde.

—No para ti. Atravesaste el infierno y regresaste mil veces. ¿Por qué niegas tu propia felicidad? Si hablas con él, estoy seguro de que no dudará en regresar a tu lado.

—Está casado.

—Bueno, las malas lenguas también dicen que fue un matrimonio arreglado. Hace años intenté convencerme a mí mismo de que no era el hombre correcto para Bella. ¿Dónde me llevó eso? Ambos éramos infelices sin el otro. Luca puede aparentar ante las cámaras que es feliz, pero apuesto mi vida que está destrozado como tú.

—Yo…

—Calla a las voces en tu cabeza y no permitas que te arrebaten tu felicidad. Aún estás a tiempo de ser feliz, Alayna. No te rindas.

LUCA

Cuando llegamos a la mansión lo primero que hice fue ver a mi hijo. Había sido el peor viaje de mi vida. Isadora no volvió a dirigirme la palabra y se encerró en su habitación. Nuestra relación iba de mal en peor y cualquier intento por solucionarlo solo empeoraba las cosas. ¿Qué más podría hacer? Aún no era momento de recurrir al divorcio. Primero debía hundir a Fernando y garantizar el bienestar de Thiago.

Rogaba que este año pudiéramos llegar a un acuerdo sin lastimarnos. Yo era un completo caos y ver a Alayna en la fiesta me volvió loco. Ella era mi otra mitad y no podía ser feliz sin tenerla a mi lado. Necesitaba saber qué ocurrió ese día en el hospital antes de que me abandonara. ¿Qué le dijo mi tío? ¿Por qué nunca había mencionado la conversación? Era patético buscando excusas y justificaciones a sus acciones.

—Hola. —Levanté a Thiago en mis brazos y él gritó de alegría—. Te extrañé mucho, campeón. ¿Tú también?

Agitó sus pequeños puños. Puse su cabeza sobre mi hombro y lo abracé. Su colonia de bebé alejó el estrés y la tensión. Tenerlo en mis brazos siempre sería la mejor sensación del mundo.

—¿Cómo estuvo el viaje? —preguntó Kiara y acomodó las mantas en la cuna de Thiago.

—Interminable.

Entrecerró los ojos y elevó una ceja. Cada vez que la miraba presentía que me ocultaba algo. No era sincera conmigo y me estaba molestando. Creí que podía confiar en ella.

—Leí que Boticelli está muerto. Dicen que fue un infarto.

Me acerqué a la ventana para admirar el jardín. Y, como era de esperarse, abundaban las mariposas alrededor de las rosas. Las veía en todas partes desde que Alayna se había ido. Malditas mariposas.

—Esa no es la razón de su muerte —dije—. Alayna lo mató.

Kiara soltó un grito horrorizado que sobresaltó a Thiago. Mi hijo evaluó a su tía con el ceño fruncido. Él odiaba el ruido tanto como yo.

—¡¿Qué diablos dijiste?! —exclamó—. ¡Dime que es una jodida broma de mal gusto!

Le dirigí una mirada mortal.

—Cuida tu lenguaje alrededor de mi hijo.

Se cubrió la boca rápidamente.

—Me tomó por sorpresa esa noticia. ¿Viste a Alayna? ¿Hablaste con ella?

—La reconocí, no hablamos —murmuré—. Coincidimos en la fiesta. Ella hizo todo lo posible para evitarme, pero la conozco más que nadie. Solo un tonto podría ignorarla.

Kiara tenía una expresión nerviosa.

—Tal vez la imaginaste.

—No. Era ella, no estoy loco.

—No puede ser. Estás tan obsesionado que crees haberla visto. Olvídala de una vez, Luca. No es sano para ti.

No logré contener la rabia, la desesperación latía dentro de mí. ¿Obsesión? Lo que sentía por Alayna era mucho más que eso.

—Era Alayna, estoy más que seguro.

—¿Y qué harás?

—Buscarla por mi cuenta, nunca debí permitir que lo haga otra persona. Siempre debí ser yo.

Kiara se quedó allí con una mirada sorprendida, observándome fijamente.

—¿Y cuando la encuentres qué harás? ¿Abandonar a Isadora y proponerle matrimonio?

Respiré varias veces para calmarme.

—¿Qué clase de pregunta es esa?

—Amas a Alayna y no te importará mandar al demonio todo lo que has construido —soltó—. Yo la aprecio, Luca, pero ese día en el

122

hospital se fue sin mirar atrás. Renunció a ti con mucha facilidad, solo pensó cómo se sentía ella.

Me desabroché los tres primeros botones de la camisa, tratando de distraerme en algo que no fuera mi pulso errático.

—¿Tú qué sabes sobre esc día?

—La vi en el hospital. Intenté detenerla y no me escuchó. Le supliqué que no te abandonara y me dijo que era lo mejor para ambos. Ella no quiso luchar por ti. Se fue porque no eres su prioridad —insistió Kiara y se dirigió a la puerta—. Nunca fuiste su prioridad.

10

LUCA

Revisé mis cuentas bancarias, próximos eventos y los acuerdos comerciales. Hablé con mi tutor para notificarle que mis estudios estarían en pausa los próximos meses. No podía concentrarme en los exámenes y el estrés me consumía.

Mordí el bolígrafo y di vueltas en mi oficina. Seguía pensando en la actitud de Kiara. Ella apreciaba a Alayna y de repente me dijo todas esas palabras hirientes como si odiara a la mujer que nos devolvió la libertad. Algo no cerraba. Me habría ahorrado tantas cosas si no hubiese dejado la búsqueda de su ubicación en manos de otras personas. Fui muy ingenuo al creer que podría confiar en terceros mientras me recuperaba en la clínica.

—¿Señor? —Fabrizio tocó la puerta.

—Adelante. —Cerré los ojos mientras el dolor de cabeza aumentaba.

—Puedo volver en otra ocasión si lo desea —dijo Fabrizio.

—Estaré bien. Dime qué se te ofrece. —Me senté en el escritorio, frotando mi rostro—. Perderé la cordura si no concentro mi mente en otra cosa.

—No lo veo bien. ¿Es por ella?

—¿Existe otra persona que me ponga en esta situación? La vi, Fabrizio. Ayer la vi en el evento, pero huyó de mí. No quiso mirarme a la cara.

—Su reacción es comprensible. Alayna es una mujer inteligente y puedo apostar que está al tanto de cómo es su vida actualmente.

Usted está casado y tiene un hijo. ¿Cómo cree que le afecta esa noticia?

La desolación hundió mi corazón y volví a cerrar los ojos. Nunca olvidaría su escena de celos cuando me vio con Isadora en la fiesta. Se sentía insegura y me dijo que ella no podría ser el mismo tipo de mujer. ¿Cómo llegó a pensar que esperaba más? Todo lo que deseaba en el mundo era ser feliz a su lado. ¿Qué lograría de todos modos si la encontraba? Quizá ella estaba con alguien más y no me aceptaría. Tal vez me había olvidado y ya no me amaba como yo creía.

—Pienso que ambos necesitan hablar seriamente. Solos. Sin que nadie intervenga —añadió Fabrizio—. Si la encuentra, podrá tener la tranquilidad que no ha sentido en tres años.

Desvié los ojos.

—Claramente ella no quiere volver a verme.

—Entonces deberá convencerla.

Maldita mariposa testaruda. Si tan solo hubiésemos hablado con claridad las cosas desde un principio. ¿Por qué permitió que alguien más influyera en nuestra relación? En Londres estaba convencido de que seríamos felices juntos. Dijo que me amaba y sabía con convicción que no mentía.

—Quiero que esto quede entre nosotros, ¿de acuerdo? —solicité—. Puedo hacerme una idea exacta de dónde puede estar.

Fabrizio asintió.

—Siempre seré leal a usted, señor.

—Bien —dije. Era momento de centrar mis pensamientos y recordar que había otros problemas que resolver, como los fraudes en mi cuenta bancaria; la suma era una cantidad absurda. Fernando me estaba robando descaradamente y no podía seguir permitiéndolo—. ¿Cómo está nuestro invitado?

—Aterrorizado. Pidió verlo más de diez veces y amenazó con matarme.

Que gritara todas las veces que quisiera. No saldría vivo de allí. Había tolerado suficiente y ya no perdonaría otro robo. Fernando recordaría quién mandaba en Palermo. Al diablo con sus influencias. Él debía estar asustado. No yo.

—Lleva a Laika al sótano —ordené—. Tengo un trabajo para ella.

Fabrizio me dio una sonrisa entretenida.

—Su mascota tendrá una indigestión.

—Laika es una perra lista —aseguré—. Será solo un pequeño susto.

Fabrizio no replicó. La última vez que Laika atacó a uno de los traidores le arrancó varios dedos de las manos. Se mantenía fiel a mí, ella era mi más leal servidora. La única que sabía que nunca me daría la espalda.

Después de darme un baño y ponerme uno de mis trajes, me dirigí a la mazmorra. El banquero estaba amarrado a una silla, su nariz rota y la camisa manchada de sangre. Laika gruñó furiosamente, ladró y se estiró para llegar a él. Fabrizio sostuvo su correa. Mi víctima se encogió observándome con ojos suplicantes. Me encantaba ver lo que el miedo era capaz de hacerles a las personas y el poder que me otorgaba. Muchos hombres perdieron el honor por culpa del miedo. ¿Qué tan patético era morir de rodillas?

—Sé que me estás robando, Dante. Casi diez millones de euros.

Dante gimió y alejó sus pies de Laika. Ella mordería cuando escuchara una orden de mi parte. Se veía más aterradora que nunca con el collar puntiagudo y la saliva que caía de su boca. Estaría muy asustado si no la conociera.

—No sé de qué hablas.

Estúpido.

—Laika —dije y acomodé mi corbata.

Fabrizio soltó su correa y la perra reaccionó inmediatamente. Dante cayó al suelo aún atado en la silla con Laika sobre él. Me mantuve indiferente mientras lo oía gritar y tratar de defenderse. No podría con ella. En cuestión de segundos sus huesos serían triturados si yo no la frenaba.

—¿Estás seguro de que no sabes nada? —pregunté de nuevo en voz baja—. La próxima vez será tu brazo o tu rostro.

Dante negó y Laika hundió los dientes en su pierna izquierda. Lo sacudió de un lado a otro mientras gruñía rabiosa. Desde que fue madre era más violenta y sobreprotectora. No solo con sus crías, también conmigo.

—¡Tú ganas! —exclamó Dante con lágrimas en los ojos—. ¡¡¡Dile que pare!!!

Compartí una sonrisa maliciosa con Fabrizio.

—Laika, detente —ordené, pero ella no obedeció—. Basta ya, Laika. Abajo.

La dóberman cayó de lado y se giró en su espalda, las cuatro patas en el aire. Fabrizio se acercó para rascar su panza como si fuera lo más normal del mundo. Él no le temía y Laika lo respetaba. Era una perra entrenada. Dante lloriqueó de dolor mientras la sangre manchaba el suelo.

—¿Trabajas para el gobernador? —inquirí—. ¿Qué te hizo tomar esta decisión? Todos saben qué les pasa a los traidores en Palermo. Olvidaste a quién le debes lealtad.

Se dobló en la silla, la mueca dolorosa permanecía en su boca y se le escapó un sollozo. Su pantalón estaba desgarrado y tenía la pierna torcida. Sentiría lástima si no fuera un traidor.

—No olvidé a quién le debo lealtad —habló con dificultad—. Accedí a trabajar con alguien que me ofreció mucho más.

Controlé la rabia que poco a poco iba tomando impulso. El dinero siempre era la cuestión. Sabía que lo invertía en cosas absurdas según los informes que me había dado Isadora, pero tenía el presentimiento de que me perdía algo.

—Confírmame si Fernando está detrás de esto —manifesté—. Hazlo ahora o mi dóberman destrozará tu cara.

Laika volvió a gruñir como prueba y Fabrizio le quitó el trozo de tela que había quedado entre sus colmillos puntiagudos.

—Fernando Rossi hace cinco meses exactamente me ordenó que pasara parte de tu dinero a otra cuenta bancaria —explicó Dante—. No me dio muchas explicaciones al respecto y no me atreví a preguntar.

Mi mandíbula se apretó. Durante tres años me había asegurado de que esa parte de mi dinero no se viera involucrada con nada relacionado con la mafia. Las ventas del licor, las cadenas de restaurantes al igual que los hoteles estaban limpios de cualquier fraude. Este hijo de puta lo arruinó.

—¿Qué más?

Dante siseó de dolor. Sus ojos me suplicaban porque él ya sabía su final.

—Él tiene sus propios prostíbulos clandestinos y todo lo que he robado lo invirtió en la compra y venta de mujeres —informó—. No le importan tus intereses, siempre velará por lo suyo. Eso incluye robarte más dinero y quitarte del medio.

Soné mis nudillos, preparado para lo que venía a continuación. Lo sospechaba, pero no quería llegar a ciertas conclusiones tan rápido. Quise darle el beneficio de la duda y fui decepcionado.

—¿Eso es todo?

Negó.

—Está planeando algo en tu contra. No me dijo los detalles, pero está haciendo nuevos contactos.

Luché contra una furia tan oscura que la razón huyó de mi mente. Hacía tiempo había dejado de sentir remordimiento por los traidores. Ellos merecían cada ejecución. No tuvieron consideración hacia mí y yo no les debía compasión. Si Fernando frecuentaba a otras organizaciones significaba que quería poner a alguien más en el mando de Palermo. Yo había limitado muchos de sus negocios sucios.

—¿Vas a matarme? —preguntó Dante con un sollozo—. Me necesitas.

—Yo no necesito a los traidores.

Saqué el arma que guardaba en la cintura de mis pantalones y apunté a su cabeza. Los ojos de Dante se abrieron de par en par y lloró más fuerte.

—Espera, Luca.

Demasiado tarde. Le disparé en la cabeza y murió al instante. Laika siguió jugando en el suelo. Fabrizio no cuestionó mi decisión. No planeaba dejarlo vivo después de todo. ¿Para qué? Iría corriendo con Fernando y le hablaría sobre mi interrogatorio. Además, su muerte serviría como una advertencia para aquellos que esperaban mi caída y mi suegro se vería acorralado.

—Ya sabes qué hacer con el cuerpo, Fabrizio.

Su mirada era oscura mientras observaba al muerto. En las próximas horas iban a declararlo como desaparecido e iniciarían una búsqueda. Nadie haría caso omiso de él. Era un banquero y un contador conocido en Palermo.

—A tus órdenes.

—También dile a mi tío Eric que deseo tener una seria conversación con él esta noche. Lo quiero presente sin ninguna excusa.

—Por supuesto, señor.

ALAYNA

El dije de mariposa brillaba por los destellos de la luz del sol que iluminaba el baño. Lo contemplaba desde hacía minutos, perdiéndome nuevamente en las memorias de aquel día. El día en que me dio ese regalo y fui la mujer más feliz del mundo.

Me permití sentir, rememorando todos los momentos compartidos. Las risas, los besos. La forma en que me abrazaba como si nada más importara. Fui afortunada de experimentar un amor tan puro. Tuve suerte de haberlo conocido cuando creía que estaba perdida y no merecía ser feliz. Amarlo fue la primera cosa que pude hacer libremente a pesar de mis miedos.

Lo amaba tanto… y lo haría siempre.

—Para siempre —repetí y dejé el collar al borde de la bañera mientras me hundía en el agua tibia.

Había pasado días alerta, esperando que Irina apareciera para ahorcarme como venganza por haber matado a su padre. También llamé a Eloise y le pregunté si estaba bien. No me daba buena sensación un panorama tan tranquilo y silencioso. No quería confiarme. Las deudas tarde o temprano debían saldarse.

Pensé en la posibilidad de pedirle a Eloise que huyera conmigo, pero ella no aceptaría. Así que empecé a idear un plan para matar a Irina. Lo correcto era actuar primero para evitar sorpresas. Viajaría a Nueva York al día siguiente. No había tiempo que perder. Caleb me ayudó a averiguar su ubicación y sus rutinas. Nada podía salir mal. No me importaba si cientos de hombres la acompañaban en cualquier rincón. Desde las alturas era imposible detener la velocidad de una bala.

Salí del agua con un aliento irregular y mis dientes castañearon. Me puse de pie mientras agarraba el collar y me envolví con una toalla. Matar a Irina no tenía que llevarme tanto tiempo. Me pregunté cuál sería la reacción de los hermanos Graham cuando se enteraran.

Sequé mi cabello, me vestí y después me senté a disfrutar de mi croissant y de mi taza de café caliente. El timbre sonó a las diez de la mañana y fruncí el ceño. Ya no me sentía segura desde que Declan había encontrado mi ubicación. Pronto me vería en la obligación de buscar un nuevo lugar donde quedarme. Pensaba que lo mejor era cambiarme de país.

Me conecté a la aplicación de seguridad y verifiqué las cámaras. No vi a ninguna persona afuera excepto una pequeña caja de color rojo. Si era otro regalo de Declan, lo mandaría al diablo. Busqué mi abrigo y mi arma antes de salir de casa.

Una vez fuera miré con desconfianza la zona y agarré la caja. Los portones volvieron a cerrarse mientras regresaba al salón. No me tomaba los regalos como gestos de buenas intenciones. Esto era una advertencia. Ni siquiera me estremecí cuando lo abrí y encontré puñados de cabello rojo con manchas de sangre. Estaba acompañado de una pequeña nota con caligrafía perfecta y las huellas de unos labios carmesí.

«Una vida por otra vida, mariposa. Entrega tu cabeza o iré por tu amada pelirroja».

Apreté las manos en puños y lancé al suelo la caja. Predecible. Yo sabía que ella atacaría pronto. Tenía que llegar a Eloise lo antes posible. Viajar a Nueva York quedó descartado. Debía ir a Australia ese mismo día. Alcancé mi teléfono y marqué su número. Me sorprendió notar que mis manos temblaban.

—Es la primera vez en tres años que decides llamarme —dijo Eloise y pude oír la risa en su voz—. ¿A qué se debe el honor?

—Necesito saber cómo estás. —Fui directa al grano—. ¿No has notado nada raro estos días?

—Tú y tus paranoias —se rio—. Estoy perfectamente bien.

—Piensa, Eloise —la presioné—. Mira, no quería preocuparte, pero me he metido en problemas y estás en peligro.

Silencio. La culpa estrujó mi pecho y rogué que no se cumpliera lo que tanto temía. No quería perderla.

—¿Qué has hecho? —La tensión era notable en su voz—. Vas a resolverlo, ¿verdad?

—Solo dime si has notado algo raro. Y sí, prometo que voy a resolverlo. No permitiré que nada malo te pase.

—Tuve el presentimiento de que un auto me seguía.

—¿Cuándo sucedió eso?

—Hace dos días. —Escuché ruidos de fondo—. No lo he visto ayer ni hoy.

La brisa fría que ingresó por la ventana abierta sacudió las cortinas y me hizo temblar.

—Tomaré el primer vuelo a Australia.

—Alayna…

Me moví a través de la habitación para empacar una mochila.

—Si ellos quisieran matarte, ya lo habrían hecho. Esto es un juego mental que voy a seguir con calma. No salgas de tu casa, ¿de acuerdo? Estaré ahí pronto, duende.

LUCA

Una vez más mis planes se iban al demonio. Abrieron prostíbulos clandestinos a mis espaldas, con mi dinero, y mi suegro vendía y compraba mujeres en la ciudad. Él sangraría por esto. Agonizaría hasta que ya no tuviera fuerzas y me suplicaría que acabara con su vida. La guerra había comenzado.

—Me sorprendió saber que solicitaste verme —comentó mi tío y agregó trozos de hielo en su vaso de whisky—. ¿Algo va mal con el trabajo?

—Muchas cosas van mal —fui sincero—. Llegó a mis oídos la noticia de que hay prostíbulos clandestinos.

Tomó un sorbo de whisky.

—Eso no es ninguna novedad.

Me reí, el sonido ronco y bajo. Sí, no era ninguna novedad. ¿Por qué me indignaba tanto cuando sabía que trabajaba con monstruos? Nadie se adaptaría a mis reglas. A nadie le importaba mi maldita moral.

—Me imagino que hay más proxenetas que obligan a mujeres y niñas. Sabes que nunca estuve de acuerdo, en mi ciudad no.

Enderezó su espalda en la silla.

—¿Y qué harás? ¿Pelear con cada hombre e imponer tu voluntad? Creí que lo entendías, Luca. El negocio no funciona así porque te ganarás más enemigos y no te conviene. Es mejor complacerlos para que estén calmados y se beneficien todas las partes.

—Yo no lleno mis bolsillos con violaciones de niñas.

—¿Pero sí con el tráfico de armas y drogas?

Se me hizo un nudo en la garganta y mi voz salió áspera.

—No compares porque son situaciones distintas.

—Son todos negocios. —Entrecerró los ojos—. Necesitas mantener el control porque no queremos a ningún bando armando guerras.

—Mi principal objetivo era rescatar a las chicas porque nunca estuve de acuerdo con esto. No puedes pedirme que me resigne y acepte lo que está sucediendo. Me uní a Alayna por ellas. Acepté el trono de mi padre para evitar que más niñas sean sometidas a depravados.

Estuvo en silencio durante un rato.

—Piensa en tu hijo, Luca. Eres el nuevo jefe de la ciudad y tienes una familia. Estás expuesto a muchos enemigos.

—¿Y tú no eres uno de ellos? —Mi tono era ligero, despreocupado—. ¿Realmente enviaste a las chicas a sus casas o fue Alayna? ¿Me mentiste, Eric?

Se puso pálido.

—Jamás iría contra ti. Eres como mi hijo —aseguró—. ¿Por qué siempre desvías la conversación hacia ella? Esa mujer forma parte de tu pasado. No es importante.

Mi puño tembló con el impulso de enterrarlo en su cara.

—Ella siempre será importante porque la sigo amando.

—Ella te hace débil, Luca. No piensas con la cabeza fría cuando Alayna está cerca. Te convierte en un pelele.

La furia se disparó. Vi rojo, destellos de mucho rojo. ¿Cómo podía hablar así de ella? Alayna me enseñó a ser fuerte y me demostró que era importante. Hizo cosas que nadie se atrevía a hacer por mí.

—Ella fue la primera persona que creyó en mí. Decidió apoyarme cuando nadie más lo hacía y me tendió la mano en un mundo egoísta. Alayna fue mi antorcha en la oscuridad.

—Pero no está aquí y dudo que regrese.

—Hace tres años me dijiste que las chicas llegaron a sus casas y tú ayudaste con eso —señalé—. Quiero la dirección de cada una.

—Están bajo la protección de testigos. Lo que me pides es imposible.

Mis hombros se tensaron.

—Busca la forma.

Sacudió la cabeza con una sonrisa nerviosa.

—¿Es por ella? ¿A dónde quieres llegar? —Lo observé directamente a los ojos, mi silencio lo dijo todo. Eric vació hasta la última gota de su vaso de whisky—. Dame un par de días y lo tendrás.

—Perfecto.

Quitó el polvo invisible de su chaqueta.

—¿Necesitas algo más?

—No.

—Entonces me iré. Mañana tengo mucho trabajo. Te veo pronto, hijo.

La puerta se cerró detrás de él y golpeé mi puño en el escritorio. Él siempre había sido un hombre al que solo le importaba el dinero y nuestro negocio familiar. ¿Por qué se interesaría por el bienestar de las chicas? Encontrarlas no era algo que se lograba fácilmente. Se necesitaban meses de trabajo. Eric jamás invertiría su tiempo en desconocidas.

Mi teléfono sonó y respondí después de beber otro trago.

—¿Hola?

—Luca.

—Gian. ¿Qué sucede?

Percibí el ruido de la música electrónica y risas. Estaba en un club, divirtiéndose como era de costumbre. Gian no cambiaría su estilo de vida. No importaba que pasaran años. Las fiestas eran parte de él.

—Deberías venir a buscar a tu esposa.

¿Qué podría ir mal con Isadora? Mierda, hoy no la había visto y tampoco hablamos desde nuestro viaje.

—¿Qué pasa con ella?

—Está ebria y la veo muy entretenida con un tipo.

—No tiene nada malo que se divierta —masculé—. Ella y yo mantenemos una relación abierta.

—¿En serio no te importa?

—No —contesté de inmediato—. Ella es libre de vivir su vida sexual como quiera con otros hombres. No voy a reprocharle nada.

—Deberías venir por ella, pueden aprovecharse de su estado —expuso—. Se puso histérica cuando quise intervenir. Ni siquiera Fabrizio logró tranquilizarla. Está haciendo un escándalo bastante vergonzoso.

Mierda.

—Iré dentro de unos minutos.

—Apresúrate.

Colgué la llamada y me bebí todo el contenido del vaso. ¿Hasta cuándo soportaría este infierno que llamaba matrimonio?

11

ALAYNA

La motocicleta frenó de golpe y me quité el casco mientras bajaba. El jet estaba listo para partir en los próximos minutos. Había hecho una llamada de emergencia y Vadik, un amigo de confianza y piloto, tuvo todo preparado en una hora. Lo único que llevaba conmigo era una mochila con documentos.

—Alayna. —Vadik besó el dorso de mi mano. No me agradaba utilizar viejos contactos porque siempre te pedían un favor a cambio, aunque Vadik era una excepción. Podía confiar en él. Nos conocimos gracias a las misiones que tuve en la organización. Era un traficante de armas muy cotizado en Rusia. Solo los mejores podían permitirse su mercancía. Yo era una afortunada que recibía hermosos regalos de su parte.

—Gracias por estar disponible cuando más te necesito. Juro que voy a compensártelo.

Sonrió y sacudió restos de nieve de su cazadora. Era un hombre menudo de cabeza calva. Muy intimidante a pesar de su altura. Se dedicaba a transportar él mismo su mercancía sin ayuda de nadie porque muy pocos tenían su confianza.

—Ya lo hiciste hace años.

Había encontrado el paradero de su hermana secuestrada por peces gordos de la trata de personas y desde entonces Vadik se sentía en deuda. No me cuestionaba cuando le pedía un vuelo de emergencia.

—¿Cómo está Caleb? —preguntó mientras caminábamos a las escaleras del jet.

De reojo vi a alguien hacerse cargo de mi motocicleta.

—Felizmente casado.

—Era conocido por ser inmune a las emociones.

Me burlé.

—Todos caemos por amor, Vadik.

—¿Incluso tú?

—Oh, no tienes idea.

Las puertas del jet se cerraron y examiné el interior. Había un maletín negro en uno de los asientos y no pude contener mi sonrisa de emoción. Vadik se vio complacido por mi reacción.

—Supe que estás involucrada con la mafia irlandesa —comentó—. ¿Cómo pudieron convencerte?

Abrí el maletín con impaciencia y me deleité cuando encontré una hermosa Glock 23. Negra, brillante y liviana. Tenía varias balas disponibles.

—Extorsión —respondí, quitándome la mochila y colocándola en el asiento.

—Tuvo que ser muy grave para que cedieras.

Lo miré sobre mi hombro.

—Me conoces, Vadik. No cedo fácilmente, pero ellos encontraron una debilidad.

—¿Es por ella que estás viajando?

—Sí.

—Eres una mujer inteligente, Alayna. Sabrás cómo salir de esta y no necesitas consejos de nadie.

Regresé los ojos al resto de las armas. Había un rifle exquisito con silenciador que ya quería estrenar pronto.

—Pero igual quieres darme uno, ¿no?

—Nunca confíes en un Graham —dijo—. Si quieres ser libre de ellos, tendrás que matarlos.

LUCA

Estacioné el Ferrari justo frente a la entrada trasera del club nocturno. Noté las miradas a medida que avanzaba a la puerta. El guardia no preguntó y me dejó pasar. La música alta me puso de mal humor. Esa noche planeaba ver dibujos animados con Thiago y una vez que él se durmiera intentar descubrir el paradero de Alayna.

Mi intuición me decía que ella se escondía en Rusia. ¿Pero dónde? Sería como intentar encontrar una aguja en el fondo del océano, aunque no me rendiría. Era capaz de ir a donde fuera con tal de conseguir respuestas. Fabrizio tenía razón. Si no resolvía eso, nunca estaría bien conmigo mismo y tampoco recuperaría mi tranquilidad. No quería ceder, no me importaba si destrozaban mi corazón una vez más. La encontraría y le pediría que me dijera en la cara que ya no me amaba. Temía que ella me rechazara por estar casado y con un hijo. De cualquier forma, el divorcio pronto estaría en marcha, con o sin Alayna.

El dolor de cabeza empezó a profundizarse mientras avanzaba hacia la zona vip. Apartaron la cinta negra y subí las escaleras hasta el segundo piso. Gian y Liana estaban acaramelados en el sofá. No había rastros de Luciano, lo cual me pareció genial. Había cambiado su estilo de vida desde que empezó una relación formal con mi hermana.

—El gran Luca Vitale nos honra con su presencia. —Gian se rio y me apretó la mano—. Menos mal que estás aquí.

Liana corrió a abrazarme.

—¿Cuándo fue la última vez que nos vimos? ¡Han pasado meses, Luca!

La examiné con una sonrisa. A pesar del tiempo Liana seguía conservando la misma actitud optimista. No sabía qué haría Gian sin ella. Cada vez que mi primo se hundía, ella lograba levantarlo.

—Soy un hombre ocupado.

—Ya veo que sí. Ser un mafioso y padre de familia no es fácil.

—No te imaginas —respondí—. La vida te trata muy bien, Liana. Me tocó el pecho.

—A ti también, cada día te veo más guapo.

Sonreí.

—Gracias.

Le guiñó un ojo a Gian, que lamió sus labios y bebió un chupito. Me acerqué a la baranda para observar la pista de baile desde arriba. Vi a Isadora bailando con un hombre atractivo y a Fabrizio custodiándola. Se veía tenso y fastidiado. Le había ordenado que cuidara a mi esposa y al parecer su trabajo se estaba complicando.

Isadora no lucía deprimida. Su pequeño vestido era demasiado corto y besaba con pasión a un hombre. ¿Sentía celos por la escena? No. Alivio, sí. Finalmente estaba buscando en alguien más lo que yo no podía darle.

—No debiste llamarme —le reproché a Gian—. No arruinaré su noche.

Liana emitió un suspiro.

—Ese es el quinto hombre que ella besa esta noche.

Nuestra relación abierta tenía muchas condiciones, entre ellas evitar a la prensa. Esto podría llamar la atención de Fernando y no quería tenerlo en mi casa lanzando reproches. Le hice un gesto a Fabrizio desde arriba y él captó la orden. Lo vi avanzar hacia Isadora y me senté al lado de Gian y Liana. Una camarera se acercó y me tendió un vaso de brandy. Lo acepté agradecido, ella se retiró con una sonrisa. Bebí un trago, odiándome por tener tantos problemas. No quería sumar otro con el arrebato de mi esposa.

—¿Qué sucedió entre vosotros? —preguntó Liana—. Nunca la he visto así de triste. Sé que es miserable en su matrimonio, pero hoy está destrozada.

—Vi a Alayna en Nueva York.

Casi escupió su bebida sobre la alfombra mientras Gian me miraba en estado de shock.

—¿Qué te dijo? —cuestionó Liana—. ¿Qué hacía ahí?

—No hablamos.

Gian me dio un codazo.

—Dame más que eso.

—No nos dirigimos la palabra porque ella no quiso. Estaba ahí por una misión, mató a Boticelli.

Gian y Liana tenían los ojos bien amplios por la revelación. Maldición, estuvimos en el mismo lugar, respiramos el mismo aire. La tuve tan cerca y desperdicié la oportunidad de hablar con ella.

—Luciano me envió los reportes del periódico —volvió a hablar Gian—. Boticelli tenía una reputación atroz y sabemos que no era ningún santo. ¿Por qué se convirtió en el objetivo de Alayna? Pienso que estaba siguiendo órdenes.

—La vi aferrada a un hombre en las fotos.

—Oh, wow. —Liana me tocó la rodilla—. ¿Cómo te sentiste al respecto?

—Recibí otra bala en el pecho.

—Buscarla ya no es una opción, ¿verdad? —inquirió Gian.

—Pienso que se alejó por una razón, pero tengo muchos pensamientos contradictorios al respecto. Si ella quisiera que la localizara, no habría huido cuando nos encontramos en Nueva York. No me desea en su vida, Gian. —Mi voz bajó—. Debería rendirme, ¿no? Tal vez es feliz con otra persona y yo estoy sufriendo como un imbécil.

—Oh, Luca… —Liana me miró con pena.

—Arruiné cualquier posibilidad de regresar con ella. Estoy casado y tengo un hijo. Nunca me aceptará de nuevo.

—Thiago no debería ser un impedimento para que estéis juntos —dijo Gian—. Se fue sin darte explicaciones, Luca. No es justo que te eches toda la responsabilidad. Alayna también se equivocó. Tú la has perseguido en varias ocasiones. Fuiste por ella a Inglaterra y te enfrentaste a su hermano asesino. Hubo un grave problema de comunicación y es tan culpable como tú.

—Me cuesta aceptar que se fue sin ninguna razón. Yo me estaba muriendo en el hospital y cuando desperté creí que estaría ahí conmigo. ¿Qué fue lo primero que encontré? Kiara me dijo que nunca sería la prioridad de Alayna.

Liana frunció el ceño, Gian bebió de nuevo.

—¿Por qué te diría algo así?

—Quiere que entre en razón y deje de aferrarme a Alayna.

La expresión confundida de Liana no cambió.

—¿Solo eso te ha dicho?

—Sí. ¿Por qué?

Gian la miró y se encogió de hombros como si supiera de qué estaba hablando. Yo era el único confundido. ¿Qué mierda era eso?

—¡¿Cómo te atreves a asustarlo?! —Escuché gritar a Isadora con las palabras entrecortadas—. ¡Me estaba divirtiendo, Fabrizio! ¡Eres un imbécil! ¡Suéltame!

Miré el estado de mi esposa. Su vestido beige apenas cubría su cuerpo, su cabello rubio estaba enredado y no podía caminar en los tacones altos. Fabrizio la cargaba en sus brazos para evitar una caída. Isadora siguió protestando, luchando contra él. La escena era vergonzosa.

—Bienvenido a la realidad —se rio Gian.

—Aún no hemos terminado —enfaticé—. Investiga por mí y descubre quién es el hombre que acompañaba a Alayna en Nueva York. Te pasaré las fotos esta misma noche.

—Cuenta conmigo.

Me quedé en silencio cuando los ojos irritados de Isadora se encontraron con los míos. No me sorprendió ver su disgusto. Había ido allí a olvidarme y la estaba molestando.

—Señora Vitale, por favor —suplicó Fabrizio.

—Mi esposo puede irse a la mierda —dijo ella—. Volveré con mi cita; él sí quiere follarme.

Gian y Liana se rieron.

—Hola, Isadora. —Me acerqué—. Creí que teníamos un acuerdo de discreción. Sin escándalos, ¿recuerdas?

Apartó a Fabrizio y chocó bruscamente contra mi pecho cuando sostuve su cuerpo. Había dolor en su rostro, puro odio mientras golpeaba mis hombros. No me defendí, permití que sacara su frustración. Era lo menos que merecía por cada lágrima derramada.

—¡Métete en tus propios asuntos! —gritó—. ¡No finjas que te importo cuando tú me empujaste a esto!

Peleó y me golpeó, pero al final terminó cediendo cuando la abracé. Su cuerpo tembló en mis brazos y lloró ruidosamente.

—Tranquila —susurré—. Hablaremos cuando estés sobria, ¿bien? Necesito sacarte de aquí y no seguir exponiéndote.

Me miró a los ojos con un débil sollozo.

—Viniste por eso, ¿no? No quieres que arruine tu preciada reputación de matrimonio perfecto.

Inhalé dos veces para tranquilizarme. El alcohol la hacía más valiente sin dudas, ella no me diría esto con sus sentidos intactos.

—Deja de avergonzarte, Isadora. ¿Crees que el escándalo sería bueno para los dos? ¿Qué pensará tu padre? Le darás más motivos para seguir criticándote.

La comprensión llegó a su rostro junto a la vergüenza.

—No me hables como si esto fuera mi culpa.

—No soy yo quien está ebrio —recalqué—. Déjame sacarte de aquí y mañana tendremos una conversación como adultos.

Me quité la chaqueta y se la puse. Miré a Gian y Liana con una sonrisa de disculpa. Teníamos que salir de allí para no seguir llamando la atención. Esperaba que nada de eso fuera parte de algún chisme mañana.

—Gracias por llamar, Gian. Espero tener noticias pronto.

Asintió.

—Estoy aquí para servirte.

—Nos vemos pronto. Cuidaos los dos.

Liana me sonrió.

—Sé amable con ella.

Me despedí por última vez antes de alejarme con Isadora. Fabrizio nos guio por las puertas traseras, quitando a todos de nuestro camino. Una vez fuera, desbloqueé la puerta del auto y ayudé a Isadora a sentarse. Nunca la había visto beber de esa forma, aunque no estaba en la mejor posición de cuestionarla.

—Mi cabeza me está matando —se quejó cuando me acomodé a su lado en la parte trasera y le puse el cinturón de seguridad.

Fabrizio arrancó y nos dirigimos directo a la autopista.

—No estas acostumbrada a beber —dije atento a las calles—. Relájate y se pasará.

—¿Estás molesto conmigo?

—No.

—Nada de lo que haga te afecta, ¿verdad?

No respondí. Escuché un débil sollozo antes de que apoyara su cabeza en mi regazo.

—Solo quiero ser feliz, Luca. ¿Es tan complicado?

Mi corazón se estremeció por el daño inevitable que le había causado, por no amarla como ella merecía.

—Te prometo que algún día lo serás —susurré y acaricié su cabello—. Tendrás la vida que realmente mereces, Isadora.

«Pero no a mi lado. Nunca seré el indicado para ti».

Observé desde el balcón cómo mi madre jugaba en el jardín con Thiago y los cachorros. Me encantaba verla en esta nueva etapa. No apoyaba la mayoría de mis decisiones, pero las respetaba. Era dedicada a su nieto y le daba atención a Kiara. Iba de compras sin pedir permiso. Se divertía con sus amigas y se involucraba en los negocios relacionados a las cadenas de restaurante. Finalmente era feliz. Ella merecía ser recompensada por tantos años de calvario.

—Me gustaría enseñarte el nuevo diseño —comentó Kiara—. Trabajé toda la noche en él.

Quité mi atención del jardín y me centré en mi hermana.

—Déjame ver. —Le pedí el boceto y ella me lo entregó un poco insegura.

Teníamos varias empresas en regla, que había construido desde cero. El año anterior había lanzado una nueva marca de licores y vinos y el restaurante de mi madre abrió otras sucursales en Italia. Mi mayor ambición era expandirme en el resto del mundo. No solo en Europa, también en América y Asia.

—¿Qué te parece?

Examiné la botella, que tenía una forma elegante, pero la etiqueta no me convenció. Era muy simple.

—Siento que falta algo —me sinceré—. La tipografía no me gusta.

Los hombros de Kiara cayeron. Era buena en diseño gráfico. Llevaba tres años de carrera y aplicada en el estudio. Su estilo, sin embargo, era muy femenino. Necesitaba algo más adulto y elegante que impactara.

—Lo haré de nuevo.

—Anoche hablé con Liana —cambié de tema mientras le entregaba el boceto—. Ella estaba sorprendida cuando le conté tu opinión sobre Alayna.

Su rostro se tensó.

—¿Por qué insistes tanto con Alayna?

—¿Por qué te enojas cuando la menciono? ¿Estás ocultando algo que no deja tranquila a tu conciencia?

Apretó el boceto contra su pecho.

—¿Qué podría perturbarme?

—La verdadera razón por la que Alayna se fue.

—Ya te dije que quise detenerla y no me escuchó.

Mis nervios estaban a flor de piel. Si ella volvía a mentirme, perdería mi poca paciencia.

—¿Quién nos salvó de Leonardo? ¿Gracias a quién estamos vivos? Parece que has olvidado cada buena acción de Alayna. Le debemos la vida.

Lágrimas brillaron en sus ojos al mirarme. No me importó.

—Lo sé.

—¿Entonces por qué te empeñas en ensuciar su imagen?

—¡Porque él me convenció de hacerlo! —explotó—. ¡Me dijo que traería peligro a nuestra familia y nos llevaría a la ruina!

Los latidos de mi corazón comenzaron a correr a toda velocidad y un nudo atenazó mi garganta. El horror me recorrió y me costó encontrar mi voz. No podía creer lo que estaba escuchando. Mi propia hermana me había mentido.

—¿De quién hablas?

La habitación estaba en absoluto silencio salvo por mis respiraciones irregulares. Sentía el pecho vacío, como si no pudiera recuperar el aliento.

—Eric. —Se quebró—. Él la convenció de abandonarte.

Todos los hechos de hacía tres años me sacudieron con brutalidad. Cualquiera en esa casa había sido testigo de cuánto sufrí la ausencia de Alayna. Después de su partida todo mi mundo se derrumbó. Kiara lo sabía y prefirió mantenerse al margen mientras veía cómo me destruía a mí mismo. Me rompí en pedazos y no hizo nada.

—Lo supiste todo este tiempo —espeté con frialdad—. Permitiste que creyera lo peor de ella.

Mi hermana no tuvo el valor de mirarme más tiempo. Le temblaba todo el cuerpo y lágrimas resbalaban por su rostro.

—Yo… no pude decírtelo antes —murmuró con la voz rota—. Juro que lo intenté, pero él no me permitió. Me aseguró que Alayna ya no volvería y era mejor que la superaras. Quería protegerte, Luca.

¿Protegerme de qué? Eric no se preocupaba por mí. Siempre tuvo dobles intenciones y apartó a la mujer que amaba porque la consideraba un obstáculo para sus planes. Me quería casado, liderando Palermo con Isadora a mi lado. Alayna era demasiado volátil. Jamás hubiera podido manipularla como lo hizo conmigo. ¿Y las chicas? Él no las salvó. Fue ella. Mi mariposa. Enfrenté a Kiara. Ella retrocedió con los ojos amplios, su cara presa del pánico. Probablemente me veía como un lunático, pero estaba furioso. Me arrebataron mi felicidad.

—Nunca lo esperé de ti —jadeé—. Me traicionaste.

—Luca…

—¿Tienes idea de cuánto la amo?

—Lo siento…

—¡No te atrevas! —la interrumpí—. ¿Realmente creíste que lo mejor para mí era estar alejado de ella? ¿Acaso no me ves? ¡Estoy muerto por dentro!

Se cubrió el rostro con las manos.

—Me juró que Alayna solo traería destrucción a tu vida. Él dijo que no era buena para ti.

Una carcajada brotó de mi pecho, el peso de las palabras arrollándome. Las lágrimas nublaron mi visión. Alayna siempre había tenido inseguridades y él las usó en su contra. Mi mariposa torturada.

—¿No era buena? ¿En serio, Kiara?

—Tú necesitas una familia estable…

—¡Ella era mi familia! ¡Ella era mi vida! ¡Mi todo! —Me toqué el pecho con dolor—. Ella era mi mundo. Sigue siendo mi mundo.

Su mirada bajó al suelo, incapaz de observar mis ojos.

—Nuestro tío fue una gran influencia en su decisión, pero nunca le puso un arma en la cabeza. Ella te dejó por voluntad propia.

Instantáneamente, el dolor se convirtió en una furia hirviente. ¿Cómo podía ser tan insensible al respecto? ¿Cómo pudo mentirme?

—No hables mal de ella. No te atrevas a hablar mal de ella.

—Entiendo que estés molesto…

—¿Molesto? Estoy furioso y muy decepcionado de ti.

Mis palabras fueron letales y más duras que antes. Kiara caminó a la puerta, pero lo pensó mejor y volvió a enfrentarme.

—Ella se veía muy decidida cuando hablamos. Intenté detenerla, pero no quiso escucharme. Lo juro, Luca.

—Vete —pedí—. Solo vete.

—Yo también creí que nuestro tío estaba equivocado, pero Alayna se fue sin mirar atrás. No dudó en abandonarte. Tú mereces a alguien que te ame sin ninguna duda. Pensé que sería posible con Isadora…

El odio llenó mi garganta con un sabor repugnante. Le di una mirada furiosa que la hizo encogerse de miedo. Mi tío también la manipuló. Ella era una niña, pero eso no borraba que todo se sintiera como una horrible traición. Pensé que le importaba mi felicidad.

—¡He dicho que te largues! —grité—. ¡Sal de mi vista! ¡No soporto mirarte ni oírte!

—Lo siento tanto —se disculpó—. Mi intención nunca fue herirte.

Salió de mi oficina y cerró la puerta detrás de ella. Lo único que sentía era amargura y decepción. Tres años sin Alayna y todo por malditas manipulaciones. Pudimos ser felices juntos. Pudimos hacer tantas cosas…

12

ALAYNA

El golpe de calor fue abrumador cuando el avión aterrizó horas después en Sídney. Era impulsivo venir aquí sin ningún plan, pero no podía quedarme quieta mientras amenazaban la vida de Eloise. Perdí a una amiga hacía años y no sucedería lo mismo con ella. Hice exactamente lo que esperaban de mí. Me acorralaron y no tuve más opciones que atacar. La desesperación me estaba volviendo torpe e imprudente. Empezaba a creer que no había escapatoria.

El peso de la ansiedad aceleró mi corazón y encendí un cigarro mientras esperaba un taxi. Rogué en silencio que la llamada de Caleb me tranquilizara un poco. Todo lo que necesitaba era llegar a un acuerdo con Irina, pero dudaba que accediera a hablar conmigo después de asesinar a su padre.

Había cometido muchos errores y ahora debía afrontar las consecuencias. ¿El problema? Me negaba a aceptar cualquier precio. Iba a luchar sin importar a dónde me llevara. Lo primordial era mantener a salvo a Eloise. Por ella dejaría de lado mi orgullo y trataría de convencer a Irina de que lo más inteligente era trabajar juntas. Ambas odiábamos a los irlandeses después de todo. Seríamos imparables.

Mi teléfono emitió un pitido. «Al fin».

—¿Qué te tomó tanto tiempo?

Arrastré el pequeño maletín donde guardaba los obsequios de Vadik. Tenía intenciones de masacrar a cualquier irlandés que se entrometiera en mi camino. Estaba harta de ser pacífica. Haría las

146

cosas a mi manera y al diablo con todo. La vieja Alayna sedienta de sangre había regresado.

—Reunir información confidencial no es fácil, menos cuando está ligada a la heredera de la mafia en Nueva York —respondió Caleb—. Boticelli tenía a muchos hombres leales a él y quebrarlos fue complicado. Aún aprecian al difunto jefe.

—¿Sienten el mismo aprecio por Irina?

—Lo dudo.

¿Cómo sería favorable la muerte de su padre para ella? Los valores patriarcales eran muy fuertes en la mafia y los súbditos se negarían a que una mujer los liderara. Irina estaba sola en esto y su imperio pronto se derrumbaría. Aunque no subestimaría su capacidad. Sabía con certeza que lograría salir victoriosa. Era ambiciosa y letal. Lo vi en sus ojos.

—¿Puedes ir al grano, por favor? Mira, quiero encontrar una forma de hablar con ella y hacerle entender que podemos ser buenas aliadas. Ambas fuimos perjudicadas por los Graham.

—Mataste a su padre, Alayna.

—Ella es una mujer inteligente y sabrá lo que le conviene.

—Matarte a ti le devolverá el respeto que ha perdido.

—O juntas podemos hacer que todos se arrodillen.

—Puedes llegar a ella, por supuesto. Irina en estos momentos tiene muchos problemas, pero su principal objetivo es proteger a la persona más importante de su vida. Así como tú a Eloise.

—¿De quién hablas?

—Su hijo —respondió—. Tiene nueve años y lo curioso aquí es que ha sido visto una sola vez en público. No hay notas sobre él en los periódicos y muy pocos saben de su existencia.

«Interesante». Me detuve bajo un faro, soltando el humo. Algunas personas me miraban, pero las ignoré.

—Probablemente lo mantiene oculto para protegerlo.

—Sí —concordó Caleb—. No es lo más impactante. El niño es una copia exacta de los Graham. Pelirrojo y de ojos verdes.

La sonrisa se extendió por mi cara y di una última calada antes de apagar el cigarro y tiré la colilla en un cesto de basura. Declan me aseguró que Derek tenía un asunto muy personal con Irina. ¿Se trataba de esto? ¿Fueron amantes? No concordaba con las líneas que venía siguiendo. Las familias de ambos eran enemigas. Supuse que había un trasfondo turbio.

—Derek es conocido por ser un monstruo —masculle—. Es el más interesado en ver muerta a Irina. Cuando eso suceda ¿qué hará con el niño?

—Ese niño heredará todo el imperio Boticelli si su madre muere y Derek podrá reclamarlo.

Tenía sentido porque era el padre y esa fue su jugada desde el principio. Matar a Boticelli, dejar indefensa a Irina e ir por el control de Nueva York.

—Me están usando para ganar una guerra y no puedo salir de esto, Caleb. Tendré que recurrir al siguiente plan.

—Los matarás a todos.

—Exacto —dije y puse un mechón de pelo detrás de mi oreja—. Si las cosas se ponen muy difíciles, voy a llamarte. Tengo mucho estrés y adrenalina acumulados. Voy a despertar al monstruo que estuvo dormido.

—Sé que estarás bien porque eres Alayna Novak.

Sonreí.

—Gracias por tu fe en mí, hermanito. Mándame el contacto de Irina. Hablaré con ella pronto. Quiero intentar llegar a un acuerdo.

—Te lo enviaré en unos minutos.

—Gracias.

—¿Alayna?

—¿Sí?

—Cuídate.

—Siempre.

Colgué y levanté la mano para detener un taxi. El conductor me ayudó con el bolso. Me dedicó una expresión extraña al notar el peso, pero le sonreí inocentemente. La dirección de Eloise quedaba a veinte minutos del aeropuerto. Me hacía mucha ilusión verla, más allá de las oscuras circunstancias. La extrañaba y todo lo que deseaba era abrir una botella de vino mientras nos poníamos al día sobre nuestras vidas. Antes de empezar el rescate de las chicas hacía tres años pasamos varias semanas juntas como buenas amigas. Eloise consoló mi corazón roto y estuvo para mí. Ella era mi familia y no quería perderla.

LUCA

Isadora lucía estresada y apagada. Tenía una mirada avergonzada que me hubiese gustado poder borrar, no debía sentirse culpable por perder el control la noche anterior. Cometió un error al dejarse ver en público en ese estado, pero no estaba molesto con ella. Yo también había hecho cosas peores por culpa del dolor y el resentimiento. Jamás le reprocharía algo así. Quería verla bien sin importar cómo iba nuestro matrimonio.

—¿Cómo te sientes? —pregunté con las manos en los bolsillos de mi traje.

Thiago bebía con entusiasmo de su biberón mientras Isadora le sonreía con cariño.

—¿Aún sigues con ganas de celebrar nuestro aniversario? —preguntó Isadora y quitó sus ojos de Thiago—. Entiendo si ya no quieres.

Jugué con la alianza en mi dedo. Más de una vez quise quitármela porque no significaba nada para mí, pero la gente haría preguntas que no estaba dispuesto a responder. Era un simple adorno.

—¿Por qué no querría?

Emitió un suspiro agotador.

—Anoche fui una idiota y me comporté como una niña.

—No es la palabra que yo usaría —murmuré—. Anoche querías olvidar tus problemas y no deberías sentirte culpable. Soy tu esposo, Isadora, pero eso no significa que tú estás debajo de mí. Creí que había sido claro desde el primer día.

Se mordió el labio, sus ojos cansados bajaron de nuevo a Thiago.

—Tú también la viste, ¿no?

—¿A quién?

—Alayna Novak. Estaba presente en la fiesta de Nueva York.

Me tensé.

—¿Cómo…?

—La reconocí en la fiesta, pero no te dije nada —aceptó—. Y, Dios, era hermosa e impresionante. Cuando me miró me hizo sentir insignificante. Portaba una confianza que no vi en nadie y pensé que jamás podría competir con ella. Nunca seré como ella.

Mis entrañas se estremecieron por sus palabras. Odiaba ser el motivo de sus inseguridades, pero nuevamente no podía hacer nada para cambiarlo.

—No hagas esto de nuevo.

—¿Quieres ir a buscarla? —preguntó. Mi silencio lo dijo todo—. Ya no puedo seguir haciendo esto, Luca. Por favor, ayúdame y termínalo de una vez. Estoy muy cansada de luchar por algo que jamás tendrá sentido.

Avancé hacia ella y toqué la cabeza de nuestro hijo. Se veía tan pequeño e indefenso. Pronto crecería y se convertiría en uno de los hombres más ricos y poderosos de Italia. Thiago viviría como un rey.

—Seguiremos adelante hasta que encuentre una solución para ambos. Celebraremos nuestro aniversario, daremos un increíble espectáculo de amor y nadie cuestionará la relación.

Acunó a Thiago en sus brazos con mucho cuidado.

—¿Y después?

—Déjame a cargo. Te juro por mi vida que voy a solucionarlo y serás libre pronto. Tienes mi palabra.

La partida de ajedrez llevaba treinta minutos. Eric había perdido mi respeto cuando decidió traicionarme. Había visto atisbos de su frialdad, la manera en que controlaba los negocios. Pero pensé que era una cáscara para mantener las apariencias. Crio a mis primos con honor y amó a su difunta esposa. Siempre me dijo lo que necesitaba escuchar, metiéndose en mi cabeza y convenciéndome de que hiciera las cosas que él quería. Nunca me apreció. Solo le importaba lo que podía aportarle o cuánto llenaría sus bolsillos.

Moví el alfil y di una calada al cigarro. El humo llenó mis pulmones y lo dejé salir por la nariz. Era chistoso que fumar se hubiera convertido en una especie de terapia. Otra influencia llamada Alayna Novak.

—Fernando ha iniciado la búsqueda para encontrar a Dante —comentó Eric.

Me concentré en el tablero evitando mirarle a los ojos. No quería matarlo antes de tiempo, pero dos de mis piezas pronto jaquearían a su rey.

—Qué novedad —respondí con sequedad.

Un caballo de Eric saltó sobre las demás piezas.

—¿Lo mataste?

—Sí —acepté y apoyé el cigarro en el cenicero—. Me robó.

Fernando me haría una visita cuando se diera cuenta de que yo maté a uno de sus hombres más leales. ¿Ahora quién le haría el favor de robarme? Sonreí ante el pensamiento. Estaba tan jodido.

—Los años te han cambiado, no sueles matar sin pensar dos veces.

Finalmente, lo miré y como era de esperarse la ira escoció mis venas. Él pretendía que fuera el mismo niño perdido y manipulable. Me quería convertir en su títere. ¿Y luego qué? ¿Su siguiente paso era matarme para robar mi puesto? No me sorprendería. Después de todo, era hermano de Leonardo Vitale.

—Me cansé de las personas que abusan de mi confianza. Estoy harto de que crean que pueden pasar por encima de mí sin ninguna consecuencia. —Apagué el cigarro en el cenicero y moví un peón sin quitar mis ojos de él—. Jaque mate.

Una gota de sudor recorrió la sien de Eric y le sonreí. Él sabía que eso era más que una simple partida de ajedrez.

—No me importa tu posición o todo lo que hiciste para llegar donde estás. Sigues estando debajo de mí y le debes mucho a ella —recalqué—. Si mi padre estuviera vivo, serías un capitán mediocre y ni siquiera llegarías a subjefe.

—¿A dónde quieres ir con esto?

Aparté de golpe el tablero y las piezas se esparcieron en el suelo.

—Dime qué ha pasado con ella los últimos tres años.

Tragó.

—¿Ella?

—Mi mujer. Alayna —contesté—. Más te vale que contestes con la verdad. Sabré si me mientes y te irá peor. He sido bastante generoso contigo después de lo que hiciste.

No negó mis acusaciones y tampoco parpadeó. ¿Qué sentido tendría? Kiara lo había delatado. Nadie lo respaldaría.

—Como mencioné antes, cada mujer que cuidaste está bajo la protección de testigos. Cambiaron sus identidades. —Alcanzó la carpeta de la mesita y leyó la primera página—. El FBI se asegura de custodiarlas para que no caigan en malas manos nuevamente, aunque hace casi tres años los involucrados fueron encontrados muertos.

Me tendió la carpeta. Acepté mientras le echaba un vistazo a las fotos y los documentos. Mi corazón dio un tirón de alivio cuando vi a Yvette entre las imágenes. Ya no era la niña que conocí en el prostíbulo de mi padre. Lucía tan feliz en un parque de diversiones con una mujer que supuse que era su madre.

—Según mis contactos, estos asesinatos se llevaron a cabo por ajustes de cuentas —continuó Eric—. Cada uno tuvo una muerte muy dolorosa y cruda. Fue una masacre.

Pasé la quinta hoja hasta que una fotografía me dejó atónito. Vi el cadáver de un hombre, su espalda en carne viva por los latigazos. Sin embargo, la mariposa tallada en su piel me quitó la respiración.

—La mariposa negra fue la responsable —dijo el traidor, sorprendiéndome—. Ella los mató uno por uno.

—Tú, bastardo, poco hombre…

Mantuvo la mirada centrada, sin un rastro de culpa en la cara.

—Te hice un favor, Luca. Deberías darme las gracias, te di una familia.

El odio me atravesó como un huracán. Lo aborrecía. Estaba tan furioso que no logré controlarme y empujé la mesa. Él se levantó de su silla, aunque era tarde. Ataqué. Lo golpeé con el puño cerrado, gozando con el crujido de su mandíbula. Su cabeza giró hacia un lado y pretendió devolverme los golpes, pero yo era joven y él era un viejo acabado. Esquivé cada intento fácilmente y le rodeé el cuello con las manos.

—Estás muerto —gruñí.

Empujé su cuerpo contra la pared y pateé su entrepierna con la rodilla. Ese golpe le robó el aire de los pulmones y gimió de dolor. Su cara se puso violeta. Me arañó las manos y luchó, pero todo era inútil. Nadie podía calmar el odio que me comía por dentro. Una furia infernal corría a través de mí, bloqueando cualquier sentido común.

—¡¿Cómo pudiste mentirme sobre ella tres malditos años?! ¡¿Qué diablos le dijiste para convencerla de abandonarme?!

Señaló su cuello y disminuí la presión. Eric tosió y la sangre goteó de su nariz. Las marcas de mis dedos permanecieron en su piel.

—Le dije la verdad —habló con dificultad—. Le dejé muy claro que no era mujer para ti y jamás te daría una familia. Le recordé que está podrida por dentro.

13

ALAYNA

Respiré el aire del mar, apreciando la hermosa casa blanca situada cerca del muelle. Estaba lejos de los otros condominios y podía describir la zona como perfecta. Tenía dos pisos con un patio y una terraza. Eloise era feliz allí y no quería arruinarlo. Pero sentía que era inevitable.

A pesar de que era egoísta y quería conservar su amistad, no podía seguir haciéndole esto. Una vez que matara a esta nueva amenaza me alejaría de ella para siempre. Nada de llamadas o promesas de encuentros. No importaba si eso destrozaba mi corazón. Lo mejor sería tomar rumbos distintos.

—¿Alayna? —La puerta se abrió antes de que diera marcha atrás y Eloise me recibió con una deslumbrante sonrisa.

Estaba increíblemente hermosa. Su cabello rojo y su piel bronceada brillaban con los rayos de sol. Vestía un simple sujetador azul y unos pantalones cortos que resaltaban sus deslumbrantes piernas. Ese tiempo sin vernos le había sentado muy bien.

—Hola, duende —sonreí.

Salió corriendo de su casa con una risita y se abalanzó sobre mí. Nos abrazamos fuerte, temblando por el contacto. Sostenerla se sentía como un sueño y no quería soltarla nunca. Ella era mi refugio cuando mi mundo se caía en pedazos. ¿Podíamos quedarnos así y olvidarnos del resto? Desafortunadamente, Eloise fue la primera en apartarse y me miró con lágrimas en los ojos.

—No pensé que hablabas en serio cuando dijiste que vendrías —murmuró—. Mírate, luces fatal.

Me reí.

—Siempre tan sincera.

Examinó mi rostro más de cerca.

—Se te nota mucho el estrés.

—Un corazón roto es difícil de ocultar.

Enlazó su brazo con el mío y me llevó directo a su casa. Escuché el ruido de las olas al chocar contra las piedras, vi a personas surfeando y jugando en la playa. Era la vida que ella merecía y me aterraba pensar que perdería todo por mi culpa.

—Podrías repararlo, pero no quieres —respondió ella.

Suspiré y la atraje más cerca de mi cuerpo.

—No hablemos de mí, por favor. Tengo suficientes dramas y me gustaría olvidar. Mejor cuéntame cómo es la vida aquí. ¿Ya dominas el inglés a la perfección?

Puso los ojos en blanco por el cambio de tema.

—Las clases particulares me ayudaron y también la convivencia con los australianos.

Cuando le pregunté dos años antes dónde le gustaría vivir, ella me respondió que su sueño era tener una casa frente a la playa y pensé de inmediato en Sídney. Mientras ella tuviera todas las comodidades y no le faltara nada, yo estaría satisfecha. La buena fortuna no duró tanto como esperaba, por supuesto.

—Estoy muy feliz por ti.

—No quise esperarte toda mi vida.

Mi sonrisa desapareció.

—Sabes que jamás permitiría eso —aclaré—. Quiero que seas feliz.

—Lo sé, Alayna. Ignórame. —Negó con la cabeza—. Sabrina te agradará, es perfecta.

La felicidad que sentía por ella era sincera. Me importaba el bienestar de pocas personas y Eloise entraba en la lista.

—Ya me agrada si es el motivo de tus sonrisas.

Se sonrojó.

—No puedo esperar para oír tus anécdotas. ¿Dónde estuviste?

«En el infierno…». Si supiera que vi a Luca en Nueva York.

—Voy a contarte los detalles después. Dime que tienes un poco de vino que me ayude a aliviar la tensión. El viaje fue agotador y necesito algo que me relaje.

Sus labios se levantaron en una sonrisa ladina.

—Tengo una tienda completa de bebidas.

La miré con la boca abierta.

—¡Eloise Pradelli! —exclamé entre risas—. ¿Desde cuándo eres adicta al alcohol?

Agitó sus pestañas rojizas.

—Oh, Alayna… —dijo en tono dulce—. Aún te falta mucho para conocerme.

Por dentro, la casa era acogedora y moderna. Muy lujosa a diferencia de la pocilga que tenía en Italia. Mis ojos se deslizaron sobre cada detalle del vestíbulo. Había sofás de cuero, alfombras y algunas obras de arte. Unas cortinas en colores pasteles cubrían las ventanas, lo que permitía que hubiera una suave iluminación.

—Se ve muy bien, tienes buen gusto —admití—. Un poco cursi la decoración, pero me fascina.

Me ayudó a quitarme el abrigo y lo colocó sobre el sofá en la esquina junto al maletín sin hacer preguntas. La sonrisa permaneció en su cara ruborizada.

—Me alegra que te guste. Sabrina trabaja hasta tarde, así que la tendremos presente en la cena. Sabe que vendrás y está ansiosa de conocerte. Le hablé mucho sobre ti.

—¿Ella está al tanto de nuestro pasado? No quiero incomodar.

—Lo hicimos una vez, Alayna. Ya no tiene importancia.

Puse una mano en mi corazón.

—Auch. Eso dolió, duende.

Eloise largó una carcajada que resonó en las paredes y me golpeó juguetonamente. No mencionó nuestra llamada o el peligro que me perseguía. Siempre tan cuidadosa. Ella no quería causarme más dolor. La adoraba.

—Hay algo diferente en ti.

Mantenía mi fachada de mujer indiferente, pero por dentro sentía que mi fuego se apagaba cada día. La soledad me arrastraba a la oscuridad. Luca controlaba la cantidad de luz en mi vida y desde que habíamos terminado no quedaba ni una chispa.

—Nada ha sido fácil estos últimos tres años.

Sus ojos café me contemplaron comprensivamente.

—Se trata de Luca, ¿no? —inquirió. No lo negué—. Por supuesto que sí. Es el único que puede arruinarte.

Me conocía tan bien.

—Lo vi hace días en Nueva York. Él es feliz con su esposa.

—¿Cómo estás tan segura de que es feliz?

—Estaba sonriendo con ella.

—Cualquiera puede sonreír. Incluso tú a pesar de que te estás muriendo por dentro —dijo—. Es un acto, Alayna. Un teatro para mantener las apariencias.

—Hablas como si lo conocieras muy bien.

—Los días que estuve con él en su mansión vi cuánto le afectó tu partida a Inglaterra. Apenas comía y pasaba las horas encerrado en su oficina con una botella de alcohol. Tu ausencia lo destruyó. —Frunció el ceño—. ¿No me has dicho que volvió a buscarte a la casa de Caleb?

—Sí.

—¿Entonces por qué crees que eres tan fácil de olvidar? Su matrimonio es un acuerdo.

—Tiene un hijo con ella, Eloise. —Me quebré—. Se casaron en una iglesia y la llevó a vivir en su mansión. Probablemente la folló en la misma cama que a mí.

Hizo una mueca de disgusto y las líneas de su frente se arrugaron.

—Dios, te encanta torturarte. Fue tu decisión abandonarlo. ¿Qué te molesta de esto realmente?

—Que él pudiera salir adelante mientras yo sigo rota, tratando de unir todas mis piezas.

—Oh, Alayna…

—Agradezco no haber visto al niño. Eso mataría lo poco que queda de mí.

No sentía resentimiento hacia el pequeño, pero era un recordatorio de mi propia infertilidad. ¿Qué querría de mí cuando tenía todo al lado de Isadora?

—Siempre te voy a recriminar el hecho de que renunciaste muy fácilmente a Luca. Permitiste que su tío te manipulase. ¿Qué sucedió con la Alayna inquebrantable?

Eric Vitale fue una serpiente tóxica que entró en mi mente y la contaminó con su veneno. Fui una estúpida por escucharlo, pero tenía razón. Luca necesitaba un legado. Yo no podía darle eso.

—Esa Alayna no existe cuando se trata de Luca. —Me senté en el sillón—. Él me dará las gracias algún día. Tiene un bebé y lo ama. ¿Qué le espera a mi lado? Solo miseria.

Eloise me lanzó una mirada molesta e irritada.

—Tú eres la única mujer que ama.

—No lo sabes.

—Y tú tampoco tienes idea de cómo se siente —replicó—. Mantiene las apariencias de que todo va perfecto en su matrimonio. Ella es hija del gobernador, ¿no?

—Sí.

—Se casaron por conveniencia —sostuvo—. Deja de llorar y ve por tu hombre. Eres insuperable.

—También reemplazable.

Agarró un cojín del sofá y me golpeó la cabeza suavemente con él. «Auch».

—Basta de actuar como una víctima. No lo eres, maldita sea. ¿Qué sucede contigo?

—Te dije que no soy la misma de antes.

Frunció el ceño y evaluó mi expresión. Yo no podía ocultarle nada a esta mujer. Ella solo necesitaba presionarme un poco y le diría todo lo que quisiera saber.

—¿Vas a decirme en qué lío te metiste esta vez? ¿Debería preocuparme?

Crucé las piernas y me puse cómoda en el sofá.

—Si traes la primera botella de vino, te contaré lo que quieras.

—Por lo menos tus gustos no han cambiado —dijo con una sonrisa reconfortante—. Estoy feliz de tenerte aquí.

—Yo también estoy feliz de verte, duende.

Me dio un beso en la mejilla antes de apresurarse a la cocina y después regresó con una botella de vino. Le ayudé a quitar el corcho para que pudiera llenar las dos copas. El sonido de su risa levantó las comisuras de mis labios. Amaba que no me tuviera rencor a pesar de que complicaba su vida. Era todo lo bueno que existía en ese mundo. Ella era una flor en medio del desierto.

—Ahora cuéntame qué está pasando —suplicó, sentándose a mi lado—. Hace dos días varios hombres visitaron el restaurante que abrí con Sabrina y se quedaron ahí horas después de comer. Pensé que eran clientes, pero luego volví a verlos en un auto. Tuve la sensación de que nos estaban espiando.

Un escalofrío recorrió mi cuerpo.

—¿Cómo eran?

—Extranjeros. El inglés sonaba muy diferente…

—Irlandeses —asumí.

Respiré profundamente y tomé un trago de vino. Declan me juró que Eloise sería libre una vez que mi trabajo fuera concluido. Maldito mentiroso. La mantenían vigilada para manipularme cuando ellos quisieran.

—Estaba disfrutando la vida que siempre quise en Rusia, pero aparecieron ellos y lo arruinaron todo —empecé—. Te juro que esta vez no busqué ningún problema. Me encontraron y amenazaron con matarte si me negaba.

—¿Te obligaron a trabajar?

Se quedó quieta. Asustada. Esperando mis palabras. Su corazón latió fuerte. Pude oírlo por la forma en que su pecho se agitó.

—Mi objetivo era un mafioso de Nueva York. Yo lo mataba y a cambio ellos te dejaban en paz.

—No lo hicieron.

—¿Si te pido que huyas conmigo lo harías?

Eloise se puso rígida a mi lado. Levanté una mano para tocarla, pero se echó hacia atrás y se encogió de miedo. El dolor que provocó esa acción sangró en mi corazón e inundó mis venas en un constante bombeo por el arrepentimiento.

—¿Es una broma?

—¿Crees que bromearía con algo así?

Negó con la cabeza y mi pecho se encogió. Fue tonto hacer esa pregunta cuando ya sabía la respuesta. Los primeros meses que estuvimos juntas nos vimos en la necesidad de huir y ella no se acostumbró. Tuvo pesadillas después de todo lo que había visto. Nunca estaría lista para mi mundo.

—Construí mi vida aquí, tengo un trabajo que adoro y una novia maravillosa —respondió. La mirada molesta en sus ojos era difícil de ignorar—. Te amo con cada parte de mí. Realmente lo hago, Alayna, pero no estoy dispuesta a sacrificar mi felicidad por ti. Ya no.

—Nunca te pediría que sacrifiques algo por mí —afirmé, levantándome—. Yo mataría por ti, Eloise. Haría lo que sea para que puedas ser feliz.

—Entonces ya no me arrastres a tu mundo.

Agarré su mano y esta vez no me apartó.

—Te juro que saldremos de esta.

LUCA

Observé mis nudillos rojos apoyados en el escritorio. Aunque intentaba calmarme, la adrenalina sacudía mi cuerpo como un cable en medio de una tormenta. Mi pulso palpitaba en la yugular y apreté los dientes, luchando contra el impulso de golpear mi puño en su rostro una y otra vez. Esto jamás se lo perdonaría. No me importaba si buscaba mi bien. No tenía derecho a interferir en mi relación.

—Si das otro paso cerca de mí, vas a lamentarlo —advirtió Eric y se limpió la sangre de los labios—. Gian y Luciano sabrán lo que hiciste y tomarán represalias.

Su ojo izquierdo empezaba a hincharse y sus labios partidos goteaban en la alfombra. Escuché a mi madre tocar la puerta desesperadamente, rogando que me detuviera, pero la ignoré. Este traidor pronto moriría.

—Ellos mismos van a matarte por lo que hiciste —masculló y me acerqué. Lo agarré de la garganta antes de poner mi cara frente a la suya—. No tienes justificación. Asumiste un papel que no te correspondía. No eres nadie para decidir quién es buena para mí.

Sus ojos no mostraron una señal de arrepentimiento. Me dio una expresión en blanco, como si no le afectara mi sufrimiento.

—Construiste una familia y tienes un hijo —dijo con un hilo de voz—. ¿Piensas que Alayna podría darte lo que necesitas? Mujeres como ella no nacieron para el compromiso. Ella está rota y dañada.

Mi puño volvió a golpear su boca. Retrocedió, escupiendo sangre y maldiciendo. ¿Por qué seguía diciendo estupideces? Las mejillas de Eric se calentaron, antes de que sus ojos se volvieran más crueles hacia mí.

—Acabas de perder la poca confianza que tenía en ti —espeté, cargado de rencor—. Lo que hiciste es traición. Creí que eras un buen hombre. ¡Te veía como mi padre!

Se limpió la sangre de la boca y se tocó la mandíbula para asegurarse de que no estuviera fuera de lugar.

—No voy a disculparme si eso es lo que pretendes —enfatizó cada palabra—. Si ella te quisiera como afirmas, estaría aquí contigo. Pero prefirió escucharme porque tengo razón.

Estaba temblando tanto que veía borroso.

—Fuiste demasiado lejos. Diste consejos que nadie pidió.

Tuvo la audacia de reírse en mi cara.

—Ella decidió tomarlos.

—Voy a matarte —siseé. Mis oídos se aturdieron con el sonido de la rabia.

—No, no lo harás. Sabes que habrá consecuencias si me matas —sonrió con satisfacción—. Acepto que fue un error alejar a la mujer que amas, pero te hice un favor. ¿Cambiarías todo lo que has conseguido por ella? ¿A Thiago?

La pregunta se hundió como un veneno en mi sangre. Involucrar a Thiago era un golpe bajo. Mi hijo era el centro de mi mundo. Jamás querría cambiar su existencia. Él me daba felicidad.

—Son dos amores diferentes.

—Siempre escogerás a Thiago —afirmó agitado, lamiéndose los labios rotos—. Entiendo tu molestia, pero recuerda que no soy tu enemigo, Luca. Quiero mantener el legado de nuestra familia y limpiar el desastre que dejó tu padre. Soy tu aliado en esta guerra.

—¿Mi aliado? Mentiste como todos aquellos que me traicionaron. Eres igual o hasta peor que Leonardo.

—¿De qué te sirve odiarme? ¿Hará que ella vuelva? Creí que estos tres años te harían reflexionar, pero sigues siendo el mismo chico impulsivo. Golpéame, acúsame de traición, haz lo que te parezca mejor. Solo recuerda que apoyé tus decisiones a pesar de que no estuve de acuerdo con muchas. Cerré nuevos tratos, cuidé esta ciudad como pude y todavía estoy dispuesto a todo por nuestra familia.

Mi resentimiento se incrementaba cada vez que hablaba. Necesitaba que se callara.

—El título de *consigliere* te quedó grande. No conoces la lealtad.

Me dio una sonrisa despreocupada, sin verse ofendido.

—Yo creo que el título de don lo llevas muy bien, pero necesitas entrenar mucho más. El sentimentalismo no te llevará a ningún lado. —Sacó un pañuelo de su chaqueta y se limpió la sangre—. Hablaremos cuando estés más calmado. Piensa muy bien lo que harás, hijo. Me necesitas.

—Nunca vuelvas a llamarme hijo.

No contestó, salió de mi oficina y cerró la puerta detrás de él.

Golpeé el escritorio, las carpetas volaron a un lado de la habitación. Me agaché para recoger la hoja que hablaba sobre el historial de Anna y Martha. Habían sido vendidas a proxenetas cuando Carlo las capturó, pero rescatadas ocho meses después por un desconocido. «Alayna». ¿Le tomó ese tiempo? ¿Ocho meses? Yo estaba en una cama recuperándome mientras ella buscaba a las chicas. ¿Por qué no fue por mí después?

Fui a casa de su hermano en Inglaterra, hice el último intento de recuperarla y ellos me aseguraron que Alayna no me quería a su lado. En ese tiempo ni siquiera estaba comprometido con Isadora. Conocí personalmente a Caleb Novak y su esposa Bella Foster. Fueron amables y sinceros, pero el día que decidí regresar por Alayna mostraron otras actitudes. ¿Todo fue una conspiración de ella para mantenerme alejado? La rabia con la que estaba familiarizado volvió de repente y no tuvo piedad de mí. ¿Cuál era su excusa? Ella me había insinuado en varias ocasiones que no merecía ser amada y no era buena para mí.

—Mariposa tonta —susurré y me limpié las lágrimas—. Escapaste muy bien, pero ya no permitiré que te escondas de mí.

Me di una ducha y tomé una aspirina para aliviar el dolor de cabeza. El estrés me estaba matando. Era imposible regresar al pasado, pero aún podía solucionarlo. Quería aferrarme al último gramo de esperanza y creer que lo nuestro tenía salvación. Solo detendría esta locura cuando ella me dijera que ya no me amaba. ¿Por qué no hice lo mismo hace tres años? Me dejé llevar por el resentimiento y el dolor. «Estúpido, estúpido».

—Uuuh… —La voz de Thiago me sacó del aturdimiento y sonreí débilmente.

¿Qué diablos iba a lamentar? ¿Él? Nunca.

—Estás haciendo un buen trabajo, campeón.

Soltó un chillido de emoción por mi aprobación y continuó construyendo su ansiado castillo Lego en la alfombra de mi habitación. Se veía muy bien a pesar de que no todas las piezas encajaban y me sorprendía su inteligencia. Era muy listo. Hacía una hora quería destrozar el mundo, pero pasar tiempo con él me reconfortaba.

—¡Papi! —exclamó y señaló las piezas.

Pasé una mano por mi cabello y admiré su progreso. Algunas partes estaban fuera de lugar, así que le ayudé a colocar la puerta.

—Perfecto. Ahora encárgate de tu ejército. Ellos protegerán el castillo.

Laika movió su corta cola mientras los cachorros dormían cerca de sus pies. Había recibido mensajes de Luciano e ignoré todos. Probablemente era algún sermón por haber golpeado a su padre. Eric tenía razón. Si lo mataba me ganaría el odio de mis primos y no podía perderlos. Sin embargo, confiaba en que pronto se darían cuenta de que vivían con el enemigo.

—Eres un buen chico. —Alboroté el cabello de Thiago antes de tumbarme en la cama y leer varios documentos que había recibido como favores de un contacto que trabajaba con el FBI y que había estado encargado de perseguir la organización donde trabajaba Alayna y atrapar al ruso que arruinó la vida de mi mariposa. Si conocía a fondo su pasado, había más probabilidades de encontrar su posible ubicación.

Nombre completo: Alayna Novak.

Nacionalidad: rusa.

Fecha de nacimiento: 20 de septiembre de 1992. San Petersburgo, Rusia.

Padres: Pavel Novak, Alyona Smirnova.

Hermano: Caleb Novak (mellizo).

Vivió los primeros años de su vida en San Petersburgo, pero luego la trasladaron a Samara y fue separada de su hermano. Su madre murió debido a un cáncer de hígado y su padre fue asesinado por Caleb. Qué familia tan disfuncional.

Debido a sus grandes habilidades con el asesinato y el espionaje, Alayna fue contratada hacía ocho años por el FBI para destruir la organización que la reclutó. Desmanteló horrores como la red de prostitución y explotación infantil. Estaba libre porque hizo los trabajos más sucios para los gobiernos ruso y estadounidense a cambio de que borraran sus antecedentes criminales. Ella cerró casos que la justicia no pudo. Mi mariposa valiente. ¿Cuánto tiempo estuvo sometida a personas que solo querían sacarle provecho?

Pensar en las atrocidades que había sufrido hizo que mi corazón se estremeciera. Era reacia al amor porque nadie le había demostrado que era valiosa e importante. Solo la utilizaron. Jugaron con su confianza y la hicieron sentir insignificante. Yo hice lo mismo cuando me casé con Isadora.

—Papi. —Thiago volvió a interrumpirme.

—Espera un segundo, campeón.

Sus malas experiencias le impidieron ser feliz y se había alejado por la misma razón. Ella pensaba que no sería buena para mí. Si supiera que yo era capaz de matar con tal de ver su sonrisa y disfrutar sus besos. La amaba tanto. Estaba obsesionado.

«Mariposa terca…».

Entonces aquí empezaba mi plan. Las próximas semanas iniciaría la búsqueda en San Petersburgo. Allí vivió su infancia y estaba la tumba de su madre. Las pocas veces que Alayna me habló de ella sabía que fue importante en su vida, a diferencia de su padre.

—Papá —insistió Thiago y esta vez hizo un berrinche.

Solté la carpeta y lo miré de reojo. Había terminado de armar una gran parte de su colorido castillo. Me levanté con una sonrisa para posicionar el dragón sobre la torre. Thiago aplaudió.

—Listo —sonreí—. Ahora arma la fortaleza de tus enemigos.

Alboroté su cabello antes de regresar a mi cama y responder la llamada cuando mi teléfono volvió a sonar. Vi el nombre de Gian destellar en la pantalla. Esperaba que no fuera un sermón por lo ocurrido con Eric.

—Gian.

—Mi padre vino a casa con un ojo morado, la boca rota y la ropa manchada de sangre. No quiso decirme la razón, así que explícame por qué estuviste a punto de matarlo. ¿Fue por ella?

Solté un suspiro de frustración.

—Sí. Alayna me abandonó por su culpa. Él la manipuló y le llenó la cabeza con ideas absurdas.

—Mierda.

—Me entiendes, ¿no? Si te alejara de Liana, también estaría muerto.

—No lo dudes —aceptó—. Ese bastardo hijo de puta… ¿Por qué haría algo así?

Me acerqué al balcón para que Thiago no escuchara los insultos.

—Alayna era un obstáculo para sus planes.

—Lo siento, Luca. Eso nunca debió pasar —dijo con pesar—. Entenderé perfectamente tus razones si quieres terminar cualquier lazo con él.

—Aún no sé qué haré al respecto. Me estoy volviendo loco. —Miré la mariposa tatuada en mi piel—. Perdí tres años por su culpa. Si él no hubiera manipulado a Alayna, ella estaría aquí conmigo.

—Lo siento —repitió.

—¿Conseguiste la información que te pedí?

—Claro, te llamé por eso. —Hizo una pausa—. Nuestro amigo el poli me hizo el gran favor de investigar quién es el hombre que acompañó a Alayna en la fiesta. El pelirrojo es nada más y nada menos que Declan Graham y tiene serios antecedentes con la justicia. Mafia irlandesa.

Los músculos de mi cuerpo se tensaron inmediatamente. ¿Qué hacía Alayna con un hombre como él?

—Mafia irlandesa…

—¿No sabes quién es? —se rio Gian—. Su hermano Derek es despiadado en este negocio y lleva años de enemistad con los Boticelli. Mi teoría es que Alayna fue contratada por ellos.

—Imposible. Ella quería alejarse de esta vida.

—Pero encontraron la forma de convencerla.

Apreté la barandilla del balcón y la tensión me recorrió la columna vertebral. Alayna jamás accedería a trabajar con ellos.

—No —insistí—. Alayna no trabaja con escorias. Mi padre fue la excepción porque ella quería destruirlo. Los Graham están lejos de ser honorables. Siento que la han obligado. No hubo pistas de esa mujer en tres años y de repente es vista con Declan Graham. Él la sacó de su escondite.

—¿Cuál es tu conclusión?

—Extorsión —dije—. Está metida en problemas.

La risa de Gian sonó fuerte a través de la línea.

—Tu mujer tampoco es una santa.

—No te equivoques, Gian. Ella tiene sus límites, puedo asegurarlo —masculló—. Solo hay alguien que puede confirmarme qué sucedió con Alayna.

—¿Quién?

—Moretti. Me pondré en contacto con él.

—Hace tres años no querías nada con él y rechazaste todas sus propuestas de negocios.

—Dejaré de lado mi orgullo. Tiene más poder e influencia que yo. Si hay alguien que sabe dónde está Alayna es Ignazio Moretti.

14

ALAYNA

Sabrina era escandalosamente hermosa. Su personalidad no tenía nada que ver con la dulzura de Eloise, ni hablar de su aspecto. Piel oscura, ojos café claros y rizos abundantes. Su maquillaje estaba hecho a la perfección, pestañas largas y gruesas. Hacían una pareja muy bonita.

—Así que tú eres Alayna Novak. —Una sonrisa recorrió sus labios color carmesí, su mano se posó en la cadera mientras me miraba—. Eloise me dijo que eras atractiva, pero no imaginé que tanto. Bienvenida a casa.

—Gracias —respondí—. Admito que tampoco esperaba una mujer como tú. A Eloise le encantan las chicas dulces.

La pelirroja se sonrojó y Sabrina se rio más alto.

—No creo que tú seas dulce.

—Definitivamente no lo soy.

—Vosotras dos os llevaréis muy bien —comentó Eloise, relajada—. Vamos a cenar. La comida se está enfriando.

Dominé los nervios y traté de sonreír. No olvidaba que había hombres vigilándonos, pero haría un esfuerzo para no complicar mi estadía. Necesitaba hablar con Irina y dejarle claro que no la consideraba una enemiga. Ya tenía su número gracias a Caleb.

—Pensé que esta noche iríamos juntas al restaurante. —Sabrina hizo un mohín.

—Tenemos una invitada que no podemos ignorar —dijo Eloise—. Además, cociné tu plato favorito. No me digas que lo vas a rechazar.

Sabrina acarició su mejilla.

—Nunca desperdiciaría tu comida.

La escena me llenó de culpa. No podía permitir que el caos estallara. No quería arruinar la hermosa familia que ellas habían construido juntas.

—No os preocupéis por mí —dije—. Estaré bien, marchad tranquilas.

—No, no, no. —Eloise me tomó de la mano y nos llevó a ambas al comedor—. Me esmeré con la langosta y las ensaladas. Por favor, sentaos y comed.

Sabrina levantó las manos en alto con una sonrisa.

—Será mejor que comamos, Eloise enojada da mucho miedo.

—Lo sé por experiencia propia —concordé.

—Tontas —protestó Eloise y nos sentamos una cerca de la otra.

La mesa tenía lugar para cuatro personas, y estaba decorada con flores y velas. Había dos bandejas llenas de mariscos, ensaladas y buen vino tinto. Mi apetito se despertó gracias al delicioso aroma. Agarré una servilleta y la extendí en mi regazo mientras Eloise llenaba mi plato. Ella sabía que amaba su comida y que me gustaban las porciones generosas.

—Huele muy bien —la alagó Sabrina—. Nuestro restaurante es el más concurrido de la playa.

Corté un pedazo de langostino y mastiqué. Nada como la comida hecha por Eloise Pradelli. Empezó siendo una camarera en Italia y ahora tenía su propio restaurante en Sídney. Estaba orgullosa de ella.

—Sé que habéis trabajado muy duro —dije después de tragar.

Eloise puso su mano sobre la mía.

—También te llevas gran parte del mérito.

—Para nada —me apresuré a responder—. Todo es sobre ti y la buena voluntad de Sabrina. Habéis sabido invertir muy bien.

De todos modos, tener un restaurante exitoso no era producto solamente del dinero, debía haber talento y buen gusto. Y Eloise tenía todo eso.

—Realmente eres otra persona —se rio Eloise—. Qué modesta.

De pronto, mis dedos se tensaron alrededor del tenedor. No podía estar tranquila cuando mis sentidos sabían que en cualquier momento todo se iría al demonio. Un tiro podría atravesar la ventana y arruinar la vida de Eloise.

—Mañana podemos darte un tour por la ciudad —dijo Sabrina—. Es mi día libre y me encantaría que conozcas el restaurante. Preparo los mejores postres.

Bebí un sorbo de vino y alcé una ceja hacia Eloise. ¿No la puso al tanto de cuán grave era la situación? Nadie estaba a salvo y arriesgarnos no era lo ideal.

—Preferiría quedarme y ver una película con ambas. ¿Qué os parece?

—Oh, vamos, no seas aburrida. ¿Cuántos días planeas quedarte?

Todo dependía de cuánto tiempo me tomaría matar a los irlandeses y mantener a salvo a Eloise. No sabía qué responder con exactitud, así que solté lo primero que se me ocurrió.

—Una semana como máximo, no traje mucho. Puedo comprarme ropa en cualquier tienda.

Sabrina me evaluó.

—Tienes más curvas, pero supongo que mi ropa va a funcionar.

Forcé una sonrisa.

—Gracias.

—Aquí pasamos los días vestidas en biquini. No necesitamos mucho cuando tenemos el mar y el fantástico sol.

—Nunca te he visto en biquini —bromeó Eloise, mirándome.

—Disfruto más el invierno. —Me encogí de hombros.

—Te enseñaremos a amar el verano. El bronceado te quedará estupendo.

Le ofrecí otra sonrisa sin contestar y me limité a comer. Los siguientes minutos las escuché hablar sobre sus anécdotas románticas. Se habían conocido hacía un año en la playa. Eloise no sabía surfear y Sabrina le enseñó. Pronto los encuentros fueron más frecuentes y se enamoraron perdidamente.

—¿Qué hay de ti? —interrogó Sabrina—. ¿No te espera alguna chica o algún hombre por ahí?

Eloise le dio un codazo.

—Sabrina…

—¿Qué?

169

Traje una crujiente papa a mi boca.

—No me espera nadie —respondí después de unos segundos—. Vivo mi vida al límite.

—¿A qué te dedicas?

La mirada nerviosa de Eloise me hizo saber que ella no le había contado casi nada sobre mí a Sabrina, lo cual agradecía. Pero tantas preguntas empezaban a irritarme.

—Soy azafata, decidí tomarme un descanso —mentí.

—Debe ser precioso viajar constantemente. Es una profesión envidiable.

Pensé en contestarle que solo viajaba cuando tenía que matar a alguien y después encargarme del cadáver, pero me ahorré el comentario porque no quería que la comida le sentara mal.

—¿Entonces cuándo es la boda? —inquirí, reorientando la conversación.

Eloise se atragantó con la ensalada y me reí en el borde de la copa.

—Aún no hay ninguna propuesta formal —comentó ella.

—Pero lo harás, supongo.

—¡Alayna! —Eloise abrió los ojos de par en par.

Eso sonó como una amenaza, pero Sabrina solo sonrió más ampliamente.

—La quiero a mi lado el resto de mi vida —afirmó.

«Qué lindas».

Al terminar la cena, Eloise me llevó a la habitación de huéspedes. Me prestó un pijama, pero yo no planeaba dormir esa noche. Vigilaría la puerta para asegurarme de que no entrara ningún intruso. Si quisieran verla muerta, ya lo habrían hecho antes de que yo llegara. Mi mayor preocupación seguía siendo Irina.

—Has estado muy tensa desde que llegaste —comentó Eloise—. ¿Qué trajiste en ese maletín?

—Armas y varias municiones.

Se estremeció.

—Oh…

Me senté en la cama con sábanas de seda. La ventana estaba abierta y la brisa del mar sacudía las cortinas. La habitación era bonita y cómoda como el resto de la casa. Serían unas perfectas vacaciones si no tuviera la necesidad de cuidar nuestras espaldas.

—No fue mi intención venir aquí en primer lugar.

—No debes protegerme siempre, Alayna.

—Sí, sí debo. —Me puse de pie, acercándome a ella y colocando una mano en su hombro—. Eres mi responsabilidad desde que nos conocimos y decidí mantenerte en mi vida. Eres más que mi amiga, Eloise. Eres mi familia y me aterra perderte.

—¿No podemos alertar a la policía?

—¿Qué vamos a decirles? ¿Que estamos siendo acosadas por la mafia irlandesa y que quieren cobrarme una deuda por matar a Boticelli?

—Lo siento.

—Si aceptaras mi propuesta…

—No, detente ahí. —Su barbilla tembló y sacudió la cabeza—. ¿Qué le diré a Sabrina? ¿Que debemos irnos y dejar todo atrás por lo que hiciste? No puedo.

Todo lo que pude hacer fue mantenerme en silencio. Me observó vacilante, con una mezcla de pena y disculpa en su mirada.

—Sé que haces lo que está a tu alcance para protegerme y te lo agradezco. —Me apretó la mano y forzó una sonrisa—. Pero no puedo dejar atrás todo lo que he construido aquí.

—Lo sé.

—Tú dijiste que saldremos adelante juntas y te creo.

Me besó en la mejilla antes de abandonar la habitación y me tumbé en la cama con los ojos ardiendo. ¿Y si fallaba en esto? ¿Si no podía protegerla? No quería asumir las consecuencias de lo que eso significaría.

LUCA

Me senté sobre el capó del Ferrari admirando la ciudad mientras le daba una calada al cigarro. Me había costado tres años alejarme de los vicios y bastó un pensamiento para caer de vuelta en la adicción.

Me torturaba pensando que todo pudo haber sido diferente si la buscaba yo mismo. Ahora lamentaba mi error y las decisiones que había tomado. Pero no podía crucificarme por esto. Gian tenía razón. Ella también era culpable por irse sin pensar en mis sentimientos. La falta de comunicación, maldita sea. Tantos malentendidos por no hablarlo desde el principio.

Estaba harto de pensar tanto las cosas. Ya no quería seguir revisando el pasado. Era momento de enfocarme en el futuro y en asegurar mi felicidad. Solté el humo y miré la noche estrellada. Alayna y yo habíamos venido aquí en varias ocasiones. Sonreí mientras recordaba nuestras escapadas de las fiestas o cuando nos sentábamos por horas a hablar. Ella me contó gran parte de su historia en este lugar. La extrañaba tanto.

Esos tres años probablemente la habían cambiado como a mí. Yo no era el mismo hombre. Gran parte de mi humanidad había muerto. Hoy era capaz de destruir el mundo para proteger a quienes amaba. Desataría una guerra con tal de tenerla a mi lado. Lucharía por lo que era mío y nadie iba a detenerme.

Saqué el móvil de mi bolsillo y marqué ese número. Respondió más rápido de lo que esperaba.

—Moretti.

—Pensé que este momento nunca llegaría. —Su voz estaba cargada del característico tono sarcástico—. La última vez que intenté hablar contigo me dijiste que no querías nada de mí.

Efectivamente. Hacía tres años había querido convencerme de que formáramos un equipo para potenciar nuestros negocios y me negué. El rencor que sentía era más grande.

—En ese entonces no necesitaba nada de ti.

El sonido de su carcajada me hizo rechinar los dientes.

—¿Ahora sí?

—Solo hay alguien por quien mandaría al demonio mi orgullo e incluso mi honor.

Una pausa.

—Alayna.

—La vi en Nueva York —confesé—. Sé que está involucrada con la mafia irlandesa. ¿Te suena el apellido Graham?

—He escuchado rumores al respecto —admitió—. No creí que ella trabajaría con ellos, no después de todo lo que hizo para conservar su libertad lejos de la mafia.

—La están obligando. Alayna nunca trabajaría de buena voluntad con un hombre como Derek Graham.

—Ella pudo haber cambiado.

—Imposible —sostuve—. Incluso para sus estándares de asesina Alayna aún tiene principios.

—La conozco bien, Vitale.

—Está en problemas. Extorsión, tal vez. —Apagué la colilla del cigarro—. Sé que ella no quiso abandonarme hace tres años.

Su risa cargada de diversión volvió a irritarme.

—Alayna siempre es impredecible. Después de todo lo que hizo por ti llegué a creer que comenzaría una nueva vida a tu lado.

—Dame su ubicación —exigí, cansado de sus habladurías.

—¿Por qué lo haría?

«Hijo de puta...».

—Es muy probable que su vida corra peligro y soy el único que puede salvarla.

—Tu situación es complicada. Te has casado con otra mujer y tienes un hijo. Eres la persona en que menos confiaría —se burló—. La defraudaste y rompiste su corazón. Ella no quiere verte y si te doy su ubicación me matará.

—Me ama.

—Sí, pero su orgullo en ocasiones es más grande.

—¿Es feliz sin mí?

—Tú sabes la respuesta a esa pregunta, Vitale.

«No». Juraba por mi vida que ella también estaba perdida en la oscuridad como yo.

—Mató a Boticelli —dije—. ¿Crees que eso quedará impune? Probablemente no solo está siendo acorralada por la mafia irlandesa; también es perseguida por la mafia de Nueva York.

—Es Alayna Novak. No necesita ser salvada.

Me enfurecí. Llamar a este idiota había sido una pérdida de tiempo, pero al menos me daría el gusto de mandarlo al infierno.

—Me importa un carajo —gruñí—. Te llenas la boca diciendo que la aprecias, pero estás permitiendo que otras basuras la sigan controlando y robándole esa libertad por la que ella ha sacrificado mucho. Incluso su felicidad a mi lado. No me debes nada, por supuesto; a Alayna sí. Ahora dame su ubicación o vete al demonio.

Se instaló un profundo silencio y me pasé una mano por el pelo. Viajar a San Petersburgo seguía en mis planes, pero a estas alturas dudaba que ella siguiera ahí.

—Sídney —contestó—. Es lo último que supe porque no eres el único que la está buscando.

Exhalé una bocanada de aire.

—Mi primera opción fue Rusia.

—Estuvo ahí estos tres años, pero el afecto que siente por cierta pelirroja la ha obligado a salir de su refugio.

Me levanté del capó, la conmoción helándome los huesos. Eloise. Estaba haciendo todo eso por ella.

—Extorsión, entonces. Encontraron su punto débil.

—Ya tenías las respuestas a tus preguntas. ¿Por qué me llamaste?

—Necesitaba estar seguro. Alayna mató a Alberto porque fue contratada por los Graham y ahora Irina Boticelli la quiere muerta como venganza.

—Muchos la quieren muerta. ¿Qué harás al respecto?

—Iré por mi mujer —contesté—. Esta no será la primera vez que necesitaré de tus favores.

—No te debo nada —repitió mis palabras.

Sonreí.

—A ella sí. Ambos le debemos todo. —Abrí la puerta de mi auto—. Hasta pronto, Moretti.

Colgué la llamada. Sabía exactamente qué haría a partir de ahora.

ALAYNA

La noche fue muy tranquila a pesar de mi paranoia. Esperaba que las ventanas estallaran por el láser de un francotirador, pero desperté y no había nada fuera de lugar. No me agradaba ese escenario desconocido. Sabía que las cosas se pondrían malas. ¿El problema? No tenía idea de cuándo.

A la mañana siguiente tomé prestado el conjunto que me había dado Sabrina. Pantalón de cuero con la camisa azul escotada. Era mejor que el vestido empalagoso que me ofrecía Eloise. Cedí a visitar el dichoso restaurante que tenían en la playa. No importó cuánto me opuse, terminé arrastrada por las dos hermosas mujeres que no me permitieron encerrarme. ¿Lo bueno? Tenía mi arma enfundada en la cintura de mis pantalones.

—¿Qué opinas? —preguntó Sabrina cuando llegamos al lugar—. Eloise se encargó de la decoración.

—Es lindo. —Fue todo lo que dije.

—Cambia esa cara, por el amor de Dios —se rio Eloise—. Toma, disfruta este helado.

Puso un cono de vainilla en mi mano y la miré con fastidio. Estalló en carcajadas antes de besar a Sabrina, que compartía su misma emoción.

Algunos mechones oscuros volaron fuera de mi coleta mientras probaba el helado y observaba detenidamente el restaurante. Las paredes de ladrillo estaban decoradas con cuadros de escenas gastronómicas y muchas flores. Las mesas tenían manteles blancos con jarrones de lirios y sillas de madera. Me gustaba porque había una terraza con vistas al mar. El aire cálido de verano enrojeció mis mejillas y me permití relajarme un segundo. «Solo un segundo…».

Era temprano y el lugar estaba vacío. Sabía que se llenaría cerca del mediodía.

—¿Quieres otra cosa? ¿Café? ¿Panecillos? —preguntó Eloise.

—Has puesto una gran cantidad de comida en mi estómago desde que llegué —protesté—. Dame un descanso.

Sonrió ampliamente.

—Cuando regreses a Rusia vas a extrañar mi comida.

No lo negué.

—Siempre te extraño, duende.

Sabrina abrazó a Eloise desde atrás y colocó la barbilla en el hombro de su novia.

—Dentro de dos semanas es el cumpleaños de esta duendecilla y pensaba organizarle una fiesta —comentó—. Vendrán varios amigos y estás más que invitada.

Probé otro bocado del helado.

—No creo que sea buena idea quedarme tantos días.

Eloise me dio una expresión de decepción.

—Ya te diste cuenta de que no deberías ser paranoica —insistió—. Estaremos bien.

Sabrina frunció el ceño.

—¿Me estoy perdiendo algo?

—Nada, nada —respondió Eloise—. Organicemos todo antes de que lleguen los clientes.

Liberé un suspiro mientras las veía desaparecer en la cocina y me desplomé en la silla. Quería creer que nada saldría mal y que su cumpleaños sería un maravilloso día. Lamentablemente mi intuición no decía lo mismo. La desgracia estaba al acecho. Era lo que sucedía cuando se trataba de mí.

Un plato con un croissant y un batido de frutas fue depositado en la mesa, y me reencontré con los cálidos ojos marrones de Eloise.

—No olvido que te gustan. Preparé la receta francesa.

Sonreí.

—Gracias.

—Relájate.

Mientras Eloise se alejada, Sabrina se sentó a mi lado.

—¿Qué te atormenta? Noto tu postura defensiva desde que llegaste y miras sobre tu hombro en cada oportunidad.

«Si supieras…».

—El estrés no me permite dormir.

—Te comprendo. —Asintió como si realmente lo entendiera—. ¿Estás aquí porque huyes de alguien? Perdona si soy directa o te incomodo. La mirada en tus ojos me dice que guardas muchos secretos.

—Estoy enamorada de alguien que no puedo tener —confesé—. Está casado y tiene un hijo.

Sabrina hizo una mueca.

—Es más complicado de lo que creía. Tu corazón roto puede notarse desde kilómetros.

¿Solo un corazón roto? No. Estaba destrozada por dentro.

—Vine aquí con intenciones de olvidar —dije, y entendí que eso no era del todo mentira.

—Espero que en algún momento me consideres tu amiga como a Eloise. —Me dio una sincera sonrisa que aumentó mi culpa—. Eres bienvenida en nuestra familia, Alayna.

—Gracias.

Me guiñó un ojo antes de retirarse y mastiqué el crujiente croissant. No todo era tan malo. Quería creer que gracias a mí Sabrina y Eloise se conocieron y juntas experimentaron un gran amor. Tal vez no solo traía destrucción. «Tal vez…». Cualquier pensamiento optimista fue arruinado cuando tres hombres trajeados ingresaron al restaurante. Escuché cómo un plato de porcelana se rompía y observé sobre mi hombro a Eloise. Estaba pálida mirando la puerta.

Eran ellos.

Los irlandeses.

Toqué el arma en la cintura de mis pantalones y me preparé para el ataque. Un hombre tatuado evaluó el lugar antes de fijarse en mí y sonrió complacido. Se puso cómodo con sus amigos en una mesa. «Hijos de puta…». Me levanté de inmediato, los tacones altos de mis botas resonando contra las baldosas. Me detuve frente a ellos sin inmutarme a pesar de que era superada en número.

—Buenos días, caballeros —saludé con una brillante sonrisa—. ¿Traen algún mensaje de los hermanos Graham?

Sus ojos se posaron en mi pecho escotado y uno de ellos se mordió el labio. El resto de los hombres rieron sin verse intimidados. Muy bien. Podían divertirse. Pronto su sangre decoraría las paredes.

—Así que tú eres la rusa psicótica —se rio el tatuado.

Mantuve mi cara despojada de cualquier emoción.

—No me gusta sentirme acorralada. —Me incliné en la mesa y observó mis pechos—. No me gusta que invadan mi espacio personal.

Su atención regresó a mi rostro.

—Qué lástima que no puedas hacer nada. —Las risas siguieron—. Si utilizas esa boca tuya para algo más que amenazar…

No terminó la frase porque estampé su cabeza contra la mesa y su nariz crujió. Soltó un rugido adolorido mientras su sangre manchaba el mantel. Sus amigos se pusieron de pie inmediatamente, pero yo era rápida y ya los estaba apuntando con mi arma. Escuché un grito horrorizado, pero no me giré para ver a las mujeres.

—Fuera —advertí—. Esta será la única advertencia de mi parte. Soy Alayna Novak y no queréis verme furiosa.

El herido se ajustó la nariz antes de levantar las manos.

—Solo seguimos órdenes del jefe. —Lamió sus labios resecos y sonrió—. Si tienes algún problema, puedes consultarlo con él.

—Este restaurante es propiedad privada, mi territorio. —Le saqué el seguro al arma, y tragó saliva—. Si queréis vigilar, hacedlo fuera de mi espacio.

Asintió y retrocedió con sus amigos. La camisa blanca estaba manchada de sangre y tensó la mandíbula. No le gustaba sentirse en desventaja en mi presencia. Lástima. No tenía permitido matarme.

—Te veré pronto, rusa psicótica —afirmó antes de desaparecer por la puerta.

Nada había terminado. Lidiaría con estos imbéciles más pronto de lo que esperaba.

LUCA

Pasé mi dedo por la lista de Spotify que creé con su nombre. La mayoría de las canciones eran de Lana Del Rey y The Neighbourhood inspiradas en mi relación con Alayna. Me había convertido en un idiota melancólico desde su ausencia, regresando una y otra vez al pasado. «Summertime Sadness» sonó y cerré los ojos. Hacía tres años no había sido capaz de dejar la mafia atrás, pero si ella me lo pidiera lo haría sin pensarlo dos veces. Tenía tantos planes y sueños que cumplir a su lado.

—¿Luca?

Abrí los ojos y me encontré con mi madre. ¿Por qué estaba aquí? Ella sabía que no me agradaba cuando entraba a mi habitación sin permiso. A diferencia de hacía años ya no era tan invasiva, pero seguía conservando algunas viejas costumbres. Le encantaba involucrarse en mi vida personal. Me enderecé en la cama y apagué los auriculares.

—Madre. ¿Pasa algo?

Miré a Thiago dormido entre las sábanas con una sonrisa.

—Kiara me contó lo sucedido.

Gemí.

—No quiero hablar de eso.

—Cariño, por favor. Ella no lo hizo con mala intención —intentó justificarla—. Pensó que estaba protegiéndote.

—¿Tú lo sabías? —Me enfadé inmediatamente—. Claro que sí.

La culpa se filtró en su expresión.

—Lo supe el mes pasado y la convencí de decirte la verdad.

—Eso no lo hace mejor.

—No, pero es preferible tarde antes que nunca. —Su mano con uñas esculpidas me tocó el antebrazo—. Sabíamos que no dudarías en buscarla cuando supieras la verdad. ¿Lo harás?

Lo ideal sería buscarla cuando mi divorcio estuviera hecho y fuera un hombre libre, pero no quería perder más tiempo. No quería darle oportunidad a alguien de robarme lo que era mío.

—Sí.

—Luca…

—Te amo, pero no aceptaré ningún consejo de nadie más. Iré por Alayna y no regresaré hasta tenerla conmigo.

Esperaba alguna protesta de su parte y todo lo que obtuve a cambio fue una sonrisa orgullosa.

—No esperaba menos de ti. —Juntos miramos al bebé dormido a mi lado—. Lo amas, sí, pero ya es hora de que seas feliz.

—¿Crees que ella…? —Me aclaré la garganta—. ¿Crees que me aceptará?

Madre me abrazó y la rodeé inmediatamente, sintiéndome aliviado de contar con su apoyo.

—Cariño, esa mujer destruyó una ciudad por ti y te ama con locura. Por supuesto que te aceptará. Ve y lucha por ella. Alayna Novak vale la pena.

15

ALAYNA

Todo lo que pude hacer fue quedarme en silencio mientras Sabrina intentaba recuperar la calma y Eloise cerraba el restaurante. No quería que entrara nadie más por temor a que regresaran los irlandeses y alguien saliera herido. Sabía que iba a tener que dar muchas explicaciones. No había salida. Ellos esperarían a que llegara la noche para atacar. Esta visita había sido una advertencia. La muerte se acercaba y podía sentirla impregnar el aire.

Las escuché susurrar a mis espaldas, sacando conclusiones sobre la situación. Tenía que dar la cara, pero antes necesitaba hablar con alguien. El tono de llamada sonó por lo que pareció un largo minuto hasta que finalmente contestó.

—Irina.

El silencio se extendió entre nosotras y me puse nerviosa de que esto no saliera como esperaba.

—Hace dos días ordené que mataran a uno de mis hombres porque estaba dando información sobre mí —respondió—. Imagino que te las arreglaste para conseguir mi número a través de él.

—No delataré a mi fuente. —Salí por la puerta trasera del restaurante, ignorando las miradas consternadas de Sabrina y Eloise—. Solo quiero dejar claro que no te considero una enemiga y no planeo ir por ti a menos que me provoques.

Su risa sonó estridente y cargada de ironía.

—Eres tan egocéntrica que te consideras el centro del mundo. ¿Qué te hace pensar que yo iría detrás de ti?

La brisa cálida golpeó mis mejillas mientras miraba el mar.

—Me amenazaste —le recordé—. No me tomo a la ligera las amenazas, no importa de quién vengan. Enviaste una caja con cabello rojo manchado de sangre.

—Yo no te envié nada.

Me tensé.

—Lo hiciste.

—No, no lo hice —insistió—. No aprecio que mataras a mi padre, me dejaras desprotegida y me convirtieras en el blanco de muchos. Pero sabía que estabas siguiendo órdenes de ellos. ¿Con qué te chantajearon?

Solté una brusca exhalación.

—Encontraron un punto débil. Alguien a quien amo.

—Quieren convencerte de que yo soy tu enemiga. Quieren enfrentarnos para que sigas trabajando con ellos. Te han manipulado —afirmó entre risas—. Los Graham siempre tan tramposos. Saben que a estas alturas no me interesa ir detrás de ti. También tengo un punto débil que debo proteger y no necesito más enemigos.

Miré el cielo rodeado de nubes grises.

—Tu hijo.

—Por supuesto que sabes de su existencia —espetó—. ¿Ni siquiera te han dicho cómo fue concebido?

—Todo lo que se refiere a ti es un misterio. ¿Vas a decírmelo tú?

Esperé la respuesta de Irina, pero no llegó.

—Nunca amé a mi padre, pero cuando seguía vivo me daba protección —dijo—. Heredé su imperio después de su muerte y varios sabuesos me están persiguiendo. No necesito que Alayna Novak reclame mi sangre.

—Tú y yo tenemos mucho en común. Odiamos a esas basuras irlandesas.

—Oh, no tienes ni idea. Estamos en buenos términos —aclaró—. Si te deja tranquila, no estoy interesada en tu cabeza. Ya no. Soy una mujer inteligente y sé que tú también. Suerte con los Graham. Estás sola en esta guerra, Alayna Novak.

Y luego colgó.

Solté varios insultos dirigidos hacia mí misma. Había caído en la trampa como una tonta novata. Malditos irlandeses. Sus perros guardianes estaban aquí porque sabían que yo en cualquier momento iba a rebelarme. Querían seguir usando a Eloise para manipularme porque era la única manera de doblegarme.

Mis manos empezaron a hormiguear y mis palmas estaban demasiado sudorosas. Conté hasta diez para tratar de controlar el pánico que se acercaba. No podía caerme justo ahora. Eloise me necesitaba. Le hice una promesa. Saldríamos juntas de esta situación. Levanté la cabeza, volví los ojos al cielo deseando que el mal desapareciera. Simplemente esperando que la pesadilla terminara. Ni siquiera tuve la suficiente energía de hablar cuando tocaron mi brazo.

—Tenemos que hablar —dijo Eloise y asentí. Me llevó de regreso al restaurante. Vi a Sabrina servirse un vaso de whisky—. Lo siento mucho, Alayna. Tuve que contarle todo.

Sabrina me miró de un modo que me puso alerta.

—Así que eres una asesina a sueldo y esos hombres están aquí por ti. ¿Van a matarnos?

Apreté los puños, la culpa me invadió nuevamente. ¿Por qué no podía ser como antes? ¿Por qué tenía que importarme tanto la vida de estas dos mujeres? Desde que era abierta a mis emociones sufría más de la cuenta. Por un instante deseé ser la vieja Alayna, esa que solo velaba por sus intereses. Todo era más fácil.

—No dejaré que eso suceda.

—¿Entonces qué? —Sabrina se cruzó de brazos—. Porque llamar a la policía no es la opción más viable. Nadie va a protegernos.

—Estoy aquí porque es exactamente lo que quiero hacer —me apresuré a decir.

—¿De verdad? Según mi novia tu intención es llevarla lejos de mí. Eloise agachó la cabeza.

—Es preferible eso a que esté muerta, ¿no?

—Parad, por favor —suplicó Eloise con un jadeo—. Las discusiones no nos llevarán a ningún lado.

—¿Qué sugieres? Metiste a una asesina en nuestra casa y no planeabas decírmelo.

La forma en que pronunció las palabras hizo que me ardieran los ojos. Parecía que un puño agarraba mi corazón y lo sacaba de mi pecho. Esto no terminaría nada bien.

—Mi intención nunca fue exponeros.

—Tus excusas no sirven de nada —dijo Sabrina, bebiendo otro trago—. Llamaremos a la policía y al demonio el resto. Me importa un carajo si te arrestan.

—Sabrina, por favor… —Eloise nos miró con pánico.

Abrí la boca para hablar cuando una fuerte explosión hizo estallar las ventanas de cristal.

Disparos.

Más disparos.

Me moví rápidamente hacia Eloise. Su cabeza golpeó duro el suelo y quedó aturdida durante unos segundos. El repentino ataque me había sorprendido. Sabía que llegaría, pero no había imaginado que tan pronto.

—Sssh… Quédate aquí. No te muevas —le ordené.

Jadeó debajo de mí y la arrastré como pude debajo de una mesa mientras el tiroteo continuaba. Estaba demasiado asustada, mi única prioridad era ella. No le presté atención a Sabrina. Debía matar a quienes nos atacaban.

—Alayna —chilló Eloise. Se encontraba tendida en el suelo, agarrándose su pierna ensangrentada. Había recibido un disparo. Su rostro era una máscara de conmoción y agonía—. Oh, Dios…

El láser rojo brilló en las paredes. Era un francotirador. Sería complicado acabar con él. Nos mantuve a salvo bajo una mesa y examiné su herida. La sangre normalmente no me molestaba, pero la suya sí.

—Cúbrete —le dije, mi voz temblando—. Resiste, duende.

Los disparos acabaron, pero el latido frenético de mi corazón no. El llanto de Eloise inundó mis oídos y le rogué que se calmara. La sacaría de allí. Saldríamos vivas juntas.

—¿Dónde está Sabrina? —sollozó—. ¿Sabrina?

Quité un mantel de la mesa, rompí un trozo y lo presioné en su pierna. Era una herida superficial. Sobreviviría.

—Iré por ella, dame un segundo.

Se instaló un silencio de muerte.

Eché un vistazo hacia la dirección donde se encontraba su novia y mi corazón dejó de latir. Hice cosas desagradables en mi vida, pero nada me había preparado para la visión de Sabrina muerta cerca de la puerta con una bala en el cráneo.

LUCA

Moretti me había dicho que Alayna estaba en Sídney, pero prefería investigar antes de tomar el primer vuelo que me llevara a ella. Eloise Pradelli vivía ahí desde hacía dos años. Cambió de apellido y abrió un restaurante con su actual pareja, Sabrina Byers. Vivían en una casa ubicada en la playa.

Alayna había estado en Rusia hacía dos días. ¿Lo curioso? Su nombre no estaba registrado en ningún vuelo. Probablemente alguien le hizo el favor de llevarla a Australia sin dejar pistas. Todavía tenía dudas de qué le diría cuando la viera. Mi confianza había disminuido desde que era un hombre casado.

—No creo que esté con los hermanos Graham —masculló Gian—. Ella mató a Boticelli y probablemente el trabajo concluyó.

—Fue a Australia por Eloise —dije, mirando los papeles—. Dudo mucho que los Graham la dejen ir con facilidad. Ellos todavía quieren usarla porque se aproxima una guerra con Irina y la necesitan.

—Es muy probable que Irina busque aliados.

Me levanté de mi escritorio y di vueltas en la oficina con el teléfono presionado contra mi oreja.

—Yo seré uno de ellos.

Gian tosió.

—¿Qué pasó con eso de que no eliges ningún bando? Esa guerra no te corresponde.

—Alayna mató a mis enemigos y puso Palermo a mis pies. Yo nunca me ensucié las manos por ella. Ha llegado la hora de demostrarle que soy capaz de cualquier cosa para ganarme su amor.

—Estás loco.

—Estoy enamorado —corregí—. Necesito que sepa cuán profundos son mis sentimientos por ella. Necesito que esté segura de cuánto la amo.

—Sí, estás loco —repitió.

—Mañana mismo iré a Sídney —añadí—. Deja de juzgarme y hazme un favor.

—¿Para qué soy bueno esta vez?

—Investiga a Irina Boticelli. Prefiero hablarle cuando tenga algo a mi favor que puede convencerla de que seremos buenos aliados.

—Bien, bien. Cuenta conmigo.

—Te llamaré pronto.

Me senté de nuevo en el escritorio y miré las fotos de Eloise en Australia, viviendo plenamente. Llegué a la conclusión de que Alayna prefería mantenerse alejada de ella por su bienestar, pero los Graham arruinaron sus planes.

—Papá, por favor. Luca no apreciará que irrumpas en su oficina. —La voz de Isadora sonó nerviosa desde los pasillos—. Tienes que irte.

La puerta se abrió de golpe y me encontré con los ojos de Fernando Rossi. Su furia era potente y alarmante. ¿Ya se había enterado de la muerte de su banquero confiable? Claro que sí. Había destruido su mina de oro.

—¿Desde cuándo te involucras en asuntos de hombres? —gruñó él—. Ocúpate de criar a mi nieto. Se ha vuelto demasiado caprichoso para tener solo un año.

A mí podía hablarme como quisiera, pero Isadora y Thiago eran intocables en mi presencia. Nadie les faltaría el respeto mientras viviera.

—Isadora, puedes irte —murmuré con tranquilidad—. No te preocupes.

Me dio una mirada apenada.

—Está bien —dijo y nos dejó solos.

Fernando miró mi oficina con el ceño fruncido y un notorio desdén. Deseaba desquitar mi ira con él, pero era una basura. Odiaba perder el tiempo con la basura.

—Hablemos con calma. —Señalé el sillón frente a mí—. Por favor, siéntate.

Vislumbré la incertidumbre en sus ojos. Ignoró mi petición y se quedó de pie sin ocultar la ira que lo ahogaba.

—Mataste a Dante —reprochó—. Tu perra de mierda lo mató.

Laika hizo notar su presencia gruñendo desde el sofá y Fernando dio un paso atrás. Suprimí la sonrisa en mis labios.

—Verás, hace poco encontré muchas lagunas en mis cuentas bancarias —expliqué, uniendo mis dedos—. Dante estaba robándome desde hace tiempo. ¿Lo sabías, Fernando?

Respiró agitado mientras pensaba qué iba a responderme. No era lo único que me tenía decepcionado y enojado. Aumentaron las demandas de los prostíbulos y las noticias sobre secuestros de niñas y mujeres inundaban los medios de comunicación. Él conocía mis límites y decidió ignorarlos.

—¿Qué lagunas? Dante era respetable y honorable. No merecía la muerte que tuvo —espetó. Para ser un hombre tan grande, tenía una voz aguda e irritante—. Permitiste que tu perra lo hiciera pedazos.

Laika levantó las orejas cuando la mencionó. Una orden mía y atacaría.

—Sabías que me robaba descaradamente.

Apretó los dientes, las arrugas en su frente sobresalieron. Podía enojarse todo lo que quisiera. Estaba acabado.

—¿Robarte? Son los porcentajes que cobro por permitirte trabajar en mi ciudad —escupió—. Gracias a mis conexiones la maldita policía no está detrás de tu culo y tienes antecedentes limpios. Tu influencia es inmensa por mí. Te salvé de ser una burla.

Había soportado a mi padre soltar los mismos comentarios. No iba a tolerar a otro imbécil igual a él. A la mierda. ¿Me salvó de ser una burla? Abrió nuevos prostíbulos con mi dinero. ¿Cómo pretendía que ignorara eso?

—Si me pongo a mencionar todo lo que has ganado gracias a nuestra alianza, perderás muchísimo, Fernando. —Mi mano encontró una botella de licor y llené el vaso—. Hazme el favor y cierra la maldita boca.

Su ira se elevó al punto de golpear la mesa con su puño. ¿Era una rabieta de niño? Luego alardeaba de que era un hombre con experiencia y sabiduría. Patético.

—Así no es como funciona esta ciudad —apretó los dientes—. Puede que te moleste cómo haya trabajado Dante, pero con ese dinero cubrimos tu espalda. Sobornamos al gobierno y agentes para que olviden tu existencia. Estarías acabado si no fuese por nosotros.

Y seguía mintiéndome en la cara.

—¿Entonces por qué decidisteis ocultármelo? —cuestioné—. Actuasteis sin mi consentimiento.

—No pensé que necesitáramos tu permiso para beneficiarnos a todos. ¿Acaso te ha perjudicado? Fuimos ese pie que te impulsó a caminar.

Una risa sarcástica surgió de mis labios. ¿Me impulsaron a caminar? Al contrario, fueron esa molesta piedra en mis zapatos. El dinero lo invirtió en los sucios negocios que tanto me esforcé por cerrar.

—En el pasado fui muy ingenuo, pero ya no. Deja de insultar mi inteligencia, Fernando. Estás haciendo el ridículo.

—¿Y qué harás? —Su mirada era cortante—. ¿Matarme como lo hiciste con Dante?

Su destino sería mucho más trágico, pero él no necesitaba saberlo. Aún no era tiempo de hundirlo, ni enviarlo al infierno. Aplastaría a Fernando Rossi con mis zapatos, le haría pagar todo el daño que le había hecho a Isadora. No permitiría que se acercara a mi hijo.

—Relájate, no pretendo llegar a esos extremos. Somos socios y no me gustaría arruinarlo por culpa de un error. Nos necesitamos. ¿Cómo Palermo ha salido adelante estos últimos tres años? Logramos levantarlo juntos.

Le dije lo que quería escuchar, endulcé sus oídos y actué como el mejor lambiscón de la historia. Era un excelente jugador, los peones se movían a mi antojo. No comenté sobre su posible relación con Lucrezia, mucho menos insinué que tenía pruebas en su contra. Demasiadas pruebas.

—Mataste a uno de mis hombres.

—Actuarías de la misma forma que yo si te sintieras traicionado —afirmé—. Hagamos de cuenta que nada sucedió y empecemos de cero. Solo pido una condición.

Su sonrisa era fría como sus ojos.

—¿Y tienes el descaro de imponer condiciones?

Un tiro estaría entre sus cejas si mi paciencia no fuese infinita, pero la serenidad era primordial. Yo lo usaba, él me usaba.

Yo vivía.

Él moría.

—La próxima vez no actúes a mi espalda. No puedo asegurarte de que lo tomaré tan bien como ahora.

Su rabia se transformó en ansiedad. Sabía que podía verlo en mis ojos. Estaba hablando en serio.

—¿Es una amenaza?

Levanté mi vaso en su dirección y bebí.

—Tómalo como quieras.

Un gruñido surgió desde su garganta.

—No tienes idea con quién estás tratando.

—Créeme que sí, Fernando.

Me señaló con el dedo. Laika le gruñó y él decidió alejarse hacia la puerta.

—Esto no quedará así.

Abandonó mi oficina y cerró con un portazo. Laika se relajó y se lamió las patas. Nunca había considerado a Fernando un amigo. Él era un aliado, pero ya no me servía.

—Lo lamento por eso. —Isadora entró a mi oficina y apoyó su espalda contra la puerta—. Traté de detenerlo, pero él hace lo que quiere. Prefiere escuchar a un loro antes que a su propia hija.

—Nada de lo que haga tu padre es tu culpa —dije—. Te pido como favor que no vuelvas a darle importancia a sus estúpidas palabras. No ganarás su afecto, ni respeto. Su cerebro es muy pequeño y no entiende que las mujeres no son simples objetos.

Se puso una mano en el pecho.

—Intento que no me afecte, pero me sigue doliendo. Cada vez que me levanta la voz no puedo reaccionar.

Sí, esa sensación era familiar cuando estaba con Leonardo. Prefería soportar sus ataques verbales y físicos porque me iba peor si me defendía. Destruyó mi autoestima durante años. Me hizo sentir como una basura.

—Cuando aprendas a quererte y respetarte a ti misma, las personas que te rodean harán lo mismo.

—Tú fuiste de los primeros que me hizo sentir menos.

Solté un suspiro cansado.

—No, teníamos un acuerdo. Esperabas más de lo que estaba dispuesto a darte.

—Esa es una excusa de mierda.

—Ni por un segundo me pongas en el mismo nivel que tu padre. Él quiere encerrarte en una jaula, pero yo amaría verte volar. Prometí que un día voy a liberarte y cumpliré mi palabra.

—No digas estupideces.

—¿Estupideces? Tu sugiero que hagas una lista de deseos porque cada uno se hará realidad cuando seas libre. Lo juro, Isadora.

ALAYNA

Un charco de sangre inundaba el suelo, manchaba la alfombra. Los disparos sonaron de nuevo, pero los gritos de Eloise eran más fuertes que ese estruendo. Se había derrumbado cerca de Sabrina mientras sostenía su cuerpo sin vida. Era una escena desgarradora.

La sangre ensuciaba mis manos, las lágrimas picaban en mis ojos, pero no derramé ni una sola. No era momento de quebrarse. Tenía que ser fuerte por las dos y sacarnos de allí. Tenía que soportar el dolor. Se lo debía.

—¿Eloise? —Me agaché y toqué su hombro.

Me apartó de un manotazo.

—¡No me toques! ¡No te acerques a mí! —sollozó. El odio, el asco y la cruda hostilidad en su voz me hicieron estremecer—. ¡Aléjate de mí, Alayna! ¡Aléjate!

El tiroteo paró. Oí el tictac del reloj. ¿Así que esto era todo? ¿Mataban a una inocente y luego me acorralaban para quitarme lo único bueno que tenía en mi vida? No conocía mucho a Sabrina, pero parecía una mujer encantadora. Las pocas horas que habíamos pasado juntas me demostró que era una buena persona y hacía muy feliz a Eloise. No merecía este final.

—Eloise…

—¡¡¡He dicho que te alejes, maldita sea!!! —Lloró en el cuello de Sabrina con un gemido desconsolado—. ¡¡¡Nunca vuelvas a poner tus manos sobre mí!!!

Mi pecho se cerró y no respiré por varios segundos. No estaba preparada para su desprecio, ni su ataque. No tenía derecho a recriminarle, por supuesto. Mataron al amor de su vida y yo era la responsable. Pero dolía mucho. Dolía tanto.

—Tenemos que irnos —insistí, mi voz apenas audible—. No podemos quedarnos aquí, ellos regresarán pronto. Escúchame, Eloise.

—No me importa.

—Por favor, duende —me quebré—. Por favor…

Sacudió la cabeza, su llanto se hizo más fuerte esta vez. La muerte podía asustarnos, rompernos y hundirnos, pero nunca fue mi caso. Al contrario, mi sed de sangre acababa de aumentar. El odio que ardía en mi pecho se expandió y me limpié la primera lágrima que rodó por mi mejilla.

Esto no iba a quedarse así.

Me giré lentamente cuando las puertas del restaurante se abrieron con una patada y vi entrar a los tres irlandeses. Las sonrisas en sus rostros hicieron que la rabia fuera más cruda, letal. Ellos morirían hoy.

—Te advertí que regresaríamos, rusa psicótica. —El tatuado se lamió los labios—. Ahora baja tu arma y ven con nosotros. Tu amiga la pelirroja será la próxima si no te rindes.

El odio se acumuló como veneno en mis venas, convirtiendo el duelo en algo violento. Eloise perdió a Sabrina y yo a mi mejor amiga. ¿Pero estos hijos de puta? Se despedirían del mundo. Dejé caer el arma a un lado y avancé hacia ellos, demostrando que no les temía.

—Buena chica —dijo el rubio con varias perforaciones en las orejas—. Primero quiero divertirme contigo antes de que seas entregada al jefe.

Solo tenía unos pocos minutos antes de que estas basuras obtuvieran lo que querían. Me apresuré hacia la mesa y agarré un cuchillo afilado. Todo sucedió en un pestañeo y agradecí ser una excelente lanzadora. El arma se incrustó en la garganta del tatuado, que cayó de rodillas, balbuceando mientras trataba de contener la sangre.

—Zorra estúpida —escupió el que sostenía un rifle y me apuntó con él.

El asesino de Sabrina.

No disparó porque sabía que su cabeza rodaría si me lastimaba. Quería mantenerme indefensa para llevarme con Derek. Vi la duda en sus ojos, así que cargué hacia delante, chocando mi cuerpo contra el suyo. Caímos juntos sobre una mesa, yo encima de él. Los platos y las tazas se rompieron mientras el asqueroso intentaba ahogarme. Traté de golpearlo, pero me superaba en fuerza y me estaba asfixiando.

—Me divertiré contigo y luego follaré a tu amiguita —se rio en mi cara.

Algo dentro de mí se quebró y despertó al monstruo. Mis dedos hicieron contacto con un tenedor y lo clavé en su ojo derecho. Él gritó, echándose hacia atrás y liberándome, con la sangre saliendo de su cuenca. Eloise exclamó mi nombre, pero yo no podía parar. Iba a destrozar a ese bastardo.

Lo tiré al suelo mientras me sentaba a horcajadas sobre él y mi puño impactaba en su rostro una y otra vez. La sangre empapó mi ropa, mi rostro, mis manos, todo. No quería detenerme. El irlandés escupió sangre, su cara completamente desfigurada, pero aún no había terminado. Me puse de pie y con suficiente ímpetu puse los tacones de mi bota en su garganta y le quebré el cuello. Mi alma estaba hecha de odio y venganza. Jadeaba tan fuerte que escuché el sonido de mi propia respiración y mis ojos aturdidos conectaron con los de Eloise. Ella me miró horrorizada.

—Eloise…

El último irlandés vivo se acercó a ella y le apuntó con el arma en la cabeza. Todo su cuerpo tiritaba. Sus pupilas estaban dilatadas por la furia. Se veía desquiciado. A diferencia de sus compañeros sabía que a él no le temblaría el pulso si decidía disparar.

—Un paso más y la mataré —amenazó con el pecho agitado.

—Te reto a que lo hagas —dije.

Sus dedos temblaron en el gatillo.

—Has causado muchos problemas, rusa psicótica —gruñó—. Cuando él te atrape nunca serás libre.

—¿Qué tanto sabes? —pregunté, queriendo distraerlo.

Eloise fingió estar más concentrada en el cuerpo de Sabrina, pero vi cómo su mano lentamente alcanzaba un trozo de cristal. La boca del irlandés se transformó en una sonrisa y luego estalló en carcajadas. Se rio tan fuerte que aulló y sostuvo su estómago. ¿Qué diablos era gracioso? Estaba loco.

—A Derek le encanta encariñarse con las putas. —Se secó los ojos sin dejar de reír—. Probablemente te convertirá en su esclava y te pondrá una correa en el cuello para que le sirvas…

Eloise reaccionó.

Con un grito escalofriante soltó el cuerpo de Sabrina y clavó el cristal en la pierna del irlandés. Él saltó hacia atrás en un aullido y aproveché para dispararle varias veces en la cabeza. Se desplomó muerto y su sangre salpicó la cara de mi hermosa duende.

—Eloise… —titubeé, bajando el arma.

Me sobresalté cuando oí sirenas, y luces azules y rojas iluminaron la puerta. Mierda, tendría que darle explicaciones a la policía si me atrapaban. ¿Qué pasaría después? Me investigarían, sabrían que no era una simple civil. Ellos encontrarían mis antecedentes y me metería en graves problemas. La fianza no me ayudaría si llegaban al fondo de mi oscuro pasado. No podía proteger a Eloise detrás de las rejas.

—Estaré bien —musitó Eloise, adolorida. Depositó la cabeza de Sabrina sobre su regazo y le cerró los ojos con delicadeza—. Tienes que irte.

Respiré a través del dolor, mis ojos empañados por las lágrimas retenidas. Nunca me había sentido tan destruida y culpable como ahora. Quería abrazarla y pedirle perdón hasta quedarme sin voz. Quería arrodillarme y pedirle que no me privara de su amistad. Me negaba a perderla.

—No voy a dejarte sola —susurré—. Entiendo tu dolor y no sabes cuánto lo lamento, pero no me iré. No porque eso significa que voy a perderte para siempre.

Continuó acariciando el cabello rizado de Sabrina. Tarareó una canción e ignoró mi presencia. Nunca había conocido a alguien como ella. Me aferré a Eloise porque creyó en mí cuando nadie lo hacía.

—No olvidaré lo que sucedió esta noche.

—Tu vida está en peligro.

—Sí y una vez más tú eres la responsable.

Quería hacerme daño. Alejarme. No dejaría que eso sucediera. No podía.

—Escúchame, por favor…

—Ya no podré verte como antes. —Las lágrimas rodaron por sus mejillas cuando encontró el valor de mirarme—. Cada vez que te vea recordaré a Sabrina muerta. No la mataste con tus propias manos, pero fuiste la causa de su final.

El aire cambió en un instante y me sentí débil. La había perdido.

—Eloise…

—Olvídate de mí, Alayna —visualicé el rencor en sus ojos—. Olvida que alguna vez fuimos amigas.

—Por favor, no me hagas esto. No puedo perderte a ti también —sollocé—. Somos mejores que el odio, Eloise.

Sus ojos marrones me dejaron congelada en mi lugar, petrificada. No creí ver en ella ese sentimiento. «Por favor, que sea un absurdo sueño».

—Entonces empieza a aplicar tus propias palabras con las personas que amas. —Abrazó de nuevo el cuerpo de Sabrina—. Vete, Alayna. ¡Solo vete! Ya no te preocupes por mí, nunca más seré un problema en tu vida. Olvídate de que existo.

Fue la expresión en su rostro que me obligó a ceder. Necesitaba espacio para afrontar y superar lo que había sucedido. Mi presencia lo empeoraba todo.

—Me iré, pero no renunciaré a ti. Volveré a buscarte y arreglaremos esto.

—No quiero que me busques.

—Lo siento tanto, nunca quise que nada de esto sucediera. Lo siento mucho, duende.

Encontré fuerzas, recuperé mi arma y me alejé sin mirar atrás. Sabrina no era la única que había muerto ese día. Una parte de mí también murió porque perdí a Eloise para siempre.

16

ALAYNA

¿Cuántas horas habían pasado? ¿Nueve? ¿Diez? No lo sabía con exactitud. Solo recordaba haber recuperado mis cosas de la casa de Eloise y huir como una cobarde. La abandoné en ese restaurante, herida y junto al cadáver de su novia, mientras me escondía en la playa vacía.

Dejé que las olas del mar limpiaran los restos de sangre que ensuciaban mi ropa mientras me quedé de rodillas en la arena. Mi corazón estaba roto, destrozado en un millón de pedazos por los recuerdos de Eloise pidiéndome que me olvidara de ella. No podía borrar las crueles imágenes y el desprecio en sus ojos. Me odiaba. La había perdido para siempre y sabía con certeza que nunca la recuperaría.

Ahora estaba sola.

Sin nadie.

Tan sola.

Todo lo que quería hacer era cuidarla. ¿Pero quién era yo para salvar a alguien tan puro como ella? Tomé miles de vidas. Me vendí a la muerte. Era un monstruo y de lo único que debía protegerla era de mí misma. Qué ridículo fue pensar que podía dejar atrás mi pasado y mi estilo de vida. La oscuridad tarde o temprano me alcanzaba, hundiéndome más y más en un pozo sin salida. Tragué saliva. El dolor y la aspereza en mi garganta me recordaron que nada había terminado. Todavía tenía una misión pendiente. Hacerles pagar a los verdaderos responsables. Rendirme no era una opción.

Miré el mar con las lágrimas fluyendo por mis mejillas y me pregunté si las cosas serían más fáciles si terminaba con todo. Tal vez si me ahogaba en las profundidades dejaría de ser un problema. ¿Quién me recordaría? Caleb sufriría, pero él tenía su propia familia y lo superaría. Eloise me odiaba. Y Luca… Probablemente ni siquiera pensaba en mí. Lo imaginé, tendiéndome la mano y dándome esa típica sonrisa que iluminaba cualquier lugar que pisaba. Estaba tan enamorada de él. Con Luca me permití soñar, creí que a su lado tendría esa dicha que me negaron desde que era una niña.

—Estúpida —sollocé y sacudí la cabeza—. Estúpida, estúpida.

Enfoqué de nuevo mi atención en el mar y todo lo que vi fue tristeza, fealdad y oscuridad. Quizá en otra vida las cosas serían diferentes y podría sentirme libre. Quizá… La piel de mi nuca se erizó, un cosquilleo que me resultaba familiar. Me estaban observando. Lentamente eché un vistazo sobre mi hombro y me decepcioné al ver la figura de Declan parado a unos pocos centímetros. No era el rostro que anhelaba ver.

—Vete. —Mi voz sonó áspera y sin ninguna emoción—. Tengo un arma y no dudaré en disparar.

—Nada de esto formaba parte del trato —explicó—. No estaba en mis planes. Fue obra de Derek. Él dio la orden de atacar.

Mi mano se apretó en un puño con tanta fuerza que mis uñas se clavaron en la palma hasta lastimarme. El dolor se sentía bien.

—Vete.

—Alayna, yo…

Sentí un zumbido en mis oídos mientras todo lo demás se desvanecía. Enfrenté a Declan y no dudé en atacar. Levanté la pistola, apreté el gatillo, pero no disparó. Ya no tenía balas. Tiré el arma a un lado y me moví hacia él para golpearlo. Conecté mi puño con su mandíbula. El irlandés no reaccionó. Aceptó cada golpe sin emitir ni una queja y eso me enfureció más. Mi pecho vibraba de rabia, mis dedos se cerraron en torno a su garganta y lo derribé al suelo.

—Adelante, toma lo que quieras —sonrió, escupiendo un flujo de sangre—. Estoy aquí. Mátame. Soy responsable de tu dolor.

Le golpeé el rostro, el pecho, rompí su labio y su nariz. Lo golpeé una y otra vez hasta que todo lo que vi fue sangre. Saboreé el gusto metálico de la salpicadura. Declan murmuró otra disculpa debajo de mí, apretándome contra él, impidiendo que siguiera con mi ataque.

—Suficiente —demandó sin aliento—. Suficiente.

Me derrumbé con un sollozo, permitiendo que sostuviera mis puños. Envolvió los dedos alrededor de mi cabello. No me di cuenta de que estaba llorando hasta que sentí que mis mejillas se humedecían.

—No le diré a nadie —susurró Declan con dificultad—. Llora, Alayna. Llora todo lo que quieras.

Y lloré hasta que mi garganta se secó y no le presté atención a quién me sostenía.

No recordaba mucho de la noche anterior. Apenas estaba consciente cuando llegamos al aeropuerto e ingresamos al jet privado. Tal vez todo se trataba de una pesadilla. Tal vez seguía en casa de Eloise, donde compartimos una deliciosa cena.

Y Sabrina seguía viva.

Pero la realidad era otra. Quería subirme a la cima de una montaña y gritar hasta que mis pulmones colapsaran. Los años de carnicería me estaban cobrando factura. No me sentía como yo misma. Ya ni siquiera sabía quién era. ¿Eso era la locura?

—¿Alayna? —Una voz profunda se filtró a través de mi subconsciente. Ese acento irlandés…

«Declan».

Desperté de golpe y me encontré con su mirada verde. Su aspecto era un desastre, su rostro lleno de contusiones y los ojos tan morados que apenas podían abrirse. ¿Qué diablos? Entonces recordé que yo le había hecho eso. Debí matarlo cuando tuve oportunidad.

—Estás viva al menos —suspiró con alivio y un toque de humor.

Descansaba vestida sobre una cama suave. Solo me faltaban mis botas con tacones. ¿Cómo había terminado en esa desconocida habitación? Parecía que varios ladrillos habían caído sobre mí. Dolía. Cada músculo de mi cuerpo dolía, especialmente ese órgano al que todos llamábamos corazón. ¿Algún día sanaría? Lo dudaba. Después de lo que había sucedido tendría una cicatriz permanente.

—Tu arma está sobre la mesita —informó Declan mientras sostenía una bolsa de hielo contra su mandíbula—. Mis hombres te trajeron hasta la cama porque estabas demasiado agotada. Ni siquiera te resististe.

Tragué en seco, odiaba respirar el mismo aire que él. ¿Por qué actuaba como si le importara mi bienestar? Permití que me sostuviera mientras lloraba. La soledad, sin dudas, me robaba el sentido común. Busqué consuelo en los brazos de mi enemigo.

—¿Qué te hace pensar que no acabaré contigo?

Sus labios se levantaron en la más leve sonrisa y después hizo una mueca por el esfuerzo. Realmente se veía horrible.

—Tú y yo sabemos que te gusto.

—No seas ridículo.

—¿Entonces por qué no me has matado antes? —Se sentó en el sofá cercano—. Tuviste varias oportunidades.

—No vales ni un segundo de mi tiempo.

Lanzó una carcajada.

—Yo te provoqué dolor, te chantajeé con tu amiga y ahora estás a merced de mi hermano.

Apreté los puños, sintiendo cómo mi furia burbujeaba en mi interior.

—Su intención nunca fue dejarme ir.

No frunció el ceño, ni sonrió. Su cara era una máscara indescifrable. ¿Por qué a las personas les encantaba usarme? Especialmente a los hombres. Estaba tan cansada de terminar en el mismo círculo vicioso. Era agotador.

—No —me dio la razón.

—Me diste tu palabra.

—Y la mantuve hasta que Derek cambió de opinión —aseguró—. Todo se trata de un juego para él. Cuando te negaste la primera vez pusiste un objetivo en tu propia espalda y lo desafiaste. Derek quiere quebrarte hasta que no tengas más opciones que ceder a sus demandas.

—¿Hizo lo mismo contigo? ¿Te rompió tanto que no puedes negarte a sus caprichos?

Alcanzó un cigarro del bolsillo trasero de su pantalón y lo encendió. Estaba registrando mis palabras, pero dudaba que les diera importancia.

—No sabes nada de mí.

—Y tampoco me importa averiguarlo —empecé a ponerme de pie—. Dame el maldito teléfono y déjame ir.

—¿Dónde irás? ¿Con tu amiga la pelirroja? Ella te denunció a la policía.

Mi corazón se desplomó, la traición me heló la sangre. Eloise no haría eso.

—¿Qué? Ella no…

—Su pareja murió. Perderla fue un dolor muy grande. Es comprensible —explicó—. Pero tranquila, borré cualquier antecedente y la policía no está buscándote. Bastó con un par de sobornos.

Eloise me delató. Eloise me traicionó.

Mis labios temblaron por la indignación y el odio hirvió en mi sangre. Alcancé un florero que estaba sobre un mueble cercano y lo lancé hacia su cabeza. Declan se movió lo suficientemente rápido para esquivar el golpe. Me miró en shock.

—Hija de puta —maldijo, apartándose de la porcelana rota—. Era el florero favorito de mi difunta madre.

—Me importa una mierda. Tú y tu asqueroso hermano son los únicos responsables de esto. Todo iba bien con mi vida, era aburrida, pero era mi vida. No teníais derecho de irrumpir así —espeté—. No me importa que anoche me hayas visto en un estado vulnerable. Sigues siendo mi enemigo y acabaré contigo.

—Nada de lo que diga importa a estas alturas, pero te juro que yo no tuve nada que ver con el asesinato de tu amiga. —Se frotó la mandíbula—. Derek no apreció que abogara por ti. Le encanta llevarme la contraria.

—¿Abogaste por mí?

—Lo hice —juró—. Sabe que estoy fascinado por ti y quiso molestarme.

—Vaya, matar a un inocente fue una excelente forma de molestarte.

Parpadeó, su expresión ensombrecida mientras expulsaba una nube de humo de su boca.

—¿Te sorprende? Lidiaste con hombres como Derek toda tu vida.

—Y con más razón voy a matarlo. Te sugiero que salgas de mi camino o te reunirás con él en el infierno.

Una sonrisa levantó la comisura de sus labios y después hizo otra mueca.

—No voy a detenerte.

—¿Disculpa?

—Es más, te ayudaré complacido. —Miró mis ojos de cerca—. No eres la única que tiene muchas cicatrices, Alayna.

Este hombre era confuso, el contraste que mostraba y lo que era en realidad. En el fondo sabía que él tenía razón. Algo me detenía de matarlo. No era atracción. Se trataba de intuición.

—¿De qué hablas? —pregunté.

—¿Sabes por qué Derek te contrató? Yo lo propuse. —Me alteré de nuevo por la confesión y él levantó un dedo, tratando de explicarlo—. Llevaste a tres hombres poderosos a la absoluta ruina. Quiero que Derek sea el siguiente.

Un escalofrío recorrió mi columna vertebral y mi mente armó todas las piezas. La historia se repetía una y otra vez, pero yo no era la reina del tablero aquí. Era el peón.

—Esa fue tu intención desde el principio. Usarme para matar a tu hermano.

Sonrió.

—Nunca hubieras aceptado el trabajo de buena gana.

—Tú...

—Aún puedes ser libre, Alayna. —Se dirigió a la puerta—. Solo sigue mis reglas y podrás salir de esta jaula. —Señaló el armario—. Tienes lo necesario aquí. Toma una ducha y cámbiate de ropa. Derek nos espera en el comedor para desayunar.

El olor a humo persistía incluso después de que se había ido. Solté una respiración profunda y me mordí el interior de la mejilla. «Basta». Odiaba lamentarme de mí misma. Yo no era ninguna víctima. Siempre fui la maldita cazadora y ellos habían despertado al monstruo.

La mariposa negra estaba de regreso.

Caminé alrededor de la habitación, mirando atentamente. Espesas alfombras orientales cubrían el suelo y el candelabro de cristal iluminaba todo. Me acerqué al armario confundida mientras les echaba un vistazo a los vestidos. Alguien más dormía aquí, no encontraba otra explicación.

Entré al baño excesivamente lujoso. Mi estado emocional apestaba, pero no era el tipo de persona que lloraba hasta quedarse seca. Eso no solucionaría mis problemas. Era hora de levantarme y mantener puesta mi corona.

Me metí bajo la ducha una vez que estuve desnuda y dejé que el chorro de agua caliente aliviara mi agotado cuerpo. El objetivo seguía siendo matar a los hermanos Graham y después regresar por Eloise. No permitiría que nuestro último encuentro fuera así. No perdería a otra amiga. No de esa manera.

Mi ducha duró casi treinta minutos y me ayudó a relajar mis huesos. Poco a poco recuperaría las energías que había perdido esos días. No me preocupaba mi estado físico. Mi salud mental era deplorable y luchar contra mi cabeza se estaba volviendo la batalla más difícil.

Regresé a la habitación con la toalla envuelta alrededor de mi cuerpo y decidí ponerme ropa cómoda después de secarme el cabello. Unos vaqueros y un suéter negro acompañados con tacones. Incluso encontré maquillaje en un cajón del armario. Me apliqué rímel, base y el labial rojo sangre. El maquillaje oscuro era mi escudo, un instrumento que utilizaba para ocultar mis verdaderas emociones. Me sentía desnuda cuando mi rostro estaba limpio.

Cuando me sentí satisfecha con mi aspecto abandoné la habitación y me moví a través de los rincones para encontrar el dichoso comedor. Tenía mucha hambre. Habían pasado casi veinticuatro horas desde mi último bocado y pronto me desmayaría si no tomaba al menos un vaso de agua.

Seguí avanzando, examinando con curiosidad los cuadros familiares. Me detuve frente a la pintura de Nessa Graham con sus dos pequeños hijos y pensé en mi conversación con Declan. Él también quería ver muerto a su propio hermano y me pregunté cuáles serían las consecuencias si le cumplía el capricho. ¿Me importaba? A estas alturas ya no.

La mansión era pulcra y excéntrica. Había muchas habitaciones que no me molesté en explorar y me concentré en encontrar a los hermanos Graham. Finalmente llegué a mi objetivo. En el centro del comedor, una mesa para casi veinte puestos exhibía platos con comida extravagante y excesiva.

—Alayna Novak —dijo Derek—. Siéntate.

Lo hice sin protestas y mis ojos chocaron con los suyos. Su postura a diferencia de la mía era relajada y la sonrisa de bastardo desalmado adornaba su cara. Me generó tanta repulsión que el apetito desapareció al instante. Declan, a su derecha, masticaba en silencio. Quedaba claro quién mandaba allí.

—Es una maravilla volver a verte. —Derek miró mi cuerpo de un modo que me tentaba a matarlo—. Tu belleza sigue provocándome el mismo impacto.

Era un sádico, un enfermo sin corazón que recurría a lo más vil para asegurar su triunfo. Le encantaba ser visto como el villano de la historia. Se creía invencible y poderoso.

—Lamento no poder decir lo mismo —contesté y me senté a su izquierda. Sus halagos podía metérselos donde mejor le pareciera.

Declan me miró, frotando las yemas de su pulgar y su índice. Derek se rio por mi respuesta.

—Puedo entender la fascinación que siente mi hermano por ti. Él me convenció de mantenerte con vida, ¿sabes? Piensa que serás una excelente aliada para acabar con Irina.

—Acabar con Irina no formaba parte del trato. Yo cumplía mi parte y vosotros me dejabais ir —le recordé, alcanzando un tenedor—. Matasteis a una inocente a cambio.

Derek se relamió los labios y el gesto casi me hizo vomitar. Me costaba mucho compartir la mesa con esas escorias.

—Los planes siempre pueden cambiar, ¿no?

—Solo si las partes están de acuerdo y a mí me importa un carajo lo que vosotros queráis. Exijo la seguridad de Eloise Pradelli o haré que ardáis en cenizas. —Miré a Declan—. Tengo la reputación de que puedo acabar hasta con el imperio más poderoso y vosotros no seréis la excepción.

Derek soltó una carcajada que se deslizó bajo mi piel, pinchando cada nervio. Todo en este hombre me irritaba.

—Tenías razón. —Se dirigió a su hermano—. Ella es muy divertida.

—Ella nunca sabe cuándo callarse —concordó Declan.

«Imbécil».

Derek quitó la tapa que cubría su comida y la colocó a un lado. Declan siguió su ejemplo y yo hice lo mismo. Había tiras de tocino, huevos revueltos, tostadas y pequeños recipientes plateados de gelatina y rodajas de durazno. Miré todo con desconfianza. Podían estar envenenadas, prefería morirme de hambre.

—Come —instruyó Derek—. Si te quisiéramos muerta, ya lo estarías.

Lo ignoré.

Sonó los dedos y un camarero comió una rodaja de durazno sin parpadear. Esperé algunos segundos hasta que finalmente cedí y probé las tostadas y el café. Mastiqué en silencio, despacio, mi atención más allá de ellos. Declan tampoco era muy hablador. El único idiota parlanchín era Derek.

—¿Sabes algo? —Derek se limpió los labios con una servilleta—. Declan nunca me había pedido favores desde que éramos niños. Sin embargo, intercedió por ti y me pidió que te dejara en paz.

No me conmovió.

—Hiciste exactamente lo contrario.

La sonrisa de Derek creció.

—No sigo las órdenes de un lacayo.

Fijé mi atención en Declan, que actuaba como si las palabras de su hermano no lo ofendieran, pero vi ese pequeño movimiento de su mandíbula y suprimí la sonrisa. Sería fácil ponerlos uno en contra del otro. Ellos se destruirían sin que yo interfiriera demasiado.

—¿La fiesta sigue en pie? —Declan omitió el comentario.

«¿Fiesta?».

—Por supuesto —respondió Derek—. Seguiremos avanzando con los proyectos. A diferencia de Irina no estamos ciegos.

Eso despertó mi curiosidad.

—¿Cuál es el próximo plan de asesinato? —inquirí—. ¿Iré de nuevo por Irina?

No mencioné mi llamada con ella, mucho menos que estábamos en buenos términos. Les haría creer a los Graham que me sentía vulnerable y que aceptaría cualquier orden. Revelarme pronto podría costarle la vida a Eloise.

—Después de todo aún hay hombres que la respaldan y no ha salido de la mansión desde la muerte de Alberto —dijo Declan—. Lo ideal es obligarla a dejar su escondite.

—Lo hará tarde o temprano —masculló Derek—. Sé que está buscando aliados y hay un nombre que encabeza la lista.

Declan se limpió los labios con una servilleta.

—¿Quién?

—Vitale.

Me puse tensa inmediatamente, la comida se sintió espesa en mi lengua. No dije nada y disimulé que oír su nombre no alteraba mi sistema.

—¿Vitale? —Declan me observó en busca de una reacción, pero no le di nada—. Él está muy metido en Palermo y no se ha involucrado en asuntos de terceros desde que empezó su liderazgo. Solo con unos pocos.

—Al parecer tiene otras intenciones.

—¿Y qué harás?

Derek cortó un trozo de su tocino y masticó sin quitarme los ojos de encima.

—Convencerlo de que yo tengo algo mucho mejor que ofrecerle.

LUCA

Preparé una pequeña maleta para el viaje porque no tenía idea de cuánto me llevaría convencer a Alayna. Si seguía siendo la misma testaruda y orgullosa que había conocido, probablemente me vería en la necesidad de perseguirla. Me encantaba la persecución y con ella todo valía la pena. Pero el miedo a su rechazo era grande. Mi corazón estaba expuesto y era muy probable que me destrozara por milésima vez. Sin embargo, quería tomar todos los riesgos sin importar que mis pedazos nunca volvieran a unirse. Nada podía ser peor que estos tres años sin mi mariposa.

—Todo está listo, señor —informó Fabrizio con una inclinación de cabeza.

—Gracias —sonreí con Thiago en mis brazos.

Tripliqué la seguridad de mi casa y por supuesto Fabrizio estaba a cargo de mi familia. Confiaba en él con mi vida y sabía que todos estarían a salvo.

—¿Seguro de que no me necesita? —insistió un poco inseguro—. Mi trabajo es protegerlo.

—Estaré bien, Fabrizio. Me sentiré más tranquilo sabiendo que Thiago y su madre están a salvo contigo. —Apreté su hombro—. No confío en otra persona que no seas tú cuando se trata de ellos.

Emitió un suspiro mientras yo bajaba a Thiago al suelo y él corría por el césped del jardín, persiguiendo a una mariposa que llamó la atención hasta de los cachorros. Definitivamente estaba condenado a tenerla presente en cada momento de mi vida. Incluso mi hijo me la recordaba.

—Despacio, campeón —dije sonriendo—. No quiero que te lastimes.

Los cachorros rodearon a Thiago mientras él daba brincos y volvía a caer, tratando de alcanzar a la mariposa, que se elevaba cada vez más alto. Sacudí la cabeza y miré a Fabrizio.

—Volveré en menos de una semana. ¿Puedes mantener las cosas en orden en ese tiempo?

No hubo duda en su expresión.

—Cuente conmigo.

Un rastro de lavanda llegó a mi nariz cuando la figura de Isadora se hizo presente en el jardín. Me escudriñó con el ceño fruncido y se cruzó de brazos. El vestido amarillo era tan fino que mostraba su ropa interior. Fabrizio se aclaró la garganta.

—¿Necesita algo más, señor?

Negué.

—Puedes retirarte.

Tragó saliva y evitó los ojos de mi esposa.

—Señora Vitale.

Se retiró sin esperar respuesta y me enfoqué en Isadora.

—¿Irás por ella? —inquirió—. Me sorprendió que te tardaras tanto para tomar esa decisión.

—Ya no puedo postergar esto.

Miró más allá de mí, su sonrisa dirigida a Thiago que estaba feliz en el césped con los cachorros y Laika.

—Entonces regresa al jardín donde siempre quisiste estar. —Su voz triste se desvaneció y solo escuché la resignación—. Anoche hablé con un abogado. —Hizo una pausa y añadió—: Pronto presentaré la demanda de divorcio.

Mi rostro se agrietó con confusión, pero me quedé en silencio, dejando que continuara. Nunca imaginé que ella tomaría ese paso. No con su padre vivo.

—Si logras recuperarla… —Le costó pronunciar las palabras—. Solo quiero que sepas que tu hijo y yo no seremos un problema en esa relación.

—Isadora…

—No. —Presionó un dedo en mis labios—. Sé que merezco mucho más de lo que tú me ofreces. Ya no quiero mendigar por tu amor. Necesito sanar y solo voy a lograrlo si esto termina de una vez. Ve por Alayna y sé feliz. Yo intentaré hacer lo mismo.

La abracé, apretándola tan fuerte que se quebró y sollozó en mi cuello.

—Gracias —susurré—. Por todo.

—Thiago y yo estaremos a salvo.

—Lo sé. —Besé su frente—. Confío en Fabrizio.

Isadora sonrió.

—Yo también.

Nuestra relación era complicada, llena de condiciones y ataduras. Nunca hubo amor, al menos de mi parte, pero siempre estaría agradecido por todo lo que me había dado: su amistad, su comprensión, su afecto. Confiaba en que ella algún día encontraría la felicidad con una persona que realmente la apreciara.

—¿Debería cancelar la fiesta de aniversario? —preguntó.

—Llevas planeando esto dos semanas y ya enviaste las invitaciones.

Se encogió de hombros.

—No tiene sentido seguir con la farsa.

Estaba totalmente de acuerdo, pero me preocupaba que Fernando no lo tomara bien y arremetiera contra ella mientras yo no estuviera cerca para defenderla. Era capaz de venir aquí a golpearla si la noticia llegaba a sus oídos.

—Prefiero que todo lo relacionado a nuestro divorcio sea privado y no se haga público por el momento. Es por tu seguridad.

Apenas asintió entendiendo a qué me refería. La noticia la convertiría en un blanco y le haría creer a su antiguo prometido que tendría una oportunidad con ella. Fernando usaría esto en su contra.

—De acuerdo, pero será difícil fingir que todo está bien.

—Lo sé. —La acerqué de nuevo a mí—. Te prometo que terminará pronto.

Tomó a Thiago en sus brazos y llenó su cara de besos. El pequeño chilló de emoción por recibir el afecto de su madre.

—Estaremos bien —susurró para sí misma.

Regresamos a la sala de estar, donde encontramos a Kiara con Luciano. Ella me miró un poco asustada y nerviosa. No habíamos vuelto a hablar desde la discusión. La evitaba y hacía de cuenta que no existía.

—Escuché que te vas hoy mismo. —Luciano se levantó del sofá y me estrechó la mano—. Gian y yo no podíamos permitir que vayas solo a ese viaje. De hecho, ya está en el aeropuerto.

No protesté porque era inútil y no me parecía tan mala idea que mi primo me acompañara.

—De acuerdo. —Miré la hora en mi reloj—. Se hace tarde.

Kiara se aclaró la garganta.

—Espera, Luca.

—¿Qué? —Mi voz sonó más ruda de lo que pretendía.

Estaba demasiado nerviosa, apenas encontrando la valentía para hablar sin quebrarse.

—Solo quería decirte que lamento mucho cómo se ha desarrollado toda esta situación. Sé que mil disculpas no sirven de nada porque el daño ya está hecho, pero te prometo que estoy muy arrepentida y si pudiera hacer algo para revertirlo...

—No —la interrumpí—. No puedes revertirlo.

Asintió y Luciano la consoló con un apretón en la mano.

—Fui una ingenua y estúpida. Yo… solo pensaba que te estaba protegiendo. —Se calló y sus ojos empezaron a humedecerse—. Nunca quise dañarte, Luca. Realmente deseo que seas feliz.

—Lo sé. Dame tiempo para supcrarlo.

—De acuerdo.

Le toqué el hombro y eso le robó una sonrisa agradecida. No tenía tiempo para rencores. Ella era mi hermanita y la que menos merecía mi ira. Había un solo responsable y era Eric. Dirigí mi atención a Thiago, que se metió el dedo en la boca.

—Nos vemos pronto, campeón.

Cuando llegué al aeropuerto Gian me estaba esperando dentro del jet. La azafata llenó su vaso de bourbon mientras el asistente de vuelo se encargaba de mi maleta. ¿Qué sería yo sin el característico humor de mi primo? Bromeaba la mayor parte del tiempo, pero era serio cuando la ocasión lo ameritaba. Implacable y despiadado.

—Siéntate, hombre —sonrió al percibir mi presencia—. Tengo mucho que contarte sobre nuestro viaje.

Me senté frente a él y la azafata se ofreció a servirme un vaso de whisky. Sacudí la cabeza y ella se retiró con una reverencia. No quería beber. Necesitaba mantener la mente ligera las siguientes quince horas que duraría el viaje.

—¿Es sobre Alayna? ¿Qué averiguaste?

Su semblante se tornó serio.

—No son buenas noticias.

—Ve al grano, Gian.

Se recostó contra los asientos de cuero y me enseñó una tableta. Leí la noticia que hablaba sobre un tiroteo en un restaurante de Sídney.

—Es el restaurante de Eloise. Según informes se trató de un ajuste de cuentas que terminó en la muerte de cuatro personas. Tres hombres y una mujer —masculló Gian—. ¿Sabes qué es lo más grave? La pelirroja acusó a Alayna de ser la principal responsable.

Lo miré con horror.

—¿Por qué demonios haría algo así cuando llegamos a la conclusión de que Alayna quería protegerla?

—Fácil —contestó Gian—. Resentimiento. La mujer que está muerta es Sabrina Byers, pareja de Eloise. La mataron por culpa de Alayna. ¿Sabes qué más? Los hombres fueron relacionados con la mafia irlandesa.

La ira y la confusión me dieron náuseas. Cristo, no me lo esperaba de Eloise.

—¿Tiene una orden de captura? ¿Alayna?

Gian sonrió.

—No lo creo. Borraron cualquier antecedente que involucre a Alayna o la mafia irlandesa.

Solté un aliento irregular.

—¿Crees que ella está en Sídney?

—Después del incidente lo dudo mucho. ¿Qué harás?

Me fijé en la ventana ovalada, el jet empezó a tomar impulso para elevarnos al aire.

—Seguir con el viaje —contesté—. Si no encuentro a Alayna, hablaré con Eloise. Ella me dará respuestas.

17

LUCA

Después de un viaje agotador y estresante, el jet finalmente aterrizó en Sídney durante la madrugada y nos dirigimos al hospital donde Eloise estaba internada. Había tenido una llamada con Isadora y me pidió por milésima vez que no me preocupara. Era curioso que estuviera tan cómoda con mi ausencia y pensé en la forma en que Fabrizio la miraba. Algo estaba sucediendo entre ellos a mis espaldas. No me molestaba, por supuesto. Ambos eran buenos el uno para el otro.

—Señor, no puede ver a la paciente —insistió la enfermera—. Solo los familiares están autorizados debido a su estado.

—Te prometo que soy un viejo amigo —afirmé—. Ella estará feliz de verme.

Lo dudaba, pero tenía que convencer a la enfermera. No iba a irme de allí sin obtener respuestas. No había viajado casi veinticuatro horas por nada. Eloise era la única que podía decirme dónde estaba Alayna.

—La paciente sufre estrés postraumático —dijo con pena—. No está en condiciones de ver a nadie.

No quería imaginarme cómo se sentía. La persona que amaba fue asesinada y cuando la encontraron abrazaba el cadáver y se negaba a soltarla. Lamentaba su dolor, pero no podía irme sin saber nada de Alayna.

—Por favor… —insistí—. Solo unos pocos minutos.

La enfermera me dio otra sonrisa de disculpa.

—Lo siento mucho, señor. No puedo hacer nada por usted.

Abrí la boca para hablar, pero fue Gian quien interfirió. Miró a la enfermera con una sonrisa que la hizo ruborizar. Esperaba que sus encantos funcionaran o me volvería loco.

—¿Cuál es tu nombre, cariño?

Un color rosado brillante se reflejó en sus mejillas.

—Pamela.

—Escucha, Pamela. —Gian se recostó contra el mostrador—. Sé que estás haciendo tu trabajo y lo entendemos, pero mi primo y yo viajamos casi veinticuatro horas para visitar a la paciente. Somos sus amigos y la apreciamos. Te prometo que solo queremos verla, no vamos a molestarla. ¿Puedes hacer eso por dos italianos desesperados? Cinco minutos. Es todo lo que pedimos.

Pamela dudó un segundo, pero finalmente asintió con un cansado suspiro. Casi grité de alivio. Gian debió hablar con ella desde un principio para ahorrarme el estrés.

—Habitación 45. Piso segundo —accedió—. Cinco minutos.

Gian le guiñó un ojo.

—Gracias, cariño. No olvidaré este favor. —Le sacó el bolígrafo del bolsillo del delantal y escribió su usuario de Instagram en un papel—. Podemos hablar cuando estés aburrida.

Agarré el brazo de Gian y lo alejé para seguir con nuestra excursión. Antes me molestaba su actitud de playboy, pero ahora agradecía su increíble talento para convencer a las mujeres. Era un genio en ese campo.

—¿Liana y tú seguís haciendo la ridiculez de relación abierta?

—Claro que no —resopló—. No responderé a los mensajes de la enfermera.

Rodé los ojos.

—Lo que sea, centrémonos en lo importante.

Subimos al ascensor que nos condujo al segundo piso y rápidamente buscamos la habitación de Eloise. Los pasillos estaban vacíos a excepción de dos policías y un hombre que bebía café mientras esperaba de pie. Nos miró un segundo antes de centrar su atención en otra parte.

—¿Ustedes son…? —preguntó en inglés el policía cerca de la puerta. Su compañero enderezó la postura y nos observó amenazante.

Carraspeé.

—Somos los amigos de la paciente, tenemos autorización para verla —contesté—. Cinco minutos.

Se apartaron, pero primero hicieron un breve chequeo para asegurarse de que no teníamos armas.

—Adelante —dijo cuando estuvo seguro de que éramos inofensivos.

Gian abrió la puerta con cuidado y entramos. Sentí la mirada del mismo hombre que bebía café a mis espaldas. ¿Irlandés? Observé la cama donde se encontraba Eloise inconsciente. La máquina a la izquierda señalaba un pulso constante y estable.

—¿Eloise?

Me acerqué lentamente y toqué su brazo. Nada. La máquina siguió pitando. Gian se quedó en la puerta vigilando. Él también había notado al desconocido.

—Eloise… —insistí—. Despierta, por favor.

Se removió en la cama antes de parpadear lentamente y sus ojos aturdidos se encontraron con los míos. La máquina sonó más fuerte y me estremecí.

—¿Luca? —balbuceó—. ¿Luca Vitale?

Ella definitivamente no estaba en condiciones de hablar y me sentí culpable por estar allí, interrumpiendo su recuperación. Lo que menos necesitaba era más preocupaciones.

—Siento mucho molestarte.

Su voz era áspera y ronca.

—¿Qué haces aquí?

Le tendí una sonrisa avergonzada. Apretó los ojos y cuando me miró había rastros de lágrimas en sus mejillas.

—Es por Alayna —asumió—. Por supuesto que se trata de ella. ¿Por quién más vendrías a verme?

—Necesito tu ayuda, Eloise.

Evitó mirarme y se concentró en la ventana cubierta por las cortinas. Yo era un maldito imbécil sin consideración. ¿Hasta dónde me llevaría esta obsesión? Hasta el fin del mundo, y en el fondo sabía que no me arrepentía de nada.

—No la he visto desde ese día. —Se atragantó—. Yo… le dije cosas horribles.

—Sé que declaraste en su contra.

—No quería, ¿de acuerdo? La policía me presionó mucho y yo no supe cómo explicar que cuatro cadáveres estaban en mi restaurante. —Su voz fue interrumpida entonces por un sollozo—. Había tanta sangre.

Me quedé en silencio porque no sabía qué decirle. Era una pobre mujer que tenía una vida humilde en Italia y se vio involucrada en tragedias por su cercanía con Alayna. Su odio había quebrado a mi mariposa, no tenía duda de ello.

—Todo fue culpa de los irlandeses —sollozó Eloise—. Nos mantuvieron vigiladas durante semanas y es muy probable que la hayan capturado. Ella se veía tan rota después de mis palabras. Yo… no la quería cerca.

—Está bien, Eloise. Nada es tu culpa.

—Le dije que se fuera de mi vida y fue lo que hizo. Pero me prometió que lo arreglaría. —Se tocó el pecho y soltó un gemido de lamento—. Sé que está con ellos ahora mismo. Por mí.

—Ella tiene la maldita costumbre de querer sacrificarse por todos. Lo hizo hace tres años.

Me entristecía saber que la vida de Alayna siempre se había basado en lo mismo. Ella daba más de lo que recibía.

—No te abandonó porque quería. Fue tu tío.

—Lo sé.

—¿Lo sabes y no hiciste el intento de buscarla?

Era difícil hablar más allá del nudo en la garganta.

—Me enteré hace poco, ¿de acuerdo? Estuve en la ignorancia durante tres años y probablemente ella siguió su vida con otra persona.

—Estás equivocado, Luca —afirmó Eloise con una mueca—. Ella nunca ha podido avanzar. Se quedó estancada, sufriendo cada día porque no podía tenerte. Te sigue amando con la misma intensidad. Cuando habla de ti veo el sufrimiento en sus ojos. Perderte la ha destruido.

Los latidos de mi corazón se dispararon, el ritmo palpitante era todo lo que podía oír. Era la emoción, la certeza y la seguridad de escuchar que Alayna aún me amaba como yo a ella.

—¿Crees que a mí no? Cuando supe la verdad lo primero que decidí hacer fue buscarla. Necesito saber que nada está perdido entre nosotros y aún tenemos una oportunidad de ser felices juntos.

Eloise siguió sin mirarme.

—Entonces encuéntrala y díselo a ella personalmente.

—¿Estás seguro de que quieres hacer esto? —preguntó Gian.

Me concentré en mirar la puerta principal del hospital y chupé la punta de mi cigarro. Las brasas de color naranja relucieron en la silenciosa noche.

—No me cuestiones.

Gian tamborileó en el volante con sus dedos.

—Me hablaste de asesinato, Luca.

—Es un irlandés, está justificado. ¿No lo has visto? Vigila a Eloise, saldrá del hospital en cualquier momento.

—Podríamos estar horas aquí.

No me inmuté. El viaje fue estresante y haríamos que valiera la pena.

—No me importa, quiero muerto a ese imbécil.

Esperamos treinta minutos en total hasta que finalmente el irlandés decidió salir del hospital. Bajé del auto con Gian sin hacer ruido y nos mantuvimos entre las sombras, aprovechando la sórdida noche en las calles de Sídney.

Se alejó lo suficiente hasta que se detuvo en un callejón y encendió un porro. El olor de la marihuana saturó el aire. Apreté los puños y luego los relajé. Lo hice una y otra vez mientras lo acechaba. No sentía lástima ni remordimiento. Era compañero de los asesinos que acosaron a Eloise y complicaron la vida de Alayna. No merecía nada.

Pateé un cubo de basura que lo sobresaltó y expulsó una nube de humo. Se puso tenso y sacó un cuchillo de su bolsillo. Gian y yo sonreímos por la expectativa de lo que sucedería.

—Italianos —escupió.

—Los irlandeses son unos cobardes —expresé—. Debes sentirte muy valiente acosando a una mujer indefensa para chantajear a otra.

Apagó el porro, mirando a su alrededor para buscar una salida. No la encontraría. Los altos edificios y cubos de basura cubrían todo.

—Solo hago mi trabajo, maldito idiota. ¿Tú quién eres de todos modos? Ocúpate de tus asuntos.

—Tus amigos mataron a una mujer inocente y aún torturan a otra —masculé—. ¿Dónde está ella? Alayna Novak.

Su carcajada resonó en las paredes.

—Ah, te refieres a la jodida rusa psicótica. ¿Tú también la quieres? —Agitó la cabeza—. Ponte en la fila, hombre. Ella pertenece a los Graham.

—Respuesta equivocada —se burló Gian al ver mi expresión furiosa.

Firmó su sentencia de muerte porque todo lo que se trataba de Alayna me consumía al punto de que no podía razonar. Entendía la gravedad de la situación y en ese instante me convertí en un hombre diferente. Ya no era el chico que ella había protegido hacía tres años. Hoy era un asesino. Quería serlo por ella. Quería protegerla y matar a cualquiera que representara una amenaza en su vida. Sería un monstruo por Alayna. Mi mariposa.

En un movimiento rápido le arrebaté el cuchillo y presioné su cuerpo contra la pared. Gian me ayudó cuando el bastardo empezó a forcejear y le rodeé el cuello con una mano, cortándole el suministro de aire. Me arañó la piel, desesperado por obtener un poco de oxígeno para respirar.

—¿Dónde está mi mujer? —gruñí en su cara.

Se le escapó un grito de auxilio. Su lucha era inútil porque no podría vencernos.

—Dale chance de hablar, Luca —rio Gian.

Aparté un poco los dedos de su cuello.

—D-Dublín…

Usé las dos manos para que el trabajo fuera mucho más rápido y pronto su cuerpo empezó a debilitarse. Sus jadeos eran menos ruidosos y lentamente se desplomó hasta caer al suelo. Gian silbó mientras mis hombros subían y bajaban por la adrenalina. La sensación de satisfacción me envolvió.

Desataría una guerra por ella.

Cualquier cosa con tal de tenerla de nuevo en mis brazos.

—¿Ahora qué? —Gian sacudió el polvo invisible de su chaqueta.

ALAYNA

Esa noche medité durante horas en la cálida piscina climatizada. El sabor del champán inundaba mi lengua, mientras disfrutaba con los ojos cerrados una canción de Lana Del Rey: «Pretty When You Cry». Intentar ser una mejor persona no era lo mío. ¿Dónde me había llevado eso? Rompieron mi corazón, desarrollé dependencia por un hombre y mi única amiga me despreciaba.

—Qué buena vista.

Declan se unió en la piscina, con un traje de baño que no dejaba nada a la imaginación. Sostenía una copa, sus ojos verdes ardiendo al ver mi cuerpo apenas cubierto por un biquini blanco. ¿Cuánto tiempo llevaba allí? Había perdido la noción del paso de las horas.

—La noche era preciosa hasta que decidiste arruinarla —protesté—. ¿Por qué no regresas con tu hermano? Amas lamer sus bolas, eres un cachorro que idolatra a su amo. Ni siquiera tienes voz propia.

Bajó los escalones para meterse en el agua, colocando su copa en el borde de la piscina.

—¿Por qué siempre estás a la defensiva? Eres muy agresiva.

—¿Soy agresiva por decirte tus verdades en la cara? Admite que no eres nadie en comparación con Derek.

Sus ojos escanearon mis senos en el traje de baño y resoplé. Si pensaba que tendría el privilegio de volver a follarme, se quedaría con las ganas. No era lo suficientemente bueno para repetir, menos después de todo lo que me había hecho.

—Derek no es nadie sin mí —dijo en voz baja—. Estaría perdido si no cubriera su espalda en los negocios.

—En la cena vi a un patético sumiso que no es capaz de defenderse cuando lo insultan.

Sonrió.

—Porque lo prefiero así. Dejo que tenga acceso al control, permito que se sienta el maldito rey del mundo. Le doy la razón y soy espectador en sus juegos. Es mucho más satisfactorio ver cómo se destruye a sí mismo. ¿Realmente crees que me gustaría ser como él?

Declan era un tipo de persona difícil de leer. Cuando pensaba que haría una cosa, terminaba haciendo otra. Era impredecible. Un extraño que utilizaba trucos para confundirme.

—Quieres quedarte con todo lo que tiene, eso te hace igual a él.

Su pecho se sacudió con la risa.

—Hay muchas diferencias entre nosotros. Lo verías si no estuvieras tan cegada por tu odio.

—Tú no mereces mi empatía.

—Lo sé —aceptó—. He hecho muchas cosas malas, pero no mentí cuando te dije que voy a devolverte tu libertad.

—¿Por qué no puedes matarlo tú mismo?

—Eso me robaría el respeto de nuestros socios. —Bebió de nuevo, sus ojos atentos al cielo—. Aunque no lo creas le dan mucha importancia a la lealtad cuando se trata de la familia. Derek es mi hermano a pesar de todo y si lo mato me verán como un traidor.

—Quieres que alguien más se ensucie las manos por ti. Eres un cobarde.

—No, soy inteligente —sostuvo—. Su muerte quedará como ajuste de cuentas y nadie intentará ir detrás de ti. Eres la mariposa negra.

—Cobarde —repetí.

Soltó la copa de vino y fruncí el ceño cuando me dio la espalda. No entendía qué estaba haciendo, pero entonces miré su piel desnuda. Tenía cientos de cicatrices, cortes y quemaduras. Parecía que había sido torturado. Nunca le había prestado atención a su cuerpo hasta ahora.

«No eres la única que tiene cicatrices, Alayna…».

—Derek siempre ha sido la oveja negra de la familia. —Me miró de nuevo—. Mi padre solía decirme que yo era el mejor y dominaría Dublín porque no era impulsivo ni estúpido. —Sacudió la cabeza—. Despreciaba a Derek en mi presencia y los privilegios que yo recibía despertaron la envidia y los celos de mi hermano. Se puso peor con la muerte de mis padres.

—Te convertiste en su saco de boxeo.

Asintió.

—Se desquitó conmigo porque se sentía inferior. Me juró que haría de mi vida un infierno si trataba de huir. Lastimar a otros disminuía su dolor.   Alcanzó la copa y le dio un trago—. Así que me quedé a su lado y aprendí a dominarlo. Me prometí que lo destruiría lentamente y disfrutaría cuando llegara el momento.

Una parte de mí quería darle el beneficio de la duda, pero había perdido cualquier credibilidad cuando rompió sus promesas. Él también me usaba como su hermano. No me importaba su pasado. Era un bastardo manipulador.

—Muy conmovedor y convincente —manifesté—. Pero no es suficiente, necesito hechos y no palabras. Nada de lo que digas significa nada para mí.

Nuestras miradas permanecieron fijas durante otro segundo. La comprensión brillando en sus ojos.

—La próxima semana habrá una fiesta en la mansión y Derek va a celebrar por lo alto. Vendrán los hombres más influyentes de Italia… y su nombre fue agregado a la lista.

Me tensé.

—Luca Vitale.

—Hoy recibió una llamada que lo puso furioso. Irina supo jugar muy bien sus cartas y tiene a su disposición al aliado más poderoso de Roma.

Un nombre vino a mi cabeza inmediatamente. Solo alguien conservaba ese título después de tantas muertes.

—Ignazio —solté una risita—. Derek está más que jodido.

Irina era una mujer poderosa y heredera de la Cosa Nostra en Nueva York. Tenía a su disposición empresas exitosas y miles de hombres que pelearían sus batallas. Ignazio no era estúpido. Él saldría muy beneficiado de esa posible alianza.

—Eso lo tiene muy estresado.

—Tú lo dijiste. Ignazio es el hombre más poderoso de Italia. ¿Qué logra Derek buscando a Luca? Si esperan una alianza de su parte no lo conseguirán. Él no trabaja con escorias.

—Nosotros tenemos lo que más ama en este mundo.

Mi rostro estaba congelado, pero la tormenta se gestaba en mi interior. Pobres ilusos.

—Él está casado, le importa muy poco lo que suceda conmigo.

Declan no parpadeó.

—Sus acciones dicen lo contrario.

—¿Acciones?

—Le hizo una visita a Eloise en el hospital y ha preguntado por ti —murmuró—. Él te está buscando, Alayna.

Mentiría si dijera que no me afectó escuchar eso. Los latidos de mi corazón se aceleraron y esas ridículas mariposas que mencionaban las tontas enamoradas se sacudieron en mi estómago. ¿Fue capaz de hacer eso por mí?

—Imposible.

—Sí, sí es posible. Cuando Derek le diga que te tiene a su disposición no dudará en venir por ti y aceptará cualquier trato que le proponga.

Solté una carcajada llena de ironía.

—No soy una damisela en apuros y Luca lo sabe. Él no creerá esa estupidez.

Declan entrecerró los ojos.

—Un hombre enamorado es capaz de todo, Alayna.

La calidez familiar que sentía cuando pensaba en Luca inundó mis venas después de mi conversación con Declan. El irlandés me había dicho que el príncipe me estaba buscando. ¿Para qué? La vocecilla en mi cabeza susurró que me seguía amando y la esperanza que traté de matar revivió con fuerza.

Años de soledad me habían acostumbrado al vacío y la vida sin ningún sentido. Alayna, la chica que fue entrenada en una organización criminal, recogería sus cosas y habría encontrado un nuevo comienzo sin importar las consecuencias o el daño que eso ocasionaría. Pero la nueva estaba aquí, pensando que ya no deseaba vivir en un mundo sin Luca.

La nueva quería que él la salvara.

Era tan tonta.

Escaneé el territorio con una sonrisa irónica. Era absurdo. ¿Secuestrada? No recordaba cuándo fue la última vez que me habían retenido en contra de mi voluntad. Sin embargo, estaba ahí, encerrada y a merced de dos hombres que no le daban importancia a mis deseos, necesidades ni sentimientos. Toda esa hospitalidad, amabilidad y paciencia que reflejaban solo era una apariencia para ocultar lo jodida que estaba la situación. Querían hacerme creer que me convenía trabajar con ellos. Declan no me sostuvo por empatía. Fue manipulación. No me importaba su pasado ni su vida. Él no tuvo piedad de mí cuando decidió destruir la poca paz que tenía.

Caminé hacia la entrada principal, lista para desquitarme un poco de la furia que sentía. No sería dócil ni suave. Ellos retenían a un monstruo y se lo demostraría.

—Qué noche tan aburrida —comenté a la ligera—. Me gustaría salir un rato y explorar las calles. Muy pocas veces vine a Irlanda.

El guardia habló a través de sus auriculares y luego me evaluó con desconfianza.

—Vuelva a su habitación, señorita. Tenemos órdenes estrictas de no dejarla salir.

Hice un mohín y batí mis pestañas. Por supuesto que esa noche me había esmerado con mi aspecto como en cada oportunidad. El corsé negro levantaba mis pechos y el sucio degenerado no dudó en apreciarlos. Los hombres eran tan fáciles de convencer. Siempre pasionales y débiles cuando se trataba del deseo carnal.

—¿Y tú no te sientes solo? —susurré en su oído—. ¿Qué haces para divertirte durante las noches?

Tragó saliva.

—Trabajo.

Mi mano acarició su pecho y bajó lentamente hasta la cintura de sus pantalones, donde guardaba el arma.

—Podría darte acceso a mi habitación —dije en voz baja—. Y te demostraría lo divertido que es romper las reglas de vez en cuando.

—Señorita…

Le quité el arma y le disparé en la frente, sin importar que su sangre manchara mi espectacular atuendo. Avancé hacia la casilla de vigilancia, donde había cinco hombres que me miraron confundidos. «Bang». Muertos en diez segundos. Era un peligro cuando estaba aburrida. Tal vez me sentiría más animada si la mansión estallara en llamas.

Vi varias camionetas estacionadas y los soldados salieron, sin saber qué hacer conmigo. Era la rusa psicótica y tenían órdenes estrictas de no matarme.

—Oh, vamos —protesté. Los láseres rojos brillaron en mi frente y rodé los ojos—. ¿Nadie quiere jugar?

Un soldado salió con determinación del auto blindado y me enfrentó mientras los francotiradores estaban alertas desde los tejados.

—Vuelva a su habitación, señorita —solicitó con amabilidad, y casi sentí pena por él—. Por favor, no complique las cosas.

Una pequeña sonrisa asomó a mis labios.

—¿Por qué debería hacerlo? No eres mi jefe.

Apretó la mandíbula.

—No lo repetiré de nuevo, rusa psicótica. Vuelve a tu habitación o te enseñaré modales.

De acuerdo, ya no sentía pena por este individuo.

Les echó un vistazo a sus compañeros y se quitó el rifle de la espalda, listo para dar pelea. Sonreí y lo golpeé con la culata del arma en la cara con tanta fuerza que aulló de dolor y cayó al suelo. Me subí sobre él, mis muslos rodearon su gruesa garganta y apreté.

—Mi nombre es Alayna Novak y no tolero que me insulten.

Algunos se acercaron, dispuestos a separarme de su compañero, pero noté la presencia de Derek. Su alta figura cubrió la luz de la luna.

—Dos minutos y seis muertos en total —dijo, y me desprendí del soldado—. Qué desperdicio, pero se lo merecen por incompetentes.

Los demás retrocedieron mientras me lamía los labios y miré a Derek. Su atención estaba fija en el teléfono móvil.

—¿Terminaste con tu rabieta? —preguntó.

—Solo quería matar el tiempo.

—¿De qué sirvió? —Me miró con una sonrisa—. ¿Querías demostrar que tenías el control a pesar de todo? Qué infantil. —Liberó un suspiro decepcionante—. Supongo que estamos a mano porque también maté a tu amiga por aburrimiento.

El pulso me retumbó en los oídos y la ira corrió por mis venas. Estaba ardiendo, el odio y la cólera en igual medida.

—No, ninguna vida será suficiente para pagar lo que hiciste.

—Qué dramática. —Se acercó y limpió con su dedo la sangre salpicada en mi mejilla—. Puedes matar a diez de mis hombres si quieres, tú eliges. ¿Pero sabes qué? Eso no cambiará que te tengo en mis manos. —Me enseñó su teléfono y pude ver la habitación de un hospital, la cama donde descansaba Eloise—. Uno de mis hombres la vigila y si doy la orden va a asfixiarla. También compré a una enfermera que está dispuesta a complacerme en todo.

No hablé, solo lo observé con la furia cocinándose a fuego lento dentro de mí. Le aplastaría la tráquea, le arrancaría todos los órganos.

—Sabes, hay muchas formas de salvar a tu amiga, Alayna. ¿Y si te llevo ahora a mi cama? ¿Me dejarías follarte? Declan ya lo hizo. ¿Entonces por qué yo no?

La humillación calentó mi rostro y mi respuesta fue simple:

—Prefiero estar muerta.

—Qué lástima —chasqueó la lengua—. La puerta de mi habitación permanecerá abierta si cambias de opinión. Será muy agradable verte desnuda montando mi pene.

Me tocó la mejilla antes de girarse y dejarme sola con los cadáveres.

LUCA

Al día siguiente regresamos a Italia. Tenía planes para el viaje a Dublín, pero no podría hacer eso solo. Necesitaba refuerzos en caso de que me viera en la necesidad de masacrar a cientos de hombres. Lo de la noche anterior apenas era el comienzo.

—La mejor manera de llegar a Alayna es usando a Eloise —concluí, mirando las calles pasar a través de la ventana del auto—. Lo que tengo que hacer es sacar a esa mujer del hospital y ponerla a salvo hasta que matemos a los irlandeses.

—¿Has visto a esos federales? Ella está custodiada y dudo que acepte venir contigo después de lo sucedido —respondió Gian mientras conducía—. Estaba rota, Luca.

—Mantenerla a salvo también ayudará a Alayna. Los irlandeses no tendrán con quien chantajearla si Eloise está bajo mi custodia.

Suspiró.

—Usarás todos los medios, ¿eh?

—Los que sean necesarios.

Había llamado a Ignazio más temprano y lo puse al día con la situación. Estaba en él aceptar ayudarme, aunque sabía que lo haría. A su retorcido modo apreciaba a Alayna. Solo esperaba que no tardara tanto en tomar una decisión. Teníamos que actuar pronto. Llegamos a la mansión y bajé del auto un poco decepcionado por no haber tenido la oportunidad de hablar con Alayna. Las ansias me estaban matando, pero lo positivo era que conocía su ubicación y pronto iría por ella.

Mi madre me recibió con un abrazo cuando me vio llegar y besó a Gian en la mejilla. Sus ojos café evaluaron mi rostro y notó mi desilusión.

—¿Nada?

—Aún no.

—Oh, cariño…

Me desplomé en el sofá con el cansancio inundando mi cuerpo.

—¿Está todo en orden por aquí? Quiero ver a mi hijo.

Madre sonrió.

—Isadora salió de paseo con Thiago y Fabrizio hace unas horas —comentó—. Se veía muy emocionada.

—¿Sí? —La sonrisa salió de mis labios porque esos dos eran tan obvios.

—Ella me prometió que volverían para el almuerzo.

—Ya es más de mediodía —dijo Gian, mirando la hora en su Rolex.

Sacudí la mano.

—Están con Fabrizio, no hay de qué preocuparse. ¿Eso es todo?

Anhelaba un baño porque todavía podía oler en mis dedos la sangre del irlandés que había matado sin remordimientos. Probablemente encontrarían su cadáver pronto, escondido entre la basura. No me asustaba que todo mi ADN estuviera en él. Si presentaban cargos, ofrecería un soborno y asunto terminado. La justicia era corrupta en cualquier parte del mundo.

Te llegó un ramo de flores y recibiste una llamada del extranjero —dijo mi madre.

Me enderecé en el sillón y compartí una mirada confundida con Gian.

—¿De quién es el ramo? ¿Quién llamó?

—Las flores no tenían ningún remitente y sobre la llamada me dijo que era un viejo amigo. —Hizo una pausa, tratando de recordar—. Un tal Derek Graham. Quiere que asistas a una fiesta en Irlanda la próxima semana.

18

LUCA

Quité una rosa del ramo y aspiré su dulce aroma. Busqué alguna nota, pero no encontré ninguna. En mi mundo nadie enviaba flores por amabilidad. Era una amenaza de muerte. No aceptaría este insulto, ni los juegos ridículos. No perturbarían mi tranquilidad, mucho menos alterarían mi cabeza. Yo seguiría firme con mis objetivos y nadie me detendría.

—¿Qué posición tiene tu padre en todo esto? —pregunté y tiré el ramo completo en la basura.

—Sigue pendiente de los negocios desde Sicilia —respondió Gian, subiendo los pies a mi escritorio—. No deberías preocuparte por él. Mi padre tiene muchos defectos, pero jamás atentaría contra tu vida.

Lo miré con recelo.

—Atentó contra la mujer que amo.

—Fue un error del pasado que no volverá a cometer. Sabe que perderá si te declara la guerra, él conoce nuestros límites. —Su expresión era sombría—. Luciano también está de tu lado.

Observé las flores en la basura.

—¿Quién pudo haberlas enviado? Si fuera Derek Graham, no se tomaría la molestia de llamar y el gobernador… —Me detuve, confundido. Conocía los nombres de todos mis enemigos, algo estaba escapando de mis manos. Había alguien ahí afuera, silencioso y esquivo. Actuaría cuando menos me lo esperara y luego sería tarde. No lo vería venir—. Nadie saldrá de la mansión a partir de ahora.

—Lo tenemos bajo control. ¿Confirmarás tu presencia en esa fiesta?

—Graham busca algo de mí.

—No has hablado con Irina.

—Lo haré hoy mismo.

Gian se puso de pie.

—Déjame a cargo de Eloise y su seguridad. Lograremos convencerla y la traeremos de regreso a Italia.

Sus palabras relajaron un poco de la tensión que sentía. Realmente no podría hacer esto solo.

—Gracias, agradezco tu ayuda. Luciano ha estado muy ausente desde que sale con Kiara.

Se volvió hacia mí con una sonrisa maliciosa en la cara. Supe que diría una estupidez antes de que abriera la boca.

—Probablemente está demasiado ocupado follándola.

Apreté la mandíbula.

—Veta a la mierda.

—Ya, ya. —Retrocedió cuando aceché hacia él con los puños apretados. Si volvía a hablar así de mi hermanita, le rompería la cara—. Tómate un descanso. Lo necesitas.

—Nos vemos pronto.

La puerta de mi oficina se cerró detrás de él y avancé al balcón para mirar la entrada principal de la mansión. Tenía menos de una semana para resolver los enredos antes de buscar a Alayna. ¿Por qué Derek Graham me haría una invitación formal? Me daban igual sus motivos. Me dio entrada a su casa y pronto lograría mi más ansiado objetivo.

Froté mi cuello, todavía inseguro de que eso saliera como esperaba. Eloise me había asegurado que Alayna no empezó una relación con nadie y me seguía amando. ¿Qué diría cuando me viera? ¿Saltaría a mis brazos? Probablemente me daría una cachetada, me dispararía y trataría de matarme, pero después me dejaría entrar. Ella era adicta como yo. Ambos compartíamos la misma obsesión.

Me senté en el sillón y saqué el móvil de mi bolsillo para marcar el número de Irina. Sospechaba que la invitación de Derek estaba relacionada con ella.

—Luca Vitale. —Se escuchó una voz seductora a través de la línea—. ¿A qué se debe este gran honor?

—Recibí una invitación de Derek Graham para asistir a su fiesta.

—Imagino que está buscando lo mismo que yo. Aliados —dijo—. Se siente amenazado desde que supo de mi compromiso con Ignazio Moretti.

Mi columna se puso rígida por la noticia inesperada. Ignazio no había mencionado nada cuando hablé con él.

—¿Qué?

—Soy una presa y él tiene una gran influencia. Nadie mejor que Ignazio Moretti para protegerme de los Graham.

Sí, bien pensado, pero nunca había imaginado que Ignazio se involucraría con ella. No era extraño, por supuesto. Todos sabíamos que ese bastardo haría cualquier cosa por poder.

—¿Qué puedes decirme de Alayna Novak? Se convirtió en tu enemiga cuando mató a tu padre.

—Ella y yo estamos en buenos términos —aclaró—. Tenemos los mismos objetivos.

—Matar a los Graham.

—Sabemos que ella está en Dublín y es vigilada por Derek. —Escuché la burla en su voz—. Es muy probable que él te proponga un trato y a cambio le perdonará la vida a tu pobre mariposa.

Fue mi turno de reírme. ¿Pobre mariposa?

—Quiero matarlo.

—Todos queremos lo mismo, Vitale. Ve a esa fiesta y mata a los Graham por tu cuenta.

—Si hago eso habrá consecuencias, expondré a mi familia.

—Es un riesgo costoso, sí, pero no pelearás solo —afirmó—. ¿Para qué me llamaste?

—Quiero asegurar una alianza entre tú y yo.

—¿No lo estamos haciendo ya? Tengo honor y soy una mujer de palabra. Si matas a Derek principalmente terminarás con muchos problemas. Contarás con mi apoyo si la mafia irlandesa decide ir por ti.

Sonaba demasiado fácil y no sabía qué creer. ¿Pero qué más perdía? Desde un principio quería liberar a Alayna y ya tenía asumidos los riesgos.

—Serás la primera persona en enterarte cuando acabe con Derek.

—No me cabe ninguna duda. Tú y yo sabemos que matar a ese desgraciado es la única forma de liberar a tu mujer. Estaremos en contacto.

Antes de buscar a Alayna necesitaba que Eloise estuviera a salvo y la idea de Gian me pareció brillante. Él viajaría con Liana para convencer a la pelirroja de regresar con ellos a Italia por un tiempo determinado. Liana era amable, paciente y dócil. Eloise no se negaría. Mi tío Eric movería sus contactos para que los federales la olvidaran y cerraran el caso. No podíamos permitir que el nombre de Alayna estuviera involucrado. Aún no confiaba del todo en él, pero lo acepté de nuevo por mis primos.

Removí el tenedor en la pasta sin tocar. Thiago se encontraba sentado en la silla para bebés mientras comía por su cuenta. Isadora hablaba con mi madre, Kiara estaba muy ocupada en su teléfono y yo perdido en el fondo de mis pensamientos. No podía concentrarme en otra cosa que no fuera el viaje de la próxima semana.

—¿Qué opinas, Luca? —preguntó Isadora—. Es una idea fantástica.

Hablaba de los preparativos como si fuese un evento muy importante. Se había encargado de la decoración, comidas, bebidas. Contrató a una orquesta que haría todo más ameno. La fachada perfecta para que Fernando estuviera tranquilo.

—Cualquier cosa que decidas estará bien.

Emitió un suspiro y limpió los labios de Thiago con una servilleta. El pequeño había hecho un desastre, tirando restos de comida en el suelo y su boca estaba manchada con salsa roja. Me reí con ternura.

—Solo durará dos horas —aclaró ella.

—Perfecto.

—Llegó a nuestros oídos el rumor de que Scott Lindstrom está en la ciudad por negocios e Isadora decidió invitarlo —comentó Madre.

Mastiqué y tragué antes de hablar.

—¿Lindstrom? No me suena de ningún lado.

—Es un exitoso magnate inglés —explicó Isadora—. Se dedica a la producción y exportación de petróleo. Será genial tenerlo aquí como invitado y establecer alguna conexión.

—No me interesa involucrarlo en mi mundo.

—Ya le envié una invitación y probablemente estará presente mañana. Es un hombre muy poderoso en Inglaterra. —Isadora se encogió de hombros—. Te conviene ser su amigo. Podría invertir en tus próximos proyectos de vinos y licores.

¿Desde cuándo se había vuelto una perspicaz negociadora?

—De acuerdo —cedí—. ¿Cómo estuvo la salida con Fabrizio?

Trató de disimular el sonrojo de sus mejillas jugando con un mechón de su cabello, pero ya lo había visto.

—Divertido, él se limitó a hacer su trabajo mientras yo llevaba a Thiago a un parque.

Enredé la pasta alrededor del tenedor y traje otro bocado a mi boca. El servicio de catering era bueno, pero nada superaría la fantástica comida de Amadea. Extrañaba a esa buena mujer.

—Las salidas tienen que ser limitadas a partir de hoy.

Toda la emoción de hacía minutos se convirtió en tristeza.

—¿Por qué?

—No puedo confiarme cuando se trata de tu seguridad y la de Thiago. Estaré fuera del país por una semana.

Ni siquiera preguntó dónde iría. Ella ya lo sabía.

—Hoy sucedió algo extraño —comentó.

Mis cejas se juntaron.

—¿Qué?

—Vi de nuevo a Lucrezia Rizzo y ella trató de cargar a Thiago, pero no lo permití. Esa mujer me asusta, Luca.

Kiara apartó su atención del móvil.

—¿Lucrezia está en la ciudad? —preguntó en tono incrédulo—. Pensé que no volveríamos a tener noticias de ella.

—Es amiga de mi padre —dijo Isadora.

Pensaba que se mantendría al margen con la muerte de su hija y su esposo. Mi tío Eric aseguró que así sería. ¿Qué demonios pretendía? ¿Venganza? La sola idea me puso enfermo y miré a Thiago. La presencia de esa mujer solo ocasionaría problemas en el futuro.

—Desde la muerte de Marilla no ha vuelto a ser la misma —comentó mi madre—. Rechazó a todos los pretendientes que se le han presentado. Se alejó de nuestro círculo de amigas y dicen que atentó más de una vez contra su vida.

—Era su única hija.

No lamentaba la muerte de la ardilla, pero sí la situación de Lucrezia. Le tenía aprecio desde que era un niño porque no había sido más que amable conmigo y mi familia. Ahora se había convertido en mi enemiga.

—¿Su nombre está en la lista de invitados? —Miré a Isadora.

Negó rápidamente.

—No la quiero cerca de Thiago, Luca.

—Yo tampoco. —Estuve de acuerdo—. No permitáis que entre a la mansión.

Esa tarde, leí una nota en el periódico que anunciaba el funeral de Dante. Según los medios había muerto en un terrible asalto. Qué lástima. Imaginé a Fernando en un rincón, llorando por su amigo perdido. La próxima vez lo golpearía mucho más duro. Expondría las fotos de él en prostíbulos acosando a mujeres. Estaba harto. Limitaba mi poder y ponía en riesgo a mi familia.

—No me gusta cuando fumas —expuso Isadora—. Antes no era tan frecuente, pero estos días he perdido la cuenta de cuántas veces te he visto con un cigarro en la boca.

Apagué la colilla y la lancé dentro del cesto ubicado en el balcón. Me giré y observé a Isadora. Su cabello rubio enmarcaba su rostro. Vestía una bata de color lavanda. No le había preguntado nada respecto de Fabrizio. Tampoco planeaba hacerlo. Ella no me debía explicaciones.

—Me ayuda con el estrés —admití.

Se ubicó a mi lado y puso una mano en mi pecho desnudo.

—Me prometiste libertad, Luca. ¿Sabes que eso solo será posible si matas a mi padre?

Aparté su mano gentilmente y como era de esperarse no vi la misma decepción en su mirada. Era resignación.

—Lo sé.

—¿Harías eso por mí?

—¿Tú quieres que lo mate?

Avanzó hacia la baranda, abrazándose a sí misma cuando el viento sacudió su ropa delgada. Su boca se torció, la culpa cubrió sus rasgos.

—Fui la mejor en mi clase. Nadie pudo superar mis calificaciones. Era tan buena en mis estudios... —Su voz se apagó—. Tenía potencial para ser una gran empresaria, pero él no estuvo de acuerdo. No me permitió asistir a la universidad. Siempre quiso verme así. —Señaló entre nosotros—. Casada y pariendo a sus herederos. Es todo lo que espera de una mujer.

Mi corazón se contrajo por el dolor en sus palabras. El mundo era cruel, ahogaba cualquier expectativa acerca de lo que podríamos ser.

—Aún estás a tiempo de cumplir tus sueños, Isadora.

Ella era joven, apenas tenía veinticuatro años. Era amable, valiente e inteligente. Le esperaba un futuro brillante. Quería verla triunfar y ser feliz.

—Mis ilusiones murieron. Hoy vivo para asegurar el futuro de mi hijo. No quiero a Thiago cerca de mi padre. Sé que él tiene planes macabros para él.

—No permitiré que toque a Thiago.

Me miró con miedo.

—¿Por qué crees que está tan obsesionado con su educación? Piensa que puede hacerlo mejor, considera a Thiago como su único heredero. —La desesperación se hizo notable en su tono—. Tarde o temprano lo pondrá bajo su resguardo.

¿Cómo Fernando podía cuestionar la crianza de mi hijo? Era un asqueroso que no respetaba la vida humana. Era el menos indicado para opinar. Ni siquiera amaba a su propia hija.

—Ya no tendrás que preocuparte por eso, ¿me oyes?

Isadora me abrazó y rápidamente la rodeé con mis brazos.

—Mata a mi padre —suplicó—. Protege a nuestro hijo.

—Te juro por mi vida que lo haré.

ALAYNA

Tuve pesadillas con Derek irrumpiendo en mi habitación y forzándome a hacer cosas que no quería. Por primera vez en años me sentía acorralada. Y ese vídeo de Eloise en el hospital me había roto el corazón. Él me tenía en sus manos y por el momento no podía hacer nada. Habían confiscado mi teléfono móvil y cortaron todas las líneas telefónicas. Llamar a Caleb y pedirle ayuda no era una opción. Mi única salida era la fiesta que se aproximaba.

¿Luca pretendía salvarme? Lo conocía perfectamente bien. Él quería ser mi héroe y lo más ridículo de esto era que yo lo permitiría. Me sentía frágil cuando se trataba de él. Lo amaba hasta el punto de que le suplicaría que me salvara. Yo quería ser salvada.

—Estás presionando a Derek. Sigue haciéndolo y la próxima vez sus amenazas se harán realidad.

No me giré y ajusté mis gafas de sol mientras contemplaba el cielo soleado. Me encantaba el jardín de la casa. Durante las mañanas podía apreciar a las mariposas.

—Que haga lo que quiera.

—¿Te has dado por vencida?

—Estoy agotada —dije con una risita—. Harta de ser usada por hombres como vosotros. ¿Por qué no pueden dejarme en paz? Tengo un imán que los atrae.

Declan se sentó a mi lado en la banca.

—Me recuerdas a alguien. Ella también enfrentó a Derek y no pudo ganarle.

Me quité las gafas de sol y llevé mi atención a él.

—Irina.

—Ambos la odiábamos porque era hija de Alberto —aceptó—. Pero Derek empezó a desearla. Quería quebrarla.

231

—¿Lo hizo? —pregunté—. ¿La rompió?

Por primera vez, Derek tuvo la decencia de mostrarse avergonzado.

—La secuestró una noche y la violó por horas.

La cruda verdad derribó la máscara de indiferencia que tenía en mi rostro y lo observé con horror y disgusto. Sus palabras me golpearon como una bala en el abdomen. No me sorprendía que Derek hiciera algo tan vil. Me dolía por Irina.

—El niño es hijo de él.

Respiró hondo y me miró.

—¿Cómo sabes de su existencia?

—Tengo mis fuentes.

—Sí, es su hijo —murmuró con voz ronca—. Siempre quise conocer al pequeño Alessandro —sonrió—. La admiro por traerlo al mundo a pesar de las circunstancias en que fue concebido. Irina es una mujer valiente.

—Tú la quieres muerta.

—Lo que suceda con ella me tiene sin cuidado. Que la respete no significa que me importe —señaló lentamente—. Si Irina muere, Derek reclamará la custodia de Alessandro y se adueñará de todo el imperio de los Boticelli.

Me burlé.

—Es algo imposible con Ignazio en escena.

—Ni siquiera haría el intento.

—¿Y tú? —le pregunté—. ¿Qué harás si Derek muere?

La sonrisa no llegó a sus ojos.

—Levantar el negocio familiar y reconstruir lo que ha destruido.

—¿Qué sucederá conmigo? ¿También quieres romperme como lo hizo tu hermano con Irina?

Todavía sonriendo, se acercó más a mí.

—Ya te lo dije… —Habló a un centímetro de mi boca—. Lo que siento por ti es fascinación y quiero más.

Lo miré fijamente. No vi la frialdad u hostilidad en su cara. Era un extraño sentimiento que no pronunciaría en voz alta.

—No pierdas tu tiempo conmigo, Declan. No pasará.

Su atención fue a mi boca.

—Estás aferrada a lo que sientes por él.

Por supuesto que me aferraría a mis sentimientos por Luca. Lo que tenía con él no era simple atracción. Se había convertido en algo mucho más grande. Era profundo. Una conexión emocional que no había experimentado con nadie. Era mi otra mitad.

—Lo amo.

—Todo sería mejor si te dieras otra oportunidad con alguien más.

Liberé una carcajada llena de humor.

—¿Y ese alguien quién es? ¿Tú?

Una sonrisa fue lo único que me ofreció

—A estas alturas, sabes que sí.

Era un capricho. No había nada romántico allí. Probablemente era otro de sus trucos para llegar a mí.

—Olvidaré que acabas de decir esa estupidez —masculé—. Hablaremos mañana cuando pienses con claridad. Buenas noches, Declan.

Su mano salió disparada y se enrolló alrededor de mi brazo. La tensión creció al igual que mi ansiedad. Iba a cortarle los dedos si no me soltaba.

—No fue ninguna estupidez. Y, por más que te cueste aceptarlo, me gustas mucho. Mi interés no tiene nada que ver con tus increíbles habilidades para matar o lo buena que eres en la cama. —Sus ojos verdes eran firmes—. Es nada más que por ti. —Soltó mi brazo—. Buenas noches, Alayna.

LUCA

Me quedé en una esquina del salón, bebiendo sin darle importancia a los cientos de invitados que se pavoneaban con sus trajes caros y sus vestidos elegantes que les encantaba presumir. Isadora se mezclaba con el resto de las mujeres, sonriendo a todos y luciendo fenomenal. Yo no podía dejar de mirar mi reloj porque dentro de tres horas tomaría un vuelo que me llevaría directo a Dublín. Mis manos estaban temblando con la ansiedad y tuve que calmarlas tomando otro trago.

A pesar de la distancia pude ver la expresión decaída de Isadora y el reproche en los ojos de mi madre. No ofrecí disculpas ni explicaciones. Todo lo que podía hacer era pensar en Alayna, atrapada en manos de hombres que solo querían lastimarla. Necesitaba terminar con aquello pronto.

—Está hecho.

Me obligué a calmar mi temperamento y miré a Eric. Me advirtieron que se presentaría en la fiesta, pero pensaba evitarlo a cualquier costo.

—¿Cómo lo tomó?

—Fue difícil, pero cedió. Con una condición.

—¿Cuál?

—No quiere que Alayna sepa su dirección.

La pena obstruyó mi garganta. Me dolía que Alayna perdiera a su única amiga. Todo lo que hizo fue por ella y Eloise terminó odiándola.

—Respetaremos su decisión.

Eric suspiró.

—Sé que no quieres escuchar ninguna excusa y ya no crees en mi palabra. Te he decepcionado.

—Me traicionaste —corregí hastiado, mis ojos perdidos en la multitud.

Había hecho cosas buenas por mí, pero eso no significaba que volvería a darle mi absoluta confianza. La rompió y no tenía reparación. Su traición me dolió porque él no era solo mi *consigliere*, mi tío o mi socio. Lo veía como mi padre.

—Lo siento —se disculpó—. Pensé que la olvidarías y me equivoqué.

Esa noche no pretendía invertir mi energía en idiotas que no valían la pena. Había terminado con él.

—Cuando recupere a Alayna le daré mi apellido y será mía por siempre. Nada de lo que hiciste valió la pena. Al contrario, perdiste el respeto que te tenía y nunca volveré a confiar en ti.

Tenía una mirada arrepentida en su rostro.

—Trabajaré muy duro para reparar los errores que he cometido.

Sonreí sin ganas. A la mierda con sus disculpas.

—No me importa. —Le palmeé el hombro y me alejé—. Hasta pronto.

La violonchelista en el escenario improvisado tocaba una melodía suave que casi me hizo dormir. Isadora me obligó a salir de mi escondite y comenzó un flujo interminable de saludos. Se aferró a mi brazo, siempre sonriendo. Se veía fantástica en su sencillo vestido gris mientras yo encontraba incómoda la corbata de mi esmoquin. Agradecí la ausencia del gobernador porque no quería soportar su temperamento. Entre bromas con algunos invitados y felicitaciones por el aniversario, mis ojos se dirigieron a la puerta. ¿Y si escapaba de una vez? Odiaba esas aburridas formalidades.

La única parte atrayente de la fiesta fue cuando Isadora me presentó al famoso magnate inglés: Scott Lindstrom. Cabello rubio oscuro, fríos ojos azules y postura intimidante. Su esbelta figura estaba envuelta en un traje negro de tres piezas. Muchas de las invitadas pretendían obtener su atención, pero él era tosco con la mayoría de ellas. Al menos yo no era el único antipático en mi fiesta.

—Es nuestro invitado especial —nos presentó Isadora con una radiante sonrisa—. Señor Lindstrom, él es mi esposo…

—Luca Vitale —la interrumpí y estreché mi mano—. Espero que tu estadía en Palermo esté siendo agradable. Me dijeron que estás aquí por negocios.

Él asintió, un atisbo de interés en su mirada.

—Un placer —aceptó mi mano y le dio un apretón firme antes de soltarla. El acento inglés destacaba, aunque hablaba en italiano sin dificultad—. Honestamente, me sorprendió la invitación.

Un rubor pintó las mejillas de Isadora.

—Es un honor tenerte aquí —dijo—. Toda la campaña de tu empresa me resulta impresionante. El hecho de que te preocupes por el medio ambiente habla muy bien de ti.

Scott le sonrió y ella se puso más roja.

—Mi hija está obsesionada con la naturaleza. Hago lo que esté a mi alcance para evitar la contaminación ambiental. Si bien es un poco difícil cuando tu fuente de trabajo es el petróleo.

—Hacemos lo imposible para complacer a los hijos —concordé.

Scott miró entre los dos.

—¿También sois padres?

—Oh, sí. Tenemos un pequeño niño de un año —respondió Isadora—. Él está ausente y bien cuidado por su tía. ¿Cómo se llama tu hija?

—Claire. Acaba de cumplir dieciséis hace algunas semanas.

—Apuesto a que es encantadora —dijo Isadora.

Se aclaró la garganta incómodamente.

—Lo es. —Fijó sus ojos azules en mí—. Escuché que te abriste paso al comercio de vinos y licores.

Una leve sonrisa se apoderó de mis labios.

—Recién empiezo, pero tengo planes de dedicarme al comercio. El año pasado fundé mi propia marca y tengo la intención de expandirme en otros continentes.

—Un proyecto ambicioso para alguien tan joven.

—No deberías subestimarme por ser joven —lo analicé—. Me da la sensación de que también has logrado mucho a tu corta edad.

—No tienes idea.

Él aparentaba ser un bastardo arrogante, pero a medida que la conversación avanzaba demostró ser agradable y real. No era un hipócrita.

—Al parecer no soy el único que odia estos eventos triviales —comentó cuando Isadora se alejó para atender al resto de los invitados.

—Podrías ir a un sitio más entretenido.

—Me retiraré en unos minutos —dijo—. Hay algo en la fiesta que me llamó la atención.

—¿Qué?

—Estuve en el mismo lugar que tú antes —contestó con una sonrisa cómplice—. Es agotador fingir ser alguien que no eres.

—¿Quién soy según tú?

—Un hombre infeliz. Solía ser igual cuando intenté salvar mi matrimonio. Creí que hacía lo correcto por mi hija y terminó destruyéndome.

El nudo en mi pecho creció al igual que la acidez en mi garganta.

—¿Dónde está tu esposa?

No parpadeó.

—Muerta —respondió—. Mi hija fue la más afectada y las consecuencias perduran en mi vida. Aún estás a tiempo de terminarlo. Te harás un enorme favor y tu hijo estará mejor. Una infancia dentro de un matrimonio arreglado no es sana. —Me estrechó la mano por segunda vez en la noche—. Ha sido un placer hablar contigo, Luca. Espero que se repita. Tengo una agradable finca en Londres si estás dispuesto a hablar de negocios. —Me guiñó un ojo—. Siempre estoy abierto a nuevas propuestas.

No oculté mi emoción.

—Sabes dónde encontrarme, Scott.

—Buenas noches.

Lo vi despedirse de Isadora con un beso en la mejilla. No podía dejar de pensar en las cosas que acababa de decirme. Me hizo saber que estaba tomando la decisión correcta. Mi madre entró en el salón vestida de lo más elegante. Estirando sus manos hacia mí, dijo con el rostro tenso:

—Tengo malas noticias.

—¿Qué sucede?

—Ella está aquí, vino acompañada de Fernando.

—¿Quién?

—Lucrezia Rizzo.

Los nervios empezaron a dispararse, pero no permití que tomaran el control. Isadora reía, jubilosa con los invitados. Aflojé mi corbata y vi cómo Lucrezia entraba en el salón, colgando de los brazos de Fernando. Elegante, sofisticada. Esos tres años no la habían cambiado mucho físicamente. Su cabello estaba peinado en un moño y un collar de perlas adornaba su cuello. Me recordaba a Marilla y su gracia cruel.

—Pensé que ella no estaba incluida en la lista —siseé.

—Es invitada de Fernando —musitó Madre a modo de disculpa.

Los hombres de seguridad no podían interferir y no quería armar un escándalo. Isadora la vio y noté cómo se tensaba. Fernando saludó a algunos conocidos antes de acercarse a mí finalmente. Le encantaba esto, pero no dejaría que me intimidara.

—Luca —masculló y me tendió la mano. Dudé un segundo antes de aceptarla—. Estupenda fiesta.

Mi apretón era firme y Fernando se desprendió de mi agarre antes de que le rompiera la mano. Fingí mi mejor sonrisa.

—Es bueno que estés aquí.

—¿Conoces a mi invitada? —Tocó la cintura de Lucrezia y sonrió—. Ella estaba ansiosa de volver a verte.

Lucrezia se veía serena, relajada. Actuaba como si hablarme no le doliera. Ya no era la mujer amable que había conocido cuando era un niño. Solo vi una cáscara vacía y llena de tristeza. El vestido negro demostraba que su luto era eterno.

—Lucrezia.

Sus labios se levantaron en la más leve sonrisa y fue ahí cuando lo vi. La malicia. El resentimiento.

—Ha pasado un largo tiempo —musitó, su voz demasiado sedosa detrás de esa falsa amabilidad—. Te ves muy guapo.

—Gracias.

—Tu esposa es una mujer hermosa —añadió—. Es una lástima que no pueda decir lo mismo de sus modales. Se ha comportado de una forma penosa cuando coincidimos hace días.

Parecía que una tormenta se avecinaba sobre nuestras cabezas. La tensión palpable saturaba el aire.

—Isadora tiene muchas cosas en mente.

—Por supuesto —se burló—. Ella se ocupa de todo mientras tú sigues siendo el mismo cachorro enfermo de amor por esa asesina. ¿Alayna Novak?

La rabia subió desde el hueco de mi estómago hasta la cavidad vacía de mi pecho. Me invadió como una ola. Me robó los sentidos y me nubló la vista. Si no se iba de mi fiesta, la sacaría a rastras.

—¿Qué haces aquí? ¿Palermo no te trae malos recuerdos?

Sus finos rasgos se quebraron.

—Los recuerdos me trajeron aquí —respondió tosca—. No puedo olvidarlos. Todavía veo a mi hija de dieciocho años.

No titubeé, tampoco ofrecí una disculpa. No sentía la muerte de esa basura.

—No es bueno aferrarse al pasado.

—Me imagino que lo dices por experiencia propia —se mofó—. A ti también te envié flores. ¿Te han gustado?

El ritmo de mi respiración se detuvo y no permití que ni una sola emoción me delatara. No me asustaba.

—Soy alérgico a las rosas —mentí.

—Qué lástima. —Pasó una mano por la barbilla de Fernando y le sonrió a mi madre, que no había hablado—. Es agradable verte, Emilia. La próxima vez espero que tengas el valor de saludarme.

—Lucrezia…

—Iré a saludar a unas viejas amigas.

Fernando ni siquiera disimuló la carcajada. Era ruidosa y fastidiosa. Quería romperle la cara por haber metido a esa mujer en mi casa.

—Ella es un poco ruda, ¿eh? Quiso acompañarme y no pude negarme.

—No, porque habrías perdido la oportunidad de molestarme. ¿Qué pretendes, Fernando?

—¿Yo? Nada, es una gran amiga y me gusta.

Agarré la chaqueta de su traje y acerqué su rostro al mío.

—Sigue jugando conmigo y te prometo que cortaré tu pene como lo hice con Carlo.

—No eres nadie para amenazarme.

Sonreí.

—¿Seguro? Tengo fotos tuyas frotando tu pene contra el culo de una bailarina. —Bajé la voz—. También eres el que más consume la prostitución. ¿Qué diría la prensa si supiera que estás detrás de las desapariciones de miles de mujeres?

—Eso no es… —Se calló, de repente un poco cohibido.

Ver el terror en sus ojos me satisfizo. El cambio de poder alimentaba mi alma. La oscuridad dentro de mí ya no luchaba limpiamente. Era cruel e implacable.

—¿Piensas que no lo sé? Tiraste por la borda mi trabajo y me traicionaste cuando decidiste invertir el dinero que me robaste en prostíbulos. Estás malditamente acabado.

Su cara estaba lívida y balbuceó algunas palabras que no entendí bien.

—Vuelve a atentar contra la vida de mi hijo y eres hombre muerto —amenacé—. Ahora lárgate de mi puta casa y nunca regreses.

Me alejé de él, aceptando una copa de vino en el camino. Había perdido demasiado tiempo. Ya era hora de acabar con todo este infierno.

Admiré la figura dormida de Thiago en la cuna. Kiara y Luciano habían logrado que se durmiera después de horas de juego. Ahora estaba aferrado a su muñeco. Lo amaba con todo mi corazón, pero no quería renunciar a mi felicidad.

—Algún día conocerás a alguien especial y vas a enamorarte como un loco. —Acaricié su suave cabello castaño—. Ella se convertirá en el centro de tu mundo y entenderás mis razones.

Sonreí al ver restos de saliva en la comisura de sus labios y me incliné para besar su frente. Tenía grabado en mi cabeza el día de su nacimiento. Isadora había sufrido casi treinta y seis horas de parto y creímos que no lo lograría. Pero Thiago nació sano y era un niño tan valiente. Pensé que jamás sería un buen padre. Maldición, el mío me odiaba y no me había dado el mejor ejemplo, pero cuando vi por primera vez a este niño me prometí que le daría todo y no le faltaría nada.

—Nunca dejaré de amarte, siempre serás prioridad, pero necesito hacer esto. Necesito recuperar mi felicidad —susurré—. Te prometo que volveré por ti, campeón. No te abandonaré. Solo serán unos días, ¿sí? Unos días…

La puerta de la habitación chirrió lentamente al abrirse y vi a Isadora de pie con las lágrimas surcando su rostro.

—Entonces todo ha terminado.

—Sabías que este día llegaría.

—De corazón espero que valga la pena dejarlo todo por ella.

—No estoy dejando a mi hijo —me apresuré a decir—. Estoy luchando por mi felicidad y cuando la recupere volveré por él. Seré el padre que merece.

Se atragantó con un sollozo.

—Pero no a mi lado.

Me acerqué a ella, sosteniendo sus hombros.

—Encontrarás a alguien que dejará todo por ti. Saldrás adelante porque eres maravillosa, buena, amable y fuerte.

—No soy fuerte.

—Sí, sí lo eres. Al igual que yo lograste sobrevivir a este mundo que nunca pedimos y llegará tu turno de ser feliz. —Deposité un pequeño beso en su mejilla y ella sollozó—. Te juro que serás feliz. Mereces el paquete completo, no un simple pedazo roto.

Ella dejó salir un aliento entrecortado.

—Adiós, Luca.

—Adiós, Isadora.

Y esa misma noche abandoné la mansión para recuperar la felicidad que me habían arrebatado. Subí a un avión y me juré que no regresaría sin mi mariposa.

19

ALAYNA

Sentí que mi ritmo cardiaco se aceleraba. La emoción se arremolinaba mientras examinaba mi atuendo frente al espejo. La estilista había venido más temprano y escogió el vestido blanco. Era perfecto con un diseño elegante que se ajustaba a cada dimensión de mi cuerpo. Tenía unas finas tiras que enseñaban mi generoso escote. Llegaba hasta el suelo, con una abertura en mi muslo izquierdo, donde se encontraba enfundado el cuchillo que había robado de la cocina. La luz hacía que mi piel luciera más pálida y mis ojos azules brillaran como zafiros, enmarcados por el maquillaje oscuro.

Empujé los rizos sueltos detrás de mis hombros y me puse los guantes blancos que cubrían mis codos. Mis labios estaban pintados de color rojo sangre. No tenía nada que ver con el modesto vestido, pero todavía quería parecerme a mí misma. No sería la muñeca de trapo que los irlandeses esperaban. Toqué el dije de mariposa que colgaba de mi cuello y suspiré. Mi ansiedad no tenía nada que ver con la fiesta. Era su presencia la que alteraba mi sistema. Hoy lo vería después de tres años y no sabía cómo reaccionar.

¿Por qué seguía persiguiéndome a pesar de todo el dolor que le había causado? Yo no fui lo suficientemente valiente para luchar por nuestra relación. No merecía una segunda oportunidad, pero era egoísta y si él me pedía volver lo tomaría sin dudar. Me aferraría a su mano y no lo soltaría nunca. Estábamos atados el uno al otro y el destino volvía a reunirnos. Escapé de él en Nueva York hacía semanas, pero hoy no quería huir. Ya no. Lo había intentado antes y fue inútil. Quería que su ausencia dejara de dolerme y la única manera era entregándome a mis sentimientos. Quería rendirme y convencerme a mí misma de que merecía esto. Yo merecía ser feliz. Yo quería ser amada.

—Te ves impresionante.

Estudié la silueta de Declan parado a mis espaldas. Se veía muy guapo en su traje azul marino, con el cabello húmedo y un poco despeinado. Sostenía una pequeña caja entre sus largos dedos. Era de terciopelo. Las comisuras de mis labios se apretaron con irritación. No quería su tonto regalo. No quería nada de él.

—Sé que el collar de mariposa tiene un valor sentimental para ti, así que escogí algo diferente.

Volví a mirar mi reflejo.

—Ahórratelo.

—Vamos, no seas orgullosa.

Abrió la caja a pesar de mis protestas y vi dos aretes de diamantes. Eran brillantes, bonitos y elegantes. No era un simple regalo de buena fe. Era una disculpa por su chantaje. La indignación se encendió en mi interior como una bengala y evité sus ojos.

—¿Qué piensas de mí cuando me ves? —pregunté.

Se acercó y me colocó los aretes, a pesar de mi rechazo.

—Qué la muerte luce espectacular en un vestido blanco, Alayna.

Una sonrisa tiró de mis labios y me concentré en mi reflejo. Era todo lo que necesitaba oír.

«Te dejaré sin palabras, príncipe».

—Qué conmovedor. —La voz de Derek provocó que nos apartáramos—. Cualquiera creería que ella es tuya, hermano.

Un tic resaltó en la mandíbula de Declan y me tensé al ver a un desconocido ingresar a mi habitación. Tenía la contextura gruesa y el cabello negro atado en una coleta. Su nariz torcida parecía haber recibido demasiados golpes y cuando me miró le sostuve la mirada. Dio un paso adelante con una sonrisa cruel. Estaba aquí para vigilarme.

—¿No deberías atender a tus invitados? —inquirió Declan.

—La fiesta todavía no ha comenzado, primero necesito dar algunas instrucciones. —Los ojos verdes de Derek se posaron en los

243

míos—. Él es Nevin y está a cargo de ti. Si das un paso en falso, tiene la autorización de matarte o hacer contigo lo que quiera. Es un gran admirador de la mariposa negra. Se puso muy feliz cuando le ofrecí este trabajo.

Nevin mantuvo su sonrisa sin hacer comentarios y vi cómo se acomodaba la entrepierna. Bastardo repugnante.

—Eres un verdadero encanto, Derek —dije con sarcasmo y estreché los ojos—. ¿Cuántas horas de vida le darás a Nevin? ¿Una? ¿Dos? Seré generosa con él. Al resto de tus hombres los maté en dos minutos.

Nevin lanzó un gruñido y me reí. Oh, era mudo. Mejor. Declan tosió para ocultar la sonrisa.

—Hoy no tengo tiempo para tus parloteos —advirtió Derek—. No te pases de lista o me aseguraré de que Nevin folle hasta tu maldito cadáver. —Le echó un vistazo a su reloj—. Os espero en la fiesta en cinco minutos. —Miró al mudo—. Quédate en su puerta y no te apartes de ella.

Declan le siguió los talones cuando abandonaron la habitación y cerré la puerta en las narices de Nevin. La actitud de Derek me tomó desprevenida. Siempre actuaba muy seguro de sí mismo. ¿Qué lo había hecho cambiar tan repentinamente? Apliqué otra capa de tinte rojo en mis labios y pensé en Eloise. En ningún momento la había mencionado. ¿Por qué? ¿La había matado? «No». Si ese fuera el caso, no dudaría en restregármelo en la cara. Sucedió algo que escapó de sus manos y ahora quería retenerme.

Me quité los aretes y volví a guardarlos en su caja mientras me dije a mí misma que era hora de mandar al carajo todo. Esa misma noche mataría a Derek Graham y no me importaban las consecuencias.

LUCA

Una de las pautas para asistir a la fiesta era que debía ir sin compañía. No tenía ningún plan maestro armado. Solo confianza y la seguridad de que Alayna trabajaría conmigo. Juntos seríamos imparables y esperaba que la noche terminara en una masacre con los irlandeses muertos.

Primero hablaría con Derek y luego encontraría un momento a solas con ella. No sería fácil con su carácter. «Esa mujer...». Me reí de mí mismo y sacudí la cabeza. Si había algo que me gustaba de Alayna era su forma de ser. Solo quería atravesar los muros que me separaban de ella y besarla hasta que mis labios dolieran. Era un idiota por creer que nuestra reconciliación sería repentina, pero sabía que ella no quería estar con los Graham. Cuando le dijera que Eloise estaba a salvo no dudaría en venir conmigo.

—No me compliques las cosas, mariposa —musité—. Hoy no.

La velocidad aumentó a casi 200 kilómetros por hora mientras aceleraba en la desierta autopista. Había empezado a llover y corría el riesgo de sufrir un accidente, pero no iba a detenerme. Necesitaba llegar a ella lo antes posible. Miré el arma con silenciador en el asiento del copiloto. En ningún momento habían mencionado que estaba prohibida. El limpiaparabrisas despejó el camino ante mis ojos cuando de repente una motocicleta deportiva negra se interpuso y me obligó a frenar de golpe. Capas de humo se disolvieron en el aire. ¡¿Qué carajos?! Alcancé el arma y salí del auto, enojado por tener que exponer mi traje a la lluvia.

—¡¿Qué demonios está mal contigo?! —exclamé con los dientes apretados—. ¡Pude haberte matado!

Si no se movía los siguientes minutos le dispararía. El individuo se quitó el casco y unos familiares ojos azules me miraron con frialdad. La versión masculina de Alayna.

—Caleb.

El mellizo Novak ajustó la mochila sobre su hombro y bajó de la motocicleta.

—Lamento la interrupción, yo también tengo prisa —dijo con una calma mortal—. Te partiría la cara por no advertirme que asistirás a la fiesta de los Graham, pero ambos buscamos lo mismo y no me conviene matarte tan pronto.

«Qué considerado de su parte».

—¿Qué harás exactamente?

—Rescatar a mi hermana. —Sacó un pequeño dispositivo negro y me lo lanzó. Lo atrapé en el aire con el ceño fruncido—. Póntelo, es una cámara con micrófono que será mis ojos y mis oídos. Tú ayudarás desde adentro mientras yo haré lo que me sale mejor.

—Matar desde las alturas —asumí—. ¿Alayna sabe que estarás ahí?

Una sonrisa burlona curvó sus labios.

—Alayna nunca me cuenta nada. Piensa que puede hacerlo todo sola y prefiere mantenerme al margen para no interferir en mi vida —contestó—. Ha cometido muchos errores porque es demasiado orgullosa y se cree invencible.

Oh, sí. Podía dar fe de sus palabras.

—¿Cómo encontraste mi ubicación?

—Llevaba semanas sin noticias de ella y llegué a la conclusión de que está en problemas. Así que llamé a Moretti y me contó todo.

Claro que sí. Ignazio Moretti siempre atento.

—Brillante.

—Sácala de ahí y yo me haré cargo del resto.

No era momento de reproches. Respetaba a Caleb y podía aprender mucho de él. Sin embargo, me había decepcionado hacía tres años.

—¿Ella estaba en Londres ese día? —pregunté sin poder contenerme—. ¿Escondida en tu casa?

No parpadeó.

—Sí.

—¿Te pidió que me mintieras? Me dijiste que ella no estaba ahí.

—Alayna tiene muchos demonios. Necesitaba vencerlos sola —farfulló, poniéndose el casco—. Esos tres años sin ti la han destrozado, pero sirvió para que reflexionara y se diera cuenta de que no tiene nada de malo ser amada.

—Nos rompió a ambos.

—Aún puedes repararlo. Estás aquí y es todo lo que importa —dijo y arrancó la motocicleta—. Demuéstrale que la amas y que no vas a rendirte con ella. Yo no lo haré. Nos vemos pronto, Vitale.

Las llantas de la motocicleta chirriaron cuando derrapó y se alejó a toda velocidad. Me froté el rostro y solté una bocanada de aire.

Había llegado demasiado lejos. Por supuesto que no me rendiría con ella. «Nunca».

Al llegar, cambié mi chaqueta mojada por una de repuesto que tenía en el auto. Peiné mi cabello húmedo con mis dedos y bajé para dirigirme al salón. La llovizna era leve mientras caminaba a la puerta custodiada. El micrófono que me había dado Caleb estaba colocado en el cuello de mi camisa de una forma en que él podía ver u oír todo lo que sucedía dentro del salón. La pistola con silenciador seguía escondida bajo la chaqueta de mi traje, metida a mis espaldas.

—Luca Vitale —le dije al soldado y me permitió pasar sin hacer comentarios.

La atmósfera era completamente diferente a lo que había imaginado. La fiesta estaba repleta de hombres viejos, la mayoría de ellos acompañados de mujeres jóvenes con escasa ropa. Las bebidas abundaban, así como las mesas de juegos. El olor a cigarrillos flotaba a mi alrededor mientras me abría paso. Cuerpos sudados se movían en la pista de baile y la multitud se volvió loca con el cambio de música. Mis labios se fruncieron en desagrado, rogaba que terminara pronto. Ni siquiera el bar me resultaba atractivo.

—¿Luca Vitale? —espetó una voz suave y me giré para ver a la joven dama con vestido rojo—. El señor Graham lo invita a su mesa. Por favor, sígame.

Asentí mientras esquivábamos los cuerpos sudados y llegamos a otra sección del salón donde había una gran mesa de póquer. Ahí, sentado con un cigarro en la boca y varias cartas en la mano, estaba Derek Graham. Levantó la vista cuando notó mi presencia y sonrió.

—Vitale, qué sorpresa —dijo con un toque de humor—. Pensé que no vendrías. La fiesta empezó hace una hora.

—Tuve un pequeño retraso —respondí en inglés.

—Oh, me imagino. Los italianos son tan impuntuales —sonó decepcionado—. Pensé que sería mejor discutir nuestro acuerdo en persona.

¿Nuestro acuerdo? Este hombre estaba seguro de que pelearía a su lado. ¿Cuán arrogante podía ser? La chica del vestido rojo me ofreció una silla y Derek me pidió que me sentara. Los demás en la mesa se retiraron cuando sacudió la mano y dejó de lado las cartas antes de darle una calada al cigarro. Nos observamos el uno al otro. Había escuchado de boca de Gian el historial criminal de este imbécil. Me recordaba a mi difunto padre y con más razón nunca negociaría con él.

—Irina Boticelli cerró un pacto con Ignazio Moretti —murmuré—. Diría que está cerca de convertirse en la dueña de Roma y Nueva York. No habrá forma de detenerla.

Su mandíbula crispó y tiró las cenizas del cigarro sobre la mesa.

—Ella se cree muy lista —sonrió—. Pero tarde o temprano volveré a romperla como lo hice hace diez años. El punto aquí es que… —Sacudió la cabeza, tratando de regresar al presente—. Puedo ofrecerte todo lo que quieras. Incluso a la mujer que amas.

Una cantidad abrumadora de tensión estremeció mis músculos.

—Sabes, entiendo por qué estás tan obsesionado con ella. Alayna Novak es fascinante. —Se lamió los labios—. Ni siquiera mi hermano pudo resistirse a su belleza. Tan exquisita.

Bebió un trago y me miró con esa expresión presumida que me hubiese gustado borrar a puñetazos. Medí mi respiración y no reaccioné.

—Te daré millones de euros, drogas, armas, putas —se mofó—. Cualquier cosa que desees si le das la espalda a Irina Boticelli y trabajas en mi equipo. Sé que tienes a tu disposición soldados que pelearán por ti.

—No me involucro en la guerra de nadie. Lo único que busco es la prosperidad de mi ciudad.

—Me advirtieron que eres un tipo demasiado blando para este mundo. —Soltó una carcajada—. Si te mantienes al margen, también funcionará.

—Es lo que pretendo, pero podría hacer una excepción si me das lo único que busco.

Nuestra atención se dirigió hacia las escaleras de mármol, donde una mujer vestida de blanco bajaba con cuidado. Tragué, intentando mojar mi garganta seca. Mi respiración se cortó unos segundos y mi visión se puso borrosa. Era ella.

«Alayna…».

El balanceo de sus caderas gritaba seducción y el vestido blanco acentuaba su perfecta figura femenina. Rezumaba sensualidad y todos los hombres y las mujeres en la habitación notaron su presencia. Alayna no solo era hermosa, era impresionante. Su brillante cabello negro estaba suelto, su maquillaje cargado y esos labios rojos… Maldición, seguían siendo mi debilidad. Ella era la mujer más hermosa que jamás había visto. La imagen perfecta de mis sueños, la dueña de mi corazón y por quien iría hasta el fin del mundo sin dudar. Era una diosa en la tierra y los simples mortales teníamos el privilegio de contemplarla.

Y era mía.

—Mi padre solía decir que las mujeres rusas son las más hermosas del mundo —comentó Derek entretenido—. Yo también estaría obsesionado con ella, pero mi hermano ya la ha reclamado como suya.

Apreté la mandíbula, mi ira alcanzó un punto de ebullición. La carcajada de Derek se hizo más fuerte.

—¿Qué piensa tu esposa de esto? La hija del gobernador. —Se inclinó un poco, pero yo no podía dejar de mirar a Alayna—. ¿Matrimonio concertado?

No respondí. El hechizo se rompió y me retorcí en mi propio infierno personal cuando un pelirrojo rodeó la pequeña cintura de Alayna y besó su mano. En ese instante sentí como si mi corazón hubiera sido arrancado de mi pecho. Era Declan Graham. El mismo bastardo que la había acompañado en Nueva York.

—Cualquier hombre se sentiría poderoso con una mujer como ella. Tendrás que matar a mi hermano si quieres llevártela —continuó Derek entre risas—. Verás, ella no es ninguna prisionera aquí. Está encantada de pertenecer a Declan.

«Hijo de puta…».

Sus palabras escocieron, cayendo como una daga en mi pecho. Los celos nunca fueron una buena cualidad. Mi sangre vibró por la furia cuando la vi a ella sonriéndole. Él era pelirrojo, cuerpo ancho, ojos verdes. Era tan irlandés que me daba asco. El resentimiento me quemó como el whisky en la garganta. No podía disimular mi malestar por mucho que lo intentara. Quería matarlo por tocarla.

Era como si esos tres años no la hubieran afectado. Su sonrisa maliciosa perduraba, la forma en que caminaba exigía atención. No me di cuenta de que me puse de pie y avancé directamente en su dirección. Mi mente estaba demasiado confundida por la ira y embriagada por la necesidad que no pude captar otra cosa más allá de sus preciosos ojos azules abriéndose de par en par cuando notó mi presencia.

—Luca… —jadeó, el sonido de su voz con acento ruso aumentó el ritmo de mis latidos. Había soñado tanto con ese momento.

—Hola, mariposa.

ALAYNA

Pensé que estaría preparada, me advirtieron que esa noche lo vería. Aun así, fue un golpe directo al corazón. Admiré la forma en que su traje negro se adaptaba a su esbelto cuerpo, le quedaba increíble. Estaba más maduro, ejercitado y sexy. Sus hombros estaban tensos, las venas en su cuello sobresalieron cuando notó la mano de Declan en mi cintura. El calor en sus ojos me quemó. Él no dijo nada, pero su expresión gritaba todo.

Pasión.

Rabia.

Celos.

Dolor.

«Amor».

Un escalofrío me recorrió mientras hacía una evaluación completa de mi cuerpo antes de detenerse en mi rostro. Incluso lo sentí como un contacto físico. El deseo circulaba entre nosotros en oleadas, el calor inundó mi sistema. Ese fuego seguía ahí, ardiendo como el primer día. Todos los momentos que habíamos compartido juntos revivieron en mi cabeza y el escozor inundó mis ojos mientras permití que me llevara a la pista de baile y hacía caso omiso de la presencia de Declan, que nos miraba con los puños apretados.

—¿Qué haces aquí?

Nos detuvo en medio de la multitud y me miró un poco decepcionado.

—¿De verdad, Alayna? —Su tono era burlón, su acento italiano mucho más grueso de lo que recordaba—. Huiste de mí tres años y es todo lo que recibo a cambio.

—¿Qué esperabas? ¿Un beso?

Una lenta sonrisa se extendió por su apuesto rostro y tocó el collar de mariposa en mi cuello. Estaba complacido de ver que aún conservaba su regalo.

—Sí.

Traté de apartarme, pero me agarró de la cintura y me acercó bruscamente a su cuerpo. Sus manos se sentían como si estuvieran quemando la tela del vestido. No podía controlar la excitación. El deseo. Las ansias. Inhalé, captando su aroma. Fresco, masculino, adictivo. Justo como lo recordaba.

—Estás casado y tienes un hijo —escupí con desdén—. Déjame tranquila y vuelve con tu perfecta familia.

Movió la mano de mi cintura y acarició mi cuello presionando suavemente mi garganta. Su descaro me hizo temblar, no solo de rabia, también de placer. Me estaba tocando ahí delante de todos como si le perteneciera. Y en el fondo de mi mente sabía que eso era cierto. Yo era suya. Siempre fui suya.

—Y una mierda —dijo—. La única mujer que quiero eres tú.

—Basta, déjame ir.

Metió la nariz en mi cabello, inhalándome. Hice todo lo posible para evitar que mi corazón latiera frenéticamente, aunque era muy probable que él pudiera oírlo. Yo era un libro abierto cuando estábamos juntos. Quería sus manos en mi cuerpo. Quería sentir esa calidez que solo él me daba.

—Tú y yo sabemos que no quieres eso. Estoy aquí por ti.

La intensidad de su toque casi hizo que lo empujara y me alejara corriendo, pero por otro lado mis manos tenían mente propia y se negaban a soltarlo. Agarré su camisa, acercándolo más a mí. Tocarlo se sentía como regresar a la vida después de haber estado muerta tres años. Luca jadeó, pasando los dedos por mi mejilla.

—No necesito que me salves —susurré.

Me dio la vuelta y me puso de espaldas a él. Buscó mis manos y entrelazó nuestros dedos. De buena gana me relajé mientras nos movimos al ritmo de la música. Era muy consciente de las personas que nos rodeaban, pero en este instante no me importó nadie más excepto el hombre que me sostenía. «Careless Whisper», de George Michael, empezó a sonar y Luca tocó cada curva de mi cuerpo. Se estaba asegurando de que era real.

—No iré a ninguna parte sin ti, Alayna. —Me giró de nuevo y le rodeé el cuello con los brazos. Desvié la mirada, pero él me forzó a mantener mis ojos en los suyos—. Eché de menos esos ojos azules. —Tocó mis labios—. Esta boca… —Su mano rozó mi trasero—. Este cuerpo…

Me removí en sus brazos.

—Suéltame.

Tiró de mi cabello.

—Apártame.

No lo hice, no quería hacerlo.

—¿Por qué sigues persiguiéndome? ¿Por qué sigues buscándome? Hay miles de razones por las que no deberíamos estar juntos, Luca.

La emoción resplandeció en sus ojos.

—Tú eres mi mujer, Alayna. No me importa si el mundo entero dice lo contrario. Pelearé por ti hasta mi último aliento.

Rozó sus labios con los míos y aparté mi rostro.

—No soy tu mujer, no me llames así. No puedo darte lo que buscas.

En un movimiento tan violento que casi tropecé me movió lejos de la pista y me acorraló contra una pared. La escasa luz del salón iluminó sus ojos llenos de ira. Mi pecho subía y bajaba por el contacto de nuestros cuerpos. Anhelaba todo de este hombre. Sus besos, sus caricias, su alma.

—Me das todo, maldita sea. Deja de huir. —Ahuecó mi rostro con sus manos de la forma más dulce—. ¿Acaso no lo sabes? Estoy aquí, Alayna. Sigo aquí con la esperanza de que abras los ojos y te des cuenta de que estoy enamorado de ti como el primer día. Mis sentimientos no han cambiado nunca.

Escucharlo decir esas palabras se sintió como un cálido bálsamo en mi corazón herido.

—¿De verdad? ¿Y tu familia?

Soltó un sonido de angustia.

—Eso no es un impedimento para que te ame como lo hago. Mi matrimonio solo es un papel que pronto quemaré. —Acarició mis labios con su dedo—. En cuanto a mi hijo, no tiene que ser un problema para estar juntos. Estos tres años sin ti han sido un infierno. ¿Tú eres feliz?

¿Feliz? No hubo vida desde ese día que decidí dejarlo atrás. Fue el error más grande que había cometido, pagué muy caro el precio. A diferencia de él no pude salir adelante y eso me volvía loca de celos.

—Fueron los mejores tres años de mi vida —respondí desde el resentimiento.

Golpeó un puño en la pared detrás de mí.

—Deja de mentir, maldita sea. ¿Acaso no me ves? Si no te amara como lo hago, nunca habría tomado ese avión.

—No te pedí nada.

—Pero lo hice porque te amo —dijo con convicción—. Te amo tanto y no me iré de aquí hasta que tengas el valor de mirarme en la cara y decirme que ya no sientes lo mismo.

Desvié mis ojos hacia la multitud.

—No te amo.

Luca no se dio por vencido.

—Mentira —gruñó—. Inténtalo de nuevo y mírame a los ojos.

—No te...

Tomó mi cabello en un puño y fundió nuestras bocas con rudeza. Un beso desesperado y salvaje que me hizo olvidar el pasado, el presente y el futuro. No había delicadeza, tomamos cada bocado. No era solo un beso. Era un pacto. Nos fundimos el uno con el otro y disfruté mi sabor favorito. Su olor, su tacto, sus gemidos, su abrazo, todo se sentía como regresar a casa. Lo echaba de menos y en ese momento supe que nunca más lo dejaría ir.

—Por favor… —susurré—. No pares o me muero.

Arrastró sus labios hasta mi cuello. Mi cabeza cayó hacia atrás y sentí su erección. Agarré su corbata y traje su boca de nuevo a la mía. Dejó escapar un pequeño gruñido que me puso mucho más húmeda.

—¿Ves? —preguntó—. Sigues siendo mía. Eres mía.

Bajé la mano y lo toqué por encima del pantalón. Gemí su nombre cuando sentí lo duro que estaba. Lo necesitaba dentro de mí. Lo quería rudo, profundo, crudo. Lo quería tanto.

—No —insistí—. Yo…

—¿No qué, amor? —Chupó mis labios con una sonrisa arrogante—. Estás rendida en mis brazos. Es bastante tarde para cualquier arrepentimiento.

Cerré los ojos y saboreé la sensación de su boca sobre mi piel, sus manos en mi cuerpo.

—Sigues siendo el mismo idiota que conocí.

—Y tú sigues siendo hermosa.

Noté la presencia de Nevin por encima de su hombro y me estremecí. Antes de que pudiera protestar, Luca apartó sus labios y lanzó una orden llena de autoridad:

—Un paso más y te volaré la cabeza —amenazó—. Fuera.

El irlandés retrocedió, pero sus ojos hostiles me miraron y sonreí. Cuando se alejó, Luca me abrazó y llevó mi cara a su pecho. Me estaba matando. Esos tres años solo habían aumentado el deseo y la pasión.

—No puedo irme contigo —dije con la respiración agitada—. Eso le pondrá un precio a tu cabeza y matarán a Eloise.

—Lo tengo bajo control. Eloise está a salvo.

Respiré hondo, intentando retomar el control de mis emociones. Ahora entendía la actitud de Derek. Ya no tenía a Eloise en su poder. Ya no podía chantajearme.

—¿Cómo es posible?

—No hay tiempo para las explicaciones. Ven conmigo.

Entrelazó sus dedos con los míos y empezó a llevarme de regreso a la fiesta para buscar una salida.

—No será fácil huir de aquí, ya has visto a ese idiota —farfullé—. No van a liberarme. Me están vigilando.

Me miró por un largo segundo.

—Caleb tenía razón cuando dijo que quieres hacerlo todo sola —rio—. Mariposa terca.

—¿Has visto a mi hermano?

—De hecho, nos está escuchando.

—¿Qué?

—Las explicaciones vamos a dejarlas para después. Hora de irnos.

Me aferré a su mano, dispuesta a seguirlo a cualquier parte, pero Declan nos interceptó. Su expresión era solemne. Sus ojos evaluaron mi aspecto, el cabello desordenado y el vestido un poco arrugado. Noté los celos, el resentimiento, la ira.

—Si fuera tú ni siquiera lo intentaría —dijo con sus ojos en Luca—. Aún tienes que hablar de negocios con Derek y ella pertenece a aquí.

«Hijo de puta...». No toleraba que se refiriera a mí como un objeto.

—¿Pertenezco a aquí? —Salí del resguardo de Luca y lo enfrenté—. Vete a la mierda.

Nos hizo notar el arma negra y brillante que sostenía. Sus dedos tocaban el gatillo.

—Vamos, eres una mujer inteligente y no harás ninguna tontería —enfatizó—. Trae a tu enamorado y hablemos con Derek. La fiesta aún no ha terminado.

20

ALAYNA

Siempre me había gustado que Luca perdiera el control y dejara salir su lado más oscuro, pero no nos convenía que matara tan rápido a Declan. No cuando Nevin y varios soldados respaldaban al irlandés. No podía permitir que mi príncipe saliera herido. No quería perderlo de nuevo.

—Dejé claro que no intervengo en las guerras de nadie —dijo Luca.

Una lenta y sardónica sonrisa se extendió por el rostro de Declan.

—Realmente no sabes cómo funciona esto, ¿verdad? No tienes elección ni salida. ¿Pensaste que Derek te dejaría ir? —Se burló y me miró—. ¿Con ella?

Cada músculo de mi cuerpo se tensó porque sabía cuál era su verdadera intención. No saldríamos de allí a menos que hiciéramos el trabajo sucio. Matar a Derek por él. Un hombre como Declan estaba acostumbrado a salirse con la suya. Y si eso significaba que tenía que manipular y mover todo a su conveniencia lo haría.

—¿Qué te hace creer que no? —respondí.

—¿Has olvidado las consecuencias?

Un lado de mi labio se curvó. Había caído tan bajo, insultando mi inteligencia. Me consideraba una estúpida. Luca había acabado con su herramienta de extorsión. Ellos ya no podían retenerme. El monstruo dentro de mí estaba suelto, ansioso de sangre.

—Quítate de mi camino o perderás tu última cuota de vida, Declan.

Los soldados salieron de las sombras, mirándonos en una clara advertencia. No podía hacer mucho con el cuchillo enfundado en mi muslo, pero al menos me daría el gusto de degollar a Declan. Por supuesto me matarían a tiros después y arrastraría a Luca conmigo.

—El amor ciega a las personas. —Declan se fijó en Luca y volvió a mirarme lentamente—. A mi lado no serías la segunda opción de nadie.

Luca no había pronunciado ni una sola palabra, pero en ese instante reaccionó. Podía sentir la furia fluir a través suyo. El poco control que tenía se fue al carajo.

—¿Qué podrías ofrecerle tú? —escupió Luca—. ¿Una vida de servidumbre donde mata a todos tus enemigos porque no eres lo suficientemente hombre para lidiar con tus propios problemas?

La expresión estoica de Declan se desencajó y su mano apretó el arma que sostenía.

—¿No es eso lo que hiciste con ella en Italia? —contraatacó el irlandés—. Mató a tu padre y luego la desechaste.

Mi pecho se movió bruscamente; odiaba que hablaran de mí como si no estuviera presente. Cuánta testosterona, por favor. No tenía tiempo para lidiar con hombres estúpidos que no podían controlar sus temperamentos. Yo no era ningún trofeo.

—Deteneos ahora u os mato a ambos.

—Tú no sabes nada de nuestra relación —se alteró Luca—. Nunca la conocerás como yo, no sabes de su pasado, sus sueños, sus metas, sus gustos, su comida favorita. No sabes absolutamente nada de ella. Y no sabes por todo lo que hemos pasado para volver a reunirnos.

—Solo sé que fuiste un idiota cuando la dejaste ir.

Lo empujé de golpe, provocando que se tambaleara hacia atrás. Él no tenía ni idea de cómo habían sucedido las cosas. No permitiría que siguiera hablando de nosotros. Los soldados dieron un paso adelante, pero Declan levantó una mano y los detuvo.

—He dicho basta —espeté al borde del colapso—. Si no os detenéis ahora, me iré y dejaré que os matéis a gusto.

La mano de Luca se curvó alrededor de mi cintura y me llevó de vuelta a su lado.

—¿Crees que la mereces después de lo que hiciste? La chantajeaste con su mejor amiga —continuó—. La obligaste a trabajar y mataste a un inocente por culpa de tu cobardía.

Declan se mofó.

—¿Sabes cuál es la diferencia entre tú y yo, Vitale? Si ella fuera mía, jamás la habría degradado como lo estás haciendo. Nunca la pondría debajo de otra mujer. ¿Qué haces aquí? Después de todo sigues casado y con una familia esperándote.

Una profunda risa retumbó del pecho de Luca.

—A ti no te debo ninguna jodida explicación. Solo a ella y lo haré cuando estemos en privado. —Me apretó la mano y su voz se suavizó cuando me habló—. Ven, amor.

Declan se interpuso de nuevo y me miró.

—Hay cientos de hombres afuera.

Y mi hermano los mataría en cuestión de minutos…

—No soy tu problema.

Intentó detenerme.

—Alayna…

Luca lo apartó bruscamente.

—Tócala de nuevo y perderás todos tus dedos.

Puse una mano en su pecho y él se relajó un segundo hasta que Declan volvió a arruinarlo abriendo la boca. Su sonrisa era despiadada mientras me miraba y se lamía los labios.

—Ella estuvo encantada en mis brazos esa noche en Nueva York.

Todo sucedió en un parpadeo. Luca golpeó a Declan en la cara con tanta fuerza que lo derribó al suelo. Vi la muerte y el deseo de sangre en sus ojos grises. Su pecho subía y bajaba rápidamente. Su mandíbula estaba tan apretada que temía que se rompiera. Mierda, nunca lo había visto tan furioso.

—No vuelvas a hablar así de ella —gruñó—. Hazlo de nuevo y te corto la lengua.

Los soldados nos apuntaron con sus armas, pero Declan volvió a detenerlos y soltó una carcajada mientras se ponía de pie. Era mayor y juraría que tenía más experiencia en el mundo criminal. Pero ahora lucía tan insignificante frente a Luca. La fiesta seguía, la música sonaba. Me di cuenta de que teníamos espectadores que miraban disimuladamente en nuestra dirección. Otros se alejaron al ver las pistolas.

—Relajaos. —Declan se dirigió a los soldados y limpió la sangre que brotaba de su boca—. Los desacuerdos son normales como en cualquier negocio. Ya mismo iremos a hablar con Derek, hemos perdido bastante tiempo.

—Terminemos con esto de una vez —susurré.

No quería estar otro segundo allí, pero si la salida más viable era eliminando al líder de este clan lo haría. Cumpliría mi promesa de matarlo.

—Primero las damas. —Declan se hizo a un lado y me dejó pasar. Luca seguía teniendo la misma expresión y el parpadeo maniático en su mirada. Había cambiado tanto. Aprendió a defender lo suyo sin temor a ensuciarse las manos. Ya no era un ser de luz. Le hacía honor a su título del «rey oscuro».

Cuando pasamos por el salón todos estaban demasiado borrachos para notarnos. Siempre había odiado ese tipo de fiestas. Cualquiera podría morir delante de sus narices y ellos no se darían cuenta hasta que fuera demasiado tarde. Débiles. Eran débiles. Incluso Derek, que no veía lo que sucedía a su alrededor. Años de maltrato habían despertado el resentimiento de su hermano. Creía que siempre tendría a Declan a su disposición y que no esperaría nada más. Si supiera que el enemigo vivía en su propia casa y ahora enfrentaría las consecuencias de su error. La muerte lo acechaba.

Las llamas de la chimenea se reflejaban en las paredes cuando entramos en la oficina de Derek, que estaba acompañado de sus soldados. Se encontraba sentado en un sofá victoriano y su rostro estalló en una gran sonrisa al ver el aspecto de su hermano.

—Veo que os empezasteis a divertir sin mí —masculló y señaló el sofá delante de él—. Sentaos. Tenemos mucho de que hablar.

Luca se puso cómodo en un sofá. Traté de ubicarme cerca de la chimenea, pero no lo permitió. Agarró mi cintura y me sentó en su regazo. Imbécil territorial. Clavé mi codo en su estómago y él disimuló el gemido de dolor con una tos. Siempre había sido posesivo, pero esa noche excedió los límites. Derek estaba más que entretenido con la situación. Declan, en cambio, era otra historia. Su expresión era de rabia mientras se limpiaba la sangre y me miraba.

—No me gusta perderme de nada —comentó Derek—. No me gusta que me mientan en la cara como acabas de hacerlo, Vitale.

Se metió la mano en el bolsillo de su chaqueta, sacó un cigarro y lo encendió con sus ojos atentos en Luca. El humo se arremolinó en la habitación y arrugué la nariz. Detestaba la sola idea de que siguiera respirando.

—¿Mentirte? —cuestionó Luca—. He sido sincero contigo. No intervengo en la guerra de nadie.

Mi mano bajó lentamente, tratando de agarrar el cuchillo enfundado en mi muslo. Solo teníamos minutos antes de que el desastre explotara. Había diez soldados en la habitación. Si la suerte estaba de nuestro lado, Caleb mataría a varios de ellos mientras Luca y yo eliminábamos a los líderes irlandeses.

—¿Seguro? Hace tres días Eloise Pradelli desapareció del hospital y ni siquiera la justicia australiana supo darme respuestas. Su ubicación es un misterio, pero sé que has intervenido. Encontraron muerto a mi hombre de confianza que la vigilaba. ¿Qué me dices de Irina? Cerraste un pacto con ella. Elegiste un bando.

El calor del fuego brilló en los ojos de Derek y sonreí. El orgullo ardió en mi pecho. Luca había movido las piezas a su favor antes de buscarme. Él sabía que Eloise era mi debilidad y ahora ya nadie podría usarla para manipularme.

—No me involucro con hombres como tú —dijo Luca con total naturalidad—. Vas por el mundo dejando huellas de todos tus crímenes y no te importan las consecuencias. No quiero a alguien así cerca de mi gente. Nunca te daría acceso a mis territorios.

Luca dominaba la situación. Líneas de tensión se formaron en la frente de Derek y soltó el humo por la boca. Sus siguientes palabras sonaron grotescas:

—Darle la espalda a un hombre como yo significa la muerte.

—No somos los únicos que lo hemos hecho. —Miré a Declan con una pequeña sonrisa y él se tensó—. ¿No te lo ha dicho tu querido hermano? ¿El trato que me propuso?

Si él quería ensuciarnos, primero me encargaría de hacerlo sufrir. Declan había comenzado todo esto. Intervino en mi vida cuando no necesitaba más problemas y había perdido la amistad de Eloise por su culpa.

—Te quiere muerto —continué, disfrutando el pánico en los ojos de Declan—. Quiere adueñarse de todo lo que has construido.

El peso de la traición golpeó la expresión de Declan, pero yo seguí hablando, escuchando la suave respiración de Luca en mi nuca. Su perfume masculino inundó mis fosas nasales y disfruté la sensación.

—Sé lo que estás haciendo, zorra mentirosa —dijo Derek—. Ponernos a pelear entre nosotros no va a funcionar.

Batí mis pestañas inocentemente. Luca apretó su agarre en mi cintura, molesto por el insulto.

—Me contó las cosas que tu padre te hizo cuando eras un niño —sonreí—. Me contó que eres un pedazo de basura rechazada que llevó a la ruina a su propia familia y violó a una mujer porque no veía nada más detrás de su odio.

Derek golpeó su puño en la mesa y su cara se volvió rojo escarlata. Luca se preparó detrás de mí.

—¡He dicho que te calles, puta asquerosa! —bramó, sus ojos enloquecidos fueron a Declan—. Tú, maldito perdedor… ¿Lo hiciste?

—¿No es lo que siempre fuiste tú? —respondió Declan sin titubear—. ¿Un bueno para nada que lloró toda su vida porque no tenía el amor de su padre?

—Bastardo desagradecido…

—Desde un principio debí ser yo quien se quedara con todo, pero te encargaste de impugnar el testamento cuando te dejó en la calle como la mierda que eres. No fuiste apto para lidiar con un cargo tan importante. Eres una vergüenza.

Derek tenía la boca apretada en una línea, la expresión amarga.

—Jamás hubieras podido sacar adelante este negocio como lo hice yo. Eres un fracasado sin ambiciones. Deberías agradecerme por no haberte obligado a trabajar como puta en un burdel.

Declan soltó una estruendosa carcajada.

—¿Lo sacaste adelante? La policía empezó a husmear y es cuestión de tiempo para que estés detrás de las rejas. Has cometido muchos errores, hermano. Es hora de que dejes a los hombres hacer su trabajo.

—¿Cómo planeabas derrocarme? —Derek se mofó—. ¿Contratando los servicios de esta zorra que no ha hecho más que cegarte desde que llegó aquí? Fue idea de ella, ¿no?

Declan rio, el sonido resonó en las paredes.

—No soy un inservible sin criterio como tú.

—Acabaré con el problema. —Derek me apuntó con su arma—. Nunca debimos meterla en nuestra casa. Nunca…

El impulso de agarrar su garganta y destrozarla me consumió, pero mi intervención no fue necesaria. Luca sacó su arma y le disparó directo en la cabeza. Pestañeé con fuerza, indignada de que me hubiera quitado el honor.

—¿Qué demonios? —grité al notar que la sangre había salpicado mi precioso vestido blanco. Era un Valentino.

—¡Abajo! —bramó Luca.

Antes de que pudiera reaccionar la ventana cerca del escritorio se hizo añicos y el chasquido de los disparos se oyó por toda la habitación. Luca me protegió mientras varios cuerpos caían uno por uno. El aire se me escapó de los pulmones por el impacto y me aferré a él. Estaba sobre mí, dispuesto a recibir una bala. Le toqué la mejilla a cambio y cerró los ojos.

—El papel de héroe va a matarte algún día, príncipe.

Sus labios rozaron los míos.

—Valdrá la pena.

Miré hacia un lado y vi varios cadáveres esparcidos en la perfecta alfombra. Las paredes estaban manchadas de sangre. Caleb y su estilo nunca cambiarían. Qué asco. El único hombre ileso era Nevin, que estaba temblando mientras observaba la puerta cerrada.

—No tan rápido. —Me levanté apuntándolo con el cuchillo.

Sus ojos enloquecidos se fijaron en la pistola tirada sobre la alfombra y sonreí. No tenía ninguna ventaja contra mí. Su única opción era luchar cuerpo a cuerpo. Se lanzó directamente hacia mí sin perder más tiempo y me acorraló contra una pared. Le clavé el cuchillo en el estómago y luego empujé hacia arriba hasta su esternón. Su boca no emitió ningún sonido y la sangre formó un charco mientras lo dejaba caer al suelo con las entrañas desparramadas.

—Hasta nunca, imbécil.

Aparté el cuchillo y me enfoqué en Luca. No dijo nada. Estaba de pie con los brazos cruzados y una expresión indescifrable. El príncipe que había conocido se estremecería ante la vista de tanta sangre.

—Extrañaba los viejos tiempos —bromeé—. ¿Tú no?

Me dio una sonrisa ladeada.

—Te extrañé a ti.

Mi corazón luchaba para no demostrar las emociones que me provocaron sus palabras. Quería responderle que yo también lo había extrañado con cada parte de mí, pero todo lo que dije a cambio fue:

—¿Dónde está Caleb?

—En algún edificio —contestó él.

Me acerqué a la ventana abierta y levanté la mano ensangrentada a modo de saludo. Sabía que me veía a través de la mira telescópica. Mi hermano no decepcionaba y agradecía que siguiera luchando por mí a pesar de mi insistencia por mantenerlo al margen. Observando los cuerpos inertes me di cuenta de que por primera vez yo no había peleado sola esta batalla. Vinieron a rescatarme. La emoción hizo que mis ojos picaran. Era una idiota sentimental.

Un gemido adolorido atrajo mi atención y capté a Declan tirado en el suelo, cerca del escritorio, herido. Apenas respiraba por el dolor. Había recibido varios disparos. Luca inmediatamente lo convirtió en su objetivo.

—¿Cómo sabía Derek que me alié con Irina? —interrogó.

Declan sonrió con una mueca.

—¿Por qué debería decírtelo?

Luca tocó el gatillo y lo detuve.

—Dijiste que yo te importaba por lo que era —intervine—. Demuéstralo.

El irlandés gimió y cerró los ojos con agonía. La sangre se escurría de su abdomen y empapaba su camisa blanca. Si tenía suerte, sobreviviría.

—El gobernador Fernando Rossi está al tanto de lo que ocurre en tu casa y le contó todo a Derek. Planeaba aliarse con mi difunto hermano —dijo, enfocándose en Luca—. Si fuera tú, volvería a Italia y acabaría con él.

Los ojos del príncipe se encontraron con los míos y, todavía jadeando, le disparó a Declan dos veces más en la pierna. El irlandés gritó. No respiré. No parpadeé. Me mantuve imperturbable con la sangre empapando mi vestido. Que se joda.

—Si pasas la noche, te daré la oportunidad de sobrevivir —masculló Luca—. Espero que asumas las consecuencias de tus actos y arregles todo el daño que ha causado tu hermano. Todavía puedes demostrar que no eres un cobarde.

Una parte de mí quería protestar y gritarle a Luca que estaba cometiendo un terrible error al perdonarle la vida, pero era un acto de misericordia. Una deuda que Declan nunca podría saldar.

—Gracias por el disparo, Vitale. —Sus ojos verdes se entrecerraron y sabía que pronto perdería la consciencia—. Si tú no la valoras, iré por ella y te la arrebataré.

—Inténtalo y la próxima vez no te perdonaré la vida —dijo Luca. Sus palabras eran letales, aunque su voz era tranquila. Me puso la piel de gallina.

Declan presionó la herida en su pierna y me sonrió con cansancio.

—Fue un honor conocerte, Alayna Novak.

—No puedo decir lo mismo.

Luca me extendió la mano y la acepté sin pensarlo. Lucía como un ángel vengador, jamás había sido tan hermoso. Amaba al príncipe sensible que había sido, pero el rey oscuro era mi perdición.

—¿Eres consciente de lo que estás haciendo?

No se inmutó.

—No es ni la mitad de lo que haría por ti.

LUCA

Me quité la chaqueta y cubrí los hombros de Alayna mientras salíamos de la mansión. La fiesta seguía su curso con normalidad. La música era tan alta que amortiguó los disparos y nadie era consciente de los hombres muertos en la oficina de arriba. Caleb había hecho un excelente trabajo y yo me dejé llevar por la sed de sangre. Esa escoria amenazó la vida de Alayna. No merecía vivir.

La adrenalina seguía zumbando en mis oídos cuando abrí la puerta del auto y Alayna entró. Estaba silenciosa. No sabíamos si habíamos ganado o perdido. No me gustaba la densa situación. Menos después de la confesión de Declan. Fernando una vez más me había traicionado y pronto debía usar el plan B para remediarlo.

Me aseguré de que Alayna tuviera el cinturón de seguridad y luego aceleré para dejar atrás la mansión. Cuando encontraran los cuerpos probablemente nuestras cabezas tendrían un precio a menos que Declan interviniera. Me agradaba saber que me debía la vida. Le di una segunda oportunidad y había eliminado la mayor amenaza. Le hice un favor.

—¿Cómo te sientes? —pregunté mientras nos adentrábamos en la carretera.

Alayna se aferró a mi chaqueta.

—Planeaba matarlos yo misma esta noche —respondió.

¿No podía simplemente aceptar que era importante en mi vida y que por ella sacrificaría todo?

—No tiene nada de malo recibir un poco de ayuda.

—La próxima vez pregúntame si quiero que te sacrifiques por mí —dijo, peinándose el cabello con los dedos—. No soy una damisela en apuros y tú no eres mi héroe. Hiciste exactamente lo que Declan quería. Pudiste haber muerto, Luca.

Apreté el volante, activando el limpiaparabrisas cuando la llovizna se volvió más fuerte.

—Bueno, estoy vivo y tú también. No hay de qué preocuparse. Puse a salvo a Eloise y maté a Derek. Problema resuelto.

—Mataste al líder del clan. ¿Crees que esto quedará impune? Irán detrás de ti cuando sepan lo que hiciste y Declan no hará nada. Ese hijo de puta sobrevivirá.

—No les tengo miedo.

—¿Qué hay de tu familia?

—Tú también eres parte de mi familia, Alayna.

Guardó silencio por un largo momento antes de hablar.

—¿De verdad? Otra mujer te espera en Italia.

Apreté la mandíbula mientras mi cuerpo se ponía más tenso. Había venido hasta aquí por ella. Maté por ella. ¿Qué otra demostración de amor necesitaba?

—Supongo que algunas cosas aún no cambian —me burlé—. Me sigues volviendo loco y desafías mi cordura.

Salimos de la carretera hasta detenernos en un camino lateral rodeado de árboles. Empezó a llover cuando bajé del auto y disfruté las gotas caer sobre mi rostro. Alayna no dudó en seguirme. Sabía que no sería fácil recuperarla y no podía pretender que ella me aceptara tan pronto. Pero las palabras de Declan habían tocado mi fibra sensible. Quizá yo tampoco la merecía como creía.

—¿Luca?

Me giré y la contemplé como un hombre destruido. Me devolvió la mirada con la mandíbula firme y los brazos cruzados. El vestido blanco se había vuelto transparente por la lluvia, revelando su ropa interior. El maquillaje oscuro corría por sus mejillas y sus labios temblaban. Había soñado tres años con este momento. No podía creer que era real.

—¿Tú pudiste olvidarme? Porque yo no —dije, mi tono áspero—. Tus malditos recuerdos están en todos lados. Ni siquiera puedo fumar un cigarro sin pensar en ti, Alayna. ¿Y esta mariposa en mi piel? También es por ti. Todo se trata de ti.

Parpadeó hacia mí con la boca abierta cuando le enseñé el tatuaje.

—Lo he intentado —admitió—. Lo estoy intentando, pero de repente regresas a mi vida después de tres años y pretendes que olvide lo que has hecho. Te casaste con otra, Luca. Formaste una familia.

—¡Tú me dejaste! ¡Fuiste una cobarde y me abandonaste cuando más te necesitaba! —exploté y corrí una mano por mi rostro—. Fui a Londres personalmente. Le rogué a tu hermano y a su esposa que me dieran una mínima pista sobre ti, pero no conseguí nada. Bella me dijo que no querías que te encontraran. Y menos, yo. ¿Qué diablos podía hacer contra eso? Asumí que ya no me amabas.

Inhaló bruscamente.

—¿Qué importa lo que siento? ¿Y si no somos buenos el uno para el otro?

¿Cómo podía pensar eso? Debería saber que no la dejaría ir ahora que la había encontrado. Su ausencia había sido un infierno y su presencia me confirmó que mi amor por ella nunca moriría. Si supiera cuánto control tenía sobre mí, el daño que podía infligirme con una simple oración. Ella era mi destrucción y también mi salvación.

—¿Quién te hizo creer eso? ¿Mi tío? Porque él está equivocado, Alayna.

—Yo…

Me acerqué, agarrando su cabello en un puño y apretándola contra el coche.

—Libraré guerras, mataré a cualquier hombre que se interponga una vez más entre nosotros. Lucharé contra el diablo si es necesario, pero no volveré a perderte.

Apartó la mirada. La lluvia cubría sus lágrimas.

—Tengo miedo, solo protejo a mi corazón.

—Prometo cuidarlo si me aceptas —afirmé. Si tenía que mendigar, lo haría—. No me obligues a regresar a esa vida donde no estás tú. Te necesito, Alayna. No puedo vivir sin ti. Eres mi mundo. La única mujer que quiero.

No respondió. La agarré firmemente contra mí y sus brazos me rodearon.

—¿Cómo fueron esos tres años sin mí?

Ella dejó escapar un largo suspiro resignado.

—Me rompieron —aceptó—. Cada día sin ti fue un infierno y quise morir.

—Entonces no nos hagas eso de nuevo, por favor.

—Luca…

—No voy a lastimarte. Tienes que confiar en mí. —Mi mano se deslizó por su delicada garganta y se posó en su corazón—. ¿Me crees?

Sus pechos se elevaron bajo mi palma cuando inhaló una bocanada de aire y luego la soltó lentamente.

—Sí —susurró.

No pude contener la amplia sonrisa en mi rostro antes de besarla. Primero despacio, pero luego me volví más desesperado. Levanté su cuerpo en mis brazos y la senté sobre el capó del auto. Alayna gimió, abriendo la boca y entrelazando su lengua con la mía. Nuestro beso fue de anhelo, disculpa, aceptación y deseo. Hacía tres años que no sentía su piel contra la mía y necesitaba devorarla. Arrastró la mano bajo mi camisa empapada, rastrillando con sus largas uñas mis abdominales.

—Te deseo —gimió en mi oreja—. Te deseo tanto.

Desabrochó mi camisa y apartó la tela mojada de mi cuerpo. Con la mirada fija en mi rostro pasó los dedos por mi mandíbula, mis labios, mi torso y mis abdominales hasta debajo de mi ombligo. Admiró las cicatrices en mi piel y luego se inclinó hacia delante para besar mi pecho, donde había recibido el disparo que casi me costó la vida. Me quedaba sin aliento con cada toque de sus labios. Era un sueño.

—Me estás volviendo loco, mariposa.

La tendí sobre el capó del auto, apreciando la obra de arte que era su cuerpo. Un banquete exquisito. No sabía por dónde empezar. Pude ver sus pezones a través del vestido mojado y me puse duro. El cabello negro cubría su rostro, sus ojos azules llenos de necesidad. Y cuando abrió las piernas me volví loco. Yo era su esclavo.

—¿Tienes idea de cuántas veces he soñado con esta imagen? —Me incliné sobre su cuerpo y la besé de nuevo. Nuestras bocas danzaron, moviéndose en sincronía. Una coreografía perfecta que solo nosotros conocíamos. Sentí el temblor recorrer su cuerpo, la urgencia del beso. No era suficiente. Ella quería más y yo también. Sus caderas se balancearon hacia mí, incitándome a quitarle cada retazo de ropa que le quedaba. Era una diosa irresistible y yo un simple mortal sometido—. Dime a quién perteneces.

Sus ojos se cerraron en éxtasis y su espalda se arqueó contra el capó.

—A ti.

—Alayna… —Pasé las manos por su espalda desnuda y arrastré las tiras del vestido hacia abajo. Quizá nuestra mejor forma de solucionar los problemas era con sexo, pero no había nada malo en eso. Solo ella me provocaba este interminable deseo—. Eres preciosa.

Sus largas pestañas se agitaron y sonrió. La lluvia era más fuerte, pero no me importaba. Quería follarla ahí mismo. Tan duro que mañana ninguno recordaría nuestros nombres. Sus pechos quedaron libres y eran tan hermosos como los recordaba. Grandes, turgentes, perfectos. La parte superior del vestido se acumuló alrededor de su cintura y mi presión arterial se intensificó.

—Las cosas sucias que quiero hacerte… —Mis dedos rodearon su pezón y lo pellizqué. Alayna gimió—. Tantas cosas sucias.

—Muéstrame.

Le quité la pequeña tanga blanca y la guardé en mi bolsillo antes de desabrocharme los pantalones. Se mordió el labio cuando vio mi pene erecto. Esos preciosos ojos azules lucían hambrientos y pronto la complacería. Quería hundirme en su garganta y verla ahogada con mi semen. Qué hermosa visión. Estaba tan duro que dolía.

—Dime lo que quieres. —Apenas pude pronunciar las palabras.

Mi corazón martilleó en mi pecho y ella dejó salir una exhalación seguida de un jadeo entrecortado. Observé su rostro serio. El ceño fruncido y los labios hinchados. Conocía esa expresión. Me deseaba, pero tenía miedo. Necesitaba aliviar ese miedo y demostrarle que no la lastimaría. Que podía confiar en mí.

—Alayna —insistí—. Dime lo que quieres.

Se estremeció entre mis brazos y se aferró a mí, como si temiera que la dejara marchar nuevamente. Nunca. Primero moriría antes de que nos separaran.

—Te quiero a ti, Luca. Por favor.

La forma en que suplicó me hizo perder el poco control. Quería ser suave, pero era imposible con ella. Abrí sus piernas ampliamente y con un movimiento brusco me introduje por completo en su interior. Estar dentro de ella se sentía como en casa. Estaba donde debía estar. Un ruido animal se me escapó mientras su calor me cubría. No era un ser racional en ese momento. Era su esclavo. Un adicto que mataría por otra dosis de Alayna Novak.

—Ah —jadeó, ocultando su rostro en mi cuello con una mueca.

Enredé hebras de cabello oscuro en mi puño y la obligué a mirarme. Me detuve un segundo y vi la desesperación en sus ojos. Me gustaba verla necesitada. Quería que sintiera un poco de mi sufrimiento.

—He soñado tanto con esto. Dime que quieres estar conmigo y nada más importará. A la mierda el resto.

—Quiero estar contigo, príncipe.

Alayna arqueó la espalda y agaché la cabeza para pasar la lengua por sus pezones. Se endurecieron contra la lluvia y el aire frío. Me incliné aún más, succionando y chupando a medida que me enterraba hasta el fondo en su interior. Ella rodeó mi cintura con sus piernas y me clavó los tacones en el trasero.

—Eso es, mariposa.

Me aparté un segundo y me vi entrando y saliendo de ella. Empezó a volverse ruidosa, le apreté el cuello un poco más rudo y sus ojos azules se abrieron ligeramente. La intensidad de la lluvia volvió resbalosos nuestros muslos al chocar. Deslicé la mano por cualquier parte donde había piel, tratando de borrar tres años de soledad. Ella también me estaba tocando. Acarició mi cabello, el rostro, la nariz, los labios. Cada toque revivía mi alma.

—Desde que te fuiste me he preguntado si existe un mundo donde eres mía.

Ella se suavizó contra mí, su cuerpo flexible y rendido. Su cabello caía sobre su cara y su frente en un lío de mechones enredados. Sus pechos rebotaban. Las gotas de lluvia surcaban su garganta. Quería capturar esta imagen por siempre en mi memoria.

—Estoy aquí, soy tuya.

Metí mi lengua en su boca y me devolvió el beso ansiosamente. Sus gemidos y los sonidos de la lluvia al caer eran lo único que oía mientras la follaba contra el capó. Mi espina dorsal hormigueaba y mi cuerpo temblaba. Estaba cerca. Ella también.

—Por favor —volvió a decir y yo cedí a sus demandas. Era hermoso ver a la mujer más orgullosa e implacable del mundo mendigar por mí. «Por favor» no formaba parte de su vocabulario, pero ella lo había pronunciado varias veces esa noche y me sentí tan afortunado—. Por favor, Luca.

—Di mi nombre otra vez.

—Luca…

La follé con fuerza, con una necesidad despiadada, rindiéndome a la adicta oscuridad que me consumía cuando estábamos juntos.

Con cada embestida su cuerpo temblaba y me llevaba al límite. Estaba tan hambrienta de mí como yo de ella.

—¿Quieres venirte? —pregunté, muy cerca del abismo y a punto de perderme. Bajé la mano entre sus piernas hasta encontrar su sensible clítoris y frotarlo con un toque impaciente que la hizo retorcerse de placer—. Dime lo que quiero oír.

—Por favor…

Me apretó contra su cuerpo, dando algunos espasmos. Me deleité con la sensación de estar tan profundo que marcaría su alma después de esa noche. No volvería a dejarla ir. Nunca.

—No hay vuelta atrás después de esto —le advertí—. Nada de secretos, nada de omisiones, ni mentiras. ¿Entiendes? Solos tú y yo, Alayna.

Asintió. Me empujó para besarme. Pellizcó mi labio entre sus dientes y lo rompió. Gotas de sangre se mezclaron con nuestra saliva.

—Tú y yo —repitió.

Deposité un pequeño beso en su frente con una sonrisa de felicidad.

—Mi hermosa mariposa…

Separé más sus piernas y ella arqueó su espalda contra el capó. Se acarició los pechos, sus dedos jugando con sus pezones. Cristo… ¿Era consciente de lo que me hacía? La imagen fue suficiente para hacerme perder la puta cabeza. Esta mujer era mi condena.

—Luca…

La agarré por la cintura y la di la vuelta, su cara firmemente presionada contra el capó. Soltó un chillido cuando azoté su trasero. Empujé hacia delante, apretando la mandíbula cuando entré duro en su interior. Alayna gritó, dejando rastros de sus uñas largas en la pintura del auto y jadeó con la boca abierta. Mierda… No podía respirar. Nunca había estado tan perdido en una mujer.

—No soy creyente —dijo entre jadeos—, pero tú…

Tomé su barbilla e incliné su cara hacia mí para saborear su boca. Ya no quedaban rastros del color carmesí.

—¿Yo qué, amor?

—Me follas tan bien que podría considerarte un dios. —Tembló—. Me siento como si estuviera en el paraíso.

La sonrisa se extendió por mi rostro.

—Estamos en el paraíso.

Llegamos juntos, respirando al mismo ritmo. Al terminar, nos besamos bajo la lluvia, con nuestros cuerpos aún conectados, mientras todo a nuestro alrededor era un hermoso desastre.

ALAYNA

Mi palma golpeó la ventana empañada y gemí en los labios de Luca mientras se hundía en mí una vez más. Era difícil con el espacio reducido, pero nos las arreglamos para continuar lo que habíamos empezado bajo la lluvia. El auto se balanceaba hacia delante y hacia atrás con cada movimiento. Vagamente escuché que sonaba «Flawless», de The Neighbourhood, cuando mi trasero tocó el estéreo. Luca sonrió en medio del beso.

—Sí —dijo sin aliento—. Fóllame más duro, mariposa. Sí.

Mis quejidos se convirtieron en gritos. El calor se acumuló entre mis piernas y envolví los brazos alrededor de su cuello, montándolo tan duro que lo escuché gruñir de dolor. Gimió en mi oreja, sosteniendo mi trasero con ambas manos mientras el orgasmo se construía. No quería parar. No quería despertar si se trataba de un sueño.

—Luca…

—Alayna…

Mordió mi cuello y se vació dentro de mí. Se estremeció, amortiguando sus gruñidos contra mi hombro, todavía temblando, jadeando mientras el calor de su semen corría por mis muslos temblorosos. Quería más. Necesitaba más. No podía parar.

—Nunca seré el mismo por tu culpa. —Su voz era ronca y agotada—. Nunca tendré suficiente de ti. ¿Te das cuenta de lo que me has hecho? Me arruinaste.

Tracé el contorno de sus labios con mi dedo.

—Tú también me has arruinado.

—Hay tantas cosas que quiero decirte. Tantas cosas que debemos aclarar y arreglar.

—Lo sé —susurré—. Te extrañé.

Acarició mi cabello muy suavemente. Los últimos muros de mi resistencia se desmoronaron a mi alrededor mientras sostenía a este hombre y una vez más le entregaba mi corazón.

—No vuelvas a irte, no sobreviviría.

Contemplé las ventanas con una pequeña sonrisa y me acurruqué en su pecho. Todas estaban empañadas. El sexo con él era tan bueno. Perfecto.

—No me iré de nuevo.

—Júralo.

—Lo juro, príncipe.

21

LUCA

Las luces de la ciudad fuera del ventanal iluminaban el cuerpo desnudo de Alayna. Después de nuestra reconciliación bajo la lluvia buscamos un hotel para pasar la noche. Ella estaba tan agotada que no le costó mucho quedarse dormida en mis brazos. Yo era otra historia. Tenía miedo de que nuestro encuentro fuese una de mis fantasías habituales y no quería despertar.

Su dulce aroma se aferraba a mi piel mientras pasaba los dedos por su brazo, su espalda, sus tatuajes, las curvas de su trasero. Ella soltó un gemido débil y sonreí. Miré su rostro dormido, contando las pequeñas pecas apenas visibles en el puente de su nariz. Sus labios se abrían en un suave suspiro ante cada caricia de mis manos. Era capaz de matar a la próxima persona que intentara arrebatármela. ¿Quién seguiría? ¿Fernando? ¿Eric? Una respiración profunda me ayudó a sofocar la rabia cuando pensé en mi tío. Tanto tiempo perdido por su culpa. Tantos malentendidos.

Salí de la cama y encendí un cigarro mientras me dirigía al ventanal que mostraba una espectacular vista de Dublín. La lluvia seguía siendo intensa, los truenos brillaban en el cielo y temí que despertaran a Alayna. Me pregunté cuándo había sido la última vez que tuvo un descanso. No era la misma mujer que yo había conocido. La sentía más vulnerable y necesitaba reparar su confianza. Iba a demostrarle que por ella renunciaría a todo. Que podía darle cualquier cosa que me pidiera.

—Siempre pensé que te veías sexy fumando, pero no quería que lo convirtieras en un hábito.

Me giré y contemplé su figura. Llevaba la sábana alrededor del cuerpo, justo por encima de sus pechos. Las ondas revueltas de su largo cabello oscuro caían en cascada sobre sus hombros. Era tan hermosa que a veces me costaba incluso respirar cada vez que la miraba.

—No es frecuente. —Apagué la colilla en un cenicero.

Parpadeó y su expresión ilegible me puso nervioso porque no podía deducir qué diablos pensaba. Hizo una promesa de que no volvería a abandonarme, pero nuestra relación seguía a prueba y mi inseguridad era enorme. ¿Cómo impactaría Thiago en su vida?

—Eric me dijo que nunca seré la mujer correcta para ti —masculló de repente, su acento ruso mucho más marcado—. Me escupió en la cara que necesitabas a una tradicional mujer italiana a tu lado que pudiera darte la familia perfecta y herederos. Yo en ese momento… me vi a mí misma como la niña que fue secuestrada por la organización criminal. La Alayna rota que no podía ofrecer más que horror y muerte. Así que me propuse rescatar a las chicas que protegías y darte tranquilidad mientras te recuperabas. Solo era posible si me apartaba de tu lado. No quería afrontar tus reproches en el futuro…

Sabía que Eric la había herido, pero escucharlo de sus labios generaba un dolor más agudo que me sacudió hasta los huesos. Mis costillas parecían quebrarse por la presión y el aire no llegaba a mis pulmones. Lamentaba haberle dado una segunda oportunidad a ese traidor. Él le cortó las alas a mi mariposa.

—Jamás podría reprocharte nada, Alayna.

—Solo quería darte un final feliz.

—No hay final feliz sin ti.

—Antes creí que sí.

La tomé de las muñecas y apoyé sus manos por encima de su cabeza, contra el ventanal. Ella jadeó, pero no luchó. Las sábanas cayeron al suelo, dejando su cuerpo a mi merced. Sus pupilas se dilataron hasta que fue difícil distinguir el negro del azul oscuro. Otro trueno sonó, iluminando su pálido rostro.

—Dime si alguna vez te he dado motivos para creer que quiero a otra mujer que no seas tú. ¿Cuántas veces te he perseguido? ¿Sabes qué fue lo primero que hice cuando salí del hospital?

—Me buscaste.

—Fui a Inglaterra.

—Estaba ahí.

—¿Dónde?

Apartó la mirada.

—En el armario.

Me reí, pero no había humor. Solo resentimiento, ironía, rabia. Se formó un hueco en mi pecho, un dolor que creció y se expandió sobre mi corazón destrozado. Esta mujer...

—Hace tres años te veía como la reina del mundo —dije cerca de sus labios—. Lo que más me gustaba era tu valentía y que no le dabas importancia a lo que pensaban de ti. ¿Me estás diciendo que te dejaste manipular? ¿Por mi tío? Sé tu propia mente, sé tu propia voz y ganarás. Confía en mí —repetí—. ¿Dónde quedó eso?

—Me diste la razón después de todo, ¿no? Te casaste con otra y formaste una familia.

Solté sus muñecas.

—Te odié —acepté—. Te odié por irte sin esperar a que yo despertara. Y te odié aún más porque te escondiste de mí. ¿Sabes qué palabra me viene a la mente? Cobarde. Eres una cobarde, Alayna.

No hizo ningún movimiento visible, su postura y su expresión facial no cambiaron. Sin embargo, sus ojos me dijeron todo.

—Lamenté cada día haber tomado esa decisión —musitó en voz baja—. Sí, fui una cobarde por renunciar a ti, fui una cobarde porque me aterraba perderte. La muerte me ha arrebatado a las personas que amaba y no quería sufrir la misma experiencia. Tenía miedo de hundirte en el infierno que significa mi vida. Yo pensé que merecías todo. Familia, hijos...

—Nada de eso importa cuando solo te quiero a ti. Te prometí que empezaríamos juntos cuando acabáramos con mi padre y tú dijiste que me esperarías.

—Lo sé.

Golpeé el puño en el cristal detrás de su espalda.

—¿Qué demonios hiciste? ¿Eh? Nos condenaste a tres años de dolor.

—Luca, me fui porque tampoco aceptaba parte de tu vida. Necesitaba alejarme de la mafia y tú querías arreglar Palermo. No podías dejar a tu familia y yo debía rescatar a las chicas.

—Pudimos trabajar en equipo.

—Quería hacerlo por mi cuenta y no arrastrarte a la búsqueda. —Rodó los ojos, riéndose—. ¿Qué podrías esperar de mí?

«Mi hermosa mariposa rota...». No se veía a sí misma como yo la veía. Esos meses que habíamos pasado juntos hacía tres años fueron suficientes para conocer su corazón, aunque ella estaba empeñada en creer que no tenía uno. Escuché sus gritos desgarradores por las noches. Conocí a su familia, la vi llorar por su sobrina y se encargó de que cada niña inocente secuestrada por mi padre regresara a su casa. ¿Cómo podría no amarla? Me ofendía que dudara de mis sentimientos.

—Cualquier escenario feliz que imagino es destruido. Vi tu cadáver en mis sueños, justo como sucedió con Talya. —Se encogió de hombros—. Eloise está siguiendo la misma historia trágica y ahora me odia. Así que dime, Luca, ¿qué puedo ofrecerte?

—Todo —respondí—. Me das todo, Alayna. ¿No me ves? Tienes mi corazón en tus manos y no puede latir si no estás cerca.

Me sostuvo la mirada y trató de hablar, pero nada salió de sus labios. Agarré su rostro con delicadeza, respirando su aroma.

—Dime lo que quieres, dime lo que sientes. Confía en mí, por favor. Grítame, golpéame o dispárame, pero nunca vuelvas a ocultarme nada ni trates de reprimir tus emociones porque crees que es lo mejor. ¿A dónde nos ha llevado tu silencio? —pregunté—. Nos destruiste a ambos. Deja de huir y pelea a mi lado.

—Solo si prometes que serás mío.

La tomé del pelo y tiré su cabeza hacia atrás, hasta que golpeó el cristal. Tenía un brillo desquiciado en los ojos que me enloqueció. A ella también le fascinaba mi brutalidad. Éramos despiadados cuando estábamos juntos. Implacables. Poderosos.

—He sido tuyo desde que nos conocimos.

—Tan cursi como el primer día. —Su labio se curvó.

Pasé un dedo por su garganta, donde colgaba el collar que le había regalado. Recogí el dije de mariposa, haciéndolo rodar entre mis dedos. Me ponía feliz saber que lo seguía conservando a pesar del tiempo.

—Tan terca como el primer día —dije a cambio—. Te gusta que sea romántico, pero amas mi lado salvaje.

—Sí.

—¿Todavía quieres irte?

—Jamás. —Su voz era apenas un suspiro.

Empecé a quitarme el bóxer.

—Vas a tener que demostrármelo, mariposa.

Inmovilicé nuevamente sus muñecas por encima de su cabeza y la besé. Duro. Agresivo. Hambriento. Hundió su lengua en mi boca y tomó el control más rápido de lo que esperaba. La solté para levantarla en mis brazos y presionar su espalda contra el cristal. Me rodeó la cintura con sus piernas, gimiendo mientras la punta de mi pene rozaba su entrada húmeda. Siempre estaba lista para mí.

—Date prisa —protestó ansiosa—. Luca...

La agarré por la nuca, pasando mi lengua por su labio inferior y lo chupé.

—No vuelvas a huir.

—No lo haré.

—Júralo.

Clavó sus uñas en mi espalda desnuda y siseé por el escozor. Sentí las pequeñas gotas de sangre bajar por mi piel.

—Lo juro, maldita sea.

Empujé tan profundamente que se sacudió y soltó un chillido. El trueno detrás de nosotros iluminó nuestros cuerpos uniéndose. La vi desnuda en mis brazos y perdí la cabeza completamente. La follé duro, mis manos en su cintura mientras la subía y bajaba sobre mi pene. Alayna jadeó, gritando mi nombre.

—Me encanta cómo te sientes a mi alrededor —dije. Mis palabras se entrecortaron con la siguiente oración—. Me encanta cómo dejas tus marcas en mi piel, me encanta cómo me conviertes en un bastardo obsesivo...

Salí y volví a entrar, provocando otro grito de placer. Le di rienda suelta a todos mis demonios; les encantaba jugar con ella. Lamí y chupé su garganta, saboreando los gemidos que soltaba. Podía sentir sus piernas temblando en mis caderas, las marcas de sus uñas palpitando en la piel de mi espalda desnuda, la sangre que se mezclaba con el sudor.

Sangraría por ella una y otra vez.

Mataría por ella.

Moriría por ella.

—No huyas de nuevo.

Su cuerpo se contorsionó de placer y se sujetó a mis hombros.

—No lo haré —repitió.

—Júralo.

—Lo juro… Oh…

Empujé una y otra vez, disfrutando el rebote de sus pechos contra mi tórax. Me tragué sus gritos de placer mientras la devoraba con mis besos. Alayna arrastró sus uñas hasta mi trasero, acercándome más. La forma en que respondió a mis embestidas me hizo sentir como un maldito rey. Yo era dueño de su corazón. Solo yo.

—Dime que eres mía —exigí.

—Soy tuya, Luca.

Puse una mano en el cristal detrás de ella y la otra en su garganta. Alayna se aferró a mí, buscando la liberación mientras me impulsaba a entrar más profundo. La follé sin descanso, chupando sus pezones y lamiendo el sudor de su piel. Hubo una corriente abrazadora justo antes de que el clímax nos golpeara al mismo tiempo y gritó mi nombre con los ojos cerrados.

—Carajo —maldije. Su cuerpo cansado se rindió y la sostuve con fuerza.

Me alejé del cristal y la llevé a la cama. La acosté, me arrastré a su lado y la abracé. Sus jadeos se hicieron más pausados mientras recuperaba la respiración. La conforté con suaves caricias en la espalda. La noche era perfecta y no quería que terminara.

—¿Me echaste de menos? —preguntó con voz ronca.

Sonreí aún agitado y agotado.

—Muchísimo.

—¿Incluso mi temperamento y mi orgullo?

—Todo, mariposa —confesé—. Absolutamente todo de ti.

—Yo también —musitó—. Lo primero que venía a mis pensamientos cuando cerraba mis ojos durante las noches y despertaba al día siguiente eras tú. Pensé en ti en mis mejores y peores momentos. Tenía una fantasía —se rio como si fuera ridícula—. Quería ahogarme en el mar y solo la visión de tu rostro me detuvo.

Mi corazón se rompió.

—Amor…

—Imaginaba que estabas ahí, sosteniendo mi mano.

Entrelacé nuestras manos y besé cada dedo.

—No voy a soltarte, no importa lo que pase.

Su exhalación era de puro alivio.

—Gracias —dijo tan suavemente que apenas la oí—. Gracias por no renunciar a mí incluso cuando no te merezco.

Me quedé en silencio. Quería regresar al pasado y matar a todos aquellos que le habían hecho creer que ella no merecía nada bueno.

—Sabes, Alayna. Tu mayor problema es que piensas que eres muy difícil de querer y no podrías estar más equivocada.

—Tengo un mal genio.

—Es sexy.

Una sonrisa floreció en su hermoso y sonrojado rostro.

—No me gusta solucionar mis problemas dialogando. Prefiero ir al grano.

—¿Te refieres a una bala en el cerebro de tu próxima víctima? Eso también es sexy.

—No puedo callar las voces en mi cabeza. Las escucho todo el tiempo y es tan agotador.

—Para eso estoy aquí, te ayudaré a silenciarlas. De eso se trata una relación. Estar para el otro en las buenas y en las malas.

—Tengo problemas de confianza.

—No te daré motivos para dudar de mí. Déjame demostrarte que soy digno de ti.

Se acurrucó más cerca con la cara en mi pecho y le acaricié el cabello.

—Siempre fuiste digno, Luca. Siempre.

ALAYNA

La luz exterior se filtró en la habitación y enterré mi cara en la almohada con un gemido. Empecé a moverme para ponerme en una posición cómoda, pero el dolor que sentía me tomó desprevenida. No controlé la sonrisa que vino a mis labios y toqué la zona sensible. Miré entre mis piernas para notar las marcas de sus dedos, extensos moretones impregnados en mi piel. Él me folló hasta dejarme adolorida. Lo amaba por esas razones y más. Solo él sabía cómo complacerme.

Me levanté de la cama un poco mareada y cubrí mi cuerpo con su camiseta. El día seguía nublado y pequeñas gotas de lluvia chocaban contra el ventanal. Primero quería hablar con Caleb y luego escuchar cuáles eran los planes que tenía Luca sobre nosotros. Le había vuelto a abrir mi corazón, pero todavía no habíamos hablado de lo más importante: la familia que lo esperaba en Palermo.

Caminé descalza y mi corazón empezó a latir frenéticamente cuando lo encontré en el comedor. Cuidaba su cuerpo, sin dudas. Cada parte de él estaba más dura y definida que antes. Me apoyé contra el marco de la puerta y se me hizo agua la boca cuando noté los enormes arañazos en su musculosa espalda. Mierda, lucían muy dolorosos. Me aclaré la garganta y él me miró sobre su hombro con una sonrisa.

—Buenos días, mariposa.

—Hola.

Se veía hermoso con el cabello castaño alborotado y los intensos ojos grises brillando con ternura. Me dolía pensar que nuestro pequeño espacio de tranquilidad pronto se vería derribado por la realidad. Una donde yo era una mujer rota y él un hombre casado.

—Le pedí al servicio del hotel que trajeran sus mejores croissants franceses con café —dijo con entusiasmo—. También compré algunas prendas. —Señaló las bolsas cerca de sus pies.

—Oh.

—Viajaremos en tren hasta Italia —continuó—. Quiero prolongar nuestro tiempo juntos.

Se acomodó en una silla y alcanzó mi mano para sentarme en su regazo. Me rodeó con sus brazos y disfruté la sensación de su piel contra la mía. Olía a loción de hombre y me enojó que hubiera tomado una ducha sin mí.

—¿No tienes otras obligaciones? —pregunté—. Tu familia, por ejemplo.

—Ella sabe que estoy aquí contigo.

Me estremecí.

—Tu esposa.

Luca apartó el cabello de mis hombros y depositó un pequeño beso allí.

—Mi relación con Isadora es solo una pantalla, Alayna. No me casé por amor y ella era consciente de que jamás correspondería a sus sentimientos. Aceptó lo que le ofrecía porque era su medio de escape. Me vio como una salida de su padre —explicó—. No niego que intenté amarla, pero fue un fracaso sin remedio.

—Yo no lo veo así. —Traté de sonar indiferente, pero los celos en mi voz seguramente eran muy evidentes—. La dejaste embarazada de tu hijo.

Soltó un gemido frustrado.

—¿Quieres saber la verdad? Fue un accidente —dijo un poco desesperado—. Me acosté con ella en nuestra noche de bodas porque estaba jodidamente dolido y ebrio. Isadora también. En algún lugar de mi mente traté de convencerme de que podríamos funcionar, pero eso solo lo hizo peor. Y ella quedó embarazada. No podía abandonarla, por supuesto. Menos al niño. Le di la opción de elegir y le prometí que la apoyaría en todo. Me hice responsable de mis actos.

No quería escuchar sus explicaciones ni cómo había sucedido. Yo le di el pase libre para estar con otra mujer cuando quebré su corazón y me fui sin mirar atrás. Dolía, pero no tanto como me destruía estar sin él. Ya no había nada que reprochar allí.

—No quiero verlo como un error —prosiguió—. Él nunca lo será.

—No pretendo que lo hagas.

—Es egoísta de mi parte pedirte que me aceptes en estas condiciones.

—Entonces también soy egoísta por querer que te divorcies de ella y me pertenezcas por completo. No voy a compartirte con otra mujer.

Se echó a reír y el sonido era de alivio.

—No quiero estar con otra mujer.

Miré su mano y noté la ausencia de algo en particular.

—No hay un anillo.

—El día que decida usar uno será cuando aceptes mi apellido ante todas las leyes.

—No tan rápido, príncipe.

Agarró un croissant del plato y abrí la boca para probarlo.

—Es un tema que abordaremos pronto, no vas a evadirlo —me advirtió—. Ya no levantes ningún muro entre nosotros. Será la regla principal si queremos que esto funcione. La comunicación es importante.

—Ya te has dado cuenta de que soy mala en eso.

—Nunca es tarde para aprender algo nuevo.

Sostuve su mirada mientras mi pulgar acariciaba su mejilla.

—Estoy de acuerdo, pero habrá días en los que levantaré de nuevo esos muros. No porque quiera sino porque no puedo evitarlo. —Hice una pausa—. No creas ni por un segundo que intento lastimarte. Esa no será mi intención, Luca. A veces solo necesito alejarme.

—Te daré espacio, por supuesto, pero recuerda que soy un experto derribando esos muros —enfatizó—. Siempre te atraparé. No me importa cuántas veces corras.

Su colonia me envolvió y aprisionó mi corazón. Realmente lo había echado de menos.

—Me encanta que me persigas.

Me acomodé en su regazo y puse mis piernas en cada lado de sus caderas. Le sonreí, rodeándole el cuello con mis brazos. Rocé su pecho con mis pezones a través de la camiseta.

—¿Sí?

—Ahora fóllame de nuevo porque te extrañé mucho.

Su risa era ronca y encantadora, esa que me hacía sentir tan increíblemente feliz.

—Mi mariposa insaciable.

El desayuno quedó olvidado mientras me quitaba su camiseta y me quedaba expuesta ante él. Alzó mi cuerpo y lo apoyó sobre la mesa. La comida se derrumbó al suelo, pero no pareció importarle. Qué lástima. Amaba los croissants. Abrió mis piernas y me miró a los ojos mientras se ponía de rodillas. Sus rasgos eran de pura devoción.

—Por favor…

—Por favor es mi nueva palabra favorita. —Bajó la mirada y depositó un primer beso justo entre mis piernas. Todo mi cuerpo vibró—. Dilo de nuevo.

—Por favor…

Separó más mis piernas y enterró su cara entre mis muslos. Deslizó un dedo dentro de mí mientras yo me retorcía. El paso de su lengua alrededor de mi clítoris hizo que mi espalda se arqueara en la mesa. Conocía mi cuerpo a la perfección. Sabía cómo hacerme suplicar por más.

—Tengo hambre de ti, Alayna. —Sus lamidas se volvieron más exigentes y mis piernas le rodearon la cara inmediatamente—. Eres tan dulce. Mira cómo te deshaces por mí. ¿Me quieres?

Mis dedos se hundieron en su sedoso cabello castaño.

—No. Te amo.

—Me amas.

—Lo hago con cada onza de mi negro corazón.

Volvió a lamer mi clítoris y estiró una mano para acariciar mis sensibles pezones, que ya estaban reclamando su atención. Estaba tan desesperada que empecé a frotarme contra su rostro y él gruñó. Me volvía loca.

—¿Qué tanto me quieres? —Se enderezó para quitarse los pantalones y vi su pene dolorosamente duro. Nunca había puesto uno en mi boca, pero de repente quise complacer a Luca. Darle mi absoluta confianza. Con él no me sentiría inferior ni degradada. Era su igual.

—Mucho.

Puso una mano en mi cintura y me acercó mientras la punta se encajaba en mi entrada. Ambos gemimos en anticipación. Me poseía. Me tenía. No podía mirar hacia otro lado, no cuando contemplaba sus hermosos ojos grises tornarse oscuros. Dio el primer empujón brusco dentro de mí y mi cuerpo se desplazó por la mesa. Mi grito rebotó en las paredes.

—Mira lo bien que encajamos. —Observé nuestros cuerpos uniéndose y volví a gemir de placer—. ¿Realmente creíste que podrías irte y olvidarme?

—No pude.

Movió su mano libre en mi garganta y siguió follándome duro. La mesa crujía con cada estocada. Nadie podría calmar esta adicción. Mi grito era irreconocible y mis gemidos cada vez más ruidosos, pero no me molesté en reprimirlos. Luca sostuvo la presión en mi cuello hasta que mis ojos se pusieron en blanco y me folló más fuerte, más cruel, más despiadado.

—Recuerda a quién le perteneces si intentas abandonarme nuevamente —gruñó y me mordió el hombro—. Recuerda esto, Alayna. Recuerda que soy tu único dueño.

A veces me preguntaba cómo había podido dejar escapar la verdadera felicidad. Ahora que había recuperado a Luca me prometí que no lo dejaría ir nunca más. La única voz que escucharía era la mía y aprendería a confiar en él. Ese era el secreto de la felicidad.

Tomé una aspirina para relajar mis músculos adoloridos, me bañé y me arreglé para dirigirnos directamente a la estación de trenes. El destino a Italia partiría dentro de dos horas y estaba un poco nerviosa. Luca quería solucionar sus problemas en Palermo conmigo a su lado. Como su mujer.

—Tengo un hogar en Rusia —comenté y me puse las gafas de aviador. Combiné mi atuendo con una bufanda para ocultar las marcas de sus dedos en mi cuello—. Mis cosas están ahí.

Luca avanzó hacia el auto sin soltar mi mano.

—Enviaré a alguien para que las recoja.

—¿Dónde viviremos? Tu divorcio aún no está concluido y ella vive ahí. ¿Qué pensará el gobernador de esto? Apuesto a que no le agradará saber que su yerno llevará a otra mujer a la casa.

Ignoró mi tono desafiante.

—Nunca dije que te llevaría a vivir a la mansión. Tengo otras propiedades en Italia que te gustarán.

Esta vez fui más contundente.

—No voy a vivir contigo hasta que no te divorcies de ella.

Exhaló una pequeña ráfaga de aire por la nariz.

—No te dejaré ir si eso es lo que insinúas. No vamos a separarnos. —Me agarró el rostro y besó la punta de mi nariz—. Voy a solucionarlo pronto. Mataré a Fernando y ya no habrá ningún obstáculo entre nosotros. Solo es cuestión de tiempo. Confianza, ¿recuerdas?

Asentí.

—Confío en ti.

Me besó ahí, en mitad de la calle, delante de varias personas. Era dulce y tierno, con besos salpicados en mis mejillas y barbilla. Le rodeé el cuello con los brazos, riéndome cuando sus manos apretaron mi trasero.

—Has estado muy intenso con esa parte de mi cuerpo.

—Estoy obsesionado —murmuró y habló un poco más bajo—. Tienes un culo asombroso.

Me reí con la cara en su cuello.

—Creo que me gusta mucho esta versión de ti. El hombre seguro y posesivo.

—Siempre lo fui, Alayna. Más cuando se trata de ti.

Tiró de mi mano mientras me llevaba directo al auto donde me había follado la noche anterior. Sentí a mis mejillas calentarse cuando vi las marcas de mis uñas en el capó. Me había convertido en un monstruo insaciable.

—¿Te estás ruborizando? —Se burló Luca al notar dónde estaba mi atención.

Rodé los ojos.

—Claro que no.

Tocó mis mejillas calientes y su sonrisa se amplió.

—Vamos a tener que repetirlo pronto.

—Buena idea.

Negó con la cabeza y me abrió la puerta. Cuando estuvimos sentados con los cinturones abrochados, salió del estacionamiento y condujo por la Interestatal. Moví las manos en mi regazo y miré mis uñas estropeadas.

—¿Sin noticias de Caleb? —pregunté.

—No ha vuelto a llamarme, pero supongo que se comunicará contigo pronto.

—Anoche escuchó todo por medio del micrófono. Prefiere darnos nuestro espacio —masculló—. ¿Y Declan? ¿Crees que ha sobrevivido?

Luca apretó la mandíbula.

—No podría importarme menos ese imbécil.

—Si sobrevive tiene una deuda pendiente.

—Lo perdoné porque no necesito a la maldita mafia irlandesa detrás de nosotros —explicó—. Le salvé la vida y él no lo olvidará. Impedirá que su gente nos persiga.

—¿Cómo estás tan seguro?

—No lo estoy —confesó—. Pero quiero creer que es un hombre inteligente y se mantendrá al margen.

Declan era un idiota y un cobarde, pero no al mismo nivel que Derek. También deseaba que enmendara sus errores como un hombre y no esperara que alguien más lo hiciera por él. Si sobrevivía estaba a tiempo de demostrar que no era solo una basura.

—Si nos traiciona, seré yo quien destroce su cabeza —afirmé—. Me sometí a los irlandeses por Eloise. ¿Ella está bien?

—Gian me aseguró que sí. —Colocó una mano en mi muslo mientras con la otra sostenía el volante—. No tienes que preocuparte por ella.

—Me gustaría verla cuando se recupere.

Luca se aclaró la garganta.

—No creo que sea prudente.

—¿Por qué?

Me miró un breve segundo.

—Ella puso algunas condiciones para regresar a Italia y la principal es que no quiere verte. Nos prohibió darte su dirección.

Mi estómago se retorció en nudos. Tenía sentido. La muerte de Sabrina era reciente y ella seguía de luto. Lo correcto era alejarme. Lo había entendido demasiado tarde.

—De acuerdo —cedí con un nudo en la garganta—. De acuerdo.

—Dale su espacio para sanar y llevar su luto en paz. Confío en que ella accederá a verte más pronto de lo que piensas.

—Ojalá fuera tan optimista como tú. Me odia, Luca. No va a perdonarme.

—Lo hará —me aseguró—. Ahora está dolida, pero verás que con el tiempo razonará y te extrañará. Yo lo hice por tres años y Eloise no será la excepción.

—Es diferente. Tú me amas.

—Ella también.

Me quedé en silencio sin refutar. Yo era un recordatorio del asesinato de su novia. Verme le provocaría más dolor. No quería hacerlo más complicado. Respetaría su decisión si eso significaba que mi duende estaría tranquila.

—El viaje durará nueve horas y pagué un vagón exclusivo para nosotros —comentó Luca, cambiando de tema y le agradecí—. Tendremos todas las comodidades.

Mi risa era suave y entusiasmada. Sabía lo que estaba tramando.

—¿Quieres follarme en un tren?

—¿Por qué no? Ya lo hice en un auto y contra un ventanal —dijo orgulloso—. También tengo pensado follarte en mi jet y otros sitios más. Quiero recuperar el tiempo perdido.

—Idiota pervertido.

Su mano ya se había movido hacia el interior de mis muslos.

—¿Sigues sensible?

—Un poco, aunque la aspirina me ayudó a relajarme.

—Te llevaré a comer algo porque te necesito con mucha energía las siguientes horas.

Sonreí y apreté su mano mientras miraba las calles pasar por medio de la ventana. Realmente lo había extrañado con cada parte de mí. Nuestro futuro todavía era incierto, pero quería concentrarme en lo bueno y dejar atrás cualquier mal presentimiento. Solo quería disfrutar al hombre de mi vida. Al menos un par de horas.

22

LUCA

Miré la hora en mi reloj, que marcaba más del mediodía. Mi plan era disfrutar con Alayna esa semana antes de regresar a mi fatídica vida llena de obligaciones. Ya no quería prolongar ningún asunto pendiente. Matar a Fernando era el principal objetivo y había lanzado el primer ataque. Le di la autorización a Gian de filtrar unas fotos comprometedoras en la prensa. Mañana estaría en todos los titulares de Italia. Ojalá pudiera estar cerca para verlo desmoronarse. Era una lástima que me perdiera un momento tan importante, pero cualquier sacrificio valía la pena si eso significaba que estaría perdido en los labios de mi mujer.

—Bajaste de peso —comenté y bebí un sorbo de vino—. Y mucho.

Alayna masticó despacio la hamburguesa que había ordenado para ella. Era dueña de su cuerpo, por supuesto, pero sabía que la depresión tenía mucho que ver aquí. Estaba más pálida y las ojeras eran notables.

—Ahora entiendo por qué pediste tanta comida —resopló—. Es suficiente para alimentar a un ejército. No me voy a comer todo eso.

Puse un brazo en el respaldo de su silla y la acerqué más a mí. El perfume que emanaba era tan dulce como su sabor.

—¿En qué hemos quedado? Te necesito sana si voy a follarte todos los días de la semana. —Hablé en su oído y arrastré mi nariz por su cuello—. Tu apetito sexual es bastante exigente.

Noté que su piel se erizaba.

—Está bien, tú ganas —cedió, masticando otro pedazo—. Has ganado todas nuestras batallas.

La sonrisa se expandió por mi rostro.

—Encontré el secreto para destruir a la gran Alayna Novak.

—Nunca fue un secreto que tú eres mi mayor debilidad. Sabes cómo llegar a mí y tomas ventaja.

No lo negué.

—Te encanta que me aproveche de ti. —Mordí el lóbulo de su oreja—. Te encanta que te lleve al límite.

El pulso en su cuello se aceleró mientras tragaba su comida.

—Sí.

Incliné su rostro y le di un beso breve. La había tocado más de la cuenta las últimas horas. Estaba constantemente sediento de ella y no iba a disculparme. Yo era un adolescente de nuevo en su presencia. La camarera regresó y colocó el postre sobre la mesa. Dos potes de helado. Se retiró una vez que le dimos las gracias.

—¿Cómo es la vida en Palermo? —preguntó Alayna—. ¿Laika sigue viva?

Sonreí mientras le daba un bocado al helado. Fresas con vainilla. Mi favorito.

—Fue madre hace algunos meses. Tuvo varios cachorros con otro dóberman.

—Qué adorable.

—Gian conservó a dos y yo también. Si antes era aterradora, ahora mucho peor. Ser madre la hizo más territorial.

—¿Crees que me recuerda?

—Oh, sin dudas. Ella no olvida a las personas que le agradan.

—¿Qué sucedió con los demás?

—Luciano y Kiara son novios. Gian y Liana siguen juntos —respondí—. Mi madre ha tenido citas y Amadea decidió jubilarse.

Hizo un mohín y robó un poco de helado de mi pote. La observé con los ojos entrecerrados y ella se encogió de hombros.

—Qué pena, me hubiera gustado volver a comer sus croissants. Nadie los prepara como ella.

Quité de su alcance mi pote de helado de ella y Alayna rio.

—Podemos visitarla en Florencia cuando quieras.

—Me encantaría. —Se aclaró la garganta y untó su helado de durazno en la cuchara—. ¿Cómo es él?

—¿Él?

—Thiago.

El corazón me latió más fuerte por la mezcla de emociones que me generó su interés. No había sacado el tema porque no quería presionarla ni incomodarla. ¿Y si los papeles estuvieran invertidos? ¿Si Alayna tuviera un hijo con otro hombre? Pensar en la posibilidad me puso tenso, aunque la respuesta era obvia. La aceptaría de cualquier forma.

—Es un niño adorable, amable, dulce y cariñoso. Le encanta coleccionar juguetes Lego y odia el ruido. Creo que te gustará porque tenéis algo en común.

—¿Sí? ¿Qué?

—Ama las mariposas —sonreí—. Las persigue cada vez que visita el jardín.

Su rostro se iluminó de pronto con una hermosa sonrisa que me quitó la respiración. Sabía que ella lo aceptaría cuando lo conociera personalmente. Thiago tenía la capacidad de robarse el corazón de las personas.

—¿Tiene tus ojos?

—Sí.

—Apuesto a que es hermoso.

—Lo es.

Alayna apartó la mirada y se concentró en observar el paisaje irlandés frente a nosotros. El tren nocturno partiría dentro de pocos minutos.

—No quiero que esto nos rompa de nuevo —susurré—. Te prometo que encontraremos una manera de superarlo juntos, pero necesito que me digas si es demasiado o si excedo algún límite. Háblame, Alayna. No te escondas.

Dejó escapar un profundo suspiro, con los ojos fijos en mi rostro.

—Voy a superarlo porque te amo —dijo finalmente—. Nunca odiaría a ese niño porque es una extensión de ti. Se convertirá en mi protegido siempre y cuando su madre no lo vea como un problema que yo sea parte de su vida.

Besé su frente y la atraje hacia mí. Ella se apoyó en mi pecho.

—Isadora y yo llegaremos a un acuerdo cuando el divorcio se lleve a cabo. Compartiremos la custodia de Thiago. —Miré nuestras manos entrelazadas—. Era un hecho con o sin ti. No podemos seguir casados, nos hace infelices a ambos. Ella merece al hombre correcto.

—Fuiste su héroe.

—En cierto punto lo fui —acepté y aspiré el aroma de su cabello—. Nunca formó parte del plan casarme, pero ella vino a mi casa esa noche y me habló sobre su posible prometido. Un tipo de Sicilia apodado «el Carnicero» la doblaba en edad. Me dijo que si yo no tomaba su mano destrozarían su vida. Lo pensé durante semanas y accedí. Pensé que era mi oportunidad para avanzar.

—No te culpo, yo también intenté olvidarte con otras personas.

Un dolor genuino me apretó el pecho y traté de no pensar con quiénes se había acostado. No tenía derecho de reprocharle absolutamente nada a pesar de que me moría de celos.

—No quería que llegara tan lejos. Cuando ella me dio la noticia de que estaba embarazada me rompió el corazón —confesé y noté que mi mano empezó a temblar—. Lo primero que vino a mi mente fue que había arruinado cualquier oportunidad de recuperarte. Creí que nunca ibas a perdonarme.

Alayna puso su mano sobre la mía y levantó la cabeza de mi pecho. Sus ojos azules reflejaban tormento, pero también había una expresión gentil allí. No la familiar hostilidad que la caracterizaba.

—Me fui y me escondí de ti en innumerables ocasiones. No podría odiarte porque yo te empujé a eso. Soy la principal responsable de todo este sufrimiento innecesario.

Acaricié su mejilla con mis nudillos.

—Ambos hemos cometido muchos errores y lo importante es que no volveremos a tropezar con la misma piedra.

—Casi toda mi vida me han dicho qué debo hacer o qué sentir. He sido manipulada y forzada a vivir las reglas que dictaban terceros y estoy cansada de eso. Cuando te conocí fue la primera vez que me sentí libre porque yo elegí amarte y no quiero que nadie vuelva a quitarme ese poder —dijo con firmeza—. No permitiré que el pasado me defina ni dictamine mi futuro. Viviré el presente como si fuera lo único que existe. He dejado que mis miedos y mis inseguridades me robaran tres años a tu lado, pero te prometo que no volverá a ocurrir. Estoy aquí y no iré a ningún lado. Ya no lucharé contra nosotros. Me rindo, Luca. Me rindo a ti.

Se inclinó hacia delante y unió nuestros labios muy suavemente. Ese beso era diferente. Se sentía como el sello de una promesa. Un pacto que nadie más rompería. Ni siquiera nosotros. A partir de ahora éramos ella y yo. Para siempre. Mi mano se acomodó en su cabeza y pasé mis dedos por los sedosos mechones. Alayna me besó más fuerte, respirando en mi boca.

—Alayna…

El sonido de mi teléfono pitando nos apartó y suspiré con fastidio mientras veía el nombre de Gian en la pantalla. Corté la llamada. Al diablo. No quería estresarme por culpa de Fernando tan pronto.

—¿Somos nosotros? —preguntó Alayna y parpadeó un par de veces cuando se dio cuenta de que nuestra foto juntos era el fondo de pantalla de mi móvil.

Sonreí.

—Sí.

—Ya no recordaba ese evento —comentó, limpiando restos de su labial de mi boca y se sentó en mi regazo—. No puedo creerlo.

Desbloqueé el patrón y le enseñé la imagen para que pudiera verla de cerca. Sus ojos se iluminaron con emoción y me encantó la expresión. Se veía más joven. Más relajada.

—Las cámaras de seguridad de la mansión tienen muchos vídeos tuyos cuando llegaste por primera vez. Confieso que me he encerrado en la habitación de vigilancia durante horas y los he visto con frecuencia.

—Estás loco.

—Estoy obsesionado —la corregí—. Me hacían sentir más cerca de ti.

Buscó en el menú del teléfono y cuando encontró la cámara posó ante ella. Mi pecho se hinchó mientras capturaba varias fotos: seria, sonriendo, mordiéndose el labio y mi favorita: juntos besándonos.

—Listo. —Me entregó el aparato—. Ahí tienes varios recuerdos, pero te prometo que las próximas serán un poco más explícitas. —Pasó un dedo por su escote y tragué saliva.

—Soy un bastardo afortunado —susurré—. Creo que podría morir con cualquiera de tus fotos.

El helado se estaba derritiendo, así que ella llevó algunas cucharadas a su boca. Le pasé la lengua por el labio inferior, chupando restos de durazno.

—También quiero una foto tuya a cambio. —Su mano rozó mi regazo, frotando mi pene a través de la tela—. Desnudo, príncipe.

—Mierda, Alayna...

Una sombra cubrió la mayor parte de la mesa. Cuando levanté los ojos para distinguir a la alta figura frente a nosotros, encontré a Caleb de pie con una expresión aburrida. Vestido absolutamente de negro se llevó la atención de varios clientes. Su presencia te incitaba a acercarte o huir como si tu vida estuviera en peligro.

—Pensé que deberíamos ponernos al día después de lo sucedido —comentó—. Anoche os di suficiente espacio.

Alayna resopló.

—Juraba que ya te habías ido a Inglaterra.

Caleb se sentó en la silla libre y se apretó el puente de la nariz.

—Primero quería asegurarme de que estuvieras bien.

—Estoy intacta —insistió Alayna—. Y completa.

Sonreí y rodeé su cintura con mi brazo.

—¿Qué noticias nos traes esta vez? —inquirí—. ¿Qué sabes sobre los irlandeses?

Una sonrisa apareció en los labios de Caleb.

—Declan pasó la noche en un hospital, fueron horas de cirugía. La noticia de la muerte de Derek se expandió por Dublín y los líderes quieren encontrar a los culpables.

Alayna tomó un vaso de agua y se limpió las manos con una servilleta.

—¿Debería preocuparme?

—Lo tengo bajo control —respondió Caleb—. El irlandés no será un problema por un tiempo. Estará más ocupado tratando de recuperar la movilidad. Lo vi muy afectado cuando le hice una visita esta mañana.

Alcé una ceja hacia él y mantuvo un rostro inescrutable. Era un hombre implacable cuando se trataba de su familia. Los irlandeses habían tocado a Alayna. Caleb no lo iba a dejar pasar y Declan era solo una prueba de su crueldad.

—Ojalá hubiera visto eso. —Alayna hizo un mohín—. Echaba de menos al viejo Caleb.

—No podía confiarme. Tenía que asegurarme de que no sería otro inconveniente y me prometió que estará fuera de nuestros caminos. —El tono de Caleb era indiferente—. Las fisioterapias tendrán toda su atención.

Carraspeé.

—¿Qué tanto le afectaron los disparos?

—Lo suficiente para dejarlo en silla de ruedas los próximos meses o quizá años.

Me quedé en silencio. Alayna tampoco soltó ninguna broma de mal gusto y me pregunté si la noticia le afectaba. Ella había tenido algo con Declan. Ese bastardo me lo restregó en la cara la noche anterior.

—Nunca decepcionas —dijo Alayna.

Caleb se puso de pie, sacudiendo una pelusa invisible de su chaqueta de cuero.

—Sal del país lo antes posible —ordenó y fijó sus ojos en los míos—. Y tú termina de una vez cualquier cosa que tengas pendiente. Si quieres estar con ella, debes ser un hombre libre.

Era una advertencia que no ignoraría.

—No tienes nada de que preocuparte, ella está a salvo conmigo.

Se burló.

—¿Qué hay de su corazón?

—También lo cuidaré —afirmé.

Asintió y miró a Alayna.

—Bella organizará una cena importante el 20 de septiembre. —Su tono cambió y su sonrisa esta vez fue más real—. Ambos estáis invitados si queréis venir. Ella les da mucha importancia a estos eventos.

Alayna sonrió.

—Cuenta con ello.

Me quedé en silencio viendo cómo los hermanos interactuaban. Eran parecidos y opuestos al mismo tiempo. Leales. Letales. Fuertes. Caleb se acercó y me sorprendió cuando besó la frente de Alayna. Su voz se suavizó mientras susurraba:

—No estás sola.

Ella suspiró.

—Ya no.

Me extendió la mano y lo acepté.

—Cuídala.

Entonces se retiró.

Después de pagar la cuenta, caminamos tomados de las manos hasta la estación de trenes donde pidieron el *check in*. Una vez que todo estuvo verificado nos dejaron pasar sin inconvenientes y entramos al vagón asignado. El viaje hasta Florencia duraría nueve horas.

Las lámparas de cristal colgaban de los techos y la cama ocupaba una gran parte de la habitación. Había dos sofás de cuero acompañados de una pequeña mesa redonda llena de frutas. Alayna se acercó, sacó una fresa de la bandeja y la chupó mientras yo cerraba la puerta.

—¿Quieres descansar?

—Estoy bien.

—¿Segura? ¿Has dormido bien últimamente?

Hizo una mueca y se lamió los labios. El tren se puso en marcha. Las ventanas mostraban el maravilloso paisaje dublinés. Era una pena que no me agradara tanto ese país. Supuse que los Graham le habían quitado el encanto.

—No.

Me acerqué y la levanté en mis brazos. Alayna protestó, pero sonreía mientras la colocaba con delicadeza sobre la cama. Le quité las botas con tacones y después su chaqueta de cuero.

—Puedes dormir mientras respondo algunos mensajes —murmuré—. Déjame ocuparme de ti. Ya no es tu trabajo cuidarme.

—De acuerdo.

La besé.

—Duerme.

Se cubrió con las mantas y bostezó mientras cerraba los ojos. Me senté en el sofá mirándola los siguientes minutos. Ella era mi lugar seguro y mi salvación. Su espíritu luchador me había cautivado. Nadie era tan valiente, hermosa y resistente como mi mariposa. La admiraba. Alayna merecía ser venerada el resto de su vida.

El personal tocó la puerta y la abrí para recibir a una mujer que me entregó la botella de vino. Me serví una copa mientras me ponía al día con los mensajes. Kiara me había enviado varias fotos de Thiago con Laika. Ya lo echaba de menos. Tenía muchos planes que esperaba compartir con él pronto y también incluir a Alayna en ellos.

Gian me aseguró que Fernando seguía tranquilo, pero al día siguiente dejaría caer su careta. Me sorprendía incluso que se sintiera a salvo después de lo que había hecho. Quiso trabajar con Derek Graham a mis espaldas. Estaba harto de los viejos como él que me consideraban una amenaza y que mi liderazgo en Palermo era sinónimo de jubilación.

Mi vida estaba constantemente en peligro por culpa de hombres ambiciosos. Ninguno de ellos quería verme triunfar y la mejor supervivencia era matándolos a todos y poner el poder en manos de jóvenes. Siempre había pensado que solo necesitaba a Gian y Luciano de mi lado. Incluso Eric era un estorbo.

Tenía que seguir luchando, sangrando para sobrevivir y no convertirme en la presa de ningún depredador. El rey oscuro estaba al mando y nadie más me derribaría.

Alayna durmió durante horas. Estaba tan cansada que ningún ruido la perturbaba. Avancé hacia ella, sentándome en el borde de la cama cuando susurró algunas palabras en ruso con los ojos cerrados. Quería alejar esa pesadilla que la perseguía.

—Tranquila —la consolé—. Estoy aquí.

Apretó mi mano a cambio y me acurruqué a su lado. Su cuerpo se relajó inmediatamente. Pasamos otra hora abrazados hasta que despertó y pidió algo más que consuelo. Quería contacto físico, pero sin ropa. Mi mariposa insaciable. La follé en la habitación del tren como había planeado. Me moví dentro suyo, despacio y paciente mientras ella cruzaba los tobillos en mi espalda. Era tan sensible, temblaba con cada penetración.

—Te amo —dije exhausto—. Mierda, te amo.

Al terminar, volvió a dormirse desnuda en mis brazos y pasé las manos por su espalda sudorosa. Nunca me acostumbraría. Quería tenerla así el resto de mi vida. Pero lamentablemente el intercomunicador anunció horas después que pronto llegaríamos a nuestro destino. Suspiré decepcionado y la desperté.

—Hola —dijo al abrir los ojos.

—Hola.

—¿Listo para regresar a la realidad? —sonrió.

Me cubrí el rostro con el antebrazo.

—Quizá termine con mis dramas muy pronto. Fernando no tomará nada bien lo que haré.

—¿Qué estás tramando?

La observé con una sonrisa.

—Arruinar cualquier posibilidad de que vuelva a ser reelecto en algún futuro.

—Me encanta el rey oscuro.

—Qué bueno porque no se irá pronto.

Nos vestimos con prisa ya que el tren se había detenido y debíamos bajar. Me puse la chaqueta y después entré al baño para lavarme las manos. A través de la pequeña ventana vi que el cielo estaba oscuro. Había perdido la noción del tiempo. Fue bueno escapar un par de horas. De pronto, escuché algo romperse en la habitación mientras me miraba en el espejo. Más ruidos siguieron, eran escandalosos y alarmantes. Algo no andaba bien. Me tensé y agarré la cuchilla de afeitar conteniendo la respiración. Al abrir la puerta no me sorprendió encontrar un cadáver a los pies de Alayna. ¿Qué mierda?

—Vino a matarnos —jadeó—. Él solo entró y me atacó.

—¿Hay más de ellos afuera?

Mi pregunta tuvo respuesta cuando otro hombre entró vestido de negro y saltó sobre Alayna. Ella se giró y pateó su pecho con tanta fuerza que lo volcó contra una puerta. Me apresuré y le lancé la cuchilla. La atajó en el aire y la enterró en el cuello del sicario. La sangre empezó a arrastrarse por la perfecta alfombra.

Alayna se acercó a uno de los cadáveres y le arrebató la pistola de sus pantalones; hice lo mismo con el otro. Salimos de la habitación con nuestras cosas, avanzando por el extenso vagón silencioso. Las luces se habían apagado, pero a pesar de la oscuridad noté un cuerpo en la esquina. Era la mujer que me había servido la botella de vino más temprano. ¿Dónde estaba el resto de los pasajeros?

—¿Quién pudo hacer esto? —cuestioné indignado. Ella era tan joven.

—Hay dos opciones. Declan o tu amado suegro.

—Caleb prometió que Declan no sería ningún inconveniente.

Alayna, que caminaba delante mío, me echó un vistazo sobre su hombro.

—Entonces fue tu amado suegro.

Rechiné los dientes.

—Apuesto a que sí.

Quería quitarme de su camino antes de que yo lo hiciera. No me gustaba esto. Isadora y Thiago estaban vulnerables en mi ausencia.

Más pasos se oyeron y alguien más apareció en el vagón. Era un hombre ridículamente musculoso con el cabello recogido en una coleta y mirada letal. Él no se fijó en mí. Le sonrió a Alayna y se lanzó con todo hacia ella, esquivando al menos dos disparos. No pudo escapar del tercero, que lo golpeó directo en el pecho. La mala noticia fue que había logrado acorralar a mi mujer contra una puerta. Bastardo hijo de puta. Alayna sacó el cuchillo y lo clavó en la espalda del atacante. Me encantaba su violencia, pero yo no iba a quedarme quieto mientras la lastimaban. Levanté mi arma y lo rematé de cinco tiros en la cabeza.

—Diez segundos. —Se quejó Alayna, empujando el cuerpo con una mueca—. Tardaste diez segundos en dispararle.

—Lo siento. ¿Estás bien?

Se limpió el sudor de la frente.

—Hay más como ellos. No eran los únicos.

Efectivamente no. Estallaron varios disparos más en el vagón antes de que sintiera un fuerte apretón en mi cuello. No me di cuenta de la presencia detrás de mi espalda. Alayna maldijo mientras me arrastraban en la dirección opuesta y me asfixiaban.

—Vengo a darte un mensaje de Fernando Rossi —siseó mi atacante en mi oído con un profundo acento ruso—. Tu esposa tiene nuevo dueño y tu hijo será criado por un verdadero hombre.

La brutalidad de sus palabras incineró mis venas con una profunda violencia y me lancé contra él, dándole codazos en el estómago.

—Suéltalo ahora. —Alayna se acercó con sigilo—. Te daré cinco segundos.

El hombre detrás de mí se rio a carcajadas.

—Ah, la mariposa negra. Pensé que te habías retirado. —Me rodeó el cuello con más fuerza—. Da media vuelta y te perdonaré la vi…

Alayna no vaciló. Su dedo apretó el gatillo y como era de esperarse no falló en absoluto. El bastardo soltó su agarre y se desplomó al final del vagón. Vi la bala en su garganta mientras trataba de detener el sangrado y se sacudía de un lado a otro.

—¿Ya no eres tan presumido? —Alayna sonrió—. Tengo un mensaje para ti. Pronto vas a reunirte en el infierno con Fernando Rossi.

Y disparó en su cabeza dos veces más. El arma tenía silenciador, pero aun así el suave pitido aturdió mis oídos. Alayna se apresuró a mi lado mientras yo trataba de recuperar el aliento.

—Se supone que era mi deber protegerte —protesté y tosí.

El indicio de una pequeña sonrisa tocó sus labios carnosos.

—Fue bueno recordar viejos tiempos, príncipe.

Me tendió la mano y avanzamos juntos por el vagón silencioso con nuestras cosas. Noté que dos hombres de seguridad estaban muertos y el tren se había detenido en un andén desierto. Eso explicaba la ausencia de varios pasajeros. ¿Qué mierda?

—Rusos —dijo Alayna con la voz tensa—. Eran sicarios rusos.

Una rabia se acumuló tras mi esternón y latió al compás de mi corazón.

—Sé que Fernando recurrirá a todos los medios que pueda para vernos muertos.

Alayna apretó los labios.

—Tenemos que irnos antes de que vengan más de ellos.

No repliqué y bajamos por la puerta del último vagón. No les resultó difícil encontrarnos. Fernando no estaba acabado como pensaba. Aún tenía mucho poder. Las próximas horas detonaría su furia cuando las fotos fueran expuestas y debíamos estar listos para enfrentarnos a lo que venía.

23

LUCA

Miramos la mansión ubicada en los acantilados. Fue complicado encontrar un taxi a estas horas, pero afortunadamente un hombre se apiadó de nosotros y aceptó traernos después de recibir una generosa propina. Estaba furioso por el atentado que habíamos sufrido en el tren. Varios muertos por culpa de Fernando. Eran sicarios rusos; se necesitaban más que millones para contratarlos. Era como hacer un pacto con el diablo. Pensé en las palabras del bastardo y mi estado emocional empeoró. La rabia atravesó el horror y subió por mi espina dorsal. El agotamiento de la situación me había robado mucha energía. Ya no podía seguir haciendo esto.

Unos brazos me rodearon la espalda mientras trataba de calmar mi respiración agitada. El aroma de su perfume me recordó que tenerla a ella hacía que todo valiera la pena.

—Vamos a descansar —musitó Alayna—. Estamos cubiertos de sangre.

—Necesito un minuto.

—Lo sé, pero es tarde y debemos descansar. —Su mano encontró la mía y calmó el pequeño temblor—. Lo resolveremos juntos, ¿de acuerdo? Es lo que me dijiste.

Esbocé una sonrisa.

—Estamos juntos —repetí como si no pudiera creerlo.

Alayna besó mi espalda.

—Sí —dijo. Me giré y la cargué sobre mi hombro como un saco de patatas—. ¡Luca! ¡Bájame ahora!

Hice caso omiso de sus protestas mientras nos dirigíamos directamente a la entrada principal. Sostuve su cuerpo con un brazo y con la otra mano agarré la maleta. Alayna continuó luchando, pero la escuché reír y el sonido trajo el alivio más grande a mi corazón. A esta hermosa y despiadada homicida le encantaba que la consintieran.

La casa estaba situada en un acantilado rodeada de viñedos y limoneros. El aire era caluroso y el aroma salado del mar inundó mi nariz. Escuché a las gaviotas lloriquear, las olas chocar contra las piedras y una conocida canción italiana. Mi abuelo me había heredado esa propiedad. Los últimos tres años había ido allí algunos fines de semana cuando sentía que las cosas eran insoportables en Palermo. Había llamado más temprano para avisar a mis empleados que haría una visita breve y ellos organizaron todo para nuestra llegada.

Bajé a Alayna en la puerta y la abrí una vez que inserté el código dactilar. Admiró cada detalle cuando entramos al vestíbulo y dejé la maleta en el suelo. La casa tenía cuatro siglos, pero decidí remodelarla con un toque moderno. Borré cualquier recuerdo de mi abuelo.

—¿Te gusta?

Se giró, mirando los cuadros, los muebles y avanzó a la ventana. Puse las manos en mis bolsillos sonriendo.

—Sí —respondió—. Es lindo.

—Amo esta casa —admití—. Me gustan la playa y los viñedos. Hay muchos días festivos que te agradarán.

—No estaría mal vivir aquí, aunque prefiero el ambiente gélido.

Esa confesión flotó entre nosotros durante un largo minuto. Ella estaba considerando vivir conmigo. Iba en serio cuando dijo que ya no lucharía contra nosotros. Era tiempo perdido y solo nos seguía lastimando. ¿Por qué no convertir todo ese dolor en momentos memorables y disfrutar la vida?

—He fantaseado con verte en biquini —dije—. El azul te quedará increíble.

—Estuvimos a punto de ser asesinados y piensas que me vería bien en biquini. —Golpeó mi sien muy suavemente—. Reordena tus prioridades, Vitale.

—He visto mi futuro a tu lado en más de una ocasión. —La atraje a mi pecho y la besé—. Seríamos muy felices aquí, Alayna. Me dedicaría a mis negocios de vino y licor. Tú no vas a preocuparte por nada. ¿O qué te gustaría hacer?

—Aprendí a bailar cuando era más joven y siempre soñé con abrir mi propia academia de ballet —confesó y su voz sonó un poco cohibida—. El baile ha sido mi escape cuando sentía que mi realidad era asfixiante. Es tonto, ni siquiera debería aspirar a algo normal.

Me enojé inmediatamente. Si volvía a hablar mal de ella misma…

—¿Por qué demonios no?

—Estoy marcada por la muerte, me persigue a cualquier parte que vaya —susurró. Sus ojos eran del mismo color del océano y en ellos se reflejaba algo tan trágico y doloroso. Me destrozaba escucharla hablar así. Conocía detalle a detalle a la mujer que había sido entrenada como una máquina de matar, pero no a la chica que era antes. Esa niña que vio morir a su madre, que fue secuestrada y apartada de su hermano—. Cada vez que me sucede algo bueno es opacado por lo malo. Tengo miedo de que esto… —nos señaló— sea temporal y se termine muy pronto.

Deslicé mis nudillos por su mejilla y apoyó la cara en mi mano.

—La muerte tendrá una gran decepción porque estoy aquí para quedarme. No me iré a ningún lado a menos que tú vuelvas a tus andadas y me apartes. —Eso la hizo sonreír y me deshizo. Cristo, era hermosa—. ¿Quién ha construido los muros entre nosotros?

Su sonrisa se expandió y era todo dientes brillantes y mejillas ruborizadas.

—No vas a olvidarlo, ¿verdad?

—Jamás. Te lo recordaré por el resto de nuestras vidas.

Agarré su mano y empecé a darle un recorrido por el resto de la casa. La sala, la cocina, el jardín, la piscina y por último la habitación que compartiríamos. Todo estaba hecho de mármol y bellamente pintado. Una combinación de blanco y negro. Era espaciosa con un vestidor que conectaba con el baño. Las puertas francesas dirigían al balcón con una vista magnífica al mar.

Alayna se acercó y miró la playa mientras la abrazaba desde atrás.

—¿En qué piensas? —pregunté.

—Que no quiero irme de aquí pronto.

Una triste y familiar nostalgia se coló entre mis huesos. Ojalá pudiéramos ignorar el horror que nos acechaba y solo concentrarnos en la felicidad.

—Pronto —prometí y le quité la chaqueta para masajearle los hombros. Alayna suspiró con agotamiento—. Ve a darte un baño y traeré la cena. Es hora de que tomes un descanso.

—¿Qué hay de ti?

—Tengo que llamar a Gian y asegurarme de que todo esté bien en Palermo. —Besé su hombro—. Me uniré a ti pronto.

—Como prefieras. ¿Luca?

—¿Sí, mariposa?

—Si necesitamos matar a alguien, dímelo y lo haré con gusto.

Me dio un pequeño beso en los labios y sonreí. Estaba fascinado de que me dejara ver su lado más crudo y real. Ya no había un muro entre nosotros, ni peleas o resentimientos. Éramos ella y yo en una confianza inquebrantable. La pareja que siempre debimos ser.

—Ya no es tu obligación matar por mí.

—Deberías saber que por ti soy capaz de destruir el mundo, príncipe.

Todavía no podía dejar de sonreír mientras la veía irse al baño con una caminata sensual. Se detuvo un segundo y me miró sobre su hombro. Notó dónde estaba exactamente mi atención y sus labios sensuales se curvaron. Empezó a desabrochar los tres botones de su escote y mis nudillos se pusieron en blanco por lo mucho que me costaba no saltar sobre ella y follarla como un animal.

—No demores —dijo, y tragué—. O terminaré yo sola.

—Alayna…

Se quitó la camiseta y bajó sus ajustados pantalones de cuero. Su ropa interior era de encaje negra. Solo podía mirar sus pechos y esas piernas escandalosas. Mi sangre empezó a fluir más fuerte y pasé la lengua por mi labio inferior. Mi garganta estaba seca.

—Treinta minutos —sonrió con malicia—. Tienes treinta minutos para unirte a mí, príncipe.

Me guiñó un ojo antes de caminar al baño y solté una bocanada de aire. Esta mujer era mi ruina. El día que muriera, su nombre estaría en mi lápida como causante principal.

Bajé a la cocina con el teléfono en la mano mientras encendía un cigarro. Me serví una copa de vino. La casa estaba excesivamente limpia y silenciosa. El personal se retiró antes de que llegáramos. Les advertí que quería estar a solas con Alayna. Sería perfecto si Thiago estuviera a salvo y no me sintiera tan preocupado por su seguridad. No podía estar en paz. Mi consciencia me recordaba que lo había dejado. Tenía que volver pronto con mi bebé.

—Gian.

—Ya era hora, hombre. ¿Qué te tomó tanto tiempo?

Me senté en el taburete y succioné la boquilla del cigarro hasta que las hebras de tabaco en el extremo se pusieron naranjas.

—Sucedieron algunos percances fuera de mi control, pero ha valido la pena —suspiré dejando salir una bocanada de humo—. La tengo conmigo.

Escuché la risa del idiota.

—Me alegra oír eso, no sobrevivirías otro día sin Alayna Novak.

—Ella es mi motor.

—Cualquiera lo sabe.

Apagué el cigarro en el cenicero y bebí un trago de vino. Quería calmar los nervios, pero estos solo venían con más intensidad. Desde el atentado en el tren pensaba en lo peor. Fernando había sobrepasado todos los límites.

—¿Cómo están las cosas por ahí? —pregunté.

—Fernando no ha intentado lanzar ninguna bomba, aunque Luciano me dijo que llamó y solicitó ver a Isadora.

Cada molécula de mi cuerpo se congeló por la rabia.

—Él tiene prohibida la entrada en mi casa. Laika va a despedazarlo y Fabrizio lo matará.

Su risa era estridente.

—Tranquilo, nadie lo dejará pasar. Fabrizio se tomó muy en serio tus órdenes. Es muy protector con Isadora. —La burla en su tono me hizo rodar los ojos—. ¿Sabes lo que está pasando entre ellos?

—No me importa con quién está Isadora mientras ella sea feliz. Fabrizio es un buen hombre y jamás lo vería como una amenaza. Él la protegerá.

—Su ayuda es más que bienvenida en esta guerra —dijo Gian—. Las cosas están bien por ahora, pero mañana será diferente. La prensa se volverá loca y Fernando querrá tu cabeza como sea cuando esas fotos se publiquen.

—Estaremos a mano, él envió a un grupo de sicarios por mí y Alayna.

Chifló.

—¿Qué diablos? ¿Estáis bien?

—Afortunadamente sí, pero me preocupa que siga teniendo tanta influencia.

—Alguien del gobierno lo sigue apoyando.

—Espero que mañana termine eso, su reputación estará por los suelos.

—Tu presencia pronto será requerida.

—Solo necesito una noche más con mi mujer —masculé—. La he recuperado después de tres años y quiero ser egoísta.

—No te estoy culpando por ignorar tus responsabilidades, pero no puedes correr tanto tiempo, Luca.

—Soy consciente de ello. Regresaré pronto por Thiago y mataré a Fernando con mis propias manos. Llámame si se presenta otro inconveniente. Estaré atento a las noticias.

—Mañana será una jodida locura, abriré una botella de champagne en honor a Fernando Rossi. Su carrera estará muerta.

—Más vale que así sea.

—Esperemos que no desquite su ira con Isadora. Ella es su blanco más fácil con tu ausencia… o el mismo Thiago.

«No». Fernando no pondría un dedo sobre Isadora o mi hijo. Tendría que romper la seguridad de mi mansión, que era impenetrable. Iría con todo si lanzaba otro ataque contra ellos y sería mil veces peor.

—Dame hasta mañana, Gian. Mantén el orden. Que nadie entre ni salga de la mansión. Estaré ahí pronto.

—De acuerdo, don. —Hizo una pausa y añadió—: Sé que la amas y sueñas con una vida a su lado, pero necesito recordarte que naciste en la mafia, Luca. Hay una sola salida y ya sabes cuál es.

Me mordí el interior de la mejilla, tratando de sofocar el dolor que me provocaban sus palabras. Esto no se trataba solo de mí. También de Thiago. Lo tenía en su sangre. De mi parte y de Fernando. La mafia formaba parte de su vida.

—Una noche —dije de nuevo.

—Mándale saludos a Alayna de mi parte.

—Lo haré. Hasta pronto, Gian —colgué.

No quería pensar más porque tenía fe en que había una solución. Cualquier decisión que tomara afectaría el futuro de mi hijo. Ya fuera para bien o para mal. Si dejaba atrás esa vida, les daría el poder a muchos de atacarme. Rompería esa protección que mantenía segura a mi familia. Maldita sea. Bebí un trago de vino y solté otra exhalación aturdida. No daría nada por hecho. Aún había otras opciones que analizar. No todo estaba perdido.

Me desabroché la camisa y subí las escaleras con la botella de vino para buscar a Alayna. Cuando entré al baño me encontré con un increíble espectáculo. Algunas velas estaban encendidas y el aroma a jazmín impregnaba el aire. Alayna me sonrió mientras enjabonaba su precioso cuerpo. Su piel brillaba.

Cerré la puerta detrás de mí y empecé a desnudarme. Levantó una pierna, la puso en el borde de la bañera y mi mandíbula se tensó. A su lado me sentía como un títere y ella dominaba mis cuerdas.

—Regresaste en quince minutos —comentó—. ¿Ansioso?

Serví vino en las copas y las apoyé en una mesita cercana.

—Sí.

Proseguí a quitarme los zapatos y después el resto de mi ropa. Alayna me hizo un lugar en la bañera y me acomodé detrás de ella. Agarré sus pechos, acariciando los pezones con mis dedos. Arqueó la espalda, suspirando suavemente.

—¿Está todo en orden?

Enterré mi cara en su cuello y besé su piel.

—No lo sé —admití—. Fernando tomará represalias cuando se divulguen esas fotos.

—¿Le temes?

—No, pero con su muerte el gobierno empezará a indagar y seré unos de los sospechosos. Todo tiene que estar hecho de manera minuciosa —expliqué—. Exponer las pruebas solo es el comienzo. Verán que está involucrado en negocios turbios y relacionarán su asesinato con ajustes de cuentas. Mi nombre no tiene que estar manchado bajo ningún término.

—Entiendo.

—Mañana es el comienzo de mi plan, aunque no me confío. Es un hombre inteligente, no por nada llegó al poder —dije—. Él encontrará una manera de golpearme y tiene con qué.

—¿Tu hijo?

—Sí, o cualquier miembro de mi familia. Me aseguré de que la seguridad de mi casa no sea quebrantada, pero mi presencia es necesaria lo antes posible. Ya no puedo prolongarlo.

Alayna encontró mi mano y unió nuestros dedos.

—Entonces termina todo lo que tengas pendiente y después regresa a mí.

—Puede que me lleve más tiempo de lo planeado.

—No importa. Seguiré a tu lado cuando termines.

Un poco de agua salpicó las baldosas cuando la hice girar y la senté sobre mí. Pude sentir cada centímetro de su cuerpo presionado contra el mío. Era tan suave y cálida. Alcancé las copas. Alayna levantó una ceja al ver la etiqueta de la botella.

—¿Emilia como tu madre?

Le ofrecí su copa y le di un sorbo a la mía.

—Lo nombré en honor a mi madre porque estoy orgulloso de ella —masculle—. Sobrevivió a los abusos de mi padre y logró salir adelante. Ella está brillando más que nunca.

—Eso es dulce.

—¿Qué piensas de tu nombre en mi próxima creación? Es atractivo, cautivador y único. —Pasé la mano libre por sus muslos y tembló ligeramente—. Me has inspirado en muchas ocasiones, Alayna. Quiero que el mundo conozca tu nombre.

—¿Sí?

—Quiero que vean ese lado que has mantenido oculto.

—Solo me gusta que tú lo veas.

—Y me siento muy halagado, pero quiero presumirte. Quiero que vean el tipo de mujer que eres. —La besé—. Apasionada, leal, valiente, hermosa. Hay tantos adjetivos que podrían definirte.

—Haces que me sienta única.

—Lo eres. —Apoyé nuestras copas de vuelta en la mesita—. Mañana te llevaré a conocer los viñedos y visitaremos a Amadea por la tarde. Ella estará encantada de volver a verte.

Eso le provocó una pequeña sonrisa.

—Creo que podría acostumbrarme a este tipo de normalidad.

—Podemos ser normales juntos. Quiero llevarte a citas, pasear contigo de la mano y demostrarle al mundo que eres mía. Te prometo que voy a darte la vida que mereces, Alayna.

A la mañana siguiente cumplí la promesa que le había hecho a Alayna. Paseamos juntos por la extensa plantación verde rodeada de viñedos. El clima era templado gracias al mar. La mejor decisión que tomé fue involucrarme en ese negocio. Me sentía orgulloso porque el mérito era solo mío y de nadie más. Mi sueño era descansar allí algún día si lograba dejar el grotesco mundo de la mafia.

—Es asombroso —murmuró Alayna.

Sostuve su mano y continuamos caminando por el campo. Se veía absolutamente hermosa con el corsé azul marino que enseñaba su ombligo y la falda blanca hasta sus rodillas. El cabello negro estaba atado en una coleta. Muy pocas veces la había visto vestida de manera tan informal, pero podía apreciar su belleza. Yo era un idiota baboso en su presencia.

—Fue lo único bueno que me dejó mi abuelo.

—Todo huele muy bien —sonrió—. Sabes, nunca te he imaginado así. Pensé que algún día te dedicarías a la medicina.

—¿Por qué no ambos? —Puse las manos en mis bolsillos—. Retomé mis estudios desde que te fuiste porque necesitaba distraer mi cabeza en algo, pero no se siente correcto ejercer como médico después de todas las vidas que he arrebatado.

—Hay personas peores en el mundo, Luca. Tú no mataste a nadie inocente.

Me encogí de hombros.

—Me propuse hacer donaciones a universidades u alguna organización que promueva la investigación médica.

—Mi noble príncipe.

Sonreí.

—¿Qué hay de ti? Algún día abrirás tu academia de baile. Puede ser aquí o en Rusia —hablé con emoción—. Estaré en primera fila cuando presentes tu obra en un teatro. ¿Bailarías para mí?

—No debí contártelo.

Fruncí el ceño.

—¿Por qué no? Si vuelves a decir que es estúpido, voy a enfadarme. Aún estás a tiempo de cumplir cada uno de tus sueños y serás muy exitosa si te arriesgas. Podrías interpretar tu propia versión de *El lago de los cisnes*.

Alayna se echó a reír.

—Eres un soñador…

—No hay nadie mejor que tú para ser el cisne blanco y negro.

—Basta —me interrumpió con un dedo en los labios—. Primero solucionemos todos los problemas y después pensemos en el futuro. No quiero que nada arruine nuestros planes hasta que sea seguro.

La sombra del pasado volvió a acecharnos con crudeza y dolor. La herida seguía fresca porque nos habíamos hecho tantas promesas ese día en Inglaterra y terminaron destruidas. Pero ahora me dije que sería diferente. El futuro era seguro y nadie volvería a arruinarlo. Ni siquiera nosotros.

—Volvimos a reunirnos porque está escrito. —Acuné su rostro y la besé—. Tú y yo seremos felices. Confía en mí.

Al mediodía le hicimos una visita a Amadea. Su casa estaba rodeada de condominios coloridos y muchos terrenos con flores. Cuando nos abrió la puerta su sonrisa fue cegadora. Seguía siendo la misma mujer encantadora, con canas y un poco más entrometida. Inmediatamente abrazó a Alayna, que le correspondió el gesto con torpeza.

—Dios ha escuchado mis súplicas —dijo, besando las mejillas de Alayna—. Finalmente estáis juntos como siempre debió ser.

—Es bueno verte, Amadea. —Alayna se apartó con incomodidad.

—No puedo culpar a mi niño por estar loco por ti. Eres tan hermosa.

Alayna no supo qué decir. Sonreí y la atraje bajo mi brazo.

—Amadea preparó tu comida favorita.

—Oh, lo aprecio, pero no era necesario.

—Fue un placer, cariño. Por favor, entrad.

Se limpió las manos en el delantal y nos dejó pasar a su hogar. La casa era acogedora, bonita y humilde. Escuché la televisión encendida en la sala de estar y vi la figura de una mujer en silla de ruedas atenta a la pantalla. Ni siquiera se inmutó ante nuestra presencia.

—Ella es Orazia, mi madre —la presentó Amadea en tono triste—. Ya no es consciente de lo que sucede a su alrededor. Se distrae de la realidad viendo sus comedias románticas y odia que la molesten. El médico le ha dado cinco meses de vida.

Le apreté el hombro.

—Lo siento. —No sabía qué otra cosa decir.

Puso una sonrisa triste en su cara.

—No quiero que os sintáis mal por mí. Son cosas de la vida y ya lo he asumido, aunque duela —suspiró y nos guio a la cocina, que olía delicioso—. Preparé la receta francesa especialmente para la reina.

La mesa ya estaba lista con manteles, café y una bandeja llena de croissants. La expresión de Alayna era digna de una obra maestra. Sonrió tan ampliamente que sus ojos resplandecieron de emoción.

—Lo que más eché de menos cuando me fui de Italia fueron tus deliciosos croissants.

Amadea se sonrojó por el cumplido.

—Cociné más para que te los lleves contigo y los desayunes mañana.

—Es muy amable de tu parte. Gracias por tomarte la molestia.

—No es nada, sentaos.

Nos sentamos en la mesa y Alayna no dudó en darle el primer bocado a la dulce masa de hojaldre. Me reí mientras la veía comer sin hacer una pausa. Amadea le sirvió una taza de café caliente y yo escogí un pastelito de chocolate. Todo era exquisito. Esta buena mujer era una diosa en la cocina.

—Dime que pronto vais a casaros, Luca —me reprochó Amadea y me atraganté—. Supongo que pondrás un anillo en su dedo cuando te divorcies.

—Oh, esa es la idea, pero la dama de aquí piensa que es muy pronto. —Alcé las cejas hacia Alayna—. Ella es jodidamente terca. Ayúdame a convencerla, Amadea.

Alayna me pateó en la espinilla bajo la mesa e hice una mueca.

—Nunca dije que no aceptaría.

Yo estaba riéndome como un idiota por ponerla en un aprieto.

—La vida es muy corta, muchacha —dijo Amadea con nostalgia—. Y vosotros no os estáis haciendo más jóvenes. —Me golpeó con una servilleta en el brazo—. Tú, niño, divórciate pronto, así no tendrá ninguna excusa para rechazar tu propuesta. Dadle un poco de alegría a esta anciana.

—Déjamelo a mí. Sé cómo llegar a ella. —Le guiñé un ojo—. Serás la dama de honor en nuestra boda.

Alayna me dio una mirada de muerte que decidí ignorar y mastiqué el pastelito. Amadea, en cambio, nos observó con dulzura.

—Tu abandono lo hizo añicos hace tres años —comentó—. Nunca pensé que vería el día que mi niño se rompiera. Se volvió loco cuando salió del hospital y no te encontró en la mansión. Ha pasado por un infierno y fue difícil sacarlo de allí.

Mi cuello picó por la consternación.

—Amadea…

—El amor siempre triunfa —continuó ella—. No estaba de acuerdo cuando se casó con esa chica rubia. Ella es bonita, amable e irradia luz, pero mi muchacho necesita un poco de oscuridad en su vida.

Mis ojos se estrecharon y Alayna soltó un aliento de sorpresa.

—Ignórala, es solo una anciana chismosa —solté y recibí otro golpe en el brazo con la servilleta.

Pero Alayna estaba sonriendo y no se veía incómoda.

—Es una anciana muy sabia, tiene razón. Quédate tranquila, Amadea, no volveré a abandonarlo. Estoy aquí, no iré a ninguna parte.

—Gracias a Dios —dijo Amadea—. Vosotros nacisteis para estar juntos.

El sol se ocultaba en el horizonte cuando decidimos caminar por la playa. Alayna se soltó el cabello y se quitó los zapatos para dar vueltas en la arena con los brazos extendidos y suspirar el aroma del mar. Era la primera vez que la veía tan despreocupada desde que nos habíamos conocido. Su falda blanca se sacudía con el viento y su cabello se agitaba en un desorden salvaje. Era preciosa. Saqué mi teléfono del bolsillo y capturé varias imágenes.

—Mi última visita a una playa no fue buena.

Pensé en lo que me había dicho. Sus deseos de ahogarse en el mar, y me deprimí con ella. Mi mariposa rota.

—Podemos hacer que esta vez sea memorable —dije, acercándome y tomando su mano.

Enredó sus dedos con los míos y caminamos juntos por la arena.

—Tengo miedo de que esto termine pronto, Luca. Ojalá tuviera la habilidad de detener el tiempo y pudiéramos quedarnos justo así.

—Mataré a Fernando y después regresaremos aquí. Pondré un anillo en tu dedo y te daré mi apellido.

Miró las olas del mar.

—Odio lo mucho que me gustaría que sea posible.

—Es un hecho, no dudes de mí.

Cerró cualquier distancia entre nosotros y me besó. Era mucho más baja sin sus tacones, así que la levanté mientras le devolvía el beso con urgencia. Atrapé su labio inferior entre mis dientes y gimió. Mi mano fue a su garganta y apreté cuando me chupó la lengua.

—Te necesito de nuevo, mariposa.

Alayna sonrió en medio del beso.

—Entonces llévame a la cama.

Tiré de su labio inferior entre mis dientes.

—No prometo que llegaremos, pero haré el intento.

Volví a cargar su cuerpo sobre mi hombro y ella se rio mientras me dirigía a la finca que se encontraba a pocos metros. Nunca me había movido tan rápido en mi vida. Llegué en menos de dos minutos y pronto tuve su cuerpo acorralado contra una pared. Me desabroché los pantalones, ansioso de sentirla. Coloqué su pierna sobre mi cadera y jadeó cuando sintió mi erección. Subí su falda y tiré del pequeño listón rojo de su ropa interior. Ese encaje era sexy, pero tenía que irse.

—Luca…

Bajé la mano y metí dos dedos en su interior. Presioné el clítoris con mi pulgar y eso la volvió loca. Tan sensible.

—Ruégame que te folle.

—Fóllame, por favor. —Agarré su cintura y empujé dentro de ella profundamente. Gemimos al mismo tiempo. Era como si estuviéramos enfermos. Una fiebre incurable—. Mierda… —Alayna suspiró y sus pechos temblaron en el corsé.

Me encantaba lo grandes y rellenos que eran. De repente una fantasía vino a mi mente. Ahora no sabía si correrme dentro de ella o allí.

—Dios, Alayna… —Empecé a ir cada vez más profundo y ella echó la cabeza hacia atrás con un quejido—. Dime cómo pensaste en la opción de vivir sin esto, para mí fue una jodida agonía.

—No lo sé —jadeó—. No lo sé…

Moví una mano detrás de su espalda y saqué como pude los cordones del corsé. Necesitaba sus tetas en mi boca. Arrastré la lengua por su clavícula y su cuello hasta llegar a sus pezones. Me tomé mi tiempo chupándolos y mordisqueándolos. ¿Podía ver cuán obsesionado me tenía? ¿Que jamás había deseado a nadie más como a ella? No olvidaría la expresión en su rostro, la lujuria en sus ojos azules y la forma en que su boca gritó mi nombre varias veces. A partir de ahora este era mi principal objetivo en la vida. Hacer que se viera así de hermosa todos los días.

Me desperté abrazado a Alayna por detrás. Nuestros cuerpos aferrados el uno al otro. Maldita sea. Se suponía que ayer iba a tomar un vuelo a Palermo y seguía allí pretendiendo que ningún problema me acechaba. Lentamente intenté desprenderme sin despertarla, pero ella fue rápida y me acorraló en la cama, subiendo a horcajadas sobre mí y sosteniendo mis muñecas con una expresión amenazante.

—¿A dónde crees que vas?

Estaba inmóvil, a su merced. No pude controlar la reacción de mi cuerpo. La excitación me recorrió. Era temprano y la deseaba de nuevo. Cristo…

—Ducha —respondí, tragando saliva—. Después llamaré a Gian y organizaré el vuelo a Palermo. ¿Vienes conmigo?

—Te dije cuál es mi posición sobre esto. No pisaré esa casa hasta que te divorcies de ella.

—Puede llevar meses…

—No me importa. Arregla eso o no volverás a tocarme.

Sentí que mi garganta se cerraba. Isadora me dijo que pronto presentaría la demanda de divorcio, pero no sería fácil. Nos habíamos casado por la iglesia y teníamos un hijo en común.

—Sobornaré a quien sea —dije a cambio.

—Puedo soportar muchas cosas, pero no que sigas atado a otra mujer. Lloré por ti tres años, Luca. Quise ir a esa iglesia e impedir esa estúpida boda. Quería gritarte que tú eres solo mío y suplicarte que no te casaras con ella.

Mi corazón cayó al fondo de mis entrañas. Y yo deseaba desesperadamente que ella me detuviera ese día.

—Estoy aquí, Alayna, regresé por ti. Soy tuyo.

Su apretón en mis muñecas se hizo más fuerte.

—Más te vale o eres hombre muerto si pones tus ojos en otra mujer que no sea yo.

Me reí mientras la observaba. Frunció el ceño, cada parte de su cuerpo tenso, su mandíbula apretada. Quería intimidarme, pero todo lo que consiguió a cambio fue ponerme más duro. Era tan hermosa cuando estaba celosa.

—¿Qué es tan gracioso, Vitale? ¿Crees que estoy bromeando?

Sacudí la cabeza con una sonrisa.

—Nop.

—Entonces deja de sonreír porque la próxima vez te cortaré el pene.

Y, para probar su punto, bajó la mano y contuvo mi erección entre sus dedos. Mi pene se agitó bajo su palma, el simple toque fue suficiente para endurecerlo más. Maldita sea, no me esperaba en absoluto lo que hizo a continuación. Pasó los dedos por la herida de bala y besó mi cicatriz. Sus caricias bajaron cada vez más y cerré los ojos un segundo, saboreándolo. Se sentía tan bien. Trazó las crestas de mis abdominales, siguiendo el rastro de vello que había entre mis piernas.

—Alayna…

Gemí ante su contacto. Sus ojos me miraban con un hambre que encendió de excitación cada centímetro de mi cuerpo. El día que me tomara en su boca me sentiría como el hombre más afortunado del mundo, pero no quería presionarla ni incomodarla. Todo se haría a su manera.

—Yo nunca, eh… —No estaba acostumbrado a ver a Alayna nerviosa—. Nunca puse uno en mi boca.

Pasé mi pulgar por su labio inferior.

—No tienes que hacer nada.

—Quiero hacerlo —dijo—. Quiero experimentar todo contigo.

Puse los brazos detrás de mi cabeza en una postura casual y le guiñé un ojo.

—Soy todo tuyo.

La vi moverse un poco más cerca del borde de la cama y acomodarse entre mis piernas. Sus ojos azules se mantuvieron en los míos todo el tiempo mientras bajaba la cabeza y arrastraba su lengua por la punta. «Joder…». Mis caderas se sacudieron cuando empezó a succionar. Sus movimientos eran lentos al principio, pero mis gemidos la incitaron a chupar más duro.

—Carajo, Alayna…

Ansiaba enterrarme en su garganta, pero me quedé quieto, permitiéndole el control. Quería que ella disfrutara su primera experiencia. Quería que le gustara y se sintiera en confianza de repetirlo.

—Ah —se me escapó un gemido y cerré los ojos—. Eso se siente bien, mariposa.

—¿Sí?

—Sí, chúpame más duro.

La escuché reír y mirarla fue un error. Su largo cabello oscuro caía por su espalda, rozando sus nalgas y la mitad de mi pene desaparecía entre sus labios. Cuando me llevó más profundo y pude sentir su garganta perdí el control completamente. Enredé los dedos en su cabello, deslizando mi pene dentro y fuera de su boca. Ella me siguió el ritmo y clavó las uñas en mis muslos. Sus suaves gemidos eran cada vez más altos y acompañaban a mis gruñidos. Su cabeza subía y bajaba. Era demasiado. Mi mente daba vueltas y sentía que iba a explotar. Tenía que detenerla.

—Alayna… —dije con voz ronca—. Para.

Apartó su boca y se enderezó para mirarme con el ceño fruncido. Estaba atónito, sin palabras. Nunca había visto algo tan hermoso en toda mi vida. Su cabello era salvaje al igual que sus ojos azules. Sus labios hinchados y húmedos. Cuando lamió la comisura de su boca me convertí en un hombre poseído. Alayna chilló mientras la tiraba de vuelta en la cama y me posicionaba entre sus muslos.

—Te ves hermoso perdiendo el control, príncipe —sonrió.

Le di un pequeño golpecito en las piernas y ella las abrió para mí. Tomó aire, lo retuvo un segundo antes de soltarlo mientras yo acariciaba sus pliegues húmedos con mi pene. Me encantaba eso. Cómo contenía el aliento cuando me hundía en su interior.

—Dime que me amas.

—Te amo, Luca.

Nunca me cansaría de escucharla. Levantando su pierna derecha, la coloqué sobre mi hombro y me sumergí dentro de ella. La follé ahí mismo y de nuevo cuando fuimos a la ducha. La follé tan duro que olvidamos el resto y solo existíamos nosotros. Nadie más.

—Iré a Rusia.

—No —dije inmediatamente mientras arrastraba a Alayna hacia la pista donde estaba esperándonos el jet privado—. Vienes conmigo y no está en discusión.

Se zafó de mi agarre y caminó en la dirección opuesta. La agarré por la cintura, presionándola contra mi pecho. Si pensaba que iba a salirse con la suya, estaba completamente equivocada.

—¿Qué le dirás a tu familia? ¿Me presentarás como tu amante?

—Basta —gruñí y suspiré en su pelo—. Ellos saben que estoy enamorado de ti y nunca te verían como mi amante. Eres mía. Mi mujer.

—Ella tiene ese título.

—Es solo un papel, Alayna. Un maldito papel —dije derrotado—. ¿Vamos a seguir peleando por lo mismo?

Se giró en mis brazos y me miró a través de sus gruesas pestañas. El capitán me hizo señas, pero le pedí un minuto más. La pelea no había terminado. No iba a ceder en esto. No iba a separarme de ella.

—No tengo nada en Italia —insistió—. Esperaré en San Petersburgo mientras te haces cargo de tus asuntos. ¿Dónde viviré de todos modos? Tu mansión es su hogar y estará segura ahí. ¿Pretendes echarla para llevarme a tu cama?

Me callé. Alayna se rio.

—No viviré en un cutre departamento mientras espero todos los días un pedazo de ti. No me conformaré con migajas —continuó y habló en serio—. Si vamos a estar juntos, tienes que divorciarte de ella, Luca. Es eso o nada.

—Te juro que lo haré, pero necesito tiempo.

—Y yo necesito mi espacio —dijo con los labios apretados—. Firma ese estúpido papel y luego búscame. No te lo pediré de nuevo.

Me distrajo el sonido de mi teléfono y tomé la llamada sin fijarme en quién era. Mis ojos siempre en Alayna.

—¿Hola?

—Llevo horas intentando hablar contigo. Se supone que debías estar aquí ayer. —Era Gian—. ¿Qué carajos, Luca?

Me froté la frente.

—Estoy tomando el jet justo ahora.

—Maldita sea, hombre. Juro que voy a partirte la cara cuando regreses.

Gian muy pocas veces se alteraba y me extrañó que me hablara en ese tono. Alayna escuchó con atención sin hacer comentarios.

—¿Sucedió algo?

—Isadora está en el hospital —gritó—. Fernando le dio una paliza.

24

ALAYNA

La siguiente hora contemplé las nubes por medio de la ventana del jet.

Luca me contó detalle a detalle cómo era la vida de Isadora. Los años de maltrato que sufrió al lado de su padre y su necesidad de protegerla. Yo también había sufrido abusos cuando era una niña y conocía el sufrimiento. ¿Entonces por qué me sentía tan enferma con la idea de que él regresara con ella y la cuidara? Era egoísta de mi parte, no podía evitarlo. Todo de él hacía que mi corazón corriera a un latido alarmante. Amarlo tan fuera de control me hizo cuestionarme si alguna vez había sido feliz antes de conocerlo.

—Mañana tomaré un vuelo a Rusia —insistí—. Esta noche dormiré en un hotel.

Me miró con dolor.

—¿Haremos esto siempre? ¿Fingir que esa parte de mí no existe?

Mi garganta se sentía tan áspera que me costaba respirar.

—¿Qué quieres que haga, Luca? ¿Ir al hospital y presentarme con ella?

—Quiero que lo conozcas a él —susurró—. Quiero que entiendas que Thiago forma parte de mi vida ahora. ¿Puedes hacer eso, Alayna?

Era una pregunta que me costó responder. Había tenido inseguridades sobre el niño. Desde que supe de su existencia mediante un periódico tuve el corazón hecho trizas y me imaginé escenas en las

321

que Luca era feliz con su perfecta familia mientras yo me hundía en la oscuridad. Su existencia dolía, pero no podría odiarlo nunca.

—No puedo ignorar lo que eres ahora. Tuviste un hijo con otra mujer y tengo que aceptarlo. —Me dolió pronunciar las palabras—. No quiero que esa sombra nos aceche en el futuro, no quiero llenarme de resentimiento. Nos amamos y es todo lo que debería importar.

—Gracias —susurró. Había alivio en su voz.

—Ya lo has dicho. Él no debería ser ningún problema entre nosotros.

—Va a robarse tu corazón. Thiago tiene ese talento en las personas.

—Me recuerda a alguien.

La sonrisa en sus labios iluminó toda su cara.

—Mierda, te amo.

Enroscó los dedos en mi cabello y capturó mi boca en un beso. Su lengua se encontró con la mía y gemí. Sabía tan bien. Me sentó en su regazo y solo nos besamos por lo que parecían horas. Debido a nuestra química explosiva era extraño incluso que no me llevara a una cama y me follara. Sin embargo, disfruté de ese delicioso momento.

—Aún quiero follarte aquí en mi jet.

Sonreí contra sus labios.

—Será en otra ocasión.

La voz del piloto llegó a través del intercomunicador y nos vimos en la obligación de separarnos.

—Por favor, ajusten los cinturones de seguridad. Estamos a punto de aterrizar.

Luca llevó mi cara a su pecho y pasó los dedos por mi cabello muy suavemente.

—Hay límites que no voy a cruzar —murmuró—. No estás en la obligación de hacer nada, no debí presionarte.

Negué.

—Tienes razón, no puedo ignorar su existencia. Es tu hijo y lo amas. Estoy segura de que yo también lo amaré cuando lo conozca un poco más.

Frotó su pulgar por mi mejilla.

—Eres perfecta.

—A tu lado lo soy.

Me besó de nuevo, pero esta vez fue breve porque tuvimos que regresar a la realidad que tanto me asustaba. Cuando bajamos del jet había un lujoso Mercedes Benz estacionado y me asombró ver a Gian recostado contra él. Tenía una sonrisa en la cara y elevó las cejas cuando me reconoció. Su rostro era hermoso, sobre todo sus pálidos ojos grises. El cabello rubio corto y los hoyuelos en cada mejilla lo hacían lucir como un niño bonito de la realeza.

—¡Alayna Novak! —exclamó—. ¿Qué puedo esperar de ti? ¿Un abrazo o un balazo?

Luca se rio por la broma y yo mantuve el rostro serio.

—La segunda opción.

—Al diablo —dijo Gian y me levantó en sus brazos.

Empezó a dar vueltas conmigo aferrada a él y me reí a pesar de que no quería. Idiota. Cuando me bajó al suelo plantó un pequeño beso en mi frente como si fuéramos viejos amigos que se estaban reencontrando.

—Yo también iría a Irlanda por ti —bromeó y examinó mi cuerpo—. Maldita sea, mujer. El tiempo no te afecta en absoluto. Te ves impresionante.

Me reí entre dientes.

—Gracias, patán.

Luca no estaba tan cómodo con la muestra de afecto.

—Suficiente. —Apartó a Gian y me llevó de nuevo a su lado—. Mantén las manos para ti mismo.

Gian soltó una carcajada.

—Entonces ya habéis hecho toda esa mierda formal, ¿eh?

—Estamos en eso —dijo Luca.

Si volvía a mencionar el matrimonio, me enfadaría. No quería escuchar sobre el tema, no hasta que me enseñara el papel firmado y me asegurara que era un hombre libre.

—¿Cómo está Liana? —pregunté a cambio.

La sonrisa del rubio se ensanchó.

—Muy bien.

No era cercana a Liana, pero el poco tiempo que convivimos juntas me demostró que era una chica sensacional. Era amable, atenta y buena persona. No podía esperar para hablar con ella.

—Me alegra escuchar eso.

—Ella estará feliz de verte.

—Me complacerá verla también.

Puso una mano en mi hombro y me guio al auto.

—Hora de ponernos en marcha.

Luca se sentó delante con Gian y yo preferí ir atrás. Era de noche y el cansancio del viaje me hizo bostezar. No estaba acostumbrada a los cambios de horario tan bruscos. Esos últimos meses había viajado de aquí para allá en contra de mi voluntad como una muñeca de trapo. En serio extrañaba mi hogar en Rusia.

—¿Puedes explicarme cómo terminó Isadora en un hospital? —cuestionó Luca—. Pensé que la seguridad de mi casa era impenetrable. ¿Cómo entró Fernando?

Gian arrancó el auto y nos sacó del aeropuerto. Ni siquiera cuestioné dónde nos llevaba porque era obvio y estaba cansada de pelear. Tenía que aprender a gestionar mis celos. Isadora no era mi enemiga, y su hijo, mucho menos. Quería estar con Luca desesperadamente y si no me esforzaba en superar el pasado no seríamos felices.

—Uno de nuestros soldados trabajaba para Fernando y lo dejó entrar en la mansión esta mañana —explicó Gian lleno de tensión—. Isadora se enfrentó a su padre cuando quiso llevarse al niño.

Luca me miró a través del espejo retrovisor y capté la furia en sus ojos.

—Dime que Fabrizio atrapó al traidor.

—Lo hizo con ayuda de Laika y lo tiene encerrado en la mazmorra. —Gian giró el volante hacia la derecha y nos llevó directo a la autopista—. Está esperando tus órdenes para actuar.

—¿Y ella? —inquirió Luca—. ¿Cómo está Isadora?

—Tuvo una conmoción cerebral, pero está bien. Fernando golpeó su cabeza con un florero.

Luca maldijo.

—Por favor, dime que Thiago no presenció nada. —Sonaba angustiado y mi corazón se encogió—. ¿Cómo pudo hacerle eso a su propia hija?

—Thiago no vio nada, relájate. Kiara lo mantuvo seguro.

—Debí estar con él.

Eso fue suficiente para que volviera a quebrarme. Yo era la mujer que amaba, pero a partir de ahora tenía que conformarme con recibir solo pedazos. La mayoría de sus partes le pertenecía a su hijo. Su familia.

—Ellos están bien, Luca.

—Por ahora. La próxima vez no tendremos la misma suerte.

Desvié los ojos hacia la carretera y me mordí el labio. No quería convertirme en esto. En una distracción para él y ocasionar problemas en la seguridad de su familia. Mierda, era patética. Odiaba pensar tanto las cosas. Luca me había prometido que lo solucionaríamos juntos y le creía.

«Detente ya, Alayna».

—Fernando no dio ningún comunicado de prensa sobre la divulgación de esas fotos —continuó Gian—. Pero está furioso, puedo asegurarlo.

—Por supuesto que lo está.

—¿Qué harás ahora?

—Ir al hospital. Necesito ver cómo está ella.

Continuaron hablando de todo lo que había sucedido durante la ausencia de Luca. Me di cuenta de que era más grave de lo que creía. La primera vez que vi y hablé con Fernando Rossi fue un hombre carismático, elegante y educado. Un gran mentiroso que sabía cómo embaucar a los demás con sus palabras. Luca había caído en su trampa. «Siempre tan ingenuo, príncipe».

Ya no era su guardaespaldas y no era mi obligación ocuparme de sus asuntos, pero no me sentía bien con la idea de viajar a Rusia ahora que estaba al tanto de la situación. No iba a ser una espectadora. Mi presencia podría servir de ayuda. O tal vez empeorar las cosas.

—¿A dónde irá la dama? —inquirió Gian.

Luca respondió por mí.

—Lo más indicado es que pase la noche en tu departamento. Mañana me aseguraré de que la lleven de regreso a Rusia.

Es lo que le había dicho más temprano, pero empecé a arrepentirme de mis propias palabras. Él me necesitaba. Y no me refería a mis habilidades con el asesinato. Quería estar ahí, acompañándolo. En las buenas y en las malas.

—No hay problema —dijo Gian—. Ella es más que bienvenida en mi departamento.

Luca y yo compartimos una mirada a través del espejo retrovisor. Vi las emociones arremolinarse, la oscuridad y la luz mezclándose en sus pupilas. Era una tormenta en la que amaba estar envuelta. Quería su caos tanto como su calma. Quería cada minuto que la vida me diera a su lado y no planeaba desperdiciar un solo segundo. Ya nos habíamos lastimado lo suficiente. Ya no le negaría a mi alma su otra mitad.

—Gracias —musité.

Luca fue el primero en romper el contacto visual y se instaló el silencio. No iba a permitir que mis inseguridades volvieran a arruinarnos. Pasé mucho tiempo pensando que estaba mejor sin él y hubo momentos en que lo creí. ¿El resultado? Sentirme absolutamente sola y vacía.

Me quité el cinturón de seguridad en cuanto nos detuvimos frente a un lujoso edificio. Salí del auto y Luca me siguió inmediatamente. Rodeó mis hombros con su chaqueta. Tenía tantas palabras en la boca que no me atrevía a pronunciarlas en voz alta.

«Ya no quiero vivir sin ti».

«No te vayas mucho tiempo».

—¿A qué hora quieres viajar mañana? Recomiendo hacerlo durante las tardes.

—No me importa el horario.

—Bien. —Se pasó una mano por el pelo y dio un paso atrás—. Liana está arriba, ella te recibirá. Yo… veré a Thiago después de ir al hospital. ¿Podríamos hablar a solas antes de que subas a ese avión?

Mi respuesta fue plana.

—Sí.

—Perfecto. —Hizo un ademán de querer besarme, pero lo pensó de nuevo y retrocedió—. Te veo en un par de horas.

Antes de que pudiera darme la espalda atrapé su codo y planté un beso en sus labios. Envolvió mi cintura con su brazo y me presionó contra él. Su mano libre pasó de mi mejilla hasta mi cuello y me forzó a mirarlo fijamente.

—¿No volarás lejos de mí, mariposa?

Sacudí la cabeza y junté nuestras frentes.

—No huiré de nuevo.

Su sonrisa agradecida me aniquiló por completo.

—Volveré por ti pronto.

—Estaré pendiente.

Se desprendió de mi cuerpo como si le doliera y compartí el mismo sentimiento. Casi me subí a ese auto porque no quería apartarme de él. Me quedé de pie mientras lo veía alejarse y se llevó nuevamente mi corazón. Cada parte oscura y fragmentada dentro de mí le pertenecía. Y eso nada ni nadie lo cambiaría.

LUCA

Gian me aseguró que el ingreso de Isadora en el hospital fue discreto. Si la información caía en manos de la prensa estaríamos jodidos, aunque viéndolo desde una perspectiva mucho más calculadora nos vendría como anillo al dedo. El pueblo se daría cuenta de que Fernando Rossi era un abusador. Si pensaba que su carrera estaba arruinada con la exposición de esas fotos, la imagen de su hija herida sería el quiebre completo porque él era el causante. Dudaba que recibiera apoyo en cualquiera de sus campañas. Ahora muchos lo verían como lo que era: un asqueroso degenerado y un hipócrita. Pero no quería exponer a Isadora como si se tratara de un circo. Ella ya tenía suficientes problemas.

—Si Fabrizio te ataca, no voy a defenderte —comentó Gian—. No se ha movido del hospital desde que ella fue ingresada.

Escuchar eso fue reconfortante. Isadora ya tenía a alguien que mataría y daría la vida por ella.

—¿Qué tanto beneficia a Fernando el silencio sobre las fotos? —cambié de tema—. No hay forma de alegar que son falsas. Su cara se ve muy claramente.

—Tratará de tapar su desliz con una noticia mucho más impactante que mantendrá entretenidos a los medios de comunicación.

Apreté la mandíbula. Me pregunté qué planeaba y no me gustó. ¿Qué podía ser más impactante?

—Debe responder ante mí de cualquier modo. Trató de matarme, quiso hacer un trato con Derek Graham e intentó secuestrar a mi hijo.

—Cualquier acuerdo que desees hacer con él sería muy estúpido.

—Lo sé —enfaticé—. Me cansé de verlo golpearnos una y otra vez. Ha llegado la hora de cazar su cabeza y usaré todos los medios posibles.

Gian asintió y avanzamos a la enfermería, donde no dudaron en dejarme pasar cuando les dije que era esposo de Isadora. No había ningún guardia en la puerta, pero Fabrizio estaba muy atento en la habitación. Permanecía sentado en el sofá, con los ojos oscuros pegados a la mujer inconsciente en la cama.

—Fabrizio.

Su rostro se volvió de piedra mientras me miraba fijamente, aunque sus pupilas ardieron de rabia. Vi el deseo de sangre y de muerte. Su ira también iba dirigida a mí porque yo había abandonado a Isadora en un momento crucial.

—Señor.

Se puso de pie y aceptó mi mano extendida mientras Gian cerraba la puerta. Miré a Isadora. Tenía una venda alrededor de la cabeza y varios rasguños en la frente. Hice una mueca de dolor. Ella nunca debió pasar por eso. Juré protegerla y le fallé.

—Hay un prisionero en la mansión que está esperando su sentencia —mascullé—. Haz lo que quieras con él. Ni siquiera debiste esperar una orden mía.

Fabrizio tensó la mandíbula y soltó una respiración trémula.

—¿Qué sucederá con el verdadero responsable?

Sabía que se refería a Fernando y, al igual que yo, anhelaba cortarle la cabeza, aunque no sería tan generoso en esta ocasión. La vida del gobernador era mía para deshacerla.

—Yo me haré cargo de él —afirmé—. Mata a la rata y luego regresa con ella.

La oscuridad cruzó sus facciones y desvió sus ojos hacia el cuerpo inconsciente de Isadora. Él quería mantenerla a salvo de quien fuera. Incluso de mí.

—Fabrizio —lo llamé de nuevo—. Vete a casa. Yo me haré cargo de ella.

No estaba de acuerdo con mi orden, pero no le quedó más opción que acatarla. Se acercó a la cama donde ella descansaba y agarró su mano con mucho cuidado para darle un pequeño beso en el dorso. Gian, a mi lado, no dijo absolutamente nada por miedo a que Fabrizio le rompiera la boca si pronunciaba algo estúpido.

—Volveré en cuanto termine —susurró Fabrizio y le apartó el pelo de la cara a Isadora.

Y entonces salió de la habitación sin dirigirme una segunda mirada. Sus acciones hicieron que lo respetara mucho más que antes. Era un hombre que ocultaba muy bien sus emociones. No era expresivo y la mayor parte del tiempo nada le afectaba. Había pensado que jamás se atrevería a demostrarme abiertamente sobre lo que sentía por Isadora. Pero encontró la manera de sorprenderme una vez más. Él estaba dispuesto a todo por ella. Su lealtad ya no me pertenecía.

—Intenso. —Gian bostezó—. ¿Quieres un café?

—Te lo agradecería.

—Ya vuelvo.

Me dejó a solas con Isadora y me senté en el mismo sillón que había ocupado Fabrizio. Lamentaba muchas cosas, pero más que nada lamentaba ocasionarle dolor a esa mujer. No ser el hombre que ella necesitaba. Pero no quería sentirme mal por ir a Irlanda y buscar a Alayna. No, porque eso significaba que me arrepentía de todos los momentos compartidos y no era así. Nunca había sido tan feliz en tres años.

—Estás aquí. —La voz de Isadora me hizo levantar mis ojos hacia ella.

Le sonreí cansado.

—Siento que hayas pasado por esto, no debió ser así.

Se incorporó en la cama y me apresuré a ayudarla. Presionó su espalda contra el cabecero e hizo una mueca. Le pasé el vaso de agua y ella soltó un suspiro irregular.

—¿Dónde está Fabrizio?

Ni siquiera me inmuté ni me sorprendí por la pregunta.

—Fue a resolver unos asuntos, prometió que estará aquí pronto. Tranquila.

Las lágrimas llenaron sus ojos.

—Te fuiste.

—Isadora…

—Nos dejaste y él entró en nuestra casa. Prometió matarme y dijo que se llevaría a mi bebé. Mi hijo.

Decir que mi corazón estaba roto por sus palabras sería poco.

—Sabes que nunca lo permitiría.

—¿De verdad? —rio y las lágrimas recorrieron sus mejillas—. ¿Dónde estarás la próxima vez que él regrese? ¿Con ella?

Me empezó a temblar la mandíbula.

—No haremos esto de nuevo.

—Claro que no —dijo—. Porque tú y yo hemos terminado para siempre. Puse al tanto a mi padre sobre la demanda de nuestro divorcio —sonrió con dolor—. Quise ser valiente, Luca. Por primera vez quise ser valiente.

—Eres valiente. —Mi voz sonó ronca—. No dudes ni por un segundo que lo eres.

Su labio inferior se estremeció.

—¿Estás con ella?

—Sí.

Nos quedamos en silencio por un momento. Su suave llanto era lo único que se oía.

—Puedo entenderlo —musitó—. Hay algo diferente en ti, tus ojos brillan y tu sonrisa es sincera ahora. No dudaste en dejar todo atrás para ir por ella.

—No hablemos de eso, no quiero lastimarte.

—Demasiado tarde, Luca. Ya me has lastimado —dijo—. Sé que la amas más que a nada y me alegra que por fin logres recuperarla. Me cuesta aceptarlo, sí, pero quiero que seas feliz.

—Tú también serás feliz.

Sonrió con dolor y se limpió las lágrimas.

—Lo sé.

Entrelacé su mano con la mía y le prometí en silencio que le daría la libertad que merecía.

No la amaba, pero ella siempre formaría parte de mi vida como la madre de mi hijo y la respetaba.

—Esto no se quedará así, Isadora. Él pagará por haber puesto un dedo sobre ti —susurré y besé su frente—. Lo mataré yo mismo y será jodidamente doloroso.

Después de consultar con el médico sobre la salud de Isadora, Fabrizio volvió a ocupar su puesto y yo regresé tranquilo a la mansión para ver a Thiago. Su madre estaría con él dentro de dos días. Mientras tanto yo estaba a cargo de su seguridad. Entré a su habitación con una bolsa y me puse de cuclillas viéndolo construir el tradicional castillo Lego que tanto adoraba.

—Hola, campeón —dije con una amplia sonrisa.

En cuanto escuchó el sonido de mi voz dejó de lado sus juguetes y vino corriendo a mis brazos. Lo estreché contra mi cuerpo, respirando su perfume de bebé. No me di cuenta de que estaba temblando mientras me aferraba a él. Si Fernando le hacía daño…

—¡Papi!

—Veo que has construido otro castillo sin mí —comenté—. ¿Cómo te has portado? La abuela dijo que fuiste un niño muy bueno.

Thiago asintió. Quería verlo así el resto de su infancia. Nadie arruinaría jamás su inocencia.

—Traje algo para ti. —Le enseñé la bolsa y él hurgó sin dudar. Cuando encontró mi regalo sus ojos grises se iluminaron. Se trataba de un Funko Pop de Batman, otro para su colección—. No lo muerdas, ¿de acuerdo?

Sacudió la cabeza y trató de abrir el paquete por sí mismo. Me reí de su frustración cuando rompió la caja. Tenía tanto de mí en él. Era generoso, amable, educado, pero también impaciente y poco tolerante. Iba a meterse en muchos problemas cuando fuera un adulto.

—Wow —dijo Thiago, admirando su juguete fuera de la caja.

—¿Te gusta?

Todo lo que obtuve a cambio fue un abrazo y después regresó al castillo donde estaban muchos de sus otros juguetes. Me agarró un ataque de risa cuando ubicó a Batman cerca de la princesa Peach de

Mario Bros. El pobre dragón que tanto amaba ya no tenía cabeza. Mi niño destructor. Pasé las siguientes horas jugando con él, hablándole sobre mi viaje, aunque él no entendía nada de lo que decía. Le parecía más entretenido derribar el castillo y construirlo de nuevo.

Cerca de las diez de la noche se acurrucó en mi pecho después de darle su cena. Le acaricié el cabello, pensando en cuánto disfrutaba la experiencia de ser padre. Pero fui interrumpido por la vibración de mi móvil. Mi corazón saltó de emoción cuando la sensual foto de Alayna apareció en la pantalla. Era una de ella en la habitación de la casa en Florencia. Estaba en ropa interior. Maldito infierno.

Tragué saliva y respondí, hablando lo más bajo posible.

—Amor.

—¿Está todo bien?

—No.

—¿Hay algo que pueda hacer?

—Sigue hablándome como ahora. Pasaron horas y te echo de menos.

—Quiero verte mañana.

Estaba sonriendo como un imbécil.

—¿De verdad?

—Sí. —Hubo una breve pausa y se aclaró la garganta—. Estuve pensando que quizá podría conocerlo si me lo permites. ¿Puedo?

Me invadió una emoción tan grande que casi solté un grito de triunfo, pero me contuve para no despertar a Thiago.

—Claro que puedes, hermosa. Cuando quieras.

—Iré mañana temprano.

—Contaré las horas para verte. ¿Alayna?

—¿Sí?

—Gracias.

—Te dije que haría cualquier cosa por ti, príncipe.

ALAYNA

Liana abrió la segunda botella de champán en la noche. Sirvió dos copas mientras yo encendía el cigarro y le daba una calada. Era tan divertida como la recordaba. Extremadamente humorista y coqueta. Me recibió con los brazos abiertos y me mostró mi habitación. Las incontables preguntas no faltaron, pero respondí todas sin dar muchos detalles y ella se conformó. Me agradaba esta chica.

—A nadie le importa que Luca esté casado —dijo Liana—. Cualquiera en la familia sabe que tú eres la verdadera dueña de su corazón. Esperaba con ansias que impidieras esa boda como sucede en las películas dramáticas.

Golpeé el cigarro contra el cenicero y volví a traerlo a mis labios. La habitación se inundó de humo.

—Yo misma organicé mi propio funeral y me llevé a la autodestrucción. —Me encogí de hombros—. Cuando me enteré de la noticia fue el peor día de mi vida.

Lloré tanto que perdí el conocimiento y casi me ahogué en una bañera. Eloise había impedido que cometiera una estupidez. El suicidio era constante en mis pensamientos. Estaría muerta si no fuera por mi duende. La herida en mi corazón volvió a abrirse cuando recordé su nombre. ¿Me echaba de menos? ¿Todavía pensaba en mí o su odio era más fuerte?

—Me imagino que sí. —Liana sonrió—. Pero tómalo como una de las tantas pruebas que nos lanza la vida.

Estiré las piernas y miré a los dos pequeños dóberman de color negro y marrón dormidos en la alfombra. Eran los cachorros de Laika que Luca había mencionado.

—¿Crees que ella será un problema?

—¿Isadora? ¡No! —se apresuró a decir—. No pienses ni por un segundo que ella es como Marilla.

Me reí entre dientes, con una mueca de dolor interna. Dudaba que hubiera alguien peor que la ardillita insoportable.

—Acabo de preguntarle a Luca si podía conocer a su hijo y respondió que sí.

—Awww, Thiago es adorable. Vas a amar a ese niño.

—¿Se parece mucho a él?

—Demasiado. —Liana puso un cojín en su regazo—. ¿Por qué te torturas?

—No lo sé. —Aparté los ojos—. Realmente nunca me importó esto de la familia ni hijos, pero entonces conocí a Luca y fue el primer hombre que buscó más de mí. No solo sexo o mis servicios como asesina. Él me quiere a mí.

—No lo culpo por amarte —sonrió—. Tu belleza es impactante, pero lo que hay dentro de ti es todavía más hermoso.

Me burlé.

—No me conoces lo suficiente.

—Sé lo que has hecho por él. Le has dado la muestra de amor más grande, incluso cuando te fuiste porque creíste que hacías lo correcto.

—¿De qué sirvió? Lo empujé en brazos de otra mujer.

—Eso no borra que fue un acto sincero y valiente. —Levantó su copa y la chocó contra la mía—. Eres única en este mundo y Luca sabe que jamás encontrará a una mujer como tú. Así que salud, Alayna. Brindo por ti y todas las cosas buenas que te esperan al lado del hombre que amas porque ambos merecéis ser felices juntos. Tú no funcionas sin Luca y él se muere sin ti.

LUCA

Al día siguiente fui testigo de cómo arrastraban un cadáver fuera de la mazmorra. Fabrizio se había tomado cinco horas con él. Lo torturó hasta que la rata confesó sus crímenes. Antes de morir nos dijo que Fernando lo había extorsionado. Excusas patéticas que no perdonaría ni creería. En realidad, fue comprado por medio millón de euros. ¿Su vida valía tan poco?

Llamé a mi suegro más temprano para solicitar una cita, pero ni siquiera fue capaz de responderme. Según su asistente, durante la tarde haría un anuncio a la prensa. ¿Con qué trataría de ocultar su desliz? Leí notas al respecto y una cantidad exagerada de comentarios. La mayoría eran insultos de usuarios indignados por una actitud tan poco ética. Era Italia después de todo. Un país muy conservador.

—Extraña a su madre —comentó Kiara—. Deberías llevarlo al hospital.

¿Qué? La miré con reproche.

—No permitiré que la vea en esas condiciones —contesté rotundamente y llené el plato de Thiago con papas y salsa blanca—. Es un niño, Kiara. Va a asustarse.

Sus hombros se hundieron.

—Lo siento.

—Isadora será dada de alta este jueves y algunas contusiones de su rostro van a desaparecer. No permitiré que mi hijo vaya al hospital.

—Es tu decisión y se respeta.

Luciano besó su frente y proseguimos a almorzar. Era mediodía y no tenía noticias de Alayna. ¿Ya se había arrepentido? Las ansias me pusieron nervioso y no fui capaz de comer un bocado. La noticia que Fernando daría pronto era otro motivo para estar muerto de estrés.

—¿Dónde está Madre?

Kiara y Luciano se rieron.

—En una cita con su nuevo enamorado.

Mi madre era una adulta y tenía todo el derecho de rehacer su vida, pero había dado órdenes de que nadie saliera de la mansión en esas circunstancias. No era seguro.

—¿Quién es?

—El chisme llega rápido a mis oídos —dijo mi hermana—. Se trata de un comerciante exitoso. Es guapo y rico —añadió ante mi expresión—: Relájate, no te preocupes por ella. Está en su mejor momento.

Más vale que fuera así. Ya no quería agregar otra preocupación en mi lista, no podía estar pendiente de todos.

—Espero que pronto podamos conocer al afortunado.

—Seguro que sí —sonrió Kiara—. Ella está muy ilusionada.

El hombre ya tenía mi aprobación si hacía feliz a mi madre.

—Deberíamos idear un plan para destruir la seguridad de Fernando —murmuró Luciano—. O iniciar un atentado cuando esté fuera de la fortaleza. Me enteré de que Alayna está de regreso y su ayuda nos viene de maravilla.

Me dolía la mandíbula por la tensión.

—Alayna no tiene que ocuparse de nada, el único que matará a Fernando seré yo.

—¿Cómo lo harás? El hijo de puta está protegido las veinticuatro horas del día. Parece que algo lo tiene muy inseguro. Sabe que has regresado con la mariposa negra y lo asusta.

—Exactamente. Él no me cree capaz de matarlo por mí mismo y lo usaré a mi favor. —Miré a Thiago, que jugaba con una cuchara, para asegurarme de que estuviera ajeno a la conversación. No me agradaba hablar sobre posibles asesinatos frente a mi hijo—. Sé cómo llegar a ese bastardo.

Fernando era un gran consumidor de la prostitución. Si no asistía a burdeles, contrataba a mujeres y les permitía entrar en su casa. ¿La buena noticia? Me había ganado el apoyo de muchas madamas. Cualquiera de ellas me diría con gusto los pasos de ese degenerado.

—Tú sabrás qué hacer —masculló Luciano—. Solo dinos cuándo y dónde. Nosotros te respaldaremos con gusto.

—¿Qué piensa tu padre de esto?

La sonrisa burlona cruzó su cara.

—Se mantiene al margen porque también sabe que ella está de regreso y prefiere pasar sus días en Sicilia.

Jodido cobarde. Si Alayna volvía a verlo, era muy probable que lo matara y yo no la detendría.

—¡Papi! —gritó Thiago más tarde en el jardín.

Le lanzó la rama de un árbol a Laika y ella la agarró con un salto. Repitió la acción una y otra vez. Esa mañana había llamado a su madre cuatro veces y le expliqué con cuidado que estaba enferma. Mi niño la echaba de menos.

—Camina con cuidado, campeón.

Milo y Coco tiraron a Thiago en el césped y tuve que detenerlos antes de que le rompieran la ropa. Esas bestias crecían a una velocidad alarmante. Pronto serían igual de aterradores que Laika. Me encantaba tener más guardianes que cuidaran a mi bebé. Nadie era tan fiel como ellos.

—¿Quién te ha dado dulces? —Levanté a mi hijo en brazos y miré la mancha marrón en su camisita blanca.

Sus mejillas se ruborizaron porque él sabía que no me gustaba cuando abusaba de los dulces. No quería caries tan pronto en sus diminutos dientes. Se chupó los dedos y lo bajé al suelo. Solo había alguien que le daba golosinas y era Kiara. Lo compensaba cuando terminaba su sopa de verdura. Ella, al igual que mi madre, amaban consentir al niño.

Empecé a hacerle cosquillas que le robaron risitas de felicidad. Me pidió que parara y agitó sus puñitos en mi pecho. Caímos en la hierba abrazados, sin dejar de reírnos. Nuestro juego duró varios minutos hasta que la sombra de una figura nos cubrió y me quedé en silencio. Vi un cuerpo cubierto por un mono negro, tacones altos, cabello oscuro e intensos ojos azules.

«Alayna…».

Los latidos de mi corazón empezaron a acelerarse y mi boca se secó. Su atención no estaba en mí. Ella observaba a Thiago como si fuera una especie de extraterrestre.

—Pensé que no vendrías. —Odiaba lo débil que sonaba mi voz.

Entonces ella terminó con cualquier inseguridad cuando sus labios rojos se inclinaron en una sonrisa. Mierda. Me quedé sin aliento. Era una sonrisa radiante, hermosa y genuina. Una que había visto muy pocas veces en Alayna.

—Es él —susurró.

Thiago se chupó el pulgar mirando con curiosidad a Alayna. Sentí alivio y pánico a la vez. Me asustaba su reacción.

—Sí —respondí—. Alayna, te presento a mi hijo Thiago.

ALAYNA

Había sentido una especie de *déjà vu* cuando el taxi me dejó frente a la mansión Vitale y me quité las gafas de sol. Hacía tres años había llegado a esa casa por razones completamente distintas. Mi única misión era acabar con Leonardo Vitale, pero no esperaba enamorarme de mi protegido. Y ahora estaba de regreso para recuperar lo que siempre fue mío.

Cuando avancé a la caseta de vigilancia, los soldados me miraron conmocionados. Muchos de ellos todavía me reconocían y en cuestión de segundos me dejaron pasar. Observé cada matiz de la extravagante mansión mientras mis botas con tacones resonaban contra el asfalto y me mordía el interior de la mejilla. Con el ataque de Fernando el príncipe había duplicado la seguridad, pero no era suficiente. Siempre había algo que podía escapar de sus manos y en ese caso Luca no tuvo en cuenta que su propia gente no era fiable.

Las ornamentadas puertas de cristal de la entrada principal permanecían abiertas y escoltadas por dos soldados. Cuando entré a la sala de estar y vi a Kiara en la escalera circular que conducía al segundo piso, su chillido emocionado curvó mi boca en una sonrisa.

—¡Dios mío! —Bajó corriendo las escaleras y vino a recibirme—. ¡No podía creer cuando los guardias me dijeron que Alayna Novak estaba aquí!

La abracé torpemente y le di palmaditas en la espalda.

—Hola, Kiara.

Se apartó sin soltar mi mano con una flamante sonrisa. Ya no era la adolescente de hacía tres años. Era una mujer joven. Mejillas suaves, labios rosados y entreabiertos. Sus ojos grises resplandecían con júbilo. Nuestro último encuentro aquel día en el hospital había sido doloroso. Si tan solo hubiera escuchado sus súplicas…

—No puedo creer que estés de regreso —titubeó—. Tengo tantas cosas que decirte.

Le toqué el hombro.

—Me encantaría beber un café contigo. ¿Puede ser en otra ocasión?

—¡Oh, claro! —exclamó—. Mi hermano lleva toda la mañana ansioso por verte. Así que habéis vuelto, ¿eh? Nunca debiste irte.

Sus palabras hicieron que la tristeza pesara más y sentí cómo mi corazón se quebraba por milésima vez. Odiaba recordar el pasado. Lamentaría esa decisión el resto de mi vida.

—Definitivamente tenemos que hablar pronto.

—Luca está en el jardín. —Me guiñó un ojo—. Ya conoces el camino.

—Gracias, Kiara.

Empecé a avanzar, pero su voz me detuvo.

Nunca he visto a Luca tan feliz desde que regresó de ese viaje. La miré sobre mi hombro.

—Él me devolvió las ganas de vivir.

Con eso avancé al jardín de la mansión. Fui atraída por el sonido de una risita infantil. Me quedé en la distancia mientras veía al príncipe jugar con su hijo. La cara del pequeño irradió luz. Sus mejillas sonrojadas me robaron una sonrisa. Era una adorable imagen. Viendo a Luca en esa situación me di cuenta de que Eric tenía razón. Yo jamás podría darle ese momento de felicidad. Él estaba orgulloso de su niño y podía jurar que no cambiaría ningún evento del pasado porque eso significaría que Thiago no existiría.

«Para ya, Alayna».

Me costó encontrar el valor de acercarme. Necesitaba apagar las inseguridades de mis pensamientos antes de que me llevara a rincones oscuros que no quería explorar. Luca me amaba y me había demostrado de muchas maneras que yo era suficiente para él.

Caminé despacio hasta detenerme frente a ellos. El príncipe sostuvo a su hijo en un gesto protector como si tuviera miedo de mi reacción. ¿Qué esperaba? ¿Una serpiente venenosa que atacaría? La idea me ofendió y mi rostro se convirtió en una máscara inalterable.

—Pensé que no vendrías —dijo, su voz grave y ronca.

Las emociones que me absorbieron en ese instante eran demasiadas. El niño era una réplica exacta del hombre que amaba. Sus ojos grises llenos de vida me miraron atentamente. El cabello castaño era un poco más claro, pero cuando sonrió me recordó mucho a Luca. Era perfecto, dulce y gentil. Podía jurar que había sido criado con amor y dedicación. Sin violencia ni terror.

—Es él.

El niño se chupó el pulgar y me robó otra sonrisa. Pude ver cómo los hombros de Luca se relajaban al instante.

—Sí —respondió—. Alayna, te presento a mi hijo Thiago.

No sabía cómo actuar ni qué decir. Así que solo me quedé en silencio mientras el diminuto humano agitaba sus brazos hacia mí. Miré horrorizada a Luca, quien se mordió el labio para contener la sonrisa.

—¿Quiere que yo lo cargue? —inquirí con ojos amplios—. Olvídalo.

Le dio pequeñas palmaditas a Thiago en la espalda sin ocultar su diversión.

—Por favor, no le niegues ese capricho.

—¿Cómo se carga a un bebé? Nunca toqué uno y no quiero lastimarlo.

—No vas a lastimarlo.

—¿Qué pasa si vomita?

—Thiago es un niño educado.

—Pero…

—Cállate, no vas a herirlo. Míralo, él ya te ama.

Thiago no se rindió. Sus ojos grises se entrecerraron en dirección al collar en mi cuello y ahí lo entendí. Luca me había comentado la fascinación que tenía por las mariposas. Con mucho cuidado acepté la oferta y lo tomé en mis brazos. Olía tan bien. A inocencia y pureza. Me daba miedo tocarlo con las mismas manos sucias con las que había arrebatado cientos de vidas.

—Se parece a ti —comenté—. Es tu pequeño clon.

—La mayoría de las personas que lo ven opinan lo mismo. —La sonrisa de Luca era inmensa.

El niño alargó la mano y sus deditos empezaron a tironear del collar de mariposa. Si no amara tanto el regalo de su padre se lo daría, pero tenía un valor sentimental, así que lo aparté con cuidado de su alcance. Elevé un poco a Thiago, que soltó otra risita de felicidad y me arrebató las gafas.

—Es tan hermoso —musité—. Solo mira sus ojos.

Lo ayudé a ponerse las gafas que lo hicieron ver como una mosca de lo grandes que eran y estallé en carcajadas. Luca me acompañó en la broma.

—Le gustas —dijo—. No suele sonreír con extraños.

Lo apreté un poco más fuerte contra mí.

—Él también me gusta.

Extendí al pequeño hacia su padre y Luca lo cogió en sus brazos. Acercándolo, le dio un beso en la cabeza. Thiago lo abrazó y bostezó. ¿Cómo pasó por su mente que yo podría rechazarlo? Lo amaba y eso significaba aceptar cada pedazo de él. Lo quería en todas sus facetas. Príncipe, rey, padre. Era mío.

—Nunca lloré tanto en mi vida como cuando Isadora me dio la noticia de su embarazo —se rio con dolor y una especie de nostalgia—. La mayoría de los hombres se sienten felices en un momento como ese, pero yo pensé que te perdía para siempre.

La culpa ardió en su mirada. No lo abandonaba cada vez que me daba explicaciones.

—Tú mismo lo dijiste. Él no es un error.

—Me aterraba —continuó—. Me aterraba no amarlo porque no fue concebido con la mujer de mi vida.

—Para —lo silencié con un dedo en sus labios—. Todo eso forma parte del pasado y te prometí que íbamos a superarlo. Thiago es tu hijo y aprenderé a amarlo. Bueno, debo admitir que acaba de conquistarme. Le encantan las mariposas.

Luca me miró con una sonrisa en la cara.

—Eres perfecta, Alayna Novak. Estoy muriéndome por besarte como el adicto que soy.

Retrocedí, sacudiendo la cabeza.

—No delante de él —le advertí. Thiago agitó los brazos mientras Luca lo bajaba al suelo con mucho cuidado. Dos pequeños cachorros se acercaron al notar mi presencia y me miraron con las orejas elevadas. Eran idénticos a Laika—. ¿Cómo se llaman?

—Milo y Coco.

Me agaché y acaricié a ambos en las orejitas. Al principio fueron tímidos, pero una vez que encontraron la confianza me saltaron y lamieron mis manos. Saldría de aquí apestando a perros. Lástima. Me había esmerado tanto con mi aspecto.

—Suficiente —dije, pero ellos no se detuvieron.

Escuché la risa de Luca cuando algo impactó contra mi cuerpo a la velocidad de un rayo. Una lengua húmeda lamió mi mejilla y me tomó dos segundos notar que se trataba de Laika. La terrorífica dóberman con orejas puntiagudas y cola corta. El animal soltó un gemido angustiado por no haberme visto en mucho tiempo y me sorprendió que me siguiera recordando. Se lanzó al césped boca arriba con la panza descubierta sin dejar de mover la cola.

—Tranquila —la arrullé, pero ella continuó lloriqueando—. Alguien me extrañó.

—Lo hicimos —corrigió Luca. Sus ojos se encontraron con los míos de nuevo y su sonrisa casi detuvo mi corazón.

Sacudí mi ropa y me paré a su lado. El niño empezó a correr por el jardín con los cachorros, persiguiendo las mariposas. Era tan adorable que solo quería protegerlo de todo mal.

—¿Crees que su madre estará de acuerdo? Te advertí que no lo vería si no contaba con su aprobación. Esto ha sido una excepción.

Luca me atrajo a su cuerpo sin poder resistirse e inmediatamente me perdí en el aroma de su colonia.

—Ella no te prohibirá nada. Isadora es una buena persona.

—No pretendo ocupar su lugar.

—Lo sé, amor.

—Pero quiero que mi relación con Thiago sea buena mientras tú y yo estemos juntos.

Me apartó y me miró con el ceño fruncido.

—Tú y yo siempre estaremos juntos. Vas a lidiar con mi trasero incluso cuando sea un anciano obsesivo.

—En ese entonces ya no seré tan atractiva.

—Tú siempre serás hermosa.

Rodé los ojos.

—Sí, claro.

—Hablo en serio, Alayna. Eres hermosa y mía —sentenció. Aprovechó que Thiago no nos veía para besarme y arrastró la mano por mi cintura—. Jesús, quieres volverme loco. ¿Qué traes puesto hoy?

Sabía que le gustaría mi atuendo. El mono me quedaba increíble y se ajustaba a cada parte de mi cuerpo. La mejor parte era que resaltaba mi trasero. La nueva debilidad de Luca.

—Es solo ropa.

—Será difícil quitártelo —suspiró con frustración.

Lo golpeé en el pecho a modo de broma.

—Guárdatelo en tus pantalones, Vitale.

—Imposible contigo vestida así.

—Idiota pervertido. —Me agarró la barbilla y me robó otro beso con mordiscos en los labios. Ansiaba mucho más, pero no estábamos en el sitio adecuado. No quería que fuera raro para el pequeño. Él estaba acostumbrado a ver a una mujer con su padre y esa era Isadora—. Luca…

—¡Papi! —Thiago regresó y nos apartamos como si estuviéramos en llamas.

Sostenía un gusano de aspecto repugnante en la mano y sonreí orgullosa. Era una oruga.

—¿De dónde lo sacaste? Te dije que no toques cosas que pueden ser peligrosas. —Luca le quitó el gusano de la mano—. Es asqueroso.

—Asqueroso —repitió Thiago.

Era tan lindo.

—En realidad son inofensivas mientras permanezcan en su capullo —expliqué—. Otras no tanto. La especie más peligrosa de las mariposas se llama *Quelonias*. Son hermosas con inmensas alas que no pasan desapercibidas en ningún lugar. Ni siquiera los depredadores se acercan a ellas por miedo a morir intoxicados.

Thiago me escuchó con atención, Luca negó con una sonrisa en la cara.

—¿Ahora nos darás clases sobre mariposas?

—Son mi especialidad, será un honor.

Besó la frente de su hijo.

—Lo llevaré con Kiara un segundo. Necesita un baño urgente —dijo en tono de disculpa—. Quédate aquí.

—No voy a correr.

—Más te vale.

Resoplé. Este hombre no olvidaría fácilmente las veces que hui.

Lo vi irse con su hijo y los perros siguiéndolo. Apreté el collar en mi puño y solté el aliento que estaba conteniendo. No había salido tan mal como creía. Thiago era perfecto. No tenía experiencia con los niños, pero cuando miré a esa criatura sabía con certeza que haría cualquier cosa para protegerlo.

—Es un niño muy travieso. —Luca regresó en menos de un minuto—. Te dije que era bueno con las primeras impresiones.

Sonreí.

—Eres un padre increíble.

Miró el inmenso jardín, su expresión era de melancolía.

—Quiero que cumpla cada uno de sus sueños. Quiero que sea un hombre honesto y no se dedique a este nefasto mundo. Thiago merece mucho más.

—Sé qué harás lo correcto.

Alcancé su mano y uní nuestros dedos. Sus ojos se iluminaron, ofreciendo una de sus verdaderas y sinceras sonrisas.

—Lo hiciste muy bien —susurró, pasando los nudillos por mi mejilla—. Estaba nervioso por tu reacción.

—Él no tiene la culpa de nada.

—No sé cómo lo logras, pero haces que me enamore más de ti cada segundo que pasa. Eres maravillosa.

—Solo contigo.

—Te mostraré un lugar. Ven conmigo. —Me tendió la mano y acepté mientras avanzamos lejos del jardín. Apreté el bolso contra mi hombro y traté de seguirle el ritmo. Sus pasos eran apresurados, casi desesperados.

Llegamos a un cobertizo de madera cubierta de flores y árboles. Empujó la puerta chirriante y me di cuenta de que allí se guardaban varias herramientas de jardinería. Había muebles viejos, cortinas mohosas y ventanas empañadas.

—Luca…

Me puso de espaldas a él y empezó a trabajar en el cierre de mi ropa cuando cerró la puerta. Sus ásperas manos acariciaron mi piel y me arqueé ante su toque. Yo también lo anhelaba. Me gustaba que nunca pudiera contenerse a mi alrededor. Me agarró la barbilla, inclinándola hacia su boca para poder reclamar la mía. Gemí mientras me rendía y escuchaba el susurro de la tela abanicándose alrededor de mis piernas. Quedé casi desnuda excepto por la pequeña tanga negra.

—Alayna… —Su boca se alejó de la mía y no pude evitar inclinarme hacia él por más. Podía sentir la aspereza de su chaqueta de traje contra mi espalda desnuda—. Pasarán años y yo nunca me aburriré de ti. ¿Cómo es posible que esté tan hambriento?

Enganchó los dedos en el fino encaje de mi tanga y tiró de él. La tela se desgarró y dejó un escozor en mi piel. Apoyé las palmas en la puerta y lo miré por encima del hombro. Nuestros ojos se conectaron todo el tiempo mientras trabajaba en la cremallera de su pantalón.

—¿Has pensado en mí de esta manera durante estos tres años? —preguntó—. ¿Cuántas veces te quedaste despierta deseando que esté entre tus piernas?

—Todo el tiempo —confesé con un débil gemido—. Me he tocado pensando en ti.

Gruñó.

—Deseé que estuvieras desnuda en mi cama día y noche. Estaba dispuesto a hacer un pacto con el diablo para que me cumpla la fantasía.

—Ya no tienes que fantasear, estoy aquí a tu merced —susurré. Mi cabeza cayó sobre su hombro cuando una de sus manos bajó hasta mi clítoris y lo pellizcó. La fricción de sus dedos en esa zona sensible hizo que cada parte de mi cuerpo se tensara. Lo quería tanto. Ya no podía esperar—. Fóllame, príncipe.

Con un gemido, retiró los dedos y los sustituyó con su pene. Se introdujo profundamente dentro de mí haciéndome temblar. Mis uñas se hundieron en la puerta, mi boca se abrió en un jadeo silencioso y apreté los ojos.

—Ah… —Me llenó de escalofríos y una sensación de plenitud—. Nunca nadie se ha sentido como tú. No sé qué me has hecho, Luca.

Escuché su fuerte respiración en mi oreja, la forma en que su pecho subía y bajaba. Se salió un segundo antes de volver a introducirse de golpe y me tapó la boca con la mano para callar mis gritos. Noté como estiraba mi interior y sentí un leve pinchazo de dolor por su tamaño. Maldito infierno.

—¿Quieres que pare? —jadeó.

Negué, empezando a sentir el sudor en mis sienes.

—Te mataré si lo haces.

Me agarró por la cintura y siguió penetrándome. Mi columna vertebral se arqueó y ya no pude soportar el peso de mi propio cuerpo. Bajé al piso para arrodillarme. Luca se posicionó atrás mío y colocó una mano en mi nuca para seguir follándome. Llegaba más profundo en esa posición.

Levanté un poco el trasero mientras él golpeaba duro. Lo miré sobre mi hombro, gimiendo por su expresión. Sus ojos grises miraban hacia abajo, hacia su pene entrando y saliendo de mí. Estaba ida. Lo necesitaba así siempre. Quería sentirlo todo. Reclamar cada centímetro de su cuerpo, porque él era mío.

—Míranos —exigió Luca y forzó mi barbilla a la izquierda, donde un espejo mostraba nuestros cuerpos desnudos—. Mira lo bien que encajamos. Mira lo preciosa que eres.

Mis ojos azules brillaban en la tenue iluminación y mi boca estaba hinchada a causa de los besos. El cuerpo de Luca se curvó sobre el mío mientras me follaba. Su cabello castaño cubría su frente sudorosa, su mejilla manchada por el labial rojo. Sus abdominales se flexionaban con cada embestida. Era tan erótico. Era un dios.

—Luca…

La humedad se acumuló entre mis piernas, mi mente se quedó en blanco cuando un orgasmo feroz desgarró mi cuerpo con un grito de placer y me desplomé al suelo.

—Sí —jadeó Luca, golpeando sus caderas contra las mías—. Sí, mariposa.

A través del espejo vi cómo apretaba la mandíbula mientras retorcía mi cabello en su puño y me follaba brutalmente. Su cuerpo se agitó de tensión y no pudo demorar más el orgasmo. Sus ojos se oscurecieron, gritó mi nombre y se corrió dentro de mí.

—Mía —dijo, la posesión llenó su voz—. Eres mía, Alayna.

Nos acurrucamos desnudos en un viejo sofá. Pasamos mucho tiempo explorándonos con las manos como si volviéramos a conocernos. Mi cuerpo seguía temblando por las réplicas de placer y lo odié un poco porque tenía que enfrentar pronto a su familia. ¿Qué pensarían cuando me vieran en esas condiciones?

—¿A cuántas mujeres has follado aquí?

—A ninguna.

—¿Ni siquiera a tu esposa?

Esa pregunta fue suficiente para arruinar el momento y me arrepentí por soltarla. Luca se puso tenso.

—No, Alayna. Solo a ti —dijo—. Nunca se sintió así con ella, nunca fue intenso ni agradable. Las veces que sucedió lo hice por deber.

Un gusto amargo inundó mi boca.

—Siento haberte causado todo ese dolor.

—Ya lo has recompensado desde que nos reconciliamos —sonrió—. Y recién estamos empezando.

Bufé y me enderecé para buscar mi ropa. Luca siguió mi ejemplo, besándome el hombro.

—¿Todavía quieres irte a Rusia?

—Tal vez —dije, recogiendo mis zapatos.

Me puse de pie y proseguí a ponerme con paciencia el mono mientras Luca me ayudaba con el cierre.

—La demanda de divorcio sigue en curso y con los contactos adecuados me llevará máximo dos meses. —Me rodeó con sus brazos—. La justicia sabe que es un acuerdo mutuo y el proceso será fácil. No vamos a pelear por esto. Todo será amistoso.

—¿Qué hay de tu hijo?

—Vamos a compartir la custodia.

—Quiero que todo salga bien, quiero estar contigo sin que ese maldito papel esté en el medio. Odio pensar que de algún modo todavía le perteneces a ella.

—Sabes que no es así. —Presionó mi mano en su pecho desnudo donde latía su corazón—. Esto es solo tuyo, siempre será tuyo.

Me mordí el labio.

—Sería mejor si ella no tuviera tu apellido.

Esa sonrisa presumida y petulante apareció en su apuesto rostro.

—No debería excitarme que seas tan territorial.

—Si tuviera el apellido de otra persona no sería gracioso, ¿verdad?

Su mano inmediatamente me rodeó el cuello y me aprisionó contra la puerta.

—Ningún otro apellido te quedará tan bien como el mío. —Hundió sus dientes en mi barbilla—. Alayna Novak de Vitale suena increíble.

—No más que Luca Vitale de Novak.

—Mmm… —dijo con una ligera sonrisa de suficiencia—. ¿Por qué no ambos?

—Lo debatiremos en otra ocasión. Tu familia debe estar preguntándose qué estamos haciendo.

—No es incumbencia de nadie. Ya no permito que interfieran en mi vida.

Lo aparté y alcancé mi bolso para buscar el labial rojo. También me apliqué un poco de perfume en un intento de disimular su esencia en mi cuerpo. Luca se puso la camisa y la chaqueta.

—Gian y Liana me han recibido muy bien; Kiara también —admití—. Tu madre supongo que será otra historia.

Su suspiro detrás de mí me alborotó el cabello.

—Mi madre fue la primera persona que me alentó a buscarte en Irlanda. Ella ya no es la misma mujer que conociste hace tres años. La muerte de mi padre la ha cambiado para bien.

—Es bueno saber que aprovechó la segunda oportunidad que le ha dado la vida —dije—. El único que tiene mi profundo odio es Eric. ¿Dónde está? Dudo que nuestro reencuentro sea civilizado.

—Está muy ocupado en Sicilia.

Ese cobarde no era lo suficientemente hombre para enfrentarme.

—Él no vale la pena, no vale ni un segundo de mi tiempo. A menos que sea un traidor y necesites que lo mate. Solo dame la orden.

Frunció el ceño.

—Recuerda que ya no eres mi guardaespaldas.

—Tiene una deuda pendiente conmigo.

—La pagará. De un modo u otro la pagará.

Me tendió la mano y salimos juntos del cobertizo. En la sala encontramos a Kiara con Thiago recién bañado en sus brazos y Luciano a su lado. Este último levantó las cejas con diversión cuando vio nuestros aspectos.

—Bienvenida de nuevo, Alayna. —Avanzó hacia mí y me besó en ambas mejillas—. Muchos de nosotros esperábamos tu regreso.

Sonreí.

—Bueno, eso es inesperado.

—¿Por qué? —inquirió Kiara, que sostenía a Thiago sobre su cadera—. Eres nuestra heroína y te debemos todo.

—No me debéis nada.

—Te debemos la vida —dijo.

¿Qué demonios debía responder? Salvé a Luca cuando me di cuenta de que no podía ser la misma sin él. Estaba profundamente enamorada y más que dispuesta a quemar el mundo hasta los cimientos con tal de recuperarlo. Maté a su padre para que pudiera ser feliz. No me importaba si no era conmigo.

—No me debéis nada —insistí.

Thiago levantó los brazos en busca de atención y Luca lo cargó inmediatamente. La imagen me provocó un vuelco en el corazón. Era el niño más amado en esta tierra. Consentido y mimado. Su padre daría la vida por él.

—Me equivoqué sobre ti, Alayna, y lo lamento muchísimo —se disculpó Kiara—. Me convencieron de que ayudabas a Luca con tu partida y fui una tonta por creerlo.

Le dediqué una sonrisa triste.

—Las disculpas no son necesarias. Todos cometimos errores, nadie está libre de defectos. Yo mucho menos.

—Las disculpas sí son necesarias —intervino Luciano—. Mi padre debería arrodillarse por tu perdón.

Su teléfono sonó y frunció el ceño mientras leía el mensaje. Mala señal. Kiara también se preocupó.

—¿Qué pasa? —preguntó Luca.

La tensión se arremolinó en la habitación cuando hubo una breve pausa y luego Luciano habló.

—Fernando Rossi acaba de anunciar su compromiso con Lucrezia Rizzo.

Compartí una mirada con Luca, que se puso pálido. Sus ojos grises mucho más nítidos, tan claros que parecían de cristal. ¿Lucrezia Rizzo? ¿La madre de la ardilla a quien rebané su linda garganta?

Mi cabeza poco a poco se despejó cuando procesé la información y ese nombre me trajo viejos recuerdos. Una mujer a quien le había arrebatado a su única hija.

—¿Por qué no me dijiste que ella está de regreso? —le reproché a Luca.

—Solo apareció ocasionalmente y ya no eres mi guardaespaldas. No tienes que preocuparte por mis asuntos.

Ese anuncio era una alianza. Un pacto entre dos personas que tenían algo en común. Compartían el mismo odio hacia Luca.

—¿Sabes lo que ella quiere? —pregunté con voz tranquila y gélida. Mi atención se dirigió a Thiago—. Quiere aplicar el famoso refrán «ojo por ojo». No vendrá por ti, Kiara o tu madre. Su objetivo es tu hijo.

La furia hirvió en su expresión. Su pecho parecía un volcán en erupción por el movimiento errático que provocaba su respiración agitada.

—Intentó acercarse a él, pero Isadora no lo permitió.

—¿Debo recordarte lo que hice? Maté a su hija por ti y ella quiere cobrar esa deuda. Quiere que sientas su dolor.

Kiara apretó la mano de Luciano.

—Thiago es nieto de Fernando. ¿Por qué se casaría con esa mujer? Su familia debería ser prioridad.

—Lamento mencionar esto, princesa, pero tu padre fue el claro ejemplo de que compartir sangre con un individuo no significa que le importes.

—Lucrezia tiene contactos y heredó una gran fortuna con la muerte de su marido. Fernando está en quiebra —dijo Luca—. Ha perdido mucho de su dinero en negocios turbios y necesita una nueva inversión.

—La viuda va a dárselo. Este anuncio desviará la atención que ha traído la exposición de esas fotos comprometedoras y pronto el público ignorará que el gobernador es un degenerado. La sociedad machista funciona así.

—No me importa cuánto intente mantener su poder. Él está muerto —sostuvo Luca—. Cuando deje de esconderse detrás de mil hombres y dé la cara por lo que hizo lo mataré yo mismo.

Luciano silbó.

—Con la seguridad que ha contratado es una tarea complicada.

Estaba preparado para la guerra y lo había demostrado cuando envió a esos asesinos a atacarnos en el tren. No era un hombre que tomaba las cosas a la ligera, pero tanta vigilancia pronto llamaría la atención de los periodistas y él no sabría explicarlo.

—Puedo destruir sus muros —expuse—. Matar a varios de sus hombres será una gran pérdida para él y le costará recuperarse. Los servicios de un asesino a sueldo cuestan millones de euros. Él no tiene el fondo suficiente y probablemente debe su vida por recurrir a un favor tan costoso como este. Averiguaré qué organización está detrás antes de destruir su fortaleza.

Luca me agarró de la muñeca.

—Ya no eres mi guardaespaldas —repitió.

Le sostuve la mirada y me zafé de su agarre.

—Y tú ya no eres mi jefe. —Miré a Thiago—. Su protección es más importante.

—Hey, hey —Luciano interrumpió el enfrentamiento y nos apartó—. Nada de eso tiene que salir mal si trabajamos en equipo y armamos un plan perfecto. Fernando sabe que estás aquí, Alayna. Es una gran desventaja.

—Puedo desviarla. Le haré creer que regresé a Rusia y bajará la guardia.

—Inteligente.

—Necesito información de sus rutinas, las coordenadas de la propiedad donde se esconde y un rifle con muchas balas —dije—. Haré que sus soldados caigan del techo como muñequitos de juguete.

El fuego seguía resplandeciendo en el rostro de Luca, pero no trató de detenerme. Yo era un desastre natural. Nadie podía controlarme. Ni siquiera él.

—Tendrás lo que necesites a tu servicio —contestó Luciano con un asentimiento y un brillo emocionado en sus ojos azules.

—Ahora debo irme. —Ajusté el bolso contra mi hombro y toqué la nariz de Thiago—. Fue lindo conocerte, pequeño príncipe.

Su respuesta fue darme otra tímida sonrisa y ocultó la cara en el pecho de su padre.

—Te has ganado un nuevo admirador —comentó Luca un poco más relajado—. Pone mala cara cuando los extraños tratan de mimarlo y tú le has robado sonrisas.

Mi corazón se ablandó un poco más dentro de mi pecho. Los Vitale y sus encantos…

—Espero verte pronto, Thiago.

Le guiñé un ojo y me dirigí a la puerta. Kiara cargó de nuevo a Thiago mientras Luca me seguía.

—¿Regresarás al departamento de Gian? —preguntó a mi espalda—. Organizaré un vuelo en un par de horas si todavía quieres ir a Rusia.

—Me vendría bien ir a registrar cómo está mi casa. Tengo objetos importantes ahí y no permitiré que tu gente los toque. Son valiosos.

Soltó un suspiro resignado.

—No quiero más distancia entre nosotros, Alayna.

—Esta será la última —le aseguré—. Cuando regrese a ti ya no habrá nadie que se interponga.

Toqué el pomo de la puerta, pero se abrió antes de que hiciera otro movimiento y Emilia Vitale entró a la habitación. Movió las cejas en señal de interrogación y le sostuve la mirada. Nunca sería santa de su devoción, pero me agradecía que hubiera salvado a su familia. Me había ganado su respeto y ya no tenía la necesidad de arrancarme los ojos.

—Alayna Novak.

—Señora Vitale.

Se veía diferente. Más joven gracias a la ropa moderna y el maquillaje elegante. Más relajada y libre. La muerte de Leonardo había sido una bendición para esa familia. Esperaba que se estuviera pudriendo bajo tierra.

—Jamás imaginé que volvería a verte por estos lares.

—Estoy de paso —respondí—. Ya me iba.

—Qué lástima. Me hubiera encantado ponerme al día contigo con dos tazas de té.

Forcé una sonrisa. Odiaba el té.

—Será en otra ocasión.

Le di un asentimiento y seguí avanzando a la salida. Su voz suave me detuvo a mitad del camino.

—Siempre serás bienvenida en mi familia.

Me quedé paralizada un segundo, procesando sus palabras. No necesitaba su aprobación para estar con Luca, pero de algún modo se sintió bien.

—Gracias, señora.

Llegué a la caseta de vigilancia y los portones se abrieron para dejarme salir. Luca me abrazó desde atrás antes de que diera otro paso. Su toque calmó a mis demonios y esa oscuridad que lentamente me consumía.

—Es jodidamente difícil dejarte ir.

—Lo sé, pero estoy haciendo esto por nosotros. Desde Rusia podré mover algunos hilos a nuestro favor y Fernando bajará la guardia un poco.

—Confío en ti —cedió—. ¿Me llamarás?

—Cada día.

—¿Y si quiero hacer algo más que escuchar tu voz? ¿Verte por videollamada?

—Te esperaré desnuda.

Inclinó mi rostro hacia un lado y su boca devoró la mía como si tuviéramos todo el tiempo del mundo. Me besó con tanta fuerza que dolía, pero no me importó. Si pudiera, me quedaría allí el resto del día y regresaría al cobertizo con él. Le suplicaría que me follara hasta perder el sentido. Le entregaría mi alma. Cada parte de mí sin resistencia.

—Regresa a mí, Alayna —dijo apartándose. Su dulce aliento mentolado abanicándose en mi mejilla.

—Siempre, príncipe. Siempre.

25

LUCA

Cuando mi mente se aligeró me puse al día con el resto de mis soldados. Uno de ellos me había traicionado y casi le costó la vida a Isadora. Tenía que asegurarme de que la gente correcta estuviera de mi lado y que no me apuñalaran por la espalda.

Me moví alrededor de la habitación y observé a los hombres. Cada uno de ellos me devolvió la mirada con nervios y expectativas. Habían sido negligentes e incompetentes. Les di mi confianza y me fallaron. ¿Cómo podía confiar en la seguridad de mi familia mientras no estuviera allí? Si yo fuera más despiadado, los mataría a todos y no consideraría una segunda oportunidad. Luciano mantuvo la misma expresión amenazante. Él tampoco estaba feliz con esto. Kiara pudo ser lastimada.

—¿Qué ha pasado durante mi ausencia? —pregunté. Nadie tuvo el valor de contestar y agacharon la cabeza. Mi mandíbula se tensó y los enfrenté con un arma en la mano—. ¿No he sido lo suficientemente claro, muchachos? —Alcé la voz y mi poca calma se fue al demonio—. ¿Qué carajos ha pasado aquí?

Hubo un breve minuto de silencio.

—Violaron la seguridad y atacaron a su esposa —respondió uno de ellos.

La tensión en la habitación aumentó. Las orejas puntiagudas de Laika se elevaron mientras escuchaba atentamente. Los soldados permanecían fuera de su camino.

—Te estás olvidando detalles importantes, Mattia. ¿Qué más?

Se enfocó en el cuadro detrás de mi espalda porque se negaba a mirarme fijamente. Hombre inteligente. Hoy no estaba dispuesto a lidiar con sus estupideces y si Laika atacaba no lo defendería.

—Nos ha traicionado uno de los nuestros y estuvieron a punto de llevarse a su hijo.

Me acerqué a él, eliminando cualquier distancia. Intentó retroceder, pero se quedó quieto tragando saliva. Si corría le dispararía.

—¿Crees que merecéis vivir?

No contestó. Él sabía la respuesta.

—La madre de mi hijo estuvo a punto de ser asesinada frente a vuestras narices. —Extendí la mano y rodeé su cuello. Sus ojos se abrieron de par en par—. Otro error de esa magnitud y todos vosotros estaréis muertos. ¿He sido claro?

Asintió con rapidez.

—Sí, señor.

Balbuceó otra disculpa, tratando de respirar. ¿Qué sentido tenía contar con sus servicios si no podían resguardar la vida de mi familia? Estaba perdiendo los estribos y quería sangre, pero no la de ellos. Fernando Rossi era el verdadero objetivo aquí.

—Regresad a vuestros puestos —dije dando un paso atrás—. Y recordad que si volvéis a fracasar lo pagaréis con vuestra vida.

Con esas últimas palabras subí las escaleras con Laika y Luciano me siguió los pasos. No había recibido ningún mensaje o llamada por parte de Alayna. Tampoco de Gian, que estaba ocupado en una operación relacionada con nuestro cargamento. Tenía un mal presentimiento. Él era muy comunicativo. El silencio significaba malas noticias.

—¿Y bien? —inquirí—. ¿Pudiste hablar con Gian?

Luciano soltó un suspiro antes de sentarse en la silla frente a mi escritorio mientras yo destapaba la botella de whisky. Laika recogió su juguete con forma de hueso de la alfombra y subió al sofá.

—Se quedó sin batería y no pudo comunicarse antes. Lo que voy a decirte no te va a gustar.

Rellené el vaso con whisky y luego le di un trago. La áspera bebida quemó mi garganta. Justo lo que necesitaba ahora.

—¿Qué podría ser peor?

Se frotó la nuca.

—Fernando ha cerrado todos sus puertos y no permitió que nuestro cargamento partiera a Nápoles. Gian tuvo que llevarlo de regreso al almacén.

El corazón me latió con fuerza en el pecho. La rabia se apoderó de mi cuerpo.

—Maldita sea —gemí.

Solo era cuestión de tiempo antes de que me quitara todo. Gracias a sus puertos podíamos desplazarnos silenciosamente a otras ciudades de Italia. Ahora teníamos que llevar los cargamentos como en los viejos tiempos. Recurrir a las avionetas era muy arriesgado.

—Necesitamos moverlo, pero siento que esa es su intención. Él buscará pelea, Luca. Enviará a sus hombres y tratará de robarnos la mercancía —expuso Luciano—. Gian notó a sus perros guardianes merodeando. —Bajó la voz—. Tenemos millones de euros ahí.

No solo eso, si perdíamos ese cargamento nos meteríamos en problemas con los compradores y no volverían a negociar con nosotros. Fernando demostraría que era la máxima autoridad en Palermo y perjudicaría mi nombre. Estaba en la obligación de devolver el golpe.

—Iré esta noche —dije—. Me aseguraré de que la operación sea un éxito.

—Gian atrapó a unos de sus hombres.

Esbocé una sonrisa. Al fin algo a nuestro favor.

—Brillante.

—Gracias a los drones tenemos todas las coordenadas de sus propiedades —continuó Luciano—. Pero su mansión está custodiada por cincuenta hombres en total y diez son sus guardaespaldas.

Matarlo llevaría más tiempo de lo que creía.

—¿Alguna otra novedad?

—Realizará una fiesta para celebrar su compromiso con Lucrezia.

—No recibí ninguna invitación. Si logramos colarnos, sería la oportunidad perfecta para matarlo. Él no querrá escándalos en un evento con paparazzi. Está tratando de limpiar su imagen. Necesito ir. ¿Qué pensarían los medios si su hija no asiste con su esposo?

—La demanda de divorcio no ha sido pública y la gente aún piensa que estáis juntos. Creo que muchos esperan la presencia de ambos.

—Exactamente. —Alcé una ceja—. Iré, y si no me dejan pasar armaré un escándalo que lo avergonzará delante de sus invitados.

Luciano rio.

—Fernando estará muy molesto.

—Me encantaría ver eso.

Su tono serio hizo que su expresión fuera más sombría.

—Debemos enfocarnos en transportar la mercancía y dejar claro que somos eficientes. Ya sabes lo que pasará si no demostramos autoridad.

Mi mandíbula se tensó y mis dedos se flexionaron. Si fracasábamos, pensarían que no éramos nada sin la influencia del gobernador. A la mierda. No necesitábamos a esa basura de nuestro lado y lo dejaría claro.

—No toquéis al soldado de Fernando. Le enviaré un mensaje esta noche.

Asintió.

—Lucrezia se ha instalado en la mansión de tu suegro. Van muy en serio.

La rabia me incineró como un fósforo encendido en mis entrañas. Lucrezia era otra piedra en el zapato. Nada justificaba que quisiera dañar a un niño inocente. Thiago no tenía nada que ver aquí.

—Dicen que los ojos son el reflejo del alma y yo solo vi oscuridad en los suyos. Ella hará cualquier cosa para obtener venganza, Luciano.

—Nadie perderá de vista a Thiago.

Mi respiración se entrecortó, ahogando mi voz por el miedo.

—Desataré una jodida guerra si le tocan un solo cabello.

Miré la etiqueta de la delicada botella de vino. Habían pasado horas y no recibí ninguna noticia de Alayna. Sin mensajes. Sin llamadas. Me ponía paranoico que la comunicación fuera nula, pero no quise pensar en lo peor. No quería abrumarla. Ella estaba ocupada. Eso era todo. Vertí el vino en una copa antes de colocarla sobre un viejo barril polvoriento. Me tomé mi tiempo, saboreando la dulzura en mi lengua. No dejaría de sentirme orgulloso por lo exquisito que era.

—¿Cuál es tu nombre? —le pregunté al joven soldado amarrado a una silla.

Su rostro estaba cubierto de sangre, y la ropa, desgarrada. Fabrizio era mi ejecutor, pero prefería que estuviera a cargo de mi familia en la mansión. Gian cumplía muy bien su rol torturando a nuestros enemigos. Le encantaba esto.

—Vittorio —respondió con una mueca de dolor.

Crucé el tobillo sobre mi rodilla y bebí con calma. Todavía no quería ensuciarme las manos. Los asesinatos eran lo último en mi mente, pero ellos no me habían dado mejores opciones. Tenía que probar que era el don. Otra vez.

Mi padre me había enseñado que no importaba cuán buenas eran tus intenciones. La mejor manera de sobrevivir en mi mundo era dejando salir el lado más oscuro. Tenía que realizar las estrategias perfectas, moverme antes de que mis enemigos lo hicieran. Tampoco importaba a quién arrastraba o sacrificaba. En este punto ni siquiera debía considerar la piedad. No desde que habían involucrado a mi hijo. Me había convertido en don porque fui implacable y cruel con mi venganza. Aprendí a sobrevivir porque me adapté a la mafia. Y esta vez no haría ninguna excepción.

—Lo que nos genera el miedo es fascinante —comenté—. La gente siempre es sincera cuando está aterrada o siente que la muerte está cerca. ¿Tú qué opinas, Vittorio?

Me miró con los ojos muy abiertos y se removió en la silla.

—Le diré lo que quiera, señor.

—Lo aprecio —sonreí y me lamí los labios—. Pero ahora solo quiero enviarle un mensaje a Fernando Rossi.

—Esto se puso bueno. —Gian sobó sus manos.

Mis soldados se pusieron en marcha, cortaron las sogas y levantaron a Vittorio de la silla. Gritó mientras era arrastrado y lo ponían de rodillas frente a mí. Las lágrimas empezaron a correr por sus mejillas sucias. Me llamaron la atención los tatuajes en sus dedos. «2020».

—Tengo una hija de tres años —explicó cuando notó mi curiosidad y sollozó—. Soy todo lo que tiene y si me mata quedará abandonada.

Estaba aburrido de los mismos discursos. ¿No podían ser más creativos?

—¿Cómo se llama tu hija?

—Felizia Bassi, señor.

Memoricé su nombre.

—También tengo un hijo. Es un bebé de un año —expuse—. Tu jefe está empeñado en lastimarlo.

Las lágrimas aterrorizadas brotaron de sus ojos. Curioso, ¿no? Él sabía en qué se involucraba cuando aceptó trabajar con Fernando. ¿Entonces por qué no asumía su final?

—Lo lamento.

—Sé que sí. —Me puse de pie y saqué el arma de la cintura de mis pantalones—. Esto no es nada personal, Vittorio. Solo es una demostración de poder.

No respiró. Saqué la pistola de la cintura de mis pantalones y le disparé en la cabeza. El sonido resonó en mis oídos y el aroma de la pólvora inundó mis pulmones. Una frialdad se instaló en mí mientras miraba su cuerpo desplomado. Cada vez que mataba se sentía un subidón de adrenalina, aunque no lo disfrutaba.

Nunca lo disfruté.

Compartí una mirada con Gian.

—Cortadle la mano tatuada y hacédsela llegar al gobernador —ordené.

ALAYNA

Pedir favores en mi mundo siempre venía con un precio alto, más cuando eras parte del crimen organizado. Desde que me había convertido en una asesina independiente decidí perder cualquier contacto con mis antiguos compañeros. Mientras menos supieran de mí era mejor. Solo que ahora necesitaba el favor de un viejo amigo. Caleb me aseguró que era confiable y el más indicado. Aún tenía en mente matar a todos los asesinos que custodiaban a Fernando, pero lo primordial era informarme sobre a qué me estaba enfrentando. Había muchas organizaciones y no tomaban a la ligera las pérdidas que mi intervención podría generar.

Tal y como Luca había prometido puso su jet a mi disposición. Me rendí completamente debido al agotamiento y apenas noté cuando aterrizamos. Le di las gracias a la tripulación mientras me preparaba para el clima invernal.

Pasé por el aparcamiento y me entregaron mi motocicleta. La que había dejado allí antes de viajar a Australia. Parecía haber pasado una eternidad desde que estuve en mi país. Me puse el casco y salí del aeropuerto a toda velocidad. No tardé en llegar. Encendí las luces mientras miraba con atención las frías paredes. Realmente había echado de menos estar en casa. Antes sentía paz cuando estaba allí. En cambio ahora, después de pasar mis días con Luca, todo era tan deprimente.

Sacudí la cabeza y caminé a la cocina para prepararme un capuchino. Me quité el abrigo cubierto de nieve, los zapatos y miré el pequeño cactus en la maceta cerca de la ventana. No se había marchitado en mi ausencia gracias a la humedad de la nieve. De algún modo me recordó a mí. Pude sobrevivir a la soledad y la oscuridad.

Después de beber el capuchino, me dirigí al baño y me metí bajo la ducha caliente. Mis músculos adoloridos se relajaron mientras cerraba los ojos y lavaba mi cabello. Mañana empezaría la misión de investigar de dónde provenían los asesinos que trabajaban con Fernando. Cuando me enfrenté a ellos en el tren noté el acento ruso.

Este negocio seguiría vigente durante varios siglos más. Secuestraban a niños de diferentes edades y los convertían en máquinas de matar. Belov era pionero desde los años noventa, pero con su muerte les dio la oportunidad a otros líderes de prosperar. Y estaba segura de que la competencia era letal porque ellos sabían qué errores no debían cometer.

Me estremecí y pasé el jabón por el resto de mi cuerpo. No era la primera vez que me preguntaba qué me habría ocurrido si él no me hubiera encontrado. Era muy probable que muriera de frío o desnutrición con Caleb. Solo éramos niños en busca de una familia y nos quedamos sin nada cuando nuestra madre murió. Ni siquiera nos teníamos el uno al otro.

Enjuagué mi cabello y cerré la ducha. Me envolví con una toalla mientras me paraba frente al espejo. Vi mi rostro y mi cuerpo cansados, pero también ese brillo en mis ojos que solo Luca podía ocasionar. Ya lo echaba de menos.

Ya vestida con ropa interior y una camiseta de Pink Floyd que me llegaba hasta los muslos me metí en la cama y verifiqué mi móvil. Casi diez llamadas perdidas de Luca. Siempre tan intenso, príncipe. Incluso a pesar de la distancia pude sentirlo, mis pensamientos estaban en él constantemente. Lo sentía en todas partes. Su presencia era dominante. Mi mantra. Mi seguridad. Mi refugio. Estaba a punto de marcar su número cuando el aparato sonó.

—¿No puedes vivir sin mí? —bromeé.

Escuché su suave suspiro.

—Necesito verte.

Me puse en una posición cómoda en la cama antes de activar la cámara frontal del teléfono y me costó exhalar el próximo aliento. Se veía hermoso con el cabello húmedo. Noté que estaba sin camiseta y tenía el cuello y los hombros cubiertos de sudor. Tomó un trago de la botella de agua y asumí que había estado haciendo ejercicio.

—Hola, mariposa —sonrió.

—Hola —respondí con la garganta seca—. ¿Cuántas horas han pasado?

—Más de treinta.

—¿Es muy necesaria la llamada?

Frunció el ceño.

—Voy a colgar si estás muy ocupada.

—Estoy bromeando, tonto. Siempre tengo tiempo para ti. ¿Cómo estás?

—Estresado y harto de todo —dijo en un murmullo ronco—. No quiero hablar de mis problemas justo ahora.

—Tienes que decirme lo que está sucediendo, ya no hay secretos entre nosotros.

—Maté a alguien y le mandé su mano a Fernando.

Bueno… Mantuve mi expresión estoica a pesar de que todavía era una sorpresa que Luca matara con tanta naturalidad. La oscuridad y el odio se habían robado a mi príncipe noble.

—Supongo que se lo merecía.

—En sus últimos minutos de vida me rogó que le perdonara la vida. Tenía una hija.

—También una abuela o una hermana. Las personas como él dirán cualquier cosa para llegar a ti con el único objetivo de hacerte sentir remordimientos. Ese hombre sabía en qué se involucraba, Luca. No era inocente si servía a Fernando Rossi.

—Lo sé.

—Me alegra ver que detrás de toda esa capa de hombre vengativo todavía está mi príncipe.

—Esa parte de mí murió cuando te fuiste.

—Eres un hombre increíble. No intentes convencerme de lo contrario porque no sucederá. Y volviste a demostrármelo cuando me presentaste a tu hijo. —Entrecerré los ojos frente a la pantalla—. ¿Dónde está el pequeño príncipe?

Me dio una de sus magníficas sonrisas que debilitaban mis rodillas.

—Cenando con Kiara. Dentro de un rato lo llevaré a su cuna.

—Qué tierno —dije—. Me encantó verte en esa faceta.

—¿Sí?

—No soy buena con los niños, pero intentaré serlo por Thiago.

Su sonrisa se ensanchó.

—Eres tan hermosa.

Mordí mi labio inferior.

—¿A ella no le importará?

—Ya te he dicho que no.

—Porque sería muy incómodo…

—Alayna, detente —me interrumpió antes de que siguiera divagando—. Isadora y Fabrizio están en una relación. Él forma parte de la vida de mi hijo. Sería bastante justo que ella te acepte.

—No pelearé con ella si se niega.

—Sé que no, amor, pero este tema ni siquiera estará en discusión.

—De acuerdo.

No quería que Luca se estresara por esa situación. De cualquier forma, tenía intenciones de hablar con Isadora y asegurarle que no la veía como una enemiga. Que su hijo estaría a salvo conmigo mientras estuviera a mi cargo.

—Te ves cansada —dijo Luca—. ¿Cuáles son tus planes para mañana?

—Le haré una visita a un viejo amigo. Él me dará información.

—Ten cuidado. No quiero que te metas en problemas por esto.

—Siempre estoy metida en problemas —me burlé—. Uno más no hará ninguna diferencia.

Su mirada se ensombreció.

—Alayna…

—Déjame hacer esto, Luca. Sé cómo funcionan las organizaciones y las consecuencias serán inevitables. Prefiero asumirlas antes que quedarme quieta y ver cómo intentan arrebatarte a tu hijo.

—Me asusta que salgas lastimada.

Le di una pequeña sonrisa.

—He hecho lo mismo cientos de veces. Estaré bien, confía en mí.

—Eres mi heroína.

Miré sus ojos y sentí las miles de emociones que nos sacudían. El amor que sentía por él era feroz, incondicional y único. Luca era como la luna en mi vida. Siempre constante y brillante. Mi guía en esta oscuridad.

—Te amo —susurré.

Pasó su dedo por la pantalla como si estuviera tocándome.

—También te amo. ¿Cuándo regresarás a mí?

—Uno o dos días.

—Jesucristo… —gimió.

—Haré que sea lo más rápido posible.

—Entonces aprovecharemos. —Se inclinó un poco hacia la pantalla y su sonrisa se amplió—. Dijiste que me esperarías desnuda si te llamaba. Así que, Alayna… —Su voz se tornó seria—. Quítate la ropa.

El calor en sus palabras generó una oleada de escalofríos por mi cuerpo. Quería sentir sus manos en mi piel. Esa devoción que solo él me transmitía. Me volvía loca. Empecé a quitarme la camiseta, pero me contuve de inmediato cuando Kiara entró en escena y se dirigió a Luca con Thiago en sus brazos. Mierda. No teníamos tiempo.

—Perdona si interrumpo algo. —Se sonrojó al notar en qué estábamos—. Isadora está aquí con Fabrizio.

Luca se rascó la nuca y me dio una mirada de disculpa. Era una buena noticia, supuse. Isadora estaba bien.

—Podemos hablar otro día —dije—. No te preocupes.

—Te veré pronto.

—Adiós, príncipe.

Besé la pantalla antes de colgar la llamada y me desplomé en la cama con la vista fija en el techo. Disfrutaría este breve descanso antes de someterme a otra matanza. Regresar a los viejos hábitos me emocionaba y me asustaba al mismo tiempo. Esperaba que esta vez el resultado fuera positivo.

LUCA

Fabrizio sostuvo la mano de Isadora mientras atravesaban la puerta y colocó la pequeña maleta en el suelo. Ella se veía saludable, pero su rostro reflejaba estrés y dolor. En cuanto sus ojos se fijaron en Thiago una sonrisa se formó en sus labios agrietados.

—Hola, cariño.

Thiago se removió en los brazos de Kiara y mi hermana lo entregó a su madre. Me quedé en silencio mientras mi hijo chillaba de alegría e Isadora llenaba de besos su cara. Era una escena adorable.

—¿Cómo te sientes? —pregunté—. Llegaste antes.

—Me siento perfectamente bien. Ya no podía seguir en esa cama de hospital. —Besó las mejillas regordetas de Thiago—. Extrañaba a mi hijo.

—Me alegra oír eso. Lo importante es tu bienestar. ¿Necesitas algo?

—Solo descansar —suspiró.

Kiara se precipitó a su lado y tomó la maleta.

—Te acompaño a tu habitación.

—Gracias. —Isadora caminó despacio y le dio una sonrisa agradecida a Fabrizio—. Gracias por todo.

Mi ejecutor inclinó la cabeza y en ningún momento apartó la mirada de ella mientras Isadora se retiraba acompañada de Kiara y con Thiago en brazos. Tenía mucho de que hablar con él. Lo principal sería saber cuáles eran sus verdaderas intenciones.

—Ven a mi oficina —ordené. Fabrizio no dudó en seguirme.

Cuando la puerta cerrada nos otorgó privacidad me senté sobre el escritorio con los brazos cruzados y la mirada atenta en él. Fabrizio no parpadeó. Su expresión seguía siendo ilegible.

—Conoces a fondo cómo es mi relación con Isadora —empecé—. Ella ha sufrido muchas decepciones. No solo de mi parte: su padre ha sido una completa basura y un gran problema.

Fabrizio tensó la mandíbula.

—Quiero darle su merecido a esa escoria.

Descrucé los brazos.

—Yo también, pero todo a su tiempo. Primero tenemos que seguir algunos planes para que eso sea posible y asegurarnos de que Isadora esté bien. Ella ahora no necesita más preocupaciones. —Evalué su rostro con detenimiento—. No soy ciego, Fabrizio. Sé lo que está pasando entre ambos.

Sus hombros se pusieron tensos.

—Si quiere despedirme después de esto, lo entenderé.

—No voy a despedirte —dije de inmediato—. Lo supe hace un par de semanas y preferí no comentar nada al respecto. No es de mi incumbencia mientras ambos seáis felices. Sé que la respetas.

—Lo hago.

Confiaba en Fabrizio con mi vida. Había probado su lealtad de muchas maneras. Él protegía a mi familia como si fuera la suya y sabía que Thiago estaba en buenas manos.

—¿La amas? —inquirí—. ¿O solo es algo pasajero?

Apretó los dientes y contrajo la mandíbula como si la pregunta lo hubiera ofendido. Si yo no fuera su jefe me rompería la cara y no dudaría en dispararme.

—Sí, la quiero. Ella no es solo una aventura o un capricho —respondió—. Es la mujer con quien me gustaría casarme y formar una familia. Y no me importa si tengo o no su permiso.

Estaba impresionado por su osadía. No todos mis hombres podían hablarme de ese modo. Si fuera otro le recordaría su lugar, pero Fabrizio no era cualquier persona. Formaría parte de la vida de Thiago los siguientes años.

—Esto no se trata solo de Isadora y lo sabes.

Su expresión de piedra se suavizó un poco.

—Voy a cuidar a su hijo como si fuera mío.

—Sé que sí, Fabrizio. Tal vez no esté en la mejor posición de decírtelo, pero voy a matarte si le rompes el corazón a Isadora.

Una sutil sonrisa se dibujó en su rostro.

—Tiene mi permiso de matarme si la defraudo.

ALAYNA

Ajusté la ushanka sobre mi cabeza y esperé pacientemente a mi cita. Me había detenido en una cafetería donde servían los mejores cafés con croissant y le sonreí a la amable camarera. No veía a Ryan desde hacía años, no tenía mi absoluta confianza. Era un completo bastardo que solo velaba por sus propios intereses, aunque quizá su vida de casado lo había cambiado. Yo tampoco era la misma mujer. Ambos habíamos hecho cosas terribles para proteger a los nuestros. No podía juzgarlo.

Mastiqué el croissant cuando entró en la cafetería. Su presencia me llamó la atención. Iba vestido con un traje azul marino y guantes de cuero. Los años le habían sentado muy bien. Su aspecto era diferente, más rudo y dominante, pero su rostro todavía me recordaba a los actores de Hollywood, con esa delicadeza aristocrática.

Sus ojos avellana me encontraron y levanté la mano a modo de saludo. Con mi falda negra hasta las rodillas y una blusa del mismo color bajo la chaqueta lucía como una mujer casi decente.

—Alayna —murmuró en su inglés estadounidense.

—Hola, Ryan.

Le tendí la mano y él besó el dorso. Era caballeroso y cautivador. Pero sabía que no debía dejarme llevar por su apariencia. Bajo su inmaculado y pulido exterior había un asesino despiadado.

—Te ves hermosa, tal como lo recordaba. Más madura, pero aún preciosa.

Un lado de mi boca se curvó en una sonrisa.

—Gracias. —Señalé la silla frente a mí—. Supongo que Caleb te puso al tanto.

—Él no deja escapar ningún detalle —dijo sentándose—. Escuché rumores de que te habías retirado. ¿Por qué regresar al pasado?

Me burlé deliberadamente.

—Ya sabes cómo soy cuando se meten con lo mío.

Juntó ambas cejas con curiosidad.

—Luca Vitale —asumió—. También oí que te has establecido con él.

—Es el único por quien me arriesgaría a desatar otra guerra.

Ryan dio un silbido y sacó la carpeta debajo de su brazo para entregármela. Apreciaba que tuviera los informes en tan poco tiempo. Su especialidad con la tecnología nos daba ventajas y acceso a documentos que ni el Gobierno podía conseguir. Las compañías criminales se peleaban por su servicio. Lo que yo generaba matando, Ryan podía ganarlo haciendo un par de clics.

—Te estás enfrentando a la organización Stepanov. Fue creada hace más de una década por Oleg Stepanov, pero no ha tenido mucha relevancia hasta la muerte de Fredrek Belov —dijo, y abrí la primera página—. A diferencia de nosotros, sus hombres no son entrenados desde niños. Él contrató a aquellos que se volvieron independientes o decidieron trabajar por voluntad propia. He recibido una propuesta de su parte, Caleb también.

Resoplé.

—Yo no.

—Has dejado claro que no querías trabajar con nadie —se rio—. ¿No son los Graham una prueba de qué sucede cuando se meten con Alayna Novak? Derek está muerto y se corrió la voz de que Declan quedó lisiado.

—Terrible —sonreí—. Aquí dice que Oleg Stepanov está muerto.

—La organización quedó a cargo de su hijo, Andrei Stepanov. Conocido como el *pakhan* de la mafia aquí en Rusia. Hay rumores de que él mismo mató a su padre para quedarse con todo. No solo eso, está involucrado en la política.

—No me asusta.

—A ti nada te asusta. Si quieres hablar con él, tendrás que viajar hasta Moscú. Es dueño de los hombres que han sido contratados por el gobernador.

Bebí un sorbo de café e hice una mueca. Se estaba enfriando.

—¿Desde cuándo debo pedir permiso para matar?

—No quieres que se lo tome personal, ¿o sí? Él apreciará que la gran Alayna Novak le haga una visita.

En los viejos tiempos mataba sin dar ninguna explicación y ahora resultaba que primero debía hablar con un *pakhan* de la mafia rusa. Tenía que ser una jodida broma. ¿Pero qué otras opciones había?

—De acuerdo, viajaré a Moscú —me rendí—. Lo haré hoy mismo.

Ryan asintió y se puso de pie sin perder más tiempo.

—Un consejo, Alayna.

—¿Cuál?

—No le hagas ninguna promesa, no por nada lo llaman el diablo de Rusia. Cobra muy caro sus deudas.

LUCA

Mis negocios no se manejaban solos. Había contratos que firmar, eventos y reuniones a los que asistir. La pila de papeles seguía intacta en mi escritorio, no podía concentrarme. Me atormentaba pensar en Vittorio y la hija que había dejado huérfana. Lo que hice no tenía perdón y quería remediarlo.

—¿Luca? —La voz de Isadora interrumpió mis cavilaciones.

Parecía pequeña vestida en su pantalón de deporte y con una simple camiseta blanca. Su cabello rubio estaba atado en una coleta con mechones sueltos. Era un alivio verla mejor. Noté que había ocultado con maquillaje las lesiones que todavía tenía en su rostro.

—Deberías estar en la cama —murmuré.

Cerró la puerta con cuidado y se abrazó a sí misma.

—Leí las notas en los periódicos —dijo en cambio—. Mi padre anunció su compromiso con Lucrezia y no recibimos ninguna invitación para su fiesta de celebración.

—Razonable. Él sabe que lo mataré si estamos en el mismo sitio.

Sus ojos marrones se volvieron cautelosos.

—Lo llamé y conseguí que nos dieran una invitación. Le advertí que la prensa sospechará si no estoy presente. También lo amenacé con hablar, decirle a los medios que él me hizo esto. —Se tocó la mejilla donde un débil moretón apenas era visible.

—No quiero exponerte.

—Tarde —musitó—. Esta también es mi guerra, Luca. Es justo que pelee por la vida de mi hijo.

Se me erizó el vello de la nuca. No estaba de acuerdo con eso. Prefería mantenerla al margen y segura, pero no podía prohibirle nada. Además, su intervención era muy útil. Nos daba acceso a la casa de Fernando.

—No será fácil y lo que menos quiero es que esto te provoque más dolor. Voy a matar a tu padre, Isadora.

Hizo una mueca de disgusto e inhaló profundamente. Le costó soltar las siguientes palabras.

—Él dejó de ser mi padre cuando me golpeó y quiso llevarse a mi hijo.

—Lo siento.

—Deja de disculparte, no eres responsable de sus acciones.

—A veces pienso que pude haber hecho mucho más por ti.

Se rio en un intento de contener las lágrimas.

—Me salvaste y me diste lo más valioso que tengo. ¿De verdad piensas que me debes algo? —Pestañeó y sonrió—. Gracias a ti también conocí a Fabrizio.

—Estás enamorada de él.

—Con cada parte de mí. Siempre he deseado a un hombre que me vea como su prioridad y ame todas mis versiones. Fabrizio me da eso y más. Adora el suelo por donde camino.

—Me alegra saber que finalmente encontraste tu lugar seguro.

—¿Y ella? —Hizo una pausa—. ¿Te da lo que buscas?

—Ella sería capaz de destruir el mundo por mí si se lo pidiera.

ALAYNA

El vuelo hasta Moscú fue ágil gracias a mi buen amigo Vadik. Lo soborné con una botella de vodka que él recibió encantado y me recordó que siempre contaría con sus servicios sin importar el día o la hora. Qué afortunada era.

Bajé de mi motocicleta. Iba vestida de cuero y llevaba dos armas enfundadas en cada lado de mis piernas. Miré la mansión de estilo gótico rodeada de nieve y pinos. Tres pisos en total. Con ventanas ovaladas y con el tipo de seguridad que tenía el mismísimo presidente. Mis ojos se centraron en el hombre con uniforme militar que me apuntaba con un arma. Le di una expresión aburrida.

—Dile a tu jefe que Alayna Novak está aquí.

Me habló detrás de los portones de acero.

—¿Tiene cita? —preguntó.

Me burlé y regresé a mi motocicleta.

—No la necesito.

Apretó la mandíbula y agarró el rifle con más fuerza.

—Creo que no me está entendiendo, señorita. Necesita una cita si desea hablar con el señor Stepanov. No hay excepciones.

De repente los portones se abrieron antes de que pudiera decir otra palabra y supuse que era una invitación. Mi reputación no era la única que me mantenía viva. También la de Caleb. Andrei sabía que, si me ponía un dedo encima, mi hermano vendría por él y lo aniquilaría. Le di al orangután una pequeña palmadita en el hombro y avancé a la entrada principal acelerando con mi motocicleta. Tardé un minuto en llegar al jardín circular y allí aparqué.

Cuando me acerqué a la puerta vigilada por otros dos hombres miré el escudo que había en el centro. Se trataba de un águila acompañando a la letra S. Interesante. Después de recibir expresiones severas me dejaron pasar y fui guiada a una silenciosa y fría oficina. No había luces encendidas. Solo una pequeña vela.

—Nunca imaginé que conocería a Alayna Novak en estas circunstancias —murmuró una voz grave y todas las luces se encendieron.

Entonces contemplé a un hombre hermoso.

Miré su afilada mandíbula, sus labios, sus ojos azules, la forma en que su cabello rubio estaba ligeramente despeinado dando al resto de su rostro una apariencia cincelada y dura. Todo de él era demasiado. Guapo y aterrador.

—Aprecio que me hayas recibido sin ninguna cita.

Su soldado cerró la puerta y se retiró. Andrei no me ofreció sentarme, tampoco me invitó un trago. Lo único que hizo fue ajustar su corbata antes de sonreírme. Todo en el hombre gritaba control. Desde la forma en que se vestía y el poder en su voz. Juraría que nadie le había dicho nunca que no.

—He recibido muchas visitas antes. En su mayoría hombres que buscaban trabajo y el respaldo de mi organización. ¿Qué podrías querer de mí?

Fue mi turno de sonreír.

—Tus hombres están trabajando con el enemigo de alguien importante en mi vida. Aniquilaré a cada uno de ellos por meterse en mi camino y no me haré responsable de las pérdidas que esto ocasione para ti. Ya sabes, pensarán que tus soldados son incompetentes.

Apagó la vela con su dedo sin inmutarse por la quemadura.

—He sentido curiosidad por ti —dijo—. Cada voz en Rusia se encargó de recordarme que no trabajas para nadie y es una lástima. Aunque veo que tu lealtad está con un italiano. ¿En cuanto a mis hombres? Si logras matarlos, me harás un favor. No quiero a fracasados en mi equipo, menos a aquellos que no pueden detener a una mujer sola. —Se enderezó en su sillón—. Sabía que no me convenía trabajar con Fernando, no después de haber escuchado cómo acabó el capo de Palermo, Leonardo Vitale. Eres la mujer del don sucesor.

No lo negué.

—Yo también te investigué muy bien. ¿El diablo de Rusia? Debes haber creado tu propia versión de infierno en Moscú para ganarte

371

ese título —murmuré con una sonrisa—. Conocí a alguien que se
creía rey y su trono fue destruido.

—Sí, escuché la historia. Su mayor error fue convertirse en un
objetivo para tu hermano —respondió sin apartar sus ojos de los
míos—. Tomaré tu visita como una advertencia y una señal de respeto.

—¿Qué te ofreció Fernando Rossi? Tus servicios no son econó-
micos.

El indicio de otra sonrisa apareció en su rostro.

—No fue dinero exactamente.

Una teoría vino a mis pensamientos y me tensé.

—Mi visita no es ninguna declaración de guerra.

Se humedeció los labios con la lengua.

—Mi reputación se verá afectada si matas a todos mis hombres.
¿Qué me darás a cambio para evitar una respuesta de mi parte?

La tensión empezó a rodearme como una serpiente y casi caigo
en la tentación de agarrar mi arma. No lo hice. Eso le habría hecho
creer que me sentía amenazada.

—Te estoy perdonando la vida —dije, mi voz plana—. Si uno
de tus soldados le hace daño a Luca Vitale, haré que cada uno de
ellos arda hasta los cimientos. Destruiré tu ciudad.

Le di la espalda, pero escuché su risa ronca.

—Tomaré algo de ti, Alayna Novak. Me darás algo a cambio
porque nada en esta vida es gratis.

Abandoné su mansión y regresé a mi motocicleta. Uno de los
soldados tocó el gatillo del rifle y apenas parpadeé. No sabía qué re-
sultados traería este encuentro, pero tuve la sensación de que no sería la única vez que vería a Andrei Stepanov.

26

LUCA

El reloj en la pared indicaba más de mediodía. La tensión de tres noches sin dormir me estaba afectando y tenía los ojos irritados. Solo encontraría un descanso cuando Palermo estuviera libre de escorias. Algo imposible, por supuesto. Al menos sabía con certeza que cada sacrificio valdría la pena.

—¿Por dónde empezamos? —inquirió Luciano.

Me froté la barbilla, mirando sobre el escritorio los planos que me había dado Gian. Mostraban la mansión donde se llevaría a cabo la dichosa fiesta de Fernando. Isadora conocía a la perfección cada rincón y lo adecuado era asistir con ella como mi pareja.

—Hay un edificio ubicado a 200 metros de distancia —murmuró Gian sentado frente a mí masticando un *cannoli*—. Tiene ventanas donde podrá trabajar un francotirador.

No quería que esto fuera muy escandaloso durante la fiesta. La muerte de Fernando provocaría un impacto, pero la idea era que mi imagen y la de Isadora estuvieran limpias. Por eso tenía en mente algo más discreto que no dejara tantas preguntas ni sospechas.

—¿Cuántos hombres ha confirmado el dron? —Me pasé una mano por el pelo—. ¿Tenemos imágenes de sus rostros?

Gian terminó de masticar el último bocado y sonrió. Luciano seguía escribiendo en su móvil, preparando los datos que había solicitado.

—La estimación sigue siendo la misma. Y no, no tenemos fotos de sus rostros, no de la mayoría, verían nuestros drones si se acercaran demasiado —respondió—. La buena noticia es que pudimos evitar las cámaras.

Me eché hacia atrás en la silla.

—¿Eso es todo?

—Hay un soldado en especial que no se aparta de Fernando cuando abandona la fortaleza de su mansión. Apostaría que es el más peligroso. De él sí pudimos capturar su rostro. —Gian me tendió una fotografía—. Glev Kizmun. Cuarenta años. Estuvo en prisión en 2005 por peleas clandestinas.

La imagen mostraba a un hombre trajeado, piel oscura y cabello atado en un nudo. Por su tamaño deduje que medía cerca de dos metros y era muy robusto.

Suspiré.

—¿No hay más?

—Es todo lo que encontré de él.

Miré a Luciano.

—¿Qué vas a aportar?

Guardó el móvil en su bolsillo y me dio su atención.

—Investigué al servicio de catering que contrató Fernando para la fiesta. Quince camareros a su disposición. Será fácil infiltrarme.

Gian ladeó una ceja.

—Reconocerá tu cara.

—Dudo que pueda entre tantos invitados —contestó Luciano.

—¿Qué planeas, Luca? —preguntó Gian.

Me froté la barbilla.

—Como dije antes, no quiero que su asesinato sea sangriento —expliqué—. Eso nos convertirá en sospechosos de la justicia y necesitamos que esto termine pronto. Hacer que la muerte de Fernando parezca algo natural. —Me encogí de hombros—. Nadie indagará si muere de un infarto.

Mis primos se enderezaron en sus asientos.

—¿Cómo vas a lograrlo? —preguntó Luciano y sus ojos brillaron—. ¿Veneno?

—Bingo —sonreí—. Por eso quiero que te infiltres entre sus camareros y te encargues de que él tome la bebida envenenada. Conozco una fórmula que detendrá su corazón en treinta minutos aproximadamente. Los síntomas son lentos, pero letales. Cuando lo lleven al hospital será demasiado tarde. Un médico nos ayudará a sostener la historia.

Gian se burló con una breve carcajada.

—Hijo de puta. Llevas pensando esto hace bastante tiempo, ¿eh?

Me puse de pie con las manos en el escritorio.

—Tenemos que quedarnos en la fiesta hasta que Fernando muera para asegurarnos de que es inminente y después seguir con el plan de huida.

Luciano rodó un bolígrafo entre sus dedos.

—¿Qué hay de Alayna?

—Despejará el camino para nosotros desde las alturas —dije, sentándome de nuevo—. Ella actuará mucho antes. Dejará indefenso al ejército de Fernando.

Gian asintió.

—Estás olvidando un detalle muy importante. ¿Qué haremos con Lucrezia?

Esta vez el cansancio me arrasó y no pude contener el bostezo.

—No sería inteligente que ambos mueran al mismo tiempo —masculé—. Acabaremos con ella fuera del ojo público. Si no podemos evadir a los medios, diremos que todo se trataba de Fernando por estar involucrado con gente peligrosa.

—Monitorearé los drones y las cámaras para que nada falle ese día. —Gian golpeó un dedo en su mejilla y volvió su atención al iPad—. Cuando Fernando muera, lo primero que harán es intentar llevarlo al hospital y esperarán que sus familiares lo acompañen.

Sonreí.

—Sabré el momento exacto en que el veneno hará efecto y esa será nuestra señal para huir.

—Los soldados irán detrás de vosotros —recalcó Luciano.

—Fabrizio estará en el todoterreno esperándonos.

Sonaba demasiado fácil, pero era más arriesgado de lo que creía y rogaba que todo saliera bien. Si fallábamos ese día, el siguiente atentado sería imposible de ejecutar. Era ahora o nunca.

—De acuerdo —murmuró Gian e hizo una pausa—. Tenemos una semana para organizar un plan perfecto.

Mi mente optimista no aceptaba pensar en las probabilidades de fracasar. Estaba muy cerca de cumplir mi último objetivo y no lo dejaría escapar de mis manos. No me importaba la forma. Quería muerto a Fernando.

—Cuento con vosotros, muchachos. —Los miré fijamente—. Estaré en deuda eternamente si me ayudáis a garantizar la vida y el futuro de mi hijo.

Gian me sonrió y los hoyuelos se marcaron en sus mejillas.

—Siempre estaremos a tu lado, Luca. Tu legado está a salvo.

Mi última tarea de la mañana era leer la demanda de divorcio que había recibido hacía dos días. Estaba de acuerdo con la mayoría de sus cláusulas excepto pequeños detalles. Isadora y yo deseábamos el bienestar de Thiago y no había razón para complicar la situación. Además, sospechaba que ella quería deshacerse de este problema lo antes posible. Conocía a Fabrizio. Era un hombre de tradiciones y no estaba feliz con la idea de que su mujer siguiera casada conmigo. Si por mí fuera, aceleraría el proceso a mi conveniencia, pero la ley no funcionaba así y todo tomaba su tiempo.

Me di un breve descanso antes de que llegara la noche. Tenía que estar presente en el traslado de las mercancías. Miré la oscura carretera a través de la ventana mientras Fabrizio conducía. Alayna solo había respondido uno de los mensajes que le envié diciéndole que mi jet estaría a su disposición.

—¿Lo investigaste? —pregunté.

Gian suspiró a mi lado.

—Su cadáver fue recibido por sus compañeros. Fernando no quería entregárselo a sus familiares —expuso, y mi corazón se desplomó—. Dejaste huérfana a una niña, Luca.

La culpa pudrió mis entrañas y me negué a mirar a mi primo. Nada de aquello debió suceder, pero si lo dejaba ir Fernando creería que podía atacarme cuando quisiera y yo no respondería porque era demasiado blando.

—¿Qué sucederá con ella?

—Su madre murió durante el parto y sus abuelos no tienen recursos suficientes para criarla. Es probable que pronto la envíen a un orfanato.

Permanecimos un rato en silencio, los únicos ruidos que escuchábamos eran el de la carretera y los autos avanzando a toda velocidad. Había dejado desamparada a una niña y tenía que remediarlo. Le arrebaté a su padre. Le quité su hogar.

—Mantente pendiente de ella —ordené.

—¿Qué pretendes?

No contesté.

Estacionamos frente a la vieja bodega y entrecerré los ojos al ver la puerta oxidada medio abierta. Me dio una mala sensación. ¿Quién diablos olvidaría cerrarla? Bajé del auto, enfundando mi arma. Gian y Fabrizio hicieron lo mismo.

—Alguien más está aquí —dijo Gian.

Empujé la puerta y entramos. Se me retorció el estómago. Nada me había preparado para el charco de sangre que cubría gran parte del piso polvoriento. Eso no era todo. Fabrizio tocó el interruptor y en cuanto las luces se encendieron vi tres cadáveres en el suelo.

—Mierda…

Fabrizio se adelantó, poniendo una mano en mi pecho mientras escaneaba el área con su arma. No me alarmé porque sabía que si eso era un atentado contra nosotros hubiésemos muerto en el minuto en que pusimos un pie en la sucia bodega. Además, no reconocía a los tres cuerpos.

—No son hombres nuestros —musité.

Seguí avanzando por la bodega, esquivando viejas cajas hasta que me detuve bajo la lámpara. Detrás de una columna había tres hombres atados en el suelo mientras un conocido fumaba casualmente entre las sombras. Capté la sonrisa en sus labios, esa arrogancia que despreciaba.

—Deberías contratar a soldados más competentes, Vitale. —La burla en su voz me hizo rechinar los dientes—. Fue tan fácil dominarlos.

Bajé el arma. Sin embargo, Fabrizio continuó apuntándole.

—¿Qué haces aquí? Estás invadiendo propiedad privada y podría tomar represalias.

—¿Esas son formas de saludar a un viejo amigo?

—Tú y yo no somos amigos. —Le hice un gesto a Gian y él prosiguió a desatar a mis hombres—. Ve al grano, Moretti.

El humo de su cigarro creó un velo que se mezcló con el polvo que flotaba alrededor de su cara.

—Acabo de arruinar una operación orquestada por Fernando Rossi. Las marionetas de ahí… —señaló a los cadáveres— estaban activando explosivos y llegué justo a tiempo para impedirlo.

Miré a mis soldados, que permanecían con la cabeza gacha. Primero lograron entrar a mi mansión y ahora esto. Ya no los necesitaba. El próximo error sería letal y no permitiría que me perjudicaran. No quería inútiles sirviéndome.

—Quiero una explicación.

—El señor Moretti dice la verdad —respondió Mattia, y me burlé.

Me enfoqué de nuevo en Ignazio, que apagó su cigarro con la punta de su brillante zapato.

—¿En qué te beneficia cubrirme la espalda? —cuestioné.

—Con Fernando muerto tendré libre acceso a los puertos de Palermo.

—Estás muy convencido de que yo lo permitiré. ¿Por qué iba a hacerlo?

Su rostro adquirió seriedad, sus facciones se endurecieron, su tono plano.

—Porque te he salvado el culo varias veces, Vitale. Fernando Rossi está en quiebra y ha usado recursos extremos para saldar sus deudas. ¿Sabías que le rogó a mi prometida por un poco de caridad? —Sacudió la cabeza con una sonrisa—. Ha vendido su alma al diablo por un par de euros. Está en aprietos y no sabe cómo salir.

La tensión solo empeoraba con cada palabra que salía de su boca, pero también me aliviaba. Ya no había salida para Fernando. Si yo no lo mataba, lo haría alguien más.

—Contrató una organización de asesinos para acabar conmigo. Se mofó.

—Hizo un pacto con el maldito Andrei Stepanov. ¿No te suena? —rio—. El diablo de Rusia. Dicen que el gobernador le ha ofrecido algo valioso.

La rabia ardió en mis entrañas mientras las piezas poco a poco empezaban a encajar. Recordé las advertencias del sicario que quiso matarme en el tren nocturno de Irlanda. Sus palabras grotescas cuando escupió con orgullo que Isadora pronto estaría con otro hombre.

—Vendió a su hija.

La carcajada de Ignazio resonó en las paredes. Se sentó sobre una chirriante silla.

—Asumió que Andrei se dedicaba a la venta de mujeres —dijo—. Tu esposa es un bonito material para muchos pervertidos que babearían por ella.

Gian silbó sin interferir en la conversación. Fabrizio a mi lado se alteró y soltó un gruñido cargado de ira. Moretti ladeó una ceja en su dirección, pero lo ignoró.

—¿Por qué te tomas tantas molestias? Tiene que haber otra razón aquí, no se trata solo del libre comercio en mis puertos.

Ignazio inclinó la cabeza, mirándome con seriedad.

—Porque confío en ti —manifestó, sorprendiéndome—. Tienes honor, a diferencia de los hombres con quienes he trabajado. Estoy seguro de que no me traicionarás a menos que te dé razones.

Se produjo un pesado silencio. No podía negar que había sido de gran ayuda, interviniendo en los momentos más oportunos.

—Te daré una respuesta pronto —murmuré.

Ignazio asintió.

—Espero que sea positiva.

ALAYNA

Hablé con Caleb sobre la posible deuda que podría cobrarme y me aseguró que no sería motivo de preocupación. Qué él se haría responsable. No importaba cuántas veces me negara a su intervención, Caleb era un hombre terco y no daría un paso atrás. Habíamos nacido con minutos de diferencia, pero él seguía tratándome como su hermanita pequeña.

Esa misma mañana terminé de empacar mis maletas y chequeé la seguridad de mi casa. Iría al aeropuerto durante la noche. Para relajarme antes de partir, cerré las cortinas de las ventanas, encendí las luces, reprodujé una canción en Spotify y empecé a bailar. Me levanté en las puntas de mis pies, moviendo los brazos y cerrando los ojos. Todo mi cuerpo giraba y el mundo se detuvo. A veces sentía que había bailado durante siglos. Nada había arruinado mi pasión por el ballet. Ni siquiera la falta de práctica. Me concentré en el estiramiento fluido de mis músculos, las acrobacias, las posiciones que tanto amaba. Terminé la canción con un *arabesque* perfecto que me dejó sin aliento. Quizá Luca no estaba equivocado cuando dijo que aún podía cumplir mi sueño.

El tono de llamada retumbó en el salón. Tres días sin hablarnos, probablemente se estaba volviendo loco. Me senté en la alfombra y respondí. Al instante sonreí cuando vi su apuesto rostro a través de la pantalla.

—Luca.

Escuché balbuceos y fuertes ruidos. Me reí mientras veía al pequeño Thiago detrás de su padre jugando con los cachorros. El trajecito de bebé le quedaba adorable.

—Alayna —contestó Luca y sonrió—. Teníamos un acuerdo y solo has respondido un mensaje de todos los que envié.

—Te dije que a veces pondría una distancia.

—Ya veo.

Lo evalué con detenimiento, frunciendo el ceño cuando noté la palidez en su piel y las profundas ojeras. El cansancio era evidente en su expresión.

—No estás durmiendo —asumí.

—Trabajo —explicó con un suspiro. La cámara se movió y luego Luca se desplomó en la cama. Thiago soltó un gritito infantil mientras se unía a él. No podía dejar de sonreír cuando su inocente rostro apareció en la pantalla y me miró boquiabierto—. ¿Recuerdas a Alayna? —le preguntó su padre.

Thiago sacudió sus manos hacia la cámara.

—Hola, pequeño príncipe —saludé.

Un leve rubor apareció en sus mejillas y se llevó el chupete a la boca.

—Ve a jugar con Coco, papi está ocupado. —Luca le alborotó el cabello y lo dejó en el suelo.

El niño observó por última vez la pantalla antes de alejarse hacia una esquina de la habitación.

—Es precioso.

Su boca se estiró en una sonrisa que me desarmó.

—Está creciendo muy rápido.

—Pronto no vamos a reconocerlo.

—Es todo un hombrecito.

—Supongo que va a entrenar cuando sea un adulto —murmuré—. Podría enseñarle defensa y cómo lanzar el tiro perfecto.

Luca rio a carcajadas. Mi mirada siguió la silueta de Thiago, que se divertía con los cachorros. Cuando lo vi por primera vez me prometí que protegería su inocencia y no faltaría a mi palabra.

—Estaba claro que dirías algo así.

—¿Te molesta?

—Para nada. Es bastante justo debido al mundo en que vivimos, nunca sabemos qué va a presentarse —suspiró—. ¿En qué has estado tan ocupada? ¿Pudiste hablar con el jefe de la organización?

Me até el cabello en una coleta.

—No fue muy difícil contactar con él. Se llama Andrei Stepanov y tiene mucha influencia en Rusia debido a su posición como *pakhan* en la mafia.

—Eso no suena bien.

—Me dijo que Fernando le prometió algo que no es dinero exactamente.

Noté que su cuerpo se ponía rígido, aunque no pareció sorprendido.

—Sé qué es.

—Tengo una teoría…

—Le ofreció a su propia hija —graznó—. Moretti me puso al tanto.

—¿Hablaste con Ignazio?

Luca se rascó la nuca y explicó con detalles lo que había sucedido en Palermo. Me contó el plan de asesinato que tenía preparado en contra de Fernando. Mi rol en la misión. Absolutamente todo. Cuando terminó no pude evitar sentirme orgullosa de él.

—Todo estará bien, Luca. Tomaré un vuelo esta misma noche y nos veremos mañana.

Los ojos grises me atrapaban bajo su escrutinio, revelándome esa vulnerabilidad que siempre vería detrás del hombre rudo que intentaba aparentar. Él era mi príncipe y nada lo cambiaría.

—Ya era hora —dijo y escuché el alivio en su tono—. No soportaría otro día sin ti.

—Qué exagerado —bromeé, pero sonreí—. Te veré en un par de horas.

Thiago se acercó de nuevo a la pantalla y levantó la mano a modo de despedida. El corazón se me aceleró por el gesto y me toqué el pecho.

—Adiós, príncipe —sonreí.

Luca alzó a su hijo en brazos.

—Adiós, mariposa.

La nieve había dejado de caer, pero el suelo estaba cubierto de blanco cristalino cuando por la noche me dirigí al aeropuerto y subí al jet. Ajusté la bufanda alrededor de mi cuello mientras saludaba a los tripulantes y luego me ubiqué en mi asiento. Tenía que establecerme pronto en un mismo sitio con Luca. Odiaba los constantes viajes.

Tomé una taza de café, leí durante horas y el resto de la noche dormí hasta que me avisaron que habíamos llegado. Me cambié el atuendo por uno que se adaptara al clima de Palermo. Oía mi sangre bombear dentro de mis venas cuando las puertas del jet se abrieron y me paré en las escaleras. Mi corazón latía tan fuerte que pensé que podría salirse de mi pecho. No dejaba de asombrarme lo guapo que era Luca Vitale. No solo por fuera. También por dentro.

Lentamente bajé las escaleras tratando de controlar lo ansiosa que me sentía por tocarlo, pero en el último tramo no pude contenerme. Su sonrisa cuando me vio podía iluminar el mundo entero. Corrí hacia él y abrió sus brazos para recibirme. Su espalda chocó contra el auto cuando mis piernas le rodearon la cintura y la falda me subía hasta los muslos. Lo besé como si mi vida dependiera de ello. Hundí mi lengua en su boca, agarrando su cabello entre mis dedos, saboreándolo.

—Alayna…

Disminuí el ritmo, presionando su frente contra la mía con nuestros alientos mezclándose. Luca me sostuvo, acunando mi trasero entre sus grandes manos.

—Hola —jadeé.

—Hola.

Me bajó, tomó mi mano y me abrió la puerta del copiloto. Un asistente de vuelo introdujo mi equipaje en el maletero.

—¿Viniste a buscarme solo? —reproché.

—Sé perfectamente cómo cuidarme. No soy un niño, Alayna.

—Eres un imprudente.

—Ponte el cinturón —ordenó, haciendo caso omiso a mis regaños. Este hombre desafiaba mi paciencia.

Obedecí mientras lo veía rodear el Ferrari antes de ubicarse en el asiento del conductor. Puso el auto en marcha para que nos alejáramos del aeropuerto. Encendió el estéreo sin apartar sus ojos de la autopista. Sonreí cuando una canción de The Neighbourhood empezó a sonar.

—¿Recordando viejos tiempos, mariposa?

Me chupé el labio inferior.

—Me gusta mucho esa banda —admití.

—Tengo una *playlist* con mis canciones favoritas. Es curioso porque la mayoría me recuerda a ti.

Puse mi mano en su muslo.

—Podemos escucharla juntos en otra ocasión.

—No puedo esperar —dijo. Mi mano empezó a subir hacia la cremallera de su pantalón y se tensó. Él seguía atento a la autopista, pero noté cómo apretaba la mandíbula. Me agarró de la muñeca en una clara advertencia—. Vas a matarnos.

Mi sonrisa era dulce como la miel mientras me enderezaba en mi asiento. Me gustaba poner a prueba sus límites. Demostrarle que nunca podría resistirse a mí. No importaba cuánto lo intentara.

—Perdiste la oportunidad de hacer algo peligroso y excitante.

—Miré en el espejo retrovisor mientras me retocaba el labial rojo.

—No me pruebes. —Se le escapó un bostezo.

Lo miré seriamente.

—¿Has desperdiciado horas de sueño por venir a buscarme?

—Estoy bien.

—No deberías estar conduciendo.

—Alayna, basta —masculló—. Ni siquiera puedo conciliar el sueño. Mi cabeza ahora es un lío y solo estaré tranquilo cuando Fernando muera.

—Lo conseguiremos. —Busqué su mano libre y entrelacé nuestros dedos—. ¿Todo está listo para la fiesta de la próxima semana?

Asintió, tamborileando el volante con sus dedos.

—Isadora logró convencer a su padre de que nos dejara entrar.

—¿Iréis juntos?

—Es por una buena causa.

Desvié la mirada. Era absurdo molestarme a estas alturas. Había asuntos más importantes que mis estúpidos celos, pero odiaba que la gente siguiera creyendo que ellos eran marido y mujer.

—Firmamos la demanda de divorcio —dijo Luca con esa increíble capacidad de adivinar lo que pasaba por mi mente—. Seré un hombre libre el próximo mes.

—De acuerdo.

Estacionó en la cresta de un cerro cubierto de árboles. El sol acababa de asomarse por el horizonte, pintando el cielo de un hermoso color naranja con azul. Bajé la ventanilla y respiré el aire fresco, apreciando el clima.

—¿Solo dirás eso? —inquirió—. ¿De acuerdo?

Encendió un cigarro. Sabía que estaba estresado y fumar le ayudaba a calmar la ansiedad. No me agradaba, claro. Yo también era una fumadora, pero quería dejarlo pronto y esperaba que Luca siguiera mi ejemplo.

—¿Necesitas mis felicitaciones por firmar la demanda? Es lo mínimo que deberías hacer si quieres estar conmigo.

Soltó otra bocanada de humo.

—Maldita sea. —Me agarró de la mandíbula y me forzó a mirarlo—. Cuando te convierta en mi esposa te prometo que voy a aburrirte con mi intensidad.

Incliné mi cuerpo hacia el suyo y subí la mano en su pecho, dejándola allí.

—Me gusta tu intensidad. Es solo que odio que ella haya sido tu primera esposa. —Mi voz se apagó—. Debí ser yo.

Llevó mi mano a sus labios y besó el dorso con sus ojos grises atentos a los míos.

—Siempre fuiste mi mujer, Alayna. La primera y la última.

Nuestras bocas volvieron a reunirse más desesperadas esta vez. Me desabroché el cinturón y me senté en su regazo con mis piernas a cada lado de sus caderas. Trasladé mis labios a su cuello y succioné la piel, escuchándolo gruñir. Le dio otra calada al cigarro, dejando que una capa de humo nos cubriera.

—Me estás matando.

—Quiero matarte. —Mordí el lóbulo de su oreja y regresé a su boca.

Lanzó la colilla fuera del auto. La deliciosa fricción aumentó entre mis piernas y sentí mariposas en el estómago. Lo deseaba tanto.

—A la mierda —dijo.

Levanté un poco mis caderas para que él pudiera desabrocharse los pantalones y después rasgó el hilo de la tanga. Agradecía haberme cambiado la ropa a una falda que le daba un fácil acceso a mi cuerpo. Luca echó la cabeza hacia atrás en el asiento, todas las venas de su garganta resaltaron mientras apretaba la mandíbula y yo dejaba que se hundiera en mí. Gemí al sentir cada centímetro.

—Dios, eres tan hermosa. —Sus elogios me envolvieron en una corriente abrazadora de calor—. Me vuelves loco.

Pasé las uñas por su cuello mientras empezaba a subir y bajar sobre él. Luca bajó los tirantes del corsé, tomando mis pechos en su boca y chupándolos. Me aferré a sus hombros, aumentando la velocidad de mis movimientos.

—Te amo —dije, el sudor pegado a mi frente y goteando por mi cuello.

Al principio me permitió tener el control, pero ahora era su turno. Aferró las manos en mi cintura, entrando y saliendo de mí una y otra vez. Mis gritos acompañaron sus gruñidos y todo mi cuerpo se convirtió en un absoluto infierno cuando el fuego estalló detrás de mis párpados y me derrumbé en sus brazos por la fuerza del orgasmo.

Luca buscó su propia liberación empujando dentro de mí sin parar hasta que se corrió con mi nombre en sus labios y ocultó su rostro entre mis pechos.

—Esa fue una excelente bienvenida —murmuró, acariciándome el cabello.

Sonreí y olí su piel. No sentía nada más que a él.

—La mejor de todas.

Se quedó en silencio un segundo, enredando los dedos en los mechones de mi cabello, todavía dentro de mí. No me moví. Quería sentir esa conexión un rato más.

—Lamento arruinar el momento, pero necesito decírtelo. Es estúpido prolongarlo.

—¿Mmm?

—No estás en la obligación de aceptar…

—Ve al grano, Luca.

—Isadora quiere hablar contigo personalmente.

Cada músculo de mi cuerpo se tensó y me moví de su regazo, haciendo que saliera de mí. Luca se subió la cremallera mientras yo regresaba a mi asiento y buscaba un pañuelo en mi bolso para limpiar mis muslos húmedos.

—¿Cuál es el punto de esa conversación? —pregunté.

—Ella solo quiere aclarar las cosas —explicó Luca—. Sabe que pasarás mucho tiempo con Thiago y le gustaría conocerte.

Me mordí el interior de la mejilla, debatiendo mi respuesta. No pretendía ser su amiga, pero deseaba llevar la fiesta en paz con ella por Luca y el niño. Aclararíamos las cosas como mujeres adultas para que no hubiera ningún malentendido.

—Bien —dije.

Las cejas de Luca se fruncieron.

—¿Bien?

—Hablaré con ella hoy mismo.

Luca sostuvo mi mano cuando entramos a la mansión. Me sentía como una intrusa y hasta incómoda, aunque me parecía sensato que

Isadora quisiera hablar conmigo. Me agradaba que hubiera tomado la iniciativa. Yo aún no me atrevía. Sobre todo, porque fui una sombra en su matrimonio.

—¿Quieres comer algo? —preguntó Luca.

Me relajé un poco, mirando con incertidumbre las paredes. La primera vez que había pisado esa mansión todo era muy frío e insípido por culpa de Leonardo. Ahora pude notar la calidez. Ese toque familiar que la hacía mucho más acogedora.

—No, gracias. Estoy bien —dije.

Los tacones altos resonaron mientras Emilia bajaba las escaleras con Thiago. Observé al niño y él me devolvió la mirada con una dulce sonrisa que casi hizo estallar mi pecho de amor. Una palabra con la cual todavía no estaba muy familiarizada.

—Qué sorpresa volver a verte, Alayna.

—Emilia. —Forcé una sonrisa y miré a Thiago—. Hola, pequeño príncipe.

Se removió en los brazos de su abuela y ella nos miró con ojos bien abiertos antes de acompañarnos en la euforia. Luca a mi lado sonreía de oreja a oreja.

—¿Sabes lo difícil que es ganarse su afecto? —cuestionó Emilia mientras dejaba a Thiago con mucho cuidado sobre la alfombra. El niño caminó directamente hacia mí con sus manitas extendidas—. Los primeros meses nadie podía cargarlo, ni siquiera su padre.

—Es un niño muy consentido —dijo Luca.

Thiago se acercó a mis piernas y no dudé en levantarlo. Tenía las mejillas regordetas sonrojadas, nariz de botón y una sonrisita que pondría de rodillas a cualquier monstruo.

—Hey. ¿Qué has hecho hoy? —Le hablé con suavidad—. Tu padre me dijo que te encantan los juguetes.

Asintió.

—La próxima vez prometo traerte un obsequio que te encantará.

—¡Sí! —exclamó extasiado y me reí con él. Su alegría inocente era contagiosa. Me reconfortaba saber que era feliz y muy querido. Lo que todo niño merecía en el mundo.

Milo y Coco corrieron desde el jardín, zumbando en círculos a medida que notaban mi presencia y empezaron a olisquearme. Solté a Thiago para que se uniera a los cachorros. Los dóberman se abalanzaron sobre él y le lamieron la carita sin dejar de mover sus colitas.

—Es tan adorable —comentó Emilia, suspirando—. Convertirme en abuela fue lo mejor que me ha pasado. Supongo que vosotros algún día me daréis la misma dicha, ¿no? ¡Un hijo de ambos sería perfecto! —Sus ojos brillaban y su sonrisa era risueña—. Quiero que la próxima sea una niña, Luca.

—Madre…

No me dolían sus palabras. Ya había asumido que no podía concebir. La maternidad ni siquiera pasaba por mi cabeza, aunque la adopción sí. Quizá cuando nos sintiéramos listos Luca daría ese paso conmigo. Había muchos niños sin hogar que necesitaban una familia y yo los protegería con mi vida.

—Espero que Kiara le dé esa alegría algún día —respondí.

Emilia captó lo que quise decir y su sonrisa cayó.

—Primero debe casarse con Luciano dentro de unos años. Aún son jóvenes.

Me senté en un sillón y Luca se acomodó a mi lado, pasando su brazo por mis hombros, atrayéndome a él. Thiago corrió por las puertas que dirigían al jardín. Los cachorros lo siguieron como buenos guardianes.

—¿Dónde está Laika? —pregunté.

—Encontró refugio en mi oficina —respondió Luca—. Ya es muy vieja para lidiar con los niños.

Me eché a reír.

—Ella siempre será mi favorita.

Trazó círculos con su dedo en la palma de mi mano.

—La de todos.

Emilia se aclaró la garganta.

—¿Qué tal la vida en Rusia?

—Cómoda —contesté—. Pero ahí no está lo que quiero realmente.

—Visitamos Florencia y le encantaron los viñedos —dijo Luca.

—Oh, sí. —La sonrisa se formó en mis labios—. También vimos a Amadea. Es una mujer encantadora.

—¿Os ha dado su bendición? —preguntó Emilia con diversión.

Luca se rio más fuerte.

—¿Acaso lo dudas?

—Tiene que ser dama de honor en la boda. La hará muy feliz.

—Madre… —Luca se sonrojó.

Tuve la necesidad de poner una distancia entre nosotros cuando Isadora entró en la sala. Habíamos coincidido en varias ocasiones, pero jamás nos presentamos formalmente. Se veía tranquila y segura.

—Alayna.

Me puse de pie y le extendí la mano. Ella dudó un segundo, pero la aceptó en un agarre firme y suave al mismo tiempo. Su piel era como la porcelana. Brillante, perfecta. Podía asegurar que no tenía ninguna imperfección en su cuerpo.

—Un placer conocerte.

—Lo mismo digo. —Enarcó una ceja y las comisuras de sus labios se elevaron—. ¿Te ofrecieron el desayuno? Tantas horas de viaje debieron ser agotadoras.

—Comí en el avión.

—Oh, de acuerdo —carraspeó y me miró con seriedad—. ¿Podemos hablar?

—Claro.

La sala estaba en un profundo silencio. Tanto Luca como su madre parecían incómodos por el intercambio de palabras. Isadora hizo un ademán hacia la puerta que dirigía al jardín y la seguí sin dudar. Sentí los ojos de Luca en nosotras mientras nos alejábamos. Ella caminó con confianza, aunque noté su postura rígida. Nada de esto era fácil para ella, pero apreciaba que quisiera conocerme.

—¡Mami! —exclamó Thiago, corriendo y saltando a los brazos de Isadora. Se rio con alegría mientras su madre lo cargaba y le hacía cosquillas en el estómago. Aulló de felicidad, su rostro rojo por las carcajadas.

—¿Otra vez en problemas, cariño? —bromeó Isadora, besándole las mejillas.

Thiago agitó la cabeza y reprimí la sonrisa. Los pequeños dóberman se acercaron y se robaron la atención del niño. Isadora lo dejó ir, sus ojos marrones en su hijo todo el tiempo.

—Es maravilloso —musité.

Ella me observó. Su mirada era vacía, la tristeza brillando en ella.

—Él es mi vida. Lo más valioso que me ha dejado mi matrimonio.

—Lo sé —dije, mi voz baja y con un toque de tensión—. Por esa misma razón te prometo que estará seguro a mi lado en cualquier momento. No permitiré que le pase nada.

—Nunca creí lo contrario. Luca te ama y confía en ti más que nadie.

—También lo amo. Thiago no tendrá nada que temer a mi lado.

Pude ver las emociones en sus ojos, el alivio.

—Fuiste un fantasma durante tres años en nuestra relación. No estabas presente físicamente, pero tu ausencia no permitió que funcionemos.

—Eres la madre de su hijo.

—Nada cambiará lo que siente por ti. Eres todo lo que quiere.

Esta mujer me sorprendía, su madurez, su bondad.

—Cualquier otra mujer en tu posición me odiaría —respondí.

Isadora sonrió. El maquillaje impecable no hacía más que realzar la perfección de su piel. Ella era bonita, perfecta y amable. Mi mente retorcida empezó a cuestionar por qué Luca me prefería a mí. Yo era oscuridad y la mujer frente a mí era opuesta en todos los aspectos.

—¿Por qué debería odiarte? Tú no tienes control de sus sentimientos. Él ya hizo su elección desde el primer día que te conoció y te entregó su corazón.

La chispa de emoción zumbó a través de mi cuerpo. Ya lo sabía, pero por una extraña razón me agradaba tener su validación. Saber que ella no sería ningún obstáculo en el futuro que me esperaba con Luca.

—Tú siempre formarás parte de su vida.

—Solo como la madre de su hijo. Thiago es lo único que nos une —susurró y se frotó los brazos—. Te cité aquí para decirte personalmente que no tienes nada que temer cuando mencionan mi nombre. No soy el tipo de mujer que retiene a un hombre que no la ama. Sé que merezco mucho más de lo que él me ofrece. Nuestra relación nunca fue tradicional o monogámica. Era abierta y podíamos estar con quienes quisiéramos sin dar explicaciones. ¿Crees que si realmente me amara habría permitido que otros me toquen?

«No…». Luca no era el tipo de hombre que compartía. Era posesivo y celoso. Se volvía loco cuando yo hablaba de Ignazio.

—Lo apoyé en sus momentos más difíciles y él me salvó de ser prometida a un monstruo. Me alejó de mi padre, me dio un poco de libertad y prometió darme el divorcio cuando todo terminara.

—Es algo que Luca haría.

Me apretó el hombro en un gesto gentil que me conmovió.

—Nuestro divorcio estará concluido el próximo mes y será libre para poder estar contigo sin ninguna restricción. Os deseo lo mejor a ambos.

La emoción me obstruyó la garganta y todo lo que pude decir fue «gracias».

Sus ojos se llenaron de lágrimas.

—Él merece ser feliz con la mujer que ama. Hasta pronto, Alayna.

Me dio un breve abrazo que me dejó entumecida y se acercó a Thiago, que estaba distraído con las mariposas del jardín. Miré al cielo con una sonrisa de alivio y pensé que esta era una señal. Sería muy feliz con Luca y nadie iba a impedirlo.

27

ALAYNA

Me había dejado convencer por Luca para pasar los siguientes días en su mansión. El sábado se llevaría a cabo la fiesta de Fernando y era mejor estar juntos. Él no quería que me convirtieran en un blanco lejos de su alcance. Yo podía cuidarme sola, pero cedí a su petición sin resistencia. Me sentía más tranquila después de mi conversación con Isadora.

—No ha cambiado mucho desde tu partida —comentó.

Evalué con detenimiento cada detalle. No había nada que me indicara que otra mujer dormía allí. Los colores, los muebles, la decoración. Todo era masculino y elegante. El estilo perfecto que identificaba a Luca.

—¿No dormís juntos? —pregunté.

Arremangó su camisa blanca hasta los codos y las venas en sus brazos se asomaron. Sus vaqueros ajustados mostraban la definición de sus piernas musculosas. No dejaría nunca de admirar sus ojos grises. Había una profunda belleza que reflejaba el caos de la tormenta, pero también me daba calma.

—No —contestó de inmediato—. Isadora tiene su propia habitación en el otro extremo de los pasillos.

Pasé los dedos por algunos objetos y me detuve frente al armario. Le eché un breve vistazo a Luca por encima del hombro antes de abrirlo y mirar lo que había en el interior. Solo ropa masculina con una amplia colección que me dejó enamorada.

—Me gusta tu camiseta. —Toqué la fina tela de lino.

—Se verá mucho mejor en ti.

Cerré el armario y avancé hacia las ventanas abiertas que conducían hacia el balcón. Las cortinas blancas se agitaron.

—Hay algo detrás de estas paredes —musité—. Es como si pudiera sentirlo.

—Oscuridad —respondió Luca—. También la sentí durante toda mi vida. Hay veces que no soporto estar aquí. Por eso me encanta escapar a Florencia.

La comisura de mi boca se levantó en una sonrisa.

—¿Todavía sigue en pie tu plan de vivir ahí?

—Es lo primero que haremos las próximas semanas.

—Ya no puedo esperar.

Me atrajo hacia él y depositó un pequeño beso en mi frente.

—Ponte cómoda. Responderé algunas llamadas y luego regresaré a ti. La casa está a tu disposición.

Jugué con el cuello de su camisa, mirándolo con el ceño fruncido.

—Necesitas descansar. Prométeme que lo harás esta noche.

—Solo si duermes a mi lado.

—Hecho.

Puso un solo dedo bajo mi barbilla e inclinó mi rostro para poder besarme. Estaba disfrutando la experiencia de una relación casi normal. Sin miedo de mis sentimientos. Sin inseguridades.

—Estaré en mi oficina —dijo apartándose.

Asentí mientras se dirigía a la puerta y abandonaba la habitación. Me tumbé en la cama con un resoplido cansado que sacudió los mechones que rodeaban mis mejillas. Me deprimía que gran parte de esa chispa optimista que caracterizaba a Luca se hubiera apagado. Necesitaba encenderla nuevamente.

Toqué el colgante en mi cuello, pensando en lo caótico que había sido el día. Volví a recordar la conversación con Isadora. No dejaba de resultarme incómodo dormir en la misma cama con su marido. Aunque… ¿desde cuándo me importaba la ridícula moral? Recordé la risita de Thiago y algo en mi pecho se oprimió. No quería que su infancia se viera afectada por mi presencia. Yo era dañina.

«Detente ahora, Alayna».

Me di una refrescante ducha que aclaró mi mente y me vestí con mi habitual atuendo: pantalón verde estilo militar y top negro. Casi era mediodía cuando decidí buscar a Luca en su oficina. No me gustaba estar encerrada en su habitación. Mientras bajaba las escaleras escuché una risita femenina seguida de un jadeo. Vi a Kiara sentada en el regazo de Luciano con las manos de él recorriendo su cuerpo. Estaban tan perdidos en el otro que apenas notaron mi presencia.

—Luca podría mataros si os encuentra en esa posición. —El sonido de mi voz provocó que se apartaran. Kiara saltó en el otro extremo del sofá con el rostro sonrojado y los labios hinchados.

—Hola, Alayna. —Luciano sonreía sin inmutarse por la advertencia—. Te agradecería que no le cuentes nada a Luca. Mi vida depende de ti.

Me hicieron un lugar en el sofá, así que me senté en el medio.

—Eso suena bastante extremo —comenté.

Kiara se rio nerviosamente.

—Tenemos prohibido besarnos aquí.

Los miré con una sonrisa burlona.

—¿Desde cuándo Luca se convirtió en un puritano?

—Quiere dar el ejemplo perfecto para su hijo —respondió Luciano.

—Comprensible, pero es el menos indicado para juzgarlos —dije—. Luca es la persona más apasionada que conozco.

—Ese idiota está loco por ti —concordó Kiara—. ¿Vas a quedarte a vivir aquí?

—Solo hasta que matemos a Fernando. No quiero hacerla sentir como si ella fuera alguna intrusa.

Luciano bufó antes de soltar una ruidosa carcajada. Kiara lo acompañó. ¿Qué era tan gracioso?

—¿Te refieres a Isadora? —habló Luciano—. Todos sabemos que ella se folla a Fabrizio en su habitación y no es nada discreta.

Hacía una semana había tenido sexo con Luca en el cobertizo y no me sentí culpable. ¿Por qué ahora tenía que ser diferente?

—Intento mantener un gramo de decencia, chicos —me defendí.

Kiara apoyó la cabeza en mi hombro.

—Es lindo de tu parte, pero no te sientas culpable. Isadora ya superó a Luca y ama a Fabrizio.

La tensión ante la idea de que ella sufriera y me culpara por dejar a su hijo sin padre cedió. Era absurdo porque Luca jamás olvidaría sus responsabilidades, pero una vez que el divorcio estuviera hecho viviríamos juntos y el niño estaría con su madre. Ya no compartirían el mismo tiempo juntos como hasta ahora.

—Todo estará bien —continuó Kiara—. Thiago será un niño muy protegido. No solo por sus padres, también te tiene a ti y a Fabrizio. Ese hombre lo ve como si fuera su propio hijo.

Exhalé un suspiro.

—Qué reconfortante. Le aseguré a Isadora que no se preocupe por la seguridad de su hijo, yo seré la nueva guardaespaldas del pequeño príncipe.

Kiara examinó mis ojos y sonrió.

—Realmente has cambiado mucho.

—La soledad me ha ayudado a reencontrarme conmigo misma —respondí—. También me enseñó que mi existencia era deprimente si Luca no estaba en mi vida.

LUCA

Decidí hacerle una generosa donación a la familia de la niña que había dejado huérfana. Esperaba que gracias a esa cantidad la pequeña Felizia tuviera un buen futuro con la educación adecuada. Nada llenaría el vacío que había dejado la muerte de su padre, pero era mejor que terminar en un orfanato lejos de las personas que la amaban. Me tomé la molestia de investigarlos antes de intervenir. Sus abuelos eran decentes y confiaba en que ellos la harían sentir querida.

Estaba fumando mi segundo cigarro del día cuando Alayna entró a mi oficina sin golpear y apoyó su espalda contra la puerta. Aún no podía creer que estaba aquí, bajo mi techo. Me observó con la misma atención que yo le daba. Me gustaba el modo en que mordía sus labios carnosos y el ligero tono rosa en sus mejillas. Hermosamente mortífera.

—Deberíamos hacer un trato —murmuró Alayna.

La cola de Laika empezó a golpear el sofá cuando la reconoció y Alayna se acercó a rascarle las orejas puntiagudas.

—¿Un trato?

—Dejar de fumar.

Apagué el cigarro en el cenicero y agarré el decantador del brandy para llenar el vaso.

—¿A qué viene eso? —inquirí.

—Quiero disfrutar mucho tiempo a tu lado. Sería muy trágico que mueras porque tus pulmones ya no funcionan.

Una leve sonrisa curvó mis labios.

—Esa es una excelente motivación.

—Pronto nos pondremos de acuerdo —asintió mientras yo le daba un sorbo al whisky a pesar de su ceño fruncido—. ¿Qué te tiene tan estresado? Esto no es solo por Fernando, ¿verdad?

Saboreé la bebida y me lamí los labios antes de dejar el vaso sobre mi escritorio.

—He dejado huérfana a una niña.

Sus cejas se alzaron lentamente mientras me miraba, deduciendo de quién estaba hablando.

—La culpa es difícil de afrontar, pero vas a superarlo.

—Le hice una donación a su familia. Espero que sepan invertirlo y ayuden a la pequeña Felizia. Si me entero de que no son buenas personas como creía…

Alayna frunció el ceño.

—¿Qué harás?

—Pensé que podría adoptarla —dije, encogiéndome de hombros—. Nunca le diré que maté a su padre, por supuesto, pero haré una diferencia en su vida. Ella tendrá todas las comodidades que necesita y una familia. ¿Crees que tú…? —Me callé, sintiéndome estúpido.

Con la respiración entrecortada, aguanté su intensa mirada mientras se acercaba a mí y se sentaba en mi regazo. Su aroma nos rodeó por completo. Tiró de mi corbata y su boca se inclinó en una sonrisa devastadoramente hermosa. Mi mariposa.

—Cuando tu madre hizo ese comentario más temprano pensé en lo mismo. —Me acarició la mandíbula con los dedos—. En un futuro me gustaría adoptar una niña y criarla a mi semejanza. Una pequeña Alayna en el mundo sería perfecta. ¿Qué opinas?

Adoraba su arrogancia.

—Que ella será perfecta como tú.

—Asegúrate de que esa familia cuide a la pequeña y si no están capacitados nos tiene a nosotros.

—Me haces muy feliz.

Se inclinó y acercó su boca a la mía. Noté sus labios suaves como el terciopelo, dulces, adictivos. Sus brazos me rodearon el cuello, haciéndome jadear. Podría besarla el resto del día y nunca me cansaría. El momento fue interrumpido cuando mi móvil empezó a sonar en mi bolsillo.

—Deberías responder —dijo Alayna.

Solté un gruñido de protesta y tomé la llamada sin verificar de quién se trataba.

—¿Hola?

—Luca...

Hubo un denso segundo de silencio que me puso nervioso. Pronto la línea se llenó de respiraciones agitadas. Parecía como si estuviera corriendo o huyendo de alguien.

—¿Gian? —insistí—. ¿Qué demonios está sucediendo?

—Estoy en problemas —respondió. Detecté la tensión en su tono y las alarmas sonaron en mi cabeza. Alayna bajó de mi regazo, mirándome confundida—. La operación estaba lista para trasladar las mercancías, pero de repente fuimos atacados por los soldados de Fernando y se llevaron todo, Luca. ¡Todo!

Inmediatamente me puse de pie y agarré mi arma. Una pizca de miedo me recorrió la piel. Sabía que era mala idea intentar trasladar la mercancía. Los puertos no eran seguros desde nuestra enemistad con el gobernador y las avionetas llamaban la atención. Lo adecuado era moverla por tandas.

—¿El rastreador está activado? —pregunté.

—Sí. Apúrate, hombre. Trae a Fabrizio o Luciano. No importa quién, pero ven por mí.

Era la primera vez que oía a Gian desesperado. Su miedo ahogó mi garganta. Tenía que ir por él antes de que perdiera la cabeza.

—No te muevas, ¿de acuerdo? Llegaré pronto.

Colgué la llamada y salí de la oficina acompañado de Alayna. Ella no hizo preguntas. El miedo me cubrió las entrañas y caminé lo más rápido posible. Si le pasaba algo a Gian no podría vivir con eso. Pude sentir mis sienes palpitar de dolor cuando bajamos las escaleras. En la sala estaban Luciano y Kiara besándose apasionadamente. En otra ocasión los regañaría.

—Luciano.

Apartó con cuidado a mi hermana y me miró con horror. Abrió la boca y volvió a cerrarla al ver mi expresión. Supo de inmediato que algo andaba mal. Kiara se arreglaba el cabello y bajó el dobladillo de su falda hasta sus rodillas sin atreverse a mirarme.

—¿Qué sucedió? —preguntó Luciano sin aliento.

—Gian está en problemas —respondí—. Iré por él.

El horror llenó sus ojos, el tipo de miedo más crudo.

—Te acompaño.

—No —mascullé de inmediato—. Te necesito aquí, Alayna me acompañará. No alertes a nadie, menos a Liana. Todo estará bien.

No iba a pensar en lo peor. Gian era inteligente y astuto. Estaría a salvo hasta que llegara a él. Ahora la propuesta de Moretti se volvía mucho más atractiva. Si pactábamos una alianza, nadie podría con nosotros. Miles de hombres estarían a nuestra disposición y seríamos intocables. Ya no tenía nada que pensar.

—Vamos. —Tomé la mano de Alayna y avanzamos directos al garaje.

Le dije la dirección y le entregué las llaves del Ferrari. Estaba demasiado alterado para conducir y lo que menos necesitábamos era sufrir un trágico accidente.

—No me importa si rompes las malditas leyes de circulación. Solo llévame hasta Gian.

—Cómo ordenes, príncipe.

Entré al auto y me puse el cinturón de seguridad mientras esperaba que arrancara. Deslicé una mano en el bolsillo de mi chaqueta y chequeé mi teléfono para comprobar el rastreador. El pequeño punto rojo que representaba a Gian no se había movido de la bodega.

El tubo de escape emitió un ruido violento cuando los portones se abrieron y Alayna nos sacó de la mansión derrapando. Las manos me sudaban. Desabroché los botones de mi camisa y abrí las ventanas en un intento de respirar aire fresco.

Cálmate —dijo Alayna—. Me estás poniendo nerviosa.

Me mordí el labio, mis ojos pegados en la calle. Alayna desvió el auto, esquivando a un peatón en bicicleta. Era una excelente conductora. Toqué los controles del GPS y un mapa apareció en la pantalla.

—Estamos a diez cuadras del puerto —murmuré.

Llegamos a un semáforo en rojo y frenó de golpe. Los otros autos ya habían empezado a cruzar en la dirección opuesta, así que era imposible pasar. Alayna se lamió los labios y me miró un breve momento.

—Gian actúa como un tonto la mayor parte del tiempo y vive del sarcasmo, pero estará bien —trató de tranquilizarme—. Es un gato escurridizo. Tiene siete vidas.

Sus palabras trajeron una sonrisa a mis labios. Alejó parte de la tensión que sentía.

—Es más listo que todos nosotros.

Alayna puso los ojos en blanco.

—No exageres.

El semáforo cambió a verde y ella avanzó, acelerando a toda velocidad. Hizo algunas maniobras que nos sacaron del carril lateral. El velocímetro seguía aumentando. Escuché algunos bocinazos y miré el espejo retrovisor rezando para que la maldita policía no estuviera cerca.

—En otra vida serías una gran piloto de Fórmula 1.

Reprimió una sonrisa.

—Quizá —dijo—. Me encanta Mónaco.

—Podríamos ir en nuestra luna de miel.

—También a Dubái o a Escocia.

—Solo haz la lista e iremos al lugar que tú quieras.

Se irguió en su asiento y pisó con fuerza el acelerador.

—Me estás malcriando, príncipe.

—Quiero malcriarte.

Se atravesó en el camino de un Cadillac deportivo que lanzó varios bocinazos. Alayna sonrió perversamente mientras yo me sostenía del tablero. Suspiré de alivio cuando vislumbré el muelle a poca distancia.

—¿Qué muestra el rastreador? —preguntó.

Le eché un vistazo al móvil.

—Gian se movió.

Frenó el auto con un chirrido de neumáticos que levantó una capa de polvo. Me saqué el cinturón de seguridad y bajé. Le lancé el arma a Alayna y avanzamos en silencio. Era de día, lo cual nos ponía en un aprieto. La jodida policía estaba más atenta a esa hora. Lo bueno era que el muelle era bastante discreto. Miré algunos barcos balanceándose. Escuché el susurro del mar, las aves silbando en el aire.

Alayna se acercó al edificio de ladrillos sin esperar ninguna orden mientras yo verificaba que nadie nos viera. Cuando estuve seguro entramos por la puerta desbloqueada. No me sorprendió. Ellos querían que supiera sus movimientos. Me habían tomado desprevenido actuando de día. Era más difícil escabullirse.

—No hay nadie —susurró Alayna con el arma apuntando a la oscura habitación.

Volví a mirar el rastreador en mi móvil solo para notar que Gian se encontraba a escasos centímetros. Alayna pateó el cuerpo en el suelo y no se movió. ¿Cuántos muertos había en total? Ya no llevaba la cuenta desde mi encuentro con Moretti.

—¿Gian? —grité.

Nada.

El golpeteo de mi corazón aumentó y una oleada de adrenalina me inundó la sangre. No había forma de que estuviera muerto. Si fuera así, su cuerpo nunca se habría movido del rastreador. ¿Y si lo habían atrapado? La preocupación me hizo apretar las manos en puños y continué explorando la zona, apenas respirando. Noté más sangre en las paredes. Ni siquiera me importaba haber perdido toneladas de mercancía. Solo quería asegurarme de que mi primo estuviera bien.

—¡¡¡Gian!!!

El eco de mi voz resonó en el vacío cobertizo.

—Luca...

Me giré justo a tiempo para ver a un hombre apuntándome con un rifle, pero Alayna fue rápida y me empujó al suelo. El sonido de los disparos provocó un zumbido en mis oídos que me dejó aturdido por unos cuantos segundos. ¿Qué mierda…? Mi mujer se incorporó, siempre manteniéndome a salvo mientras mataba al objetivo con varias balas en el pecho.

—¿Alayna?

Soltó un aliento irregular.

—Ese era el único —dijo despacio.

Hizo una mueca de dolor y ahí pude captar la sangre corriendo por su brazo. Se instaló un profundo silencio y todo lo que pude oír eran nuestras respiraciones agitadas. Ella no protestó mientras se tocaba la herida.

—Maldita sea, Alayna —dije alarmado. La sostuve contra mi pecho, tratando de no entrar en pánico—. Déjame ayudarte.

La llevé hacia una silla y la insté a sentarse. No titubeó. No tembló. Estaba hecha de acero. Ella siempre sería mi fortaleza, incluso en los momentos donde estaba sufriendo.

—Estás muy nervioso y soy yo quien ha recibido el disparo —se burló—. Relájate. Estaré bien.

Pude ver la bala alojada en su hombro. Necesitaba con urgencia llevarla a un hospital. ¿Dónde diablos estaba Gian? No podía esperarlo el resto del día.

—Tenemos que irnos ahora —dije.

—¿Qué pasa con Gian?

—Por alguna razón su rastreador se ha movido. —La ayudé a ponerse de pie—. Vamos a enterarnos pronto si algo malo le ha sucedido.

Me quité la chaqueta y la cubrí. Lo último que necesitábamos ahora era algún testigo viendo a una mujer herida. Le envié un breve audio a Luciano explicándole lo que había sucedido y solicité un equipo que limpiara todo el desastre. Llegamos al auto y ayudé a Alayna a entrar. Sangraba mucho.

—Hay que detener la hemorragia —me senté frente al volante y puse el auto en marcha—. Mi médico de cabecera irá a la mansión.

Alayna cerró los ojos.

—Otra cicatriz a la colección.

—Será hermosa como todas.

—Solo tú ves atractivos mis defectos, príncipe.

—Porque eres perfecta, Alayna.

Me dio una sonrisa cansada antes de desviar la mirada a la ventana. La sangre empezó a empapar su ropa. Se estaba poniendo peor. Desvié el auto a la izquierda en búsqueda de algún atajo. No quería soportar el tráfico. Mis manos temblaban en el volante mientras pensaba que había estado a punto de perderla.

—No me importa recibir una bala por ti —susurró Alayna—. Lo haría de nuevo y no lo lamentaría.

28

LUCA

Cuando llegamos a la mansión fue un absoluto caos. Alayna intentó convencerme de que era muy capaz de caminar, pero no lo permití. La cargué en mis brazos. Mi familia esperaba en la sala.

—¡Dios mío, Luca! —exclamó Madre mirándonos con horror—. ¿Qué ha sucedido?

Kiara se cubrió la boca con las manos. Isadora estaba pálida. Agradecía que Thiago no estuviera presente. Había mucha sangre. Sostuve a Alayna contra mi pecho y me dirigí a las escaleras para subir a la habitación.

—Las explicaciones las daré después. —Miré a Luciano, que era el único cuerdo—. Llama al doctor Medina.

Vi la preocupación en sus ojos azules.

—¿Dónde está Gian?

—No lo sé —respondí. Alayna se quejó en mis brazos—. Llama al médico. Ahora.

Él no insistió. Sabía que Alayna era mi prioridad en esos momentos.

—¿Necesita algo, señor? —Fabrizio se atravesó en mi camino.

—Asegúrate de que la bodega esté limpia y busca a Gian. ¡Que alguien traiga una botella de whisky!

Kiara se apresuró a la cocina.

—¡Voy! —gritó.

Subí las escaleras sin decir nada más y metí a Alayna en mi habitación. La llevé al baño y la senté sobre el retrete. Tenía un kit de primeros auxilios. Me lavé las manos con agua tibia y agarré un montón de vendas. Ella se había quitado mi chaqueta.

—Voy a intentar contener el sangrado —expuse, poniéndome de cuclillas frente a ella. Tomó una respiración profunda, apretando los dientes—. Dolerá y mucho.

Su sonrisa arrogante pretendía demostrarme que no le dolía.

—No es la primera vez que me disparan. Te dije que estaré bien.

Cristo, que ella lo tuviera tan normalizado era doloroso. Sabía que había sido torturada y sometida a cosas peores, pero eso no impediría que me preocupara. Merecía ser tratada con cuidado y delicadeza.

Kiara entró al baño y me entregó la botella de whisky. Miró a Alayna con preocupación.

—¿Puedo hacer algo más por vosotros?

—Asegúrate de que Luciano no pierda la cabeza —ordené.

Cerró la puerta cuando se retiró y destapé la botella de whisky antes de entregársela a Alayna. Bebió un largo trago. La mancha roja se extendía por toda su ropa y presioné la herida con una capa de vendas para detener el flujo de sangre. El agujero de la bala era grande. Comprensible porque fue disparada por un rifle. Se veía fatal.

—Vamos a necesitar algunos analgésicos.

—Dime algo para distraerme hasta que llegue el médico —susurró—. Esta es la primera vez que me disparan en diez años. Siempre he sido muy cuidadosa.

Le eché un vistazo al reloj en mi muñeca. Si ese maldito médico no llegaba pronto, lo mataría yo mismo. No soportaba ver a mi mariposa sufriendo.

—Tomé clases para aprender ruso —murmuré—. Quería decirte «te amo» en tu idioma.

La mueca en sus labios se convirtió en una sonrisa.

—*Ty menya lyubish?* —preguntó.

—*Ot vsego serdtsa* —respondí.

Parpadeó y volvió a cerrar los ojos con una sonrisa.

—Te follaría ahora mismo, príncipe.

No sabía si indignarme o reírme. Solo Alayna diría algo como eso en un momento tan serio.

—Nunca cambies —musité—. Esa boca tuya es lo que más amo de ti.

Kiara exclamó desde la habitación que el médico había llegado y suspiré de alivio. Ayudé a Alayna a ponerse de pie mientras la llevaba hasta mi cama. El doctor Richard Medina estaba parado en la puerta con un maletín en la mano. Era un hombre de sesenta años y un viejo amigo de mi difunto padre. Recurríamos a él ante cualquier emergencia. Los hospitales significaban preguntas o una llamada a la policía.

—Ha pasado mucho tiempo, Luca. —Se acercó y me extendió la mano.

—Gracias por venir, Richard. —Acepté su mano.

Miró a mi mujer. Alayna tenía los párpados caídos, a la deriva, al borde de la inconsciencia, con el pecho subiendo y bajando rápidamente. Se lamía los labios de vez en cuando.

—Esto me tomará cerca de dos horas —explicó Richard—. ¿Sabes qué tipo de arma fue?

—Fue un rifle, calibre 22 —dijo Alayna. Le costaba hablar por la pérdida de sangre y el dolor.

Richard silbó.

—Eso tiene que ser muy duro. Traje algunos analgésicos que te calmarán mientras trabajo. ¿Puedes estar despierta?

Alayna asintió.

—Soy capaz de cualquier cosa.

El doctor me miró.

—Sostenla.

Capté su orden mientras él agarraba una jeringa del botiquín. Alayna hacía todo lo posible para mantener los ojos abiertos, pero le costaba mucho. No podía concentrarme en otra cosa que no fuera ella. Esta mujer era un huracán imparable. La escena del disparo volvió a repetirse en mi cabeza y me estremecí ante la idea de perderla.

—Te estás alterando de nuevo —susurró al notar el temblor de mi mano en su hombro—. Soy yo quien ha recibido la bala.

Una sensación nauseabunda tensó mi mandíbula. Para ella era común este tipo de escenarios, pero a mí me ponía enfermo. No quería sufrir esta experiencia nunca más. La necesitaba segura, tranquila.

—No vuelvas a arriesgar tu vida por mí, ¿entiendes? —siseé.

Entrecerró los ojos.

—No es un tema debatible, Luca.

—Sí lo es, carajo.

Se calló cuando Richard forzó la pinza a través de la herida abierta y retiró la bala fuera de su hombro. Alayna gritó y estaba seguro de que golpearía al médico. Su frente se llenó de sudor. Su cuerpo temblaba y la hemorragia se aceleraba. Mierda. Su resistencia era admirable.

—Sssh… —susurré—. Todo estará bien.

Richard limpió la herida mientras trataba de controlar el flujo de sangre.

—Esto sería mejor en un hospital, pero por suerte la bala no destrozó el hueso. Los tejidos volverán a reconstruirse las próximas semanas —expuso Richard mientras preparaba la aguja de sutura—. Le recetaré algunos analgésicos que la ayudarán a calmar el dolor.

—¿Cuánto tiempo de reposo? —inquirí.

Debatió su respuesta.

—Tres semanas.

Alayna se quejó desde la cama.

—Imposible. Tengo trabajo —dijo ella.

La fiesta de Fernando era dentro de cinco días y la necesitábamos, pero no iba a poner en peligro su recuperación.

—Su movilidad tiene que ser la menor posible si desea recuperarse pronto —continuó Richard.

—Yo me aseguraré de que ella esté bien —interrumpí cualquier otra protesta por parte de Alayna—. Puedes darme las instrucciones. Va a seguirlas al pie de la letra.

Richard asintió. Le aparté el pelo de la cara a Alayna y la miré a los ojos, como diciéndole que no tenía que fingir ser fuerte todo el tiempo. Conmigo podía mostrarse vulnerable y todavía la consideraría la mujer más poderosa del mundo.

Cuando el médico se retiró, la ayudé a bañarse. Estaba débil y agotada. Una vez que estuvo en la cama lista para descansar, salí de la habitación. Luciano y Fabrizio me interceptaron en la oficina.

—¿Hay noticias de él? —pregunté.

Pensé en la emboscada que habíamos sufrido hacía horas. No quería considerar la posibilidad de que Gian estuviera muerto. Las malas noticias viajaban rápido.

—Logró escapar —contestó Luciano con un suspiro de alivio—. También llamó a Liana, que no dudó en ir por él. Se escondió en un contenedor de basura.

Me eché a reír. Sabía que saldría de esta.

—Ese idiota tiene que darnos muchas explicaciones.

Fabrizio se mantuvo de pie mientras Luciano se acomodaba en el sillón frente a mí.

—¿Qué haremos con las mercancías robadas? —cuestionó Fabrizio—. Cinco millones de euros perdidos.

Pasé un dedo por las líneas de tensión en mi frente. El dolor de cabeza seguía aumentando y miré mis manos. Estaban limpias, pero habían sido manchadas con la sangre de Alayna. Ellos atentaron contra la vida de mi mujer.

—No me importa el dinero o la maldita mercancía para el caso —respondí—. Ahora quiero concentrarme en el asesinato de Fernando.

Luciano flexionó los puños.

—Alayna no está capacitada para trabajar.

—No —concordé—. El médico dijo que debe tomar tres semanas de reposo.

Era una gran desventaja. Pero encontraríamos una manera de solucionar su ausencia en la misión. Había tomado mi decisión de trabajar con Moretti. Aceptaría su propuesta y cualquier ayuda que ofreciera.

—Sabes que ella no estará de acuerdo, ¿verdad? —dijo Luciano, apenas disimulando una sonrisa burlona—. Querrá participar a cualquier costo.

Todos en esta casa sabían cómo era Alayna Novak. Que ella no pudiera participar en la misión sería motivo de peleas y muchas discusiones. Ya lo veía venir.

—Veré cómo recompenso su ausencia en la misión —mascullé—. Aseguraos de que Gian esté a salvo. Lo llamaré más tarde.

Fabrizio arqueó una ceja.

—Usted también necesita tomar un descanso.

—No hasta que solucione algunos desastres aquí. Debo hablar con los familiares de los soldados muertos y con los federales corruptos para que se mantengan al margen. Apuesto a que saben sobre el tiroteo en el puerto y querrán más dinero —suspiré—. Hemos perdido mucho en poco tiempo y estoy cansado.

Luciano rodeó el escritorio y palmeó mi espalda con amabilidad.

—Vete a dormir, hombre. La sangre en tu ropa es jodidamente desagradable. —Me agarró del hombro y me obligó a levantarme—. No le harás un favor a nadie si no descansas. Thiago ha preguntado por ti y necesitas ser fuerte para él. Y también para controlar a esa mujer.

—Nadie puede controlar a mi mujer.

—Más vale que tú sí o nos matará a todos.

Salí tambaleándome de la oficina con la risa de Luciano y Fabrizio a mis espaldas. Primero fui a la habitación de Thiago para darle su beso de buenas noches. Laika y los cachorros dormían en la alfombra. Hice el menor ruido posible mientras tocaba la barra de madera de la cuna. Sus pequeñas manos y pies se enroscaban y soltaba resoplidos con los ojos cerrados. Pateó las sábanas fuera de su cuerpo y contuve la sonrisa. Era muy inquieto incluso dormido.

Toqué su sedoso cabello castaño, un poco más claro que el mío. Tenía que garantizar su futuro, una vida tranquila donde no estuviera aterrorizado ni mirara sobre su hombro por temor a ser apuñalado. Viviría con dignidad, sería dueño de sus propias decisiones. Solo él escogería qué camino recorrer.

—A veces hay que hacer muchos sacrificios por la felicidad de nuestra familia —susurré—. Cuando te conviertas en un adulto estoy seguro de que serás un gran líder. Lo llevas en tu sangre. Solo ten en cuenta que siempre te protegeré. No importa cuántos años pasen.

Me incliné hacia la cuna y besé su frente.

—Dulces sueños, campeón.

Acaricié las orejitas de los cachorros y me despedí de ellos. Regresé a mi habitación, Alayna dormía en la cama con la respiración uniforme. Primero me daría un baño antes de acostarme con ella. Quería fuera de mi cuerpo el olor de la sangre.

La ducha fue breve porque lo único que deseaba era sostenerla. Cada segundo sin tocarla era un completo desperdicio y me había prometido disfrutarla. La rodeé con mis brazos sin lastimarla, ella apoyó la cabeza en mi pecho. Rocé sus mejillas con mis dedos, deseando quedarme en esa posición el resto de mi vida.

ALAYNA

Cuando abrí los ojos a la mañana siguiente Luca estaba dormido a mi lado. No quise despertarlo. Sabía que finalmente tenía un descanso después de semanas estresantes. Me incorporé en la cama con mucho esfuerzo y el ardor desgarró mi cuerpo. Respiré hondo, caminé hasta el baño. Una vez dentro contemplé mi reflejo en el espejo. Me veía muy pálida, un rastro de color rojo manchaba mi hombro. A pesar de las suturas todavía sangraba un poco. Los analgésicos me relajaban, pero no me gustaba que me dejaran tan cansada. Necesitaba estar lúcida.

Empecé a quitarme la venda para reemplazarla por otra cuando noté su presencia. Luca se paró detrás de mí. Desprendía un débil aroma a jabón de ducha que me hizo suspirar. Mi mirada se vio atraída por sus ojos grises, el cabello despeinado y su pecho desnudo.

—Déjame revisar eso. —Señaló mi hombro.

Me senté con mucho cuidado sobre el lavabo y quitó la venda ensangrentada. Su ceja se elevó al ver la herida. A diferencia de ayer, no lucía tan mal. Se movió a través del baño y regresó con agua oxigenada, gasas y una pomada.

—¿Cómo te sientes? —preguntó.

—Muy bien, de hecho. Te dije que no es la primera vez que me disparan —respondí—. Cuando era una adolescente recibí mucho más de lo que te imaginas.

—Eso no significa que debas normalizarlo.

No pude dejar de mirarlo mientras se encargaba de limpiar la herida con mucho cuidado.

—No vas a dejarme participar en el atentado, ¿verdad? —inquirí.

Él seguía concentrado en mi hombro.

—No. —Su tono fue rotundo y me eché a reír—. ¿Qué diablos es tan gracioso?

—Soy la mariposa negra —le recordé.

—Lo sé, pero también eres mi mujer. —Me agarró de la nuca y me acercó a su rostro—. Puedo ver perfectamente que no estás en condiciones de pelear la guerra de nadie, menos la mía.

—¿Pretendes mantenerme en una burbuja? —resoplé.

—Es lo más adecuado hasta que te recuperes.

—Vete a la mierda, Luca. —Bajé del lavabo y coloqué yo misma la nueva venda—. Una cosa es que quieras protegerme y otra que intentes controlar mi vida. Olvidas quién soy.

Su mirada ardiente conectó con la mía, su ira apenas contenida.

—Sí, eres un ser humano. No una máquina de matar.

—¡Lo era antes de conocerte y lo seguiré siendo! —bramé cansada—. No voy a quedarme aquí cuando puedo ayudarte.

—Jesús… ¿Qué haré contigo?

—Nada, déjame trabajar —dije—. No tengo intenciones de pelear en la fiesta como Jet Li. Mi función será matar a varios soldados desde una distancia adecuada. No voy a esforzarme mucho físicamente.

Levantó las manos en rendición.

—Bien —contestó con un suspiro de derrota—. Solo recuerda que no necesitas ser fuerte todo el tiempo.

Agarré su cabello castaño en un puño y lo acerqué a mi boca. Me sostuvo con un brazo, besándome despacio.

—Y tú recuerda que si te atacan también me atacan a mí. Estamos atados, príncipe. Ahora y siempre.

Nos reunimos en el comedor para el desayuno. Thiago estaba en su asiento de bebé, tomando la leche desde el biberón. Miré a Isadora un segundo y me pregunté cómo habría sido su etapa de embarazo. No dudaba que Luca había sido comprensivo con ella. Era un buen hombre y adoraba a su hijo.

—¿Quieres más café? —preguntó de repente y salí de mi trance.

Miré la taza que estaba casi vacía. Me sentía más ligera, pero todavía tenía esa molestia en el hombro. Un dolor que me impedía moverme a mi antojo.

—No, gracias. Una tostada estaría bien.

Todos en la mesa actuaron como si fuera lo más normal del mundo.

—Aquí tienes. —Isadora me tendió la canasta de tostadas y le sonreí.

Ahora le daba la razón a Liana. Había juzgado a Isadora antes. Creí que sería lo más parecido a Marilla la ardilla.

—¿Hay noticias de Gian? —Mastiqué la tostada y miré a Luca—. No pregunté por él antes porque asumí que está bien. Dicen que las malas noticias vuelan.

Asintió.

—Liana acudió a su ayuda, por eso el rastreador se había movido —explicó—. No pudo respondernos porque su móvil se quedó sin batería.

La sensación de alivio me inundó. Luca no soportaría perderlo. Gian era su confidente perfecto.

—Me alegra oír eso. ¿Ahora qué haremos? ¿Hay algún cambio de planes sobre el atentado contra Fernando?

Isadora carraspeó.

—El conductor designado ha cambiado. Fabrizio se hará cargo de la seguridad de Thiago.

Fabrizio le apretó la mano sobre la mesa sin importar que Luca estuviera presente.

—También estaré en condiciones para conducir —mascullé y le di una sonrisa encantadora a Luca—. Soy buena con la velocidad.

Hundió su tenedor en el huevo revuelto.

—¿Algo más que quieras hacer?

—Estaría más feliz matando con mis propias manos a los soldados de Fernando, pero me conformo con esto.

Me dio una mirada indignada que hizo reír a los demás en la mesa. Thiago se unió a la risa sin tener idea de qué hablábamos.

—Nada puede vencer la necedad de esta mujer —suspiró Luca, negando con la cabeza.

Más tarde, escuché una suave canción mientras caminaba por los pasillos masticando un croissant. Recordé que Luca había dicho que la habitación de Isadora estaba por allí y lo confirmé cuando me acerqué a la puerta abierta. La vi sacar montones de ropa del armario, todos eran vestidos de distintos colores. Thiago se divertía en la alfombra con sus juguetes de *Toy Story*.

—Esos vestidos son muy bonitos —murmuré, y ella se sobresaltó—. ¿Buscas uno en especial?

Dejó otra pila de vestidos sobre la cama. Reconocí la marca. En su mayoría eran Versace y Óscar de la Renta. Me agradaba su gusto por la moda.

—Necesito uno que me convierta en el centro de atención —contestó—. Quiero verme como una mujer segura y demostrarle a mi padre que no queda nada de la chica rota que ha criado.

Comí otro bocado del croissant y toqué el vestido rojo. Era de satén con un escote en forma de corazón y sin mangas.

—Este es atrevido y elegante —aconsejé—. Quedará bien con tu piel y tu cabello.

Los ojos de Isadora brillaron.

—Muy pocas veces he usado el rojo. No va con mi personalidad.

—¿Personalidad? —Fruncí el ceño y mastiqué.

—Ya sabes, de mujer decente y frágil que solo sirve como la esposa trofeo. —Se encogió de hombros—. Lo único que esperaba mi padre de mí era herederos.

—Que se joda tu padre o cualquiera que te haya visto así. ¿Quieres mi consejo? Llénate de valor y recuerda todo el daño que te ha causado durante años. No olvides que quiere arrebatarte a tu hijo —le dije con determinación—. A veces el odio nos ayuda a ser más fuertes y no hay nada de malo en ello. La oscuridad nos despierta.

Asintió.

—En más de una ocasión intenté justificarlo, ¿sabes? Mi padre no tuvo la mejor educación cuando era un niño y creí que reflexionaría con el tiempo. Que Thiago despertaría un gramo de decencia en él.

—Las escorias como él no merecen tu amabilidad, Isadora.

—Ya me ha quedado claro —sonrió con tristeza—. Hace tiempo perdí la fe en él. Hoy haré cualquier cosa por la vida y el futuro de mi hijo.

Cuando llegó la noche, Thiago nos hizo compañía a Luca y a mí en la habitación. Sus grandes ojos grises miraron con curiosidad la lesión en mi hombro mientras su padre cambiaba las vendas después de mi ducha. La mayor parte de mi vida había curado por mí misma mis heridas, pero ahora Luca era mi bálsamo perfecto.

—¿Duele? —La vocecita de Thiago llevó mi atención a él.

—Un poco, pero estaré bien, cielo.

Luca aseguró la venda alrededor de mi hombro y besó mi frente antes de soltarme. Quise cargar a Thiago, pero la leve punzada me lo impidió. Su padre me dio una mirada molesta antes de agarrarlo y acomodarlo en la cama en medio de ambos. El aroma de bebé llenó mis fosas nasales.

—¿Cuál es su serie de dibujos animados favorita? —pregunté con mi cabeza apoyada en las suaves almohadas.

—*Jóvenes titanes.* —Luca se metió bajo las sábanas y acurrucó al niño en su pecho—. También le encantan *Los padrinos mágicos.*

—Clásicos —sonreí.

Luca encendió la televisión, empezó la introducción de *Cosmo y Wanda* y Thiago chilló. Me quedé mirando sus mejillas cremosas, sus pequeñas manos agitadas de alegría. En más de una ocasión me había imaginado a mí misma sola y amargada en una isla desierta sin que nadie recordara mi nombre. Así me veía dentro de unos años. En cambio, ahora anhelaba mi propia familia. Todo lo que implicaba un final feliz.

—Creo que serás una gran madre —susurró Luca, pasando sus dedos por el cabello de Thiago—. El niño o niña que adoptaremos se sentirán muy afortunados por tenerte.

Sí, yo también creía lo mismo.

LUCA

Un silencio de muerte se instaló en la línea. No iba a retractarme. No era un cobarde. En situaciones desesperadas lo adecuado era tomar riesgos necesarios. Moretti era un gran activo en este negocio. Era retorcido y un psicópata sin escrúpulos, pero quería su influencia a mi disposición.

—Quiero una muestra de lealtad —dije.

—¿No te he dado suficiente, Vitale?

—No me has dado muchos motivos para confiar en ti.

Hubo otra pausa, pero sabía que lo tenía. Él tampoco daría un paso atrás.

—Bien —cedió—. Tendrás a tu disposición diez hombres mañana en la fiesta. Servirán de refuerzo. Las alas de tu mariposa están rotas, ¿no es así?

—Ella está herida. —Apreté la mandíbula—. Ni siquiera debería participar en esto.

Respondió con una carcajada.

—Dime que no intentaste detenerla. —Silencio—. ¿Lo hiciste, maldito imbécil?

—No hablaré contigo de mi mujer. Envía a tus hombres mañana y nuestro trato estará hecho.

—Cuenta con ello.

—Estaremos en contacto. —Colgué la llamada y mordí la punta del bolígrafo.

Tres días habían pasado, Alayna mejoraba. Recuperó gran parte de su movilidad. Ella estaba lista y me advirtió que si intentaba detenerla tendríamos otra discusión. Era inútil pelear. Nadie la convencería de lo contrario. Mañana finalmente atacaríamos a Fernando, me sentía ansioso. Había perdido a varios hombres. Muchos creían que estaba indefenso y en desventaja. Con el gobernador muerto nadie se atrevería a cuestionar al rey oscuro. Mi pacto con Moretti facilitaría algunas cosas.

Una fuerte voz interrumpió mis pensamientos cuando la puerta se abrió y dos individuos entraron a mi oficina. Laika trotaba al lado de mi primo con la lengua afuera. Ella no esperó ninguna invitación para ubicarse en el sofá que tanto amaba.

—Me escondí en un contenedor de basura —espetó Gian indignado—. Cuando llegué a mi departamento me tomé un baño, pero todavía seguía apestando. ¿Sabes qué fue lo peor, Luca? ¡Arruiné mi camisa favorita!

Esbocé una sonrisa y sacudí la cabeza. Extrañaba su peculiar sentido del humor.

—Estoy feliz de verte bien, hermano —dije. Mi sonrisa cayó, mis ojos observaron a Eric parado en la puerta sin un rastro de emoción en su cara. ¿Cómo podía entrar aquí? ¿Acaso no sabía que Alayna estaba presente? No valoraba su miserable vida—. ¿Qué estás haciendo? ¿Por qué razón vendrías? Te consideraba un hombre inteligente, tío.

—Ya no podía esconderme.

Me burlé de él.

—¿Qué esperas? ¿Ser recibido con los brazos abiertos? Yo no confío en ti, dudo que vuelva a hacerlo algún día.

Cerró los ojos un segundo y cuando volvió a abrirlos, eran más duros y determinantes. Gian, que normalmente defendía a su padre, se mantuvo en silencio. No había forma de justificarlo.

—Vine a disculparme con ella.

De todas las cosas que esperaba escuchar esa mañana, que mi tío traidor admitiera sus fallos no era una de ellas.

—Así que al fin admites que fuiste un cobarde —masculle—. Solo ella tiene la última palabra aquí. Si quiere perdonarte, eres más que bienvenido en la familia.

Y, como si fuera invocada, la presencia de Alayna arrasó con todo a su paso cuando apareció. Jugueteaba con un cuchillo de punta afilada en la mano. Lucía letal, confiada. La mujer que había conocido el primer día. Mi mariposa negra.

—Pasó mucho tiempo desde que nos vimos. —Sus labios sensuales se curvaron en una sonrisa—. Hola, Eric.

—Alayna. —Mi tío tragó saliva.

La sonrisa de Alayna era pura maldad, pecado en forma humana.

—He pensado mucho en tus palabras —dijo ella—. Quedaron grabadas en mi mente tres años y fue una tortura.

—Yo…

—Odié darte importancia. Odié que me quitaras mi felicidad —lo interrumpió—. Me lastimaste porque yo lo permití. Apuesto a que te sentiste muy poderoso por derribar a la mariposa negra. ¿No fue así, Eric? —El *consigliere* no habló, Alayna se paró frente a él—. Respóndeme. ¿Cómo te sentiste cuando me fui de Palermo y abandoné a Luca?

Eric apenas parpadeó.

—Complacido.

—¿Complacido? —presionó Alayna.

—Puse a salvo los valores y tradiciones de mi familia. Luca se casó con una mujer decente y tuvo un hijo como esperan de cualquier don italiano. Cumplió con su deber, pero a cambio perdí mi honor.

La carcajada de Alayna era perversa y acercó el cuchillo a la garganta de Eric. Su voz era baja y amenazante.

—Nunca tuviste honor.

—No —concedió Eric—. Me di cuenta de que estaba equivocado sobre ti. Ninguna tradición vale la mujer que eres. Nadie tiene tu lealtad ni ferocidad. Nadie protegería a Luca como lo hiciste tú innumerables veces.

Por segunda vez en el día Eric me tomó desprevenido.

—Solo hay una forma de probar tu lealtad y lo sabes —masculló Alayna y apartó el cuchillo—. Lo tomas o lo dejas.

Gian y yo nos miramos confundidos. Eric tragó saliva y lentamente se dejó caer sobre sus rodillas. No había nada humillante en la acción. Yo también me arrodillaría por esa mujer.

—Prometo que no volveré a defraudaros si me dais otra oportunidad —dijo Eric—. De mi parte nunca escucharéis una calumnia u ofensa. Solo agradecimiento por todo lo que habéis hecho para mantener a salvo a nuestra familia.

—¿Qué más? —Alayna se cruzó de brazos, su expresión indescifrable.

Gian se rascó la barbilla con incomodidad y apartó la mirada.

—Discúlpame por haber minimizado tus sentimientos. En ese momento creí que estaba haciendo lo correcto. —Mi tío bajó los ojos al suelo—. Pero mi cargo de conciencia me ha pasado factura tres años y estoy muy arrepentido.

—La razón por la que te daré una segunda oportunidad es que no fuiste el único culpable en esto. Yo también he cometido errores. —Alayna tomó una respiración profunda—. Pero… si vuelves a meterte conmigo o cualquier persona que amo no volveré a tener ninguna consideración.

—Pídeme lo que quieras y te lo daré.

—De ti no quiero nada —susurró Alayna—. Levántate.

Eric se puso de pie, se ajustó la chaqueta y se abrochó el botón. Traté de leer su expresión, encontrar alguna señal de sus mentiras, pero no vi nada.

—Espero que algún día podamos estar en paz. Mi familia siempre tendrá mi lealtad —espetó y se dirigió a la puerta—. Si me disculpáis…

Salió de la oficina sin mirar atrás y suspiré. Aún no confiaba en él. Ya no como antes. Solo el tiempo podría definir qué sucedería. Estaba seguro de que Alayna le arrancaría la cabeza si fallaba a su palabra.

—Se lo merecía —dijo Gian y se sentó—. Debí grabarlo como recordatorio de qué pasará si vuelve a traicionaros.

Rodé los ojos.

—No creo que sea tan estúpido para cometer el mismo error.

Alayna se mordió el labio.

—Creí que habíamos aprendido una lección sobre eso, Luca. No subestimamos a nadie.

—¡Oh, vamos! —protestó Gian—. ¿Acaso no lo habéis visto? ¡Estaba a punto de orinarse en los pantalones!

Una carcajada sacudió mi pecho.

—Dejemos en paz al hombre. Ha tenido suficiente hoy. —Le alboroté el cabello a Gian como si fuera un niño pequeño—. ¿Cómo estás?

Levantó los puños y fingió golpearme las costillas.

—Excelente, listo para mi venganza —contestó—. No superaré que estuve en un asqueroso contenedor de basura con el cadáver de una rata. Lo siento aquí. —Se tocó la nariz—. Ese olor nauseabundo nunca se irá.

Alayna hizo una mueca de asco, Gian siempre fiel a su sentido de humor.

—Yo no pararía hasta matar a los responsables —murmuró Alayna—. Escuché que era tu camisa favorita.

—¡Sí! —exclamó mi primo—. Era un regalo de Liana por nuestro segundo aniversario. Ella prometió comprarme otra, pero no es lo mismo. —Su tono cambió a uno de tristeza—. Realmente la amo. Cuando abrió la tapa del contenedor y me rescató pensé que estaba viendo a un ángel.

—Qué romántico. —Alayna puso los ojos en blanco.

—Cuando llegué a nuestro departamento me tomé un baño y la follé en recompensa…

—Hey, hey. —Lo detuve a tiempo para que no siguiera divagando—. A nadie le importa lo que hicisteis después.

Gian sonrió.

—¿Vosotros dos no hacéis lo mismo?

—Vete a la mierda, Gian.

—Tranquilo, tigre. —Observó a Alayna—. Luciano me contó que recibiste un disparo.

—Ya me siento mucho mejor —afirmó ella—. Mañana estaré lista para la acción.

Me mordí la lengua y no pronuncié en voz alta lo que pensaba. La herida estaba progresando, aunque no creía oportuno que participara en esto. Lamentablemente a Alayna no le importaba mi opinión.

—¿Qué haremos cuando esa escoria muera? —cuestionó Gian.

—Vivir —dije—. Vivir.

Me puse en posición en la portería improvisada mientras Thiago pateaba el balón con todas sus fuerzas. Cayó sobre su trasero en varios intentos y cuando al fin logró anotar un gol gritó como si hubiera ganado un mundial. Levantó sus puñitos y corrió por el jardín para celebrar. Ese pequeño diablillo pronto sería incontrolable. Decidí pasar la tarde con él e ignoré cualquier responsabilidad. Mañana sería agobiante y peligroso.

—Cumplirá dos años pronto. —Las palabras eran suaves y afectivas—. No puedo creerlo.

Lentamente, alcé la mirada hacia Isadora cuando su sombra apareció sobre mí. La expresión en su rostro me hizo sonreír.

—El tiempo pasa volando.

Se sentó a mi lado en el banco del jardín.

—Fabrizio y yo estuvimos hablando sobre nuestro futuro —musitó—. Queremos irnos de vacaciones a Marsala. El lugar donde él nació. Me presentará a su familia.

—Eso suena increíble. Ambos merecéis disfrutar.

Jugueteó con sus manos y noté la ausencia del anillo que le había regalado cuando le propuse matrimonio. Me reconfortó saber que ya no lo usaba. Ella amaba esa joya.

—Queremos llevarnos a Thiago.

Mi pecho se hundió.

—¿Cuántos días?

—Una semana —respondió evaluando atentamente mi reacción.

Estaba muy unido a mi hijo. Los dos compartíamos muchas horas todos los días, pero si le negaba esa semana a Isadora sería hipócrita de mi parte. Usé el mismo tiempo para recuperar a Alayna y los dejé aquí a cargo de Fabrizio.

—De acuerdo —cedí.

Inhaló un suspiro de alivio.

—Nada tiene que ser raro, ¿verdad? A Thiago le gustan Fabrizio y Alayna. Se está acostumbrando a ellos. Es como si tuviera cuatro padres.

Mis labios se inclinaron en otra sonrisa.

—Bonita manera de decirlo.

—Ha sido la mejor decisión para todos. Me siento libre desde que nuestro matrimonio ha terminado. Esa parte que me volvía débil se ha ido. No me malinterpretes. Te he amado, me diste a mi hijo, pero siento que me ahogabas de oscuridad cuando no correspondías mis sentimientos. Cada segundo a tu lado dolía y mucho.

Mi cuerpo estaba inmóvil. Podía decir lo mismo de ella. Nuestro matrimonio era asfixiante.

—Encontraste la luz en otra persona y está bien. El indicado siempre llega tarde o temprano.

—En realidad es algo más que eso. —Su sonrisa contenía un toque de misterio que me dejó confundido—. Fabrizio es un hombre de pocas palabras e impredecible, pero tiene un increíble talento para hacerme sentir la mujer más segura del mundo.

—Amenacé con matarlo si te hacía daño —dije—. Puede que ya no estemos juntos, pero podemos seguir siendo amigos. Cuentas con mi apoyo incondicional.

Me besó en la mejilla.

—Gracias.

ALAYNA

Los mejores crímenes se llevaban a cabo cuando nadie lo esperaba. La noche sería un factor importante. Fernando no predecía que atacara durante la madrugada, horario en el que sus soldados estarían descuidados porque eran demasiado estúpidos. Sabían sobre la lesión en mi hombro y creían que me habían apaciguado. Idiotas todos. Las quelonias eran criaturas nocturnas que se alimentaban de la oscuridad. Ellos recibirían mi toxina y no sobrevivirían.

—Los drones captaron veinte hombres. —Escuché la voz de Gian a través del micrófono conectado a mi oído—. ¿Crees que podrás matar al menos a la mitad de ellos?

Mis ojos se adaptaron a las gafas infrarrojas y vislumbré la misma cantidad.

—Algunos están en los tejados, otros en la entrada, la caseta de vigilancia y los arbustos —dije—. Pan comido.

Se echó a reír. Esa carcajada ruidosa y molesta.

—Jesús, conocí a alguien mucho más arrogante que yo y me encanta.

—Cuidado, Gian. —Luca se unió a la conversación y sonreí.

—¿Algunas palabras de aliento, príncipe?

—Hazlos pedazos.

Hice crujir mi cuello y me puse en posición en el balcón del apartamento que Gian había alquilado a nombre de un idiota al azar. Sonreí maliciosamente. Fernando se estaba poniendo cómodo en la cocina mientras bebía una copa de vino.

—Estás viendo lo mismo que yo —dijo Luca, y maldije—. Contrólate.

Hice un mohín.

—Malditos aburridos.

Esto no era un simple trabajo al azar. Definiría mi futuro con el hombre que amaba. Luca era mío para proteger. Y el bastardo de allí estuvo a punto de arrebatarme mi felicidad. No podía perdonarlo, pero estaba obligada a contenerme. Su vida no me pertenecía. Una lástima.

Me mordí el labio para sofocar el dolor que sentía en mi hombro mientras me acostaba sobre mi estómago. Reajusté la empuñadura del rifle disfrutando la adrenalina que inundaba mis terminaciones nerviosas. La última vez había fallado cuando quise matar a Carlo del mismo modo. Ahora no cometería el mismo error.

Me concentré en las luces de la residencia, el ruido de los autos al pasar, el reflejo de la luna y los latidos de mi corazón. Solté una bocanada de aire y volví a enfocar a los veinte hombres en mi campo de visión. El hambre de venganza se apoderó de mis entrañas. El poder que me daba arrebatarle la vida a basuras inservibles. La mayoría de ellos correrían ante el primer disparo, así que necesitaba ser mucho más rápida de lo que fui alguna vez. «Vamos». Orienté el disparo hacia los soldados de la caseta y lentamente solté otro suspiro. La voz de Gian me interrumpió.

—¿Sigues ahí?

Rodé los ojos.

—Cállate y déjame trabajar.

—Apresúrate porque me duele el culo de tanto sentarme.

Crují los dientes y mis dedos se deslizaron en el gatillo. Me enfoqué en la mira telescópica y lancé el primer tiro sin respirar. Escuché un estallido en mis oídos a pesar del silenciador del rifle cuando la bala impactó en el primer objetivo. Vi el charco de sangre en la visión infrarroja.

Y luego nada me detuvo.

El resto de los soldados miraron su entorno, tratando de comprender de dónde diablos venían los disparos. No les di tiempo de correr. Maté a cinco en diez segundos. Me enfoqué en los cobardes escondidos entre los arbustos. El láser brilló y mi cuerpo hormigueó mientras los veía caer sin oportunidad de defenderse. Los del tejado notaron dónde me encontraba y sonreí. No había salida, imbéciles. Eran la presa perfecta. Tarareé «About a Girl», de Nirvana, mientras ajustaba la mira del rifle e iba por los siguientes. Parecían hormigas cuando su hormiguero era destruido, corriendo de un lado a otro.

Mis disparos dejaron fisuras en las ventanas de la mansión, cristales esparcidos, cuerpos tendidos, y la sangre inundó la visión infrarroja. Quince muertos. La sacudida de adrenalina apenas me permitió sentir dolor. Con el pecho agitado me fijé en el hombre que deseaba ver muerto desesperadamente. Estaba escondido detrás de un sofá, sus piernas a la vista.

—¿Alayna? —La voz ronca de Luca me trajo de regreso—. Ya has terminado.

—Quiero destrozarle los sesos —jadeé—. Déjame matarlo.

—Eso no es lo que acordamos.

Apreté la mandíbula y mis dedos temblaron en el gatillo. El plan de Luca me agradaba, pero el gobernador merecía una muerte más dolorosa por todo el daño que había causado. Thiago lo valía. Isadora también.

—Amor…

Golpeé el suelo con mi puño y me levanté para recoger el equipo. Guardé todo en la mochila, me solté el cabello y reemplacé el suéter por la chaqueta de cuero negro. Cuando me vieran salir de allí nadie sospecharía que una dama tan encantadora como yo estaba detrás del asesinato, si es que salía en los medios, aunque lo dudaba. Todo había sucedido a 200 metros de distancia y Fernando lo encubriría.

Bajé con calma del edificio y caminé dos manzanas. Capté a Luca sentado a horcajadas en la Ducati fumando un cigarro.

—Creí que hablamos sobre eso, maldita sea —protesté señalando el humo y ajustando las correas de la mochila sobre mi hombro.

Lanzó una mano al aire con una sonrisa socarrona.

—Voy a dejarlo si Fernando muere.

—Pudo hacerse realidad esta noche, pero me detuviste.

—No nos convenía hacer algo irracional porque todo podría salir mal. —Se reubicó en la motocicleta y me tendió el casco—. En unas horas te demostraré que su muerte no será indolora.

Me puse el casco y me senté detrás de él con mis brazos aferrados a su estrecha cintura.

—Buen trabajo, por cierto —añadió Luca.

Una sonrisa empezó a formarse en mis labios.

—¿Cuál será mi recompensa?

—Mi lengua entre tus piernas —respondió. Su mano apretó mi muslo y una corriente eléctrica me atravesó. El calor que irradiaba su cuerpo empezaba a quemarme de placer. Había pasado casi una semana desde la última vez que tuvimos sexo y me sentía desesperada—. ¿Quieres eso?

—Sí —jadeé.

Él me miró sobre su hombro con una sonrisa arrogante antes de arrancar y acelerar. Apoyé la cabeza en su espalda, mis uñas se clavaron en sus abdominales y me aferré a él porque era mi mundo. El centro de toda mi existencia.

29

LUCA

Cuando llegó el momento decisivo era un lío de nervios e incertidumbre. Me obligué a relajarme y convencerme a mí mismo de que todo estaría bien. Necesitaba darle un poco de confianza a Isadora. Ella se encontraba en la misma situación que yo. Hoy presenciaría la muerte de su padre. Me preocupaba que no pudiera superarlo.

Me afeité el rastro de barba, me peiné el cabello antes de ponerme el traje negro y la corbata roja que había escogido Alayna. Pude ver mi reflejo en los brillantes zapatos recién pulidos. Laika ladró desde la esquina como si me estuviera dando su aprobación.

—Estás a cargo de mi hijo —le dije—. Hazme sentir muy orgulloso.

Sus pequeños ojos marrones se entrecerraron y agachó la cabeza en sumisión. Laika no era solo una perra o una mascota. Era mi amiga. El tiempo seguía avanzando, pero su lealtad incondicional nunca se acabaría. Ella me seguiría hasta el final.

—Buena chica —sonreí.

Le hice un último chequeo a mi aspecto y busqué el frasco de mi colonia favorita en la cómoda. Me apliqué una pequeña cantidad antes de guardarla. Dos suaves brazos me rodearon la espalda desde atrás.

—Ten mucho cuidado —susurró Alayna—. Si algo anda mal, entraré en esa estúpida fiesta y mataré a todos por mi cuenta.

—Nada saldrá mal —afirmé.

—¿Lo prometes?

Me giré y la agarré por la cintura. Su aroma me relajó. Suave, dulce. Me encantaba cómo olía. Quería consumir cada parte de ella: su cuerpo, su alma.

—Lo prometo.

Le di un beso breve y salimos de la habitación. En la sala Gian comía un *cannoli* con los ojos fijos en el iPad. Luciano ya había hecho su parte uniéndose como camarero al servicio de catering. Fabrizio estaba en la habitación de vigilancia mirando las cámaras. No me despediría de mi hijo porque volvería hoy mismo. Esto era un hasta pronto.

—Me estoy muriendo de nervios. —Se quejó Kiara masticando su uña—. Luciano no me ha contestado ningún mensaje.

—Está trabajando, no lo molestes. —Reajusté mi corbata, aunque fracasé. Alayna negó antes de ayudarme.

—¿Y si él no toma ninguna copa envenenada? —cuestionó Gian.

Me había hecho la misma pregunta, pero no insultaría la inteligencia de Luciano. Él era un experto.

—Va a tomarla. Dejad a un lado los pesimismos.

Gian miró la hora en su reloj.

—¿Dónde está Isadora?

—Aquí estoy.

La luz de la tarde que se asomaba por las ventanas iluminaba a Isadora de pie en las escaleras. Se veía impresionante y hermosa con el vestido rojo ceñido a su cuerpo, el escote pronunciado y una cola que se arrastraba por el suelo. El cabello rubio recogido en un moño enmarcaba su rostro con maquillaje suave y labios carmesí. Bajó los escalones tímidamente y miró un segundo a Alayna.

—Mentón en alto —dijo Alayna.

Isadora levantó la barbilla y caminó con la espalda recta. Los tacones altos le añadían unos cuantos centímetros a su altura. Fabrizio apareció en ese momento, se quedó suspendido mirándola con la boca abierta. Le extendió la mano y ella le sonrió con dulzura.

—Te ves hermosa —susurró él.

Las largas pestañas de Isadora se agitaron.

—Alguien me ayudó a escoger el atuendo —respondió y compartió una sonrisa cómplice con Alayna.

El vestido definitivamente era algo que Alayna recomendaría. Atrevido y elegante al mismo tiempo. No tan sugerente ni recatado.

—Un consejo… —carraspeé y aflojé un poco mi corbata—. Tenemos que permanecer juntos todo el tiempo. Hasta el final. Debemos mantener la mente clara y no dejarnos llevar por nuestras emociones. Hoy no importa si Fernando es tu padre o el abuelo de Thiago.

Isadora asintió.

—Lo veo como es realmente, Luca.

—¿De verdad? —cuestioné.

—Ella puede hacerlo —la defendió Fabrizio y la atrajo a su cuerpo—. Es más fuerte de lo que cree.

No quería dudar, pero había visto a esta mujer llorar porque no tenía la aprobación de su padre. Le compraba a Fernando regalos de cumpleaños que él rechazaba. En algunas entrevistas solo decía cosas buenas de él, incluso cuando la golpeaba porque estaba aburrido. No había nada malicioso o rencoroso en Isadora Rossi. Era una gran persona y dudaba que su bondad muriera de la noche a la mañana. Sin embargo, respondí:

—Confío en ti —dije.

Me dio una sonrisa tan agradecida que oprimió mi corazón. Ella era la más afectada en todo esto y seguía de pie a cualquier costo. Isadora combatía la oscuridad de su familia con amabilidad y paciencia.

—No voy a decepcionarte.

Madre bajó las escaleras con Thiago en brazos y un abrigo de piel sintético que le tendió a Isadora. Mi hijo chilló cuando vio a su progenitora. Mierda, sería difícil alejarla de él. Lloraría el resto de la noche si no nos marchábamos ahora.

—Debemos irnos —musité.

Isadora besó las mejillas de Thiago, que al instante se aferró a su cuello. Lo sabía.

—Yo lo distraeré. —Se ofreció Kiara y le enseñó un paquete de chocolate—. Tengo la dosis perfecta.

Apreté la mandíbula.

—¿En qué quedamos?

—¡Hey! Conservé uno en mi bolsillo porque yo también amo los dulces —explicó ella—. Solo le daré un trozo. Lo juro, gruñón le sonrió a Thiago—. La tía Kiara tiene algo para ti, cariño. Ven conmigo.

Tal como lo había previsto, los ojos grises de Thiago se iluminaron al ver el paquete de KitKat. Agitó su mano en un intento de arrebatárselo a su tía, pero Kiara negó con la cabeza. Mi hijo respondió con un grito de cólera.

—Solo voy a invitarte si vienes conmigo. ¿Quieres? —Thiago asintió y perdió el interés en su madre—. Vamos a ver un episodio de tu serie de dibujos favorita…

Lo alejó de nosotros y suspiré de alivio.

—Eso estuvo cerca —dijo Isadora. Se puso el abrigo y cuadró los hombros, preparándose para cualquier audiencia que pudiera esperarnos—. ¿Estás listo? Porque yo sí.

Isadora clavó sus uñas en mi brazo cuando entramos al salón. La oleada de invitados elegantemente vestidos se arremolinaba y degustaba copas de vino y champagne. El escenario era extravagante como todo lo que se relacionaba con Fernando Rossi. La orquesta había ocupado su sitio en el centro y tocaba un vals lento. Nada señalaba que esta mansión anoche había sufrido un ataque. Nada de ventanas rotas ni grietas. El aire olía a crisantemos, las flores que rodeaban las barandas de las escaleras.

—¿Te sientes bien? —le pregunté a Isadora.

—Me siento increíble.

Ella encajaba perfectamente en el escenario. No dudó ni una sola vez. Se mantuvo en su papel con una expresión en blanco que me hizo sentir orgulloso. Pronto llamó la atención de los invitados cuando caminamos juntos. Los reconocimientos no tardaron en llegar. Saludamos a algunos hombres, nos mezclamos en conversaciones triviales mientras fingíamos que nada estaba mal. Isadora recibió con una sonrisa los halagos e incluso coqueteos. Ante algo que dijo un caballero, ella se rio con la cabeza echada hacia atrás, mostrando su delicada garganta. Todos estaban hipnotizados.

—No nos han presentado. —Un hombre de aspecto amable miró a Isadora con una sonrisa y besó el dorso de su mano—. Señora Vitale. —Apenas notó mi presencia—. Señor Vitale. Soy Adriano Ferraro.

Los ojos marrones de Isadora brillaron.

—Eres del partido opuesto a mi padre.

Él sonrió encantado de que ella lo reconociera.

—Así es.

—Tus propuestas me resultan fascinantes —murmuró Isadora—. Pienso que nadie le ha estado dando importancia a la seguridad ni a la educación de Palermo.

Si Fernando moría, otro ocuparía su lugar. ¿Sería este sujeto? No podía saberlo ni asumir que era un buen tipo. Honestamente nadie que estuviera involucrado en la política era confiable para mí.

—Los niños son el futuro —respondió Adriano—. Y yo soy un hombre moderno que confía en ellos. Quiero demostrar que las tradiciones son importantes en Palermo. Nadie debería faltarles el respeto.

Me aclaré la garganta y miré más allá de la multitud. Me sorprendía ver tantos invitados después de los escándalos que involucraban a Fernando. Al parecer las fotos en los medios pasaron desapercibidas. Su táctica desde un principio fue encubrir su error con esta fiesta y estaba funcionando.

—Me gustaría hablar contigo de negocios en alguna ocasión, Luca. —La voz de Adriano regresó mis ojos a él, y sonreí con ironía.

Ahí tuve mi respuesta sobre si era un hombre decente. No me había equivocado. Todos eran iguales.

—Cuando desees —respondí y tomé la cintura de Isadora—. Si me disculpas, quiero bailar con mi esposa.

La pista de baile estaba atestada por la atrayente orquesta. Aún no se habían presentado los futuros esposos y me pregunté la razón. Isadora y yo nos movimos suavemente al ritmo de la música. Mis ojos cada tanto iban hacia los camareros. Luciano tenía que aparecer pronto.

—Estoy asustada —susurró Isadora.

—Lo estás haciendo muy bien. Te lo aseguro.

—Solo pensaba en las consecuencias de su muerte. —Nos balanceamos en la pista, mezclándonos con el resto de los invitados—. Apuesto a que ni siquiera me tuvo en cuenta en su testamento.

Fruncí el ceño.

—Si se trata de dinero, nunca te faltará nada.

—Lo sé, pero…

—No. Vas a retomar tus estudios en la universidad —zanjé—. Me tienes a mí y a Fabrizio. No te abandonaremos.

Liberó una respiración agitada. Los nervios estremecieron el resto de su cuerpo y la tranquilicé con un abrazo.

—Que se joda mi padre.

Sonreí.

—Así se habla.

Sus manos temblaron en mi pecho.

—Ahí está.

Seguí su mirada hacia las puertas dobles. Fernando y Lucrezia se veían resplandecientes. La multitud estalló en aplausos ante la pareja feliz. El gobernador llevaba un traje blanco y pajarita negra. Su prometida, por el contrario, lucía como un pavo real. Llamativa, exótica. El vestido negro era de encaje, el collar de diamantes colgaba en su pecho. Sus ojos crueles examinaron a sus invitados hasta que se encontraron con los míos. Su expresión fría no cambió. Nada de sonrisas, ni gestos amables. Solo desprecio.

—Ella es horrible —susurró Isadora.

Por dentro, sí. Ya no recordaba a la mujer que me sonreía cuando era un niño o me defendía de mi padre. El alma pura de Lucrezia había muerto con Marilla.

—Vamos a acercarnos —murmuré.

Isadora enderezó la espalda, caminó derecha y fingió tener la confianza de la que carecía. Su sonrisa era amplia, perfecta, no dejaba ninguna duda. Fernando sonreía con un grupo de caballeros mientras Lucrezia miraba el reloj de oro en su muñeca.

—Señor y señora Rossi —espeté en voz alta, y algunos invitados me observaron—. Felicidades a ambos. Apuesto a que la recepción de la boda será tan hermosa como esta fiesta.

Fernando era todo sonrisas y dientes brillantes.

—Gracias por venir, Luca. —Me apretó la mano con brusquedad, respondí del mismo modo, casi quebrándole los huesos. Ocultó su mueca antes de apartarse y besar a Isadora en las mejillas—. Cariño, te ves hermosa. —Se tensó ante el esfuerzo que le supuso expulsar las palabras.

Sabía que no aprobaba el vestido de Isadora. Su expresión de asco lo decía todo. ¿No se cansaba de querer controlar cada acción de su hija? No soportaba verla vivir.

—Gracias, padre —dijo Isadora en tono encantador—. Estoy muy emocionada con la boda. ¿Dónde planeáis ir de luna de miel?

Fernando contrajo la mandíbula varias veces y aprovechó que nadie nos prestaba atención para demostrar la furia que sentía. Sus ojos me escudriñaron, su puño tembló en la copa. Miré al hombre que nos vigilaba desde una distancia adecuada. Glev Kizmun. El mejor soldado de Fernando.

—Te encanta sabotearte a ti misma —siseó y sacudió el brazo de Isadora—. ¿Por eso querías venir? ¿Para comportarte como la puta que eres?

La rabia se impuso ante cualquier racionalidad. Me puse en medio, empujando al bastardo. ¿Cómo se atrevía a maltratar a su hija? No le importaba el público, no le importaba nada.

—La próxima vez que vuelvas a ponerle una mano encima te partiré la cara —advertí—. Me importan un carajo tus invitados. Me encargaré de que todos sepan la clase de mierda que eres.

La voz sedosa de Lucrezia puso en orden el caos. Colocó una mano en el pecho de su prometido y les dio una sonrisa a los invitados. Unas cuantas miradas confusas se dirigieron hacia nosotros. Percibí a Luciano sirviendo algunas copas y suspiré de alivio.

—Hoy es un día muy especial, querido —intervino Lucrezia—. ¿Por qué no saludamos a los demás? Muchos nos están esperando.

Pero Fernando se mantuvo firme, sus pupilas dilatadas mientras miraba a Isadora y después a mí. Nunca había visto sus ojos tan llenos de odio.

—¿Veinte hombres muertos por culpa de tu zorra? —Se burló el gobernador—. No es nada comparado a lo que tengo preparado si intentáis hacer algo en mi contra.

—Cariño… —insistió Lucrezia.

—Cállate. —La cortó él—. Los mejores asesinos de élite pelean de mi lado. ¿Qué creéis que pasará si yo muero? Tomarán el pago que les ofrecí. —Su sonrisa siniestra reflejaba el mal en su máxima cxprcsión.

—¿Los mejores? Permíteme dudarlo —interferí confiado—. Alayna los mató en menos de cinco minutos. ¿Andrei Stepanov? No es aliado de nadie.

Sus cejas se alzaron, la sorpresa grabada en sus rasgos. Él ya no tenía nada a su favor. Estaba muerto. Mi intervención en su final era misericordia. Otros como Stepanov planeaban cortarlo en pedazos porque debía pagar una deuda imposible de liquidar. Fernando se había ganado muchos enemigos por culpa de sus errores. ¿Y Alayna? Ella tampoco se quedaría atrás.

—Tú…

—Estás armando un escándalo vergonzoso. —Lucrezia lo agarró del brazo y lo alejó de nosotros—. Tranquilízate.

Fernando se acomodó la chaqueta de su traje y sonrió mientras se reunía con los demás. Isadora hizo algunas pausas para recuperar el aliento y me observó con ojos llenos de lágrimas.

—Me odia lo suficiente para venderme como si fuera ganado.

Una nube de tensión me rodeó. Cristo, ella lo sabía.

—¿Cuál es nuestro objetivo esta noche, Isadora?

Se secó las lágrimas y elevó la barbilla. «Bien». No teníamos tiempo de lamentarnos.

—Lo mataré —dijo.

Giró sobre sus talones mientras se alejaba. Me quedé aturdido, lleno de impotencia. Tal vez debí dejar que Alayna le volara los sesos. Tal vez… Inmediatamente cambié de opinión cuando percibí qué pretendía Isadora. Se acercó a Luciano y agarró dos copas de la bandeja. Una sonrisa se extendió por mi rostro. Esta era su venganza. De nadie más.

—Quiero hacer un brindis por la hermosa pareja. —Isadora golpeó suavemente la copa con un tenedor para atraer la atención de cada invitado—. El día que murió mi madre también había perdido a mi padre. Siempre hemos tenido nuestras diferencias, pero cuando enterramos en un ataúd a la mujer que más amábamos en este mundo sabía que nada volvería a ser lo mismo. Yo… intenté llenar ese vacío. —Las lágrimas se formaron en sus ojos—. Quería salvarlo de la oscuridad en que se había sumergido su vida.

Miré la reacción de Fernando esperando un signo de empatía, pero todo lo que vi fue indiferencia. Basura sin sentimientos. Isadora sonrió y le entregó la copa de vino. El bastardo no pudo negarse, no con el público alentando a su hija.

—No estoy aquí para haceros llorar. ¡Es momento de celebrar! Mi padre ha dejado su luto y se está dando otra oportunidad con una mujer maravillosa. —Levantó la copa y bebió—. ¡Brindo por los novios!

Los invitados aplaudieron, silbaron a Isadora, que sonreía entre lágrimas. Sabía que le dolía orquestar la muerte de su propio padre, pero era lo mejor. Este era un adiós. Un ciclo cerrado en su vida. Uno de los ingredientes más dañinos del veneno era la *coniina*, entre otras mezclas. El dolor que Fernando sentiría por dentro sería tan insoportable que no podría expresarlo con palabras. No tendría oportunidad de pedir ayuda o hacer que su lengua funcionara. Sus organismos arderían.

—Salud… —susurró Isadora con un sollozo.

Contuve la respiración. ¿Y si Fernando no bebía…?

—Salud —espetó el gobernador—. Gracias a todos por estar aquí. —Le dio una mirada gélida a Isadora—. Sobre todo, gracias a mi hija por sus hermosas palabras. Siempre estaré agradecido por llenar ese vacío dándome un nieto.

Bebió un sorbo de vino, luego dos. Era mejor de lo que esperaba. Compartí una mirada con Isadora y reprimí la sonrisa de triunfo. Fernando Rossi estaba muerto. Lucrezia se removió incómoda en su posición. Ella no era ninguna estúpida. Presentía que algo malo pasaría.

—¡Brindo por los novios! —Levanté la copa y le sonreí a los invitados—. ¡Salud!

Luciano agachó la cabeza y salió del salón disimuladamente. Ahí fue cuando Lucrezia lo notó. Mierda. Toqué el micrófono instalado en mi chaqueta.

—Saldremos en veinte minutos. Que el conductor designado esté listo.

Isadora continuó interpretando su papel. Logró cautivar a la mayoría de los invitados con su actitud alegre y amable. Ella bailó con otro hombre mientras me aseguraba de que todo estuviera en orden, incluso invitó a su padre en la pista de baile. ¿Qué carajos? Miré la hora en mi reloj. El veneno no debería tardar más de una hora para que hiciera efecto en su organismo.

Supe exactamente en qué momento sucedió. Fernando soltó a su hija antes de dar un paso atrás. Lo vi desconcertado, mareado. Di otro trago a mi bebida para disfrutar el espectáculo que pronto se desarrollaría. Todos mis instintos gritaban que corriéramos ahora, pero quería presenciar el final.

Uno…

Dos…

Fernando se desplomó en el suelo con un fuerte ruido. La multitud entera se dispersó, todos conmocionados mientras el gobernador se tocaba el pecho desesperadamente. Su boca se abrió y ningún sonido salió. Sus ojos miraban a Lucrezia en busca de auxilio. Y fue ahí cuando Isadora cerró su actuación con broche de oro.

—¡¡¡Está teniendo un ataque al corazón!!! —exclamó—. ¡¡¡Ayuda!!! ¡¡¡Ayuda!!!

Su grito era espeluznante, desgarrador. Generaba en el público justo lo que quería: empatía, shock. Como una clásica historia de Shakespeare donde la tragedia era inevitable. Cayó al suelo con su padre. Las lágrimas rodaron por sus mejillas, sus labios temblorosos y el horror en su expresión. Era demasiado buena. Hasta yo me lo creería si no supiera nuestro plan.

—¡¡¡Llamad a una ambulancia!!! —gritó—. ¡¡¡Haced algo!!!

Me llamó la atención la reacción de Lucrezia. Ella estaba quieta en su posición. Sus ojos acusatorios me observaron directamente y alcé mi copa en su dirección a modo de brindis con una sonrisa. «Uno menos». Pronto llegaría su hora.

Tres soldados rodearon el cuerpo de Fernando y esa era la señal. Atrapé a Isadora entre mis brazos mientras ella sollozaba en mi pecho. Cada atención estaba puesta en el cuerpo inerte de Fernando.

Los ojos del difunto permanecían abiertos, su boca abierta y la piel pálida. Hasta nunca, hijo de puta.

—Papá... —sollozó Isadora.

Le acaricié el cabello. El flash de una cámara lastimó mis ojos, los paparazzi se apresuraron a sacar conjeturas y nos acorralaron.

—Por favor, nada de preguntas —dije con la voz llena de pesar y evadí las miradas—. Queremos privacidad.

Volví a mirar hacia la multitud y noté la ausencia de alguien en particular. ¿Dónde diablos estaba Lucrezia? Escuché el sonido de las sirenas, los camarógrafos captaban la trágica imagen del gobernador muerto. Protegí a Isadora mientras la arrastraba a la salida de emergencia. Afuera estaba la prensa, no queríamos lidiar con ellos. Me metí entre un camarero y una pareja de ancianos, arrastrando a Isadora con mi mano alrededor de su muñeca. Pasamos por un vestíbulo y luego avanzamos hacia un pasillo desierto.

Los tacones altos resonaron contra las baldosas, acompañando nuestras respiraciones agitadas. Vi un extintor colgado en la pared cerca de la puerta y suspiré. El conductor designado debería estar listo. Solo un paso más...

—Alguien está aquí —susurró Isadora.

Los vellos de la parte posterior de mi cuello se erizaron, un escalofrío me recorrió la columna cuando noté a un hombre trajeado en la puerta con una pistola en la mano. La mirada en sus ojos era fría, desquiciada. Era el guardaespaldas de Fernando. Sabía que causaría problemas.

—Yo me lo pensaría dos veces antes de acercarte —advertí en voz baja y protegí a Isadora detrás de mi espalda.

Sonrió con desdén.

—Me pagaron para matarte, Vitale —dijo—. Y no me iré de aquí hasta terminar mi trabajo.

Isadora retrocedió con un grito de horror cuando el sicario me atacó. Me alejé de su alcance porque si me atrapaba estaría en una gran desventaja. Él me superaba en peso y tamaño. Me lanzó un puñetazo, pero me agaché a tiempo y golpeé sus riñones con mi codo. Se dobló, gimiendo mientras le daba un rodillazo en la cara. La sangre salió a borbotones de su boca y sus orificios nasales.

—Voy a disfrutar haciéndote pedazos, hijo de puta —gruñó—. Te mataré lentamente.

Se incorporó y se lanzó sobre mí como un toro furioso. Mi espalda chocó contra una pared, su mano me rodeó la garganta y me robó el suministro de aire. Su agarre era firme, contundente, aunque a la vez pausado. Supe que él quería prolongar esto. De reojo vi a Isadora tratar de romper el seguro del extintor.

—Tú lo mataste, ¿no es así? —inquirió Glev entre risas.

La incredulidad y la burla en su voz me llevó a un escenario en particular dentro de mis pensamientos. Recordé mi secuestro tres años atrás, las humillaciones que había pasado en manos de Carlo y Gregg. Ya no quería lidiar con bravucones, cobardes y hombres estúpidos. Estaba harto de todos ellos. Golpeé mi frente contra su tabique y rugió dándome espacio suficiente para liberarme. Mi visión se nubló temporalmente, aunque eso no me detuvo. Le di otro puñetazo en la mandíbula.

—Yo lo maté —respondió Isadora.

Entorné los ojos cuando la vi con el extintor en las manos. Di un paso atrás justo antes de que ella golpeara a Glev en la nuca. Mierda... El ataque fue duro e inesperado ya que el sicario se derrumbó. Isadora se veía tan diferente que casi no la reconocí. El cabello rubio estaba despeinado, tenía un brillo maniático en la mirada.

—Zorra estúpida —gimió Glev en el suelo, tocándose la nuca y mirando sus dedos manchados de sangre—. También te mataré a ti.

No permitiría que saliera vivo de allí. Le arrebaté el extintor a Isadora y lo levanté por encima de mi cabeza. El sicario no pronunció ni una palabra, ni suplicó por su vida. ¿Por qué debería hacerlo? Él sabía que estaba muerto. Golpeé el extintor contra su cara una y otra vez. Con cada golpe, su sangre salpicaba hacia todos lados. Mi pecho se agitaba con las respiraciones, mis manos temblaban.

—¡Luca, para! —rogó Isadora—. ¡Para, por favor!

En cuestión de segundos ya nada de él era reconocible. Solté el extintor y me volví hacia Isadora. Me observó en shock, se llevó las manos a la boca por la impresión. Se suponía que el atentado debía ser lo más limpio posible y acababa de hacer pedazos a un hombre. Tenía restos de sangre en mi traje. Maldita sea.

—Lo siento, no quise asustarte. —Me acerqué a ella y traté de medir mi respiración—. ¿Estás bien?

Las lágrimas llenaron sus ojos y asintió.

—Sácame de aquí, por favor.

Volví a mis sentidos y entrelacé su mano con la mía. Habían pasado más de veinte minutos. Alayna me advirtió que si no regresaba al auto en determinado tiempo vendría por mí.

—Vamos —susurré.

Escuché pasos por encima de mis hombros, gritos y órdenes. El caos se aproximaba y teníamos que salir. Ignoramos el cuerpo de Glev y empujamos las puertas dobles. La sensación de alivio me abordó cuando vi un auto todoterreno estacionado. Las ventanillas bajaron y mis ojos se encontraron con los de Alayna. Examinó mi aspecto, pero no hizo preguntas.

—¡Subid de una jodida vez! —exclamó. Obedecimos de inmediato.

Metí a Isadora en la parte trasera, donde estaban Luciano y Gian; luego me ubiqué en el asiento del copiloto al lado de Alayna. El caos de afuera fue silenciado mientras nos dirigíamos a la autopista. Volví a respirar con normalidad. Miré la sangre en mis dedos, mi ropa...

—¿Qué demonios, hombre? —preguntó Gian con una mueca—. ¿Por qué luces como si hubieras ido a la graduación de *Carrie*?

—Se presentó un inconveniente y tuve que improvisar —expliqué.

Luciano estalló en carcajadas.

—¿Asesinato limpio? Mi culo.

Le mostré el dedo del medio.

—Jódete.

Isadora buscó consuelo en los brazos de Luciano y yo me quité la chaqueta. La corbata me estaba ahogando. Cristo... ¿Por qué algunas cosas no salían como esperaba?

Alayna mantenía sus ojos en la autopista y apretó el volante.

—¿Sufrió mucho?

—Le destrocé la cabeza —contesté—. Supongo que eso fue suficiente.

Hubo una leve sonrisa de satisfacción en sus labios rojos.

—Ese es mi príncipe.

El breve momento de triunfo nos duró muy poco. A través del espejo retrovisor vi a dos autos negros tratando de alcanzarnos a toda velocidad. Alayna pisó el acelerador.

—Poneos los cinturones, muchachos —advirtió—. Tenemos compañía.

30

LUCA

El corazón me palpitaba en el pecho. Era una mezcla de nervios y ansiedad. Alayna nos conducía por la autopista de dos carriles sin soltar el acelerador. El velocímetro alcanzó los 200 kilómetros por hora. Su ceño estaba fruncido por la concentración, sus dientes mordían su labio inferior y sus ojos cada tanto iban al espejo retrovisor. ¿Acaso existía algo que esta mujer no pudiera hacer bien? Lo dudaba. Improvisó unas cuantas maniobras para evitar que las balas nos tocaran y tomó más distancia de los vehículos que nos perseguían.

—El auto está blindado —comentó ella—. Tenemos ventaja.

Gian me tendió la pistola y me aseguré de que estuviera bien cargada.

—Eso no evitará que ellos quieran derribarnos —dije—. Hay que sacarlos de nuestro camino.

Afortunadamente la autopista no estaba muy concurrida debido al horario, pero seguía siendo peligroso. Alayna pasó en medio de dos camiones que transportaban troncos de madera. Isadora jadeó cuando las balas golpearon la parte trasera del auto.

—Quieren pinchar las ruedas —dedujo Luciano.

Gian puso los ojos en blanco.

—No me digas, Sherlock.

—Cierra la boca y vuelve a tu contenedor de basura, rata —atacó Luciano.

Los miré con molestia.

—Manteneos en silencio o dejaré vuestros traseros en la autopista.

—Ya, ya. —Gian levantó las manos y le enseñó el dedo del medio a Luciano como un niño pequeño. Imbéciles.

Después de unos minutos los autos se pusieron a la par nuestra. Alayna giró el volante para embestir el Porsche. Todos nos sacudimos en nuestros asientos. Escuché bocinazos, insultos y amenazas de los matones. Las ruedas derraparon.

—Mierda, mujer. —Los dientes de Gian castañearon.

Isadora agachó la cabeza mientras Luciano la protegía. Abrí la ventana y me puse en posición porque era mi turno de disparar. Esos hijos de puta no saldrían ilesos.

—Espera mi señal —advirtió Alayna. Asentí. El siguiente auto se había desviado hacia el carril izquierdo, pero pude notar que estaba tratando de adelantarse. Buena suerte con eso. Mi mujer no le daría la oportunidad. Otro disparo golpeó la ventana trasera, el cristal chasqueó aumentando el pánico de Isadora—. ¡Ahora!

Saqué mi brazo por la ventana y empecé a disparar contra el parabrisas del Porsche, que iba detrás de nosotros. Luchó por mantener el control, casi estrellando el vehículo. Un auto particular que se aproximaba por la autopista aminoró la marcha al notar el enfrentamiento. Si no salíamos de allí pronto, tendríamos que lidiar con una patrulla.

—Quietos todos —ordenó Alayna—. Dejad que se acerquen.

Fruncí el ceño.

—¿Qué…?

—Sé lo que hago. —Me miró brevemente y se enfocó en la autopista—. Confiad en mí.

—Oh, Dios —susurró Isadora, sus ojos marrones desorbitados por el miedo.

No importaba cuántas respiraciones tomara, nada podía calmarme. ¿Qué demonios pretendía? Los vehículos nos alcanzaron, se posicionaron a cada lado del todoterreno y empezaron a golpearnos. Todo lo que hizo Alayna fue sonreír maliciosamente. Sí, había perdido la maldita cabeza.

—Ponte el cinturón —dijo Alayna.

—Está loca —tartamudeó Gian.

Luciano la acompañó en su locura.

—Las mejores personas lo están, ¿no?

Alayna tocó la palanca de cambios y en un movimiento veloz logró disminuir la velocidad y frenar en seco. Contuve la respiración mientras uno de los autos dio varios vuelcos y se desvió al carril izquierdo antes de impactar contra un letrero. El otro perdió el control y fue golpeado brutalmente por un transporte de explosivos que pasaba en ese instante. Se escucharon bocinazos, llantas chirriando y después un estruendo que nos hizo vibrar en nuestros asientos.

—Maldita sea —dije. Los gritos de Isadora acompañaron las carcajadas de Gian y Luciano.

El humo se elevaba hacia el cielo, el polvo se asentaba. Pude ver el resultado del choque. La cabeza de un conductor colgaba del parabrisas. Había cristales rotos y llamas en todas partes. El capó del Porsche estaba destrozado, con la alarma sonando.

La tensión era densa, con el aire silbando entre mis dientes. Alayna y yo nos miramos. Su expresión era de piedra. La única prueba de que estaba alterada era su cabello negro alborotado. Mi mariposa desquiciada. Apreté su mano para calmarla. Ella me sonrió antes de poner el todoterreno en marcha nuevamente y avanzar. Observé el espejo retrovisor todo el tiempo. A la distancia, el accidente se volvía pequeño, insignificante.

—Eso estuvo cerca. —Solté el aliento que estaba conteniendo.

Gian exclamó como un camionero emocionado.

—¡Wow! ¿Dónde demonios aprendiste a conducir así?

—No tuve muchas opciones en mi vida —contestó Alayna—. Siempre se trató de aprender o morir.

Nuestro futuro juntos ya no se trataría de eso. No merecía correr para sobrevivir. Quería darle la vida perfecta. Quería hacerla feliz. La única manera era dejando atrás todo lo que nos hacía daño. Era hora de renunciar al título que me había quitado gran parte de mi felicidad. No permitiría que la mafia volviera a arruinarnos.

Alayna condujo en silencio durante los siguientes minutos y cuando estuvimos seguros de que nadie nos seguía estacionamos el auto en una gasolinera. Llenamos el tanque con gasolina, compramos bebidas y una caja de pizza antes de dirigirnos a la mansión. No habíamos dicho mucho. Los nervios seguían presentes después de tantas emociones.

—¿Cómo te sientes?

Isadora levantó la cabeza ante mi pregunta y sus ojos oscuros se encontraron con los míos. Me pareció extraño que estuviera tan silenciosa. No derramó ni una lágrima desde que habíamos abandonado la fiesta. No demostró tristeza. Dolor. Nada.

—Bien —respondió con una ligera sonrisa—. ¿Por qué me sentiría de otro modo?

Me encogí de hombros y volví a centrar mi atención en la carretera. Gian y Luciano peleaban por el último trozo de pizza mientras Alayna conducía sin descanso. Le dije que era mi turno de tomar el volante, pero se negó. Mujer terca.

—Fuiste crucial en su muerte —retomé la conversación con Isadora—. Te aseguraste de que tomara el veneno. ¿Cómo supiste cuál era la copa correcta?

Vi su sonrisa por medio del espejo retrovisor.

—Fácil. Noté un poco de polvo en el vino. Mi padre era demasiado arrogante y no sospechaba que su frágil hija podría matarlo.

Inteligente.

—Me aterraba que se equivocara. —Luciano habló con la boca llena, su uniforme de camarero tenía restos de salsa—. Solo pensaba que Fabrizio me torturaría el resto de mi vida si su mujer moría —se rio con nervios.

Isadora sonrió.

—Todo salió bien, no hay nada que temer. Ahora solo quiero ir a la mansión y abrazar a mi hijo.

Gian tomó un trago de una botella de Pepsi y me frunció el ceño.

—No podréis escapar de los medios. La noticia de su muerte está en todo el maldito internet. Es muy probable que la policía nos esté esperando.

Saqué un cigarro de mi chaqueta y lo encendí, mirando fijamente a Alayna mientras el humo flotaba frente a mi cara.

—Nada de eso me importa ahora mismo.

—La mansión de Fernando Rossi está tomada por los hombres de Moretti —continuó Gian—. Vi a diez de sus soldados esta noche.

Tomé una lenta calada.

—Excelente. Moretti cumplió su parte.

—Hiciste un trato con él —habló Alayna.

—No salió tan mal. El enemigo de mi enemigo es mi amigo. —Me encogí de hombros—. Fernando le negaba acceso a sus puertos y conmigo no tendrá de que preocuparse. A cambio prometió respaldarme.

—Es un imbécil —dijo Alayna—. Pero merece el beneficio de la duda. Ignazio no olvida sus promesas.

Esperaba que así fuera. Mi futuro en Palermo era incierto, necesitaba a alguien de su posición que mantuviera el orden y respaldara a las personas inocentes. Sería mucho pedir que Moretti siguiera mis convicciones, pero era un consuelo saber que tenía límites como yo.

—¿Qué sucederá con ella? —preguntó Isadora, su voz asustada y tensa—. Lucrezia Rizzo logró huir.

Arqueé una ceja.

—Esa mujer no tiene a nadie. Todas las deudas de Fernando recaerán sobre ella y no sabrá qué hacer —contesté—. Está jodida.

Una sonrisa moldeó los labios de Alayna.

—Andrei definitivamente no dejará pasar esa deuda.

Isadora se estremeció, pude percibir el miedo en ella.

—Ya no tienes que preocuparte por nada —le aseguré—. Recuerda lo que hablamos.

—En parte siento alivio. Mi padre no lastimará a Thiago, pero ella... —Se calló, su mirada reflejaba puro terror—. Sé que volverá.

Estaba curioso sobre qué haría Lucrezia en esta situación. No tenía dinero a su disposición. Fernando la había dejado desamparada. Todo indicaba que pronto volvería a verla. Probablemente buscaba una manera de vengarse. Ella no se rendiría.

—Quizá tomó un avión —dijo Luciano—. Si fuera inteligente, lo haría y olvidaría todo.

Alayna resopló.

—Ella no es inteligente. Su odio es mucho más grande y eso la vuelve peligrosa. Debemos encontrarla antes de que sea tarde.

Cuando llegamos a la mansión la realidad me golpeó. Tenía a Alayna aferrada a mi mano, Fernando estaba muerto y el próximo mes sería oficialmente un hombre libre. Hacía tres años veía mi felicidad cada vez más lejana. En cambio, ahora la sentía tan cerca. Mi último deber era poner en orden todo el caos antes dar el último paso.

Besé la mano de Alayna y entramos a la sala de estar. Madre estaba sentada con Kiara en el sofá. La preocupación en sus rostros se transformó en alivio cuando nos vieron llegar. Isadora corrió a los brazos de Fabrizio, que no dudó en sostenerla. Parte de ese peso que cargaba sobre mis hombros había sido retirado.

—Un euro por tus pensamientos —dijo Alayna.

La atraje bajo mi brazo y besé su frente.

—Solo pienso en lo afortunado que soy.

Madre se puso de pie y examinó mi camisa blanca con manchas de sangre.

—Oh, cielo. ¿Qué sucedió? ¿Estás herido? Llamaré al médico.

—No es mi sangre, Madre —expliqué—. No te alarmes.

—¿No debería alarmarme? ¡Por Dios!

—Tranquilízate. —Tomé sus manos entre las mías—. Estoy en una sola pieza, ¿dónde está mi hijo?

—Durmiendo —respondió Kiara desde el regazo de Luciano. Gian bostezaba en dirección a ellos como si estuviera aburrido—. Fue una tarea difícil. Echaba de menos a su madre.

Los ojos de Isadora se iluminaron y sonrió.

—Le daré un beso de buenas noches.

—Te acompaño —dijo Fabrizio sin soltarla y juntos subieron las escaleras.

Me recosté en el sofá apoyando la espalda en los almohadones y acomodé a Alayna entre mis piernas. Madre seguía nerviosa.

—¿Pasa algo?

—Recibimos algunas llamadas de la prensa —expresó—. Querían información sobre lo sucedido en la fiesta.

—Me imagino que rechazaste cualquier tipo de propuesta. No importa cuánto dinero ofrezcan, no vendemos esa información.

Me miró ofendida.

—Por supuesto, Luca.

Suspiré, pasándome la mano por el pelo.

—¿Algo más?

—Ignazio Moretti llamó tres veces porque no le respondiste —añadió Kiara—. Sonaba molesto.

Rodé los ojos y apoyé mi barbilla en el hombro de Alayna.

—Moretti puede irse a la mierda. Si vuelve a llamar, decidle que responderé cuando tenga tiempo. —Envolví la cintura de Alayna con uno de mis brazos—. No necesito más de ese tipo ni de nadie.

—Pronto tendrás que dar explicaciones —murmuró Alayna—. El funeral de Fernando es un hecho.

—El médico que nos respalda se hará cargo de todo. Mañana a primera hora daré algunas declaraciones. Ahora es más urgente quitarme toda esta sangre de encima. Apesto.

Alayna arrugó la nariz. Nos pusimos de pie.

—Apestas —admitió.

Observé al resto de mi familia.

—Gracias por todo lo que habéis hecho hoy. Nada sería posible si vosotros no me acompañarais en esta odisea que es mi vida. —Forcé una sonrisa—. Lo peor ha terminado. Pronto tendremos un descanso.

Luciano me frunció el ceño.

—Yo no daría por sentado nada —dijo—. Esa vieja loca sigue suelta por ahí.

Madre soltó un aliento tembloroso.

—¿Lucrezia está prófuga?

—Es lo primero que hizo cuando se vio acorralada —expuse—. Manteneos pendientes, vamos a continuar con el protocolo hasta que ella sea capturada. Es imposible que salga del país.

—Monitorearé los movimientos de su tarjeta y chequearé las cámaras del aeropuerto —dijo Gian—. Sabremos de inmediato si tomó un vuelo.

—Gracias de nuevo. Me daré un descanso. Nos vemos en un par de horas.

—Descansa, hombre —murmuró Luciano a mis espaldas mientras llevaba a Alayna a mi habitación.

444

Antes de entrar me detuve en la puerta de Thiago. Escuché la risita de Isadora, vi su silueta de pie con Fabrizio cerca de la cuna de nuestro hijo. Ellos tres. Juntos. Como una familia. Mi corazón se sentía pleno porque sabía que mi pequeño campeón sería criado con mucho amor.

ALAYNA

No queríamos cantar victoria aún. Seguíamos asustados por el resultado que nos esperaba en el futuro. Mañana podía pasar algo trágico. Podían pasar tantas cosas. Aunque estaba satisfecha con los últimos eventos. Parecía justo después de todo lo que habíamos sufrido: la pérdida, la angustia, las mentiras, la falta de confianza… Ahora solo debíamos reconstruir nuestro imperio, uno donde pudiésemos ser felices juntos.

Teníamos muchos planes que llevaríamos a cabo. Con la muerte de Fernando me di el lujo de imaginar que viviríamos tranquilos lejos del horror. Sería aún mejor si me hacía cargo de Lucrezia yo misma. Era a mí a quien ella quería. Ahora el desafío era encontrarla. Me preocupaba que actuara cuando estuviéramos desprevenidos.

—Estás muy callada —comentó Luca.

Permití que me guiara bajo la ducha de agua tibia. Traté de quitarme la ropa, pero Luca sacudió la cabeza y se hizo cargo él mismo. Arrastró la camisa por mis hombros y miró la venda. Ya no había manchas de sangre. Los primeros días de la lesión apenas podía moverme, pero ahora me sentía lista para volver a dominar el mundo.

—No hay mucho que decir excepto lo que ya sabes —susurré.

Se agachó para deslizar mis pantalones de cuero por mis piernas. Todo esto con sus ojos grises sobre mí. Le acaricié el cabello a cambio, adoraba verlo en esa posición. Luca me miraba como si fuera el centro de su mundo entero. Su reina.

—Te preocupa algo.

—Lucrezia —acepté—. Tengo un presentimiento y no es bueno. Casi nunca me equivoco con estas cosas.

Se incorporó lentamente, acariciando mis muslos. Me levantó en sus brazos, mi espalda golpeó la pared del baño. Lo ayudé con su chaqueta sin poder controlar el temblor en mis manos mientras le desabrochaba los botones.

—Estás agotada —dijo Luca.

—De todo, sí.

Me apartó el pelo de la cara, se inclinó hacia delante y me besó suavemente. Nuestras lenguas se enredaron en un movimiento lento e íntimo. Mis dedos fueron a su mandíbula y mordí su labio. Luca gruñó en aprobación. Rodeé su cintura con mis piernas porque mi necesidad por este hombre nunca cesaría. Él era mi luz y mi oscuridad. Mi existencia sin él era gris, sin sentido.

—Resiste un poco más conmigo, mariposa —suplicó y presionó nuestras frentes—. Solo un poco más.

—Siempre arruinas mis planes —dije contra sus labios.

Se tensó.

—¿Te arrepientes de amarme?

—Jamás —respondí de inmediato—. Me arrepiento de muchas cosas malas que hice, pero cuando se trata de ti no lamento absolutamente nada. Yo iría y volvería del infierno por ti. Moriría por ti, Luca Vitale.

Mis pesadillas eran menos frecuentes, pero esa madrugada tuve una muy mala. Vi el cuerpo de Luca colgado en una pared. Su torso destrozado y la cara tan irreconocible que no pude evitar despertar con lágrimas en los ojos. Mi corazón se sentía como si lo hubieran destrozado en dos. Me removí en la cama para asegurarme de que él todavía estaba a mi lado. Toqué sus labios, presioné mi rostro en su pecho desnudo y me tranquilicé cuando escuché sus suaves latidos.

—Sssh…, mariposa. Todo está bien.

—Te vi muerto.

Soltó un suspiro.

—Fue una pesadilla. ¿De acuerdo? Nada malo sucederá.

Dejé que me apretara entre sus fuertes brazos y me acurruqué en su pecho. Me mantuvo allí abrazándome mientras me susurraba palabras reconfortantes. Antes hubiera querido afrontar sola mi crisis emocional, pero con Luca no me avergonzaba de mostrarme tal y como era.

—Me siento muy débil —musité.

Se desprendió de mi cuerpo y elevó mi rostro hacia el suyo.

—Te dije que conmigo no tienes que ser fuerte siempre. También veo valentía en tus debilidades, Alayna. A mi lado puedes ser mala, egoísta, buena, seductora, amable. No me importa. Me fascinan cada una de tus versiones.

—Te amo.

—Y yo a ti —dijo—. ¿Quieres tomar algo? ¿Un refresco? ¿Agua?

—Iré yo misma a buscarlo. Necesito respirar. —Me levanté de la cama, me puse ropa interior y tomé una de sus camisetas—. Vuelvo en cinco minutos.

Luca se lamió los labios, el deseo brilló en sus ojos.

—Date prisa. Te deseo de nuevo.

Una sonrisa se dibujó en mi rostro.

—Tendrás que esperar.

Sentí su mirada sobre mí mientras me alejaba y cerraba la puerta. Mis pasos eran silenciosos, sigilosos, cautelosos. Estaba a punto de doblar una esquina cuando noté una sombra en los pasillos que conducían a la habitación de Thiago. Escuché un quejido suave, distante. No era humano. Por un momento, me quedé ahí parada, con los pies pegados al suelo. Mi aturdimiento pronto se convirtió en shock.

Empecé a moverme sin pensarlo, acercándome a la habitación de donde provenía el sonido. Solo cuando empujé la puerta entreabierta entendí la gravedad de la situación. Había sangre por toda la alfombra, el olor húmedo y metálico se sentía en el aire. Mis ojos se fijaron en un bulto acurrucado en una esquina y me quedé paralizada al oír otro quejido de dolor.

«Laika».

—Hola, Alayna. —Su voz era inquietantemente tranquila—. Esperé tanto este momento.

El vestido negro que había usado en la fiesta estaba arrugado, su cabello era un desastre y sus mejillas pálidas estaban manchadas por restos de maquillaje. Pero no era su aspecto lo que me sorprendía. Eran sus ojos sin vida.

—Lucrezia.

Mi pulso palpitaba, el terror me escoció las entrañas cuando noté algo brillante en su mano. Di un paso cerca de ella y rápidamente apuntó con un arma a Thiago, que dormía en su cuna. Mi corazón se detuvo. Mis pulmones se vaciaron.

—Voy a disparar si te acercas otro paso más. ¿Entiendes? —siseó.

Levanté las manos en alto, luchando contra el miedo. El mismo miedo que experimenté cuando creí que Luca moriría.

—No lo lastimes, por favor —supliqué—. Haré lo que quieras.

—Muy bien —dijo con una sonrisa perversa—. Ponte de rodillas, sucia puta. Ruégame por la vida de este engendro. Dame una sola razón para perdonarle la vida.

No hubo vacilación ni pausa. Lo hice sin pensarlo dos veces. Mis rodillas tocaron la delicada alfombra, mi pulso acelerado. No me importaba la humillación. Solo quería que el niño estuviera a salvo.

—Ahora dime una razón para perdonarle la vida a este mocoso —exigió Lucrezia y apuntó a Thiago—. ¿Quieres ver cómo le destrozo la cabeza? ¿Cómo corto su garganta? —Sus labios se alzaron en una sonrisa salvaje—. Es lo mismo que hiciste con mi niña, ¿no?

—El niño que tienes delante de ti es inocente —susurré—. Nunca lastimó a nadie.

Sentí el ardor de la bofetada a lo largo de mi cara.

—Mi hija tampoco, estúpida —escupió—. Era una adolescente que no sabía lo que hacía. Era una niña con una vida por delante y tú la mataste.

Quería gritarle en la cara que Marilla no era inocente ni buena. Había lastimado a muchas niñas por culpa de su resentimiento e inmadurez. Apostaba que si estuviera viva seguiría los mismos pasos de Carlo. Tenía mucha rabia en la punta de mi lengua, pero me ahorré todas las respuestas. Cualquier cosa que dijera despertaría la ira de esta lunática y lastimaría a Thiago.

—Lo siento —musité—. Tienes mi vida a tu disposición. Mátame, haz lo que quieras conmigo, pero no toques al niño.

—¿Tú lo sientes? —Me agarró por el cabello y tiró de los mechones—. Sé que disfrutaste cada segundo de su sufrimiento. Ella te rogó por su vida y no tuviste misericordia.

Vi el pozo de oscuridad en sus pupilas, el odio, el dolor, las ansias de venganza. Supe que una de las dos iba a morir esa noche.

—Sí, fui yo. Estoy aquí, soy la única responsable. Deja en paz al niño.

La cadencia burlona y la falta de humanidad en su voz aumentó mi miedo.

—¿Quién fue el responsable de todo esto? ¿Qué te motivó a matarla? Ah, sí. El cobarde Luca Vitale —siseó—. Te mataré a ti y luego torturaré a su pequeño mocoso para que sepa lo que se siente al perder a un hijo.

LUCA

Sabía que algo andaba mal cuando pasaron diez minutos y Alayna no había regresado. Quizá era paranoia, pero todo había sido jodidamente difícil las últimas horas y era normal que no pudiéramos relajarnos. Tanta muerte rodeándonos nos volvía desconfiados.

Me apreté la nuca, que seguía tensionada, y salí de la cama. Los pasillos estaban silenciosos y fríos como un cementerio cuando abandoné el refugio de mi habitación. Dije el nombre de Alayna varias veces. Nunca respondió. El miedo se acumuló en mi estómago. Dudaba que se tratara de alguna broma estúpida. Ella no jugaría con algo así, menos esta noche. Entonces todo encajó cuando escuché un débil quejido amortiguado por un sollozo. Alguien acudiría ante el sonido de mi voz sin dudar. «Laika». Si no cuidaba la habitación de Thiago, merodeaba los pasillos o el jardín.

Mi respiración parecía fallar a medida que me acercaba. Pude olerlo, mis fosas nasales se dilataron. La sangre era empalagosa, el aroma metálico era tan fuerte que pude degustarla en la punta de mi lengua. Me quedé de pie en la puerta de la habitación de Thiago, el shock fue absoluto cuando vi a mi mascota tendida en la alfombra, sus pequeños ojos apenas podían mantenerse abiertos. Pero esa no fue la peor parte. En la oscuridad distinguí a Lucrezia con un arma presionando la garganta de Alayna. Sus ojos maniáticos me observaron con pura satisfacción. Mi atención se desvió a la cuna de Thiago, cuyo cuerpo estaba inmóvil, con la cabeza inclinada hacia un lado. El subir y bajar de su pecho fue un alivio instantáneo.

—¿Qué haces aquí, Lucrezia? —pregunté, tratando de no delatar mi propio terror. El sudor se me acumuló en la frente y en la nuca—. ¿Cómo entraste?

Deslizó la pistola con silenciador por la garganta de Alayna y después presionó el cañón contra su hombro herido. Mi mujer siseó de dolor. Una mancha de sangre se expandió por la camiseta, la visión me mareó. Esta psicópata le había disparado a mi perra y ahora amenazaba con matar a mi familia. Se me revolvió el estómago, el gusto ácido quemaba mi garganta. Tenía que detenerla pronto o habría pérdidas que nunca superaría.

—Olvidas que he venido a esta casa durante años y conozco cada rincón como la palma de mi mano. ¿Recuerdas los días festivos? ¿Cómo te gustaba andar en bicicleta con Marilla? Me dijiste que serías un caballero y la tratarías con respeto.

Hubo un tiempo en que venía todos los días. Asumí que se había escabullido por la entrada trasera. Parpadeé con fuerza, intentando recobrar el control. La sangre en el hombro de Alayna no me permitía concentrarme. El miedo en sus ojos azules me aniquilaba. Ella estaba aterrorizada por mi niño, por Laika, por mí. Sabía que se sacrificaría sin dudar y no podía permitirlo. Necesitaba salvarlos a todos.

—Lamento mucho que las cosas no hayan salido como esperabas, Lucrezia. Tú eras consciente de lo mal que estaba tu hija…

—¡¡¡Cállate!!! —gritó y hundió un poco más el cañón en el hombro de Alayna. Mi mujer tembló tanto que sus rodillas cedieron, pero Lucrezia la mantuvo de pie con un puño envuelto alrededor de su cabello—. Maldito bastardo egoísta. ¿Tienes idea del infierno que he pasado desde que perdí a mi bebé? La veo cada vez que cierro los ojos. No tuvo un funeral digno, nadie le rindió tributo…

Sí, fui cruel. Lo admitía. Estaba sediento de venganza e hice pagar a todos aquellos que me traicionaron. Marilla no fue la excepción. ¿Me arrepentía? Por supuesto que no. Nunca lamentaría que esa escoria estuviera muerta.

—Podemos solucionarlo, Lucrezia. Aún puedes empezar una nueva vida —intenté convencerla—. No tienes que hacer esto, por favor. Si decides irte ahora, te prometo que mis hombres no van a perseguirte.

Se ahogó con un sollozo y las lágrimas se deslizaron por sus sucias mejillas.

—¿Crees que me importa tu protección o tu dinero? Ya no tengo a nadie. Mataste a mi esposo y me arrebataste a mi hija. Estoy sola.

—Sé que duele…

—¡No te atrevas a decir que lo sabes porque no tienes idea! —me interrumpió—. Construiste tu patética familia feliz mientras mi hija está pudriéndose. Le quitaste la oportunidad de casarse con un buen hombre y cumplir sus sueños. Nos quitaste todo.

Tantas emociones me inundaban a la vez que no podía decidir cuál era la más fuerte: ira, miedo, rabia, dolor, tristeza, lástima. Sí, sentía lástima por esta mujer que estaba perdida y su último recurso para tener un poco de alivio era matando a un inocente.

—Sabes que nada te devolverá a tu hija, ¿verdad? —musité—. Puedes matar a cualquiera que esté presente en la habitación. ¿Qué te dará a cambio? ¿Alivio? ¿Paz? Marilla no regresará.

Me apuntó con la pistola, pero sus manos temblaban ligeramente. Fue satisfactorio darme cuenta de que ella no estaba segura de matarnos. Si quisiera dispararnos, ya lo habría hecho.

—Os arrastraré conmigo al infierno. Si Marilla no pudo ser feliz, vosotros tampoco podréis.

—Lucrezia, por favor…

El cuerpo de Thiago se movió en la cuna con un quejido y dejé de respirar. Sabía lo que venía a continuación. Su fuerte chillido interrumpió la silenciosa noche. Era como si supiera que algo malo estaba sucediendo. Cerró sus puñitos, su rostro se contrajo, abrió la boca y dejó salir un grito que despertaría a todos en la mansión.

—Thiago —murmuré—. Sssh…, campeón.

Sus ojos grises se abrieron ampliamente y reconoció mi presencia a pesar de la oscuridad. Lucrezia lo miró con pánico. Su agarre poco a poco se desprendió de Alayna, que no hizo nada para luchar.

—Estoy aquí —dije con la voz temblorosa—. Déjalo en paz.

Lucrezia soltó un sollozo.

—¿Cómo te sentiste la primera vez que lo tuviste en tus brazos?

Miré brevemente a Alayna y luego a Thiago. Sus gritos eran más fuertes, peligrosos. Me preocupaba que se lastimara la garganta. Era cuestión de tiempo para que Isadora o el resto despertaran.

—Afortunado —respondí—. Ese día me prometí que nunca permitiría que nadie le hiciera daño. Sueño con alejarlo de la mafia.

La sonrisa en sus labios no llegó a sus ojos.

—Deseaba lo mismo para Marilla. Siempre quise verla en una universidad. Planeaba convencer a Carlo de enviarla a París para que ella pudiera perseguir sus sueños de ser una diseñadora de moda. No era una buena persona, pero pensé que algún día iba a darse cuenta de la realidad y crecería.

—Yo también creí lo mismo —dije—. Mi intención nunca fue hacerle daño. Ni siquiera cuando obtuve pruebas de su infidelidad. No iba a usarlas a menos que ella me hiciera alguna jugada sucia. La conocías mejor que nadie, Lucrezia.

Thiago se levantó en su cuna, sus brazos se extendieron hacia mí y me rompió el maldito corazón.

—Papi…

Observé desesperado a Lucrezia. Pude sentir mis ojos ardiendo por las lágrimas retenidas. Todo mi cuerpo empezó a temblar.

—Por favor, por favor… —rogué—. No lo lastimes, por favor, Lucrezia. Te lo estoy suplicando. Por favor.

—¡¡¡Papá!!!

—No te muevas, Luca.

—Por favor…

—¡Quédate quieto, maldita sea! ¡No te muevas o lo mato!

—¡¿Thiago?! —Isadora apareció en la puerta, tropezando cuando vio la escena. El horror deformó su cara. Lucrezia le apuntó con el arma y ella cayó de rodillas con un sollozo—. Oh, Dios, por favor. No lastimes a mi bebé.

Fabrizio la agarró por la cintura cuando Lucrezia lanzó el primer tiro a la pared detrás de mí. Isadora ahogó un grito lleno de angustia mientras Thiago empezaba a llamarla y a moverse en su cuna.

—¡Mi bebé! —lloró Isadora—. ¡Thiago!

—¡Mami! —chilló Thiago.

Lucrezia lo miró con una expresión llena de dolor. Parecía que algo despertaba en ella porque lentamente movió el arma. Sus dedos se deslizaron alrededor del gatillo. El pánico hizo que el corazón me golpeara las costillas. Mis ojos conectaron con los de Alayna y mi mundo entero se detuvo. Me moví rápidamente, dispuesto a recibir cualquier tiro con tal de mantener a salvo a mi familia.

Lucrezia apretó el gatillo.

Pero la bala no disparó a Alayna ni a Thiago. Atravesó su cráneo y su cuerpo se desplomó sobre mi hermosa mariposa rota. La sangre salpicó las paredes, la mantita blanca de la cuna. El alivio me aflojó las rodillas. Era trágico, maldita sea, pero las personas que me importaban estaban a salvo.

Se había acabado.

Me apresuré hacia la cuna y tomé a mi hijo en brazos. Lo levanté, froté su espalda mientras su cuerpo temblaba por los hipos y los sollozos. Isadora se apartó de Fabrizio y me quitó al niño para consolarlo ella misma.

—¡Sácalo de aquí! —bramé.

Asintió con los ojos amplios y salió de la habitación mientras me encargaba de ayudar a Alayna. Atrapé a mi mujer en brazos, necesitando el contacto de su piel contra la mía para asegurarme de que estaba bien. Ella se mantuvo en silencio al principio, luego se derrumbó. Sus sollozos eran fuertes, angustiantes. Nunca la había oído romperse así.

—Estoy aquí, amor. —La tranquilicé y besé su pelo—. Estoy aquí.

—Luca…

Lloró mi nombre una y otra vez hasta que recibimos ayuda de los demás. Fabrizio y Luciano llegaron a la habitación y se acercaron a Laika.

—Está viva —dijo Luciano tocando su pulso—. Ella aún sigue luchando.

Los cachorros lloriquearon, olfateando a su madre herida. No podía mirar la sangre, mi mascota casi muerta y con la lengua afuera.

—Hay que llevarla a la veterinaria ahora —mascullé—. No perdamos más tiempo.

Me costó soltar a Alayna, pero ahora alguien más necesitaba mi ayuda. Utilicé una de las mantitas de Thiago y envolvimos a Laika, que soltó un aullido llena de dolor. Mi corazón volvió a romperse por milésima vez esa misma noche.

—Tranquila, amiga. Estarás bien —susurré más para mí mismo. Si la perdía, no podría soportarlo—. Estarás bien.

Con mucho cuidado la levanté en mis brazos y nos precipitamos fuera de la habitación. Ignoramos el cuerpo de Lucrezia, ignoramos los gritos de mi madre, que había descubierto la escena. Cuando subimos al auto el pulso de Laika era débil. Alayna no dudó en hacerse cargo del volante.

—Resiste, por favor —sollocé y acaricié la cabecita de Laika—. Resiste, amiga. No me dejes, no te atrevas a dejarme.

ALAYNA

Estaba en modo automático cuando llevamos a Laika a la veterinaria de guardia. El dolor latía en mi hombro. Sentía como si una pelota se hubiera alojado en él, pero nada de eso importaba mientras esperaba con Luca en la sala. Sus pies rebotaban de un lado a otro, cada tanto restregaba las manos por su rostro y le exigía a la chica de la recepción alguna información.

—La perra sigue en cirugía, señor. Puede tomar más de una hora.

—¡Han pasado dos horas! —protestó Luca—. ¿Qué demonios te cuesta decirme si estará bien?

Me levanté de mi asiento y puse una mano en el hombro de Luca. La chica me dio una mirada de disculpas antes de regresar su atención al ordenador. Algunos clientes de la veterinaria nos observaron con pena y empatía. Todas esas personas sabían lo que era amar a una mascota incondicionalmente.

—Ella estará bien, cariño. —Era todo lo que pude decirle en un intento de calmarlo.

Ni siquiera estaba segura de que fuera cierto. El pobre animal había perdido mucha sangre. Una burbuja de rabia hirvió dentro de mí. ¿Cómo pudo lastimarla? Agradecí que los cachorros estuvieran durmiendo en el jardín justo esa noche. No quería imaginar lo que Lucrezia les hubiera hecho. Milo y Coco eran feroces cuando se trataba de Thiago.

—Laika está conmigo desde mis dieciocho años —murmuró Luca con la cabeza gacha—. Mi padre no me permitió tener amigos más que mis primos, así que mi tío Eric un día decidió llevar una cachorra a mi casa. —Una sonrisa nostálgica apareció en sus labios—. No podía creerlo, sabía que Leonardo no la aceptaría, pero gracias a Dios Eric logró convencerlo y desarrollé una conexión con Laika. Ella me acompañó en mis peores momentos, me defendió de cualquiera que me levantara la mano o me tratara mal. Ahora no solo me protege a mí, también a Thiago.

Sin decir una palabra, me levanté de mi asiento y me senté en su regazo. Lo abracé con el rostro acurrucado en el hueco de su cuello. La desesperación pronto se apoderó de él y se quebró. Empezó a sollozar fuertemente. Sus hombros se sacudieron y me apretó en sus brazos. Una mujer con un gatito nos miró con una triste sonrisa.

—No es solo un perro, Alayna —susurró—. Ella es mi mejor amiga, ella es mi familia.

Las lágrimas acudieron a mis propios ojos.

—Laika se pondrá bien. Te lo prometo, amor.

Después de treinta minutos recibimos novedades y el veterinario nos permitió ver a Laika. Pudieron extraer la bala. Por suerte no había tocado ningún órgano vital, pero había perdido mucha sangre. Sobrevivió gracias a la transfusión.

La hermosa dóberman descansaba en una camilla, apenas despertando de la anestesia. Movió la cola cuando Luca le acarició la cabeza. El nudo se instaló en mi garganta mientras recordaba la desesperación de mi príncipe y cómo le rogaba a su fiel amiga que resistiera.

—Está bien —dijo Luca con sus ojos rojos de tanto llorar.

Lo abracé desde atrás y besé su hombro.

—Todos estaremos bien.

31

LUCA

El aire ligeramente frío me golpeó las mejillas mientras escuchaba al obispo. Isadora estaba quieta a mi lado, con los ojos ocultos detrás de las gafas. Era imposible descifrar su expresión. Una parte de ella amaba a su padre y lamentaba este final. Siempre había odiado los funerales. Al ver a los hombres vestidos de negro que nos rodeaban se me revolvieron las entrañas. Cada vez que enterrábamos un cuerpo era por las mismas razones y me enfermaba.

Nos aseguramos de que todo fuera discreto. De la familia, solo estaban mis primos, Liana, mi madre y mi tío Eric. Alayna prefirió quedarse en la mansión con Kiara y Thiago. El médico le recomendó tomar más días de reposo debido al maltrato que había sufrido en manos de Lucrezia. Habíamos dado una increíble historia a los medios de comunicación. La trágica muerte de la pareja política italiana invadía las noticias desde hacía dos semanas. Todos empatizaban con ellos. Creían que Fernando había muerto de un infarto y que su prometida, desesperada por la pérdida, había decidido suicidarse un mes antes de la boda.

Qué trágico.

Fernando descansaría en Palermo, mientras que Lucrezia sería trasladada a Milán. Sus familiares preferían enterrarla allí. Me daba igual. Ya no quería saber nada de esas basuras.

Lo peor fue recibir las condolencias. Palabras falsas de personas que ni siquiera sabían sus nombres. Todos ellos buscando algún tipo de beneficio. Nada novedoso. La presencia que más me llamó la atención fue la de Adriano Ferraro, el candidato a gobernador. Estaba seguro de que pronto asumiría el cargo. Mi pregunta era por qué tenía tanto interés en hablar conmigo.

—Mi más sentido pésame —masculló Adriano e inclinó la cabeza—. Espero que podáis superar esto como familia. Contáis con mi absoluto apoyo.

Isadora lo miró a través de sus gafas oscuras.

—Gracias, Adriano —respondió Isadora—. Lo aprecio.

Adriano se aclaró la garganta y me ofreció una tensa sonrisa que no correspondí. Me fijé en el ataúd cubierto por tierra salpicada con unas cuantas flores. El chico ingenuo de mi interior se sentía seguro y libre. Los demonios que me perseguían estaban fuera de mi camino. Me dije a mí mismo que merecía esto. Superé cada prueba que me había puesto la vida.

—Estuve en contacto con Ignazio Moretti —comentó Adriano—. Nos pusimos de acuerdo en muchas cosas. Sobre todo, los límites que no planeo sobrepasar. Palermo estará a salvo y será mejor en mis manos.

Mi semblante seguía duro sin un rastro de emoción. Por supuesto que me preocupaba la seguridad de Palermo, pero tenía que aprender a dejarlo ir. Nací y crecí en esta ciudad. Aquí pasé buenos y malos momentos. Conocí el amor, sufrí pérdidas, pero también me iba con una gran enseñanza. Tenía que ser egoísta y anteponer mi felicidad.

—Buena suerte, Adriano —dije—. Estoy seguro de que harás un excelente trabajo. Si tienes alguna duda o quieres cerrar tratos ponte en contacto con Gian Vitale. Yo he terminado.

Le palmeé la espalda y me alejé con Isadora mientras las paladas de tierra caían sobre el ataúd.

Pensé en Alayna. Al día siguiente tomaríamos un vuelo a Inglaterra para celebrar su cumpleaños número treinta y uno con Caleb y Bella. Ya tenía el regalo perfecto. Estaba ansioso de que viera mi sorpresa. Era un paso que había deseado tomar con ella hacía tres años y ahora nada me detendría. Se lo haría saber a mi familia en la reunión.

Se acabó.

Llené la copa de vino y me acomodé en la cabecera de la mesa. Mis primos, Fabrizio y Eric se sentaron con preguntas en sus ojos. Había convocado una reunión más temprano de lo habitual. Nadie sabía sobre este paso excepto Alayna. La noche anterior, después de follarla durante horas, le conté de mis planes y me dijo sonriendo que era la mejor idea del mundo. Por ella renunciaría a todo, iría a la ruina con tal de ver ese brillo de felicidad en su hermoso rostro.

—Vosotros sabéis que nunca quise nada de esto —empecé—. Cuando fui obligado a aceptar el título fue el día más horrible de toda mi vida. Convertirme en don me ha costado caro.

Eric se aclaró la garganta. Su confianza seguía a prueba, pero no era mi deber supervisarlo ni darle un castigo si volvía a defraudarnos. Ese poder lo tendría alguien más. Sabía que haría un gran trabajo. Mucho mejor de lo que yo había podido dar.

—No quiero vivir con esta constante sensación de miedo ni de adrenalina. He experimentado suficientes tragedias y he terminado. —Me levanté y apreté los bordes de la mesa—. Se acabó para mí, me estoy alejando de todo con mi mujer y mi hijo.

Me miraron boquiabiertos, aunque Fabrizio no parecía sorprendido.

—Estás renunciando —asumió Gian. Quité el arma de mi bolsillo y la lancé a través de la mesa para que le llegara a él. Miró a los demás, pero al notar mi intención sus ojos se abrieron de par en par—. Dime que no estás bromeando.

—Eres un idiota la mayor parte del tiempo, pero me has demostrado de lo que eres capaz. Tu lealtad es inquebrantable y nunca renunciaste a nuestra familia. Si hay alguien que sabe cómo funciona este negocio eres tú, Gian. Sé que podrás sacar adelante Palermo con ayuda de los muchachos. —Les sonreí al resto, Eric asintió—. Disfrutas el caos, disfrutas este estilo de vida, disfrutas hacer mucho dinero, ¿no es así?

Se levantó abruptamente de su silla y se acercó a abrazarme y palmearme la espalda.

—No sé qué diablos decir, hombre. Jamás imaginé que tú pondrías en mis manos tu imperio. —Se apartó y la emoción destelló en sus ojos grises—. Yo… Muchas gracias. Prometo que no voy a defraudarte.

Sonreí.

—Sé que no, Gian.

Eric suspiró.

—Sabes que esto no terminará fácilmente, ¿verdad? No te olvidarán, Luca —advirtió—. ¿Y cuando vayan por ti qué harás? Estas cosas nunca terminan.

—Confío en que no serán lo suficientemente estúpidos para atacarme.

—¿Qué hay de Alayna y tu hijo? —preguntó Luciano—. Puedo entender tus deseos de alejarte, pero…

—Siento lástima por la persona que intente atacar a mi mariposa negra.

Luciano se enderezó en la silla.

—Cierto, olvido que tu mujer es el diablo en la tierra.

Una sonrisa jugó en mis labios.

—Nadie que haya desafiado a Alayna Novak ha vivido para contarlo excepto yo. Soy su única excepción.

Luciano estalló en carcajadas y Eric negó. Mi tío todavía tenía muy presente el día que se había arrodillado para tener el perdón de Alayna. Gian se lo recordaba en algunas ocasiones.

—Antes de que te vayas necesito darte algo —dijo Gian y me entregó un sobre—. Es una buena noticia. Solo léelo cuando estés a solas con tu mujer.

Fruncí el ceño.

—¿De qué se trata?

—De la mayor alegría que podríais tener si la aceptáis.

ALAYNA

Tiré algunas prendas en la maleta mientras Thiago se encargaba torpemente del resto. Le resultaba divertido ayudarme a organizar mi viaje. Me había robado sonrisas toda la mañana, escuchándome con atención cuando le expliqué que pronto volveríamos a vernos. Uno de mis planes era llevarlo al museo de mariposas en Florencia. Él compartía la misma fascinación que yo y era un honor enseñarle más sobre esas increíbles criaturas.

—No, cielo, déjame ayudarte con eso —me reí mientras el niño trataba de meter mis pesadas botas en la maleta. Sus ojos grises se entrecerraron y lo cargué en mis brazos. Inmediatamente me rodeó con sus piernas como si fuera un koala y miró el collar de mariposa en mi cuello—. Te compraré uno igual.

—¿Está causando problemas? —preguntó Isadora.

—No, no —respondí—. Está siendo de gran ayuda aquí. Es un gran compañero.

Tenía un pote de yogur con cereales en la mano. Su vestido dorado estampado con flores brillaba gracias a la luz que atravesaba las ventanas. Thiago trató de llegar a ella cuando vio lo que sostenía entre sus manos.

—Traidor —dije, entregándole el niño a su madre.

Isadora sonrió mientras Thiago tomaba un poco de yogur con la pequeña cuchara.

—¿Entonces todo está listo para el viaje?

—Sí, nos vamos en una hora. —Doblé mis vestidos y los guardé en la maleta—. Llevaremos a Laika con nosotros.

Luca se preocupaba mucho por ella después del disparo que la mascota había recibido y quería tenerla lo más cerca posible. Los cachorros se quedarían allí con Thiago e Isadora. Eran los nuevos guardianes de la casa. Laika se tomaría un breve descanso.

—Eso suena adorable —sonrió Isadora—. Espero una invitación para la boda.

El rubor destelló en mi rostro, aunque traté de disimularlo. Su divorcio con Luca era un hecho. Nunca había pretendido acercarme a esta mujer, ni siquiera consideraba la idea de ser su amiga. En cambio, ahora la veía como una aliada. Alguien con quien podía hablar cuando me sentía sola o simplemente necesitaba una compañía. Era extraño para mí tener amigas mujeres. Eloise había sido la primera después de Talya, pero ya no formaba parte de mi vida y me alegraba que Isadora se tomara la molestia de conocerme.

—Espero lo mismo de ti. ¿Cómo están las cosas con Fabrizio?

Se sentó en la cama con Thiago, que comía entusiasmado los cereales crocantes que flotaban en el yogur.

—De maravilla. A veces se pone un poco sobreprotector y me abruma, pero estoy agradecida y feliz. —Miró sus manos con un suspiro—. También deseo que me dé el anillo.

—Veo que no te importa ir muy rápido.

—Para nada —dijo—. También pensé en la posibilidad de darle un hermanito pronto a Thiago. En un año o dos.

—Lo que sea que te haga feliz estará bien.

—¿Y tú? —cuestionó—. ¿No deseas lo mismo?

Me mordí el interior de la mejilla.

—Luca y yo queremos adoptar. Yo… no puedo tener hijos propios.

Su sonrisa permaneció intacta. No me dio la típica expresión de lástima y tampoco dijo que lo sentía. Solo se acercó y me apretó la mano.

—La adopción siempre es una hermosa opción. No solo te estás dando una oportunidad a ti, también a ese niño que necesita una familia que lo proteja.

—Ese es mi objetivo.

Isadora notó que Thiago había perdido el interés en el yogur y se estaba durmiendo.

—Thiago estará feliz de conocer a su futuro hermanito.

—Gracias —le sonreí—. Por confiar en mí y darme el beneficio de la duda.

—Lo mismo digo de ti, Alayna.

Cuando llegó la hora de marcharnos, todos esperaban en la sala de estar para despedirnos. Luca sostuvo la correa de Laika, que sacudió su corta cola y levantó las orejitas al verme. Contemplé al hombre hermoso que me esperaba al final de las escaleras. Sus labios se movieron, atrayendo mi atención hacia su boca. Su camisa azul arremangada hasta los codos y su pantalón blanco hacían juego con mi atuendo, el pantalón de cuero con top azul marino que enseñaba mi ombligo. Perfecto para un día caluroso.

—Alayna —dijo Luca con una media sonrisa y me tendió la mano. Bajé las escaleras y uní nuestros dedos. Mis tacones de aguja me dejaban a su altura, sus ojos fueron a mi boca y presionó un beso en mis labios—. Te ves hermosa.

—Esa no es ninguna novedad.

—Presumida. —Deslizó la mano alrededor de mi cintura y miró a los demás—. Supongo que podéis haceros una idea exacta de lo que está sucediendo aquí. Esto no es solo un viaje, es el cierre que Alayna y yo necesitamos. He tomado la decisión de cederle mi puesto a Gian. No nací para ser un don. La mafia no es la vida que quiero.

Emilia lo observó con lágrimas en los ojos.

—Adelante y disfruta la vida que siempre deseaste. Todo lo que importa es que seas feliz.

—Gracias, madre. —Luca le sonrió—. Pongo mis manos en el fuego por Gian. No permitirá que nuestro apellido se ensucie. Nos pondrá en la cima con ayuda de su padre y de Luciano. Confío en ellos. Tú y Kiara estaréis a salvo aquí.

Luciano besó la frente de Kiara y asintió.

—No tienes nada de que preocuparte, Luca. Siempre serás bienvenido, siempre seremos leales a ti.

—Lo sé —suspiró Luca—. Me voy tranquilo sabiendo que mi legado está en buenas manos.

El modo descapotable del auto estaba activado cuando extendí los brazos y dejé que el viento azotara mi cabello. El aire era fresco, los rayos del sol me calentaban la piel. Luca le subió el volumen a la canción mientras nos llevaba al aeropuerto. Laika asomó la cabeza desde el asiento trasero, su lengua afuera. Este momento era la definición perfecta de libertad. Sentía tanta paz.

«Sweater Weather», de The Neighbourhood, sonó más fuerte y cerré los ojos. Los recuerdos de los últimos tres años pasaron por mi mente, todo lo que había ocurrido en esta ciudad. Conocer al amor de mi vida, enfrentar situaciones que no esperaba, abrir mi corazón y finalmente considerarme digna de ser amada. No me arrepentía de nada, ni siquiera lamentaba mi pasado. Ya no. Cada experiencia me había acercado más a Luca, hasta que nuestros caminos se unieron.

Teníamos una conexión indestructible. El tipo de amor eterno que perduraría incluso en la oscuridad.

Llegamos al aeropuerto. Salté sobre la espalda de Luca con una sonrisa mientras él sostenía mis piernas y me llevaba al jet privado. Laika trotaba a nuestro lado. Mi príncipe estaba haciendo un excelente trabajo. Prometió darme el mejor cumpleaños de mi vida y no podía esperar. Era el primero que celebrábamos juntos.

Nos acomodamos en nuestros asientos para el despegue, camino a Londres. Laika no le dio importancia a las turbulencias cuando ascendimos. Una vez en la comodidad de la velocidad crucero, nos sirvieron camarones y copas de vino. Luca me observó en silencio con una intensidad a la cual ya estaba familiarizada, aunque hoy lo sentía diferente.

—¿Qué sucede? —pregunté, dándole un trozo de pan a Laika.

Luca se removió en su asiento, luego levantó su pelvis para meter la mano en su bolsillo trasero. Tomé un sorbo de vino sin poder evitar que mis ojos se desviaran a su entrepierna. Por supuesto que él lo notó y se echó a reír con una carcajada.

—Cristo, Alayna.

—¿Qué? —Me encogí de hombros—. ¿No puedo mirar?

—Puedes, pero estoy tratando de enseñarte algo importante.

Coloqué la copa en la mesita y le di una sonrisa inocente.

—Lo siento. ¿De qué se trata?

Estiró su brazo hacia mí y me entregó un sobre. Mis cejas se arquearon con curiosidad y duda.

—Ábrelo.

Lo hice con mucho cuidado para no romper el frágil papel blanco. Mis dedos hicieron contacto con algo duro y vi la fotografía de una pequeña niña con sonrisa angelical. Jadeé. Su cabello era castaño oscuro, sus ojos eran azules. Podría ser perfectamente una mezcla mía y de Luca.

—Ella es Felizia, la niña que dejé sin hogar —explicó Luca con un susurro ronco—. Le hice donaciones a sus abuelos para que pudieran criarla, pero no están capacitados. El hombre está enfermo y ella es demasiado anciana. No pueden con este tipo de responsabilidad.

La emoción trajo un nudo a mi garganta.

—Nosotros sí —dije.

Me tomó un minuto absorber lo que estaba pasando. Ya habíamos hablado del tema, pero no asimilaba que sería tan pronto. Yo como madre de una niña…

—¿Te sientes bien con eso?

—Sí, sí —contesté sonriendo sin dejar de mirar la fotografía—. Ella es adorable.

—Tendrá un nuevo comienzo con nosotros y eso significa dejar atrás su antigua vida. Su nombre ya no será Felizia.

Su adopción se debía a una circunstancia muy dura. Luca había matado a su padre. No era el comienzo más sano, pero ella sería protegida y amada. Todo lo malo de su pasado quedaría atrás.

—¿Has pensado en un nuevo nombre? —inquirí.

—Lia Alyona Vitale. ¿Te gusta?

¿Era posible amar más a este hombre? Cada acción de su parte era perfecta y me hacía tan feliz.

—Mi madre se llamaba Alyona.

Sonrió.

—Por esa misma razón lo escogí.

Volví a contemplar la fotografía de la niña. Traía puesto un vestidito rosa con tutú y mis labios se curvaron.

—Ya quiero conocerla.

Bella nos recibió con los brazos abiertos. Su alegría era extrema y contagiosa. Su sonrisa tan grande mientras le hablaba con cariño a Laika. La dóberman quedó encantada con mi cuñada, no me sorprendía. Bella tenía esa aura cálida y pura que atraía a cualquier ser vivo. Se veía deslumbrante. Absolutamente impresionante. Cabello castaño rizado a la perfección. Labios color rojo escarlata y un vestido a juego.

—¡Te ves tan hermosa! —exclamó Bella abrazándome—. Estar enamorada te sienta muy bien.

Me aparté y forcé una sonrisa.

—Hola, Bella.

Miró a mi novio. Laika continuó sacudiendo su colita.

—Luca, es un gusto tenerte aquí nuevamente. Pedí como deseo de Navidad que tú y Alayna regresarais. Me pone tan feliz que se haya cumplido.

Puse los ojos en blanco.

—Qué cursi.

Caleb hizo acto de presencia. La camisa negra se ceñía a su musculoso torso y algunos mechones de cabello oscuro caían sueltos sobre su frente. La sonrisa en sus labios era una muy poco habitual en él.

—Hola, Alayna —me saludó; luego le tendió la mano a Luca—. Vitale.

—Novak.

Me alejé de Luca para darle un abrazo afectuoso a mi hermano mayor. Cuando era una niña solía sentirme muy segura en esos brazos. Era increíble que nada de eso hubiera cambiado.

—Me alegra que estés aquí para celebrar nuestro cumpleaños. —Me guiñó un ojo—. Además, Bella ha estado muy misteriosa.

El rubor de Bella se extendió por su bonita cara. Si pensaba que antes era hermosa, ahora mucho más. Había algo diferente en ella que no podía explicar.

—A ver con qué sorpresa nos viene tu esposa —sonreí—. ¿Dónde está Melanie?

—Ocupada con su novio, pero prometió estar presente en la cena. Ella también sabe la noticia y no quiso decírmelo —murmuró Caleb—. Me siento traicionado.

Lo golpeé juguetonamente en el hombro y avanzamos a la sala de estar. Bella se perdió en la cocina un minuto y regresó con una bandeja de aperitivos. Le dio su propio plato con cuenco de agua a Laika. Era tan atenta. Tuvo todo listo desde que recibió mi llamada y le advertí que traeríamos a la dóberman con nosotros.

—Hoy terminaremos con ese misterio —dije—. ¿No es así, Bella?

Ella asintió mientras masticaba un trozo de pastelito. Luca me rodeó con sus brazos para atraerme más cerca de él. Le encantaba hacer eso.

—Esto ni siquiera es un secreto, es una sorpresa. —Se quejó ella—. Caleb es tan dramático.

Luca se rio entre dientes a mi lado.

—Conozco a alguien que es igual de impaciente.

Lo golpeé con mi codo en el estómago.

—Oh, cállate.

Caleb le quitó el corcho a la botella de champagne y llenó cuatro copas. Bella se puso pálida cuando le ofreció una y sacudió la cabeza con falsa naturalidad. Una emoción me recorrió porque pude deducir exactamente cuál era esa sorpresa. La felicidad que sentía por ellos era enorme.

—Vi las noticias sobre el gobernador —comentó Caleb—. Una piedra menos en el camino.

Luca suspiró, bebiendo un sorbo de la bebida. Mi atención se dirigió hacia Laika, que masticaba su comida para perros.

—Su muerte es un alivio, pero no sabemos qué le espera a Palermo —comenté—. Alguien nuevo asumirá el cargo. Adriano Ferraro. ¿Te suena?

Caleb negó.

—Supongo que es otro títere para mantener las apariencias.

—Me preocupa, pero ya he terminado con todo —dijo Luca—. Decidí retirarme.

Las cejas oscuras de mi hermano se elevaron.

—Muchas buenas noticias hoy, ¿no? Podrás vivir con Alayna en una cabaña como ermitaño.

Luca hizo una mueca de disgusto.

—Planeamos vivir en Florencia. Odio el invierno.

—Hey —protesté—. Y yo odio el verano, pero haré un esfuerzo por ti. Visitaremos mi casa en San Petersburgo y no quiero excusas.

—Nunca te diría que no, mariposa.

—¿Todavía no hay planes de boda? —Bella se involucró en la conversación—. Me enteré de que te estás divorciando, Luca.

—Puse todo mi empeño para que esos papeles estén listos pronto. —Luca enredó un mechón de mi cabello entre sus dedos—. La dama de aquí juró que no volvería a tocarla si no me divorciaba. No hay peor pesadilla que eso.

—Estoy siendo generosa —intervine—. Otra en mi posición te mandaría al demonio.

—Tú no eres como todas. —Su sonrisa petulante me irritó—. Me amas demasiado.

—No pongas a prueba mis límites, Vitale.

La charla fue agradable y divertida. Luego Bella me dio un recorrido por su nueva mansión. Habían decidido mudarse a una más privada desde que Melanie vivía con Neal. La decoración era exquisita sin llegar a lo extravagante. Algunas reliquias que solo se encontraban en museos y muchos cuadros. Supuse que eran regalos de Melanie.

—¿Cómo va tu carrera? No he podido ver tus nuevos proyectos —comenté.

Bella se tocó la gargantilla.

—Puse en pausa algunos de ellos —respondió—. No quiero arriesgarme los siguientes meses.

Se tocó el estómago por instinto. Nuestras miradas se cruzaron y vi toda la felicidad que había deseado para ella y mi hermano brillando en sus ojos azules.

—Estás embarazada.

Cuando tuve esa llamada con Caleb hacía meses, él me había asegurado que esta vez sí podía funcionar. Bella se apresuró a cubrirme la boca.

—Dos meses. Todavía parece irreal. Cuando empecé a tener los síntomas no podía creerlo.

La abracé sin preámbulos. Ella soltó un suspiro. ¿Cómo podría no estar feliz por la noticia? Había visto el sufrimiento de Caleb cuando muchos médicos mataron sus esperanzas de ser padre. Incluso llegó a creer que no era posible, pero aun así no se rindió y lo siguió intentando.

—Te juro que estoy muy feliz, Bella. —La miré fijamente —. Él se volverá loco cuando se entere.

Su sonrisa era leve, suave.

—Lo amo tanto.

Al llegar la noche la mesa estaba servida con distintos manjares. Camarones, caviar, langosta y sopa cremosa. Un poco más tarde vimos llegar a Melanie y a Neal. A sus veintiún años mi sobrina adoptiva lucía como un ser divino. Sus rizos rubios estaban desordenados de la manera más hermosa, enmarcando su delicado rostro. Se veía pequeña al lado de Neal, que era absurdamente alto y atractivo.

—¡Alayna! —Melanie se acercó donde estaba sentada y me besó ambas mejillas—. Te eché de menos.

—Lo dudo con ese novio tuyo —bromeé y miré a Neal—. Profesor.

Besó el dorso de mi mano.

—Alayna, es un placer volver a verte. —Le tendió la mano a Luca—. Vitale.

Luca respondió con un asentimiento mientras la pareja recién llegada se acomodaba en la mesa. Faltaban dos horas para que fuera medianoche. Me encantaba la idea de estar presente en un momento tan importante. Quería ver los ojos de Caleb cuando su mujer le diera la noticia. El mejor regalo de cumpleaños que tuvo alguna vez. Era satisfactorio ver que el tiempo ponía a cada persona en su lugar. Todos aquellos que nos hicieron daño estaban muertos y nosotros disfrutábamos de la vida.

—¿Entonces treinta y un años? —inquirió Neal llenando su plato—. El tiempo avanza muy rápido. Yo cumpliré veintiséis en diciembre y mi madre se ha puesto intensa al respecto.

Melanie se ruborizó.

—La señora Lena insiste en que nos casemos pronto y le demos un nieto.

Caleb se atragantó con su comida y frunció el ceño. Era divertido verlo en su papel de padre sobreprotector.

—Aún eres muy joven para dar ese paso, Melanie.

Bella resopló.

—Tú querías ser padre a los veinticuatro.

—Es diferente —dijo Caleb.

—Caleb Novak, si vuelves a soltar un comentario machista…

—No es machista, ¿de acuerdo? Quiero que ella experimente un poco más —explicó Caleb avergonzado—. Quiero que disfrute su carrera y viaje por el mundo como lo hicimos nosotros antes de sentar cabeza.

Neal ladeó una ceja.

—Melanie y yo hemos sentado cabeza. Voy muy en serio con ella.

—Cuidado, hermanito —intervine con una sonrisa burlona—. No seas egoísta y deja que la niña viva su vida como quiera. Tiene veintiún años. No seas ridículo.

Luca besó mi hombro desnudo antes de regresar a su plato.

—Gracias. —Melanie me guiñó un ojo—. A veces mi padre olvida que soy una adulta.

—¿A veces? Todos los malditos días —dije.

Caleb me dio una mirada letal.

—¿De qué lado estás, Alayna?

—Soy partidaria de la libertad. Cada uno es libre de elegir cómo vivir.

A Caleb no le quedó más opción que cerrar la boca. Apretó el tenedor entre sus dedos. Bella lo calmó con suaves besos en la mejilla que él correspondió.

—Creo que nunca podría aburrirme con esta familia —murmuró Luca.

Sonreí.

—Los Novak podemos ser muchas cosas, pero jamás seremos aburridos.

Poco antes de que el reloj marcara medianoche, Melanie corrió a la cocina y regresó con un enorme pastel de chocolate. La decoración era preciosa con trozos de fresa y crema. Me pidieron que me ubicara al lado de Caleb mientras Bella encendía las velas. Un vago recuerdo acudió a mi mente. Eloise celebrando mi cumpleaños número veintinueve con un *muffin* y una vela. ¿Se acordaría de mí hoy?

Las agujas del reloj se movieron y empezó el canto. Caleb y yo nos reímos como dos idiotas torpes. Esto era ridículo. Culpaba a la cursi de Bella por hacernos pasar una situación tan embarazosa. Las felicitaciones y los buenos deseos vinieron con sinceridad. Mi parte favorita fue cuando Luca me besó como si quisiera sellar nuestras almas.

—Tu regalo lo tengo reservado para cuando regresemos a Florencia —dijo contra mis labios.

—¿Sí? —Jugué con su corbata y lo atraje a mi boca de nuevo. Me abrazó con fuerza y me besó profundamente.

—Atención, por favor —nos interrumpió Bella—. Fue muy difícil reservarme la sorpresa para este día —se rio nerviosa—. Me tomó semanas asumir que era real. Lo veía tan lejano y ahora ha llegado el momento de compartirlo con las personas más importantes de mi vida. Gracias por estar aquí.   Miró a Caleb y él le apretó la mano—. Desde que era una niña siempre deseé formar mi propia familia y no sabéis lo afortunada que me siento por tener a este hombre. Sin él estaría muerta. El día que me convirtió en su esposa me sentí la mujer más afortunada del mundo. Se encargó de que cada minuto sea un sueño. A veces pienso que estoy viviendo un cuento de hadas a su lado.

Caleb sonrió.

—Bella…

—Nuestra relación atravesó las adversidades más duras, incluso cuando escapamos del infierno. —Miró fijamente a su marido con una sonrisa—. Quiero que sepas que caminaría a tu lado sin importar las circunstancias. Eres mi esposo, el amor de mi vida, mi mejor amigo. No puedo esperar para vivir miles de aventuras más a tu lado. Estoy segura de que nuestro bebé se sentirá orgulloso de saber que tiene un padre maravilloso.

—¿Qué? —Caleb la miró conmocionado, sus ojos azules llenos de lágrimas—. ¿Estás…? —No terminó la frase. Sus manos temblaban y se puso de rodillas cuando Bella tocó su vientre.

—Estoy embarazada —sollozó Bella.

Caleb abrazó las piernas de Bella y ella le acarició el cabello sin dejar de llorar. Traté de equilibrar mis emociones, mi corazón latía frágilmente dentro de mi pecho. La imagen me generaba nostalgia porque sabía mejor que nadie todo lo que había sufrido mi hermano. Fue sometido durante años por una organización que quiso controlar su vida. Sobrevivió a torturas e incluso luchó contra sí mismo para proteger a la mujer que amaba.

—Brindo por nuestra familia. —Levanté mi copa y todos siguieron mi ejemplo.

—¡Salud!

Miré a mi hermano besar a su esposa y agradecerle una y otra vez por esa hermosa sorpresa. El destino era increíble, inesperado e impredecible. Durante años estuve atrapada en un enorme agujero negro del que creía imposible salir. Y ahora, después de haber derramado suficientes lágrimas, el destino finalmente era generoso. Tenía una familia y era feliz. La oscuridad todavía formaba parte de mi vida, pero lo disfrutaba a mi manera.

32

LUCA

Alayna era una verdadera fantasía. Pasarían los años y nunca la superaría. Ella era hermosa, pero esa noche se había esmerado. El vestido negro brillante se aferraba a sus curvas, revelando esos preciosos muslos por los que vendería mi alma. Me tenía envuelto alrededor de su dedo. Alimentaba mi obsesión con cada respiración.

—¿Puedo ver de una vez? —preguntó—. No quisiste decirme nada el resto del viaje y estoy cansada de los misterios.

—No —respondí entre risas mientras la guiaba hasta la cama cubierta con pétalos de rosas—. Deja de ser impaciente, mariposa.

Las velas de la habitación proyectaban un suave resplandor sobre su cuerpo, sus pómulos y sus labios rojos. Labios que esa noche besaría durante horas mientras le recordaba que era solo mía.

Me había tomado un día organizar todo para que fuera perfecto. Seguía nervioso a pesar de que ya sabía cuál sería su respuesta. Nunca dudé de los sentimientos de Alayna. Estaba listo para vivir a su lado los siguientes años, seguir peleando, disfrutar cada segundo porque tener su corazón era un privilegio y yo quería cuidarlo.

—¿Luca?

Quité la venda de sus ojos y me quedé quieto disfrutando su reacción. Primero fue sorpresa, luego felicidad y al final absoluto shock cuando me hinqué sobre mis rodillas y le enseñé el anillo. La niña que llevaba dentro de ella no podía asimilar que la amaba más que a mi propia vida. Podía verlo en sus ojos, las lágrimas que resbalaban por sus mejillas. Si supiera que era capaz de saltar desde un barranco si me lo pedía... Yo era su esclavo.

—He querido hacer esto durante mucho tiempo —admití—. Esa noche en Inglaterra, antes de que recibiera la llamada que me obligó a regresar en Palermo, pensé en lo perfecto que quedaría este anillo con mi apellido en tu dedo.

Dejó escapar un suspiro.

—No hay nada que desee más en este mundo.

Mis labios se inclinaron en una sonrisa.

—Fuiste la primera persona que creyó en mí y me inspiraste a ser un mejor hombre. Me haces luchar contra ti por las cosas más simples. Maldita sea, a veces me sacas de quicio con tu terquedad, pero nunca he necesitado a nadie de la forma en que te necesito a ti, Alayna. Te amo porque eres valiente, hermosa, fuerte y admirable. Te amo porque nunca te importó quién era. Te amo porque cada vez que te toco siento que nunca es suficiente. Te amo como un loco y pienso hacerlo hasta mi último aliento.

—Luca...

—¿Quieres pasar el resto de tu vida a mi lado, Alayna Novak?

Me sonrió y se secó las lágrimas. Todavía tenía la respiración contenida, el corazón apenas latiendo mientras esperaba su respuesta. Todo dentro de mí se sentía tan pleno que podría estallar. Alayna se arrodilló a mi lado, sus ojos azules intensos.

—Sí —respondió—. Quiero ser tu esposa, Luca Vitale.

Deslicé la alianza en su dedo y ella soltó un jadeo asombrado cuando vio la piedra en detalle. Era una mariposa de alas abiertas hecha de diamantes de setenta y cinco quilates. Brillante, perfecta, delicada. Justo como ella.

—Es hermoso —musitó.

—Te dije que un día pondría un anillo en tu dedo.

—No soy una mujer religiosa, no me casaría en una iglesia.

—Nadie mencionó que lo haríamos en una iglesia. Te llevaré a Las Vegas, donde tú quieras, pero vas a ser mi esposa, Alayna Novak.

Soltó una risita que era como música para mis oídos y depositó sus labios contra los míos. Me deleité con su sabor a cereza, sus gemidos eran mi recompensa, su toque produjo una ola de excitación en mi cuerpo. La levanté en mis brazos y la recosté sobre la cama, los pétalos de rosas se sacudieron por todas partes. Volví a besarla. Su lengua bailaba contra la mía, la ropa empezó a estorbarnos. Con lenta precisión, subí el vestido hasta sus muslos y deslicé por sus piernas la pequeña tanga blanca. Cristo, estaba muriendo de hambre.

—Luca…

—¿Me necesitas? —pregunté encima de ella, mi voz ronca.

Se retorció debajo de mí. Tenía problemas para controlar mi respiración, quería hundirme dentro de ella, perderme en esa piel suave y cremosa. Ella era mía para adorar. Mía para follar.

—Siempre, te necesito siempre.

Me aparté un segundo para quitarme la corbata y desabrochar mis pantalones. Alayna se llevó la mano a la espalda y escuché el deslizamiento de la cremallera al bajarse. Le di la vuelta para hacer el trabajo mucho más rápido y ella aferró en sus puños las sábanas blancas.

—No tengo palabras suficientes para describir lo hermosa que eres —susurré.

Alayna me miró sobre su hombro, sus labios hinchados, sus ojos azules llenos de necesidad.

—Muéstrame cuánto me amas, príncipe.

Coloqué las manos en su cintura, dándole de un solo empujón lo que quería. El balanceo de sus caderas contra las mías era perfecto. Mi nombre en sus labios, sus gestos, sus gritos de placer, su calor, sus gemidos, todo eso era una confirmación de que ella era lo único que necesitaba en mi vida.

ALAYNA

Envuelta en las sábanas de seda, pasé una de mis piernas por la cadera de Luca y lo atraje más hacia mí. El calor de su cuerpo era adictivo. Desde que nos habíamos reencontrado no podíamos dejar de tocarnos. Y ahora que me convertiría en su esposa me imaginé el resto de mi vida despertando así, entre sus brazos.

—¿A dónde vas? —protesté cuando empezó a alejarse.

—Tengo que completar algunos documentos. Los trámites de la adopción siguen en curso.

Mi corazón dio un vuelco.

—Me asusta que ella nunca me acepte —admití—. Soy una extraña en su vida.

—Ella es una niña, Alayna. Va a amarte seguro. —Se puso de pie y recogió sus pantalones del suelo—. Sus abuelos me cedieron su custodia por voluntad propia. Es probable que la tengamos con nosotros más pronto de lo que crees.

Me apoyé sobre mis codos y cubrí mis pechos desnudos con la sábana.

—Todo esto es tan… —Me callé y contemplé el anillo en mi dedo—. Si alguien me hubiera dicho en el pasado que estaría comprometida con un hombre maravilloso y que adoptaríamos a una niña, no lo hubiese creído. Mi vieja versión estaba empeñada en creer que moriría sola.

Una sonrisa se dibujó en sus labios.

—Regresa al pasado y dile a tu vieja versión que puede estar en paz. Ambas son amadas y felices.

Solté una respiración temblorosa y pensé en ella. En mi vieja yo. En la niña abandonada que solía ser. Triste, herida, sola. Que no se creía digna de un amor como este.

—Estamos bien —susurré—. Puedes estar tranquila. Ya no hay nada que temer.

La casa de campo era un rancho. Un modelo antiguo con una sola ventana y paredes tan agrietadas que parecían a punto de derrumbarse. Luca me advirtió que eran personas humildes, pero no imaginé que viviesen en una situación precaria. Investigué al padre de la niña que había matado. Vittorio Bassi, veintinueve años de edad. Que decidió trabajar en la mafia para ayudar a su familia. Se enamoró de Carlota Petrucci, una mujer humilde y de su clase. Ella quedó embarazada y el resto era historia. Ahora lo importante era darle un hogar digno a la pequeña Lia.

Luca puso una mano en mi cintura y me guio hasta la puerta de la casa. Fuimos recibidos por una señora mayor. Rondaba los ochenta años. Su rostro arrugado reflejaba angustia y sufrimiento. Supe enseguida que ella no estaba capacitada para criar a Lia.

—Señora Bassi, es un gusto verla de nuevo —dijo Luca—. Hoy vine acompañado de mi prometida.

Le sonreí a la mujer y le extendí la mano.

—Soy Alayna.

Su agarre en mi mano fue suave, demasiado débil. Con el corazón acelerado, me fijé en la niña sentada en las escaleras de madera. Ella jugaba con una muñeca de aspecto sucio.

—Es bueno conocerte, Alayna. Llámame Génova.

—Muy bien, Génova. —Me puse de cuclillas y miré a la niña con una pequeña sonrisa—. Hola, cariño.

Abrazó a la muñeca contra su pecho y me miró con cautela antes de seguir jugando, tarareando suavemente. Había algo hermoso en su inocencia. Tan puro y a la vez desgarrador.

—Es un alma tímida —explicó Génova y se sostuvo a un bastón—. ¿Queréis tomar algo?

Compartí una mirada con Luca y él asintió.

—Está bien —dijo mi príncipe.

Volví a sonreírle a la niña y le tendí mi mano. Ella dudó un segundo antes de envolver su pulgar alrededor de mi dedo con una sonrisa que me robó el corazón. Con ese simple gesto me prometí que estaría en cada momento de su vida. Le enseñaría a pelear, a luchar por sus sueños y a defenderse por sí misma. Le enseñaría a volar como una mariposa.

Exhalé tratando de mantener la calma mientras miraba el collar de mariposa en mi cuello. Estaba viviendo una realidad que nunca había imaginado. Ni siquiera en mis sueños. El vestido de diseñador era perfecto, adaptado a mi estilo. No quería algo básico ni tradicional. Solo uno que reflejara quién era realmente. Bella acomodó los broches de mi cabello y me sonrió.

—Te ves preciosa.

Le sonreí.

—Gracias.

Tenía el cabello suelto, dejando que las largas hebras se deslizaran por mi espalda. El maquillaje no era suave, pero tampoco recargado. Mis ojos azules tenían el delineador negro y el ahumado del mismo color. Mis labios estaban pintados del característico rojo que Luca adoraba. Iría al altar como la mujer que él conocía.

—Estoy sin palabras. —Caleb se me acercó desde atrás—. Creo que estás pensando lo mismo que yo, ¿no? Nunca te imaginé así.

Una sonrisa empezó a formarse en mis labios.

—Lo mismo digo de ti, hermanito. Fuiste el primero en dar ese paso. —Miré el vientre de Bella.

Volví a mi reflejo mientras Caleb ponía una mano en mi hombro. Bella cerró la puerta al retirarse para darnos privacidad.

—Ya lo sabes, pero quiero que sepas que estoy muy orgulloso de ti, Alayna. Mereces toda esta felicidad porque te la has ganado. Espero que nunca pienses lo contrario.

Respiré profundamente, sintiendo que se formaba un nudo en mi garganta.

—Gracias por estar aquí, Caleb.

Me tendió su brazo. No dudé en tomarlo.

—¿Vamos?

Asentí con una sonrisa de felicidad.

—Vamos.

LUCA

Pétalos de rosas blancas estaban esparcidos en el suelo. La ligera brisa del mar alborotó mi cabello. Aflojé mi corbata, sentía que me estaba asfixiando. Me sudaban las manos. Era un lío de nervios. Algo absurdo considerando que era uno de los días más importantes de mi vida. Inhalé una bocanada de aire y miré a mis pocos invitados, que se sentaron en las sillas blancas. ¿Cuánto más tardaría en llegar? No podía con las ansias.

—Parece que tendrás un ataque al corazón —reprochó mi madre, sosteniendo a la pequeña Lia en sus brazos.

Solté un aliento y miré hacia la dirección por donde ella entraría.

—¿Tardará mucho?

Kiara puso los ojos en blanco. Vi a Isadora sentándose con Fabrizio en unas de las sillas y a Thiago en sus brazos. Bella me saludó con una sonrisa que devolví antes de que ella regresara a su conversación con Neal y Melanie. Amadea me lanzó un beso con la mano y le sonreí. Todos mis invitados estaban vestidos formalmente de blanco y negro. Nos casaríamos allí, en la terraza de mi casa en Florencia, con vistas a los viñedos en una calurosa noche de agosto. Mi madre y mi hermana nos habían ayudado con los preparativos de la boda. Ellas parecían mucho más ilusionadas que los propios novios.

—No seas impaciente —dijo Kiara—. Conociendo a Alayna estoy segura de que la espera valdrá la pena.

Le había dado muchas opciones a dónde celebrar la boda, pero finalmente decidimos que sería aquí. Nuestra nueva vida empezaba en Florencia. Teníamos planes de viajar por el mundo, criar a nuestros hijos y vivir como siempre deseamos.

—¿Todavía no te has calmado? —Luciano se acercó con Gian y empujó una copa de champagne en mi pecho—. Relájate, es tu boda. No un funeral.

Le di una mirada seca.

—Ya sabrás lo que se siente cuando te cases con Kiara.

Gian me guiñó un ojo, Kiara se sonrojó y le dio una mirada sugerente a su novio. Luciano se puso nervioso inmediatamente.

—Aún estás a tiempo de huir, Luca —masculló Gian—. Rápido, yo te cubriré las espaldas. También me sentiría asustado si me casara con la mariposa negra.

—Ja, qué gracioso —resoplé y bebí un trago de la bebida burbujeante antes de devolverle la copa a Luciano—. No proyectes tus inseguridades en mí, Gian. Eres tú quien huye del compromiso. ¿Por qué no le has propuesto matrimonio a Liana todavía?

—Porque no es el momento.

Luciano soltó una carcajada.

—¿Entonces cuándo será? La pobre mujer va a cansarse y buscará a otro.

La sonrisa de Gian se apagó completamente.

—Eso nunca pasará. Ella me ama.

—Sí, te ama, pero quiere mucho más y no te das cuenta —murmuré.

—Es tu boda —dijo Gian—. Ya no hablemos de mí.

Me burlé.

—No podrás huir siempre, primo.

Gian se rascó la nuca en un gesto incómodo y evadió el comentario. Para muchos el matrimonio era un simple papel. Sabía perfectamente bien que mi primo no le daba importancia por el modo en que fue criado. Los matrimonios solo eran un contrato en la mafia, pero en mi caso tenía un valor mucho más significativo. Se trataba de compartir la vida con la persona que amaba. Apoyarnos mutuamente en las buenas y en las malas. Lo veía como un pacto. Un recordatorio de que nos pertenecíamos.

—Silencio todos —advirtió Madre—. Ella está aquí.

Los violines comenzaron a sonar anunciando su llegada. Los invitados se pusieron de pie y todo mi cuerpo se encendió. Ella me había quitado el aliento cuando la conocí por primera vez, y tantas otras veces, pero verla allí no tenía comparación. Ni siquiera parecía de este mundo. Era un sueño hecho realidad. Su vestido era de dos piezas, una falda larga que llegaba hasta el suelo y un corsé que enseñaba su estómago plano. Pude ver sus hermosas clavículas, la curva de sus pechos. Su cabello oscuro estaba suelto, adornado por broches de mariposas.

«Mi mariposa».

Caminaba despacio hacia mí, aferrada al brazo de su hermano. No podía respirar. Antes era un chico perdido, con mi vida pendiendo de un hilo, pero esta mujer me había salvado de muchas maneras. Ni siquiera conocía el significado de la felicidad hasta que nuestros ojos se conectaron por primera vez. No me costó enamorarme de ella como un loco. La amaba más que a cualquier cosa en el mundo. La amaba más que a mí mismo.

Cuando Caleb me entregó su mano, entrelacé nuestros dedos y observé sus ojos con miles de emociones. Ninguno de los dos respiró al principio. Ella soltó un suave jadeo mientras besaba sus nudillos.

—Hola —susurró.

—Hola, hermosa.

El juez de paz se aclaró la garganta y comenzó con la ceremonia. Alayna y yo nos miramos todo el tiempo mientras él hablaba de los votos sagrados. Pensé en nuestro primer encuentro, nuestras peleas, las guerras que habíamos enfrentado, los besos compartidos, las sonrisas. Cada acción que me había enamorado y nos trajo aquí.

—¿Lista para ser la señora Vitale?

Una sonrisa se dibujó en esos labios que había memorizado con mis besos.

—Siempre estoy lista para ti, príncipe.

Epílogo
Un año después...

ALAYNA

La profunda voz ronca de Luca llegaba desde el pasillo. El pobre hombre se estaba volviendo loco. La paternidad no era fácil, sobre todo, cuando tenías que lidiar con dos niños.

—¿Estás listo? —grité.

Verifiqué que mi bolso tuviera lo necesario antes de abandonar la habitación y acercarme a la sala de donde provenía el escándalo. Había juguetes esparcidos en la alfombra, restos de comida y perros que corrían de un lado a otro. Nada nuevo.

—Dame unos minutos, por favor —dijo Luca un poco sin aliento y me reí.

La vista me derritió el corazón. Luca Vitale se veía increíblemente atractivo. Más aún con una niña pequeña en sus brazos. Sentí sus ojos sobre mí antes de que me acercara. No tenía su traje habitual. En cambio, vestía unos simples pantalones de deporte holgados que enseñaban el borde de su bóxer. Estaba sin camisa. Suspiré mortificada y enamorada.

—¿Por qué no estás listo? La función es dentro de una hora —protesté.

En ese instante, Thiago entró a la habitación como un maldito tornado, tirándose en la alfombra con Milo y Coco. El niño gritó, riéndose a carcajadas mientras los perros le lamían la cara. Solté otro quejido de frustración.

—Le pedí el favor a Kiara de cuidarlos —explicó Luca—. De ninguna manera van a comportarse. Lia está muy cansada y Thiago, bueno...

Thiago era un caso perdido. Un niño travieso que amaba el caos, muy capaz de destruir la casa entera si lo descuidábamos. A diferencia de su hermana era inquieto y rebelde. Ya no quedaba nada del pequeño que adoraba perseguir las mariposas.

Me puse de cuclillas y le sonreí. Los mismos ojos grises de Luca me devolvieron la mirada.

—Hey, cariño. ¿Quieres ir al teatro? Es importante para mí y me encantaría que estuvieras ahí. ¿Por qué no dejas que papi te cambie?

Thiago negó con la cabeza y me reí. Era imposible. No había forma de convencerlo. Los dulces ya no funcionaban como soborno. Ahora quería dinero.

—¿Cuándo llegará Kiara?

Luca miró el reloj en su muñeca.

—Dentro de veinte minutos.

—Tienes suficiente tiempo para darte un baño —extendí mis brazos—. Dame a mi dulce princesa.

Me entregó a la niña y miré fijamente esos extraños ojos azules. La acuné en mis brazos mientras Luca recogía los juguetes de la alfombra. Mi pequeña era tan afectiva, dulce e inocente. Desde que nos cedieron la custodia algo en mí había cambiado. Era diferente cuando estaba con ella. Lia me enseñó que podía ser una buena madre y persona.

—¿Tienes hambre, cariño?

Negó y se chupó el pulgar. Ella era tímida e insegura. Le costó acostumbrarse a nosotros. Se volvió muy cercana a mí. Muchos niños eran escandalosos a su edad, pero Lia amaba dormir. ¿Lo mejor? También le gustaba el ballet. La llevaba dos veces por semana al salón de baile y ella intentaba imitar mis movimientos. La primera vez que le compré su leotardo y su tutú se veía adorable.

—Se está durmiendo —le dije a Luca.

Me miró con afecto.

—Buena niña.

Trató de atrapar a su hijo, pero el pequeño corrió por el salón, seguido por Milo y Coco, que amaban acompañarlo en su locura. Laika bostezó en el sofá, aburrida del caos. Se estaba volviendo vieja y amargada.

—Creo que Thiago debería gastar toda esa energía en algo —comenté—. Los niños de su edad disfrutan los deportes.

Luca le enseñó un billete de diez euros y Thiago dejó de correr. Dio pequeños saltitos, tratando de alcanzar el dinero. Ya actuaba como un mafioso.

—El único culpable de que sea un rebelde es Gian. Le da dinero cada vez que lo visita y dice las mismas palabras que su tío. Odio a ese idiota. No lo quiero aquí.

—Idiota —repitió Thiago y eché la cabeza hacia atrás riendo.

Las mejillas de Luca se sonrojaron.

—¿Ves? Gian no es bienvenido.

—Relájate, Thiago pronto aprenderá. Creo que deberías inscribirlo en algún club. Él ama el fútbol.

—Primero voy a consultarlo con su madre. —Se acercó y miró a Lia dormida en mis brazos con una sonrisa—. Déjame llevarla a su cuna.

Lo acompañé hasta la habitación de la niña porque esta era mi mejor parte. Seguí repitiéndome que mi nueva vida era real, que no me despertaría de mi sueño solo para descubrir que se trataba de una horrible pesadilla.

Luca alzó a la niña y la acostó en su cuna.

—Te amo, princesa —le dijo y puso a su alcance su poni de peluche favorito—. Dulces sueños.

Cerró la puerta con cuidado antes de acecharme lentamente. Retrocedí porque si me dejaba atrapar terminaríamos en la cama. Luca me acorraló contra la pared, sus manos recorriendo mi cuerpo.

—Cuando termine esa inauguración te follaré en mi auto como en los viejos tiempos.

La idea me produjo una chispa de excitación. Su pulgar rozó mi mejilla, mi cuerpo vibró con su aroma, su tacto, su calor. Este hombre me hacía sentir viva como nadie.

—Te extraño —susurré y besé su cuello—. Creo que podríamos retirarnos antes. Tú dentro de mí es mejor que cualquier celebración.

—¿Sí?

El timbre sonó y gemí.

—Sí. Ahora deja de distraerme, príncipe. Llegaremos tarde.

Besó la comisura de mis labios y se apartó con las manos en alto.

—Ahora puedes tratar con tu público, pero más tarde serás solo mía, señora Vitale.

Amaba cómo sonaba eso. Señora Vitale.

—Solo tuya.

Kiara llegó con su prometido. Sí, Luciano también le había propuesto matrimonio. El único que seguía retrasando su boda era Gian y Liana lo odiaba por esa razón. El bastardo no quería llevarla al altar. Al menos no por ahora.

—¡La tía Kiara está aquí! —exclamó ella.

Thiago corrió a la puerta para recibirla.

—¡Sí!

Luciano se rio y lo primero que hizo fue darle otro billete porque el niño estaba acostumbrado a recibirlo. Tenía una hucha en forma de balón donde guardaba todos sus ahorros. No dejaba que nadie la tocara.

—Hola, chicos —suspiré—. Es bueno teneros aquí.

Kiara me miró con diversión mientras Luciano le hacía cosquillas a Thiago.

—¿Está ocasionando problemas de nuevo? —preguntó Kiara.

Me encogí de hombros.

—Es Thiago.

—No te preocupes por él, puedes ir a la función sin problemas. Luciano y yo nos haremos cargo.

—Gracias.

Mientras Luca se duchaba, contemplé mi sortija en mi dedo anular izquierdo. Hacía un año nos habíamos casado allí en Florencia, en un lugar con vistas al mar. No podía olvidar las lágrimas en los ojos de Luca cuando me vio llegar vestida de blanco. Fue uno de los días más hermosos de mi vida. Y, desde ese momento, muchas cosas bonitas habían pasado. Bella tuvo mellizos. Una niña y un niño. Ella los llamaba mini-Alayna y mini-Caleb porque heredaron el mismo cabello oscuro y ojos azules. Estaba orgullosa de ellos.

Y, en cuanto a mí, había abierto mi propia academia de ballet como siempre había querido. Esa noche presentaría mi primera obra al público, no como bailarina, sino como directora y maestra.

Luca también estaba trabajando mucho. Su nuevo negocio de vinos y licores era un absoluto éxito. Consumía la mayor parte de su tiempo, pero él regresaba a casa temprano y se aseguraba de estar presente en eventos importantes.

Ambos perseveramos hasta alcanzar nuestra felicidad. Luchamos contra la oscuridad y la tormenta. Sacrificamos mucho, pero al final del día valió la pena porque teníamos a nuestra pequeña familia.

El viejo teatro se imponía ante cualquier edificio. Leí con orgullo el cartel que mostraba mi sueño hecho realidad: EL LAGO DE LOS CISNES – NOVAK BALLET COMPANY. Sosteniendo la mano de Luca caminé por la alfombra roja y respondí algunas preguntas de la prensa antes de entrar.

La sala estaba llena para mi gratitud. Habían sido muchos meses de promoción y me alegraba haber llamado la atención del público. Me senté en el palco con Luca, disfrutando al ver cómo las luces se apagaban y las cortinas del escenario se levantaban. La función empezó.

La mayoría de los bailarines eran niños y niñas. Era hermoso ver lo fluido de sus movimientos, sus sonrisas, sus acrobacias sin errores, el orgullo en sus ojos cuando el público aplaudía. Porque esto era la mejor recompensa que podía recibir un bailarín. La aprobación del público.

—Estoy orgulloso de ti —susurró Luca en mi oído.

El público estalló en aplausos cuando la obra terminó y aclamaron mi nombre mientras era guiada al escenario. Luca soltó silbidos, totalmente eufórico. A medida que daba las gracias y saludaba al público mis ojos se desplazaron hacia una mujer en primera fila. Sus manos aplaudían con entusiasmo y tenía una gran sonrisa en el rostro.

«Eloise».

Sentí que mi corazón empezaba a correr en mi pecho, y las lágrimas me pinchaban el rabillo de mis ojos. Desde que supe su decisión de no querer volver a verme deseaba secretamente que cambiara de opinión. Me alegraba que el tiempo la trajera de nuevo a mí y ahora podía decir que todo era perfecto en mi vida.

Mi felicidad estaba completa.

Agradecimientos

La parte más difícil de un libro es ponerle punto final. Fue un largo camino lleno de risas, frustraciones, llantos y como todo proceso muchas noches de insomnio. La historia de Luca y Alayna fue un revoltijo de emociones. Llegué a creer que nunca les daría un cierre porque mientras los escribía estaba pasando por cosas en mi vida. Afortunadamente pude darles a ambos personajes lo que merecían y estoy muy feliz con el resultado.

Nunca voy a olvidar la ferocidad de Alayna, una mujer herida que luchaba contra sus sentimientos, pero que cuando decidió abrir su corazón se dio cuenta de que valía la pena, que no tenía nada de malo ser amada y permitir que esa persona especial viera cada uno de sus defectos.

La dulzura de Luca fue algo que amé desde el principio. Cuando empecé a desarrollar su personaje quería algo diferente de lo que suelo leer en las historias de mafia. No un hombre cruel ni despiadado. Tiene sus momentos oscuros, pero si hay algo que debo destacar de él es que jamás perdió su esencia. Sigue siendo ese chico bondadoso que se preocupa por todos y no teme luchar por lo que quiere.

Voy a extrañar a estos hermosos personajes que me dejaron muchas enseñanzas. Una parte de mí se quedará para siempre con ellos.

Gracias a mis lectores, que me acompañaron en todo el proceso. ¡Fueron tres años de escritura! Las actualizaciones eran lentas, pero ellos estuvieron ahí y el amor que sienten por Luca y Alayna me animaron a seguir. Gracias por creer en mí. Gracias por creer en mis libros. Gracias a la editorial por esta gran oportunidad. Gracias a mi familia por alentar mis sueños y celebrar mis logros. Gracias a todos aquellos que nunca se rindieron.

Y gracias a mí misma por no darme por vencida.